BESTSELLER

FRANCES DE PONTES PEEBLES

La costurera

Traducción de
Julio Sierra y Jeannine Emery

DEBOLS!LLO

Título original: *The Seamstress*
Primera edición en Debolsillo: octubre, 2016

© 2008, Frances de Pontes Peebles
© 2016, Penguin Random House Grupo Editorial, S. A. U.
Travessera de Gràcia, 47-49. 08021 Barcelona
© 2009, Julio Sierra y Jeannine Emery, por la traducción

Printed in Spain – Impreso en España

ISBN: 978-84-663-3683-3 (vol. 1184)
Depósito legal: B-15.363-2016

Impreso en Liberdúplex,
Sant Llorenç d'Hortons (Barcelona)

P 3 3 6 8 3 3

Penguin
Random House
Grupo Editorial

... Ascienden hacia un santo patrono
por estos lares aún venerado
las recámaras de papel abultadas y llenas de luz
que viene y se va, como los corazones...

que se alejan, menguan, solemne
y continuamente desamparándonos,
o, en la ráfaga que desciende de una cumbre,
volviéndose peligrosas de repente.

ELIZABETH BISHOP, *El armadillo*

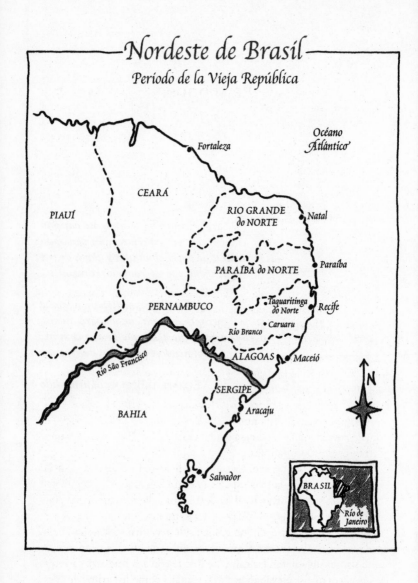

PRÓLOGO

Recife, Brasil
14 de enero de 1935

Emília despertó sola. Se hallaba tendida sobre la cama maciza y antigua que antaño había sido el lecho nupcial de su suegra y ahora era el suyo. Tenía el color del azúcar quemado y en su gigantesca cabecera estaban tallados los racimos de la fruta del cajú. Las jugosas frutas campaniformes que asomaban de la madera de jacarandá parecían tan suaves y reales que los primeros días Emília había imaginado que maduraban durante la noche, al tiempo que sus cáscaras de madera se tornaban rosadas y amarillas y su compacta pulpa se ablandaba y se impregnaba de perfume con el amanecer. Al final del primer año en la casa de los Coelho, Emília había desistido de tales fantasías infantiles.

Fuera estaba oscuro. La calle, en silencio. La blanca casa de la familia Coelho era la más espaciosa entre las nuevas propiedades construidas sobre la Rua Real da Torre, una calle recientemente empedrada que se extendía desde el viejo puente Capunga hacia las tierras pantanosas que aún no habían sido reclamadas. Emília siempre se despertaba antes del amanecer, antes de que los vendedores ambulantes invadieran las calles de Recife con sus ruidosas carretas y sus voces que se elevaban hasta su ventana como los gritos de aves extrañas. En su antigua casa en el campo acostumbraba a despertarse con los gallos, con las oraciones susurradas por su tía Sofía, y más que nada con la respiración rítmica y acalorada de su hermana Luzia sobre el hombro. De niña, a Emília no le gustaba compartir la cama con su hermana. Luzia era demasiado alta; abría el mosquitero, pateándolo con sus largas piernas. Tiraba de las mantas. Su tía Sofía no podía permitirse el lujo de comprarles camas separadas, e insistía en que era beneficioso tener una compañera de cama, porque eso enseñaría a las niñas a ocupar poco espacio, a caminar con discreción, a dormir en silencio, preparándolas para ser buenas esposas.

En los primeros días de matrimonio, Emília había permanecido en su lado de la cama, temerosa de moverse. Degas se quejaba de que su piel era demasiado tibia, su respiración demasiado fuerte, sus pies demasiado fríos. Después de una semana, él se mudó al otro lado del pasillo, volviendo a las sábanas bien ceñidas y el estrecho colchón de su cama de niño. Emília aprendió rápidamente a dormir sola, a estirarse, a ocupar lugar. Sólo había un hombre que compartía el cuarto con ella y dormía en el rincón, en una cuna que se estaba quedando demasiado pequeña para albergar su cuerpo cada vez más grande. Con tres años de edad, las manos y los pies de Expedito casi alcanzaban los barrotes de madera de la cuna. Un día, así lo esperaba Emília, tendría una cama de verdad en su propia habitación, pero no aquí. No sería así mientras vivieran en la casa de los Coelho.

Salió el sol y aclaró el cielo. Emília oyó los gritos en las calles. Seis años antes, la primera mañana en la morada de los Coelho, había temblado y había levantado la sábana bien arriba, hasta que se dio cuenta de que las voces del otro lado de las verjas no pertenecían a intrusos. No era a ella a quien llamaban, sino que voceaban los nombres de frutas y vegetales, canastas y escobas. Cada carnaval, las voces de los vendedores ambulantes eran reemplazadas por el redoble atronador de los tambores maracatú y los gritos embriagados de los juerguistas. Cinco años antes, durante la primera semana de octubre, los vendedores ambulantes habían desaparecido por completo. En todo Brasil había disparos y llamamientos a instaurar un nuevo presidente. Al año siguiente, las cosas se habían calmado. El gobierno había cambiado de manos. Los vendedores ambulantes estaban de vuelta.

Sus clamores eran ahora un bálsamo para Emília. Los hombres y mujeres voceaban los nombres de sus mercancías:

—¡Naranjas! ¡Escobas! ¡Alpargatas! ¡Cinturones! ¡Cepillos! ¡Agujas!

Las voces eran fuertes y alegres, un respiro después de los cuchicheos que Emília había tenido que padecer durante toda la semana. Una larga cinta negra pendía de la campana soldada a la verja de hierro de los Coelho. La cinta prevenía a los vecinos, al lechero, al hombre de la carreta de hielo y a todos los muchachos de reparto que traían flores y tarjetas de pésame ribeteadas de negro de que la casa estaba de luto. En su interior, la familia se hallaba sumida en el dolor, y no debía ser perturbada por fuertes ruidos ni visitas innecesarias. Aquellos que hacían sonar la campana llamaban con timidez. Algunos daban palmas para anunciar su presencia, temerosos de tocar la cinta negra. Los vendedores ambulantes la ignoraban. Gritaban por encima del muro, y sus voces franqueaban la maciza verja de metal, atravesaban las cortinas echadas en la casa de los Coelho y se adentraban en los oscuros corredores.

—¡Jabón! ¡Cordel! ¡Harina! ¡Hilo!

A los vendedores no les preocupaba la muerte: hasta la gente de luto precisaba las cosas que vendían, tenía que cubrir las necesidades básicas de la vida.

Emília se levantó de la cama.

Se puso un vestido por la cabeza, pero no subió la cremallera: el ruido podría despertar a Expedito. Estaba acostado, atravesado en su cuna, a salvo debajo del mosquitero. Su frente aparecía perlada de sudor. Su boca era una tensa línea delgada. Hasta en sueños era un niño serio. Había sido así de bebé, cuando Emília lo había hallado, raquítico y cubierto de polvo.

—Un huérfano —le decían las sirvientas—. Un niño del interior.

Había nacido allí durante la tristemente célebre sequía de 1932. Era imposible que recordara a su madre real, o aquellos terribles primeros meses de su vida, pero algunas veces, cuando Expedito fijaba sus ojos oscuros y hundidos en Emília, tenía la mirada reservada y madura de un viejo. A menudo, desde el entierro, había mirado a Emília así, como recordándole que no debía permanecer en casa de los Coelho. Debían volver al campo, por su bien y por el de ella. Debían llevar un mensaje. Debían cumplir con su promesa.

Emília sintió una opresión en el pecho. Durante toda la semana había sentido como si tuviera una soga en su interior, extendida desde los pies hasta la cabeza y anudada en el corazón. Cuanto más permanecía en casa de los Coelho, más se apretaba el nudo.

Salió de la habitación y se subió al fin la cremallera del vestido. La tela despedía un olor acre y metálico. La habían puesto en remojo en una cuba de tintura negra y luego la habían sumergido en vinagre, para fijar el nuevo color. El vestido había sido azul claro. Tenía un estilo moderno, con mangas suaves y etéreas y una falda estrecha. Emília marcaba tendencia. Ahora todos los vestidos de un solo color habían sido teñidos de negro y los estampados habían sido guardados hasta que terminara oficialmente el año de luto. Emília había escondido tres vestidos y tres toreras en una maleta debajo de su cama. Las chaquetas estaban pesadas; cada una tenía cosido un grueso fajo de billetes dentro del forro de raso. También había llenado una diminuta maleta con la ropa, los zapatos y los juguetes de Expedito. Cuando huyeran de la casa de los Coelho, sería ella misma quien tendría que cargar con las maletas. Sabiendo esto, había guardado sólo lo necesario. Antes de su matrimonio, Emília le daba demasiada importancia a los lujos. Había creído que los bienes suntuarios tenían el poder de transformar; que poseer un vestido de moda, un fogón a gas, una cocina con azulejos o un automóvil borrarían sus orígenes. Tales posesiones, pensaba Emília, harían que la gente viera más allá de los callos de sus manos o de sus rústicos modales campestres, y reconociera a una dama. Después de su matrimonio y su llegada a Recife, Emília descubrió que no era así.

A mitad del descenso de las escaleras olió las coronas fúnebres. Los arreglos florales circulares abarrotaban el vestíbulo y la entrada. Algunos eran tan pequeños como platos, otros tan grandes que descansaban sobre caballetes de madera. Todos estaban atiborrados con flores blancas y púrpuras —gardenias, violetas, azucenas, rosas— y tenían cintas oscuras que atravesaban los centros vacíos. Escritos sobre las cintas, en letras doradas, aparecían los nombres de los remitentes y frases de condolencia: «Nuestro más sentido pésame», «Nuestras oraciones te acompañan». Las coronas más viejas estaban mustias, las gardenias, amarillentas, y las azucenas, marchitas. Despedían un olor pútrido y ácido que impregnaba el aire.

Emília se aferró a la barandilla de la escalera. Poco tiempo atrás, su esposo, Degas, se había sentado con ella sobre esos escalones de mármol. Había intentado advertirla, pero ella no le había hecho caso; Degas ya la había engañado demasiadas veces. Desde su muerte, Emília pasaba los días y las noches preguntándose si la advertencia de Degas había sido, después de todo, un engaño o un último intento de redimirse.

Emília caminó hacia la entrada de la casa. Había una corona nueva, de rígidas y gruesas azucenas, con los estambres hundidos bajo el polen naranja. Emília sentía pena por esas azucenas. No tenían raíces, ni tierra, ni forma de preservarse, y sin embargo estaban en flor. Se comportaban como si siguieran siendo fecundas y fuertes, cuando en realidad ya estaban muertas, aunque no lo sabían. La joven viuda sintió que el nudo en su pecho se tensaba. Intuía que Degas había estado en lo cierto, que su advertencia había sido sincera. Ella era como una de esas coronas funerarias, otorgándole el reconocimiento que tan desesperadamente había buscado en vida, pero que sólo recibió al morir.

La corona fúnebre era un objeto propio de Recife. El campo, en cambio, era demasiado árido para cultivar flores. La gente que moría durante los meses de lluvia gozaba a la vez de una bendición y una maldición: sus cadáveres se descomponían más rápidamente, y los deudos tenían que taparse la nariz durante el entierro, pero había dalias, crestas de gallo, rosas agrupadas en gruesos ramos colocados dentro de la hamaca del difunto antes de ser llevado al pueblo. Emília había asistido a muchos funerales. Entre ellos, el de su madre, a la que apenas recordaba. Luego llegó el funeral de su padre, cuando Emília tenía 14 años y Luzia 12. Después, fueron a vivir con la tía Sofía, y aunque Emília quería a su tía, lo único que deseaba era huir y vivir en la capital. De niña, Emília siempre había creído que dejaría a Sofía y a Luzia. En lugar de ello, fueron ellas quienes la dejaron.

Emília cogió una tarjeta con los bordes negros de la corona más reciente. Estaba dirigida a su suegro, el doctor Duarte Coelho.

«El dolor no puede ser medido —decía la tarjeta—, ni tampoco el aprecio que le guardamos. ¡Vuelva pronto a trabajar! De: Sus colegas en el Instituto de Criminología».

Las coronas y tarjetas no estaban destinadas a Degas. Los regalos que llegaban a casa de los Coelho eran enviados para granjearse el favor de los vivos. La mayoría de los arreglos florales provenían de políticos, o de compañeros del Partido Verde, o de subalternos en el Instituto de Criminología del doctor Duarte. Algunas de las coronas eran de mujeres de sociedad que esperaban caer en gracia a Emília. Las mujeres habían sido clientas en su tienda de ropa. Esperaban que el duelo no acabara con su afición por la confección de vestidos. Las mujeres respetables no tenían una profesión, por lo que la próspera tienda de Emília era considerada una distracción, como las reuniones sociales o el trabajo de beneficencia. Emília y su hermana habían sido costureras. En el campo se tenía en gran estima su profesión, pero en Recife este escalón de respetabilidad no existía: una costurera estaba al nivel de una sirvienta o una lavandera. Y para gran pesar de los Coelho, su hijo se había casado con una de ellas. De conformidad con los Coelho, Emília tenía dos excepcionales méritos: era bonita y no tenía familia. No habría padres ni hermanos que llamaran a la puerta pidiendo limosna. El doctor Duarte y su esposa, doña Dulce, sabían que Emília tenía una hermana, pero creían que ésta, como los padres de Emília y su tía Sofía, había muerto. Emília no se molestó en contradecir esa suposición. Como costureras, ella y Luzia sabían cómo cortar, cómo remendar y cómo ocultar.

—Una gran costurera debe ser valiente —solía decir tía Sofía. Emília estuvo en desacuerdo durante mucho tiempo. Creía que ser valiente implicaba un riesgo. En la costura, todo se medía, se trazaba, se probaba y se revisaba. El único riesgo era el error.

Una buena costurera tomaba medidas exactas y luego, con un lápiz afilado, trasladaba esas medidas al papel. Trazaba el contorno del molde de papel sobre el liencillo, cortaba los pedazos, y confeccionaba una prenda de muestra para que la clienta se la probara y ella, como costurera, prendiera con alfileres y volviera a medir, corrigiendo los defectos del patrón. El liencillo siempre tenía una apariencia deslucida y poco atractiva. Cuando llegaba ese momento, la costurera debía ser entusiasta, imaginando la prenda en una tela hermosa y convenciendo a la clienta de las maravillas de su visión. A partir de los alfileres y las marcas sobre el liencillo, ajustaba el molde de papel y trazaba el contorno sobre buena tela: seda, lino fino tejido o algodón resistente. Luego cortaba. Finalmente, unía aquellas piezas cosiéndolas, planchando después de cada paso, para obtener dobleces impecables y costuras rectas. No había valor en ello. Tan sólo, paciencia y minuciosidad.

Luzia jamás hacía liencillos o moldes. Trazaba las medidas directamente sobre la tela final y cortaba. A ojos de Emília, esto tampoco tenía especial valor: tan sólo se requería habilidad. Luzia era hábil para medir a la gente. Sabía exactamente dónde envolver la cinta métrica alrededor de brazos y cinturas para obtener las medidas más exactas. Pero su habilidad no estaba sujeta a la precisión. Luzia veía más allá de los números. Sabía que los números pueden mentir. Tía Sofía les había enseñado que el cuerpo humano carece de líneas rectas. La cinta métrica podía errar al calcular la curvatura de una espalda torcida, el arco de un hombro, la inflexión de una cintura, el ángulo de un codo. Luzia y Emília habían aprendido a desconfiar de las cintas métricas.

—¡No confiéis en una cinta extraña! —les gritaba a menudo su tía Sofía—. ¡Confiad en vuestros propios ojos!

Entonces Emília y Luzia aprendieron a distinguir dónde había que retocar una prenda, agrandarla, alargar o acortar, incluso antes de desenrollar sus cintas métricas. Coser es un lenguaje, solía decir su tía. Un lenguaje de formas. Una buena costurera podía imaginar una prenda ciñendo un cuerpo y ver la misma prenda extendida horizontalmente sobre la mesa de corte, separada en piezas individuales. Una pieza rara vez se asemejaba a la otra. Cuando estaban extendidas sobre la mesa, las piezas de una prenda eran formas extrañas, divididas en dos mitades. Cada pedazo tenía su equivalente, su reflejo exacto.

A diferencia de Luzia, Emília prefería utilizar los patrones de papel. No se sentía tan segura tomando medidas y se ponía nerviosa cada vez que empuñaba las tijeras y cortaba la tela final. El corte no perdona. Si se cortan los pedazos de una prenda de manera incorrecta eso significa horas de trabajo frente a la máquina de coser. A menudo estas horas son inútiles, pues en la costura algunos errores son imposibles de solucionar.

Emília volvió a colocar la tarjeta de pésame. Pasó al lado de las coronas fúnebres. Al final del vestíbulo había un caballete sin flores. En su lugar, había un retrato. Los Coelho habían encargado una pintura al óleo para el velatorio de su hijo. El río Capibaribe era profundo y su corriente fuerte, pero la policía había logrado encontrar el cuerpo de Degas. Estaba demasiado hinchado para realizar el velatorio con el féretro abierto; en lugar de ello, el doctor Duarte mandó que se pintara un retrato de su hijo. En éste, el esposo de Emília lucía sonriente, delgado y seguro de sí mismo. Todo lo que jamás había sido en vida. El único aspecto que el pintor había acertado a plasmar era las manos de Degas. Los dedos eran estrechos, con uñas pulidas, inmaculadas. Degas había sido corpulento, con un cuello grueso y brazos rollizos y carnosos, pero sus manos era delgadas, casi femeninas. Emília lamentó no haberlo advertido en el mismo instante en que lo conoció.

La policía estimó que la muerte de Degas había sido accidental. Los oficiales eran leales al doctor Duarte, porque había fundado el primer Instituto de Criminología del Estado. Pero Recife era una ciudad que amaba el escándalo. Los accidentes eran aburridos; la culpa, interesante. Durante el velatorio, Emília había escuchado los cuchicheos de los deudos. Intentaron arrancar de raíz las causas probables: el coche, la tormenta, el puente resbaladizo, las aguas encrespadas del río, o Degas mismo, solo frente al volante de su Chrysler Imperial. Doña Dulce, la suegra de Emília, insistió en la versión de los hechos que daba la policía. Sabía que su hijo había mentido al decir que se dirigía a su oficina para recoger documentos de un viaje de negocios en ciernes, el primero de una serie de viajes que Degas jamás había realizado. Nunca fue a la oficina. En cambio, condujo sin rumbo por la ciudad. Doña Dulce no le echaba la culpa a Emília de la muerte de Degas. Culpaba a su nuera por la indolencia que lo había llevado a ella. Una esposa como Dios manda —una joven bien educada en la ciudad— habría combatido las flaquezas de Degas y le habría dado un hijo. El doctor Duarte se mostró más comprensivo hacia Emília. Su suegro había organizado el supuesto viaje de negocios de Degas. A espaldas de doña Dulce, el doctor Duarte había reservado un lugar para su hijo en el prestigioso sanatorio Pinel, en São Paulo, creyendo que los tratamientos eléctricos de la clínica lograrían lo que el matrimonio y la autodisciplina no habían podido conseguir.

Emília dio un paso hacia el retrato, como si la proximidad pudiera acercarla a la persona retratada. Tenía 25 años y ya era una viuda, de luto por un esposo al que no había comprendido. Por momentos lo había odiado. En otros, había sentido una insospechada afinidad con Degas. Emília sabía lo que era amar algo prohibido, y rechazar ese amor, traicionarlo. Este tipo de sentimiento resultaba un agobio, una carga tan pesada que podía arrastrar a una persona al fondo del río Capibaribe e impedir que volviera a salir.

Había sido torpe con su vida. Estaba tan deseosa de abandonar el campo que eligió a Degas sin examinarlo, sin medirlo. En los años transcurridos desde su huida, había intentado reparar los errores de sus precipitados inicios. Pero algunas cosas no merecían ser reparadas. Cuando se dio cuenta, Emília comprendió finalmente el significado que tía Sofía había dado al valor. Cualquier costurera podía ser puntillosa. Tanto la novata como la experta podían preocuparse obsesivamente por las medidas y los patrones, pero la precisión no garantizaba el éxito. Una costurera del montón entregaba prendas mal cosidas sin intentar disimular los errores. Las buenas costureras se sentían comprometidas con sus proyectos y pasaban días tratando de corregirlos. Las grandes costureras no lo hacían. Eran lo suficientemente valientes como para comenzar de nuevo. Como para admitir que se habían equivocado, arrojar sus intentos fallidos a la basura, y comenzar de nuevo.

Emília se apartó del retrato funerario de Degas. Descalza, salió del vestíbulo y entró en el patio de la casa de los Coelho. En el centro de éste, rodeada de helechos, había una fuente. Una criatura mítica —mitad caballo, mitad pez— echaba agua por su boca cobriza. Al otro lado del patio, las puertas acristaladas del comedor estaban abiertas de par en par. Las cortinas que cubrían la entrada estaban cerradas, meciéndose con la brisa. Detrás, Emília oyó a doña Dulce. Su suegra se dirigía con tono severo a una de las sirvientas, diciéndole que pusiera la mesa de manera correcta. El doctor Duarte se quejaba de que su periódico llegaba tarde. Como Emília, siempre esperaba ansioso el periódico.

17

A la derecha del patio había unas puertas que conducían al despacho del doctor Duarte. Emília caminó rápidamente hacia allí, con cuidado de no tropezar con caparazones. Las tortugas siempre se escabullían por el patio. Eran reliquias de familia, tenían 50 años y habían sido compradas por el abuelo de su esposo. Las tortugas eran los únicos animales a los que se les permitía entrar en la casa de los Coelho, y se contentaban con tropezar contra las paredes de azulejos esmaltados del patio, esconderse entre los helechos y comer restos de fruta que les traían las sirvientas. A Emília y a Expedito les gustaba levantarlas cuando nadie lo advertía. Eran objetos pesados; Emília tenía que emplear las dos manos. Las extremidades arrugadas de las tortugas se agitaban furiosas cada vez que Emília las sostenía en el aire, y cuando quería acariciar sus caras, intentaban morderle los dedos. Sólo se podían tocar sus caparazones, gruesos e insensibles, como las tortugas mismas.

En el campo había vivido rodeada de animales. Había lagartijas en los meses secos de verano y sapos en el invierno. Había colibríes, ciempiés y gatos callejeros que reclamaban un poco de leche en la puerta de servicio. Tía Sofía criaba gallinas y cabras, pero éstas estaban destinadas al consumo familiar, motivo por el cual Emília jamás se encariñaba con ellas. Pero Emília solía tener tres pájaros cantores en jaulas de madera. Cada mañana, después de alimentarlos, metía el dedo por los barrotes de la jaula y dejaba que los pájaros picotearan debajo de sus uñas.

—A estos pájaros les tendieron una trampa —decía Luzia cada vez que veía a Emília dándoles de comer—. Deberías dejarlos en libertad.

Luzia sentía aversión por la manera en que habían sido cazados. Los niños de la zona ponían un pedazo de melón o calabaza en una jaula y esperaban al acecho; en cuanto entraba un pájaro dando saltitos, cerraban con pestillo las puertas de la jaula. Luego los muchachos vendían los pinzones de pico rojo y los diminutos canarios en el mercado semanal. Cuando los pájaros salvajes caían en la cuenta de la trampa que les tendían los muchachos y evitaban la comida dentro de las jaulas vacías, los cazadores de pájaros empleaban otra estrategia, una que jamás fallaba. Ataban un pájaro domesticado dentro de la jaula, para conseguir que los salvajes creyeran que no había peligro. Sin percatarse del engaño, un pájaro atraía a otro.

En su despacho, el suegro de Emília tenía un loro que había entrenado para cantar la primera estrofa del himno nacional. Habitualmente reinaba un gran alboroto en la cocina de los Coelho, en donde la suegra de Emília regentaba a su legión de sirvientas para preparar mermeladas, quesos y dulces. Pero algunas veces, por encima del ruido, Emília oía al pájaro cantando las notas sombrías del himno, como un fantasma que clamaba desde el interior de las paredes.

El pájaro gorjeó cuando Emília abrió con cuidado las puertas del despacho. El ave estaba en una jaula de bronce, en mitad del escritorio del doctor Duarte, entre sus gráficos de frenología, su colección de órganos incoloros conservados en formol u otros conservantes, que flotaban en frascos de vidrio, y la hilera de calaveras de porcelana, con sus cerebros clasificados y numerados. Emília sintió que las axilas se le humedecían. Notó un olor rancio, y no supo si se trataba de la tintura de su vestido o de su propio sudor. El doctor Duarte tenía prohibido que entrara gente en su estudio sin permiso: ni siquiera las criadas podían pasar. Si la pillaban, Emília diría que estaba observando al loro. Hizo caso omiso del pájaro y fue directa al escritorio del doctor Duarte. Había sobre éste montones de tarjetas de pésame que aún no habían sido respondidas. Había notas que enumeraban las mediciones de la cabeza de todos los presos del centro de detención de la capital. También un borrador escrito a mano de un discurso que el doctor Duarte pronunciaría a fin de mes. Algunas palabras habían sido tachadas. La conclusión del discurso estaba en blanco; el doctor Duarte aún no había obtenido el espécimen más valioso, la delincuente femenina cuyas medidas craneales confirmarían sus teorías y serían la conclusión de su discurso. Emília hojeó las pilas de papeles. No había nada que se pareciera a un recibo de venta. No había formularios aduaneros, registros de trenes, pruebas con fechas de un envío inusual al Brasil. Buscó palabras escritas en alguna lengua extranjera, porque sabía que reconocería una en particular: Bergmann. El nombre era el mismo en alemán y en portugués.

Emília sólo encontró recortes de periódicos. Tenía una colección similar guardada bajo llave en su joyero, para que las sirvientas de los

Coelho no pudieran encontrarla. Algunos artículos estaban amarillentos después de años de permanecer expuestos a la humedad de Recife. Algunos aún conservaban el olor a tinta. Todos se centraban en el brutal cangaceiro, el bandolero Antonio Teixeira, apodado el Halcón por su tendencia a sacar los ojos a sus víctimas, y su esposa, conocida como la Costurera. No se habían escapado, porque nunca habían sido atrapados. No eran bandidos, porque el campo no sabía de leyes, al menos hasta hacía poco, cuando el presidente Gomes había intentado imponer las suyas. La definición de un cangaceiro dependía de la persona que preguntara por ella. Para los arrendatarios, eran héroes y protectores. Para los vaqueiros y comerciantes, eran ladrones. Para las labradoras, eran diestros bailarines y héroes románticos. Para las madres de aquellas niñas, los cangaceiros eran violadores y demonios. Los niños de edad escolar, que a menudo jugaban a las luchas de cangaceiros contra la policía, se disputaban representar el papel de los bandidos, aunque sus maestros los reprendieran por ello. Finalmente, para los coroneles, los grandes terratenientes del campo, los cangaceiros eran un mal inevitable, como las sequías que asfixiaban los cultivos de algodón o la mortal brucelosis que infectaba al ganado. Los cangaceiros eran plagas que los coroneles y sus padres, abuelos y bisabuelos habían tenido que soportar. Vivían como nómadas en medio del monte de tierras salvajes cubiertas de espinos, robando reses y cabras, asaltando póblados, buscando vengarse de los enemigos. Eran hombres a los que resultaba imposible amedrentar o someter mediante castigos.

El Halcón y la Costurera eran una nueva raza de cangaceiros. Sabían leer y escribir. Enviaban telegramas a las oficinas del periódico *Diario de Pernambuco* y hasta despachaban notas personales al gobernador y al presidente que los periódicos reproducían y reimprimían. Las notas estaban escritas en papel de lino fino, con el sello del bandido —una gran «H»— en relieve en la parte superior. El Halcón condenaba en ellas el proyecto del gobierno de construir una carretera, la Transnordeste, y juraba atacar todas las obras que se llevaran a cabo en el monte. El Halcón insistía en que no era un ladrón de cabras de poca monta; era un líder. Ofrecía dividir el estado de Pernambuco, dejando la costa para la república y el interior para los cangaceiros. Emília analizó la caligrafía del Halcón. Tenía un trazo redondeado de características femeninas, que se asemejaba mucho a la letra cursiva que el padre Otto, el sacerdote inmigrante alemán que dirigía su antigua escuela, les había enseñado a ella y a Luzia de niñas.

Los informes señalaban que había entre veinte y cincuenta hombres y mujeres bien armados en el grupo del Halcón. La líder femenina, la Costurera, era famosa por su brutalidad, por su habilidad con el rifle y por su aspecto. No era atractiva, pero era tan alta que sobrepasaba la altura de la mayoría de los hombres. Y tenía un brazo tullido, con el codo permanentemente doblado. Nadie conocía el origen del apodo «la Costurera». Algunos decían que se debía a la precisión en el tiro: la Costurera podía acribillar a un hombre a balazos igual que una máquina de coser perforaba la tela con su aguja. Otros decían que sabía coser de verdad y que estaba a cargo de la elaborada vestimenta de los cangaceiros. El *Diario* había impreso la única foto del grupo: Emília guardaba una copia en su joyero. Los cangaceiros usaban chaquetas y pantalones de buena confección. El ala de los sombreros, quebrada y doblada hacia arriba, tenía forma de media luna. Todo lo que llevaban los cangaceiros —desde sus morrales de gruesas tiras hasta los cinturones para cartuchos— estaba decorado minuciosamente con estrellas, círculos y otros símbolos indescifrables. Su vestimenta estaba recargada de bordados. Las correas de cuero de los rifles llevaban grandes remaches y detalles repujados. Según el parecer de Emília, los cangaceiros tenían un aspecto soberbio y ridículo a la vez.

La última teoría sobre el origen del nombre de la Costurera era la única válida para Emília. Llamaban Costurera a esa mujer alta y malherida porque mantenía unido a su grupo cangaceiro. A pesar de la sequía de 1932, a pesar de los esfuerzos del presidente Gomes por exterminar al grupo, a pesar de las recompensas en efectivo que el Instituto de Criminología ofrecía a cambio de las cabezas de los bandidos, los cangaceiros habían sobrevivido. Incluso aceptaron mujeres entre sus filas. Muchos atribuían este éxito a la Costurera. Circulaban teorías —que aún no habían sido comprobadas pero perduraban— que afirmaban que el Halcón había muerto. Era la Costurera quien había planeado todos los ataques a la carretera, había escrito las cartas dirigidas al presidente, había enviado telegramas que llevaban la firma del Halcón. La mayoría de los políticos, la policía y hasta el mismo presidente Gomes consideraban imposible esta teoría. La Costurera era alta, salvaje y pérfida, pero no por ello dejaba de ser una mujer.

Emília buscó entre el último montón de papeles sobre el escritorio de su suegro. Los recortes de periódico se pegaban a sus manos sudorosas. Las sacudió para que se desprendieran. Jamás había comprendido el comportamiento de la Costurera, pero Emília admiraba la audacia de la cangaceira, su fortaleza. Ella misma había deseado poseer esos atributos en los días posteriores a la muerte de Degas.

En la casa de los Coelho sonó una campanada. El desayuno estaba servido. La suegra de Emília conservaba una campana de bronce al lado de su silla en el comedor. La usaba para llamar a los sirvientes y para indicar los horarios de las comidas. La campana sonó por segunda vez; a doña Dulce le fastidiaban los rezagados. Emília ordenó los papeles sobre el escritorio de su suegro y se marchó.

Se sentó en el lugar que tenía asignado, en el otro extremo de la mesa del comedor, alejada de los demás comensales. Su suegro estaba sentado en la cabecera, bebiendo a sorbos el café en su taza de porcelana y desplegando su periódico. La suegra de Emília estaba sentada a su lado, pálida y rígida, ataviada con el vestido de luto. Entre ellos había una silla vacía con el respaldo cubierto por una tela negra, que había correspondido al esposo de la joven.

En el sitio de Degas se había colocado, cuidadosamente, la porcelana azul y blanca de los Coelho, como si doña Dulce esperase que su hijo volviera. Emília posó la mirada sobre su propio lugar en la mesa. La cantidad de cubiertos era excesiva. Había una cuchara de tamaño mediano para mezclar el café, una cuchara más grande para la sémola, una cuchara diminuta para la mermelada y una variedad de tenedores para los huevos y los plátanos fritos. Años atrás, durante las primeras semanas con los Coelho, Emília no había sabido qué cubierto usar. Tampoco se había atrevido a probar uno u otro, bajo la mirada escrutadora que su suegra le lanzaba desde el otro lado de la mesa. No había necesidad de tales complicaciones, tal refinamiento por la mañana, y durante sus primeros meses frente a la mesa de los Coelho Emília creía que su suegra exageraba el número de vasos y cubiertos solamente para confundirla.

La viuda no hizo caso de los huevos ni de la humeante fuente de sémola que estaba en el centro de la mesa. Bebió el café a sorbos. Cerca de ella, el doctor Duarte tenía el periódico levantado y sonreía. Sus dientes eran grandes y amarillentos.

—¡Mirad! —gritó, al tiempo que sacudía las páginas del *Diario de Pernambuco*. El titular del periódico se agitó delante de los ojos de Emília—. ¡Exitosa redada contra los cangaceiros! ¡La Costurera y el Halcón posiblemente muertos! Cabezas transportadas a Recife.

Emília se puso en pie. Se acercó a la cabecera de la mesa.

El artículo señalaba que el presidente de la república no toleraría la anarquía. Las tropas habían sido enviadas al interior, dotadas de la nueva arma, la ametralladora Bergmann. El arma de fuego había sido importada de Alemania por Coelho & Hijo, Sociedad Limitada, la firma de importación y exportación perteneciente al famoso criminólogo, el doctor Duarte Coelho, y su recientemente fallecido hijo, Degas. El cargamento de las Bergmann había llegado en secreto, antes de lo que esperaban.

El artículo informaba de que, antes de la emboscada, los cangaceiros habían saqueado e incendiado una obra de construcción de la carretera. Habían arrasado un pueblo. Testigos presenciales —arrendatarios y el músico de acordeón del lugar— dijeron que los bandidos habían adquirido en buena ley un frasco de agua de colonia Fleur d'Amour y habían arrojado monedas de oro a los niños en las calles. Dijeron que los cangaceiros habían asistido a misa y hasta se habían confesado. Luego la Costurera y el Halcón llevaron a sus cangaceiros al río San Francisco, para alojarse en la finca de un doctor. Otrora amigo de confianza de los cangaceiros, el doctor se había pasado en secreto al bando del estado y había enviado un telegrama a las tropas que se hallaban en las inmediaciones para informarles de la presencia del Halcón. «El pájaro está en casa», escribió el doctor en su mensaje.

Los cangaceiros estaban acampando en un agreste barranco cuando irrumpieron las tropas del gobierno. Estaba oscuro y era difícil apuntar. Pero con sus nuevas armas Bergmann, las tropas no tuvieron que esforzarse. Dieron con facilidad en el blanco. A la mañana siguiente, un ganadero que llevaba el ganado a pastar al amanecer, dijo que había visto a algunos cangaceiros huyendo de la batalla con las tropas. Aseguró que vio un pequeño grupo de individuos —todos con los sombreros de cuero característicos de los cangaceiros, con el ala doblada— cruzando exhaustos la frontera del estado. Pero los funcionarios policiales proclamaron que todos los forajidos estaban muertos, abatidos a tiros y decapitados, incluida la Costurera.

Emília leyó la última línea del artículo y no se dio cuenta de que la taza de porcelana se le resbalaba de las manos y se hacía pedazos contra el suelo de pizarra. No sintió el líquido hirviendo que salpicaba sus tobillos, no oyó a su suegra, que gritaba y exclamaba que no tenía modales, no vio a la sirvienta que gateaba bajo la mesa veteada de mármol para limpiar el desastre.

Emília subió corriendo la escalera de baldosas hasta su dormitorio..., el último cuarto al final del pasillo alfombrado y con olor a humedad. Allí se encontraba Expedito. Estaba sentado sobre la cama de Emília, mientras la niñera le peinaba el cabello mojado. Emília mandó a la sirvienta que se retirase. Levantó a su niño de la cama.

Cuando se retorció en su férreo abrazo, Emília lo soltó. Sacó una caja de madera pulida de debajo de la cama. La mujer desabrochó la cadena de oro que llevaba alrededor del cuello y utilizó la pequeña llave de bronce que colgaba de ella para abrir la cerradura de la caja. Dentro había una bandeja forrada de terciopelo, casi vacía, excepto por un anillo y un collar de perlas. Degas le había comprado el joyero más grande que había encontrado y le había prometido llenarlo. Emília levantó la bandeja. Oculta debajo, en un profundo hueco —un lugar destinado a colgantes, tiaras o gruesas pulseras—, estaba la colección de artículos periodísticos de Emília, atados con una cinta azul. Debajo había una pequeña fotografía enmarcada. Dos niñas estaban de pie, una al lado de la otra. Ambas vestían trajes blancos. Ambas tenían una Biblia en la mano. Una niña tenía una amplia sonrisa. Pero sus ojos no acompañaban la rígida felicidad de su boca. Parecían ansiosas, como si estuvieran esperando algo. La otra niña se había movido en el momento de sacar la foto, y aparecía algo borrosa. A menos que se mirara de cerca, a menos que uno la conociera, no era posible distinguir quién era.

Emília había llevado ese retrato de comunión acunado en sus brazos cuando salió cabalgando de su pueblo natal de Taquaritinga. Lo había mantenido en el regazo durante el accidentado viaje en tren a Recife. Una vez en casa de los Coelho, lo había puesto en el joyero, el único lugar en el que las sirvientas de la casa tenían prohibido hurgar.

Emília se arrodilló al lado del retrato. Su muchacho la imitó, apretándose las manos con fuerza sobre el pecho, como Emília le había enseñado. La miró fijamente. Con la luz del sol de la mañana, sus ojos no parecían tan oscuros como otras veces, pequeñas motas verdes salpicaban el fondo castaño. Emília inclinó la cabeza.

Rezó a Santa Lucía, la santa patrona de los ojos, tocaya y protectora de su hermana. Rezó a la Virgen, la gran custodia de las mujeres. Y rezó con especial fervor a san Expedito, el que respondía a todos los ruegos imposibles.

Emília había renunciado a muchas de sus viejas y tontas creencias en aquella casa, un lugar en donde su esposo no había sido esposo suyo, sino un extraño que no tenía interés en conocer, donde las sirvientas no eran sirvientas, sino espías enviadas por su suegra, donde las frutas no eran frutas, sino madera pulida y muerta. Pero Emília aún creía en los santos. Creía en sus poderes. Expedito había rescatado a su hermana de la muerte una vez. Podía volver a hacerlo.

Capítulo

1

EMÍLIA

Taquaritinga do Norte, Pernambuco
Marzo de 1928

1

Debajo de la cama, tía Sofía guardaba una caja de madera con los huesos de su marido. Cada mañana Emília oía el susurro de las sábanas almidonadas, el crujido de las rodillas de tía Sofía cuando se agachaba y arrastraba la caja por el suelo.

«Mi difunto», susurraba su tía, porque a los muertos no se les permiten nombres. Tía Sofía lo llamaba así en sus días buenos. Si se despertaba irritada, por molestias de la artritis o la mente plagada de preocupaciones por Emília y Luzia, se dirigía a la caja con severidad, llamándola «mi esposo». Si había permanecido despierta hasta tarde la noche anterior, meciéndose en su silla y escudriñando los retratos de la familia, al día siguiente tía Sofía se dirigía a la caja con un murmullo grave y dulce, llamándola «mi muerto». Y si la sequía empeoraba, había poco trabajo de costura o Emília había vuelto a desobedecerla, tía Sofía suspiraba y decía: «Oh, mi cadáver..., mi carga».

Tal era la forma en que Emília adivinaba el humor de su tía. Sabía cuándo pedir tela nueva para un vestido y cuándo permanecer callada. Sabía cuándo podía aplicarse un toque de perfume y de colorete sin que la castigaran, y cuándo llevar la cara limpia.

Sus aposentos estaban divididos por una pared encalada que tenía tres metros de altura y luego se detenía, dejando paso a postes de madera que sostenían las vigas del techo e hileras de tejas color naranja. Las oraciones susurradas por tía Sofía subían por encima de la pared baja del dormitorio. Emília compartía una cama con su hermana. Un rayo de luz polvoriento brilló a través de una grieta en las tejas del techo. Perforó el mosquitero amarillento. Emília entornó los ojos. Oyó el chasquido de las cuentas del rosario que se movían entre las manos de su tía. Hubo un gruñido, luego el crujido hueco de los huesos de tío Tirso cuando tía Sofía lo volvió a meter bajo la cama. Allí donde arrastraba la caja a diario se había formado una huella, una zona de suelo degastado, dos hendiduras más claras que el ladrillo brillante que cubría todos los cuartos de la casa excepto la cocina.

El suelo de la cocina estaba hecho de tierra compactada; era naranja y siempre estaba húmedo. Emília juraba que la humedad se filtraba a través de las suelas de sus sandalias de cuero. Tía Sofía y Luzia caminaban descalzas sobre ese suelo, pero Emília insistía en llevar zapatos. De niña había deambulado por la casa sin zapatos y las plantas de los pies se le habían vuelto de color naranja, como las de su tía y su hermana. Emília se frotó las plantas con agua hervida y una esponja vegetal para que volvieran a ser blancas, como debían ser los pies de una dama. Pero las manchas persistieron y Emília le echaba la culpa al suelo.

Ese año las lluvias de invierno habían sido escasas y las de enero ni siquiera habían llegado. Los árboles cafeteros de los vecinos no habían florecido. Las flores moradas de las plantas de alubias que tía Sofía cuidaba en el jardín se habían marchitado y habían perdido la mitad de la cosecha anual. Hasta el suelo de la cocina estaba reseco y resquebrajado. Emília tenía que barrerlo tres veces al día para evitar que el polvo color naranja se adhiriera a las ollas, se posara dentro de las jarras de agua y manchara los bajos de sus vestidos. Estaba ahorrando para instalar un suelo como Dios manda, cosiendo camisas de dormir y pañuelos adicionales para sus patrones, el coronel Pereira y su esposa, doña Conceição. Cuando tuviera la cantidad suficiente de dinero, Emília compraría media bolsa de polvo de cemento y la tierra compactada desaparecería bajo una gruesa y decente capa dura.

El lado de la cama donde dormía Luzia estaba vacío. Su hermana había ido a rezar, sin duda, como hacía cada mañana, frente al altar de sus santos, en un rincón de la cocina. Emília se deslizó bajo el mosquitero y salió de la cama; ella tenía su propio altar. Sobre el baúl que hacía las veces de tocador había una pequeña imagen de san Antonio, recortado del último número de *Fon Fon,* su revista favorita, que incluía patrones de costura, novelas románticas por entregas y, cada tanto, una guía de oración. Doña Conceição le regalaba a Emília números antiguos de *Fon Fon* y de otra revista que Emília disfrutaba, *O Capricho*. Las conservaba en tres montones ordenados debajo de su cama, aunque tía Sofía insistía en que atraerían ratones.

Emília se arrodilló ante el viejo baúl negro. *Fon Fon* ordenaba colocar la imagen de san Antonio —el santo casamentero— frente a un espejo con una rosa blanca a su lado. «¡Encuentra tu pareja! —rezaba la revista—. Una oración para que consigas pretendiente». *Fon Fon* aseguraba a los lectores que tres padrenuestros y tres avemarías a san Antonio todas las mañanas harían el milagro.

Emília había colocado la imagen del santo al lado de su espejo, en realidad un pedazo de vidrio del tamaño de su palma, que había comprado con sus ahorros. No se acercaba ni remotamente al espejo de cuerpo entero que tenía Doña Conceição en su probador, pero Emília podía apoyar su espejito sobre el baúl que usaban de tocador y echar un buen vistazo a su cara y su pelo. Pero no había rosas blancas en su pueblo. No había ningún tipo de flores. Las cordiales beneditas que crecían a lo largo de los caminos habían perdido todos sus pétalos rosas y amarillos y habían dejado caer sus semillas sobre la tierra dura y reseca. Las dalias de tía Sofía colgaban con sus pesadas cabezas, y al final desaparecieron dentro de sus bulbos bajo la tierra, huyendo del calor. Hasta las hileras de árboles de cajú y las plantas de café parecían enfermas, con las hojas amarillentas por el sol implacable. Por ello Emília había cosido una rosa con retazos sueltos de tela: san Antonio tendría que comprenderlo. Cruzó las manos y oró.

Tenía 19 años y ya era una solterona. El comadreo del pueblo había predicho que ella y Luzia serían solteras, pero por motivos diferentes. El destino de Luzia había sido sellado con el accidente que había sufrido de niña: a los 11 años se había caído de un árbol alto y casi había muerto. La desgracia había deformado su brazo y dejado a Luzia —según los rumores— ligeramente impedida. Ningún hombre elegiría a una esposa tullida, decían, y mucho menos a una que tuviera el carácter de Luzia. Emília no tenía deformidades físicas, gracias al buen Dios. Había tenido muchos pretendientes; se habían presentado en la casa como perros callejeros. Tía Sofía les ofrecía café y tarta de mandioca mientras Emília se escondía en su habitación y le rogaba a Luzia que los espantara.

Si insistían en quedarse, Emília permanecía junto al marco de la puerta y miraba furtivamente hacia la cocina. Sus pretendientes eran granjeros jóvenes que parecían mayores. Usaban sombreros deformes, se sentaban con las piernas abiertas y hacían crujir sus enormes dedos callosos. Durante el cortejo eran torpes y risueños. Pero Emília los había visto regateando en el mercado semanal, gritando y pavoneándose, levantando los gallos de las alas y rompiendo velozmente el pescuezo de las aves. Después de rechazar a un pretendiente, Emília solía verlo desfilar con una nueva chica en el mercado de los sábados, conduciendo a su tímida novia de un lado a otro, como si la joven fuera un animal receloso que pudiera escaparse del control de su futuro esposo.

Emília leía las novelas románticas en *Fon Fon*. Más allá de Taquaritinga había otra raza de hombres. Caballeros perfumados y elegantes. Tenían los bigotes acicalados, el pelo peinado con gomina, las barbas bien recortadas, la vestimenta planchada. No tenía nada que ver con la riqueza, sino con el porte. No era pretenciosa, como decía el cotilleo del pueblo. Lo que anhelaba era refinamiento, no riqueza. Misterio, no dinero. De noche, después de las oraciones, Emília se imaginaba como una de aquellas heroínas elegantemente vestidas de *Fon Fon*, enamoradas de un capitán cuyo barco estaba perdido en alta mar. Se imaginaba a sí misma plantada sobre una duna de la playa, gritando su nombre por encima de las olas. O como su enfermera, curándolo al regresar. Había enmudecido, y ella era su voz, observando sus oscuras cejas que subían y bajaban, comunicándose en un lenguaje que sólo ella comprendía. Este misterio, este triste anhelo que recorría todas las historias de *Fon Fon* parecía ser la fuente del amor. Emília rogaba que le llegara su turno. Dormía sin almohada, renunció a los dulces, se pinchó el dedo treinta veces con la aguja de coser, como sacrificio ofrecido a los santos para pedir su ayuda. Nada había funcionado. La rosa blanca y las oraciones de *Fon Fon* eran su última esperanza.

Emília colocó el recorte de san Antonio en sus manos y lo apretó.

—El profesor Celio —dijo entre una oración y otra.

Celio, su instructor de costura, no era ni misterioso ni trágico. Era un hombre delgado, con la mirada perdida y largos dedos. Pero era diferente a los muchachos de Taquaritinga. Llevaba trajes recién planchados y zapatos lustrosos. Y venía de São Paulo, la gran ciudad de Brasil, y volvería allí cuando acabara el curso de costura.

—Por favor, san Antonio —susurró Emília—, permíteme ir con él.

—No deberías pedir cosas triviales a los santos —dijo Luzia. Estaba de pie en la puerta de entrada al dormitorio. Su cabeza rozaba la parte superior del marco encalado. Cuando entraba en una habitación parecía ocuparla toda, creando la sensación de que existía menos espacio del que había. Sus hombros eran anchos y los músculos de su brazo derecho —el brazo bueno— eran torneados y duros, ejercitados tras años de hacer girar la rueda de la máquina de coser de tía Sofía. Sus ojos eran su mejor rasgo, el más femenino. Emília los envidiaba. Tenían los párpados amplios, como los de un gato, y eran de color verde. Bajo las gruesas cejas y negras pestañas de Luzia, su color resultaba extraordinario, como los brotes de dalias de tía Sofía, que emergían de la tierra negra. Luzia acunaba su brazo izquierdo —el brazo tullido— en el derecho. El codo del brazo se había atascado para siempre en un tosco ángulo recto. Los dedos y el hombro de Luzia funcionaban a la perfección, pero el codo nunca se había curado bien. Tía Sofía echaba la culpa a la curandera por su pésima labor al encajar los huesos rotos.

—El amor no es algo frívolo —dijo Emília. Cerró los ojos para reanudar sus rezos.

—San Antonio ni siquiera es el santo al que hay que pedirle eso —dijo Luzia—. Elegirá erróneamente. Si pides un semental, te dará un burro.

—No creo, *Fon Fon* dice lo contrario.

—Deberías rezarle a san Pedro.

—Tú di tus oraciones y yo diré las mías —dijo Emília, apretando con más fuerza la foto de san Antonio entre sus manos.

—Deberías encender una vela para que te preste atención —siguió Luzia—. Las flores no funcionan. Y ésa ni siquiera es una flor de verdad.

—¡Cállate! —le gritó Emília con brusquedad.

Luzia encogió los hombros y se marchó. Emília intentó concentrarse en sus oraciones, pero no pudo. Se acomodó el pelo detrás de las orejas, besó su fotografía de san Antonio y salió de la habitación, siguiendo a su hermana.

2

La casa de tía Sofía era pequeña, pero sólida, con ladrillos en la parte exterior y paredes bien terminadas por dentro, encaladas. Cuando acudía gente de visita, extendía las manos para tocar la tersa superficie de las paredes, sorprendida por semejante lujo. Tía Sofía también había instalado un excusado atrás, completo, con una puerta de madera y una cavidad revestida de arcilla en el suelo de tierra. La gente decía que jugaba a ser rica, que malcriaba a sus jóvenes sobrinas con tales derroches. Su tía era la mejor costurera del pueblo. Había otras mujeres que cosían, pero, según tía Sofía, no eran profesionales; sus puntadas eran burdas y no reforzaban las costuras de los pantalones, ni sabían cómo confeccionar la camisa de un caballero. La máquina de coser de tía Sofía —una Singer manual, es decir sin pedal, con una rueda y una base de madera— era vetusta. La rueda de la máquina estaba oxidada y era difícil hacerla girar, la aguja estaba desafilada y la palanca que hacía saltar la base de la aguja de coser hacia arriba y hacia abajo se atascaba a menudo. Pero tía Sofía insistía en que la excelencia de una costurera no dependía de la máquina de coser. Una buena costurera debía prestar atención al detalle, reconocer el contorno del cuerpo de la gente y saber cómo caerían o se adherirían a esas formas diferentes tipos de tela, ser eficiente con esas telas, sin cortar jamás demasiado ni demasiado poco, y finalmente, una vez que la tela era cortada y calzada debajo de la aguja de la máquina, no podía dudar, no podía titubear. Una buena costurera debía ser resuelta.

Cuando eran muy pequeñas, tía Sofía les hacía ropa para las muñecas recortando papel de estraza y luego trazaba los patrones sobre retazos de tela de verdad. Les enseñó a dar puntadas, a mano primero, lo que le había resultado más fácil a Luzia, y luego les enseñó a manejar la máquina de coser. La máquina manual había sido un desafío para la hermana de Emília. El brazo bueno de Luzia le daba a la rueda mientras el brazo petrificado movía la tela bajo la aguja. Como su brazo no podía doblarse, Luzia tenía que mover todo el torso para evitar que la tela se deslizara y para mantener las puntadas en línea recta. La mayoría de la gente contrataba a tía Sofía, Emília y Luzia para coser los vestidos de primera comunión de sus hijos, para los vestidos de novia de sus hijas, para los trajes funerarios de sus padres, pero se trataba de ocasiones solemnes y excepcionales. Sus clientes principales eran el coronel y su esposa, doña Conceição.

A Emília le encantaba coser en casa del coronel. Le encantaba comer las azucaradas tortas que la sirvienta llevaba al cuarto de costura como merienda. Le encantaba el fuerte olor a cera para el suelo, el sonido de los tacones de doña Conceição sobre las baldosas negras y blancas, el repique profundo del reloj de pie que había en el vestíbulo. El cielorraso del coronel estaba recubierto de yeso y pintura, ocultando las tejas naranja del techo. Era terso y blanco como la superficie glaseada de una tarta.

Doña Conceição había comprado hacía poco una máquina de última generación: una Singer que se manejaba con pedal. La máquina estaba apoyada sobre una pesada base de madera con patas de hierro. Tenía diseños florales grabados sobre su brillante superficie de metal. Habían sido necesarias dos de las mulas de carga del coronel para subir la Singer por el sinuoso sendero de montaña hasta el pueblo. Era mucho más difícil de manejar que la antigua máquina manual de tía Sofía. Por ello, la compañía Singer enviaba instructores a todo Brasil y ofrecía siete clases gratuitas con cada compra. Doña Conceição insistió en que fueran Emília y Luzia quienes las tomaran. Luzia no apreciaba las clases, pero Emília sí. Le habían presentado al profesor Celio, de quien ella esperaba que le presentara el mundo.

Los días que tenían clases, Emília abreviaba sus oraciones a san Antonio para tener tiempo de lavarse el pelo. Debía estar completamente seco para que tía Sofía le permitiera salir de la casa. Su tía creía en los peligros del pelo mojado: causaba fiebres, enfermedades terribles, hasta deformidades. Cuando eran niñas, tía Sofía a menudo repetía la historia de una pequeña rebelde que salió con el cabello mojado. El viento la golpeó y la encorvó para el resto de su vida, torciendo e inutilizando todo su cuerpo.

Emília se dirigió a la cocina. La leña ardía y se amontonaba sobre la boca llena de hollín del fogón. Tía Sofía removía el fuego con su largo atizador, y luego agitaba un abanico delante de un pequeño agujero que había en la cocina de ladrillo, bajo las llamas.

Las piernas de su tía eran tan gruesas como los postes de una gran valla; los tobillos no se distinguían de los muslos. Gruesas venas azules se hinchaban bajo la piel de sus tobillos y detrás de sus rodillas, producto de todos los años que se había pasado sentada frente a una máquina de coser. Una larga trenza blanca colgaba sobre la espalda de tía Sofía.

—Bendígame, tía —dijo Emília con tono rutinario.

Su tía dejó de abanicar el fogón. Besó la frente de la chiquilla.

—Bendita seas. —Tía Sofía frunció el ceño. Tiró del pelo de Emília—. Pareces un hombre con este... Eres como uno de esos cangaceiros.

Las modelos del último *Fon Fon* —bocetos de mujeres con largos cuerpos y labios coloreados— tenían oscuras, cortas y brillantes melenas como de seda fina, que enmarcaban sus rostros con formas muy simétricas. Una semana antes, Emília había cogido las grandes tijeras de coser y había copiado el corte de pelo. Tía Sofía casi se desmaya cuando la vio con aquel nuevo aspecto.

—¡Santo cielo! —había gritado la buena mujer. Agarró a Emília del brazo y la llevó ante el altar de los santos para que pidiera perdón. Desde entonces, tía Sofía la había obligado a atarse un pañuelo sobre la cabeza cada vez que salía de la casa. Emília había previsto esa reacción de su tía. Hacía años que el tío Tirso había fallecido, y sin embargo tía Sofía sólo usaba vestidos negros, con dos camisolas por debajo. Llevar menos ropa era, según ella, el equivalente de caminar desnuda. Jamás permitía que Luzia o Emília llevaran algo de color rojo, o encarnado, como solía llamarlo tía Sofía, porque era el color del pecado. Y cuando Emília usó su primer sostén, tía Sofía había ajustado tan fuerte las tiras del corpiño que Emília casi se desvaneció.

—Tía, ¿debo llevar un pañuelo hoy? —preguntó Emília.

—Por supuesto. Lo usarás hasta que te vuelva a crecer el pelo.

—Pero en la capital todo el mundo lleva el pelo así.

—No estamos en la capital, aquí somos decentes.

—Por favor, tía, sólo hoy. ¡Sólo para la lección de costura!

—No. —Tía Sofía abanicó el fuego con mayor velocidad. Las ramillas se tiñeron de naranja.

—Es que parezco una recolectora de café.

—¡Mejor parecer una recolectora de café que una mujer fácil! —gritó tía Sofía—. No hay deshonra en ser recolectora de café. Tu madre recogía café cuando era niña.

Emília soltó un largo suspiro. No le gustaba imaginarse a su madre de esa manera.

—No te enfades —dijo tía Sofía, señalando con el atizador la cabeza de Emília—. Debiste pensarlo antes de hacer... eso.

—Sí, señora —replicó Emília. Quitó el trapo que cubría la jarra de arcilla al lado del fogón y vertió el contenido de una taza de agua en la palangana de metal. En el rincón más alejado de la cocina, tía Sofía había instalado una cortina precaria, para que se pudieran bañar en privado. Emília cogió la barra de jabón perfumado de su escondite en el alféizar de la ventana. Era un regalo de doña Conceição. Emília lo prefería al ordinario jabón negro que compraba tía Sofía, que le daba a todo un cierto olor a cenizas. Se sentó en cuclillas al lado de la palangana y ahuecó las manos para echarse el agua sobre la cabeza. Frotó la pelotita pequeña y perfumada en sus manos.

—Bendígame, tía —dijo Luzia. Entró descalza por la puerta de atrás, con un cuenco vacío en sus grandes manos. Había estado echando maíz a las gallinas «pintadas». A Emília le desagradaban esas gallinas moteadas: siempre que les daba de comer le picoteaban los dedos de los pies y revoloteaban alrededor de su cara. Con

Luzia, las gallinas se comportaban correctamente. Se apartaban cuando pasaba y soltaban un cacareo inusualmente agudo, que sonaba como una tribu de ancianas que repetían las palabras: «Soy débil, soy débil, soy débil».

—¿Otra vez te vas a lavar la cabeza? —preguntó Luzia. Como Emília la ignoró, posó las manos sobre las caderas—. Estás gastando agua. ¿Qué pasa si no llueve durante los próximos cuatro meses?

—No soy un animal —replicó Emília, sacudiendo la cabeza. Pequeñas gotitas oscurecieron el suelo de tierra—. Me niego a oler como uno de ellos.

Tía Sofía cogió un mechón enredado del cabello de Luzia y se lo llevó a la cara. Arrugó la nariz:

—¡Hueles como las gallinas! Deja de regañar a tu hermana y lávatelo tú también. No permitiré que vayas a tu clase de costura sucia.

—Odio esas clases —dijo Luzia, poniéndose fuera del alcance de su tía.

—¡Cállate! —gritó tía Sofía—. Deberías mostrarte agradecida por poder asistir a ellas.

Luzia se dejó caer sobre una banqueta de madera de la cocina. Acunó el brazo rígido con el sano, una costumbre que daba a ambos un aspecto normal, como si Luzia estuviera exasperada y tan sólo cruzara los brazos delante del pecho.

—Estoy agradecida —farfulló—. Sólo tengo que observar a Emília, verla adular a nuestro profesor una vez al mes.

—¡No lo adulo! —El rostro de Emília se tiñó de rojo—. Le manifiesto respeto. Es nuestro profesor.

Tía Sofía jamás estaría de acuerdo con las cartas perfumadas, las sonrisas secretas. Su tía creía que ir de la mano era vergonzoso, que un beso en una plaza pública era signo de estar camino al altar.

—Estás celosa —dijo Emília—. Yo puedo manejar la Singer, y tú no.

Luzia la miró.

—No estoy celosa de ti, culo de cesta —dijo.

Emília dejó de secarse el cabello. Los niños del colegio de curas la habían llamado así cuando su cuerpo cambió y los vestidos comenzaron a quedarle apretados. Emília ya no podía ni siquiera mirar las enormes, redondas canastas que se vendían en el mercado sin sentir una punzada en el alma.

—¡Gramola! —clamó Emília.

Durante unos segundos, los ojos de Luzia se abrieron de par en par, y sus pupilas, como rayos, atravesaron aquellos brillantes círculos verdes. Luego se entornaron. Luzia cogió el jabón perfumado y lo arrojó por la ventana. Emília se levantó, y casi echa a rodar la palangana. Su jabón de lavanda yacía cerca del excusado, tirado en medio de restos de maíz seco. Las gallinas lo picoteaban. Emília salió corriendo afuera, ahuyentándolas de una patada.

—¡Menudas dos burras! —gritó tía Sofía. Siguió a Emília y le echó una toalla sobre los mojados rizos—. ¡He criado a dos burras!

La tía Sofía se santiguó y le dirigió la palabra al techo, como si Emília y Luzia no estuvieran presentes:

—Santo Dios, lleno de misericordia y de gracia, haz que estas muchachas se den cuenta de que son de la misma sangre. ¡Que están solas frente al mundo!

Luzia salió de la cocina. Emília le quitó al jabón los pedacitos de maíz. Intentó ignorar la voz de su tía. Había escuchado esa salmodia un montón de veces y en cada ocasión había deseado que no fuera cierta.

3

Sólo tía Sofía y Emília empleaban el nombre de pila de Luzia. Todos los demás la llamaban Gramola.

El nombre se había originado en el patio de recreo del padre Otto. Emília había sido la primera niña de la clase de Religión en desarrollarse —sus caderas y sus pechos crecieron tan rápido que tía Sofía tuvo que rasgar sus vestidos por la mitad y agregar unas tiras de tela—. Cuando cumplió 13 años, un muchacho la cogió durante el recreo y apretó los labios con violencia contra su cuello. Emília chilló. Intentó escabullirse, pero el chico volvió a abrazarla.

Luzia contempló la escena, y sus gruesas cejas se contrajeron. Caminó a grandes zancadas hacia ellos. Sólo tenía 11 años, pero ya era más alta que la mayoría de los chicos de su clase. Aquel invierno se había vuelto tan delgada y desgarbada como un árbol de papaya. Tía Sofía había dejado de soltar el vuelo de sus vestidos y, en cambio, comenzó a agregar tiras de tela mal emparejadas alrededor del dobladillo.

—Suelta a mi hermana —dijo Luzia con una voz grave y ronca. Olía a leche cortada. El rígido codo estaba envuelto en tela y embadurnado con manteca y grasa de cerdo. Tía Sofía y la curandera aún creían que se podía aflojar la articulación con grasa.

El muchacho sonrió maliciosamente.

—¡Gramola! —gritó—. ¡Brazo de gramola!

Sólo dos ciudadanos en Taquaritinga poseían el lujoso tocadiscos de cuerda así llamado. Una vez al año, durante la fiesta de San Juan, llevaban las gramolas a la plaza pública. Los altavoces de bronce de las máquinas parecían enormes flores de campana. Tocaban música a todo volumen, y cuando terminaba una canción, sus dueños movían cuidadosamente el brazo doblado de bronce sobre un disco de pasta nuevo.

—¡Gramola! ¡Gramola! —gritaron riendo los demás niños. Luzia dejó caer la cabeza sobre el pecho. Emília creyó que estaba llorando. De pronto, Luzia se irguió, encabritada. Cuando iban al colegio, las dos hermanas pasaban a menudo delante de cabras que pastaban entre la hierba. Cuando los animales peleaban, embestían al enemigo con la frente, y luego levantaban la cabeza hacia arriba para perforar un ojo o una barriga con sus cuernos. Luzia embistió al muchacho de esa forma, de cabeza. Hubiera retrocedido y vuelto a hacerlo si su maestro, el padre Otto, no la hubiera detenido. Llevó al muchacho, sumido en llanto, con la boca y la camisa ensangrentadas, al interior de la capilla. Después del incidente, la gente comenzó a llamar Gramola a Luzia. Al principio, lo hicieron en secreto, pero el nombre se impuso rápidamente y todos, hasta el padre Otto, lo empleaban. Al poco tiempo, Luzia desapareció y Gramola ocupó su lugar.

Antes del accidente, había sido una niña alegre y llena de vida. La gente la llamaba la Yema y a Emília, la Clara, un sobrenombre que había irritado a Emília, porque implicaba que su hermanita tenía más concentración nutritiva, más poder. Después del accidente, el nombre de Luzia fue reemplazado por el de Gramola, y era una chiquilla callada y taciturna. Le gustaba sentarse sola y bordar retazos de tela amontonados en su casa. Sobre esos trapos desechables bordaba armadillos con cabezas de gallina, panteras con alas, halcones y búhos con rostros humanos, cabras con patas de rana. En el colegio, Gramola no sentía interés alguno por las clases. No había buenos pupitres en las aulas, tan sólo largas mesas con bancos de madera que, a media mañana, ya le provocaban dolor en la espalda. Un crucifijo colgaba de la pared delantera, sobre el escritorio del padre Otto. La pintura a los pies del Cristo se había descascarillado, dejando a la vista un yeso gris. Él los miraba fijo, con ojos compasivos, mientras hacían las tareas. Gramola lo miraba a su vez. Se rascaba el rígido brazo, como si pudiera reanimar los huesos, y miraba a Jesús con los ojos entornados. El padre Otto sabía que Gramola no prestaba atención durante las clases, pero, como creía que estaba consumida por el dolor de Cristo, no la castigaba como lo hubiera hecho con Emília o cualquier otro niño de la clase. Pero cuando Emília veía que los ojos de su hermana se ponían vidriosos sabía que la mirada de Luzia estaba yendo más allá de Jesús, perdida en su propio mundo. Su hermana entraba a menudo en ese estado en su casa. Quemaba el arroz o derramaba el agua o cosía torcido hasta que Emília la sacudía y le decía que se despertara.

Aunque Luzia sobrevivió al accidente, había dejado atrás una parte esencial de sí en algún otro mundo al que nadie podía acceder. Desamparó a Emília cuando tuvo que lidiar con la feroz maledicencia del pueblo, las supersticiones de su tía y su propio cuerpo que se transformaba, volviéndose, de un día para otro, exuberante y suave. Emília ya no quería agacharse en la tierra y hurgar en los hormigueros ni romper los nidos de arcilla de las avispas con las muchachas de su edad. Esos juegos le parecían monótonos y vulgares. Luzia tampoco deseaba participar en sus juegos, pero por motivos diferentes. Las niñas se burlaban de su brazo, de su tamaño, y Luzia terminaba por atacarlas, por tirarles del pelo, y dejaba a los niños con la nariz ensangrentada. Emília era la única que podía calmar a su hermana. Por ello, las dejaban tranquilas, aisladas en la sólida casa de tía Sofía, en compañía de la costura y los retratos familiares.

Tres retratos familiares colgaban en el salón delantero de la casa de tía Sofía. De niña, a Emília le gustaba subirse a la mesa de costura de madera donde tía Sofía medía y cortaba la tela. Apoyaba sus manos a cada lado de las fotos enmarcadas. La pared encalada se notaba fría y tersa bajo sus manos.

La primera fotografía era un retrato matrimonial de sus padres en blanco y negro. En los bordes estaba abombado por el agua de lluvia que se había escurrido del techo y filtrado dentro del marco. Estaban sentados el uno al lado del otro, y la mano de su padre aparecía, borrosa, sobre la de su madre. Parecían asustados. El pelo de él estaba peinado con gomina, con raya al medio. Su piel era de un pálido gris, mientras que la tez de su madre, ligeramente oscurecida por el velo que le llegaba hasta el mentón, era oscura, del color de las cenizas o la piedra. En la fotografía aparecía mordiéndose los labios, como si estuviera temblando. Su madre había muerto desangrada inmediatamente después de dar a luz a Luzia, y tras el entierro tía Sofía quitó las sábanas y el colchón manchado relleno con hierba y los quemó en el patio, allá por donde estaba el excusado.

Su padre era el hermano menor de tía Sofía. Era un hombre alto que se ganaba la vida como colmenero; tenía varias colmenas sobre el lado rocoso de la montaña, y vendía miel, polen y propóleo; Emília tenía recuerdos nebulosos de haber jugado con el propóleo... haciendo una pelota con la sustancia pegajosa en sus manos, antes de que su padre cogiera el trozo y lo colocara dentro de la caldera de metal. Recordaba el improvisado traje de colmenero de su padre: guantes de cuero, gruesa chaqueta de lona y un sombrero con un velo de tela metálica estirado y ajustado alrededor del cuello. Algunos colmeneros podían meter las manos descubiertas dentro de la colmena sin recibir una sola picadura. Su padre no era uno de ellos.

Cuando Emília tenía cinco años y Luzia tan sólo tres, las dejó en casa de tía Sofía y nunca más volvió a buscarlas. Prefería sentarse delante de las chozas de chapa a la vera del camino y consumir licor de caña. Se transformó en un borracho con voz rasposa y aspecto abandonado que gustaba de recostarse sobre los troncos de árbol o sentarse en las esquinas de las calles, hablando consigo mismo o con los transeúntes. Cuando tenía un buen día, visitaba la casa de tía Sofía, oliendo a vómito y a colonia barata. Sus ojos asombrosamente verdes brillaban entre los pliegues arrugados de su rostro, que se había vuelto opaco y tosco como una silla de montar de mulero.

Cada vez que Emília le preguntaba a su tía sobre el mal que aquejaba a su padre, Sofía le respondía lo mismo:

—Tiene un temperamento nervioso.

Luego hacía girar la rueda de su máquina de coser con más fuerza, o revolvía más rápidamente una olla con frijoles sobre el fogón, dando por terminada la conversación.

Si tenía un mal día, el padre veía a sus pequeñas hijas cuando se dirigían caminando a la escuela del padre Otto, y confundía a Emília con su esposa muerta. Las uñas de sus pies estaban rotas, con un reborde de sangre reseca por sus constantes tropiezos. Tendía a perder los zapatos, y una vez al mes tía Sofía le compraba sandalias baratas de esparto. «¡María!», llamaba a voces, arrastrando las últimas letras del nombre de su madre, y Emília miraba hacia abajo, hacia sus sandalias, y seguía caminando, asustada de la mirada de su padre.

Cuando Emília tenía 14 años y Luzia 12, volvió a sus colmenas. El sendero de la montaña estaba cubierto de maleza. Las tapas de las cajas de las colmenas chorreaban propóleo. Las abejas se habían vuelto iracundas y salvajes. Dos granjeros tuvieron que vestirse de pies a cabeza con la ropa de cuero de vaqueiro para trasladar a su padre cuesta abajo. Llevaban su cuerpo macilento —que para Emília tenía el aspecto de un saco de piel lleno de agua— cuesta abajo por el sendero principal, hacia el pueblo. Emília y Luzia le cosieron el traje mortuorio.

Cada domingo, Luzia y ella ponían flores sobe la tumba de sus padres. Ella colocaba flores decentes: ramos de dalias mezcladas con largas varas de crestas de gallo de color rojo sangre, al lado de los ramilletes de florecillas que le gustaba recoger a Luzia. Una vez al año, el Día de Difuntos, Emília y Luzia llevaban un cubo de cal y brochas al cementerio y blanqueaban la sepultura. Cada vez que pasaba y repasaba el líquido calcáreo sobre la tumba de sus padres, Emília sentía cierto malestar, pues creía que los demás cuerpos inertes que había en ese camposanto la estaban observando y deseaban una nueva mano de pintura sobre sus propias moradas de reposo. Había hileras de diminutas sepulturas —del tamaño del costurero de Emília— para los «ángeles», como los apodaban sus madres desconsoladas, que habían nacido demasiado débiles para sobrevivir. Había tumbas más grandes, decoradas con rosarios y fotografías de los muertos, en su mayoría hombres, al lado de cuyos retratos se veían las fundas de cuero de sus puñales. Taquaritinga era como cualquier otro pueblo del interior: poseer un cuchillo era más común que tener un par de zapatos. Los llamaban peixeiras, y sus breves hojas se afilaban sobre rocas planas para lograr una lámina cortante y pulida. Cortaban gruesas sogas; troceaban tallos de maíz; seccionaban melones; rebanaban pescuezos de cabras y novillos, y luego los desollaban y destripaban. Cuando había una discusión, se resolvía con los cuchillos. Taquaritinga no tenía un comisario, tan sólo un sargento de la Policía Militar, que aparecía dos veces al año y cenaba con el coronel. El padre Otto alentaba a los hombres a resolver las diferencias con palabras, y Emília sentía lástima por él durante esos sermones. Antes de que llegara, no había escuela. Las palabras eran esquivas, torpes, difíciles de comprender. Con el cuchillo era mucho más fácil. La gente hallaba cuerpos apuñalados y abandonados sobre senderos apartados. Casi siempre el muerto había insultado a la esposa de otro hombre, o había robado, o había comprometido el honor de alguien y debía ser castigado. Algunas veces las peleas se transformaban en disputas familiares, y una familia entera perdía a sus hombres, uno por uno, dejando a las mujeres vivas para enterrarlos. Las mujeres también corrían riesgos. Los partos eran a menudo seguidos de entierros, y una de las amigas que Emília había hecho en su infancia en la escuela de la iglesia —una niña callada, con dientes prominentes— había sido víctima de la ira de su esposo. La muerte, con todos sus ritos y rituales, su incienso y sus oraciones, sus largas misas y blancas hamacas para enterrar al difunto, era común, mientras que la vida era excepcional. Vivir era algo aterrador. Hasta Emília, que les tenía aversión a las supersticiones tanto como al aspecto descuidado, terminaba sus frases, sus planes y sus oraciones con la expresión «si Dios quiere». Parecía que no había certeza de nada. Cualquiera, en cualquier momento, podía ser alcanzado: un brazo atrapado en una prensa, una coz de burro imprevista o un accidente semejante al del tío Tirso.

El segundo retrato sobre la pared de tía Sofía era una pintura del tío de Emília. El hombre del cuadro era joven, la boca se le torcía hacia abajo y levantaba el mentón en un gesto serio. Tenía un grueso bigote y un sombrero de gamuza de ala corta sujeto con una correa debajo de la barbilla. La pintura había sido encargada por el primer coronel Pereira, que había muerto en 1915, dejándole a su único hijo, el segundo y actual coronel Pereira, mil cabezas de ganado, ochocientas hectáreas de tierra y su título. Muchos murmuraban por lo bajo que el primer coronel Pereira había comprado el título sobornando a un político en Recife. Los coroneles no eran oficiales militares, aunque tenían pequeños grupos de hombres que les eran leales. En las tierras paupérrimas, los coroneles eran los principales terratenientes. Por ello, creaban y dictaban sus propias leyes y se ocupaban de hacerlas cumplir. Muchos coroneles empleaban redes de capangas, hombres silenciosos y leales entrenados para dar un castigo ejemplar a ladrones, disidentes y rivales políticos, cortándoles una mano, marcándoles la cara con hierro candente o haciéndoles desaparecer por completo, enviando a los ciudadanos locales el mensaje de que su coronel podía ser magnánimo o cruel, dependiendo de su grado de obediencia.

Emília sabía que había dos tipos de coroneles: aquellos que habían heredado o comprado sus títulos, como el actual coronel Pereira, y aquellos que los habían obtenido a la fuerza, granjeándose reputaciones indómitas, contratando pequeños ejércitos de hombres leales y después forjando una trayectoria sangrienta mediante la adquisición de tierras, más adelante dinero y por fin influencia. Ambos tipos de coroneles eran sumamente ricos, pero uno era más poderoso que el otro. El coronel Chico Heraclio de Limoeiro era tan rico que se rumoreaba que tenía la boca llena de dientes de oro. El coronel Clovis Lucena disparó a un hombre por ensuciarle los zapatos. Y se decía que el coronel Guilherme de Pontes, que dirigía Caruaru, era el más poderoso de todos, dueño de una parte tan grande del estado que se rumoreaba que tenía reuniones privadas con el gobernador.

El tío Tirso había trabajado de vaqueiro, conduciendo ganado para el difunto coronel Pereira durante la gran sequía de 1908. De acuerdo con tía Sofía, las personas y los animales subsistían con cactus, por igual. Las vacas del viejo coronel se desplomaban.

«Perder una vaca o un caballo era más trágico que perder a un hombre», solía explicar tía Sofía a Emília y Luzia. Les contaba la historia de tío Tirso por la noche, mientras les masajeaba los dedos y las manos antes de irse a la cama. El masaje de tía Sofía se volvía invariablemente menos entusiasta, la presión más ligera y menos concentrada cuando se perdía en sus recuerdos. A su fallecido le gustaba el café negro. Su fallecido se peinaba el bigote antes de ir a la iglesia. Su fallecido cuidaba el ganado del coronel como si fuera el propio. Y un día no regresó con la manada. Nadie supo qué le había sucedido: si lo habían capturado los cangaceiros, si había sido picado por un escorpión o una víbora, o si sencillamente había muerto de frío.

El coronel envió a otros dos vaqueiros a buscarlo. Recorrieron los espesos matorrales de la base de la montaña, gritaron su nombre; otearon el horizonte en busca de buitres. Tres días más tarde, hallaron su cuerpo sepultado en los pastizales áridos, completamente despedazado. El primer coronel encargó un retrato y una caja de madera para los huesos. El padre Otto bendijo la caja, admitiendo que, siempre que enterraran a tío Tirso algún día, no le perjudicaría permanecer cerca de sus seres queridos. A Luzia le parecía romántica la caja de huesos, pero la muchacha no sabía nada del amor. Prenderse el pañuelo del ser amado en la parte interior de la blusa era romántico. Intercambiar notas perfumadas era romántico. Vivir con la llama del amor no correspondido en el corazón, como las mujeres de las novelas de *Fon Fon,* era romántico. Pero guardar huesos, pensó Emília, era algo que hacían los perros.

El tercer y último retrato que colgaba sobre la pared frontal era una fotografía de Luzia y ella. Era el retrato de su primera comunión. El padre Otto estaba de pie entre ellas, posando una mano blanca sobre un hombro de cada una. Tía Sofía decía que cuando el padre Otto llegó al pueblo por primera vez había sido un espectáculo, subiendo la montaña en un carro de bueyes lleno de libros, baúles y mapas enrollados. Sonreía y sudaba, y su cara era de un fuerte color rosado por encima del alzacuellos de sacerdote. Tía Sofía jamás había visto a un hombre de ese color, que era como la pulpa de la guayaba. Pero en la foto no parecía de color rosa: en el retrato era tan blanco como sus vestidos de comunión.

El padre Otto había llegado de Alemania durante la Gran Guerra. Todas las mañanas tocaba las campanas de la iglesia de Taquaritinga y esperaba que los pocos estudiantes se dirigieran a su escuela. La escuela del padre Otto era la única que había en el pueblo, pero sus bancos jamás estaban totalmente ocupados. El coronel

Pereira contrataba tutores privados para sus hijos, y muchos otros residentes de Taquaritinga creían que la escuela era un desperdicio. Los niños terminarían siendo inevitablemente lo mismo que sus padres: granjeros o vaqueiros, o el capanga del próximo coronel. No necesitaban leer o escribir. En cuanto a las labradoras, la alfabetización era un obstáculo más que un valor. Las esposas que sabían leer podían presumir de ser mejores, engañar a sus maridos analfabetos y, lo peor, ser capaces de escribir cartas de amor. Sin embargo, unos pocos residentes —mercaderes, carpinteros y otros comerciantes— valoraban la escuela del padre Otto. Aunque no sabía ni leer ni escribir, tía Sofía estaba entre ellos. Los patrones de vestidos impresos se estaban volviendo cada vez más populares y la mayoría de las máquinas de coser venían con gruesos y detallados manuales de instrucciones. Tía Sofía quería que Emília y Luzia estuvieran a tono con la época.

La Geografía era la asignatura preferida de Emília. Debajo del crucifijo había un mapamundi con los países pintados en colores pastel y los nombres escritos en letra cursiva. El padre Otto tomaba la lección todos los días a la clase, y todos, excepto Luzia, recitaban los nombres de los países al unísono. Cuando gritaban «¡Alemania!», Emília siempre imaginaba un lugar lleno de personajes como el padre Otto, hombres y mujeres bajos y rechonchos con caras sonrosadas, ojos azules y el pelo tan fino y rubio que parecía harina de mandioca.

Había también un enorme mapa de Brasil. El padre Otto señalaba el estado de Pernambuco muchas veces durante cada lección. Estaba cerca de la parte superior de la república, y era más largo que ancho. Emília pensaba que parecía un brazo estirado que se extendía hacia la costa. A la altura del hombro se encontraba el inmenso espacio de matorral, la caatinga —a menudo llamado el sertão—, donde escaseaba el agua y sólo crecía el cactus. El padre Otto decía que los esclavos fugitivos, los soldados holandeses y los indios que se alejaban de la costa se habían establecido allí, protegidos por el inhóspito clima del desierto. Emília intentaba imaginarse a esas tribus oscuras y claras de hombres que habitaban juntos, cazando víboras y halcones para subsistir. En el codo del estado estaba su pueblo, Taquaritinga, situado sobre una pequeña cadena de montañas, la puerta de entrada a la caatinga. En la muñeca estaban las plantaciones, las extensiones de bosque atlántico que habían sido taladas y quemadas para dejar sitio a la caña de azúcar. En los nudillos se situaba la capital —Recife—, con sus calles de adoquines, sus hileras de casas estrechamente amontonadas y su inmenso puerto, que Emília imaginaba lleno de barcos de guerra y cañones humeantes, por los cuadros que representaban la invasión holandesa que había visto en uno de los libros de Historia del padre Otto. Y en las puntas de los dedos de su estado se hallaba el mar. Emília soñaba con visitar aquel océano, con meter el pie en el agua salada. Se lo imaginaba verde, verde oscuro, aunque los océanos del mapa estuvieran todos pintados de azul pálido.

Taquaritinga estaba a una semana de viaje de la costa, sobre la cima de una montaña, cerca de la frontera con el estado de Paraíba. Lo primero que veía la gente cuando trepaba por el sendero curvo de montaña era el campanario de la iglesia; pero durante la estación lluviosa del invierno sólo podían ver una nube de bruma. La plaza principal, alrededor de la iglesia, había sido de tierra hasta que el coronel encargó que fuera empedrada, y durante meses hubo montones de rocas y se escucharon los sonidos de trabajadores levantando los mazos y machacando la piedra contra la tierra. Emília preguntaba a menudo al padre Otto cómo eran las ciudades de verdad.

—Atiborradas de gente —respondía él, y Emília lo imaginaba con la oscura capa de sacerdote abriéndose paso a través de multitudes de mujeres y niños que llevaban vestimentas coloridas y sombreros decorados con plumas de avestruz—. Atiborradas de gente y ni la mitad de hermosas que Taquaritinga —le aseguró el padre Otto. Emília no lo creía.

En su primera comunión, el padre Otto les había regalado a Emília y Luzia dos biblias blancas del tamaño de la palma de la mano, especialmente encargadas en Recife. Tenían las biblias abrazadas al pecho cuando posaron para su retrato de comunión. Tía Sofía había ahorrado durante tres meses para pagar al fotógrafo. El hombre delgado tomaría tan sólo una instantánea. Emília quería que el retrato fuera perfecto. Se quedó quieta durante lo que le pareció una eternidad, esperando que pulsara el botón disparador. Las comisuras de sus labios temblaban. Intentó permanecer totalmente quieta, para que el rosario que colgaba de sus dedos no se meciera. Luzia no se quedó quieta. Tal vez estuviera avergonzada de su brazo doblado, que el fotógrafo disimuló cubriéndolo con un retazo de encaje. Tal vez no le agradara el tímido hombre que se ocultaba bajo la tela negra de la cámara. O quizá fue porque Luzia no se dio cuenta, como Emília, de que tenían una sola oportunidad para que saliera bien la fotografía, de que con un clic quedarían plasmadas para siempre.

Justo en el momento en que se disparó el flash, Luzia se movió. Su rosario se balanceó, su velo de comunión se torció, y el retazo de encaje se deslizó de su brazo y se cayó al suelo. Cuando el retrato volvió del laboratorio del fotógrafo, Emília se sintió amargamente decepcionada. Su hermana aparecía borrosa. Parecía como si hubiera un fantasma que se movía detrás de Luzia, como si hubiera tres niñas en la foto en lugar de dos.

4

El sol se elevó lentamente sobre el campanario amarillo de la iglesia. Luzia caminó a paso rápido. Se colgó el costurero sobre el brazo doblado. Había encontrado modos sutiles de sacarle provecho al brazo gramola, como si lo prefiriera así. Emília intentó mantenerse al paso de las largas zancadas de Luzia, pero le dolían los pies. Tenía un par de zapatos negros de charol que alguna vez habían sido de doña Conceição. Las tiras y los estrechos costados del zapato se le incrustaban en los pies. Caminó con cautela por el sendero de tierra.

Las clases de costura tenían lugar en Vertentes, un pueblo de verdad. Había un angosto camino de tierra que lo conectaba con Surubim y luego iba más allá. Tenía el primer médico oficial de la región y el primer abogado, ambos diplomados de la Universidad Federal de Recife. Emília sabía que en Vertentes la gente era juzgada por los zapatos. La gente respetable usaba alpargatas con tiras de cuero y suela de goma. Los granjeros usaban chancletas de esparto. Los pobres no usaban zapatos, directamente; tenían que rasparse las plantas de los pies cubiertas de barro seco con los filos romos de sus cuchillos antes de entrar en las tiendas o asistir a misa. Los caballeros usaban zapatos con cordones, y las damas —las damas de verdad— llevaban zapatos con tacón. Tía Sofía no aprobaba los zapatos con tacón, así que Emília escondía los zapatos en su bolsa de costura y se los ponía después de salir de casa.

Luzia redujo la marcha. Miró con desaprobación los zapatos de Emília, pero no dijo nada. Emília agradeció el silencio de su hermana; no quería volver a discutir. Dos mujeres barrían las escaleras frente a sus casas, levantando una nube de polvo alrededor de sus pies. Se apoyaron sobre sus escobas cuando vieron pasar a Emília y Luzia.

—Buenos días —dijo Luzia, con un gesto de la cabeza.

—Hola, Gramola —respondió la mujer mayor.

—Hola, Emília —dijo la más joven de las dos, y luego se tapó la boca para reprimir la risa. La mujer mayor sonrió y sacudió la cabeza. Emília asió fuerte el pañuelo que cubría su cabeza rapada.

—Estás muy bien —susurró Luzia. Dirigió una mirada de repudio a las mujeres que se escondían tras sus tontas risitas, y gritó—: ¡Si queréis reír, comprad un espejo y mirad vuestra propia cara!

Emília sonrió. Dio un apretón a la mano de su hermana. Unos meses antes, Emília había visto un sombrero en *Fon Fon,* una hermosa creación con plumas que se sujetaba al pelo con horquillas, como un pequeño casquete. Emília quedó tan prendada del sombrerito que confeccionó uno para ella. No pudo hallar plumas negras suaves como las que había en el sombrero de la modelo, así que cuando tía Sofía sacrificó un gallo, Emília guardó las plumas más bonitas: rojas, naranjas y algunas negras moteadas de blanco. A pesar de las objeciones de tía Sofía, Emília usó su casquete con plumas para ir al mercado. Se sentía muy elegante, pero a medida que caminaban entre los puestos del mercado la gente se reía y la llamaban gallina exótica. Emília quería arrancarse el sombrero de la cabeza de pura vergüenza, pero Luzia le susurró: «No te lo quites». Le ofreció el brazo doblado y Emília lo agarró. Mientras dejaban atrás los puestos de verduras y rodeaban los de los carniceros, Luzia miró hacia delante, con el cuerpo alto y erguido y el rostro ferozmente quieto. Luzia no tenía el aspecto pálido y delicado de una modelo *Fon Fon,* pero había adoptado su aire de elegancia, su ademán de confiado desdén. Emília había intentado copiar esa mirada en su pequeño espejo. Jamás pudo conseguirlo.

—¿Sabes?, Lu, eres bastante buena manejando la nueva máquina de coser —susurró Emília.

Luzia se encogió de hombros:

—Tú lo haces mejor. Siento lo de tu jabón.

Emília asintió. Podría haber sido peor. Al menos Luzia no había revelado nada acerca de las notas. Emília había comprado un fajo de tarjetas azules en la papelería de Vertentes. Todos los meses enviaba una al profesor. Afilaba el grueso lápiz de costura hasta lograr una punta perfecta (no tenían pluma de escribir, aunque Emília deseaba fervientemente una) y componía sus mensajes sobre pedazos de papel de estraza antes de transcribir cuidadosamente las palabras a la tarjeta. Los mensajes eran dubitativos al principio:

Me gustaría felicitarlo por sus habilidades para enseñar.
Sinceramente,

María Emília do Santos

El profesor Celio le respondió:

El motivo es que tengo alumnas con talento.

Y los mensajes de Emília se volvieron más audaces:

Estimado profesor:
Mi corazón late con fuerza cada vez que se pone al lado de mi máquina de coser.

Y él replicó de forma adecuada, en su nota favorita hasta el momento:

Mi querida Emília:
He observado la manera en que guías la tela a través de la máquina.
Tienes dedos hermosos y ágiles.
Atentamente,

Profesor Celio Ribeiro da Silva

Emília le dio una palmadita a su bolsa de costura. El sobre que estaba dentro tenía dos círculos húmedos en donde Emília había rociado su perfume —agua de colonia de jazmín que había comprado con una parte sustancial de sus ahorros—. Esta tarjeta era la más audaz hasta el momento, y sugería un encuentro después de la clase. Emília sintió que un temblor nervioso la recorría. Se aferró más fuerte a su bolso.

La casa del coronel Pereira estaba situada a una distancia prudencial del ajetreo del mercado. Era una enorme mansión blanca en la cima de una colina, detrás de la iglesia. Una cascada de buganvillas rojas y naranjas caía sobre los lados de la cerca. Dos capangas del coronel estaban de pie a ambos lados de la verja delantera, con los pies separados, los sombreros ladeados y las manos sobre las fundas de las pistolas. A su lado, el canoso peón del coronel ajustaba las monturas de dos mulas.

Al principio, doña Conceição le había ofrecido las clases de costura a tía Sofía. Ella rehusó, alegando que ya sabía coser.

—Pero acompañaré a las niñas —dijo tía Sofía. No era seguro que las jóvenes viajaran solas. El trayecto a Vertentes llevaba tres horas para descender de la montaña y cuatro horas de regreso. Emília pasó una noche sin dormir, preocupada por la presencia de tía Sofía en clase. Su tía no se quedaría quieta; interrumpiría al instructor diciéndole cómo coser una puntada u otra, avergonzando a Emília. Antes de que comenzaran las clases, la muchacha habló confidencialmente con doña Conceição, que convenció a tía Sofía de que su anciano peón era un hombre fiable y siempre atento. El viejo estuvo a la altura de su reputación. Si llovía durante el trayecto, detenía las mulas y sacaba un paraguas de su bolso. En Vertentes no permitía que Emília y Luzia llegaran a pie a la clase: no era decoroso que las jóvenes deambularan solas, y guiaba sus mulas hasta la puerta de entrada de la clase. Emília odiaba llegar sobre el lomo de una mula. Luzia y ella montaban al estilo amazona, como damas decentes, apretadas entre los salientes de la silla de montar, que golpeaban sus caderas, y con las grandes canastas de carga rozando sus piernas. Emília debía ajustarse constantemente la falda del vestido, que se le subía durante el accidentado trayecto.

Emília hubiera preferido llegar a la clase en los caballos del coronel, dos purasangres cuyos trotes eran lo suficientemente fluidos como para agradar a doña Conceição. ¡O en automóvil! El coronel guardaba su coche en Vertentes. Era un Ford negro, con una manivela de arranque en la parrilla delantera. El coronel lo subió a Taquaritinga sólo una vez, sobre un carro de bueyes. Cuando llegó, tía Sofía se mostró desconfiada. Insistió en que había un animal o un espíritu que trabajaba dentro de la máquina. ¿Cómo era posible que un dispositivo de metal funcionara por sí solo? El coronel insistía en darle a la manivela de arranque él mismo. Su Ford era uno de los cinco automóviles que se hallaban fuera de la capital, y no se arriesgaría a que sus empleados lo rompieran. Se quitó la chaqueta del traje. El sudor se le metía en los ojos. Le perlaba el bigote gris. La manivela traqueteó dando vueltas hasta que, de repente, del vientre del auto salió una explosión, y luego un rugido. El coronel se subió al asiento del conductor. Condujo el Ford alrededor de la plaza. Ancianos, niños, hasta Emília, todos corrieron detrás del coche, esperando poder tocarlo. El coronel tocó la bocina. Sonó como un ronco gemido que llamaba a Emília por encima del estrépito de la multitud. Jamás olvidaría ese sonido.

5

Un grupo de mujeres se congregaba en la puerta de la clase de costura. Emília se abrió paso a empujones. Luzia la contuvo. Su acompañante había desaparecido en las calles polvorientas de Vertentes, para ir a hacer recados para el coronel.

—Faltemos a clase hoy —dijo Luzia—. Vamos a explorar. Jamás se dará cuenta.

Emília sacudió la cabeza:

—No perderé ni una clase.

—¿A ti qué te importan las clases? —preguntó Luzia, soltando su brazo—. Sólo quieres ver a tu profesor. No puedo creer que te guste.

Luzia dio una patada a una piedra con la punta de su sandalia. Sus pies eran largos y delgados, lo suficientemente delgados como para que entraran en los zapatos de doña Conceição sin que le apretaran.

—Es educado —dijo Emília.

—Es un afeminado —replicó Luzia—. ¡Y las manos! —Se retorció histriónicamente—. ¡Son como la piel de un sapo!

—Son las manos de un caballero —dijo Emília—. Tú puedes casarte con un bruto con dedos como papel de lija, pero yo no.

Luzia señaló el edificio de la Singer.

—Si se muestra atrevido contigo, lo pincharé con mi aguja.

—Hazlo —dijo Emília, con las mejillas rojas— y arrojaré tus santos al excusado.

Se apartó de su hermana y atravesó la muchedumbre agolpada en la puerta de la clase. Emília siempre había admirado las manos del profesor Celio. No creía que fueran húmedas y frías como la piel de un sapo. No estaban marcadas con cicatrices ni eran ásperas por los callos, y a menudo había imaginado lo que sería sentir esas suaves manos sobre su rostro, sobre su cuello. Emília se calmó y se arregló el vestido. Era su mejor prenda, copiada de un patrón de *Fon Fon*. Tenía la cintura baja y una falda tubular pensada para llegar a media pierna, pero tía Sofía jamás lo hubiera permitido. Emília cortó la falda del largo de la pantorrilla. Ella y Luzia tenían tres vestidos cada una: un vestido de andar por casa de lienzo ordinario y dos vestidos para salir, de madrás y algodón resistentes. Emília rogaba a tía Sofía que le diera un corte de crepé o lino de baja calidad, pero ésta se negaba rotundamente. Cuando tía Sofía tenía la edad de Emília, ella y su hermana mayor no podían ir al pueblo juntas. Una de ellas debía permanecer encerrada en la casa con su hermano bebé, porque sólo tenían un vestido y un par de zapatos para compartir entre las dos.

—Y ese vestido estaba hecho de retazos —decía riendo tía Sofía, pero a Emília la historia jamás le hacía gracia.

Cuando las puertas se abrieron, Emília entró en la calurosa clase y se sentó en su puesto habitual, la máquina 16. —Luzia se sentaba frente a ella, en la 17—. El profesor Celio no las saludó. Examinó cada puesto minuciosamente, mientras arrancaba hilos sueltos y enderezaba sillas. Un mechón de pelo cayó sobre sus ojos. Extrajo un peine de metal del bolsillo interior de la chaqueta y lo peinó hacia atrás. Cuando llegó al puesto de Emília, pasó un trapo por su Singer y le sonrió. Emília sintió que le ardía el rostro. Le entró una risa tonta y se tapó la boca para reprimirla. A su lado, Luzia suspiró ruidosamente y hurgó en su costurero.

El profesor Celio sabía cómo desmontar las máquinas de coser y cómo armarlas de nuevo. Sabía leer y escribir y hablaba con un deje de São Paulo que no guardaba ningún parecido con su acento del noreste. No cortaba los finales de las palabras, permitía que la «o» y la «s» se quedaran sobre la lengua, saboreándolas, antes de lanzarlas al mundo. Durante las clases, se sentaba detrás de su escritorio y leía mientras las mujeres cosían. No le inmutaba el repiqueteo de las máquinas. De cuando en cuando paseaba entre los puestos y ayudaba a las mujeres con su trabajo, enseñándoles cómo ajustar los pedales, cómo acomodar linos finos debajo de la aguja de coser sin rasgarlos, cómo evitar que el hilo se enredara mientras descendía hacia la base de la máquina. Ayudaba a todas las mujeres, especialmente a Luzia, que se cruzaba de brazos y apartaba la silla de la máquina mientras el profesor Celio le daba sus consejos.

La habitación estaba caldeada. La pierna de Emília se entumeció de tanto accionar el pedal de la máquina. Luzia revolvió las bobinas que se hallaban en la base de su máquina. Se inclinó sobre la Singer formando un ángulo extraño, usando su brazo gramola para mantener la tela tensa y el brazo bueno para moverla lentamente bajo la aguja. Con el pie daba pequeños golpes sobre el pedal de hierro. Sus rodillas chocaban contra la parte inferior de la mesa de coser. A Emília le gustaba observar a Luzia cuando pensaba que nadie la estaba mirando. No le gustaba ver a su hermana forcejear; le gustaban los momentos en que cesaba el forcejeo, cuando Luzia hallaba una manera hábil de acomodar el brazo o mover el cuerpo para realizar su tarea. Entonces el rostro de Luzia se transformaba, suavizándose, revelando un atisbo de feminidad, una ruptura de su feroz orgullo. Una vez, Emília la había sorprendido bailando sola en su habitación. Luzia había extendido los brazos, con el gramola —que estaba torcido de forma permanente— sobre el hombro de una pareja imaginaria y el derecho agarrándole la supuesta mano. El brazo bueno había caído pesadamente y sus caderas se habían movido tan extrañamente que Emília no pudo contener la risa. Luzia, al verla, se detuvo y salió furiosa de la habitación. Emília no se había reído con malicia, sino de alegría. Siempre había deseado tener una hermana normal, a la que le gustaran los vestidos elegantes y las revistas, el maquillaje y el baile. Una hermana que quisiera marcharse de Taquaritinga tanto como lo deseaba la propia Emília. Ver a Luzia bailar torpemente frente al espejo confirmaba lo que Emília siempre había deseado que ocurriera: que más allá del brazo rígido y la mirada seria, Luzia era una niña normal, después de todo.

Emília dejó de pedalear y sacó un envoltorio de tela de su bolso de costura. La tarjeta perfumada estaba cuidadosamente metida entre sus pliegues. El profesor Celio se inclinó sobre su hombro y metió la tela nueva en la máquina. Estaban aprendiendo a coser bordes dentados, y el éxito de la tarea dependía de que se colocase la tela correctamente. Emília comenzó a pedalear. Celio la ayudó a llevar la tela de adelante atrás, debajo de la aguja. Por un breve instante, sus manos se tocaron. Emília agarró sus dedos fríos y deslizó la tarjeta. Luego el profesor Celio se alejó de su máquina, tosió y se metió el mensaje en el bolsillo del traje.

El corazón de Emília latía locamente. Aminoró la velocidad del pedaleo y apretó las manos contra sus mejillas, para templarlas. Cuando levantó los ojos, Luzia la estaba mirando con ferocidad. Su boca era una línea blanca y delgada. Emília, a su vez, la observó fijamente. No apartaría la mirada. No se dejaría intimidar. Cada vez que triunfaba, cada vez que robaba un pedazo de encaje del armario de costura de doña Conceição para guardarlo como recuerdo, o compraba una botella de perfume, o usaba sus zapatos de tacón, o escribía sus tarjetas, se enfrentaba con aquella mirada. Desde que eran niñas, desde que Luzia se había caído de aquel árbol y había quedado tullida, sentía que tenía el derecho de juzgar a Emília, de arruinar su felicidad antes siquiera de que hubiera comenzado.

6

Sucedió un domingo, después de misa.

Cada domingo, cuando eran niñas, tía Sofía las despertaba antes del amanecer y les ponía los vestidos de ir a la iglesia por la cabeza. Los vestidos estaban confeccionados con algodón rústico, y planchados con goma de almidón, que los endurecía, transformándolos en un rígido molde con aspecto de lona. Luzia sólo tenía diez años, pero ya era más alta que Emília, y su vestido dejaba al descubierto unas rodillas siempre despellejadas.

Durante la misa, el padre Otto se agarraba con fuerza al púlpito con sus gruesos dedos y pronunciaba la homilía. Sus oraciones se elevaban por encima de los sonidos de zapatos que se arrastraban y estornudos que se escapaban entre los congregados. Pronunciaba las erres con rudeza, como si tuviera una moneda en el paladar y estuviera intentando mantenerla en su lugar con la lengua. Sobre el cielorraso de la iglesia había una pintura de san Amaro. Era enorme y estaba cubierta de hollín por el humo de las velas; a Emília le gustaba fijar la mirada en el santo calvo. La vela que sostenía brillaba con tanta fuerza que atraía a los ángeles. Después de misa, Emília, Luzia y tía Sofía salían de la iglesia y se encaminaban a casa de la vecina Zefinha.

Josefa da Silva tenía afición por un plato de arroz, la cabidela de pollo, y el último domingo de cada mes faltaba a misa y abría con un cuchillo el pescuezo de su gallo más robusto y mezclaba la sangre fresca con vinagre y cebollas. Zefinha era amiga de la niñez de tía Sofía. Las dos mujeres se habían criado en Taquaritinga, habían hecho la primera comunión juntas, y siguieron siendo íntimas amigas, a pesar de que después de casarse Sofía se quedó cerca del pueblo mientras que Zefinha se mudó a una finca un poco más arriba de la montaña. Zefinha era rolliza y amable, y todos los domingos después de misa freía queso con harina de maíz y dejaba que Luzia y Emília comieran directamente de la sartén y rasparan los últimos pedacitos de queso con sus tenedores.

Después de comer se sentaron en el porche de Zefinha. Para mantener a raya a los mosquitos chupasangre que se metían debajo de sus faldas y volaban alrededor de sus caras, se untaron un mejunje de grasa de cerdo y limoncillo sobre las piernas, brazos y caras que las dejó brillantes como muñecas de vidrio. Las dos mujeres se sentaron en sillas de madera. Emília se repantingó en la hamaca junto a Luzia. Su hermana la mecía impacientemente de atrás adelante con la punta del dedo. Emília inclinó el mentón hacia fuera de la hamaca y observó al hijo menor de Zefinha, que arreglaba el cobertizo situado junto a la casa. Enrolló un pedazo gastado de cuerda gruesa para hacer un lazo. Sus morenos antebrazos se tensaban con cada vuelta.

—¿Podemos jugar? —preguntó Luzia. Emília se incorporó.

—Deja que se vayan —dijo Zefinha. Un enorme mosquito con las largas patas traseras enroscadas como bigotes flotaba alrededor de su cabeza gris.

Su tía reflexionó un momento antes de contestar:

—Quedaos cerca de la casa. No os ensuciéis los vestidos. Emília, vigila a tu hermana.

Emília asintió, y luego salió corriendo detrás de Luzia hacia el bosquecillo de bananos, detrás de la casa de Zefinha. Sus sandalias crujían y se hundían en las hojas de palmera esparcidas sobre el suelo. Las ramas cargadas de plátanos se balanceaban con la brisa, que, a lo largo del tiempo, había rasgado las verdes frondas, convirtiéndolas en cintas delgadas. Emília oyó rebuznos.

—¡Mira! —exclamó Luzia. A lo lejos se veía un árbol de mango, con las ramas cargadas de fruta. Una cerca de alambre separaba la propiedad de Zefinha de la de su vecino. Luzia gateó bajo el alambre oxidado, y luego lo sostuvo en alto para que pasara Emília. La parcela del vecino estaba atestada de raquíticos árboles de café. Luzia arrancó hojas de las ramas mientras corría hacia el árbol de mango.

Emília siguió el ejemplo de su hermana. Se apoyó en una rama baja y se encaramó al árbol. Sus sandalias patinaban sobre el tronco. Emília se agarró con fuerza a una rama cercana y se subió. La corteza le raspaba las palmas de las manos. Sobre ella, Luzia se balanceaba en una rama alta. Estiró la mano entre las ramas encima de ella y arrancó dos mangos maduros. Luzia colocó las frutas en la falda de su vestido y se sentó con cuidado. Extrajo un pequeño cuchillo del bolsillo. Era un regalo de su padre, quien durante una de sus extrañas visitas había aparecido en casa de Sofía con los ojos enrojecidos y el aliento con olor a licor de caña de azúcar. Emília no le había prestado mucha atención. Dio unas palmaditas a sus bolsillos para encontrar algo que darles y sacó el cuchillo. En su época de colmenero, lo había usado para rebanar la cera y raspar el propóleo, por lo que tenía una hoja corta y afilada. Sobre el mango había tallado la imagen de una abeja. Luzia se quedó con el cuchillo, se lo ocultó a su tía y lo llevaba siempre en el bolsillo del vestido o en la cartera escolar.

Luzia hizo un agujero en la parte superior de cada mango. Le entregó uno a Emília. Chuparon la pulpa de la fruta, y aplastaron las suaves masas entre los dedos como si fuera miga de pan. Cuando terminaron, Luzia arrojó la fruta sobrante. Se levantó la falda. Lentamente, se desató el cordel de los pololos —que le llegaban a la rodilla— y se movió de lado sobre la rama del árbol, empujando los calzones hasta los tobillos. Luego se aferró a la rama que estaba encima de ella. Inclinó el cuerpo hacia atrás. Emília vio un chorro de líquido caer de entre las piernas de su hermana, árbol abajo. El líquido se hundió burbujeando en la tierra anaranjada.

—Hazlo, Emília —dijo Luzia—. Te desafío.

Emília encontraba imposible imitar algo semejante. No podía bajarse las bragas delante de su hermanita, avergonzada por los oscuros vellos rizados que habían comenzado a crecer en esa parte de su cuerpo. Oyó un crujido entre los árboles de café, y vio que las hojas se sacudían en oleadas.

—¡Viene alguien! —susurró Emília.

Luzia se apresuró subirse los calzones. Soltó ambos brazos de la rama que tenía encima de ella. En un instante, Emília vio que el rostro de su hermana pasaba de una expresión de sorpresa a otra de terror... Las cejas se contrajeron y los dientes se apretaron con fuerza, como si estuviese preparada para el impacto. Luzia se echó hacia atrás.

—¡Luzia! —gritó Emília. Se abalanzó hacia su hermana. Sus dedos se rozaron, húmedos y pegajosos por el zumo de mango, y luego se apartaron sin remedio.

La cabeza de Luzia hizo un ruido sordo al chocar contra las gruesas ramas. Cayó inerte al suelo, exhalando un pequeño suspiro antes de cerrar los ojos. Su brazo izquierdo estaba torcido en un ángulo terrible. Parecía una de las muñecas de trapo con que jugaban, con los miembros despatarrados y sin vida. Emília rodeó el tronco del árbol con las manos y bajó, raspándose las rodillas y las manos. El vecino de Zefinha surgió de entre los árboles de café con la intención de regañar a las niñas por robarle su fruta. Su gesto de contrariedad desapareció cuando vio a Luzia.

Emília se arrodilló y rápidamente le subió las bragas a Luzia.

—¡Levántela! —Más que una súplica, era una orden al viejo granjero, con una voz desconocida hasta para ella misma, con un tono demasiado agudo y tajante.

Tía Sofía se llevó las manos a la boca cuando los vio emerger de entre los árboles: Emília gritaba órdenes, el vecino de Zefinha la miraba con los ojos como platos, desesperado. Luzia estaba inerte en sus brazos. La depositaron sobre la mesa de la cocina. Una herida en la parte de atrás de la cabeza goteaba sangre.

—La encontré así —dijo el vecino, agarrándose las manos morenas y callosas como si estuviera orando—. Estaban en mi árbol.

—Metámosle las manos en agua fría —dijo Zefinha, y llenó dos cuencos de arcilla. Las manos de Luzia colgaron, inmóviles, en su interior. El brazo izquierdo estaba torcido, con el codo para arriba, como si lo hubieran hecho al revés. Tía Sofía le apartó un mechón de pelo de la frente. No se despertó. Le echaron agua sobre la cara, pasaron una botella de vinagre fuerte bajo su nariz, pellizcaron sus mejillas y le tiraron del pelo; pero Luzia no se movió.

—La respiración —dijo tía Sofía— es tan dificultosa... —Miró fijamente el pecho de Luzia—. Apenas lo veo subir.

Zefinha levantó la cabeza de Luzia con cuidado y deslizó una toalla por debajo para limpiar la sangre. Miró a su hijo:

—Ve al pueblo —ordenó— y trae a la comadrona.

Doña Augusta, la comadrona local, era lo más parecido a un médico que tenía Taquaritinga. Tía Sofía se puso de rodillas. Todo el mundo hizo lo mismo. El suelo de tierra estaba frío bajo las rodillas de Emília. El vecino cambió de posición a su lado, enroscando nerviosamente el ala de su sombrero en las manos. Olía a cebollas y tierra. Emília se mareó. Se retiró un poco y apretó las manos con fuerza.

Tía Sofía recitó una serie de oraciones a la Virgen. Después de cada una de ellas, abrían los ojos para ver si Luzia se movía. Al ver que no, volvieron a agachar las cabezas rápidamente.

—San Expedito mío —dijo tía Sofía con voz temblorosa y solemne—, guardián de todas las causas justas y urgentes, ayúdanos en este momento de aflicción y desesperación. Tú, el santo guerrero; tú, el santo de todas las aflicciones; tú, el santo de todas las causas imposibles, protege a mi sobrina. Ayúdala, dale fuerzas. No permitas que caiga en aquel sitio oscuro. San Expedito mío, te estará eternamente agradecida y llevará tu nombre por el resto de su vida. —Tía Sofía se puso de pie y apoyó la cabeza sobre el pecho de Luzia—. Apenas puedo oír los latidos —dijo.

—Deberíamos buscar una vela —dijo el vecino.

Tía Sofía apretó el rosario con más fuerza. Los pliegues profundos, con forma de «v», que recorrían su frente se movieron nerviosamente.

—No —dijo—. Aún sigue viva.

Zefinha posó la mano sobre el brazo de su amiga.

—Sofía —susurró—, apenas respira. ¿Qué pasa si no despierta? Necesitará la luz.

Emília entrelazó las manos con más fuerza. Sintió un sabor metálico en la boca. Su saliva era viscosa y espesa. Recordó cuando Cosmo Ferreira, un granjero local, había caído de un burro un sábado durante el mercado. Tía Sofía intentó taparle los ojos a Emília, pero ella se zafó y lo vio todo. Su cara había sido aplastada y su cuerpo quebrado yacía ensangrentado cerca de la cuadra de los burros. Un tendero puso una hoja de banano en las manos inertes del granjero, para que la luz pudiera guiar su alma, que se marchaba al cielo, y lo protegiera contra la oscuridad que rodea la muerte.

—Déjame conseguir una vela —sollozó Zefinha—, por si acaso.

Emília se cogió las manos con tanta fuerza que sintió un hormigueo en los dedos. Rezó a todos los santos que recordaba; rezó a Jesús y al Espíritu Santo y al alma de su madre. Una y otra vez oró, hasta que las palabras de sus oraciones sonaron extrañas, sin sentido, como las canciones disparatadas que Luzia y ella cantaban cuando eran pequeñas.

Zefinha apareció con una gruesa vela blanca. La encendió con un trozo de madera ardiente del fuego del fogón. Tía Sofía acomodó la inmóvil mano derecha de Luzia sobre su pecho y envolvió la vela en sus pequeños dedos. Luego la tía le movió el brazo torcido. Los párpados de Luzia se agitaron y abrió los ojos. Recorrió la habitación con la mirada, como si estuviera perdida, y luego se miró el brazo. Su boca se retorció de dolor.

—¡Ave María! —gritó tía Sofía—. ¡Gracias a Dios!

Luzia se incorporó. La vela cayó al suelo. Zefinha se apresuró a apagarla con el pie.

—Duele —dijo Luzia con voz ronca, con la parte de atrás de su pelo apelmazada ya por la sangre. Se bajó de la mesa, deslizándose—. Duele —dijo, más fuerte esta vez, dirigiendo a Emília una mirada llena de ira.

Emília se sintió increpada por la mirada de su hermana. Había dolor, confusión y una furia salvaje en los ojos de Luzia. Emília también percibió reproche en el gesto. Se miró las manos y fingió que rezaba. Luzia rompió a llorar. Corrió alrededor de la cocina, y finalmente metió su brazo roto en una jarra de agua que había al lado del fogón de Zefinha.

Su hijo regresó unos minutos después. Las fosas aterciopeladas de su nariz eran grandes y circulares, y se abrían y se cerraban por la respiración agitada. La comadrona no aparecía, así que había traído al padre Otto. El cura se sentó precariamente detrás del hijo de Zefinha. Su calva brillaba de sudor, los pantalones se le subían, dejando sus blancas pantorrillas a la vista. Se santiguó cuando vio a Luzia de pie con el brazo metido en la jarra de agua. Tenía el rostro extremadamente pálido. El hijo de Zefinha volvió corriendo al pueblo para buscar al ensalmador, el curandero que colocaba los huesos dislocados.

—¿Qué ha sucedido? —preguntó el padre Otto.

—Casi se nos va —susurró tía Sofía al cura—. Es un milagro, ¿no es cierto, padre? Ha vuelto a la vida. Un milagro.

Tía Sofía explicó el accidente y el padre Otto asintió solemnemente. No le quitó los ojos de encima a Luzia. Cuando tía Sofía terminó, la habitación quedó en silencio. El padre Otto cogió la barbilla de Luzia con su gruesa mano.

—Los milagros son raros, jovencita —dijo—. Son dones. No te vuelvas a caer de un árbol.

Emília se arrodilló, olvidada, en un rincón de la cocina encalada, como una persona extraña que es testigo de un suceso familiar privado. Sintió el pinchazo de una gélida certeza, tan férrea y afilada como las agujas de coser de tía Sofía: así sería su vida, con una hermana que había regresado del abismo de la muerte.

7

Emília se ajustó con fuerza el pañuelo sobre el pelo. El campo árido que se extendía debajo de la montaña era caluroso y polvoriento. Se cruzaron con una recua de burros. Los animales llevaban latas de queroseno y cajas de jabones, tónicos para el cabello y otros productos envasados que provenían de Limoeiro. Niños descalzos corrían al lado del sendero, levantando polvo. Emília cerró los ojos.

El profesor Celio no le había escrito una nota. En el pasado, escribía algunas líneas sobre un papelito impreso arrancado del manual de Singer a modo de respuesta. Después de la clase, Emília se había quedado frente a la máquina de coser colocando la silla y quitando los hilos sueltos, mientras Luzia esperaba impaciente junto a la puerta. El profesor Celio permaneció detrás de su escritorio respondiendo a las preguntas de las otras estudiantes. Era por el pañuelo, concluyó Emília. Antes de copiar los modelos de *Fon Fon*, había llevado el negro pelo ondulado atado atrás con una cinta. Ahora parecía la esposa de un granjero. La próxima vez desobedecería a su tía. Se pondría los rulos con agua de goma para impedir que los rizos se aplastaran debajo del pañuelo, y se lo quitaría en cuanto entrara en el edificio de la Singer.

—Mira —dijo Luzia.

Emília no abrió los ojos. Durante el camino de vuelta a casa, Luzia siempre señalaba las mismas rocas —piedras tan desgastadas por la lluvia y el tiempo que se habían vuelto suaves y casi porosas—. La gente las había manchado recientemente con consignas políticas: «¡Vote a Celestino Gomes!». Luzia odiaba las pintadas. Emília desconocía de quién se trataba... Los políticos eran gente extraña, figuras fantasmales cuyas voces estridentes se oían cada tanto en programas de radio o cuyos nombres estaban pintados sobre rocas o vallas, y eran promocionados por coroneles del lugar. Sólo los hombres que sabían leer y escribir podían votar. Los pocos que encajaban en este perfil en Taquaritinga rara vez entraban en contacto con una papeleta: el coronel Pereira las rellenaba por ellos como mejor le parecía. Luzia juraba que, si fuera hombre, jamás le daría su respaldo al candidato que estropeaba rocas con lemas. Emília la ignoró, le gustaban las rocas pintadas. Le daban una apariencia más fresca al color oxidado del yermo paisaje. Para Emília eran un elemento de civilización en medio de las agrietadas chozas de barro y los apriscos de cabras sólidamente ajustados, cuya repetición en el paisaje hasta el cansancio la hacía aferrarse a su pañuelo y luego a su estómago, en donde sentía una palpitación, un espasmo espantoso en sus entrañas que sólo podía identificar como repulsión.

—Mira —insistió Luzia.

El codo de su hermana se clavó en sus costillas. Emília abrió los ojos. Ya habían pasado las rocas pintadas. Cuatro figuras bloqueaban el camino.

—¡So! —gritó su viejo acompañante. Sostuvo las riendas de las mulas con una mano, y palpó debajo del borde de su camisa con la otra, dejando ver una funda ajada de cuchillo. Había robos en los caminos, grupos de cangaceiros o incluso bandidos solitarios se llevaban a veces mercancía y dinero. Alguna gente del pueblo vivía con temor a los cangaceiros, aunque Taquaritinga no había sido atacada en el transcurso de la breve vida de Emília. Doña Ester, la esposa del barbero, insistía en que los cangaceiros no eran héroes, como algunos aseguraban, sino vándalos y asesinos de la peor calaña. Los trovadores, que pasaban por el pueblo llevando trajes raídos y acarreando violas lustrosas, cantaban la crueldad de los cangaceiros: cómo incendiaban pueblos hasta los cimientos, mataban familias enteras, masacraban el ganado. Inmediatamente después, esos mismos hombres cantaban la misericordia y generosidad de los cangaceiros: cómo los agradecidos arrojaban monedas de oro y dejaban cajas con tesoros a los anfitriones generosos.

Doña Teresa, una anciana que vendía gallinas y palillos de canela en el mercado de los sábados, creía que los cangaceiros eran tan sólo peones pobres que se habían hartado de las mezquinas guerras por cuestiones territoriales. El sobrino de la mujer —un muchacho dulce, según insistía ella— se había transformado en cangaceiro para vengar la muerte de su amada a manos de un coronel enemigo. Esto era habitual. Había tres tipos de cangaceiros: aquellos que se unían por venganza, aquellos que se unían para escapar de la venganza y aquellos que eran simples ladrones. Emília creía que los dos primeros tipos terminaban perteneciendo al tercer tipo con el tiempo; no podían vivir escarbando entre los matorrales como animales. De todas formas, en su círculo la venganza era sagrada. Era un deber, un honor. Hasta quienes temían a los cangaceiros como ladrones los respetaban como hombres.

—Los cangaceiros no agachan la cabeza ante nadie. —Zé Muela, un tendero, susurraba esto a menudo cuando estaba seguro de que el coronel Pereira se encontraba lejos de su tienda—. Se ocupan de sus asuntos. No cruzan las piernas como las mujeres.

Algunas de las niñas con las que Emília había asistido al colegio creían que los cangaceiros eran románticos, hasta apuestos. Emília estaba en desacuerdo. Cualquiera que fuese su motivación, los cangaceiros eran los mismos peones que ella detestaba, pero peores. Las armas y el prestigio los habían envalentonado. Para Emília eran como una manada de perros salvajes que merodeaba por Taquaritinga todas las noches. Antaño dóciles, se habían vuelto salvajes y rabiosos, y robaban gallinas, partían el pescuezo a las cabritas, acechaban cabizbajos el pueblo con sus cuerpos ensangrentados y su hedor infame. Eran chuchos impredecibles, ingratos, que se traicionarían entre ellos si se presentaba la ocasión.

Algunos de sus vecinos sentían piedad y alimentaban a los perros. Emília prefería guardar distancia.

A medida que las mulas redujeron el paso, aquellos hombres se acercaron. Llevaban sombreros de cuero de ala ancha y uniforme verde. Los colores del paisaje eran tan sombríos que los uniformes, por contraste, lucían vibrantes, vivos. El viejo acompañante retiró la mano de la funda del cuchillo.

—Un control —murmuró—. Son soldados.

Emília sólo había visto una vez a un soldado, durante una visita a Caruaru, donde Luzia y ella observaron a un grupo de ellos bebiendo cerveza y silbando a las mujeres. Caruaru era la metrópoli más grande en el interior del estado, pero incluso allí era raro hallar verdaderos oficiales de la ley. El coronel Pereira se quejaba de su actual gobernador, quien, decía, había sobornado a los muchachos pobres en la ciudad, les había dado armas antiguas y proclamando soldados y los había enviado a puestos en el interior. Allí, eran más los problemas que ocasionaban los soldados que el bien que hacían. Eran bulliciosos a veces, despiadados en ocasiones, tan ingobernables y crueles como una banda de cangaceiros.

Las mulas se detuvieron. Luzia se enderezó. Emília se aferró a su pañuelo. El soldado tenía un rifle de grueso calibre que le cruzaba el pecho, listo para disparar; estaba raspado, y la culata era de madera rota. Los otros soldados no tenían armas, pero estaban en guardia con las piernas separadas, bloqueando el paso de la mula. El soldado armado examinó a Emília y Luzia.

—¿El motivo de su visita? —preguntó.

—Clases de costura —respondió Luzia.

El soldado asintió.

—¿Sin carabina?

—Yo soy la carabina —respondió el viejo, quitándose el sombrero—. Trabajo para el coronel Carlos Pereira.

El soldado sacudió la cabeza.

—¿Y de dónde es este coronel? Hay tantos por aquí que me cuesta llevar la cuenta. —Los demás soldados se echaron a reír.

El viejo estaba horrorizado.

—Está a cargo de las tierras que van desde esa montaña —señaló delante de ellos, hacia la sombra azul que se veía en la distancia— hasta el otro lado. Taquaritinga y Frei Miguelinho. Está a cargo de todo.

—Tal vez sea el dueño —dijo el soldado, poniéndose bruscamente serio—, pero quien las gobierna es la ley. El estado de Pernambuco las gobierna.

El viejo miró hacia abajo y asintió. Emília sintió una oleada de irritación. Si hubieran venido en el Ford del coronel, ¿habrían sido reprendidos de ese modo? Si hubiera tenido al profesor Celio de compañía en lugar de ese viejo peón, ¿las habrían molestado?

—Está bien —dijo el soldado al tiempo que señalaba el camino con el rifle—. Sigan adelante. Pero permanezcan alerta. El Halcón anda cerca.

El viejo se quedó helado durante un instante, con el sombrero enrollado con fuerza en las manos, y luego dio las gracias a los soldados. Tomó las riendas de las mulas y azuzó a los animales para que se movieran. Emília sintió un escalofrío. Se aferró con fuerza a la montura.

Todo el mundo conocía su historia. A los 18 años, el Halcón se había convertido en cangaceiro cuando mató al famoso coronel Bartolomeu de Serra Negra en su propio estudio; tras esquivar a los capangas del coronel, lo había destripado con su propio abrecartas. Más adelante, los ciudadanos de Río Branco le pusieron el mote de «Halcón» después de que saqueara su pueblo, donde extirpó los ojos de sus víctimas con la punta del cuchillo. Había un pájaro en el llano árido por debajo de Taquaritinga —el caracará—, un tipo de halcón que se lanzaba en picado y se comía los ojos y las lenguas de los cabritos y los terneros. Tía Sofía, como muchas de las madres del pueblo, empleaba el miedo al halcón para evitar que Emília y Luzia se alejaran demasiado de la casa.

«El caracará —solía cantar tía Sofía con su grave voz ronca— busca a los niños que no son listos. ¡Cuando los pilla solos, les saca los ojos!».

Se decía que el Halcón usaba una colección de globos oculares disecados de sus víctimas a modo de collar. Se decía que era enorme, de pelo rubio y ojos azules, como un antiguo soldado holandés. Algunos decían que era fornido, bajo y oscuro como un indígena. Otros decían que era el diablo en persona. El padre Otto intentó disipar este mito en particular. El demonio, advertía, no aparecería bajo una apariencia tan obvia.

—Satán no es un bandido —decía el sacerdote—. Es un embaucador, un encantador de serpientes. No lleva armas, sino regalos, haciéndonos confundir sombras con sustancia, el reino del cielo por los placeres de la tierra.

Emília se movió en su montura y miró fijamente a los soldados, compadeciéndolos de pronto, con sus lustrosos uniformes y su rifle antiguo. Presa fácil. Miró a Luzia, erguida sobre la mula a su lado. Su hermana levantó el brazo gramola. El hueso del codo rígido sobresalía formando un ángulo extraño. Ahuecó la mano sobre sus oscuras cejas y fijó la mirada en el horizonte.

8

Cuando llegaron a Taquaritinga, el aire se volvió más fresco, liviano. Las últimas cigarras del verano zumbaban débilmente. Los pájaros gorjeaban. En el mercado, los últimos vendedores desmontaban sus puestos. La gente miraba el horizonte ensombrecido esperando lluvia.

El viejo carabina detuvo las mulas frente a la blanca mansión del coronel. El hombre había intentado apremiar a los animales, esperando acortar el ascenso a la montaña. Sin embargo, las mulas caminaban penosamente por el sendero, apresurándose sólo cuando oían el chasquido de la fusta, para enseguida reducir otra vez la marcha. A las mulas no les importaba si el Halcón se estaba ocultando entre las rocas o detrás de los matorrales. Pero el viejo acompañante no soltaba la funda del cuchillo. Emília y Luzia volvían la cabeza cada vez que veían una lagartija que se escabullía, un pájaro volando bajo. Cuando llegaron finalmente, Emília tenía jaqueca. El borde de la silla de montar le había provocado escozor en la cadera. Su fino vestido estaba cubierto de polvo. Sólo una nota del profesor Celio le hubiera levantado el ánimo, tendría que esperar otro mes antes de que pudiera deslizar una respuesta en sus manos.

Luzia y ella dieron las gracias al viejo y lo dejaron con las mulas en la verja de la mansión del coronel. Atravesaron andando la plaza, vacía excepto por algunas parejas de enamorados que paseaban cogidos de la mano. Sus carabinas —ancianas que recitaban el rosario— arrastraban los pies siguiendo de cerca a los tortolitos. Emília cojeó al lado de su hermana, con los pies hinchados, comprimidos contra las tiras de gamuza de sus zapatos heredados. Aun así, no se los quería quitar.

—Te vi —le susurró Luzia mirando hacia arriba, como si le hablara al firmamento—. Te vi pasarle la nota.

—¿Qué?

—Por favor, tengo mi máquina frente a la tuya.

Emília se pasó la bolsa de costura de un hombro al otro.

—Me va a sacar de aquí —dijo—. Nos vamos a ir a São Paulo.

Luzia dejó de caminar. Tenía la respiración entrecortada y los ojos desorbitados. Emília sintió una oleada de euforia al comprobar que podía desconcertar a su hermana.

—¿Te lo ha dicho? —preguntó Luzia.

—Es discreto. Los hombres educados jamás declaran explícitamente sus intenciones.

—¿Qué sucederá si sus intenciones son malas? —argumentó Luzia, plantada con los pies bien abiertos, los brazos apoyados en la cadera, sacando pecho como un gallo listo para la pelea. Hablaba con voz fuerte.

Emília la silenció.

—Te pareces a la tía —susurró Emília—. El profesor Celio es un caballero. No necesita decírmelo. Lo siento.

—Si es un caballero, ¿por qué no viene de visita a casa? ¿Por qué no le pide permiso a la tía para cortejarte?

—El viaje a Taquaritinga es demasiado largo —dijo Emília.

Tenía el rostro incendiado. Se le había pasado por la cabeza esa idea, pero sentía una oleada de vergüenza cada vez que imaginaba al profesor Celio andando sobre el suelo de tierra de su cocina, viendo a tía Sofía freír panqueques de mandioca y soportando las miradas escrutadoras de Luzia. Emília se estremeció. Luego mintió:

—Se ofreció a visitarme. Le dije que no era necesario.

—¿Por qué? —preguntó Luzia.

Emília esbozó una sonrisa forzada.

—¡En São Paulo tienen edificios de diez pisos, Luzia! Tienen parques, apartamentos y tranvías. ¿Qué pensaría de esto? —Extendió los brazos hacia los lados, como si intentara abarcar todo el pueblo.

—¿Y eso qué importa? —preguntó Luzia.

—A una persona educada le importa.

—¡Qué sabrás tú! —exclamó Luzia.

Emília sintió que se ahogaba. El calor aguijoneaba sus mejillas. Luzia la miró con piedad, como si presintiera algo que Emília no era capaz de ver. Emília estaba harta de aquella mirada. El cuerpo esbelto y largo y el brazo torcido la hacían diferente, y le otorgaban una libertad que ella jamás conocería. Gramola no tenía posibilidad alguna de casarse. Ni una reputación que conservar. Gramola era una rareza, ajena al chismorreo y al juicio. Libre para hacer lo que quisiera, para decir lo que quisiera, sin consecuencias. Emília no podía permitirse tales lujos. Desde que era niña, tía Sofía y otros le habían advertido una y otra vez: «Recuerda tus orígenes». Lo decían con bondad, como si estuvieran impartiendo consejos sagrados. Lo decían para ahorrarle la vergüenza y el dolor. «Recuerda tus orígenes», decían, y Emília sabía lo que escondían esas palabras: recuerda las manchas de color naranja en las plantas de tus pies, los callos de tus dedos por la costura, el paño feo de tus vestidos. Recuerda que eres hija de una cosechadora de café y del borracho del pueblo. Recuerda que puedes coleccionar tus revistas *Fon Fon* y albergar sueños e ideas, pero con el paso del tiempo te harán más mal que bien. Tal vez tú olvides tus orígenes, pero los demás no los olvidarán.

—Te odio —dijo Emília.

Le volvió la espalda a Luzia y caminó rápidamente, esperando eludir los largos pasos de su hermana. Sentía un dolor punzante en los pies, un escozor en los ojos... No importaba si le molestaban los zapatos o si su pelo era raro. Ella tenía al profesor Celio. Y algún día la llevaría a una ciudad de verdad, con farolas en las calles, tranvías y restaurantes. Jamás había ido a un restaurante. La llevaría a una ciudad en donde la gente sabía leer y escribir, donde firmaban escribiendo sus nombres con bolígrafos de verdad, en lugar de presionar sus dedos sobre un papel secante, de estampar la huella digital de los analfabetos en los documentos. Una ciudad donde no había sequías en el verano o inundaciones en el invierno; donde el agua fluía dócil a través de tuberías y desagües. Se imaginó su casa: un lugar con suelo enlosado y una cocina de gas. Se imaginó su venganza, cómo dejaría a Luzia allí, entre las cabras, los chismorreos y los hombres sin dientes. Y un día Emília volvería y encontraría a Luzia vieja y sola. Sacaría a su hermana de Taquaritinga y la llevaría a su casa de azulejos, a un lugar donde nadie la volvería a llamar jamás Gramola. Y Luzia, finalmente, se daría cuenta de que todas las revistas y los perfumes de Emília, sus tarjetas, sus sombreros caseros y los zapatos que no le quedaban bien no eran tonterías, después de todo, sino pequeños pasos, pasos necesarios, para llegar a un lugar mejor.

Capítulo
2

LUZIA

Taquaritinga do Norte, Pernambuco
Mayo de 1928

1

Aún seguía oscuro. Los pájaros se amontonaban sobre las vigas de madera. Luzia prendió una vela y se acercó al pequeño armario al lado de la despensa. Allí encendió otras velas con la que tenía en la mano. La pequeña habitación se iluminó con un resplandor naranja. Los ojos pintados de los santos la miraban desde su altar. Gotas petrificadas de cera chorreaban sobre los tapetes de encaje que forraban los estantes. El humo de las velas se elevaba en espirales y salía al exterior a través de dos pequeños agujeros de las tejas del techo, renegridas por el hollín.

Luzia se arrodilló. Sus rodillas se adaptaron cómodamente en el suelo irregular de tierra, en pequeñas hondonadas formadas tras años de oraciones. Acudía ante el armario de los santos todas las mañanas desde que tenía 11 años. Tía Sofía creía que habían sido los santos quienes unieron sus poderes para devolverle la vida a Luzia después de su caída del árbol de mango. Luzia no había pedido la ayuda de los santos, pero tenía que manifestar su gratitud. Especialmente a san Expedito, quien, según tía Sofía y el padre Otto, había estado a la altura de su reputación como patrón de las causas justas y urgentes. A cambio de devolverle la vida, Luzia le debía a Expedito una ofrenda el día de su cumpleaños número 18. Cuando un santo pedía un signo de agradecimiento por parte de una mujer, ésta no podía presentarle comida, dinero ni nada que fuera material. Debía darle algo de gran valor personal, y para la mayoría de las mujeres lo más valioso era el pelo. Luzia no se había cortado el suyo desde la caída del árbol de mango. Su espesa cabellera de color caoba le llegaba casi hasta la cintura. Cuando cumpliera 18 años tendría que cortarse la gran trenza y llevarla a la iglesia para depositarla sobre el altar de Expedito. Después tal vez pudiera llevar una melena audaz, como su hermana. Luzia desgranó las cuentas del rosario entre sus manos. Sacudió la cabeza; estaría ridícula. De cualquier modo, la ofrenda debía hacerse.

No estaba segura de creer en los poderes de los santos y a menudo los consideraba vanidosos por exigir tanta atención. Pero le gustaba el hecho de que alguna vez habían sido personas. Habían creído, sufrido y obtenido su recompensa. Si la recompensa había sido otorgada por su sufrimiento o por su fe, Luzia no lo podía saber. De niña, le había preguntado sobre ello al padre Otto. A modo de respuesta, éste le entregó un libro encuadernado en cuero sobre las vidas y muertes de los santos. Desde el principio había creído, como algunos otros en el pueblo, que aunque su brazo inmóvil la excluyera para el matrimonio, la hacía apta para una vocación más excelsa; había extraordinarios conventos en Garanhuns y Recife. Luzia no quería ser monja, pero le gustaba leer los libros ajados del cura mientras el resto de sus compañeros salía a jugar al recreo. Página tras página, escudriñó las vidas de los santos y aprendió que no eran las figuras coloridas que conocía, mansamente sentadas en su altar cubierto de cera, sino gente de carne y hueso. Santa Inés era tan sólo una niña cuando fue vendida a un prostíbulo y quemada en una hoguera. Santa Rita de Casia había sido descuartizada, y su cuerpo lentamente cortado en pedazos: primero los dedos, luego las muñecas, después los brazos. El cuerpo desnudo de santa Dorotea la Hermosa había sido marcado con hierro candente. Los ojos de santa Lucía habían sido arrancados con la punta del cuchillo de un pagano.

En medio de sus sufrimientos, decía el libro, los santos habían rezado por sus almas y no por sus desdichados cuerpos. Luzia admiró su valentía, pero no se la creía.

Recordó su propio accidente. No la caída en sí, sino la aterradora sensación de precipitarse hacia atrás, de perder el equilibrio y darse cuenta de que no había una mano invisible, un ángel guardián para cogerla. Tan sólo las ramas del árbol, y luego la oscuridad. Cuando se despertó vio el rostro de tía Sofía y sintió un dolor tan grande que creyó que se alejaba flotando. Nunca encontraron al colocador de huesos. Fue aún peor cuando la curandera llegó y le giró bruscamente el brazo inerte. Luzia sintió un terrible zumbido en los oídos. Luego se desmayó. Le metieron el brazo a la fuerza entre unas tablillas: dos largas varas de madera a ambos lados de su antebrazo, sujetas con tela y el brazo inmovilizado por un cabestrillo. La fractura de la articulación la martirizaba. Ardía, apretaba, enviaba ramalazos y oleadas de calor a todo el brazo. Luzia sudaba. Temblaba. Muchas noches no podía dormir. Se arrodillaba ante el armario de los santos y elevaba largas y fervientes súplicas, proponía pactos infantiles y hacía incontables ofrecimientos, todo por su brazo. Pero, por debajo de las tablillas, la articulación se fue endureciendo lentamente. Cuando le quitaron las varas de madera, el codo de Luzia estaba rígido, y el hueso se había petrificado en aquella posición.

La sanadora dijo que aún había esperanza. Empleó una cinta especial y midió cada centímetro del cuerpo de Luzia, como si le estuviera preparando la mortaja. Después de tomar las medidas, la curandera se arrodilló y rogó a Jesús que le estirara el brazo. Les dio una crema de hierbas y manteca, prescribiéndole a Luzia que se la frotara sobre el codo tres veces por día, para engrasar el hueso, como si fuera el diente de un engranaje. Para entonces el dolor era como una presencia molesta y constante, como si tuviera agujas bajo la piel. Así que cuando leyó en el libro del padre Otto que los santos habían olvidado su dolor y eran indiferentes a su cuerpo, lo cerró con fuerza. Ya no deseaba leer durante el recreo. Ya no quería asistir a las clases de catequesis, donde los niños la habían rebautizado Gramola. Sintió algo duro y amargo, como una semilla venenosa alojada en el pecho. Cada cierto tiempo esa semilla se abría, liberando un terrible calor que borboteaba y ascendía, derramándose como la leche cuando hierve. Luzia pisaba las plantas de frijoles, daba furiosas patadas en las espinillas de sus compañeros, arrancaba las dalias de tía Sofía de sus tallos, pellizcaba los hermosos brazos de Emília hasta que quedaban moteados de azul. No sentía ira, sino desesperación, y quería que el mundo también la sintiera. Al poco tiempo, el padre Otto dejó de prestarle libros. Dejó de describir los encantadores patios del convento bordeados de rosas y hierbas. Aparentemente, Gramola no estaba hecha para la vida religiosa.

Con el tiempo, su humor se calmó, pero su fama perduró. El brazo no se estiró, pero sí su cuerpo. A medida que se hacía más y más alta, tía Sofía insistía en que la sanadora se había equivocado en los cálculos, que sus oraciones habían estirado los huesos en las piernas de Luzia en lugar de en sus brazos. Las mujeres del pueblo murmuraban. Era una pena que Emília y Luzia no tuvieran un hermano que cuidara de ellas. Una casa sólo con mujeres era una lastimosa situación. A medida que fueron mayores, tía Sofía se volvió mucho más severa con Emília, y la encerraba en casa para evitar que se metiera en líos. Las jóvenes sólo valían para algo si lograban mantenerse puras. Esta situación no afectaba a Luzia, que ya estaba arruinada. ¿Quién, se preguntaban las mujeres del pueblo riendo, estaría tan desesperado como para codearse con Gramola? Por ello Luzia podía deambular a su antojo. Después de sus oraciones matinales ante el armario de los santos, daba largos paseos. Antes de salir el sol, a oscuras, Luzia recorría el pueblo y las granjas dispersas sobre la montaña. Le gustaba el aire frío y silencioso de la mañana. Le gustaba sentir que era la única persona viva.

Luzia desgranó el rosario en sus manos. El calor de las velas templaba su rostro. Miró las imágenes delante de ella. Allí estaba san Francisco, con dos pájaros en sus manos extendidas. Allí, san Benito con una capa púrpura; san Blas, con una cinta roja alrededor del cuello; y san Benito, con la cara tan negra que sus ojos parecían redondos y asustados. Allí estaba san Expedito, con el escudo en alto y la armadura de soldado pintada de manera torcida sobre su cuerpo, y con labios rojos y carnosos. Los rostros de los santos le parecían demasiado afeminados, demasiado infantiles y delicados. Sabía que Emília apreciaba su refinamiento, como el del profesor Celio.

A Luzia no le agradaba el instructor de costura. No por la barba recortada o las camisas teñidas. Luzia respetaba su sentido de la pulcritud, sabía que exigía un esfuerzo. Era imposible encontrar a un barbero y era difícil cepillar el pertinaz polvo que se depositaba en cada fibra de tela y hacía que hasta la camisa más blanca pareciera sucia y amarillenta. Resultaba estoico, en realidad, en su mundo de granjeros y vaqueiros, que un hombre común se vistiera como un coronel. Lo que desagradaba a Luzia era la manera en que el profesor de costura desechaba los hilos sueltos de su escritorio, como si le provocaran rechazo. Tenía la terrible costumbre de dar golpecitos con el pie y suspirar cuando una alumna no podía cambiar una bobina de metal en su máquina de coser. Temía mancharse los pantalones con aceite, y si chirriaba una máquina echaba un rápido chorro de engrasante y se apartaba, dejando que su alumna limpiara cualquier vestigio de mancha. Se creía por encima de la tarea de enseñar puntos de máquina —era un técnico, no un sastre, solía repetir—; entonces, abría el manual de Singer y les mostraba fotos del dobladillo picot o de los ribetes, y luego volvía a su escritorio y dejaba que lo resolvieran solas. Pero si el problema eran las máquinas, era meticuloso y atento, subiendo y bajando pestillos, enrollando y desenrollando las bobinas de hilo, haciendo que las alumnas se apartaran mientras trabajaba, como si la máquina fuera un delicado misterio y no tan sólo un artefacto de metal y madera.

El primer día de clase miró el brazo de Luzia y con voz resonante y cortés le preguntó si necesitaba ayuda. Luzia declinó el ofrecimiento, y luego se dirigió a su hermana:

—Debe de ser un maestro terrible para que lo hayan enviado aquí y no a una ciudad de verdad —dijo en voz alta, lo que provocó que Emília se sonrojara. Después de eso, el instructor la dejó tranquila. Así lo prefería Luzia.

Tal vez debió haber permitido que la ayudara. Quizá debió procurar comportarse de manera torpe e indefensa, ocupando su tiempo para que no pudiera prestarle atención a Emília. De cualquier manera, Emília habría logrado su atención, aunque fuese a costa de entrar a la fuerza en su campo de visión.

Emília sabía cómo mover el rostro, cómo controlar sus expresiones para obtener lo que deseaba. Luzia la había visto practicar frente a su pequeño espejo, abriendo y entornando sus grandes ojos de color café. Cada vez que el profesor Celio le entregaba una nota, Emília se apropiaba de ella sin apartar la vista de su trabajo, concentrada y seria, dándole al profesor tan sólo un tímido esbozo de sonrisa. Con los vendedores de tela en el mercado, Emília hacía mohínes y arrugaba la frente hasta que le terminaban vendiendo lo que fuera a buen precio. Con doña Conceição era sumisa y entusiasta. Con sus pretendientes —los granjeros asustados que se sentaban nerviosos en la cocina de tía Sofía— Emília fruncía el labio, adoptando una mueca de desprecio. Sólo antes de dormirse, cuando Luzia y Emília cuchicheaban contándose historias y secretos, las expresiones de Emília dejaban de ser afectadas. A la luz de la vela, la jovencita se parecía a la foto de su madre, pero su mirada no era ni temerosa ni insegura; era inteligente, obstinada.

—Que Dios ampare al hombre que se case contigo —bromeaba a menudo tía Sofía en medio de las diatribas de Emília—. ¡Creerá que le dan azúcar, pero en realidad obtendrá rapadura, bastos bloques de melaza! Una vez al mes compraban los bloques marrones de aquella engañosa materia. La rapadura olía a melaza y atraía a las abejas. Pero a pesar de su dulzura, el bloque era duro como una piedra, capaz de romper un diente o de doblar un cuchillo. Era para chuparla, no para morderla. La fuerza de voluntad de Emília era igual de firme. Algún día se iría a Recife o incluso a São Paulo.

Luzia sintió un ramalazo de celos. Apretó el rosario con fuerza entre los dedos. Las cuentas se hundieron en las palmas de las manos.

No deseaba tener la belleza de su hermana. Sería demasiado fastidioso estar preocupándose por peinarse y vestirse adecuadamente. Pero Luzia envidiaba las oportunidades que ofrecía la belleza. Emília aseguraba que quería ser mecanógrafa o vendedora en la ciudad. A Luzia le hubiera gustado solicitar un trabajo así, pero no había mucha esperanza de que consiguiera un empleo fuera de casa. Algunas veces, cuando cuchicheaban en la oscuridad y Emília le confiaba sus planes, Luzia hubiera querido decir: «Llévame contigo». Pero jamás lo hizo. En realidad no quería vivir en una ciudad. A Luzia le encantaba la casa de tía Sofía, le encantaba alimentar a las malhumoradas gallinas, ocuparse de las dalias, y adoraba sus largas caminatas matinales antes de que saliera el sol. Aun así, le excitaba pensar en la huida, en ser otra persona que no fuera Gramola.

El humo que salía del armario de los santos hizo que le picaran los ojos. Una gota de cera le cayó sobre el antebrazo. Se apartó y se frotó el círculo rojo que le provocó en la piel. Luzia cerró los ojos. Oró por la salud de tía Sofía. Oró por la felicidad de Emília, pero no con el instructor de costura. Cuando llegó el momento de pedir por sí misma, no estaba segura de lo que debía solicitar. Su vida parecía desdibujada e intrascendente, como una infancia sin fin.

Miró fijamente el centro del altar de los santos. Allí estaba la Virgen Madre, con las manos extendidas y el rostro limpio, sin rastros de hollín. Su cabeza estaba inclinada. Sus ojos levantados, no de manera recatada, sino con temeridad, como si estuviera diciendo: «Mi amor es grande, pero no colmes mi paciencia».

Luzia finalizó rápidamente sus oraciones. Sopló las velas de los santos y se alejó del armario. En la despensa, tanteó los estantes hasta hallar una tajada de carne secada al sol. Cortó una pequeña rodaja y la dejó caer dentro del bolsillo. Luego alzó el pestillo de la puerta de la cocina y salió al jardín envuelto en sombras.

2

Tía Sofía decía que las horas que precedían a las 12 eran «la boca de la noche». La gente decente se acostaba antes del atardecer. Sólo los borrachos y los perros deambulaban a esas horas. Cualquiera que fuese lo suficientemente tonto como para hacerlo, se arriesgaba a ser fagocitado. ¿Por quién? Luzia nunca lo supo. Tal vez por espíritus, o por la bebida, o por ladrones. O por la noche misma. Antes de la medianoche había un coro de sonidos: el zumbido de los grillos, el suave croar de las ranas, el aullido de los perros callejeros. Después de la medianoche sonaba el primer grito del búho, luego el segundo. Después había silencio.

Luzia caminaba durante estas tempranas horas de silencio. Las ranas volvían a sus escondites. Los perros regresaban de sus aventuras y dormitaban en los umbrales. Sólo se escuchaba el suave susurro del aire entre los bananos y el sonido de sus pasos. Las casas pintadas de blanco, como la suya, emitían un brillo azul a la luz de la luna. Las casas de arcilla eran de un gris oscuro. Los postigos de las ventanas estaban cerrados. Las puertas tenían los cerrojos echados. Las jaulas de los pájaros colgaban de los aleros de las casas, en donde las ratas no las podían alcanzar. Algunas jaulas estaban tapadas con un paño, para proteger a los pájaros del aire nocturno. Otros propietarios menos atentos dejaban las jaulas descubiertas y, en ellas, los pájaros ahuecaban su plumaje y escondían la cabeza bajo las alas. Había sabiás, enormes pájaros parlantes de color marrón, hacinados en sus jaulas y alimentados con pimientos para mejorarles la voz. Había pinzones salvajes con los extremos de las alas rojos. Había canarios de pelea, entrenados para sacarse los ojos a picotazos.

Últimamente, los pájaros enjaulados estaban desapareciendo: había un ladrón. Algunos creían que era un espíritu —el caipora de piel cobriza que decían que había nacido con los pies al revés para evitar ser rastreado—. Otros acusaban a los muchachos —que ya antes los habían cazado y vendido—, era posible que estuvieran cogiéndolos y revendiéndolos en el mercado. Un tiempo atrás, hubo una pelea cuando un granjero vio a su sabiá en venta. Algunos dueños habían decidido meter los pájaros en las casas, pero los animales hacían ruido, saltando y picoteando las paredes de arcilla. Otros habían atado sus perros detrás de las jaulas de pájaros y habían cerrado con alambre las puertas de caña. Algunos sospechaban de Luzia. Pero así como habían decretado que no servía para el matrimonio ni, en consecuencia, para una vida productiva, Gramola fue rápidamente descartada. El robo —al igual que ser esposa y parir hijos— requería una cierta dosis de valor y pericia. ¿Cómo habría podido Gramola silenciar a los perros y quitar el alambre de las puertas de las jaulas? Además, ella tenía pájaros en su casa. O al menos los tenía Emília. Su padre les había regalado tres azulões, que mudaban de plumas una vez al año, del negro al azul iridiscente. Como los otros pájaros en el pueblo, originalmente eran salvajes, y les habían tendido una trampa en una pequeña jaula. Aun así, Emília los adoraba. Todos los días daba a los pájaros cáscaras de huevo y sémola. Todas las noches los ponía bajo el retrato de sus padres y dirigía a Luzia una mirada severa. Emília, a diferencia del resto del pueblo, no subestimaba las habilidades de Gramola.

Una neblina baja cubría la cima de la montaña. El aire estaba húmedo. El sendero, resbaladizo. Luzia subió la colina más rápidamente. Sintió cansados los músculos de las piernas. Cuando hacía un esfuerzo, le sobrevenía una gran calma. Dejaba de sentir el martirio de su infancia. Todos los años, en septiembre, cuando se cosechaba la mandioca y todo el pueblo se congregaba en el molino para machacar y moler los tubérculos transformándolos en harina, Luzia era quien trabajaba hasta más tarde. Raspaba y frotaba hasta que sentía ardor en el brazo sano. Habitualmente, lavaba la ropa, cosía y traía y llevaba jarras de agua de la fuente. La mayor parte de los días se hacía cargo con gusto de las tareas de Emília. El trabajo la sedaba. Le gustaba el golpe seco de la ropa mojada contra las piedras, retorcer la ropa con tanta fuerza que, cuando la desenroscaba, se arqueaba y se sacudía en sus manos, como si estuviera viva. Le gustaba presionar la fría arcilla de las jarras contra sus brazos, y el olor metálico de sus manos después de girar la rueda de la máquina oxidada de tía Sofía.

Cuando cosía, nadie interrumpía el trabajo de Luzia. Nadie la corregía. Hasta tía Sofía la miraba en silencio, asintiendo con aprobación mientras la muchacha prendía puntillas a las faldas de los vestidos de comunión, hacía las solapas sesgadas de los trajes fúnebres o bordaba hileras de sombrías flores negras y púrpuras sobre la vestidura de Cuaresma del padre Otto. Cuando Emília volvía el traje del revés y veía que las puntadas bordadas eran tan pequeñas y parejas, los nudos tan bien disimulados que el revés del traje estaba tan perfectamente confeccionado como la parte delantera, besaba la mejilla de Luzia y le pedía ayuda en sus propias tareas. Emília era una hábil costurera, pero estaba más interesada en trazar diseños de vestidos inspirados en *Fon Fon* que en bordar repasadores o coser trajes fúnebres. Cuando cosía, Emília lo hacía con rapidez, impaciente por ver el resultado final. A Emília le gustaban los resultados de su trabajo. A Luzia le gustaba el trabajo en sí. Disfrutaba de tomar medidas exactas, del desafío de trasladar esas medidas a la tela, de la precisión de cortarla en piezas separadas y de la satisfacción de unir esas piezas en un todo.

Durante sus caminatas matutinas, Luzia tomaba los senderos más empinados para llegar a la cresta de la montaña, en donde, antes del amanecer, miraba por encima del borde y contemplaba el extenso matorral que se avistaba abajo. Durante la última semana, había cambiado del gris al marrón, un signo de que las lluvias recientes se habían escurrido montaña abajo. La sequía del verano se había prolongado hasta marzo, incluso abril. Los arroyos habían desaparecido, los embalses se habían vaciado. La fuente en donde Emília y ella solían buscar agua se quedó tan seca que tenían que tumbarse a la orilla y sacar agua arcillosa con sus vasitos de hojalata. La gente tuvo que vender sus mejores cabras y vaquillas porque no podía mantenerlas. Y Taquaritinga aún tenía agua, lo cual resultaba un lujo en comparación con la mayoría de los lugares. Durante sus viajes a la clase de costura, las chicas pasaban junto a los cuerpos putrefactos de animales a la vera del camino. Las granjas situadas más abajo de la montaña —casas donde la ropa lavada solía mecerse sobre cuerdas entre los delgados árboles y donde los niños alguna vez jugaron en los jardines polvorientos— fueron abandonadas una a una. La gente acudía a Taquaritinga, arriba de la montaña, donde podía obtener agua. Instalaba carpas a lo largo del sendero de mulas. Una vez, estas carpas fueron incendiadas durante la noche. Se acusó a los borrachos, pero Luzia oyó rumores de que había sido la gente del lugar, que deseaba proteger su agua. Todo el mundo tenía sed, incluido el Halcón. Habían visto a su contingente caminando por la sierra. Habían atacado Triunfo, a doce días de viaje de Taquaritinga. Los rumores decían que la Policía Militar había sido desplazada a la zona. La gente del pueblo estaba nerviosa y ocultaba sus objetos de valor de la policía y de los cangaceiros. El profesor de costura sintió temor y habló de suspender la clase. Estaba inquieto tras su escritorio, y no le pasó ninguna nota a Emília. Ésta echó la culpa de su desinterés a su corte de pelo, pero Luzia sabía que no se trataba de eso. Era la falta de lluvia. Todo el mundo estaba angustiado por la posibilidad de una sequía, especialmente los forasteros. Aquellos que contaban con los medios suficientes ya se habían ido. El coronel envió a su esposa, doña Conceição, a Campina Grande. No hubo pedidos de vestidos. Luzia, Emília y tía Sofía confeccionaron repasadores, pañuelos y de vez en cuando una camisa para el coronel, pero apenas alcanzaba para darles un mínimo sustento.

El coronel les daba leche de cabra para compensarlas por la falta de trabajo de costura. Ellas habían cultivado frijoles sobre la diminuta franja de tierra que tenían detrás de su casa, y la harina de mandioca no valía mucho. Pero se habían comido todas las gallinas durante los meses secos y ahora la carne fresca era un lujo. Sólo podían comprar trozos delgados de carne salada seca, y Luzia estaba harta de comerla. Harta de comer sémola en el desayuno y frijoles, mandioca y carne dura, todas las tardes, con la cena. Se moría por comer un poco de calabaza hervida o una ijada de cabra, cuya carne era tan tierna que se desprendía del hueso.

Y luego comenzó a llover. Una tarde, las nubes, oscuras y amenazantes, quedaron suspendidas sobre la montaña. Luzia las ignoró. Había visto muchas nubes durante los meses secos, nubes que oscurecían el cielo y traían esperanza de lluvia, pero terminaban pasando de largo, provocándole desilusión. Mas el codo tullido de Luzia comenzó a doler y las ranas emergieron de sus agujeros y se pusieron a croar suavemente, respondiéndose unas a otras. Cuando la golpeó la lluvia, la tierra chisporroteó. El polvo se levantó, y con él brotó un aroma anhelado. Luzia amaba el olor de las lluvias de invierno. Era como si todas las plantas marchitas —los árboles de café mustios, los bananos color castaño, los crespones de mandioca y las plantas atrofiadas de maíz— liberaran un perfume para celebrarla. Emília y ella dejaron a un lado la costura y corrieron afuera. Arrastraron las jarras de arcilla vacías, una por una, y las vieron llenarse con la lluvia. Se rieron y abrieron la boca hacia el cielo. Emília cogió su jabón especial y se plantaron, con los vestidos mojados y pegados al cuerpo, bajo el canalillo abollado de aluminio, donde se lavaron el pelo, como solían hacer de niñas. Hasta tía Sofía se rió y aplaudió desde la entrada de la casa, dando gracias a Jesús y san Pedro. Fue una tarde maravillosa.

Luzia se estremeció. Respiraba agitadamente. Palpó la carne seca que llevaba en el bolsillo. Delante de ella se levantaba una casa de arcilla. Del lodazal que la rodeaba surgían brotes. Las tejas del techo estaban resbaladizas por el verdín. Cerca de la ventana delantera de la casa colgaba una jaula cubierta, y la sábana blanca que la cubría flotaba sobre el suelo como un fantasma. Luzia no oyó gruñidos, no vio un poste ni una cadena de perro. Se acercó con cautela y levantó el brazo sano. No tuvo que esforzarse por alcanzar la jaula. Debajo de la sábana había juncos fuertemente entretejidos, y el diseño estaba interrumpido por dos bisagras de soga y un pestillo. Los dedos de Luzia la abrieron, retorciendo el pestillo de alambre. Dentro de la jaula, el pájaro tembló. El alambre cortó ligeramente el dedo de Luzia, pero ella dobló el pestillo aún más fuerte. De pronto, la sábana que cubría la jaula se cayó al suelo. Una vez destapado, el pájaro trinó. Luzia abrió la puerta de junco y salió corriendo.

El sendero estaba resbaladizo por la lluvia. Sus alpargatas de suela lisa patinaron, y Luzia intentó mantener el equilibrio. Cayó al suelo. El barro le cubrió las manos. El invierno anterior, en ese mismo lugar, se había topado con una excavación de ladrillos. Varios hombres del pueblo estaban agazapados dentro de la fosa, dándole forma a la arcilla para hacer ladrillos y dejarlos sobre el suelo para que se secaran. La tierra estaba suave por las lluvias. Los hombres habían cavado una fosa más allá de la primera capa de rocas hasta llegar a la arcilla. Levantaban con esfuerzo grandes paladas de color naranja. Su cabello había desaparecido, como engominado, fijado hacia atrás bajo una gruesa capa de arcilla. No llevaban camisas; sus brazos y pechos estaban cubiertos por tierra naranja. Sus pantalones se ajustaban, gruesos y mojados, a las piernas. Sus pies habían desaparecido dentro del fondo arcilloso de la fosa. Los excavadores carecían de rasgos, no tenían pelo, ni cicatrices, ni cejas, ni párpados. La arcilla los había tapado y lo había borrado todo excepto el contorno de sus cuerpos. Sólo se veían los ojos brillantes y oscuros, destacándose sobre la piel naranja. Luzia jamás hubiese pensado que aquellos campesinos comunes —muchachos que había conocido en la escuela y hombres que a menudo ignoraba— pudieran ser tan hermosos.

La muchacha se sonrojó al recordarlo. Una oleada de calor brotó en la boca de su estómago. Se limpió las manos en la falda y siguió la marcha. El cielo estaba cambiando; pronto el sol aparecería en el horizonte. Luzia apresuró el paso. Tenía una casa más que visitar.

Lejos del sendero principal, cerca de la orilla, vivía un viudo al que le encantaba cazar sofreus. Eran pájaros del monte, cogidos en la base de la montaña y transportados a Taquaritinga. Eran hermosos, con las crestas rojas de sus cabezas y las poderosas alas negras.

Pero no eran resistentes como los sabiás ni agresivos como los canarios. Su nombre provenía del hecho de que sufrían en las jaulas y que, si los cazaban, casi siempre morían. Aun así, el viudo de la colina seguía tendiendo trampas, esperando demostrar que la leyenda estaba equivocada. Cada vez que Luzia lo veía en la feria semanal, tenía deseos de retorcerle el cuello.

Su casa era similar a la primera: sencilla, de arcilla, con los postigos cerrados y rodeada de bananos y árboles de café. Pero tenía un perro. Era un perro callejero flacucho y gris, atado al porche delantero, debajo de la jaula. Cuando llegó Luzia, el perro se irguió, rígido, atento. Luzia cortó un pedazo de carne seca con la navaja. Se lo arrojó al perro. Éste olisqueó la carne y luego el aire, como si no supiera qué merecía más su atención. Luzia también lo olió. Intentó definir el tufo que rodeaba la casa, pero no pudo. Era un olor mustio, como a plumas de gallina mojadas, pero con una dulzura fétida como la del melón podrido. Y algo más, algo embriagador y persistente, como los machos cabríos en el mercado.

El perro cogió la carne con sus dientes podridos y la masticó con cautela. Luzia cortó otro trozo de carne y dio un paso hacia la casa. El sofreu pendía del alero. No había trapo sobre su jaula y el pájaro parecía abatido, con la cresta pelada y descolorida. Luzia se adelantó. El perro olfateó el aire y se movió en círculos nerviosos. Ella le arrojó más carne. El chucho la atrapó, luego levantó las orejas y dejó caer la carne. El olor se volvió más fuerte. El perro lanzó un ladrido suave. Luzia se dio la vuelta.

Tres hombres habían salido de entre las palmas. El que iba en medio llevaba un sombrero de cuero de ala ancha, como un granjero, pero con una cadena de oro alrededor del ala en lugar de una cinta de sombrero. La cabellera le llegaba hasta los hombros. Tenía en la mano un rifle de grueso calibre. Los hombres que iban a cada lado —uno alto y otro bajo— usaban sombreros de cuero con el ala doblada. Sólo los cangaceiros llevaban esos sombreros. Las armas no se movían en sus manos. El sol ascendió lentamente detrás de los hombres. Luzia no pudo ver sus rostros, pero pudo olerlos. Le sorprendió la fuerza animal del hedor. Levantó la mano para taparse la nariz.

—Entonces —dijo el hombre que estaba en medio—, ¿eres tú la ladrona de pájaros?

Luzia tembló al escuchar su voz. Era profunda y espesa, como si tuviera la garganta acaramelada. Se acercó un poco más. Tenía anillos de oro en todos sus dedos morenos. Luzia se preguntó cómo podía asir el rifle con las manos tan recargadas de joyas. Su vestimenta estaba harapienta y manchada, pero llevaban gruesos cinturones para cartuchos que cargaban balas con puntas de bronce, resplandecientes bajo la luz de la mañana. El espacio entre los cinturones de cuero y la pretina estaba atiborrado de cuchillos de plata. Los mangos tenían pomos circulares que se volvían más angostos para que los hombres pudiesen afirmar las manos. El hombre alto era un mulato de tez oscura, con rasgos finos. El hombre más bajo tenía el pelo ensortijado. Y si bien la mayoría de los hombres usaba barba, éstos tenían la cara afeitada, como los curas.

—¿Eres muda? —preguntó el hombre con voz grave.

Su amigo de pelo rizado soltó una carcajada y Luzia advirtió que no se trataba de un hombre bajo, sino de un muchacho, casi un niño.

—No —respondió Luzia. Su voz tembló y carraspeó para remediarlo—. No los robo. Tan sólo abro las puertas. Es el pájaro el que decide si se queda o se va.

El hombre situado en medio se rió. Echó la cabeza hacia atrás; la sombra que proyectaba el ala de su sombrero desapareció, revelando su rostro. Luzia contuvo el aliento. Sobre la mejilla derecha había una cicatriz del grosor de dos dedos que iba desde la comisura de sus gruesos labios hasta debajo de la oreja. La piel de la cicatriz era más clara que el resto, como una hendidura en la parte de arriba de una tarta, en donde la masa se eleva y cuartea la corteza marrón. El lado izquierdo de su boca se curvó en una sonrisa, pero el lado marcado por la cicatriz permaneció rígido, paralizado. Echó el sombrero hacia atrás. Sus dedos eran gruesos y cortos, como un manojo de plátanos.

—Este granjero —dijo mientras señalaba la casa— es un amigo. Nos deja acampar aquí, nos da agua. Yo hago favores a mis amigos. Tiene un problema con los pájaros. Le prometí que lo resolvería. Le dije que mataría al ladrón, y soy un hombre de palabra.

Luzia sintió frío en las manos, humedad en las axilas. Desde que era niña, desde que los niños examinaban su brazo rígido en el patio de la iglesia, Luzia había aprendido lo que se debía hacer cuando las lágrimas amenazaban con salir. Apretaba los labios con fuerza hasta que se tornaban blancos y descoloridos. Luego los aflojaba y la sangre regresaba, provocando un tibio hormigueo. Lo hacía una y otra vez, concentrándose en el dolor y en el alivio, y no en la sequedad de la garganta y el picor de los ojos.

—Tal vez tengas suerte —continuó el hombre de la enorme cicatriz en el rostro—. Soy muy respetuoso con las damas. No las mato. Pero no todas las mujeres son damas. ¿Tú qué eres?

Luzia sintió que el corazón le latía con fuerza dentro del pecho. Ella no era una dama, ni una doña ni una señora. Pero tampoco era del otro tipo de mujeres, acerca de las cuales le advertía tía Sofía. Ella era Gramola. Inservible y sin propósito. Jamás había utilizado ese nombre, jamás lo había pronunciado en voz alta. Luzia estiró el cuello, echó los hombros hacia atrás y dio un paso hacia el sol.

—Yo soy costurera —dijo, y el hombre guardó su pistola.

3

Mientras descendía por el sendero, comenzó a llover. Al principio suavemente, y luego las gotas cayeron golpeando con fuerza. Luzia no quiso correr. Mantuvo el paso firme, y sólo se permitió volver la vista atrás dos veces. Sentía que el corazón estaba a punto de estallar.

Las dos veces que se volvió, el camino estaba despejado. No esperaba que el hombre con la cicatriz estuviera allí. Pero sentía su presencia en todos lados. Oculta, invisible. Observándola mientras volvía a casa. El olor quedó impregnado en su nariz. Quería correr, deslizarse a toda velocidad por el sendero resbaladizo y ocultarse en el armario de los santos. Pero no le daría esa satisfacción. La liberó y ella se lo agradeció, pero no correría. No correría por él.

Los anillos, los rifles y los sombreros con el ala plegada los habían delatado inmediatamente como cangaceiros. Se rumoreaba que el grupo del Halcón rondaba por la zona; Luzia había oído historias del líder cangaceiro. Se suponía que era alto, fornido, apuesto. El hombre de la cicatriz no poseía ninguna de estas cualidades.

Una vez en su casa, entró furtivamente por la puerta. Luzia oyó a tía Sofía arrastrando los pies en la cocina. Se escuchó el sonido metálico de una olla, el chisporroteo de la mantequilla, el suave crujido de la harina de mandioca mientras caía en la sartén caliente. Encima de ella, Luzia oyó un tintineo agudo, como mil agujas que caían sobre las tejas del techo. Tembló. Tenía el vestido empapado. El pelo le caía, pesado y húmedo, sobre la espalda.

En el estrecho vestíbulo apareció Emília, que salía de su dormitorio. Se había puesto rizos. Su vestido estaba planchado. Vio a su hermana; Luzia se llevó el dedo índice a la boca. Su tía haría un montón de preguntas que no deseaba responder. Emília corrió a su lado.

—Llegas tarde a desayunar —susurró—. La tía estaba preocupada. ¿Has tenido algún problema? —Emília lanzó una mirada a sus azulões. Los pájaros saltaban de un travesaño a otro dentro de la jaula. Suspiró y volvió a mirar a Luzia. Su voz se tornó más suave—. Tu falda está manchada de barro.

—Me he caído —explicó Luzia, como atragantándose.

Emília se acercó a ella. Sus brazos estaban tibios, el cabello perfumado. Luzia sintió que la humedad de su ropa empapaba el vestido limpio de su hermana. Intentó apartarse del abrazo, pero Emília la sostuvo con firmeza.

—Ven —susurró la mayor—. Ven a cambiarte antes de que a la tía le dé un ataque.

En la cocina, tía Sofía daba vueltas. Sus pies eran tan planos y anchos como la base de la azada que utilizaban para cavar en el jardín. Levantó con cuidado los panqueques de la sartén, doblándolos por la mitad y untándolos con mantequilla. Luzia sintió los panqueques tibios y secos en la boca. Dejó la mayor parte en su plato, le costaba demasiado esfuerzo masticar. Fuera, la lluvia se había calmado. Las dalias inclinaban la cabeza bajo el peso de sus propios pétalos.

Pasaron el día sumergidas en un frenesí de actividad. Tía Sofía barrió debajo de las camas. Emília y Luzia sacudieron sus colchones de hierba y los dejaron al sol. Eliminaron enérgicamente el polvo de las esteras que se extendían sobre las tablas de la cama, y que protegían sus colchones del roce de la basta madera. Barrieron el suelo de ladrillo, fregaron la mesa de la cocina y la mesa de piedra con una solución de naranjas y vinagre, orearon las sábanas y las colchas, y se envolvieron trapos alrededor de la nariz antes de echar lejía en el agujero revestido de arcilla del excusado. Luzia se retrasaba en el trabajo; Emília la animaba, bromeaba, cantaba. Luzia sonreía por los esfuerzos de su hermana, pero no podía alejar sus pensamientos. Los hombres aquellos eran cangaceiros. ¿Debía advertir al coronel? ¿Debía decirle algo al padre Otto? Quería hablar con Emília a solas para contarle lo ocurrido. Pero ¿qué diría? Luzia repasó las palabras en su mente: «Hoy me he encontrado con un hombre que sólo tenía la mitad del rostro. Llevaba una docena de anillos. Tenía un cuchillo con mango redondo metido en el cinturón. A un lado, había un niño; a otro, un hombre. Me amenazó y luego me dejó marcharme».

Parecía un sueño. Una mentira. Sintió alivio cuando la dejó ir.

—Márchate —dijo, haciendo un rápido gesto en el aire con la muñeca, como si estuviera espantando un bicho o un pensamiento adverso. Pero, en medio de su alivio, también sintió decepción. Cuando emergió del porche, los hombres bajaron sus armas, abrieron los ojos de par en par y levantaron las cabezas para mirarla. No vieron a Gramola, sino a otra persona. Por un instante, Luzia sintió un poder que no pudo describir. Luego, tras el gesto de la muñeca del cangaceiro, desapareció.

Era ya bien entrada la tarde cuando comenzaron a limpiar la cocina. Luzia puso la rapadura demasiado cerca del fuego de la cocina y se derritió, convirtiéndose en una pasta pegajosa. Se tropezó con un banco. Se le cayó un plato.

—Estás enferma —proclamó la tía Sofía, colocando su mano agrietada sobre la frente de Luzia—. Se acabaron las caminatas mañaneras. Se acabaron los paseos. Crees que no sé en qué andas, pero yo lo sé.

Luzia estaba a punto de protestar, cuando un golpe sacudió la puerta de atrás.

—¿Quién es? —preguntó tía Sofía.

—¡Sofía! —gritó una voz histérica—. ¡Déjame entrar! Antes de que me capturen los bandidos.

Era doña Chaves. Tía Sofía sentía aversión por la vecina, porque llevaba zapatos con tacón. «¿Quién se piensa que es?», bufaba tía Sofía cada vez que doña María Chaves colgaba la ropa o daba de comer a las gallinas en sus sandalias con tacón. Según tía Sofía, los zapatos con tacón eran para la iglesia, e incluso entonces, sólo se debía usar tacón bajo. El uso de tacones a diario, solía sermonear Sofía, era apropiado para doña Conceição, no para gente como doña Chaves, la esposa de un fabricante de monturas. Luzia soltó el pasador de la puerta y levantó el barrote de madera.

Doña Chaves se deslizó al interior. Abrió la boca, pero no le salieron las palabras. El pliegue de piel debajo de su mentón temblaba y se mecía con cada bocanada de aire. Finalmente, su mano se sacudió sobre el pecho y exclamó, ahogada:

—¡Cangaceiros!

Emília la llevó a la mesa de la cocina. Luzia cogió una taza de metal y la metió en una de las jarras de agua. Acercó la taza a los labios de su vecina, y doña Chaves bebió el agua tan rápidamente que un pequeño hilo se deslizó desde la comisura de su boca ajada y descendió por la barbilla.

—Han matado a los dos capangas del coronel —balbuceó, después de devolverle la taza a Luzia—. Han cogido a un capanga en el camino. ¡Un hombre tan joven! Le han sacado las tripas. —Respiró hondo una vez más—. Lo han abierto desde aquí —doña Chaves apuntó un dedo arrugado a su cuello— hasta aquí —cruzó el dedo sobre el pecho hasta el final del estómago, y luego sacudió la cabeza—. Y no tenía ojos, ¡se los han sacado!

Luzia aflojó la mano que sostenía la taza. Se volcó, derramando agua sobre su muñeca. Respiró hondo y posó la taza sobre la mesa.

—¿Lo ha visto? —preguntó.

Doña Chaves levantó la vista, sorprendida:

—¡Claro que no!

—Entonces ¿cómo sabe que es cierto? —preguntó Luzia. Emília la hizo callar.

—Han secuestrado al señor Chaves, Gramola —replicó doña Chaves, y la voz se le quebró.

—Lo siento —dijo Luzia, sentándose al lado de su vecina. Sobre el labio superior, doña Chaves tenía un enorme lunar que parecía un frijol negro. Cuando hablaba, el lunar rebotaba de arriba abajo y Luzia sentía el impulso de agarrar una servilleta y limpiárselo, como si doña Chaves fuera una criatura que no sabía comer.

—Lo encontraron escondido bajo su puesto —prosiguió su vecina—. ¡Lo han secuestrado para que arregle sus sombreros y sus sandalias!

El señor Chaves trabajaba con cuero. Pasaba la mayor parte del tiempo curtiendo cueros y fabricando monturas que le encargaba el coronel.

El señor Chaves diseñaba dibujos para el cuero de las monturas, añadiendo remaches y hebillas decorativas, un asiento más cómodo y diminutas trenzas sobre el freno y la brida. Sólo el coronel se podía permitir tales lujos. La mayor parte de los días, el señor Chaves se instalaba en su pequeño puesto en las afueras del mercado y reparaba las alpargatas gastadas de la gente, clavando correas nuevas a las fuertes bases de cuero y agregando gruesas tiras de caucho a las suelas.

—¡Me han dicho que estaba temblando cuando se lo llevaron! —Doña Chaves apretó el pañuelo contra los ojos, a pesar de que no estaba llorando. Tía Sofía se quedó de pie a su lado.

—Mi cocina está manga por hombro. —Doña Chaves tragó saliva—. He escondido todas las gallinas dentro.

Tía Sofía dio unas palmaditas en la espalda de doña Chaves.

—¿Se llevaron a algún otro? —preguntó Emília.

La vecina asintió con la cabeza y se aferró al borde de la mesa, un gesto que Luzia reconocía por las visitas semanales de doña Chaves. Realizaba esta pausa llena de dramatismo cada vez que estaba a punto de soltar un chisme: el romance del carnicero, cómo arrancaron la calabaza premiada de doña Ester directamente de la planta, cómo Severino Santos robó estiércol a su vecino, sacándolo con una pala directamente por debajo de la valla compartida, y cómo el vecino había respondido matando al perro de Severino con una bola de veneno envuelta en carne de cabra. Doña Chaves les informó de que esa tarde se había escabullido sigilosamente de una casa a otra: así se enteró del secuestro de su esposo.

—Había dos soldados de visita. Los mataron y los colgaron en la plaza —les contó doña Chaves—. Él no permitirá que nadie los toque. Matará a cualquiera que intente enterrarlos.

—¿Quién? —preguntó Emília.

—¡El Halcón! —susurró doña Chaves, como si el temible cangaceiro estuviera en el cuarto de al lado. Tía Sofía se santiguó. Los soldados, según doña Chaves, eran parte de un grupo enviado de Caruaru para patrullar por los pueblos más pequeños de la región. Se decía que al día siguiente iban a reunirse con su batallón—. ¿Qué sucederá cuando no aparezcan? —preguntó doña Chaves—. Yo lo sé muy bien: los militares los rastrearán hasta aquí. Ocuparán el pueblo.

Luzia sintió que se le resecaba la boca. No podía mirar a su hermana o a su tía. El pueblo jamás había sido ocupado por tropas ni por cangaceiros desde que ella había nacido. No debían esa calma al actual coronel Pereira, que era un hombre de negocios y no un hombre de armas. El largo periodo de paz se debía a que Taquaritinga era un pueblo de montaña, de difícil acceso. Los ladrones querían mercancía o dinero, los soldados querían entretenimiento, y los cangaceiros querían ambas cosas. Taquaritinga no tenía granjas lucrativas, ni grandes tiendas ni salones de baile; para muchos, el largo camino cuesta arriba por el precario sendero de montaña no merecía la pena. A no ser que quisieran agua. Durante los meses de sequía, el agua y la comida habían sido los productos más codiciados, pero se conseguían fácilmente en las granjas de la ladera de la montaña. A menudo, los viajeros pasaban inadvertidos por los cerros. Como consecuencia, el pueblo se olvidaba de las amenazas exteriores y se concentraba en sus propias disputas insignificantes, sus peleas familiares, sus pequeños escándalos. Sólo los dos capangas del coronel llevaban pistolas; el resto se contentaba con sus afiladas navajas y unos pocos rifles de caza que disparaban pequeños perdigones de metal. La desventaja sería terrible frente a un grupo de cangaceiros.

Luzia sintió una oleada de vergüenza que le provocó náuseas, le dejó el cuello rígido y le hizo arder las orejas. Si hubiera hablado antes, el padre Otto podría haber tocado las campanas de la iglesia para alertarlos. La gente podría haberse preparado. Luzia no había pensado en las consecuencias de su silencio; tan sólo quiso guardar para sí el encuentro con los cangaceiros. Fue como si quisiera apropiárselo y más tarde darle vueltas en la cabeza, del mismo modo que Emília escondía las revistas *Fon Fon* debajo de la cama para leerlas de noche con un farol. Luzia la había observado muchas veces. Su hermana se quedaba mirando a aquellas pálidas modelos, aquellos paisajes urbanos perfectos, aquellos anuncios de cosméticos capilares hechos a base de polvo de arroz y aceite con huevo. Emília pasaba las páginas con delicadeza. Sus cejas depiladas se fruncían y le brillaban los ojos. Luzia jamás había sentido un deseo tan ferviente por algo, semejante ambición, tal codicia.

«No puedo evitarlo», respondió Emília una vez cuando tía Sofía la reprendió. Luzia no comprendió a su hermana en aquel momento. Cualquier cosa podía ser evitada; cualquier cosa podía ser expulsada de la mente si uno se esforzaba lo suficiente. Era cuestión de fuerza de voluntad, de carácter. Ahora sabía que no siempre se podía. La entendía.

—Hay veinte cangaceiros —prosiguió doña Chaves—. Los tiene apostados a lo largo del camino a Vertentes. Nadie puede salir. —Siguió contando el resto de lo que había sucedido esa tarde: el Halcón había saqueado las dos tiendas del pueblo. Xavier había cerrado con llave las puertas de su tienda y los cangaceiros las abrieron a la fuerza. Volcaron barriles de harina de mandioca y frijoles, rajaron enormes bolsas de yute con granos de café y las alzaron sobre sus hombros como si fueran cadáveres, vertiendo su contenido sobre el suelo. Pisotearon sus reservas de carne salada y bacalao con sus sandalias sucias. Pero Zé Muela había dejado las puertas de su tienda abiertas, y los forajidos entraron como si fueran viejos clientes. Zé Muela se colocó detrás del mostrador, envolviendo obedientemente todos los productos que los cangaceiros seleccionaban: cinco kilos de café, tres kilos de melaza para endulzar el café, cinco kilos de carne salada, harina de mandioca y frijoles, y diez botes de brillantina para el pelo. El Halcón puso tres monedas de oro sobre el mostrador.

—¡Una era de 1786! —dijo doña Chaves, y golpeó la mesa.

Se llevó todas las municiones del almacén de Xavier. Llamó al padre Otto, que dio la comunión a todo el grupo, y éste le pidió al Halcón que se apiadara del pueblo y de sus habitantes.

—Se apropió de la casa del coronel. —Doña Chaves hizo una pausa, y pidió más agua.

Tía Sofía hizo caso omiso de la sed de doña Chaves. Pasó apresuradamente junto a su vecina y cerró los postigos de la ventana. Deslizó los cerrojos de metal dentro de los orificios a ambos lados de la puerta de la cocina. Luego encajó con fuerza una viga de madera, bloqueando la parte superior de la puerta. La habitación quedó a oscuras.

Se acurrucaron en la cocina durante el resto de la tarde. Tía Sofía se dedicó a rezar, alternando, entre juramentos, a san Dimas, el protector contra los ladrones, y la Virgen. De cuando en cuando, se quedaba dormida. Luzia advirtió que las oraciones eran cada vez más suaves, mientras cabeceaba y su barbilla descendía lentamente hacia el pecho. Cada vez que oía tiros fuera, se despertaba sobresaltada. Cuando sonaron los balazos —fuertes estallidos que venían desde la plaza principal, seguidos por una sucesión de risotadas y silbidos—, se pusieron de pie y miraron furtivamente a través de los listones rotos de los postigos. No vieron nada.

Emília encendió una vela y partió tres naranjas para la cena. Apagaron el fuego de la cocina, ahogando el humo para que no saliera por los resquicios que había entre las tejas.

—No debería dormir sola esta noche —dijo tía Sofía, dando una palmadita a la mano de doña Chaves—. No es seguro.

—No causaré molestias —dijo doña Chaves—. Se lo aseguro.

El mal estado de la espalda de doña Chaves le impedía dormir en una hamaca, y la cama de Emília y Luzia era demasiado suave para sus viejos huesos. Tras convencerla con todo tipo de argumentos, doña Chaves accedió a dormir en la cama de tía Sofía. Luzia colgó la vieja hamaca de lona en el salón. Emília le llevó una frazada y se quedó allí, acomodando los flecos enredados a los costados de la hamaca. De niñas, solían torcer los hilos blancos para hacer trenzas apretadas, deshacerlas y comenzar de nuevo, hasta que el fleco se volvía enmarañado en exceso.

—No quiero dormir con la tía. —Emília hizo un gesto de irritación—. Da patadas.

—Entonces duerme con doña Chaves —susurró Luzia.

—¡No! ¡Huele a gallina!

Prorrumpieron en risas. Emília casi dejó caer la vela, Luzia se tapó la boca.

—¡Niñas! —gritó tía Sofía desde la otra habitación.

—Buenas noches —Emília besó la mejilla de Luzia y se alejó, llevándose la vela.

Cuando era pequeña, Luzia dormía cómodamente en aquella hamaca, imaginando que era un guisante en su vaina. Pero desde entonces había crecido. Los pies sobresalían por un extremo, y cuando intentó acomodarlos, la cabeza se salió por el otro. Luzia no podía dormir. Cerró los ojos y recordó a los hombres de aquella mañana. El niño no debía de tener más de 13 años. El mulato debía de ser mayor, tal vez veintitantos. El hombre de la cicatriz parecía joven y anciano a la vez. ¿Sería el Halcón? ¿Habría hecho las cosas de las que lo acusaba doña Chaves?

Para saber si un bordado era una pieza fina había que fijarse en la parte de atrás, se lo había enseñado tía Sofía. Luzia siempre daba la vuelta a todos los camisones, vestidos de novia y pañuelos para escudriñar las puntadas. Al observar el revés de los puntos, advertía cuántas veces se había anudado el hilo y lo pequeños que eran los nudos. Si una costurera era descuidada, los nudos eran grandes y escasos. Si era perezosa, la parte de atrás del diseño estaba cruzada por hilos en diagonal, porque no se había molestado en cortar, anudar y volver a enhebrar la aguja. Los puntos lo revelaban todo.

En cambio la gente no era tan fácil de descubrir.

La noche estaba silenciosa. Habían cesado los tiros, las risotadas y los gritos. Los mosquitos zumbaban en el oído de Luzia, se daban un festín con sus pies. Se frotó un pie con el otro. No supo cuánto tiempo estuvo en duermevela, durmiéndose, despertándose. Oyó música en la distancia. Notas largas y tristes que salían, contrariadas, de un acordeón. Se movió y estuvo a punto de susurrar: «¿Has oído?», pero se dio cuenta de que Emília no se encontraba allí. Luzia estaba segura de que también estaba despierta, y quería llamarla, entrar de puntillas en su dormitorio y arrastrarse a la cama, apretar el rostro contra la espalda de su hermana, como había hecho desde niña, hundiéndose en el calorcito de Emília.

Durmió muy mal en la hamaca, ahuyentando a los mosquitos con palmadas y temblando con el frío del amanecer. Cuando al fin concilió el sueño era muy tarde, y no se levantó a tiempo para la hora de la oración. La despertaron unos fuertes golpes en la puerta. Por un instante, creyó que eran los santos del armario, enojados porque se había olvidado de ellos. Luzia casi se cae de la hamaca.

—¡María, Madre de Dios! —gritó doña Chaves desde el cuarto más lejano.

Volvieron a golpear, esta vez con más fuerza.

—¡Salgan! —gritó un hombre.

Tía Sofía entró en el salón. Llevaba un chal sobre el camisón. Doña Chaves la agarró del brazo.

—¡Han descubierto mis gallinas! —susurró la vecina.

Tía Sofía apartó a Luzia de la puerta de entrada y quitó el pasador. Emília y doña Chaves se asomaron a la ventana, pugnando por echar un vistazo para ver quién estaba afuera. Luzia intentó ver por encima de sus cabezas. Era el muchacho de las montañas. Su pelo rizado ahora estaba limpio, recién lavado y peinado hacia atrás con gomina. Su chaqueta era harapienta, pero también estaba limpia. Cuatro fundas de cuero para cuchillos colgaban de su cinturón, dos a cada lado, al alcance de sus manos. Cada una guardaba un puñal de diferente tamaño: uno largo y delgado, otro del tamaño de una mano, otro grueso y otro ligeramente curvo. Lo acompañaba un cangaceiro mayor, que Luzia no reconoció. Sus orejas eran tan grandes y redondas que se torcían debajo del ala de cuero de su sombrero. Tenía los labios fruncidos, como los cordeles de la bolsa de costura de Luzia. Llevaba un rifle colgado del hombro.

—¿Usted trabaja para el coronel? —le preguntó a tía Sofía.

Su tía vaciló. Sus labios se movieron y Luzia supo que estaba murmurando una oración en voz baja. El muchacho cangaceiro se acercó a la casa. Miró a través de la ventana y las vio. Doña Chaves lanzó un grito. Emília cerró el postigo rápidamente.

—Sí —replicó tía Sofía—. Yo confecciono ropa para él.

El muchacho le cuchicheó algo al hombre orejudo, y luego señaló la casa.

—¿Es usted la única que cose? —preguntó el hombre.

—No. —Tía Sofía vaciló, echando una mirada a la ventana—. Mis sobrinas me ayudan. Pero son sólo niñas. No tienen ninguna habilidad.

—No importa —dijo el cangaceiro—. Vístase y salga afuera..., usted y quienquiera que la ayude.

—¿Para qué? —preguntó tía Sofía.

—Para trabajar —replicó el cangaceiro de las orejas grandes—. El capitán necesita una costurera.

4

Conformaban una extraña procesión: un muchacho cangaceiro acarreando sobre el hombro la antigua máquina de coser de tía Sofía; tres mujeres cogidas de la mano, con las cabezas inclinadas, los labios pronunciando oraciones; y el hombre orejudo caminando detrás, con la mano sobre el rifle y los ojos revoloteando en todas las direcciones. Las calles del pueblo estaban vacías, pero Luzia vio rostros que miraban furtivamente desde los postigos cerrados y entre las grietas de las puertas.

Cuando llegaron a la plaza, Luzia oyó un zumbido, como si un enjambre de abejas estuviera volando en círculos. Desplomados contra los troncos retorcidos de los exuberantes árboles estaban los dos soldados con uniforme y los capangas del coronel, a quienes les habían quitado las botas negras y los sombreros de cuero. Sin las botas, sus pies se veían suaves y blancos, como los de los bebés. Estaban maniatados, de espaldas, contra los árboles, con las cabezas ladeadas, como si estuvieran susurrándose cosas entre ellos. Las moscas se acumulaban en sus bocas abiertas, sus ojos, sus estómagos. Los insectos se movían como una gran masa iridiscente, y los cuerpos parecían contraerse con espasmos. Debajo de los hombres, cayendo desde sus pálidos pies, había charcos oscuros.

—Mirad para otro lado —ordenó tía Sofía. Emília obedeció, tapándose los ojos. Luzia, no.

Ya había visto sangre, había matado pavos y gallinas. Toda su vida había presenciado la matanza de los sábados por la mañana cerca del mercado del pueblo: el ganado colgado de dos postes de madera, con los cuartos traseros expuestos al aire y los cuellos torcidos bajo el peso de sus propios cuerpos. Los hijos del carnicero los despellejaban de la cola a la cabeza, cortando el cuero en tajadas con sus cuchillos, mientras los perros callejeros olfateaban y lamían la sangre, que chorreaba por las bocas abiertas de las reses y se mezclaba con el polvo. Una vez también había visto el cuerpo inmóvil de un delincuente en la plaza del pueblo, con el rostro y el pecho blancos a causa de la cal viva que el coronel había ordenado que le echaran al cadáver. Pero Luzia jamás había visto desangrarse a un hombre. Tuvo el deseo de tocar la sangre de los soldados para ver si seguía caliente. Luego una náusea terrible se apoderó de ella. Gramola se tapó la boca y se aferró a la mano de Emília.

El coronel Pereira tenía aspecto cansado. Estaba de pie junto al portón. Sus capangas habían sido reemplazados por dos cangaceiros que apoyaban sus pies calzados con sandalias sobre la pared blanca del coronel, ensuciándola. Los hombres se acababan de asear, el fétido hedor de antes había desaparecido y el pelo mojado empapaba la parte de atrás de sus túnicas y manchaba las correas de cuero de sus cantimploras, que se cruzaban sobre el pecho. Los cangaceiros miraron a Emília, y ésta cruzó los brazos sobre el pecho. Luzia se acercó a su hermana. Uno de los hombres se metió los dedos en la boca. Dejó escapar un silbido tan agudo y fuerte que Luzia se sobresaltó. Otros dos cangaceiros aparecieron en la puerta. Los hombres tomaron posesión de la máquina de coser y se dirigieron hacia la casa.

—Han prometido que serían respetuosos, Sofía —susurró el coronel—. Sólo desean ropa nueva.

Tía Sofía asintió. No le sacó los ojos al coronel, aunque en ese momento no le habría importado hacerlo.

—Mis sobrinas aún no son mujeres, coronel —dijo—. Siguen siendo doncellas. No permitiré que se vayan de aquí en otras condiciones.

—Yo no controlo a los hombres, Sofía —dijo el coronel, sacudiendo la cabeza—. Pero me han dado su palabra.

—¿Usted confía en la palabra de un cangaceiro? —preguntó tía Sofía, con tono severo—. Yo, no.

El coronel se enderezó. Cogió la mano de Sofía.

—Entonces confíe en la mía. No importa lo que suceda a este lado de las verjas; fuera, sus hijas conservarán su honor.

Luzia apoyó la mano sobre la espalda de Emília, para calmarla. Su hermana respiraba de forma agitada, y su rostro se volvió amarillento y opaco, como un plátano maduro. Luzia adivinó los temores de Emília, porque eran los suyos propios; una docella se volvía mujer la primera noche junto a su esposo, nunca antes. O en el caso de Luzia, si el matrimonio no era posible, debía vivir y morir doncella, con el honor siempre intacto. A las jóvenes que se entregaban sin matrimonio de por medio se las consideraba perdidas, arruinadas, como un vestido manchado o una tarta quemada. Luzia cogió la mano húmeda de Emília, sin saber si el sudor era de su hermana o propio. Si los cangaceiros no cumplían con su palabra, el coronel sólo protegería la reputación de ellas. De repente, Luzia odió al coronel. Odió su bigote recortado con esmero y su cabello engominado, de color gris. Odió su parsimonia.

—Nuestro honor no se encuentra debajo de nuestros estómagos —dijo Luzia, con la voz temblorosa.

Emília tosió. El coronel enrojeció y miró fijamente a tía Sofía, como si esperara que increpase a Emília. Como su tía permaneció en silencio, el coronel se volvió y las alejó de la verja.

El jardín del coronel estaba lleno de hombres acampados en todos los lugares sombreados. Tres de ellos se balanceaban sobre la hamaca del porche, cuya tela estaba muy tensa bajo su peso. Seis estaban despatarrados sobre el césped, cerca del árbol de aguacate del coronel, y fumaban gruesos cigarrillos. Parecían aturdidos por el tabaco. Dos hombres se limpiaban las sandalias sobre los escalones del porche. Había huesos de gallina esparcidos a su alrededor, minuciosamente descarnados y relucientes de grasa y saliva. A Luzia le parecieron un enjambre de extraños insectos de color blanco, cigarras albinas listas para levantar el vuelo.

Tía Sofía lanzó un grito ahogado. Dos jóvenes cangaceiros, desnudos y cubiertos de jabón, corrieron desde las dependencias del servicio detrás de la casa, salpicándose con agua de grandes cubos de metal. Tenían el cuerpo de color café con leche, pero sus manos y rostros eran tan oscuros como el cuero curtido. Parecían llevar máscaras y guantes.

—¡Santo cielo! —gritó tía Sofía. Intentó taparle los ojos a Luzia, pero no pudo alcanzarla. Sí pudo plantar sus manos de grandes nudillos sobre los de Emília.

—Lo siento —dijo el coronel—. Se niegan a bañarse en la casa. Insisten en hacerlo cerca del lavadero. Han ordenado a mis criadas que les laven sus hediondas prendas interiores en el fregadero de la cocina.

—Cerdos —masculló tía Sofía.

—No sé qué le diré a mi esposa cuando regrese. —El coronel se frotó los ojos—. Gracias a Dios que no está Felipe.

Felipe, el único hijo del coronel, estudiaba Derecho en la Universidad Federal, en Recife. El coronel había permitido que se mudara a la capital con la condición de que más adelante regresara y se hiciera cargo de la hacienda. Sin manifestarlo abiertamente, la mayoría de la gente dudaba de que Felipe regresara alguna vez. Era un joven apuesto, con la cara llena de pecas, diez años mayor que Luzia. Se engominaba el cabello y llevaba un bastón en lugar de un cuchillo peixeira. A diferencia de los hijos de otros coroneles, Felipe jamás había deshonrado a una muchacha del pueblo; su padre no estaba obligado a pagarle una asignación mensual a ninguna familia para criar a sus hijos bastardos. Luzia había oído por casualidad al coronel cuando confesó nostálgicamente que, en su juventud, su propio padre había tenido que regalar dos cabras por año para reparar las aventuras de su hijo. Pero Felipe estaba lejos de ser un donjuán, comentaba el coronel suspirando, como si su hijo hubiera renunciado a su prerrogativa de primogénito. La gente del pueblo también se ofendía por el desinterés que manifestaba Felipe por sus hijas. Le llamaban en secreto Ojos de Cerdo, por sus pálidas pestañas e iris de color castaño. Felipe era un jinete entusiasta, y en las raras ocasiones en que visitaba Taquaritinga se pasaba los días montando su preciada yegua, o meciéndose en la hamaca durante horas en el porche, observando la calle. Pero jamás ponía un pie en ella. Mucho antes de que se marchara a la escuela de leyes, Emília había intentado captar la atención de Felipe. Cada vez que entregaban un trabajo de costura en la casa del coronel, intentaba conversar con él, pero el joven ponía los ojos en blanco y apartaba la mirada. Luzia lo consideraba un impertinente absoluto. Se sentía decepcionada de que Ojos de Cerdo no estuviera allí para presenciar la visita de los cangaceiros.

Desde el porche del coronel se escuchó otro silbido, más agudo y melódico.

—Nos llama —dijo el coronel, y las invitó a subir las escaleras.

El hombre con la cara surcada por la enorme cicatriz estaba sentado delante de una pequeña mesa de caoba, con la cara parcialmente cubierta con espuma de afeitar. Su largo y oscuro cabello estaba mojado, atado detrás del cuello con un pedazo de cordel. El alto mulato, a quien Luzia reconoció por haberlo visto en la montaña, sostenía un espejo delante de la cara marcada. Una palangana de porcelana y una jarra de agua descansaban sobre la mesa, al lado de una harapienta bolsa de cuero. Sobre la bolsa se alineaban una cuchilla de afeitar de oro, un cortaúñas, también de oro, y unas pequeñas tijeras de oro. El hombre remojó la dorada cuchilla de afeitar y se la pasó por la cara. Ahora que tenía el pelo recogido hacia atrás, Luzia pudo ver mejor el recorrido de la cicatriz. Se desplazaba desde la boca hasta la oreja, donde se volvía más pálida y delgada.

El coronel carraspeó.

—Aquí están las costureras. Ésta es doña Sofía y éstas son sus sobrinas, Emília y Gramola.

El hombre continuó afeitándose. Llevaba una túnica de algodón sucia por fuera del pantalón. Los pies estaban descalzos y tenían gruesos callos. Sus dedos emergían como los brotes de patatas viejas, almacenadas demasiado tiempo en la despensa. Miró fijamente el espejo, pero no observó su reflejo sino a los invitados que tenía detrás. Examinó a Luzia con rapidez. Ella sintió alivio, pero por debajo, como la molestia que provoca una astilla, también decepción. No pudo advertir si realmente se había olvidado de ella o si estaba fingiendo, y no sabía cuál de las dos posibilidades la molestaba más. Dio algunos golpecitos con la cuchilla de afeitar sobre el lavamanos de porcelana, como exhortando a sus invitados a prestar atención.

—Mis hombres necesitan camisetas nuevas —dijo—. Chaquetas y pantalones nuevos.

A continuación, pasó a explicar que había rollos de tela en la casa y suficiente cantidad de hilo, pero Luzia apenas escuchó. Mientras hablaba, se afeitaba, y lo observó mientras manejaba la cuchilla con cuidado alrededor de la gruesa cicatriz, como si aún le doliera. «Mis hombres», había dicho, y, a medida que su rostro emergió de entre la espuma de afeitar, Luzia comprendió que él era el líder. Él era el Halcón.

—Necesitamos la ropa de todo el mundo —anunció tía Sofía—. Para calcarla.

—Muy bien —dijo el Halcón—. Entonces esta tarde mis hombres irán desnudos.

—¡Cielo santo! —exclamó tía Sofía, aferrándose con fuerza a su rosario—. No necesitamos la ropa. Les tomaremos medidas a todos.

—Por supuesto. —El Halcón rió, levantando el mentón y afeitándose debajo el cuello moreno—. Por eso la he mandado llamar.

5

Sin los sombreros con forma de medialuna, las cananas, los rifles y los cuchillos con mango de plata, eran simples muchachos de cabellera larga. Sus vestimentas estaban raídas; sus pies, descalzos; el pelo les llegaba a los hombros o formaba densos rizos en la zona de las orejas. El Halcón caminaba de un lado al otro de la fila, como un padre que examina a sus hijos, incitándoles a enderezarse, dándoles palmadas en los hombros, alborotándoles el cabello recién lavado. Se turnaron. Mientras unos se colocaban en la fila para ser medidos, otros se ponían los sombreros y los cinturones y hacían guardia frente a la verja.

Si querían pantalones, tía Sofía insistía en realizar las mediciones ella misma. Luzia sólo tenía permiso para medir por encima de la cintura. Emília seguía a ambas con una libreta y un lápiz grueso, y anotaba nerviosamente las medidas al lado de sus nombres. No eran nombres de verdad, sino apodos, infantiles y raros. Algunos tenían nombres de árboles y pájaros; otros, de lugares.

Algunos habían sido apodados de acuerdo con su aspecto: Yacaré tenía la boca llena de dientes blancos, como el caimán de igual nombre; la nariz de Cajú era tan ganchuda y marrón como la de una enorme castaña de ese tipo; y Branco tenía la piel más clara del grupo, con un rostro curtido por el sol y una multitud de pecas. Otros nombres designaban lo opuesto a su realidad: el cangaceiro de orejas enormes decía llamarse Orejita; un joven fornido con los párpados caídos que hablaba con lentitud se presentó como Inteligente. Luego había nombres que no tenían sentido, excepto para los cangaceiros mismos. Estaba Canjica, un hombre de mirada aguda que renqueaba y tenía el pelo gris, por lo que aparentaba ser el mayor del grupo. El muchacho de cabello ensortijado decía llamarse Ponta Fina. Era el más joven del grupo. Sus dientes recordaban a Luzia terrones de azúcar, pues eran muy blancos y cuadrados, pero con los rebordes marrones y desiguales, como si se le estuvieran disolviendo lentamente en la boca. Había un joven que decía llamarse Chico Ataúd, y otro con un ojo lechoso del color de la nata cuajada que decía llamarse Medialuna. Además, estaban Seguridad, Pin, Jurema y Sabiá. El mulato alto era Baiano. Al hombre con la piel oscura y brillante como el caparazón de un escarabajo le llamaban Zalamero. Y el Halcón jamás era llamado Halcón, sino capitán.

—Tú —le dijo a Luzia antes de que pudiera medir a su primer hombre—, tú me mides a mí.

El lado de su cara que no tenía la cicatriz se movía demasiado, torciéndose y levantándose como movido por hilos invisibles. Era jovial y animado. Pero el lado inmóvil era apacible, serio. Parecía sensato, como si no aprobara el comportamiento del otro lado. A pesar de la cicatriz, el lado derecho de su boca se movía ligeramente, y los labios se abrían y cerraban de manera casi imperceptible cuando hablaba. El ojo derecho parpadeaba lenta y lánguidamente, como si lo guiñara: tenía una pátina acuosa. Se lo limpió con un pañuelo y luego se dirigió hacia el jardín, alejándose de la fila de hombres.

Luzia miró a su tía y su hermana. Tía Sofía se persignó, y luego indicó a Luzia que se marchara. Emília parecía confundida.

Luzia se paró delante del Halcón y extendió la cinta de medir, estirando el brazo sano todo lo que pudo. Sus dedos presionaron los remaches de metal en las puntas de la cinta de tela y la miró con detenimiento para identificar los números pintados a mano..., las señales de los centímetros y los metros..., como si la cinta fuera capaz de revelar un sorprendente misterio, o al menos pudiera decirle cómo debía actuar.

—¿Qué le gustaría? —preguntó, con la mirada clavada en la cinta de medir. Cuando lo miró, la piel del cuero cabelludo de Luzia y la que cubría la parte de atrás de su cuello pareció encogerse.

—¿Qué sabes hacer?

—Cualquier cosa. —Sentía las manos entumecidas e inútiles y lo detestó por hacerla sentirse tan torpe.

—Entonces mídeme para cualquier cosa —dijo el Halcón.

Luzia suspiró. Jamás disfrutaba midiendo a los vivos. Los vivos se movían, hacían preguntas, le miraban el brazo con curiosidad mientras ella se inclinaba y estiraba el cuerpo para compensar su limitada capacidad de movimientos. Cuando las familias de luto llamaban a la puerta para pedir un traje fúnebre, era siempre Luzia quien tomaba las medidas al muerto. El coronel ya tenía listo su traje fúnebre, y colgaba en su armario. Era un atuendo con doble botonadura, hecho con el lino más suave y fino que Luzia jamás había tocado. Pero otras familias más modestas debían encargar los trajes y las túnicas fúnebres después del suceso. Emília lo odiaba. Sólo pensar en un cadáver le provocaba un acceso de aversión. Pero Luzia prefería el silencio, la solemnidad, la importancia que le otorgaba la tarea de medir a los muertos. Algunos cuerpos, dependiendo de la causa de la muerte, estaban en mejores condiciones que otros. Pero casi todos eran puestos sobre camas o mesas, y Luzia debía caminar alrededor de ellos, con cuidado de no volcar los cuencos de agua llenos de rodajas de limón y naranja dispuestos alrededor del cadáver para evitar el hedor. Deslizaba la cinta métrica alrededor de las muñecas y sobre el pecho. Siempre hacía el cálculo mental de las medidas de la espalda, los hombros y la cintura, para que la familia no se viera obligada a mover el cuerpo. Confeccionaban el traje lo más rápido posible, para el velorio y el entierro. Entre las tres podían coser un traje sencillo o una mortaja en un par de horas, y Luzia siempre se sentía satisfecha cuando los trajes y las túnicas les sentaban a la perfección, cuando conseguía acertar con sus cálculos secretos.

—Entonces lo mediré para una chaqueta y una camisa —dijo Luzia, haciendo un esfuerzo para mirarlo a la cara.

Tenía la nariz larga y el puente aplastado. Su túnica estaba manchada de amarillo en el cuello y debajo de los brazos. Bajo la fragancia del jabón de afeitar y de la loción de sándalo para después del afeitado del coronel, percibió el aroma embriagador y salvaje de la otra mañana. Luzia señaló el pañuelo verde de seda que llevaba alrededor del cuello.

—Tendrá que quitarse eso. —Lo mediría como medía a los muertos..., rápida y silenciosamente, calculando de cabeza el mayor número posible de medidas.

Él accedió. Sus manos eran morenas y las venas afloraban bajo la piel. Los anillos que llevaba, uno en cada dedo, tintinearon entre sí mientras se desataba el pañuelo y lo estrujaba en la mano. También aflojó los primeros dos botones de su túnica, y debajo del pañuelo y la camisa se adivinó una maraña de cadenas de oro y cordeles rojos. Se sorprendió al ver una pequeña cruz de oro que pendía de una de las cadenas; las otras llevaban una colección de medallas de los santos. Luzia estuvo a punto de alargar la mano para tocarlas, para preguntarle a qué santos veneraba, a cuáles pedía que lo ayudaran y guiaran. En cambio, deslizó la cinta alrededor de su cuello y cerró los extremos con los dedos. Era más bajo que ella —del tamaño de Emília— y tuvo que inclinarse para leer la cinta. Se había cortado en el cuello, sin duda al afeitarse, y una gota de sangre descansaba sobre su piel morena. Luzia se preguntó por su cuerpo... ¿Sería tan pálido como el de los muchachos que se estaban bañando? ¿O tendría todo el cuerpo moreno? Una ola de calor le subió a la cara.

—Treinta y siete centímetros —dijo mirando la cinta métrica. Luzia echó una mirada a la hilera de hombres, a Emília con su libreta y su lápiz—. No tengo dónde apuntarlo.

—Yo lo recordaré —dijo él. Su aliento olía a especias. Tenía la boca demasiado cerca de su rostro y ella retrocedió unos pasos y lo rodeó para medirle la espalda.

Luzia desplegó la cinta métrica sobre su espalda, de un hombro a otro, presionando los bordes con firmeza entre los dedos.

—Cincuenta y un centímetros.

—¿Cuánto mides de alto? —preguntó el Halcón.

—Un metro noventa.

Él silbó.

—Eres más alta que Baiano, mi hombre.

Luzia se dio la vuelta y reconoció al fornido mulato que había sostenido el espejo poco antes. Tía Sofía estaba de puntillas a su lado, intentando alcanzar su cuello.

—Sí, supongo que sí.

Luzia sostuvo la cinta desde la base del cuello hasta el hombro, y notó que en medio de este espacio, que debía hundirse, había un enorme bulto. Deslizó los dedos sobre la cinta y sintió la protuberancia.

—Es un callo —dijo él, y su voz la desconcertó.

—Tan sólo me estaba asegurando de que no alterara la medición.

—Todos lo tenemos —continuó—. La munición y el agua pesan mucho.

Torció el cuello para mirarla.

—Debe de ser un alivio descargar los bultos en el suelo —dijo Luzia, evitando su intensa mirada.

Él rió.

—Somos como los bueyes. Se acostumbran tanto a sus yugos de madera que no pueden vivir sin ellos. Yo también necesito sentir mi carga o no estoy a gusto. Me siento demasiado liviano.

Luzia asintió.

—Levante los brazos.

Midió la distancia entre el hombro y la muñeca. Cincuenta y ocho centímetros.

—Disculpa —dijo, bajando los brazos—. ¿Cuál es tu nombre? ¿Tu nombre verdadero?

—Luzia.

—¿Y esto —señaló su brazo— es el motivo por el cual te llaman Gramola?

—Sí. —Se sintió avergonzada y la embargó un vértigo extraño—. No siempre lo he tenido así. Fue un accidente.

Había terminado con todas las mediciones necesarias para una chaqueta sencilla. Podía retirarse. Podía llamar a tía Sofía para que viniera a medirle los pantalones. Pero continuó apoyando la cinta métrica sobre su cuerpo, como si le estuviera tomando las medidas para una elegante camisa de gala. Luzia intentó rodear su cintura con la cinta pero tenía metido en su cinturón el cuchillo con mango de plata. Dos anillos de oro estaban grabados sobre la superficie abultada.

El Halcón lo movió dentro de su cinturón.

—Mídeme sin que me lo quite, por favor.

Luzia deslizó la cinta por debajo del mango del cuchillo y alrededor de su cintura.

Setenta y ocho centímetros. Era más delgado de lo que imaginaba. El sombrero y las cartucheras que siempre llevaba le daban un aspecto más abultado. Pero la cinta de medir indicaba que era un hombre menudo, delgado.

«Sin gordura no hay sabor», solía decir siempre tía Sofía antes de seleccionar una gallina del gallinero del patio trasero. Luzia midió desde la clavícula hasta la parte superior del muslo.

—Sesenta y seis centímetros —dijo.

—El pájaro de ayer —interrumpió—, el sofreu, se murió.

—¡Oh! —exclamó Luzia sobresaltada. Después de todo, sí la recordaba.

—De repente enfermó —siguió el Halcón. La ceja del lado sano de su rostro se elevó—. ¿Le echaste una maldición?

—No. —Luzia hablaba en voz baja—. Las maldiciones no causan ningún mal. Ya estaba débil. Los sofreus no sirven como mascotas.

—Se trata de un pájaro idiota, ¿no crees?

—¿Por qué?

El Halcón se encogió de hombros.

—Es terco. Sólo tenía que hacer feliz a su dueño. Sólo tenía que cantar para él, y hubiera tenido sombra y agua fresca, una vida fácil.

—Canta para sí mismo —masculló Luzia—. Tal vez su deseo no era tener una vida fácil.

—Entonces, ¿qué deseaba?

Luzia se puso frente a él:

—No sabría decirle —dijo—. No soy un pájaro.

—No —dijo él, y el lado izquierdo de su boca se estiró formando una sonrisa—. Eres una ladrona.

Las palabras le provocaron escozor, como si la hubieran mordido cientos de cientos de hormigas. El calor inundó el pecho de Luzia. Se precipitó como un torrente hacia sus brazos y le paralizó los dedos. La cinta de medir se le cayó de las manos. Luzia se agachó para recogerla. El Halcón la siguió con la mirada.

—Estaba bromeando —dijo—. Discúlpame.

—No soy una ladrona —balbuceó Luzia.

—Lo sé.

Le devolvió la cinta. Había una mancha alrededor de su puño derecho…, una salpicadura de color marrón rojizo, un tono que Luzia ya había visto infinidad de veces, cuando cortaban los pescuezos de las gallinas y dejaban que la sangre fluyera en un cuenco con vinagre, o a mediados de mes cuando ella sentía un malestar en la parte baja del estómago y al salir al excusado advertía que tenía las bragas manchadas. Luzia tomó la cinta de su mano. Comenzó a enrollarla con fuerza, concentrando toda su energía en hacerlo a la perfección. Fijó la mirada en su puño. La sangre, reflexionó, podía ser de cualquiera. Podía ser la suya propia.

—Ya he terminado —dijo.

El Halcón asintió, y luego extendió la mano.

—No me presenté adecuadamente. Soy Antonio.

Esas manos, pensó Luzia, habían hecho cosas terribles. Esas manos habían pecado. Pero no parecían diferentes de las de cualquier otro trabajador. La parte superior era morena; los nudillos, secos; las palmas, ásperas, como el cuero sin curtir. La única diferencia eran las joyas. Algunos de los anillos de sus dedos estaban abollados y deformados, y las piedras se habían vuelto opacas, pero le encajaban tan bien que parecían soldados a sus dedos al nacer.

Tenía la mano tibia, y le apretó la suya con fuerza. Los anillos pellizcaron la piel de la palma de su mano. Los ojos de Luzia volvieron a posarse sobre el puño manchado y cuando él se dio cuenta de lo que miraba retiró la mano y se alejó.

6

Trabajaron en la sala de estar del coronel. La sala de costura no era lo suficientemente grande para tres costureras y dos máquinas Singer, por lo que los cangaceiros llevaron la nueva máquina de doña Conceição y la vieja de tía Sofía a la habitación más espaciosa de la casa. Emília usó la Singer a pedal. Tía Sofía empleó su propia máquina de coser, con la ayuda de Ponta Fina, que se ocupó de hacer girar la agarrotada rueda. Luzia hubiera deseado hablar con su hermana cuando estuvieron a solas, pero la presencia del joven cangaceiro suscitó un clima de tensión y cautela. Trabajaron en silencio, sólo roto por tía Sofía.

—Más rápido —gruñó, mientras deslizaba las piezas previamente cortadas de la chaqueta y los pantalones bajo la aguja de la máquina. Ponta Fina giraba la rueda a toda velocidad—. ¡No! Más lento, más lento —dijo tía Sofía, cuidándose mucho, pese a todo, de no gritarle al muchacho.

Luzia cortaba la tela. Los cangaceiros habían robado tres rollos de tela de bramante resistente. El Halcón había comprado otro rollo, de un bramante más fino y menos áspero, para él mismo. Luzia leyó las notas de Emília y marcó las medidas de cada hombre sobre la tela con un trozo de carbón. Empleó su brazo tullido para sujetar la tela, y con el que podía mover sostuvo las tijeras y cortó la tela en piezas con un amplio movimiento del brazo.

Luzia sufrió el accidente justo cuando comenzaba a aprender a coser, y de un día para otro el brazo se convirtió en una carga. No sabía cómo manejar su cuerpo. Se le caían los huevos, las agujas, los platos. Cualquier cosa que requería el uso de dos manos le consumía una terrible cantidad de tiempo: hacer la cama, bañarse, sumergir una gallina en agua caliente y arrancarle las humeantes plumas sin quemarse los dedos, girar la rueda de la máquina de coser. Tía Sofía se negaba a ayudarla.

—No criaré a una inútil en mi propia casa —declaraba cada vez que Luzia se marchaba furiosa al jardín, harta de lidiar con su brazo tullido.

Cuando la niña cumplió 13 años, doña Conceição encargó una costosa pieza de seda portuguesa para enaguas y ropa interior. Tía Sofía hizo que Luzia la cortara. La pequeña tullida se plantó delante de la seda sabiendo que si se equivocaba al cortar se desperdiciaría una gran parte y doña Conceição se pondría furiosa. Tía Sofía se puso al lado de ella. Luzia colocó la escurridiza tela sobre una mesa y se pasó las tijeras de una mano a otra.

—Debes hacer esto ahora o no lo harás jamás —dijo la mujer. Luzia sintió algo así como un pellizco en la punta de la nariz, como si alguien se la estuviera retorciendo. Sintió que los ojos se le llenaban de lágrimas ardientes—. No malgastes tus lágrimas —le dijo tía Sofía, como hacía siempre que encontraba a una de sus sobrinas llorando.

Se diría que para la tía las lágrimas eran valiosas; como si uno naciera con una cantidad limitada y hubiera que guardarlas para los momentos verdaderamente importantes. Luzia había crecido aceptando esa idea. En cambio, Emília se ponía furiosa cada vez que tía Sofía la regañaba cuando lloraba por asuntos que carecían de importancia o eran inexplicables. «¡Quiero gastarlas! ¡Son mis lágrimas y las gastaré si quiero!», bramaba Emília. Luzia contempló la costosa seda y quiso llorar como su hermana —sin reprimir las lágrimas ni refugiarse ante el armario de los santos—, con fuerza, hasta agotarse. Tía Sofía le cogió la mano y la sostuvo bajo la suya.

—Si quieres ser una costurera, no puedes tener miedo nunca. Debes cortar. Corta rápido y recto.

Y juntas seccionaron la seda a tal velocidad que Luzia no tuvo tiempo de equivocarse. Así fue como perdió su miedo.

Luzia colocó los patrones por tamaños alrededor de la habitación. Las piezas de delante y atrás de las chaquetas de los cangaceiros colgaban sobre el respaldo de mimbre del sofá de doña Conceição. Las piernas sueltas de los pantalones yacían a lo largo de las sillas. Los tubos de las mangas estaban cuidadosamente apilados sobre las vitrinas de vidrio que guardaban los licores. Las únicas medidas que Luzia no había apuntado eran las del Halcón. «Antonio», pensó Luzia, y luego se reprochó su debilidad. Cada vez que aparecía un cangaceiro en la puerta de la sala de estar, Emília y tía Sofía dejaban de coser. Luzia no levantaba la vista de su trabajo. En cambio, mantenía la mirada fija sobre la tela, temerosa de equivocarse al cortar. Para su sorpresa, los cangaceiros no las molestaron ni amenazaron. Por el contrario, les llevaron agua y, más tarde, arroz con pollo para comer. Hacía tanto tiempo que Luzia no probaba el pollo que saboreó cada bocado con fruición, limpiando de los huesos hasta la última hebra de carne. Ponta Fina engulló su comida al otro lado de la sala de estar.

—Luzia —susurró Emília, con los ojos fijos en el joven cangaceiro—, debes cortar más lentamente.

—Lo estoy haciendo lo más lento que puedo —murmuró Luzia.

Habían oído que los cangaceiros sacrificaban a sus ayudantes una vez que terminaban su trabajo. De esa manera, no había testigos para identificarlos. Mientras hubiera algo que coser, estaban a salvo. Habían trabajado toda la mañana sin parar y sólo habían terminado ocho pantalones y siete chaquetas. Pero el tiempo era limitado, pues sólo debían confeccionar veinte uniformes y el diseño era sencillo. Los cangaceiros esperarían, sin duda, que unas costureras expertas como ellas terminaran rápidamente.

—El coronel nos protegerá —dijo tía Sofía—. Estoy segura de ello.

Después de comer, mientras Luzia medía y cortaba su última chaqueta, oyó un gran ruido de voces a través de las ventanas abiertas. Sonó la voz del coronel y luego la de Antonio, inconfundible por el tono y la profundidad. Pero el estrépito de las máquinas de coser le impedía entender qué se decían. Luzia siguió cortando, pero cuando las voces se transformaron en gritos, miró nerviosamente a Emília. Su hermana disminuyó la velocidad del pedaleo. Oyeron un estruendo, una taza o un plato que se cayó y se rompió, y luego un disparo. Resonó en toda la casa. Luzia perdió el control de las tijeras. Las máquinas de coser se detuvieron.

El coronel apareció en la puerta, pálido y sudoroso. Se llevó un pañuelo que Luzia misma había cosido al nacimiento de su blanco pelo.

—No hay nada de que preocuparse, señoras —dijo—. Ha sido un tiro accidental. —Sus ojos recorrieron nerviosos la sala, descansando sobre las sillas y las mesas cubiertas con uniformes ya acabados y otros por acabar—. Continúen trabajando. —Lo dijo asintiendo con la cabeza, y luego se retiró de la estancia.

Unos minutos más tarde, el Halcón apareció junto a su mesa de costura. Luzia no levantó la vista. Recitó sus medidas una por una. Luzia las apuntó en la libreta.

—Baiano, el más alto de mis hombres, tendrá dos trajes —dijo el Halcón—. Hazle dos trajes.

Luzia asintió.

Cuando el reloj de pie del coronel dio seis largas campanadas, sólo faltaban cuatro chaquetas por terminar. Luzia reemplazó a tía Sofía, que descansó sobre el sofá. Unas lámparas de queroseno habían sido colocadas al lado de las máquinas de coser. Las lámparas siseaban y chisporroteaban, calentando el aire a su alrededor. Luzia se enjugó el sudor del cuello. Tenía a mano su cinta métrica cuidadosamente enrollada, para comprobar las medidas de cualquier pieza que le pareciera errónea. Emília se detenía cada media hora para estirar las piernas. Había estado cambiando de pie para accionar el pedal, pero cuando comenzó a anochecer se quejó de que ya tenía los dedos entumecidos. Uno por uno, los cangaceiros habían acudido a buscar sus chaquetas y sus pantalones. Algunos les habían dado las gracias; otros tan sólo habían cogido sus prendas sin decir una palabra. En el exterior crepitaba una hoguera, y a medida que el cielo se oscurecía, la luz del fuego bailaba sobre las paredes de la sala de estar. Los hombres arrojaron sus ropas viejas al fuego. Lanzaban risotadas al aire y cantaban mientras se chamuscaba la tela putrefacta.

A las seis y cuarto, Orejita entró en la sala de estar. Llevaba su uniforme nuevo. Sin el sombrero, su largo pelo le ocultaba las orejas.

—El capitán desea verlas fuera —dijo.

—¿A quiénes? —preguntó tía Sofía, levantándose del sofá.

—A las tres.

—Pero aún tenemos trabajo —dijo Emília nerviosamente.

—Ahora —replicó Orejita—. Inmediatamente.

En el patio, los hombres permanecían de pie formando un semicírculo. La hoguera ardía a su lado. El Halcón estaba de pie en medio del semicírculo y el coronel se hallaba arrodillado delante de él, con la cabeza gacha.

—Arrodíllense —ordenó el Halcón.

Les hizo un gesto para que se colocaran al lado del coronel. La luz del fuego se reflejaba sobre el lado inerte de su rostro. Luzia ayudó a tía Sofía a arrodillarse sobre el suelo. Emília se arrodilló al otro lado de su tía. Luzia llevaba entre las manos la cinta métrica cuidadosamente enrollada. La apretó con fuerza. Luzia quería hablar, decirle que aún no habían terminado, que tenían más ropa que coser. Tal vez dejaría que terminaran las chaquetas. Quizá podrían ganar tiempo, ir puntada a puntada, sin emplear las máquinas de coser, para planear alguna forma de escapar.

El Halcón dio unos pasos desde el centro del semicírculo. Se detuvo justo delante de ella. Luzia cerró los ojos. Hubo un largo silencio, luego se oyó un murmullo disperso y sonó un golpe sordo. Cuando abrió los ojos, él estaba arrodillado delante de ella. Todos los hombres estaban arrodillados en el semicírculo. Tenían la cabeza agachada. El Halcón sostenía una roca en la palma abierta de la mano..., una piedra blanca, igual a todas las piedras de cuarzo diseminadas por los áridos pastizales que había al pie de la montaña. Comenzó a hablar:

—Mi roca de cristal, hallada en el mar entre el cáliz y la hostia sagrada. La tierra tiembla, mas no Jesucristo, nuestro Padre. Frente al altar también tiemblan los corazones de mis enemigos cuando me ven. Con el amor de la Virgen María, me cubre la sangre de Jesucristo, mi padre. Estoy encadenado. Si alguien me quiere matar de un tiro, no lo puede hacer. Si me disparan, saldrá agua de los cañones de sus armas. Si intentan acuchillarme, los puñales caerán de sus manos. Y si me encierran, las puertas se abrirán. He sido rescatado, soy rescatado y seré rescatado con la llave del tabernáculo. Cierro mi aura.

Los cangaceiros repitieron la oración y sus voces ascendieron y descendieron como un coro desentonado. Al final, guardaron silencio. Luego cada hombre dijo:

—Cierro mi aura.

—Cierro mi aura.

—Cierro mi aura.

Después de que el último hombre hablara, el Halcón miró a Luzia.

—Dilo —susurró.

El coronel mantuvo la cabeza agachada. Luzia miró a tía Sofía y luego a Emília. Ellas la miraron a su vez, confundidas. ¿Qué sucedería si no decía nada? ¿Su obediencia las salvaría a todas?

—No temas —dijo el Halcón, levantando el tono de voz esta vez, y sus palabras sonaron más a amenaza que a consuelo—. Dilo.

Luzia fijó la mirada en su rostro violentado, en sus chispeantes ojos negros. Uno lagrimeaba, el otro estaba seco. No apartaría la mirada. Su rostro la cautivaba, le provocaba curiosidad y repulsión. Conseguía que olvidara la cinta métrica —el cuidadosamente enrollado y muy apretado ovillo de tinta y números— que aún guardaba en sus manos. Luzia aflojó el puño. La cinta se desenrolló en sus manos.

—Cierro mi aura —dijo al fin, y en su rostro apareció una sonrisa.

Capítulo

3

EMÍLIA

Taquaritinga do Norte, Pernambuco
Junio-noviembre de 1928

1

E mília tenía una noche para coser el traje fúnebre de tía Sofía.
Lo confeccionó con el lino negro más suave que encontró el
coronel. Doña Conceição le dio cuatro botones de madreperla y un
metro de encaje negro. Emília cosió el vestido con la Singer a pedal
en la casa del coronel, y dejó a tía Sofía tumbada, inmóvil, en la cama,
bajo el cuidado de doña Chaves y la comadre Zefinha, que lloraban
y discutían mientras encendían velas, balbuceaban avemarías y colocaban rodajas de limón en agua hirviendo para disimular el hedor.
Emília ya sabía las medidas de su tía. Usó el encaje de manera astuta,
aplicándolo al cuello del vestido, y empleó los cuatro botones preciados
sobre la parte delantera, donde los pudieran ver los dolientes. Cuando terminó el vestido, lo remojó en almidón. Luego, a pesar de la
fatiga, las piernas entumecidas y los ojos hinchados, Emília sacó el
vestido del almidón y preparó la plancha. Las brasas tintineaban dentro de la estructura de metal. Emília sacudió la plancha de un lado
a otro, como si fuera a arrojarla al otro lado de la habitación; saltaron

chispas. El humo salió formando pequeñas nubecitas sobre la nariz metálica. Cuando apoyó la superficie plana sobre el vestido, chisporroteó. Emília comenzó a planchar con tanta rapidez que el vestido no se secaba y las arrugas no se estiraban. El sudor le nublaba la vista. Emília trabajó con mayor esmero. Presionó con mayor fuerza, como si cada arruga, cada pliegue húmedo fuera un surco oscuro en su interior que debía recibir calor y ser planchado y borrado.

Tío Tirso y ella fueron los únicos presentes durante las últimas horas de tía Sofía. Emília puso la caja de huesos al lado de su tía. Había rechazado toda ayuda. Ella sola hirvió la hierba de santa María con leche y la metió a cucharadas en la boca de tía Sofía, para calmarle la tos. Ella sola colocó toallas humeantes con vapor de menta sobre el pecho de tía Sofía, para ayudarla a respirar. Ella sola cepilló las sábanas manchadas, acercó pañuelos a la nariz de su tía y suavizó los labios secos de tía Sofía con aceite de coco. En el peor momento, cuando cedió la tos y sobrevino la fiebre, tía Sofía emitió unas palabras:

—¡Tirso! —le gritó a la caja de madera—. ¡Esas malditas aves de rapiña! —Emília dio unas palmaditas sobre la frente de su tía con una toalla húmeda. Tía Sofía le agarró la muñeca con fuerza—. María —dijo, confundiendo a Emília con su madre—, cuida de ese hijo que tienes en el vientre. La gente que te vea, tan preciosa y embarazada, te echará el mal de ojo. Lo transmitirá a tus hijas.

Cuando tía Sofía habló de su madre, Emília quiso saber más, pero los ojos de su tía se cerraron, inapelables, y entró en un estado de sueño febril. Había momentos en los que la tía Sofía estaba lúcida. Sonreía débilmente a Emília y le rogaba al Señor que cuidara de sus hijas cuando se marchara de este mundo. Emília la tranquilizó. Le aseguró a tía Sofía que no se iría de este mundo, todavía no. Pero una noche tía Sofía no pudo dejar de toser. La falta de aire la ahogaba. Su pecho temblaba. Luego miró fijamente al techo, como si hubiera descubierto algo entre las tejas. Tía Sofía exhaló un largo silbido y luego quedó en silencio.

—¿Tía? —susurró Emília—. ¿Tía?

En su último ataque de tos, tía Sofía había echado a un lado las sábanas. Emília percibió una mancha gris sobre el colchón. Tocó la sábana; estaba húmeda y caliente. Emília se alegró: si tía Sofía había orinado, entonces aún estaba viva y durmiendo. Pero después de una hora, y después dos, la tía Sofía permaneció inmóvil, a pesar de los intentos de Emília para despertarla. La mancha del colchón se enfrió. Emília encendió una vela y envolvió los dedos de su tía alrededor de ella.

2

El vestido estuvo listo a tiempo para el velatorio. Tía Sofía descansaba sobre el suelo, acostada sobre la blanca hamaca fúnebre que Emília había extendido debajo de ella. Era un préstamo del coronel y estaba destinada a ser usada en su propio funeral cuando llegara el momento. La lona era suave y resistente, ribeteada con un fleco exquisitamente bordado, que se arrastró por el suelo cuando levantaron la hamaca. De acuerdo con las costumbres, los pies de tía Sofía estaban descalzos y apuntaban hacia la puerta, para que su alma pudiera salir fácilmente de la casa. Emília colocó montones de dalias alrededor de su tía, y doña Chaves salpicó el cuerpo con un frasco entero de una intensa agua de colonia. A pesar de las dos bolitas de algodón en los agujeros de su nariz, el rostro de tía Sofía había quedado fijado en una mirada severa, con los labios apretados, como si no aprobara el perfume con que la habían rociado.

El traje fúnebre tenía un aspecto elegante; Emília estaba orgullosa de su trabajo.

—¿Acaso no está espléndida? —susurraban los presentes arrodillándose al lado del cuerpo. Nadie la llamó «Sofía», porque si los muertos oían su nombre, permanecían en el mundo de los vivos, pues pensaban que aún los necesitaban.

A la mañana siguiente, un grupo de hombres levantaría la hamaca en la que se hallaba envuelta tía Sofía y la llevaría a la misa del padre Otto y luego a enterrarla. Hasta ese momento, Emília debía saludar a quienes venían a presentar sus respetos. Era la víspera de San Juan, un momento inoportuno para un velatorio. La gente quería celebrar la fecha, lanzar fuegos artificiales, encender hogueras con sus familias y ver a sus hijos bailar en la charanga local. Tía Sofía siempre había disfrutado del alboroto de ese día. Todos los años,

Luzia, Emília y ella dedicaban una semana a fabricar un globo de papel con ramas secas y trocitos de papeles de colores. En la víspera de San Juan, encendían el pequeño bote de queroseno dentro del globo y lo lanzaban al viento para rendir homenaje al santo. Juntas observaban el suave ascenso del globo al cielo nocturno. Primero ardía el papel y luego la madera, hasta que todo el artilugio estallaba en llamas y descendía en picado, como un cometa que caía a la Tierra. Ese año no habría globo de papel. Sólo un entierro.

El humo saturaba la casa. La mesa de costura y los alféizares de las ventanas estaban abarrotados de velas. El coronel había colocado cuatro candelabros de bronce —tan altos como Emília— alrededor de tía Sofía. No había escatimado gastos. Después de todo, era culpa suya. Emília sabía que había otros tan culpables como él: los cangaceiros que se habían llevado a su hermana, el aire frío de la noche y la lluvia. Pero el coronel pudo haberlo evitado. Pudo haber llamado a sus peones y a sus vaqueiros para ir tras su hermana. Pudo haber ido a buscar a un doctor como Dios manda para que se ocupase de su tía. Cada vez que Emília veía su cuerpo encorvado o los ojos que rehusaban encontrarse con los suyos, percibía el remordimiento del coronel y lo culpaba aún más.

Los asistentes al velatorio entraron en la casa uno a uno; saludaban a Emília y luego se congregaban alrededor de tía Sofía. Xavier, el tendero, levantó la mano de Emília de la caja de tío Tirso, posada sobre las rodillas, y la apretó entre las suyas.

—Si necesitas alguna cosa —dijo—, no dudes en pedirlo. Lo cargaré en tu cuenta.

Sus ojos recorrieron la casa. No hallaría nada, pensó Emília. Ninguno lo haría. Su casa se había transformado en una curiosidad —un lugar que los cangaceiros habían invadido, llevándose a la pobre Gramola—, y los asistentes al duelo buscaban signos de trifulca. Pero no los había. Ya antes de que muriera tía Sofía, la gente insistió en guardar luto por Luzia, y aconsejaban a Emília y a su tía que encargaran una misa y cubrieran el antiguo retrato de comunión —la única foto de Luzia— con un trapo negro. Ahora que tía Sofía había fallecido, insistieron todavía más. Emília se negaba a oírlos. Había dejado el retrato de comunión sobre la pared. Usó el baúl que empleaban para guardar la ropa como una barricada para impedir que los curiosos entraran en su habitación. Cortó el paso a la entrada del armario de los santos de Luzia con una silla de cocina.

Hacía calor en el salón, con toda la gente reunida. Un grupo de mujeres repetía avemarías, hasta que Emília se sintió adormecida por las voces. Fuera, el relincho de los caballos atravesó los cánticos. Habían llegado doña Conceição y el coronel.

Cuando la tía Sofía cayó enferma, doña Conceição envió una caja de jabones para manifestar su solidaridad. Eran pastillas redondas y perfumadas, envueltas individualmente en papel de seda de color pastel. Emília no las había usado nunca. Sin embargo, las colocó alrededor de tía Sofía, entre sus dalias y los cuencos de agua con limones. Doña Conceição sostenía en la mano enguantada un pañuelo y llevaba un sombrero con un velo de encaje negro. Unas semanas antes, Emília habría pensado que era el epítome de la elegancia, pero ahora su buen gusto le parecía ridículo, hasta insensible. Doña Conceição se levantó el velo.

—Querida mía —dijo, tomando el rostro de Emília en sus manos enguantadas—, ¿qué puedo hacer para ayudarte?

Los asistentes al velatorio callaron. Los rezos bajaron el tono y se convirtieron en susurros. Todos esperaban que Emília manifestara agradecimiento a su patrona; que le rogara a doña Conceição que no dejara de brindarle ayuda.

—Queda una clase de costura —respondió Emília. Los ojos de doña Conceição se agrandaron—. Es la última clase —dijo Emília—. No me la puedo perder.

Doña Conceição se apartó súbitamente, retirando las manos del rostro de Emília. Se cubrió de nuevo con el velo.

—Sí —dijo—, por supuesto. Te enviaré a un acompañante.

Emília se había perdido las lecciones de mayo y junio. No iba desde que Luzia había sido secuestrada y su tía había enfermado. Pidió a su anciano acompañante habitual que hablara al profesor Celio de las dificultades de su familia, y que le dijera que no se perdería la última clase. La lección sería una semana después y Emília estaba preparada. Cuando terminó el vestido fúnebre de tía Sofía, la joven hizo una visita a la tienda de Xavier y puso todos sus ahorros —una pequeña fortuna— sobre el mostrador. Señaló una maleta de tela. Era verde y tenía un asa de marfil y rebordes metálicos. Volvió caminando a su casa con el vestido fúnebre en una mano y la maleta en la otra. Por supuesto que hubo murmuraciones, pero Emília las soportó. No pensaba huir con el profesor Celio llevando un hato vulgar a la espalda, como una pordiosera. Ella, Emília do Santos, estaba lejos de ser una tosca campesina.

Le había regalado a Luzia su vieja maleta —de cuero gastado y agrietada— la noche que su hermana se marchó con los cangaceiros. Después, Emília no pudo pensar en otra cosa que en comprar una nueva maleta. Durante los días posteriores a la partida de los cangaceiros, el padre Otto dirigió un grupo de búsqueda. Todo el mundo esperaba por aquel entonces que regresara con un cadáver. Cuando volvió sin haber encontrado nada, hasta el coronel quedó perplejo. Los cangaceiros tenían fama de actuar de manera imprevista: algunas veces robaban provisiones, otras las compraban; a algunas personas las mataban, a otras sólo las castigaban; a algunas mujeres les robaban el honor, a otras no las tocaban siquiera. Pero jamás habían oído que se llevaran a una mujer y se quedaran con ella.

El pueblo quiso que se difundiera la noticia del rapto de Luzia y de las muertes de los dos soldados. El coronel envió un telegrama a la costa. Los cadáveres permanecieron en la plaza, cubiertos con cal viva, como prueba de lo ocurrido. Pero la capital no respondió. No apareció ningún regimiento. Taquaritinga era una población demasiado pequeña y lejana para darle semejante importancia. Iban a tener que protegerse ellos mismos.

Enterraron los cadáveres. El padre Otto dirigió numerosas oraciones colectivas por Luzia, rezando novenas que duraban nueve días y nueve noches, y luego empezaban de nuevo. Si Emília cabeceaba de sueño, si sus ojos se cerraban o el cuello se ladeaba durante la oración general, tía Sofía la espabilaba a codazos y proseguía. Las rodillas de Emília sufrieron. El cuello se le entumeció. Cuando llegó el momento en que empeoró la fiebre de tía Sofía, apenas se podía arrodillar.

Emília no descansaba de noche. Dormía en una silla al lado de la cama de tía Sofía, para calmar sus ataques de tos. Lo prefería a dormir en su propia cama, en donde se despertaba sobresaltada y desconcertada por el espacio vacío a su lado. ¿Se había levantado Luzia al excusado o a buscar un vaso de agua? Entonces se le aclaraba la mente y sentía un dolor intenso y profundo en el pecho, como una quemazón que salía desde dentro. Luzia ya no estaba. Se lo decía su cuerpo, pero su mente no lo aceptaba. Cada vez que Emília cocinaba o barría, veía moverse algo con el rabillo del ojo y pensaba que podía ser su hermana, que doblaba una esquina de la casa, volvía de rezar ante su armario de los santos o regresaba de su caminata matinal. Emília siempre se decepcionaba cuando se daba cuenta de que lo que se movía era en realidad su propia sombra, una polilla o una lagartija de vientre blanquecino que se escurría tras un mosquito. Incluso después de que pasara el mes de mayo, cuando menguaron las oraciones, cuando se deterioró la salud de tía Sofía y Emília sacó la caja de huesos de su lugar debajo de la cama de la tía, siguió creyendo en el regreso de su hermana. Le quitaba el polvo al altar de los santos de Luzia; sacaba al sol todas las semanas el bordado inacabado de su hermana, para protegerlo del moho y las polillas.

Cuando doña Conceição se marchó, los deudos permanecieron en silencio. Clavaron sus miradas en Emília por encima de sus manos entrelazadas y sus rosarios de cuentas. Las viudas podían vivir solas, protegidas por la memoria de sus esposos difuntos. Y los hombres huérfanos podían hacer lo que se les antojara. Pero una joven soltera, una muchacha atractiva, sin familia o patrimonio a su nombre, era algo raro y peligroso, que se prestaba a las habladurías. Emília no dio a conocer sus intenciones. No le habló a nadie de sus planes, razón por la cual los asistentes al velatorio la miraron, observándola desde detrás de sus negras mantillas y por debajo de sus gorras de cuero, esperando ver un indicio. El rostro de Emília permaneció impasible, sereno. Se puso de pie, se echó a tío Tirso bajo el brazo y salió de la habitación.

La gente hablaba sobre la caja de madera. Decían que era una prueba de que Emília no estaba en sus cabales. La llevaba con ella cada vez que salía de la casa. La trasladaba a la cocina cuando preparaba sus comidas. Para Emília, la caja de madera era una prueba de que no estaba sola. Aún tenía a su tío Tirso, y su presencia la consolaba.

La mayoría de los presentes se reunieron en la sala de estar, pero algunos necesitaban un vaso de agua o una rodaja de la empalagosa tarta macaxeira para soportar todo el velatorio. Esos dolientes se abrieron paso rápidamente hasta la cocina, y se fueron al lado del fogón apagado y alrededor de la mesa de la cocina. Intentaron hablar en voz baja, pero Emília los escuchó desde el pasillo. Se colocó al lado de la puerta de la cocina, manteniendo el cuerpo apartado de la entrada, y contuvo la respiración, como lo había hecho tantas veces cuando espiaba a sus antiguos pretendientes.

—Pobrecita —susurró una mujer.

—Necesita ser fuerte —interrumpió doña Chaves; Emília la reconoció por la voz nasal—. Esa muchacha nació con demasiadas pretensiones... Siempre es tan estirada... y Sofía se lo fomentaba. Ahora tendrá que casarse con un muchacho de Taquaritinga, le guste o no.

—Me refería a su hermana.

—Ah —suspiró doña Chaves—. Por supuesto. ¡La pobre Gramola! Pues sí, sólo Dios sabe lo que le habrán hecho.

—Debería sentirse avergonzado —intervino el señor Chaves—. El coronel Pontes jamás lo habría permitido en Caruaru.

—Eso es porque el coronel Pontes no lo tuvo todo servido en bandeja —respondió otro hombre más viejo. Emília no pudo identificar su voz aguardentosa—. De niño, ni siquiera tenía un palo para pegarle a un perro. Sabe lo que significa luchar por algo.

—Para empezar, si el coronel Pereira tuviera agallas, no habrían venido aquí.

—Sí, pero si fuera su hija, ya habrían encontrado el cuerpo. Sería enterrada como corresponde.

El anciano emitió un gruñido.

—Si hubiera sido mi hija, le habría pegado un tiro delante de esos bastardos. Prefiero que una hija mía esté muerta a que se la lleve una horda de hombres degenerados.

Emília entró en la cocina. Los dolientes se callaron. Puso la caja de tío Tirso en el centro de la mesa. Ni doña Chaves ni los demás miraron a Emília, sino que mantuvieron la vista fija en la caja. Lentamente, uno por uno, salieron de la cocina. Emília se sentó. Se sirvió un vaso de agua y cortó una porción de tarta. Oyó voces que llegaban desde la sala. No era el monótono zumbido de las oraciones, sino un cuchicheo rápido de voces que se superponían unas sobre otras. La muchacha las ignoró.

Más tarde, cuando el cielo se oscureció y los asistentes al duelo por tía Sofía se marcharon para encender sus hogueras de San Juan y comer sus mazorcas de maíz a la parrilla, sólo permanecieron Emília y tío Tirso. Mientras dormitaba desplomada sobre una silla al lado del cadáver de su tía hasta que la despertó el fragor de los fuegos artificiales y le recordó que debía levantarse para encender más velas, su tío Tirso seguía allí, como una presencia constante, en la caja, junto a sus pies.

3

Emília había temido que los cangaceiros le hicieran daño, pero Luzia no. Cuando caminaba de una punta a la otra de la hilera de hombres en el jardín del coronel, apuntando sus medidas, Emília no se apartó de tía Sofía. Encorvó los hombros hacia abajo y levantó la libreta en alto para ocultar su pecho. No los miró a los ojos. Y cuando el Halcón gritó: «¡Tú!», Emília se dio la vuelta. Primero intentó calmarse y luego levantó la mirada de la libreta. Cuando se dio cuenta de que estaba mirando a Luzia y no a ella, Emília sintió sorpresa y alivio a la vez.

Aquel hombre la ponía nerviosa. No era su aspecto, pues habría sido buen mozo de no haber sido por la mala higiene y la cicatriz de su rostro. Era su forma de actuar lo que la molestaba. Emília estaba acostumbrada a los hombres ruidosos: los granjeros, que se gritaban entre sí en los campos; los carniceros y tenderos, que se saludaban en el mercado semanal con alaridos y golpes violentos en la espalda. Sólo los hombres de mayor nivel social, como el profesor Celio, hablaban en voz más baja. Pero el Halcón llamaba la atención de manera silenciosa, moviendo el lado del rostro sin cicatriz, ladeando la cabeza o señalando con su grueso dedo. Sus hombres lo miraban constantemente desde la fila que habían formado para medirse, siempre atentos a captar esos indicios silenciosos. A la mayoría de la gente la engañaba haciéndola creer que era discreto y reservado, pero no a Emília. Su voz lo traicionaba. Rara vez hablaba, pero cuando lo hacía su voz salía como un trueno de las entrañas y obligaba a todo el mundo a prestarle atención. Era tan grosero como un granjero cualquiera. Peor, creía Emília, porque intentaba enmascararlo.

Había observado cómo lo medía su hermana. Levantó la vista de su libreta y vio a Luzia dejar caer la cinta métrica. Era raro en ella. Desde el accidente, Luzia había perdido los nervios y la vergüenza. Si le disgustaba una persona, Luzia se acercaba a ella, observándola desde su gran altura, como un pájaro, como si no fuera parte de su mundo, sino algo inferior, de menos valor. El Halcón también se comportó de manera extraña. Cuando Luzia se colocó detrás de él para medirle la espalda, pasó la cinta sobre sus omóplatos y la estiró con la palma de su brazo sano. Mientras pasaba la mano sobre su espalda, el Halcón cerró los ojos. Emília lo vio. Parecía estar saboreando un bocado de comida. Y cuando su hermana volvió a ponerse frente a él, abrió los ojos y contempló la fila de hombres, fingiendo que no le interesaban sus medidas. Emília decidió que estaba desquiciado. Completamente desquiciado.

Se lo dijo más tarde a su hermana, mientras regresaban a casa. Eran bien pasadas las diez de la noche. Emília caminaba entre tía Sofía y Luzia, llevándolas del brazo. Sus vestidos olían a sudor y a humo a causa de la hoguera. Emília sentía que le ardían los ojos, le dolían las piernas. Luzia guardó silencio, hasta que su hermana mayor comenzó a murmurar sobre el Halcón.

—No está bien de la cabeza. —Tía Sofía asintió con un gruñido.

—Ni siquiera hablaste con él —farfulló Luzia.

—No ha sido necesario —dijo Emília—. Casi nos mata del susto, haciendo que nos arrodilláramos en el patio. ¿Y para qué? Para rezarle a una piedra, ¡quién lo iba a decir!

—Por lo menos tienen temor de Dios —dijo tía Sofía, y luego las hizo callar, temerosa de que alguien las oyera.

Emília no tenía energía para discutir con su hermana. Cuando llegaron a casa, Luzia y ella se ayudaron mutuamente a quitarse la ropa y se desplomaron en la cama, vestidas sólo con sus camisolas y sus bragas. Emília durmió profundamente. Tan profundamente que, horas más tarde, no oyó los veintiún pares de sandalias que marchaban por el camino de barro. No vio el resplandor de los faroles de queroseno que rodeaban la parte frontal de su casa. Y cuando oyó la voz —una voz de hombre tranquila y firme— pensó que estaba soñando. Emília cambió de posición y sonrió, creyendo que la voz pertenecía al profesor Célio y que había subido toda la montaña para despertarla.

«Luzia».

Emília se incorporó.

«Luzia».

Luzia estaba echada con los ojos abiertos y había retirado la colcha hasta la cintura, como si estuviera esperando a ese extraño visitante.

«Luzia —volvió a llamar la voz—. Sal afuera».

Tía Sofía fue la primera en alcanzar la puerta. Emília y Luzia se ocultaron detrás de ella. Una lluvia fina se colaba por los listones de la ventana. Era el tipo de lluvia invernal que Emília odiaba. Parecía ligera, pero era tan persistente que empapaba el pelo, la ropa y la tierra, transformándolo todo en un lodazal viscoso. Emília se cubrió los hombros con un chal. Luzia había arrastrado la colcha de la cama, tirando al suelo el mosquitero.

—¿Qué clase de interrupción es ésta? —masculló tía Sofía—. ¡A estas horas!

Emília intentó ver a través de la ventana. En el exterior se hallaba el coronel, de pie, tiritando, al lado de un inquietante grupo de cangaceiros.

—¿Señor? —preguntó tía Sofía cuando abrió la puerta principal—. ¿Qué sucede? ¿Están satisfechos con los uniformes?

El coronel asintió con la cabeza. Emília sólo veía la primera fila de cangaceiros, los que sostenían las lámparas. El resto estaba oculto entre las sombras; vio las siluetas de las alas de sus sombreros en forma de medialuna. Los hombres parecían más altos, más robustos. Llevaban sus uniformes nuevos, pero protegidos por frazadas envueltas torpemente en hule y sujetas alrededor de sus torsos. Cada hombre tenía dos paquetes de lona sobre el cuerpo, de manera que las correas cruzaban horizontalmente el pecho de una axila a la otra. Las correas eran gruesas —por lo menos un palmo de ancho— y estaban decoradas con remaches de metal que brillaban a la luz de las lámparas. También las correas de sus rifles llevaban remaches de metal que relumbraban sobre sus hombros. Los pantalones parecían cortados a la altura de las rodillas, pero cuando Emília miró con mayor detenimiento, advirtió que los hombres usaban protectores de cuero para las canillas, sujetos con cuerdas que se entrecruzaban alrededor de la parte inferior de las piernas. Sus cinturones con cartucheras, mojados y brillantes por el agua de lluvia, rodeaban las cinturas. Y metidos en ángulo dentro de los cinturones llevaban largos cuchillos relucientes. El más largo pertenecía al Halcón.

—Señora —dijo el Halcón, dirigiéndose a tía Sofía—, he venido a hablar con la señorita Luzia.

A su lado, Emília sintió que su hermana se ponía tensa al oír su nombre. El Halcón cargaba con un paquete bajo el brazo. Llevaba un sombrero sencillo de ganadero y la sombra del ala le ocultaba los ojos.

—¿Qué quieren de mi hija? —preguntó tía Sofía al coronel, que al oírla bajó la cabeza.

—No le haremos daño —dijo el Halcón—. Se lo aseguro.

Emília sostuvo el brazo rígido de su hermana. Tía Sofía sujetó el otro. Salieron juntas afuera. El jardín delantero estaba embarrado y lleno de charcos. El suelo estaba frío. El Halcón le hizo un gesto a Luzia para que diera un paso hacia delante. Cuando Emília y tía Sofía se movieron con ella, él levantó la mano con gesto tajante, ordenándoles que permanecieran atrás.

—Está bien —susurró Luzia.

Se envolvió la colcha alrededor del cuerpo, echó los hombros hacia atrás y se irguió hasta alcanzar toda su estatura. La colcha se arrastró detrás de ella, como una capa. La lluvia resplandecía sobre su pelo. El Halcón alzó el ala del sombrero y levantó la cabeza para mirar a Luzia; no parecía estar a su altura. Emília sintió alivio. No pudo ver el rostro de su hermana, tan sólo la larga trenza oscura. El Halcón susurró algo. Sus labios se movieron, torcidos. Le entregó el paquete que llevaba bajo el brazo. Luzia permaneció inmóvil. La boca del Halcón se volvió a mover. Luzia cogió el bulto y se dio la vuelta. Se dirigió hacia la casa, pasando junto a Emília y tía Sofía, con la mirada clavada en un punto lejano. Tenía los labios apretados. Emília reconoció aquella expresión: era la misma que había puesto Luzia años atrás, cuando le retiraron el entablillado del brazo y le dijeron que jamás volvería a enderezarse. Era la misma cara que cuando bajaron el cuerpo hinchado de su padre de la montaña al pueblo. Era la misma cara que tenía antes de cada pelea en el patio de la escuela, cuando las burlas de sus compañeros dinamitaban su severa compostura.

—Tú —dijo el Halcón, interrumpiendo los pensamientos de Emília—. Ven aquí. Por favor.

Emília dio un paso al frente. El chal que tenía en los hombros pesaba por el agua de la lluvia.

—Ve adentro y empaqueta sus cosas —dijo lentamente, como si estuviera intentando convencer a una criatura—. No demasiadas. Sólo lo que pueda cargar.

Baiano, el mulato alto, acompañó a Emília y montó guardia en la puerta de la habitación. Cuando Emília entró en la casa, su habitación estaba vacía, y también la de tía Sofía. No había ruido en la cocina. Emília se regocijó en silencio. ¡Su hermana se había escondido o había escapado por la puerta trasera! Emília se movería lentamente para darle más tiempo a su hermana. Sus manos temblaron. Con cuidado apartó el mosquitero y colocó la vieja maleta... con la cerradura oxidada y despegada... sobre la cama. Emília escudriñó el baúl de ropa y cogió la enagua más vieja de Luzia, sus bragas más gastadas. Si Luzia había escapado, no necesitaría esas prendas. Aun así, Emília dobló cada pieza con cuidado antes de colocarla en la maleta, desconfiando de la mirada del cangaceiro. Metió el vestido de algodón desteñido de su hermana, un broche roto, un camisón rasgado, algunas bobinas de hilo de bordar de colores insólitos, un acerico viejo para agujas.

—¿Qué estás haciendo?

Emília se quedó paralizada. Luzia estaba de pie en la entrada de la habitación. Su camisón estaba abultado a la altura de la cintura, metido de manera descuidada dentro de unos pantalones color canela. Los pantalones eran demasiado cortos, y dejaban al descubierto los tobillos de Luzia y sus largos pies enfundados en sandalias. Desabrochada sobre el camisón, llevaba una chaqueta también de color caqui. Emília reconoció el género. Era la gruesa tela de bramante que habían deslizado bajo la aguja de la Singer aquella tarde. Las mangas de lona de la chaqueta dejaban al descubierto las muñecas de Luzia. La tela estaba tensa y arrugada a la altura de su codo torcido.

—¿Qué haces aquí? —preguntó Emília—. ¿Dónde estabas?

—En el armario de los santos —dijo Luzia—. Rezando.

Emília se apoyó sobre el baúl de la ropa para calmarse. Tenía un nudo en el pecho; sintió que le faltaba el aliento.

—Me ha dicho que recoja tus cosas —explicó.

Luzia asintió. A la luz de la vela, sus gruesas cejas resplandecían con el agua de lluvia. Sus ojos brillaban. Emília no podía pensar en otra cosa. Cuando eran niñas, solían agarrarse de los brazos y girar dando vueltas y vueltas en el jardín delantero. Se movían con tanta rapidez que Emília sentía impotencia y terror. El mundo se volvía borroso y lo único nítido era el rostro de Luzia delante de ella, cuyos ojos verdes reflejaban el temor de la muchacha. También encontraba allí consuelo, pues si se caían lo harían juntas. Y había asombro, un goce extraño y teñido de ansiedad por saber que habían puesto algo en movimiento que no podían parar.

Se oyó un silbido en el exterior.

—Es hora de irnos —ordenó Baiano.

—Espera —dijo Emília, volviendo a concentrarse en la habitación, la cama, la maleta abierta llena de trapos. La navaja de Luzia descansaba donde siempre estaba antes de meterse en la cama, sobre el baúl de la ropa, entre su cinta métrica y el montón de horquillas. Con un solo movimiento rápido, Emília cogió el cuchillo y las horquillas. Las dejó caer en la maleta y rápidamente cerró la tapa.

Cuando tía Sofía vio a Luzia vestida con el uniforme de los cangaceiros, se llevó la mano al pecho. La lluvia era más densa ahora. El pelo blanco de tía Sofía parecía traslúcido. Emília vio los reflejos de la luz de las velas detrás de los postigos de las casas del otro lado del camino. El pueblo estaba observando en silencio.

—Detenga esta locura —dijo tía Sofía al coronel, que se quedó muy quieto, salvo por sus dientes, que castañeteaban—. ¡Busque a sus hombres! —gritó—. ¡Llame a sus vaqueiros o a sus otros capangas! —Al ver que no había respuesta, tía Sofía levantó el brazo y señaló con los dedos temblorosos al Halcón—. Lo maldigo —dijo, luego reunió fuerzas y dio un paso hacia delante—. ¡Lo maldigo!

El Halcón avanzó hacia ella. Emília intentó empujar el dedo de su tía hacia abajo.

—Usted es vieja —dijo, y el rostro prácticamente tocaba la punta de sus dedos extendidos—. Protéjase de la lluvia.

Dos cangaceiros andaban a ambos lados de Luzia sujetándole los brazos. No forcejeó ni gritó. Se mantuvo rígida y derecha, como si estuviera posando para una foto. Luzia era más alta que todos los hombres que la rodeaban, y por primera vez Emília se preguntó cómo se vería todo desde allí arriba, qué se sentiría al ver el cuero cabelludo de los hombres, al saber que la gente debía levantar el rostro para hablarle y adoptar sin querer una postura infantil y reverente. Y qué lejano debía de parecerle todo: el suelo cubierto de barro, las sandalias mojadas de los hombres, las pistolas y los cuchillos dispuestos alrededor de sus cinturas. Cuando se alejaron caminando, Emília supo que debía hablar. Debía ocupar el lugar de Luzia. Emília era la mayor, y tenía dos brazos y dos piernas sanas. Pero no quería irse con esos hombres, y tenía miedo de que, si se ofrecía a cambio de Luzia, se la llevaran sin dudarlo.

—¡Luzia! —gritó de repente Emília, sorprendida por el sonido de su propia voz. Los hombres redujeron la marcha. Luzia volvió la cabeza.

Tenía mechones de cabello mojado pegados a la cara. Luzia siempre había sabido manejar las palabras, a diferencia de Emília, que se volvía tímida y torpe cuando había un conflicto. Había gritado el nombre de su hermana sin saber por qué ni qué diría después.

—Lo siento —dijo atropellando las palabras, haciendo un esfuerzo por ver el rostro de su hermana—, he hecho mal la maleta.

4

Para la última clase de costura, Emília tuvo que ponerse un vestido de luto. Había confeccionado dos después del entierro de tía Sofía —uno negro y uno gris—, ambos de una tela opaca y áspera que doña Conceição le había regalado. La joven costurera había intentado que fueran elegantes, confeccionando mangas esbeltas y bajando el talle para realizar una larga falda tubular, como los vestidos de moda que había visto en *Fon Fon*; pero su talento tenía un límite. La tela no tenía buena caída y, por tradición, los vestidos de luto debían ser prácticos, no elegantes. El luto oficial por tía Sofía debía durar un año. Un año de vestidos ásperos. Un año en una casa oscura, con los postigos cerrados y los espejos tapados con un trapo. Un año de piedad reglamentada, que Emília no podía soportar. Extrañaba terriblemente a tía Sofía, pero el luto no la haría regresar. Los vestidos oscuros y la casa sombría sólo servían para recordar a los otros que debían ofrecer de manera afectada sus condolencias a Emília, quien no necesitaba que le recordaran lo que había perdido. No necesitaba los consejos impertinentes de la gente, que la exhortaba a dejar de vivir sola y casarse, o de lo contrario sería una mujer perdida. Emília los ignoró: se negó a quedar atrapada en medio del campo, y decidió que no seguiría sus mezquinas reglas. Se marcharía de Taquaritinga, y con cada murmuración, con cada mirada severa, con cada gesto de reprobación se convenció aún más.

Antes de la última clase de costura, Emília se puso una enagua bordada y unas bragas nuevas debajo del vestido de luto. Se había puesto agua de jazmín en el cuello, detrás de las orejas, en el interior de los brazos y en la parte de atrás de las rodillas. Jamás había usado tanto perfume, y cada vez que la mula del coronel se estremecía y estornudaba, tenía la impresión de que el animal le estaba reprochando su extravagancia.

Emília contempló el otro lado de la cadena montañosa, incapaz de mirar hacia la mula que estaba a su lado. No tenía nada sobre el lomo, salvo cestas para mercancías. La maleta verde de Emília —tan pequeña que sólo cabían algunas prendas íntimas, un camisón, su vestido azul y el costurero— estaba metida dentro de la cesta de la mula. El viejo acompañante la había mirado extrañado cuando le entregó la maleta.

—Mi costurero nuevo —explicó Emília, y él se lo había creído. Emília sabía que la gente hablaría de la maleta, pero sólo para comentar que había vuelto a ser la misma excéntrica de siempre. Dirían que era mejor cargar una maleta que los huesos de su tío.

La noche anterior, Emília se había quedado despierta hasta tarde, escondida en su habitación sin ventanas, para que la gente no viera la luz de la vela y especulara. Hizo su maleta, lustró los zapatos regalados por doña Conceição, y se envolvió el pelo con trocitos de tela para que quedara perfectamente ondulado. Aquella mañana, temprano, había llevado sus pájaros azulões al jardín trasero y había abierto la puerta de la jaula. Cerró los ojos para no verlos partir. Luego escribió una nota para Luzia, por si regresaba. Era sencilla: se iba a São Paulo, pero tarde o temprano volvería. Antes de marcharse, Emília quitó el retrato de comunión del clavo y lo metió en la maleta.

Durante el entierro de Sofía, Emília había colocado a tío Tirso en la sepultura junto a su tía. Después, sola en su casa, sin tener ni siquiera a su tío para consolarla, la muchacha pensó en el profesor Celio. Había releído sus notas, había hojeado todo el manual de Singer para estudiantes, se había arrodillado frente al altar de san Antonio y había imaginado que comenzaba una nueva vida. Una vida tranquila, apenas interrumpida por el traqueteo de una máquina de coser, los gritos y las risas de los niños y el silbido de una cafetera o los cacareos lejanos de las gallinas. El profesor Celio no la había visitado ni le había escrito, pero los caballeros era gente considerada, se dijo Emília, para convencerse. Tal vez se había enterado de sus desgracias y no quería importunarla. Emília se imaginó su máquina de coser desocupada durante la clase. Se imaginó al profesor Celio echándola de menos tanto como ella a él. Y si no la había echado de menos, Emília le haría comprender, al verla, que sí la había añorado, aunque no lo hubiera advertido.

En Taquaritinga la gente imaginaría lo peor cuando se marchase. Dirían que Emília se había transformado en el tipo de mujer contra el que tía Sofía siempre les advertía: una mujer de vida fácil. La mayoría de las antiguas compañeras de la escuela de Emília trabajaban en puestos decentes en el pueblo. Eran criadas en casa del coronel o se casaban con granjeros y ayudaban a labrar las tierras de su esposo. Pero había otras jóvenes, que nunca habían ido a la escuela, que usaban demasiado colorete y lápiz de labios y frecuentaban a los borrachos en los barracones de madera. Algunas veces, por la mañana temprano, cuando se dirigía a su clase de costura, Emília se topaba con estas muchachas cuando regresaban dando tumbos a sus casas, sin zapatos y con el pelo enmarañado. Emília jamás se convertiría en una de esas mujeres. Se estaba fugando, sí, pero se casaría. Se volvería una esposa respetable, una «dueña de casa». La gente le diría: «Doña Emília», y ella haría un gesto con la cabeza y extendería la mano.

Emília cerró los ojos. Pasó los dedos por la tosca crin de la mula. El viaje a Vertentes parecía no acabar nunca. Tenía el estómago revuelto. Las viejas advertencias de Luzia resonaban en su cabeza: ¿De verdad creía que Celio se casaría con ella, con una campesina? ¿Creía que sus intenciones eran honestas? Emília sacudió la cabeza para ahuyentar la voz de Luzia. Sabía que ella apreciaba al instructor de costura más de lo que él la apreciaba a ella. Presentía que tal vez lo sorprendería con su requerimiento. Pero también sabía que el profesor Celio era un caballero. Le había escrito cartas; la había elogiado. Un caballero no establecía una correspondencia con una joven a no ser que tuviera intenciones serias. Emília lo había leído en *Fon Fon* y lo había memorizado. Se había convencido de que era cierto, a pesar de sus propias dudas y de las advertencias de su hermana. Luzia se había marchado y no sabía lo que significaba perder a tía Sofía. Luzia no sabía lo avergonzada que se sentía Emília de tener que vivir de la caridad del coronel y doña Conceição. De un día para otro, llamaron a Emília para que les cosiera cortinas, sábanas y manteles nuevos. Doña Conceição ya no insistía en ahorrar en tela. No se colocaba al lado de la máquina de Emília para observar sus progresos. Y cuando la chica entregaba las prendas terminadas, doña Conceição sencillamente las ponía a un lado o las metía en un armario sin siquiera revisar la calidad de las puntadas, como había hecho siempre en el pasado. Luzia no tenía por qué agobiar a Emília con advertencias sin fundamento. Luzia no sabía lo sola que se sentía.

Emília apartó esos pensamientos enseguida. Observó a la mula, que marchaba despreocupada a su lado. No sabía qué era peor, si resignarse a la muerte de Luzia o continuar creyendo que estaba viva. Si su hermana estaba viva, probablemente había sufrido más de lo que Emília podía imaginar. Aun así, la muchacha no pudo evitar desear que Luzia estuviera viva. Echaba de menos la fortaleza de su hermana, su sentido común. Emília tenía tantas dudas y preguntas... Sabía lo que hacía falta para ser una doña de verdad. O al menos tenía una idea. Las novelas por entregas de *Fon Fon* hablaban de abrazos apasionados. Emília podía imaginarlos. Podía imaginar al profesor Celio, sus suaves y blancas manos, su delgado cuerpo inclinado bajo su chaleco de lino, abrazándola, incluso besándola, pero no sabía exactamente lo que sucedía después. Luzia y ella habían especulado muchas veces sobre el tema antes de dormirse.

—¿Cómo crees que es? —susurró Emília una vez junto a la oreja de su hermana para que tía Sofía no pudiera oírlas—. Debe de ser tremendamente romántico.

—Es igual que los animales —replicó Luzia—. Me lo dijo Ana María.

—¡No! —exclamó con voz sorda Emília. Sentía aversión por la hija del tendero—. Ana María es vulgar.

Emília había visto a las gallinas cacarear y corretear cada vez que el gallo de doña Chaves inflaba su plumaje y corría tras ellas. Había visto a la hembra del cerdo y de la cabra en celo, dándose contra las paredes de su corral con la cabeza o las pezuñas, hasta que eran apareadas con un macho. Una vez, camino a la escuela, Emília y Luzia habían visto a dos caballos «en el acto sagrado», como lo llamaba tía Sofía. Dos hombres condujeron a una yegua de la brida y la colocaron en un pequeño espacio vallado, donde había un semental. Éste se meneó de un lado a otro, resoplando agitadamente por las fosas nasales. La yegua relinchó y corrió en círculos, dando coces y levantando nubes de polvo. Cuando se calmó, el semental se precipitó sobre la yegua. Sus patas traseras parecían demasiado delgadas para sostener su gran peso. Su vientre era abultado; las patas delanteras se enroscaron bajo su cuerpo; sus partes privadas, de color oscuro, colgaron cerca del suelo. Cayó sobre la espalda de la yegua. Ésta pareció hundirse bajo su peso, pero lo soportó. Emília se negó a creer que lo mismo sucedía entre hombres y mujeres. Tal vez los brutos de Taquaritinga fueran como animales en corrales, pero los hombres educados eran diferentes.

La mula relinchó a su lado. El viejo acompañante le golpeó los cuartos traseros con un palo. Emília cerró los ojos. Se imaginó que con el profesor Celio sólo sentiría suavidad, una gran suavidad que la consumiría hasta quedar sumida en un profundo sueño a su lado. Sí, pensó Emília, así sería.

5

Emília tembló detrás de la máquina de coser. Su pie se quedó atrapado en el pedal. Se había quitado el pañuelo de la cabeza antes de clase y lo había metido en la maleta y, dejando a la vista su corta melena. Pero el calor del cuarto de costura y su propio sudor estropearon los rizos que con tanto esmero se había hecho, aplastándolos y alisándolos. La máquina número 17 —el puesto de Luzia— estaba vacía, delante de ella. Su última lección consistía en el bordado.

El profesor Celio fue amable y solícito, y le aseguró que recuperaría las clases perdidas. El resto de las mujeres de la clase pasaban sus manteles una y otra vez bajo la gruesa aguja de la máquina, hasta que las puntadas se transformaban en gruesos diseños de flores y vides retorcidas. Emília no podía concentrarse. Sus flores no parecían flores, sino horribles manchas rojas. Se sintió aliviada y asustada cuando el reloj que estaba encima del escritorio del profesor Celio finalmente dio la hora y terminó la clase.

Las matronas de mayor edad se congregaron alrededor del instructor y le soltaron sus últimas preguntas desesperadas. Tiraban de las mangas de su traje, intentando llamar su atención.

—Profesor, ¿qué hago si se me rompe la aguja?

—Profesor, ¿qué pasa si el pedal de mi máquina se queda pegado?

—Profesor, ¿por qué siempre me salen torcidas las puntadas?

Emília se tomó tiempo para ordenar su espacio de trabajo. Dobló y volvió a doblar la tela de la práctica. Enrolló cuidadosamente todos sus hilos alrededor de los husos de madera. Cerró la tapa de la maleta. La joven madre de la máquina 12 se demoró cerca de la silla de Emília. Miró atentamente el vestido oscuro de Emília y preguntó:

—¿Dónde está tu hermana, querida?

Emília tiró del hilo que estaba en la base de su máquina.

—Lamento que la otra señorita Dos Santos esté enferma —terció el profesor Celio, apostándose al lado de la máquina de Emília—. Espero que le enseñes lo que hemos aprendido hoy.

Emília asintió. Se sintió henchida de amor por él. A su alrededor, las mujeres comenzaron a enumerar recomendaciones para la ficticia enfermedad de Luzia —aceite para el dolor de cabeza, té para el dolor—. Emília asintió, distraída. Observó al profesor Celio mientras se pasaba un peine de metal por el pelo. Rápida y elegantemente, le quitó el polvo a las máquinas y colocó las sillas en su sitio. Cuando se hubo marchado la última de las mujeres, Emília se quedó rezagada.

—La clase de hoy ha sido muy buena —dijo—. Lamento haberme perdido las otras. —El sudor corría por su cuerpo. Emília bajó el tono de voz—: ¿Sabe por qué he faltado a clase?

El profesor Celio levantó sus pálidas manos, indicándole con ello que no siguiera.

—Tu acompañante vino a contármelo —dijo—. Es información de carácter sumamente confidencial.

—Sí —suspiró Emília, aliviada.

«Es información de carácter sumamente confidencial», se repitió a sí misma. Qué hermoso. Echó un vistazo por la ventana de la clase; su viejo carabina se había retrasado. El tiempo era oro. Las manos se resbalaban alrededor del asa de su maleta. Había preparado bien lo que iba a decir, y las palabras exactas habían ocupado su mente durante los días previos a la clase, mientras pulía cada frase y practicaba cada pausa, ensayando sus súplicas para que tuvieran un tono más respetable que desesperado. Carraspeó.

—¿Cuándo debes encontrarte con tu acompañante? —preguntó el profesor Celio.

—No vendrá.

—Ah, ¿no? —El profesor Celio hizo una pausa, pensando en aquella maleta—. ¿Te quedarás aquí, en Vertentes? ¿Tienes familia en esta zona?

—No tengo familia.

—Disculpa —dijo el profesor Celio con gravedad. Sacudió la cabeza, y luego tomó la mano de Emília en la suya. Sus dedos eran tan delicados y fríos como los de un niño. Presionó los labios sobre su mano. Emília sintió que la garganta se le quedaba muy seca y tragó saliva para no toser y arruinar el momento. El profesor Celio levantó la vista mientras mantenía la mano cerca de su boca.

—Disculpa mi osadía —dijo—. Me marcharé a São Paulo dentro de un par de días. Vendrá un nuevo representante de Singer. Quería pasar más tiempo contigo. Tal vez... —su cara enrojeció, y luego prosiguió—: Tal vez sin tu acompañante.

—Celio... —comenzó Emília, y las palabras aparecieron estampadas en su memoria como las marcas azules del patrón de costura que indicaban qué conservar y qué desechar—. Como bien sabes, estoy en una situación desesperada...

—Por supuesto —interrumpió Celio—. Lo comprendo. Sólo que yo...

—Lo sé... —siguió Emília, y el patrón se le apareció con claridad en la mente—. Estoy apresurando nuestro noviazgo.

—¿Noviazgo?

—Sí. —Suspiró, irritada por sus interrupciones. Celio soltó su mano. Emília la recuperó y se aferró a ella. No había sido tan difícil concentrarse cuando estaba sola en su casa, pronunciando este discurso mientras lavaba las ollas o intentaba distinguir las vigas oscuras antes de dormir—. Sé que estoy apresurando nuestro noviazgo. No querría jamás ser una carga para ti. Pero sé que somos compatibles...

—¿Noviazgo?

Emília apretó su mano aún más fuerte, exasperada porque insistiera con un tema tan menor. Nerviosa, siguió adelante:

—Soy una costurera excelente. Te puedo ayudar con cualquier gasto. Estoy dispuesta a comprar mi propio billete de tren. —Emília respiró hondo. Se trataba de una mentira, no tenía dinero suficiente para el billete del tren, pero esperaba que Celio insistiera en pagarlo. Si no podía hacerlo, lo sacaría de cualquier parte. Celio retiró bruscamente la mano.

—No estoy seguro de entender lo que se propone, señorita Dos Santos. —De pronto, ya no la tuteaba.

—Te estoy pidiendo que resuelvas las cosas deprisa. Que me lleves contigo a São Paulo.

—Estoy muy confundido, señorita Dos Santos. Viajaré solo a São Paulo.

—¡Oh! —dijo Emília. Muchas veces había temido que sucediera algo así, pero había preferido no pensar en ello—. ¿Significa que deseas alargar nuestro noviazgo?

—¡No tenemos ningún noviazgo! —estalló el profesor Celio.

—Pero tus cartas, nuestras cartas...

—Se trataba de notas. Las notas no son cartas, señorita Dos Santos.

Emília sintió vértigo. Se concentró en una hebra de hilo suelta sobre la solapa gris de Celio. Había esperado que la llamara por su nombre, no señorita Dos Santos, que sonaba remilgado y anticuado, como si fuera una solterona. Intentó concentrarse una vez más en lo que debía decir, pero las palabras se volvieron confusas e inútiles en su cabeza.

—Estoy desesperada —susurró Emília—. Soy una costurera excelente... —Finalmente respiró hondo y lo miró; sus ojos estaban dilatados y llenos de temor. Emília siguió—: Si me das esta oportunidad, jamás te faltarán cuidados ni afecto. Sé cómo manejar una casa. Sé cómo planchar una camisa. Siempre estaré presentable. —Le cogió la mano—. Por favor.

El profesor Celio se desplomó sobre la silla de la máquina número 15. Apretó los labios y exhaló un largo y lento suspiro.

—Señorita Dos Santos, lo siento. Creía que se trataba de un inocente coqueteo. —Sacudió la cabeza—. Debí ser más prudente, haberme dado cuenta.

—¿Darse cuenta de qué? —Emília usaba ahora un tono exigente.

—No es su culpa, señorita Dos Santos. Es culpa mía. No tuve en cuenta el lugar donde me hallaba —hizo un gesto en el aire con las manos—. Usted parecía tan divertida, tan moderna... —Volvió a sacudir la cabeza. Su pie golpeó nerviosamente la pata de hierro de la máquina—. He estado demasiado tiempo fuera de São Paulo.

Emília tosió. Se cubrió el rostro con las manos.

—Por favor, señorita Dos Santos, no se sienta culpable. Se entiende perfectamente que haya establecido un vínculo afectivo conmigo.

Emília se atragantó mientras se tapaba el rostro. Deseó ser capaz de mantenerse serena, como su hermana. Deseó poder tragarse las lágrimas, sepultarlas en algún lugar profundo en su interior, como hacía Luzia.

—Será mejor que se vaya —dijo Celio. La agarró del codo con la mano fría y húmeda y la condujo hacia las puertas de vidrio de la clase—. Señorita Dos Santos, le ruego que sepa disculparme —dijo, entregándole la maleta verde—. Es usted una joven muy atractiva y tiene una letra muy bonita; pero ha sido irresponsable por mi parte comenzar a coquetear con usted. Había sobreestimado su grado de sofisticación. Siento mucho el daño que puedo haberle ocasionado.

Antes de que pudiera hablar, la sacó por la puerta a la calle inundada de sol. Los vendedores ambulantes que arrastraban carretillas llenas de verduras de invierno pasaron a su lado. Los burros del coronel esperaban al otro lado de la calle, solos, con las bridas atadas a un árbol raquítico; el viejo acompañante habría ido a buscar alguna mercancía olvidada. La maleta verde resultaba pequeña y patética a sus pies. Emília oyó que se echaba la cerradura de la puerta detrás de ella.

6

Los tacones de los zapatos heredados de doña Conceição se bamboleaban sobre la tierra. Sus finas correas de cuero le hacían daño en los empeines. En la primera curva del empinado sendero que llevaba a Taquaritinga, se los quitó. Los sostuvo en una mano mientras cargaba con la maleta verde en la otra. Emília quería estar sola; no se podía imaginar regresando a Taquaritinga con el viejo servidor del coronel, sobre el lomo de aquellos burros de mala muerte. A medio camino de la subida, se arrepintió de su decisión. Comenzó a llover. Al principio, fue una lluvia esporádica y ligera, y Emília caminó en zigzag, intentando eludir las gotas. Un techo de nubes grises se instaló a lo largo de la sierra empinada que conducía a Taquaritinga, hasta que Emília ya no pudo ver el pueblo de Vertentes, más abajo. Enseguida la lluvia se volvió fina y persistente.

El vestido de luto comenzó a pesarle. La tela mojada golpeaba contra sus piernas. Pero la lluvia era como un bálsamo sobre su rostro. En Vertentes Emília se había frotado los ojos con tanto vigor que la piel de alrededor se había quedado dolorida y rojiza. No podía llorar ya, y esto la irritaba. ¿Por qué había llorado delante del profesor Celio, y luego, a solas, no? Una gota de lluvia de color verde le cayó sobre el pie. Emília se detuvo. Levantó la maleta. Los laterales de tela se habían ablandado, y se abombaban por la lluvia. La tela estaba veteada y manchada; el tinte verde goteaba sobre el suelo.

—¡Me tienes harta! —estalló Emília, sacudiendo la maleta.

Sintió ganas de tirarla montaña abajo. Caminó rápidamente. Chapoteaba en el suelo mojado. Maldijo a Celio. Deseó que su peine de plata se oxidara. Deseó que todo su precioso pelo se le cayera. Maldijo a san Antonio y decidió destruir su altar, arrojar la rosa de tela blanca al excusado. No volvería a pedir ayuda a los santos. Cosería hasta que le dolieran los dedos. Hasta que le dolieran las piernas. Ahorraría dinero. Se marcharía por sus propios medios.

Una mula de color caramelo le cerró el paso. Mordisqueaba los altos pastos de invierno que crecían al borde del sendero. Un hombre estaba sentado sobre el animal, intentando espolearlo.

—¡Vamos! ¡Vamos! —vociferó.

Llevaba un sombrero de paja. Parecía muy tenso sobre la silla de montar. Una camisa azul se le pegaba a la piel, y bajo sus pliegues mojados Emília valoró su complexión: rechoncha y voluminosa. Llevaba pantalones de traje de lino. Una pernera se había enganchado a la correa del estribo y se le había subido hasta la pantorrilla. A diferencia del torso, las piernas eran delgadas y finas. Alrededor de la pantorrilla morena había un elástico que enganchaba la media, sujeta por un gancho de plata. El gancho era redondo y parecía llevar algún grabado, como si fuera una medalla. A Emília se le ocurrió que era una pena ocultar un objeto tan precioso debajo de los pantalones.

El hombre golpeó torpemente los cuartos traseros de la mula con la fusta. El animal sacudió la cola. Se disponía a pegarle más fuerte, pero se detuvo, sorprendido al ver a Emília. No era apuesto, pero sus dientes eran excepcionalmente pequeños y blancos, y su sonrisa tan amplia que pudo ver ambas hileras de encías.

—No logro hacer que se mueva esta bestia —dijo.

A Emília siempre le irritaba que la gente —especialmente los hombres— tratara mal a las monturas. Se puso más furiosa de lo que ya estaba.

—No tiene nada de bestia —dijo Emília—. Parece más inteligente que usted.

El hombre tocó brevemente el ala de su sombrero de paja. El agua se escurrió sobre sus hombros.

—Es cierto —dijo, y sus ojos se agrandaron, como si estuviera descubriendo a Emília de verdad—. Tiene razón.

La joven esperaba que le respondiera con un insulto, así que se sintió halagada. Depositó la maleta sobre el suelo.

—¿Sube o baja la montaña?

—Subo —dijo el hombre. Soltó las riendas y miró a la mula—. Odio a los animales.

Sacudió los pies dentro de los estribos. Las gruesas suelas de las botas estaban lisas, sin marcas. El cuero carecía de pliegues. Emília se acercó hasta el animal y sujetó la parte inferior de las riendas. Le dirigió unas suaves palabras y tiró de las riendas para apartarlo de los pastos del camino. El animal resopló. Emília sostuvo las riendas, mientras se arrodillaba y recogía su maleta y sus zapatos con la mano libre.

—Espere —dijo el hombre—. No puedo permitir esto. No puedo dejar que una mujer guíe mi caballo bajo la lluvia.

Levantó una pierna mojada, dispuesto a desmontar. La yegua se movió hacia delante. El otro pie del hombre se quedó atascado en el estribo, y tuvo que hacer un esfuerzo para liberarlo. Cuando ambos pies estuvieron asentados firmemente sobre el suelo, se puso una chaqueta arrugada.

—¿Por qué no la guío yo y usted va montada? —preguntó.

Emília sacudió la cabeza. Tenía frío y estaba cansada.

—Sabe que a usted puede desobedecerle. No dejará que la guíe.

El hombre frunció el ceño. Se acarició el pequeño bigote cuidadosamente recortado y sacudió la cabeza, como si estuviera pensando en cuestiones de mayor relevancia.

—Bueno —suspiró—. Entonces caminaremos los tres.

Insistió en llevar las cosas de Emília mientras ella conducía la mula. Emília sintió vergüenza al entregarle los zapatos gastados y la maleta destruida. Se retocó el pelo y revisó su vestido de luto. Tenía un aspecto terrible; pero también él. Caminaron en silencio. A medida que subían por el sendero, el hombre comenzó a jadear. Se detuvo muchas veces, fingiendo admirar el panorama nublado, cuando Emília sabía que en realidad estaba recuperando el aliento.

—No estoy acostumbrado a caminar por las montañas —dijo—. No pensé que sería un lugar tan remoto. Me dijeron en Vertentes que la única manera de subir la montaña era a caballo o a pie. ¿Va de visita a este pueblo, Taquaritinga?

—No. —La embargó todo el dolor del mundo al recordar el encuentro con Celio y su voz se quebró—: Vivo aquí, aunque no quisiera.

Un enorme sapo, camuflado en la tierra del camino, se acercó de pronto saltando hacia ellos. El hombre se tambaleó hacia atrás, y se le cayó el sombrero. Emília soltó una risita. El hombre enrojeció, pero rápidamente se echó a reír y levantó el sombrero.

—No tenemos sapos de ese tamaño en Recife —dijo, limpiando el barro del ala de su sombrero.

—¿Usted es de Recife? —preguntó Emília, animada de pronto—. ¿Qué diablos hace aquí?

—Vengo a visitar a una persona. Aquí vive un amigo mío, un compañero de estudios de Derecho.

Emília lo miró fijamente. Parecía demasiado viejo para ser estudiante. Parecía mayor que el profesor Celio; tenía más de 30 años, o tal vez incluso 40.

—¿Su amigo es el hijo del coronel? —preguntó—. ¿Felipe?

—Sí —replicó él—. ¿Cómo lo ha adivinado?

—Es la única persona del pueblo que va a la universidad.

El hombre asintió.

—La escuela de leyes tiene unas vacaciones invernales. Tengo pensado pasar el resto del mes de julio aquí. Mi padre cree que el clima del campo me sentará bien. —Puso los ojos en blanco y dio una patada a una piedra con sus botas nuevas. Era un gesto extraño, y a Emília se le ocurrió que se parecía más a un niño malhumorado que a un hombre adulto.

—Usted parece más maduro que Felipe —se atrevió a decir Emília.

—Comencé a interesarme por el derecho ya mayorcito —dijo el hombre secamente—. Probé con la medicina y la administración de empresas, pero ambas carreras son más adecuadas para mi padre. —Se detuvo, como si hubiese hablado demasiado. Observó a Emília. Sus ojos se detuvieron en el pelo, y luego la recorrieron hasta llegar a sus pies desnudos—. Las muchachas en Recife se peinan como usted. La había confundido con una chica de ciudad, al principio.

Emília se dio cuenta de la importancia de las últimas palabras, «al principio». Lo cual significaba que se había equivocado creyendo que era una muchacha de ciudad cuando, en realidad, no era más que una aldeana. Detrás de ella, la yegua hizo un movimiento brusco con la cabeza y sacudió las riendas. Emília volvió a tirar.

—Me mudo a la ciudad —dijo—. Tal vez lo vea allí —extendió la mano—. Emília dos Santos.

El hombre esbozó una amplia sonrisa, poniendo al descubierto sus pequeños dientes y las oscuras encías. Dejó en el suelo la maleta y se quitó el sombrero de paja con gran donaire.

—¿Dónde están mis modales? —dijo, tomando su mano con fuerza—. Degas van der Ley Feijó Coelho. Por favor, llámeme Degas, como el pintor.

Emília asintió, aunque no sabía a qué pintor se refería. Tenía un nombre de pila extraño, pero lo que la sorprendió fue la larga serie de apellidos. Parecían importantes, como si las tres familias que había nombrado representaran una larga línea sucesoria que se remontaba al comienzo de los tiempos. Hacían que su propio nombre sonara efímero y elemental.

—¡Mire! —Degas lanzó un grito ahogado y señaló detrás de ella. Emília se volvió. Las nubes alrededor de la montaña se habían alejado. El matorral estaba verde. Las formas cuadradas de las casas blancas salpicaban el paisaje, y el campanario amarillo de Vertentes parecía pequeño y modesto en medio de un territorio tan vasto.

—¡Qué vista tan maravillosa! —dijo Degas, como suspirando.

Caminó hasta el borde del sendero. El viento alborotaba su traje blanco, haciendo que las solapas húmedas se agitaran contra su pecho. La fina cadena de oro de su reloj de bolsillo pendía de la chaqueta y se bamboleaba sobre el estómago, casi bailaba como una serpiente encantada. Emília miró fijamente su perfil, la piel color café con leche, la nariz prominente que se arqueaba hacia abajo y terminaba en lo que parecía una pequeña lágrima de piel. Tenía un aspecto noble, algo arábigo. Se dijo que parecía uno de los jeques de sus novelas. La mula insistía en apoyar su hocico sobre el brazo de Emília, como si quisiera despertarla de tales ensoñaciones.

7

Cuando regresó a Taquaritinga, Emília aceptó la ayuda del coronel. Confeccionó más vestidos, manteles y paños de cocina para doña Conceição que nunca. Al final de cada semana, guardaba el pago, un fajo de billetes arrugados, bajo su cama, al lado de las abandonadas revistas *Fon Fon*. Se hacía su propio pan y compraba las tiras de carne seca de menor calidad, por lo que debía remojarlas durante todo un día para poder comerlas. Usaba el jabón más duro y negro para lavar la ropa y asearse. Podía privarse de los pequeños lujos si el sacrificio la ayudaba a comprar un billete de tren. Sólo era cuestión de paciencia.

El trabajo la ayudó a olvidar las ausencias que pesaban sobre la casa. Impidió que pensara en Luzia. Y la distrajo de los chismes de los que era protagonista. Sólo «las mujeres de la calle» vivían solas. O los ermitaños. Por tanto, o Emília era una impúdica o estaba trastornada, o ambas cosas a la vez. Su vecina, doña Chaves, la visitaba de improviso para inspeccionar furtivamente su situación. Pronto se comenzó a hablar de lo mal que Emília limpiaba la casa. El polvo se adueñó de los alféizares y el suelo se cubrió de trozos de tela. El padre Otto le aconsejó que se mudara a casa de doña Chaves, o que se empleara como criada en casa de doña Conceição. Emília hizo oídos sordos a sus consejos. Era como si estuvieran hablando de otra muchacha, otra Emília, y ella fuera la observadora pasiva de una vida que no tenía nada que ver con la suya. Su vida se había transformado en el pedaleo de la máquina Singer, el tintineo de las agujas, las sensaciones de las telas bajo sus dedos callosos. Pronto pudo identificar las telas con sólo tocarlas: la trama lisa del crespón de china, el tejido cruzado del lino, la áspera tela vaquera, el vaporoso algodón. Lo único que rompía la monotonía de su vida era el montón de dinero que crecía bajo la cama, y la presencia de Degas Coelho.

No habían vuelto a hablar desde aquel día en que se conocieron en la cresta de la montaña. Cuando llegaron a la verja del coronel, Degas vio a Felipe, con sus ojos pálidos y el rostro lleno de pecas, descansando en la hamaca del porche, esperando. Degas dio las gracias rápidamente a Emília y entró apresuradamente, olvidando a su mula.

La muchacha sonrió tristemente, ató las riendas a un árbol y se marchó a su casa. A la mañana siguiente, vio por la ventana tres mulas que pasaban caminando lentamente y se dirigían a la casa del coronel. Había tres maletas de cuero atadas a sus lomos, junto con dos raquetas de madera y un sombrerero redondo. Desde ese día, cuando Emília cosía en la máquina Singer a pedal de doña Conceição, escuchaba la voz de Degas Coelho. Sus palabras flotaban por encima de las baldosas del suelo y llegaban a la sala de costura. Emília reducía la velocidad del pedaleo para oírlo mejor. Hacía cumplidos a la cocinera e indicaba a las criadas cómo debían almidonar sus camisas. Jadeaba y resoplaba cuando jugaba al bádminton con Felipe en el jardín lateral. Daba las gracias al joven sirviente cada vez que corría a recuperar la pluma cuando caía fuera de la zona de juego. Durante las comidas, Degas intercambiaba chismes con doña Conceição acerca de la sociedad de Recife. Sazonaba su portugués con frases extranjeras. Las palabras eran enrevesadas y extrañas.

—¿Qué diablos ha dicho? —gritaba a menudo el coronel preguntándole a Felipe en lugar de a Degas, como si su invitado no estuviera presente.

El coronel era al único a quien Degas no cautivaba. Mientras doña Conceição se probaba sus vestidos nuevos detrás del biombo en la sala de costura, el coronel andaba de un lado a otro de la pequeña habitación quejándose en voz baja a su esposa. Emília guardaba silencio detrás de su máquina. Su invitado no sabía cabalgar como Dios manda y no estaba interesado en visitar la gran hacienda al pie de la montaña. Las vacas y las cabras le tenían sin cuidado. Lo peor era que vivía según el ritmo de Recife. Felipe y él jugaban al ajedrez o leían poesía hasta bien entrada la noche, y se despertaban justo a tiempo para comer. Todas las mañanas, el coronel insistía en que Emília dejara abierta la puerta de la sala de costura, para que hubiera ruido. Además del traqueteo de la Singer, el coronel hablaba a viva voz, arrastraba sillas y daba portazos, hasta que su hijo y el invitado se levantaban, con cara de sueño y malhumor, a una hora decente.

—Eres un hombre, no un murciélago, Felipe —le reprendía a menudo el coronel.

Esta rutina continuó más allá de julio. Los profesores de Derecho de la Universidad Federal habían convocado una huelga y Degas se quedó hasta mucho después de que concluyeran las vacaciones de invierno. Durante el primer mes de su estancia, Degas no reparó en la presencia de Emília. La sala de costura, cerca de la zona del lavadero y el depósito de agua, era una parte de la casa en la que Degas rara vez hacía incursiones. Pero la ventana de la sala de costura daba al porche lateral del coronel, en donde, una tarde, Degas se halló paseando de un lado a otro. Tenía círculos de sudor alrededor de las axilas, en la camisa. Era a finales de septiembre y hacía un sol bochornoso, un signo de que la sequía del verano se anticiparía. Degas sostenía un telegrama en la mano. Lo leyó y luego hizo un mohín y volvió a andar sin pausa. Emília jamás había visto a una persona que recibiera tantos telegramas. Cada dos por tres, un mensajero entregaba un sobre con un mensaje despachado desde Recife.

Emília dejó de pedalear. Se incorporó para echarle un vistazo al fino papel amarillento del telegrama. Un día, pensó, ella recibiría telegramas. Degas dejó de caminar. Levantó la cabeza. Si había terminado de leer el mensaje o se había acostumbrado al estrépito de la máquina de coser y estaba sorprendido por el repentino silencio, Emília no lo supo. Miró por la ventana de la sala de costura. Los postigos estaban abiertos; la delgada cortina de algodón, apartada. Emília estaba a la vista. Degas se acercó al alféizar.

—¡Ah! —suspiró—. Mi salvadora. Mi amazona.

Emília se volvió a sentar. Se inclinó hacia la máquina y volvió a su trabajo, pedaleando febrilmente. Cuando levantó la vista, Degas había desaparecido. La joven siguió cosiendo por temor a que aquel hombre notara el silencio y regresara. Sus dedos estaban calientes. Su garganta, reseca. Su salvadora. Su amazona. Nadie se había arrogado jamás el derecho de reclamarla para sí, ni un granjero ni un caballero. Era algo descarado, audaz. Algo que diría un niño consentido. Le provocaba furia..., no era una amazona..., y sin embargo se sintió reconfortada al saber que alguien la reclamaba como suya. Ser reclamada significaba existir fuera de la sala de costura, más allá de su casa oscura y vacía, y tener un lugar en la mente de un hombre que no conocía.

Al día siguiente, Degas apoyó los gruesos antebrazos sobre el alféizar de la ventana y la observó mientras trabajaba. A la semana siguiente, se apoyó contra el marco de la puerta de la sala de costura. Emília comenzó a presentir sus pasos sobre las baldosas. Esperaba que Degas carraspeara y se anunciase antes de levantar la mirada y ver su sonrisa cordial. Finalmente, un día Degas entró en la sala de costura. Se sentó justo enfrente de la Singer. Al principio hablaba poco, quejándose del tedio, hablando de su deseo de regresar a Recife. Emília disminuía la velocidad del pedaleo y escuchaba. Tal vez fuera el silencio ávido de Emília, o el calor, o la opaca monotonía de sus días, o el constante traqueteo hipnótico de la Singer lo que desató la lengua del veterano estudiante. O tal vez, pensó Emília después, simplemente le gustaba hablar de sí mismo.

Tenía 36 años. No tenía hermanos. Su padre había estudiado Medicina, pero venía de una larga estirpe de prestamistas y comerciantes que vendían máquinas importadas a las plantaciones de azúcar. La familia de su madre, los Van der Ley, había sido dueña de una de esas plantaciones. Cuando cayó el precio del azúcar, no pudieron pagar sus máquinas. Comprometieron a su hija, Dulce, con el joven comerciante, y sus deudas fueron perdonadas. De niño, Degas había ido a un internado en Inglaterra. Emília recordó la isla sobre el mapa del padre Otto. Viajó en barco de vapor. En el muelle de embarque, sus padres prendieron con alfileres su nombre a su chaqueta, pero durante el largo viaje los alfileres se cayeron y Degas tuvo miedo de perderse para siempre.

Cuando el hombre hablaba de sus viajes, Emília quería dejar de pedalear por completo, pero temía sobresaltar a Degas en medio de sus historias. Degas describió la nieve, y cómo el frío extremo podía sentirse como el calor extremo, una especie de hormigueo doloroso sobre la piel. Describió la avena aguada que comía cada mañana en el comedor del internado. Recordó cómo los niños británicos lo habían atormentado, llamándolo «gitano sucio» por su nariz y el color de su piel.

—¿Por qué? —interrumpió Emília—. ¿Acaso son todos sonrosados? ¿Son como el padre Otto?

Degas inclinó la cabeza hacia atrás y lanzó una carcajada. Emília tiró de una hebra suelta en la aguja de la Singer. Se reprendió a sí misma por haber hecho semejante pregunta. Colocó los pies sobre el pedal, pero, antes de que empezara, Degas estiró el brazo hacia la máquina. Puso una mano sobre la de ella.

—Eres absolutamente preciosa —dijo.

A diferencia de los dedos del profesor Celio, los de Degas eran delgados y morenos. Su mano estaba húmeda de sudor. Suavemente posada sobre la suya, se notaba caliente. Emília intentó apartar la mano, para que continuara su historia. Con el primer ligero tirón, la sonrisa de Degas se marchitó. Su rostro tenía una forma abrupta de ensombrecerse, y su buen humor desaparecía tan repentinamente que parecía que jamás había existido, que el Degas real no era un encantador hombre de mundo, sino la figura abatida y sombría que se encontraba por debajo. Cambió de posición en la silla, como si se encontrara incómodo en su traje almidonado. Había una ingenuidad infantil, un destello de desesperación en sus ojos que detuvo a Emília. De repente, quería tranquilizarlo. Mantuvo la mano debajo de la de él.

—Las mujeres en Recife son tigresas —prosiguió—. No tienen nada en la cabeza más que chismes y secretos. Son arteras. Pero tú —apretó su mano con fuerza—, tú eres dulce, como una niña. Una hermosa niña.

A partir de esa tarde, Degas la esperaba al lado de la puerta de la cocina, entre la ropa que chorreaba agua y los sacos de sémola colocados en el suelo, y la acompañaba a su casa. Durante sus caminatas, llevaba el costurero en una mano y un cigarrillo en la otra. Fumaba rápidamente: daba unas cuantas caladas y luego tiraba el cigarrillo a medio terminar. Mientras se abrían paso por el sendero de adoquines irregulares, Emília admiraba los zapatos de cuero, de dos colores, de Degas. A medida que las noches se hicieron más cálidas y se acercó el verano, el polvo cubrió sus zapatos y las puntas de charol se volvieron opacas, como los caparazones de los escarabajos.

No se sentía excitada ni nerviosa cuando estaba junto a Degas, como le había sucedido con el profesor Celio. Jamás sintió el deseo de cogerle de la mano o de peinarle el pelo hacia atrás. Nunca sintió calor en la boca del estómago cuando se acercaba. Salvo aquella vez en la sala de costura, él tampoco intentó jamás cogerle la mano. Nunca caminaba demasiado cerca. Jamás la miraba cuando él creía que ella no miraba. De noche, cuando Emília no podía dormir porque su cama estaba demasiado vacía y la casa demasiado silenciosa, intentaba evocar sueños románticos con Degas, pero aquel cuerpo rechoncho y aquella sonrisa cordial chocaban con sus ensoñaciones, lo que la llevaba a recordar otras imágenes: Degas cuando presionaba un vaso de agua sobre su amplia frente; Degas cuando discretamente le apartaba un hilo suelto del hombro de su vestido; Degas sacando un pañuelo torpemente doblado del bolsillo de la chaqueta de Felipe, volviéndolo a doblar y colocándolo de nuevo en su lugar. Nada romántico, desde luego.

Cuando comenzó el verano, los bananos perdieron la mayor parte de sus hojas, con lo que la sierra de Taquaritinga parecía desnuda y estéril. Algunas noches, durante sus largos paseos, Emília veía granjas, blancas y pequeñas como uñas, posadas sobre la ladera de la montaña. Durante esas tardes veraniegas, cuando el sol se ponía lentamente y las sombras se estiraban, largas y deformes, delante de ellos, Emília sentía el impulso de interrumpir la caminata silenciosa y decirle a Degas:

—Mi hermana tiene un brazo tullido; la gente la llama Gramola.

Jamás se lo contó. Cuando Degas finalmente le preguntó por su familia, Emília le dijo que habían muerto todos. Como era un caballero, no pidió más detalles. Suponía que Degas había oído hablar del rapto de Luzia, pero no estaba segura. Al coronel no le gustaba hablar de sus fracasos, especialmente con un invitado por el que sentía aversión. Felipe estaba en la capital cuando los cangaceiros ocuparon el pueblo. Lo más probable era que el hijo del coronel supiera lo del rapto, pero era posible que el frío desdén que Felipe sentía por Taquaritinga le hiciera olvidar a Gramola o que ni siquiera se acordase de que era hermana de Emília. Y el pueblo mismo evitaba mencionar a Luzia, como si pronunciar su nombre fuera a convocar a un fantasma que los atormentaría a todos. Era como si su hermana jamás hubiera existido, nunca hubiera caminado por esas calles con Emília, jamás le hubiera roto los dientes a un muchacho de un cabezazo, ni se hubiera caído del árbol de mango. Emília sólo hablaba de Luzia con el padre Otto. Todas las semanas, se sentaba dentro del estrecho confesionario y miraba fijamente el perfil del sacerdote a través del entramado de madera. Le confió que dormía en la cama de tía Sofía. Que había cubierto la puerta de su antiguo dormitorio con una cortina porque se sentía enferma de vergüenza cada vez que miraba adentro y veía la ropa de su hermana: las bragas de tela resistente, un par de gruesos calcetines, un chal que podría haber abrigado a Luzia. Emília tenía que haberla metido en la maleta de su hermana. Aunque la atormentaban, Emília jamás compartía estos pensamientos con Degas. Pero una noche le habló del montón de dinero que tenía bajo su cama.

—La gente no lo cree —le dijo a Degas—, pero un día me iré a la ciudad. Tendré mi propia tienda de costura.

Apretó el paso y bajó la voz hasta que sólo fue un murmullo. Un día, confió Emília, tendría una cocina con azulejos. Comería carne fresca. Tendría un sombrero elegante. Tocaría la bocina de un automóvil.

Degas la miró fijamente. Las comisuras de su boca temblaron. Se la tapó con la mano, pero no pudo reprimir la risa. Emília se apar-

143

tó de su lado. Era fácil para Degas reírse de esos asuntos. Tenía una camisa de vestir para cada día de la semana; Emília las había visto, perfumadas e inmaculadas, alineadas en la zona del lavadero como una hilera de monaguillos del padre Otto, con sus túnicas blancas y almidonadas. Degas jamás tendría que restregar las manchas de sudor de su ropa cada noche. Degas se permitía el lujo de dejar comida sobre su plato, que después devoraban las criadas de doña Conceição, cuando la patrona no miraba. Emília solía negarse a comer sobras, pero tras la muerte de tía Sofía el hambre se sobrepuso al orgullo y también ella cogía los trozos de pastel mordisqueados y los bordes grasientos de los filetes. Emília sabía que había cosas que Degas daba por sentado que formaban parte de su vida de la forma más natural del mundo: los cordones de cuero de los zapatos, las suaves telas de la vestimenta, las etiquetas de seda cosidas sobre cada uno de sus sombreros con la dirección de un sombrerero de Rua do Sol. Lo que a Degas le parecían cuestiones triviales, para Emília eran indicios vitales para conocer otro mundo, un mundo en el que deseaba ser admitida. Pero todos los meses subía el precio de los billetes de tren. Todos los meses, Emília debía volver a calcular el tiempo y el esfuerzo que le llevaría ahorrar el dinero para comprar el suyo. Para octubre, el viaje en tren se estaba poniendo al precio de los vestidos de seda de doña Conceição, de los intrincados encajes, de los finos utensilios de plata: objetos que estaban muy cerca de Emília, pero siempre fuera de su alcance.

La risa de Degas se apagó. Se limpió los ojos con un pañuelo. Emília le arrancó el costurero de las manos.

—No te enfades. —La sonrisa de Degas desapareció bruscamente—. Lo siento. No ha sido mi intención reírme. —Se retorció las manos con torpeza, luego continuó—: Lo que me asombra es tu inocencia, Emília. Tu simplicidad. Me resulta refrescante. Me hace verlo todo con renovados ojos.

Emília asintió y permitió que Degas la acompañara a su casa.

Para finales de octubre, en el pueblo se murmuraba ya ferozmente sobre sus largos paseos.

—Te estás granjeando una mala reputación —le dijo, furiosa, la comadre Zefinha—. ¿Qué diría tu tía?

Emília la ignoró. No había nada malo en sus paseos. Todo el mundo veía que Degas la dejaba en la puerta y luego volvía a la casa del coronel. Pero aun así, se preguntaban por qué estaría interesado un hombre de ciudad, un estudiante universitario, por una huérfana, por muy guapa que fuera. En el mercado, las mujeres creían que lo sabían, y cruzaban comentarios en voz alta cada vez que Emília pasaba por delante de sus puestos.

—Esa muchacha no podrá mostrar sus sábanas la noche de bodas.

Si Luzia hubiera estado presente, se habría enfrentado a las mujeres y habría hecho algún comentario agudo. Emília tan sólo se alejaba, con las manos temblorosas y el rostro enrojecido. La comadre Zefinha tenía razón: aquellas caminatas a la caída de la tarde estaban poniendo en peligro su reputación, ya de por sí dudosa. Pero a Emília no le importaba. No intentó adivinar las intenciones de Degas: después del incidente con el profesor Celio, Emília no se permitiría albergar expectativas románticas ni hacer insinuaciones sexuales. Parecía que sólo los hombres tenían esa prerrogativa. Aun así, la joven abrigaba sus propias intenciones. Un día, iría a la capital y tenía que saber lo que la esperaba en ella. Los paseos con Degas permitían a Emília escuchar sus historias, empaparse de sus percepciones de la vida en la ciudad, crearse un retrato mental de Recife.

Para responder a las habladurías, el coronel quiso poner fin a los paseos nocturnos, pero doña Conceição lo tranquilizó. Sugirió que pusieran un acompañante a Emília, y cuando el coronel asintió, le guiñó un ojo a la chica. Con ese gesto, Emília comprendió que sus paseos con Degas eran algo más que paseos. Doña Conceição era mayor que ella y era su patrona, pero también era una mujer que comprendía los riesgos y las posibilidades que representaban esas caminatas. Doña Conceição estaba dispuesta a apostar por lo que podía suceder. Desde entonces, Felipe acompañó a la pareja, caminando detrás de ellos con mala cara, dando patadas a las piedras, bufando cada vez que Degas se reía. Con una carabina, los paseos adquirieron rango oficial. Ni Emília ni Degas comentaron el cambio.

El primer día de noviembre, Degas se detuvo a mitad del habitual paseo. Estaban en la plaza del pueblo. Se quitó el sombrero. Quedó al descubierto su pelo ralo y delgado, como el de un bebé.

—He recibido un telegrama de mi padre —dijo Degas—. La huelga universitaria ha concluido. Debo regresar.

Degas esperaba alguna reacción. Emília intentó sentir algo, pero en su interior sólo experimentaba calma. La sorprendió, sin embargo, lo poco que le afectaba, su inmediata convicción de que no lo echaría de menos. Degas miró nerviosamente detrás de ellos, a Felipe. Estaba encendiendo un cigarrillo. Se encendió la cerilla en su mano. Los últimos rayos de sol de ese día iluminaban su rostro. Las pecas de Felipe se habían oscurecido aquel verano, tras las innumerables cabalgadas y los constantes partidos de bádminton con Degas. Parecía que le hubieran espolvoreado canela sobre la cara, sobre la frente y especialmente sobre las mejillas y la nariz. Felipe entornó los ojos, luego se volvió de espaldas. Rápidamente, Degas cogío la mano de Emília. Ella le había permitido hacer aquello una sola vez antes, en la sala de costura, pero aquel era un lugar privado y no la plaza pública. Emília recordó a las mujeres del mercado, sus soeces murmuraciones sobre las sábanas. Retiró la mano.

Degas se encogió de hombros, como si hubiera intentado ser romántico pero no supiera cómo lograrlo.

—Emília —suspiró—, he perdido la capacidad de hacer castillos en el aire hace mucho tiempo. Tú y yo tenemos nuestras necesidades. Tú necesitas marcharte de aquí, y yo necesito...

Bajó la voz. Le volvió a coger la mano, más fuerte esta vez. Respiraba pesadamente y olía a tabaco. Emília sintió que se mareaba.

—Regresaré a la capital —dijo Degas—. Si aceptas, puedes venir conmigo. Será más que una visita. Irás como mi esposa.

El sol había desaparecido casi por completo bajo la línea del horizonte. Emília oyó los pájaros levantar vuelo en la plaza, y el revoloteo de sus alas sonaba como el chasquido de tela fuerte, de buena calidad, sobre la cuerda del tendedero. Detrás de Degas, vio la sombra del rostro de Felipe. La punta encendida de su cigarrillo brillaba.

—Irás como mi esposa —repitió Degas, esta vez más fuerte.

Emília asintió.

Más adelante, esa misma semana, cuando todo el pueblo se enteró de su compromiso y Degas había cruzado con sus padres una docena de telegramas, Emília fue a ver al padre Otto. Tenía que confesarse y preparar la ceremonia. Degas y ella viajarían como marido y mujer. Se rumoreaba en Taquaritinga que Degas la había mancillado, y para conservar el honor del pueblo —no podían tolerar que los muchachos de la ciudad visitaran y sedujeran a sus hijas— el coronel había obligado a su invitado a casarse de inmediato. Degas no se ocupó de desmentir el rumor. Tampoco Emília; su reputación no era tan importante como su huida. Lo admitió durante su confesión al padre Otto.

—Después de todo —dijo Emília, fijando la mirada en el pañuelo en sus manos y no en el perfil del cura a través del entramado de madera—, la mayoría de las muchachas de Taquaritinga se casan por necesidad y no por amor.

Tía Sofía se lo había repetido infinidad de veces cuando intentaba convencerla de ser amable con sus pretendientes. El amor no era como la picadura de una abeja. No llegaba rápida y dolorosamente, cuando uno estaba distraído. Surgía tras años de compañerismo y esfuerzo, de manera que una pareja podía mirarse a los ojos tras décadas de matrimonio y decir con orgullo que había atravesado unida las peores tormentas. Sería lo mismo con Degas, aseguró Emília, pero no tan amargo como en muchos casos. Ella era creativa por naturaleza: había convertido las plumas de una gallina en un sombrero elegante, había confeccionado preciosos vestidos a partir de tela de mala calidad. Degas era un material más fino que aquel con el que Emília había trabajado toda su vida. Había alabado su inocencia, su dulzura, su ingenuidad..., cualidades que Emília ignoraba tener hasta que Degas se las señaló. Con tiempo e imaginación, podía crear un esposo a partir de un hombre así. Podía moldearlo. Y con su refinamiento y su conocimiento del mundo, Degas la guiaría.

El sacerdote se expresó de forma solemne y amable cuando habló al final de la confesión.

—Recuerda, el pecado llama con suavidad —dijo—. Te habla amablemente. No grita; susurra. Te llama con gestos llenos de dulzura y tentadoras posibilidades.

Después, cuando Emília caminaba hacia la casa del coronel, las palabras del sacerdote la irritaron. ¿Quién no deseaba dulzura? ¿Quién no prefería un susurro a un grito? ¿Quién deseaba tan sólo esfuerzo y austeridad? A su modo de ver, la monotonía de la bondad parecía tan estéril y vacía como la sala de costura de doña Conceição, tan sólo paredes blancas y áspero trabajo. Había perdido a su tía y su hermana. Había eliminado el altar de san Antonio. Había dejado de leer las novelas por entregas de *Fon Fon.* Sólo tenía a Degas.

«He perdido la capacidad de hacer castillos en el aire».

No mucho antes, Emília habría sentido un escalofrío al escuchar esas palabras. Pero cuando las pronunció Degas, no sintió decepción. No quería hacer nada en el aire. Quería baldosas y cemento. Quería agua corriente. Quería un vestido refinado, un sombrero elegante, un billete de tren en primera clase que poder presentar orgullosamente al revisor, quien con su mano la ayudaría a subirse al vagón.

Capítulo

4

LUZIA

Matorral de la caatinga, interior de Pernambuco
Mayo-septiembre de 1928

1

Al principio, ella era un objeto más de los que acumulaban en sus redadas. Era como aquel acordeón rojo que tanto admiraban; como los anillos de oro que arrancaban de los dedos a los coroneles poco amistosos; como los crucifijos o los relojes de bolsillo de madreperla que saqueaban en los joyeros. El Halcón llevaba un estuche dorado para las cosas de afeitar, una petaca de plata y unos prismáticos de bronce, metidos en otro estuche, éste forrado de terciopelo. Sus hombres y él grababan sus iniciales sobre cada uno de los objetos que adquirían, los adornaban con remaches de metal y correas de cuero, y los llevaban consigo por las zonas más impenetrables del monte arrasado por la sequía. Cuando finalmente entraban en un pueblo, curas y niños, granjeros y coroneles, por igual, se quedaban estupefactos ante la asombrosa fortuna de los cangaceiros, y los tesoros cobraban un valor sólo comparable a la siniestra grandeza de su origen. Durante las primeras largas semanas de permanencia en el grupo, Luzia se sintió como una de aquellas posesiones. Era un tesoro inútil, una carga extra adquirida en un momento de debilidad y fascinación. Y como aquellos prismáticos, aquellas pitilleras, aquellos incontables crucifijos de oro que se manchaban con el propio sudor de los cangaceiros, se corroían por las lluvias del invierno y eran golpeados y atravesados por las balas durante las redadas, Luzia temió que también ella sería irrevocablemente transformada.

Cuando le dirigió la palabra fuera de la casa de tía Sofía, no le gritó. No la amenazó. No le hizo promesas ni le dio garantías.

Sencillamente, le entregó el uniforme de reserva que ella misma le había cosido a Baiano y le dijo:

—Nunca he visto a una mujer como tú. —Pero no hubo ni compasión ni deslumbramiento en su mirada. Ni siquiera echó un vistazo a su brazo tullido—. Ven o quédate. Veamos qué prefieres.

Era un desafío, no una pregunta. «Veamos». Luzia tomó el uniforme y se dirigió hacia la casa, hacia el armario de los santos. Les pediría que la guiaran, que la orientaran. Pero lo que terminó por decidirla fue el suelo, no los santos. Fueron los profundos surcos que sus rodillas habían dejado, tras años de oración y deliberación. Luzia pasó los dedos sobre las cavidades, como trazando el mapa de su vida. Se volverían más y más profundas con sus oraciones diarias. Habría sequía y lluvias. Llegarían bodas y funerales. Cada mes de julio, Luzia recogería del suelo las vainas de las alubias y las amontonaría en el salón. Cada mes de agosto las sacaría fuera para que se secaran. En enero era el turno de las castañas de cajú; en abril, el de las frutas. Con el tiempo, Emília se marcharía. Tía Sofía pasaría a mejor vida, con una vela entre sus rígidos dedos para iluminar su camino al cielo. Y Luzia se quedaría atrás, arrodillada ante el armario de los santos, rezando por el alma de su tía y por la felicidad de su hermana. Esperando. ¿Esperando qué? No lo sabía. No sería la muerte, pues ya le habría llegado, lenta y sigilosa, llevándosela poco a poco, cada día de su solitaria existencia. Esperaría algún tipo de salvación; una pequeña gracia que el suelo hundido y aquellos santos veleidosos jamás podrían darle, porque no importaba cuánto rezara o cuántas velas encendiera, siempre sería Gramola, la estropeada e intratable Gramola, y jamás sería otra cosa.

Luzia retiró la mano del gastado suelo y acunó su codo rígido. Sintió algo amargo que brotaba en su interior. Deslizó otra vez la mano sobre el suelo y tocó el traje de lona de cangaceiro. Con lentitud, se puso los pantalones. Le resultaba extraño tener las piernas separadas de aquella manera. Caminó de un lado a otro por la oscura cocina. Con los pantalones podía dar pasos más largos. No tenía que preocuparse por una falda díscola, por el aire, por estar en alto o agacharse de forma poco pudorosa. Se sentía bien con los pantalones, protegida y al mismo tiempo libre. ¿Se sentirían así los hombres?

Estuvo a punto de hablarle a Emília sobre esta sensación de libertad. Su hermana había querido confeccionar pantalones para ella misma desde que los había visto en las revistas, pero aquella noche los ojos de Emília estaban vidriosos y distraídos, y sus movimientos eran nerviosos. Le habían ordenado que hiciera la maleta de Luzia.

¡Que le hiciera la maleta! ¡Él ni siquiera había esperado su decisión! Luzia sintió un arrebato de furia, y luego la invadió el temor. Pero era demasiado tarde. Estaba vestida, sus cosas empaquetadas, y el alto mulato la condujo afuera, llevándola del brazo. Como solía decir tía Sofía, ya no había vuelta atrás: la tela estaba cortada.

2

Los hombres no la tocaron. No la miraron ni le hablaron. No bromearon ni cantaron como lo habían hecho en casa del coronel. Caminaron. Todos los días caminaban en una hilera silenciosa, atravesando el matorral, agachándose y subiendo, adaptándose al terreno para evitar ramas espinosas, florestas traicioneras. Caminaban a un ritmo regular, y cada hombre ponía el pie en la huella que había dejado el anterior, de modo que parecía que un hombre, y no veinte, cruzaba el hostil terreno. Un hombre y una mujer, porque Luzia no podía seguirles el ritmo.

Las ampollas cubrieron pronto sus dedos, debajo de las correas del talón de sus alpargatas, y las plantas de los pies se le llenaron de llagas. Cuando reventaban, las sandalias se volvían viscosas por el agüilla y la sangre. El cactus autóctono estaba por todos lados, y sus copas bulbosas emergían de la tierra como hombres enterrados hasta el cuello. Sus espinas se clavaban en los tobillos de Luzia, y las puntas se rompían y se alojaban debajo de la piel. Se le hincharon los tobillos. Sus pies se llagaron y se entumecieron. Ponta Fina llevaba un botiquín con mercromina y gasa. Por orden del Halcón, detuvieron la marcha y entonces Ponta le desabrochaba la alpargata y vertía el rojo líquido sobre sus pies. Cuando comenzó el escozor, Luzia apretó los dientes y cerró los ojos. Intentó replegarse en su interior, acudir a ese lugar de silencio donde se había refugiado tantas veces antes: cuando la curandera intentó arreglarle el brazo, o cuando el padre Otto hacía que se arrodillara sobre el suelo de piedra de la iglesia a repetir cien padrenuestros, para pedir perdón por algo que había hecho. Pero Luzia ya no pudo acceder a ese refugio interior.

El grupo entero se detuvo, y muchos hombres..., especialmente el de orejas grandes..., la miraron, irritados.

—A mí también me dolían los pies al principio —susurró Ponta Fina mientras le envolvía los pies con gasa. Duros vellos comenzaban a salir de su mentón lleno de espinillas—. Te acostumbrarás —dijo.

Luzia asintió. Se obligó a caminar, a dar un paso y luego otro. Mientras caminaran, los hombres estarían concentrados en su destino, y no en ella. El movimiento la protegía, aunque no la hacía invisible. Los hombres le echaban miradas mientras andaban, examinándola cuando creían que no los veía. Luzia acunó una vez más su codo rígido. Ya no sentía la libertad que había experimentado cuando se puso los pantalones. Ante el armario de los santos sólo había pensado en la emoción de la partida. No había considerado lo que vendría después. En Taquaritinga, Luzia era inmune a las preocupaciones de tía Sofía respecto a los peligros que corría una muchacha. Jamás había sentido el riesgo de perder su virginidad. Pero aquella seguridad descansaba en el hecho de que era Gramola, y ahora ya no lo era. Allí, en aquel extraño matorral, era una mujer, la única mujer en medio de una jauría de hombres. Luzia siguió avanzando.

En las noches, cuando oscurecía y ya no podían moverse con tanta facilidad por la estepa, los hombres acampaban. Buscaban árboles de jurema, porque sus raíces tóxicas impiden el crecimiento de plantas, motivo por el cual el suelo debajo de sus ramas nudosas se encuentra desprovisto de malezas. El suelo era arenoso, pero no llano. Tendían mantas a modo de precarios lechos. El Halcón no admitía hamacas. Insistía en que los hombres dormían demasiado profundamente en las hamacas. El suelo era rocoso e incómodo, y eso garantizaba que mantuvieran un ojo abierto. Luzia dormía sobre su propia manta. Durante las primeras noches, no podía descansar. Se aferraba a su navaja, que colocaba cerca del pecho, preparada para asestarle una cuchillada a cualquier hombre que se le acercara. Ninguno lo intentó. Más adelante, a medida que sus pies se cubrían de ampollas y heridas, Luzia anhelaba la llegada de la noche y la posibilidad de descanso, pero cuando finalmente llegaba el momento, le costaba dormirse. Una desesperación escalofriante la recorrió, comenzando en la boca del estómago y trepando hasta su pecho. Mordió una esquina húmeda de la manta. La tela le secó la lengua y la arena se pegó a las fibras de la colcha apretadas entre sus dientes. Sin embargo la manta silenciaba sus sollozos. Su vida y su virtud dependían de la misericordia de aquellos hombres. Luzia no podía soportar pensar en ello. La misericordia, después de todo, era cuestión divina. Y aquellos hombres no tenían nada de divinos. Estaban sucios y eran primitivos. Sus vidas estaban basadas en el instinto y el deseo. La misericordia estaba más allá de tales impulsos; exigía moderación y deliberación. Por el momento los cangaceiros no la habían tocado; pero eso no garantizaba nada. Luzia clavó aún más los dientes en la manta. Presentía a los hombres escuchando en la oscuridad, espiando desde sus propios lechos de arena. Algunas mañanas, después de una noche en vela, algunos cangaceiros le dirigían una sonrisa socarrona. La mayoría la ignoraba. Ninguno hacia comentarios sobre su llanto.

Al principio, las lluvias no llegaron al matorral. Los árboles estaban grises y atrofiados, como si los hubieran quemado con antorchas. Los únicos animales que se veían eran las lagartijas de dorso anaranjado, corriendo de un árbol a otro, haciendo crepitar la árida maleza con sus patas en forma de garras. Pero la lluvia llegaría; Luzia sentía un dolor constante en su brazo rígido. Nubes oscuras planeaban sobre el horizonte, como una tapa gris que cubría la tierra, dejando a Luzia y los cangaceiros casi desamparados, recociéndose en el aire bochornoso.

Cuando al fin llegó la lluvia, cayó en ráfagas rápidas y torrenciales. Arrastró consigo la arena, dejó expuestas las raíces nudosas de los árboles y transformó los surcos más pequeños en grandes canales. Como respuesta, el terreno se llenó de vida. De las matas puntiagudas de agave emergieron brotes tan altos y rectos como lanzas. Aparecieron hojas entre las espinas negras de los arbustos. Brotaron hiedras como de la nada. Algunas eran delgadas como hilos, y pegajosas; otras, aceradas y espinosas. Se deslizaban por el suelo y se enroscaban alrededor de arbustos y troncos. Engalanaban el enorme cactus facheiro de múltiples ramas. Se desplazaban por el matorral, transformando el bosque gris en verde arboleda.

La lluvia calmó el dolor de sus pies, pero empapó sus espinilleras de cuero, volviéndolas pesadas y ennegreciéndolas por el moho. Su traje de lona no se secaba nunca. Por debajo, Luzia sintió que la piel se le arrugaba y se volvía flácida. Se imaginó pudriéndose poco a poco, como la cáscara de una fruta demasiado madura. Y sintió como si la lluvia también hubiera impregnado su mente, filtrándose como había sucedido con la puerta de la cocina en casa de tía Sofía, deformándola, hinchándola e impidiendo que pudiera cerrarla para apartarse del mundo. Luzia oía los zumbidos de los mosquitos. Oía el ruido metálico de las cananas, de los cartuchos de los hombres, el tintineo de sus cazos de latón al chocar contra los cañones de los rifles. Oía el hueco repiqueteo de sus platos de campaña contra los mangos de plata de sus cuchillos. A menudo los sonidos se fusionaban, y se transformaban en un largo y profundo silbido. Tropezaba constantemente. El Halcón la forzó a comer un trozo de empalagosa melaza. Luzia sacudió la cabeza bruscamente. Tenía la saliva espesa como una pasta. Intentó hablar, pero no logró articular ni una sola palabra.

Todas las noches los hombres cortaban en rodajas xique-xique, un cactus achaparrado, le quitaban las espinas y aplastaban las rodajas con la cara plana de sus cuchillos. Un jugo amarillo salía a chorros. Llenaban el cazo de Luzia con ese zumo. Era un viejo truco de supervivencia, un recurso desesperado que mantenía a los animales y la gente hidratados durante las peores sequías. Luzia recordó los rumores que había oído de pequeña: relatos de familias enteras que subsistían con xique-xique, de granjeros metiendo el zumo a la fuerza en las bocas de reses y cabras, que, después de una semana de beber el amargo fluido, abrían la boca para soltar un mugido mudo y ronco. Todos los recién llegados al grupo del Halcón estaban obligados a beber aquel líquido.

—Nos enseña a guardar silencio —dijo el Halcón mientras vertía la primera dosis de líquido amarillo y espumoso en su vasija—. Un hombre que guarda silencio escucha. Aquí en el monte, un hombre que no escucha no es un hombre; es un cadáver.

Tal vez el xique-xique funcionaba. Los hombres tenían el oído fino. Podían distinguir entre el lamento de una cabra perdida y el de una que estuviera herida. Desconfiaban cuando oían a un gallo cantar a la hora equivocada o cuando notaban el hedor de un sudor ajeno. Habían pasado tanto tiempo en medio de aquel monte impenetrable que, como los zorros esteparios o incluso las legendarias panteras manchadas, percibían cualquier elemento extraño.

Luzia lo supo cuando intentó escapar. Uno de los primeros días de la travesía, cuando las laderas de las montañas de Taquaritinga aún se alzaban en la distancia, Luzia dijo que necesitaba orinar. Los hombres se detuvieron. Ella se adentró en el monte, procurando apartarse de los cangaceiros que la observaban. Su mente estaba paralizada por la falta de comida. Sus pensamientos eran torpes y anodinos, hasta que levantó la vista y vio, más allá de los árboles de la estepa, la montaña de Taquaritinga. Era de un color gris azulado, como una sombra, y parecía tan cercana... Sólo cuando comenzó a correr hacia la montaña Luzia se dio cuenta de que los hombres la estaban esperando. Podrían castigarla o incluso matarla por engañarlos. Su corazón latió con fuerza. Sintió un agudo escozor en los pies cubiertos de llagas. Corrió más. El matorral crujía ruidosamente bajo sus pies. Las ramas secas de los árboles azotaban sus brazos y luego le golpeaban la cara; los árboles del matorral se elevaron, a medida que se alejaba. Poco después, impedían la vista de la montaña. Luzia perdió el sentido de la orientación. Se dio la vuelta y deshizo sus pasos en zigzag entre arbustos y árboles. No tardó en oír pisadas y los hombres la rodearon en silencio.

Aquella noche llovió, y los cangaceiros levantaron sus toldos. Colgaron las lonas de hule y cavaron pequeños fosos a su alrededor con los machetes. Mientras tanto, Ponta Fina la custodiaba. Los hombres estaban silenciosos y no se fiaban de ella, como si fuera una bestia salvaje que el Halcón hubiera atraído al campamento y no quisieran ahuyentar.

Con cada día que pasaba, Luzia se sentía más salvaje. Cada mañana, el Halcón le entregaba una rodaja fina de carne seca. Una suave capa de moho recubría la carne, y las primeras veces Luzia la evitaba. Pero al cabo de un tiempo arrancaba las rodajas de la mano del Halcón y se las comía enteras. En las raras ocasiones en que los hombres atrapaban y cocinaban una cabra descarriada, Luzia se quedaba largo rato chupando los huesos después de haber terminado su pequeña porción de carne. La mayoría de las noches, los hombres mataban palomas con hondas o cazaban y destripaban enormes lagartijas negras. Durante los días siguientes, Luzia se moría por comer la carne dura y blanca de las lagartijas, y sus crujientes rabos. Buscaba entre las malezas mientras caminaba, desesperada por atrapar una con sus propias manos temblorosas. Algunas veces, antes de sufrir un vahído, imaginaba escuchar la voz de tía Sofía. Se elevaba por encima de los últimos chirridos de las cigarras; por encima de los incesantes y tristes lamentos de los sapos cururú.

—Sorprendí a tu madre comiendo tierra —había dicho tía Sofía—. Cuando te tenía a ti en el vientre.

Era algo que su tía le había contado hacía tiempo, cuando Luzia aún era pequeña. De niña, Luzia no podía imaginar a su madre, aquella mujer bonita del retrato de boda, comiendo tierra. Pero después de estar con los cangaceiros durante varias semanas, lo comprendió. De noche, Luzia se sentaba en cuclillas al borde de su manta húmeda y cavaba en el suelo mojado, más allá de la delgada capa superior, hasta alcanzar la arcilla, y la engullía rápida y enérgicamente. No le gustaban el sabor metálico de la arcilla ni el residuo pastoso y espeso que quedaba en la boca. Pero sentía algo apremiante y oscuro en su interior, algo que no podía controlar.

Tal vez el Halcón se enteró de que estaba escarbando la tierra con las uñas; tal vez vio sus dedos de color naranja o advirtió cómo se atragantaba con el zumo de cactus. El caso es que comenzó a cocinarle palomas enteras. Le daba largos tragos de agua de su cantimplora. Luzia sentía oleadas de gratitud, y luego rechazo. Apretaba los dientes, rehusaba sus ofrecimientos. El Halcón le abría la boca con calma con sus gruesos dedos. Le sujetaba la cara y la obligaba a masticar. Cada noche, después de rezar, ordenaba a Ponta Fina que le sujetara los brazos mientras le desabrochaba las alpargatas. Le metía los pies dentro de una olla templada con infusión de corteza de quixabeira y luego desataba sus vendas mojadas. Movía el pulgar, trazando círculos firmes sobre el talón, el arco del pie y la pantorrilla. Luzia sentía un hormigueo en la piel, a pesar del entumecimiento. El Halcón presionaba entonces con más fuerza. Sentía un dolor abrasador, como si la hubieran picado cientos de avispas. Luzia se retorcía sobre el suelo, para zafarse de aquel tratamiento. Ponta Fina la agarraba por los brazos. El Halcón le sujetaba el pie, inmovilizándolo con sus potentes manos.

—Shhh —susurraba—. Shhh.

Dejó escapar un largo quejido ahogado. Intentó mover el pie, pero su cuerpo se rebeló. Los músculos de las piernas estaban fláccidos y débiles. El Halcón repitió su monótono y lento siseo, como un silbido apagado. Luzia cerró los ojos.

De niña, un día que visitó la hacienda del coronel vio cómo un peón domaba mulas. Ataba cuerdas a las bridas y las sujetaba con fuerza, mientras los animales se encabritaban y corcoveaban, echando espuma por la boca y dejando ver las costillas bajo el pelaje. El peón trabajaba con tranquila persistencia, sostenía las cuerdas atadas a las riendas hasta que los animales caían al suelo, exhaustos y hambrientos. Luego les hablaba con voz suave y les acariciaba el hocico, les daba de comer con la mano, hasta que se ponían de pie y le seguían. Aquella vez, Emília y ella se marcharon de la hacienda conmovidas y furiosas. Su hermana aborreció al domador, mientras que Luzia aborreció a las mulas, no por su claudicación, sino por su escasa memoria, su carácter olvidadizo.

Para cuando salió la primera luna llena, tan redonda y blanca como una de las hostias del padre Otto, también Luzia había olvidado. No podía recordar el olor de tía Sofía ni las manos hábiles de Emília. Su mente estaba tan turbia y densa como el zumo de cactus que le daban. No había ni horas ni minutos, ni hoy ni mañana. Sólo existían sus pasos esforzados y sus pesados pies, rojos y llagados, en carne viva. Sólo existía su estómago comprimido, su garganta seca, su orina acre de color ámbar. No sentía temor ni se lamentaba por nada.

3

Un frasco vacío se llena con facilidad, solía decir Sofía. Por ese motivo, la tía de Luzia se obsesionaba por mantener llenas cada una de sus jarras de arcilla... Si alguna estaba vacía se volvía refugio de arañas, lagartijas o cucarachas de caparazones brillantes que procedían de los bananos. Cuando miraba atrás, durante sus primeras semanas con los cangaceiros, Luzia sentía como si su mente se hubiera dado la vuelta y se hubiera vaciado como una de las jarras de arcilla de tía Sofía. Pero lentamente se redujeron sus desmayos. Sus pies se cubrieron de una piel gruesa y amarilla. Sus manos se oscurecieron con el sol, adquiriendo el color del azúcar quemado. La piel de su cara y su cuello se quemó y se despellejó tantas veces que adquirió una textura tensa y áspera. A medida que el cuerpo se reponía, la mente se volvía más aguda.

Comenzó a ver la diferencia entre los troncos nudosos de los árboles de canela de velho —que le recordaban los dedos artríticos de tía Sofía— y la tersa corteza amarilla del inaé. Aprendió a esquivar los bulbos con forma de alfiletero de los cactus bonete que asomaban en su camino. Aprendió a distinguir entre el ronco canto del pájaro cancão y el martilleo del campanero herrero. Luzia también comenzó a analizar a los hombres. Pronto, como hizo con los árboles y los pájaros del matorral, aprendió a reconocer a cada cangaceiro de manera individual. Mientras caminaban, podía identificarlos por su altura y el cabello que asomaba de sus sombreros de cuero. Unos pocos, como el Halcón, tenían el cabello fino y enmarañado, de color claro en las puntas, por el sol. Los otros..., Ponta Fina, Zalamero, Baiano, Orejita, tenían pelos rizados o melenas de fuertes mechones. Cuando los cangaceiros no estaban caminando, estaban ocupados montando el campamento, encendiendo fogatas y obteniendo alimento. Sólo durante las oraciones permanecían lo suficientemente quietos como para que Luzia los pudiera observar.

Todos los días antes del amanecer, los hombres rezaban. Se levantaban de sus frazadas y se quitaban los morrales de gruesas correas por encima de la cabeza. Se despojaban de las cantimploras de cuero para el agua, de las vasijas y de los pesados cinturones de balas que llevaban incluso cuando dormían. Se arrodillaban delante del Halcón y se desabrochaban las chaquetas. Prendidos a las túnicas había trozos de su pasado: la fotografía descolorida de una hermana, un mechón de cabello, una cinta roja que se había desenrollado, un trozo húmedo de papel. Ponían las manos sobre estos objetos e inclinaban las cabezas.

Rezaban no tanto por sus almas como por sus cuerpos, repitiendo una oración para cerrar sus cuerpos a la enfermedad, las heridas y la muerte. Cuando terminaban, cada hombre extraía un objeto de su morral y lo depositaba en el suelo frente así. Baiano ponía un abollado reloj de bolsillo. Ponta Fina, su colección de cuchillos. Sabiá, el mejor cantante del grupo, ponía el acordeón de laca roja delante. Chico Ataúd, el de la calva, ponía su pitillera cincelada; Cajú, el de la nariz aguileña, una bolsa con dientes de oro. Zalamero ponía una fusta con remaches de plata en el mango. Orejita ponía un libro delante de él, aunque no supiera leer. Uno por uno, todos, salvo el Halcón, depositaban sus objetos. Luzia inclinaba la cabeza pero no rezaba. En cambio, observaba a escondidas a los hombres.

Observó que Ponta Fina se comía las uñas. Baiano, el alto mulato, era el número dos del Halcón. Conservaba un collar de semillas rojas alrededor de la muñeca para protegerse contra las serpientes. Cajú no toleraba las bromas sobre su larga nariz. Jacaré masticaba corteza incesantemente para conservar los dientes blancos. Chico Ataúd tenía la costumbre de darse palmadas sobre la calva, como para asegurarse de que no seguía perdiendo pelo. Una mañana, Luzia oyó a los hombres conversar y se enteró de que Medialuna había perdido el ojo cuando era niño, jugando a cangaceiros contra coroneles. Una espina de cactus se le había clavado en él, dándole el aspecto amarillento de un huevo cocido. Zalamero, que tenía la piel de color carbón, obtuvo su apodo a partir de la hilera de marcas en la vaina de su cuchillo, una por cada dama seducida. Las furcias no cuentan, dijo. Branco, el de la cara pecosa, tartamudeaba al hablar. Imperdible tenía una enorme colección de santos de papel prendidos a su túnica, bajo la chaqueta. Jurema tenía unos brazos largos y delgados que aleteaban frenéticamente cada vez que tocaba el acordeón de Sabiá. Coral tenía miedo de atragantarse, y masticaba la comida una docena de veces antes de tragar. Tatu tenía un vientre enorme. Furao tenía unos dedos largos y habilidosos. Surubim era el único cangaceiro que sabía nadar. Inteligente se enredaba con las correas del morral todas las mañanas y Canjica, el viejo cocinero del grupo, le ayudaba pacientemente a desenredarse. Presumido tenía ojitos de cerdo y le faltaban muchos dientes, pero todas las tardes se limpiaba meticulosamente el uniforme, sacando lustre a las monedas cosidas sobre el ala del sombrero y puliendo sus alpargatas. Y Orejita se sumía en un hosco silencio cada vez que el Halcón solicitaba el consejo de Baiano y no el suyo.

El Halcón siempre se arrodillaba en el centro del círculo de oración. Miraba fijamente al suelo y entonaba las oraciones lentamente, pronunciando las largas palabras sílaba por sílaba, como si las hubiera memorizado pero no comprendiera cabalmente su significado.

—Amado Señor —comenzaba el Halcón con voz profunda y serena—, enviado del pecho de Dios para absolver nuestros pecados, danos tu gracia y tu misericordia. Aleja de nosotros la furia de nuestros enemigos y abraza a tus hijos en tus brazos llenos de gracia.

Se agarraba las manos con fuerza. Tenía las uñas cortas, con las puntas blancas. Cada mañana, las limpiaba con un cepillo de cerdas duras. Por la noche, a menudo se sentaba solo, lejos de la fogata, y miraba fijamente la oscuridad del matorral. Levantaba la nariz y se concentraba en inspirar profundamente, como queriendo detectar algún olor. Algunas noches hablaba con Baiano. Luzia no podía escuchar sus conversaciones. Sólo podía ver un cigarrillo concienzudamente liado, entre sus labios gruesos y torcidos. Cuando se acababa el cigarrillo, se frotaba la cara de manera violenta, como queriendo reanimar su lado flácido.

Durante el día, Luzia y los hombres marchaban detrás de él, siguiendo su paso presuroso. Miraba hacia abajo, temiendo encontrar alguna serpiente. Los guiaba a través del laberinto de espinos y árboles, y parecía reconocer cada formación rocosa, cada tronco negro, cada ladera, cada barranco. En el matorral, hasta las pequeñas hazañas, como encontrar un manantial de agua dulce oculto entre dos rocas o localizar un árbol umbuzeiro sombreado con gruesas raíces tuberosas, que podían arrancar y chupar para engañar la sed, se transformaban en milagros. El Halcón siempre los realizaba. La regularidad de sus hallazgos hacía que parecieran más que una mera coincidencia. Se volvían más importantes, más significativos, como dádivas de una mano que los guiara.

Algunas noches, insistía en que no encendieran fogatas ni fumaran cigarrillos. Otras noches despertaba a todos y los hacía abandonar el campamento. Cualquiera que fuese su capricho, los hombres obedecían. Era su maestro silencioso y melancólico, que coleccionaba hojas y cortaba pedazos de tronco para enseñarles cuáles eran venenosos y cuáles restablecían la salud. Les mostraba cómo hacer infusiones, pastas y cataplasmas para curar dolores de muelas, úlceras, dolores de cabeza y heridas. Era un padre severo, y no toleraba el descuido. Así como intuía cómo encontrar el camino a través del matorral, parecía adivinar cómo agradar a cada hombre y cómo mortificarlo. Una vez rompió el pañuelo de seda de Ponta Fina porque éste no había enterrado lo bastante hondo los restos de comida y al mirar para atrás habían visto buitres volando en círculos sobre el campamento abandonado, lo que delataba la presencia de los cangaceiros. El Halcón era también el hermano de todos, y revolvía cariñosamente el pelo de Ponta Fina, daba palmadas en el hombro a Inteligente o aplaudía con frenesí cuando Sabiá cantaba alguna de sus melancólicas baladas. Y por encima de todo era su sacerdote, y el consejero que los trataba, no como esclavos o brutos, sino como hombres.

A Luzia le desagradaban sus extraños caprichos. No había lógica en sus peticiones de silencio. Simplemente inclinaba la cabeza, emitía algún sonido indescifrable y hacía un gesto con las manos.

—Dejad de respirar —ordenaba, susurrando con tono severo—. Hacéis demasiado ruido al caminar —reprendía, haciendo que Luzia se sintiera como una niña indisciplinada—. No arrastréis los pies.

Cuando le hablaba, Luzia sentía una terrible sensación de ardor, como si se hubiera tragado una guindilla. Aquel nervioso calor se apoderaba de ella cada vez que el Halcón la miraba mientras cosía. Hacía que las puntadas le salieran torcidas y las palabras confusas y lentas. Luzia lo odiaba por ello. Cuando rezaba, se obligaba a concentrarse en sus partes del cuerpo y no en el todo, para contrarrestar el nerviosismo. Miraba fijamente su fina muñeca, que se iba adelgazando, en comparación con sus gruesas manos. Una vena azul corría hacia arriba, debajo de la piel, y desaparecía dentro de la manga de la chaqueta. Miraba fijamente sus orejas, curvas y morenas, como las semillas del árbol de tamboril. Miraba cada uña cuadrada, con el borde blanco.

—Si nos encuentran nuestros enemigos —decía el Halcón, prosiguiendo con la oración—, tendrán ojos, pero no verán. Tendrán oídos, pero no nos oirán. Tendrán bocas, pero no nos hablarán. Amado Redentor, danos las armas de san Jorge. Protégenos con la espada de Abraham. Aliméntanos con la leche de nuestra Virgen Madre. Ocúltanos en el Arca de Noé. Cierra nuestros cuerpos con las llaves de san Pedro, en donde nadie podrá atacarnos, matarnos ni quitar la sangre de nuestras venas. Amén.

Luzia había asistido a misa toda su vida y jamás había escuchado al padre Otto pronunciar semejantes oraciones. Pero el sacerdote nunca se había arrodillado frente a ellos como lo hacía el Halcón. El cura jamás había usado un tono tan profundo y melancólico, orando con tanto fervor que se le quebraba la voz. Cuando esto sucedía, el Halcón parecía frágil, confundido. Era una señal de que se trataba de un hombre como cualquier otro, y resultaba un consuelo.

—Amén —farfullaban los cangaceiros. Se soltaban las manos. Levantaban la cabeza. Uno por uno, se inclinaban hacia delante y escupían sobre los objetos que tenían ante sí.

Siempre la horrorizaba la forma que tenían de carraspear, fruncir los labios y escupir rápida y expertamente. Los hombres echaban entonces un vistazo incómodo a Luzia.

Tal vez advirtieran la desaprobación en su rostro. A sus ojos, los objetos que tenían ante ellos eran inertes e inocentes, lo cual transformaba el acto de escupir en una acción de violencia innecesaria y calculada. Luego, los hombres limpiaban sus objetos y los metían rápidamente en sus morrales, sin mirarla.

Luzia también llevaba un par de mochilas de lona. Unos días después de salir de Taquaritinga, los hombres vaciaron su vieja maleta. La cogieron y la llenaron con los desechos del campamento, los posos del café, restos de cactus, una lata vacía de brillantina, y luego la enterraron. Después los cangaceiros examinaron los objetos que

Emília le había metido en la maleta a Luzia, sacudiendo la cabeza ante el viejo vestido, el hilo de bordar, el alfiletero, las bragas rotas. Se habían reído de su navaja, hasta que el Halcón los obligó a devolvérsela. Al principio, Luzia se sorprendió, pero cuando él colocó el cuchillo de nuevo en sus manos, le pareció pequeño y patético, y supo que no se lo había devuelto por simple amabilidad. Quería mostrar a sus hombres y a la propia Luzia lo inofensiva que era ésta. Aunque estuviera armada, no representaba ninguna amenaza. Algunos de los cangaceiros no estaban de acuerdo. No veían a Luzia como un peligro físico, sino más profundo.

—Las mujeres traen mala suerte —oyó que mascullaba una vez Medialuna al acampar. Varios hombres coincidieron, hasta que Baiano los acalló.

A los bandidos la presencia de Luzia no les gustaba. Usaba su uniforme, llevaba mochilas y había bebido el amargo xique-xique, como ellos, durante su iniciación, pero no era uno de ellos. A menudo, Luzia se daba cuenta de que la estaban observando, analizándola como ella los analizaba a ellos durante las oraciones. Pero en sus rostros no había miradas curiosas o amistosas; tan sólo había preocupación y expectativa, como si estuvieran esperando que ella revelara su propósito. Luzia no comprendía estas miradas, hasta que el muchacho cangaceiro se las explicó.

Además del Halcón, sólo Ponta Fina le hablaba. Y dado que su garganta enferma le prohibía formular preguntas o estar en desacuerdo con el muchacho, Luzia no podía hacer más que escuchar y asentir. A causa de su edad, los hombres se burlaban de Ponta o le daban órdenes. Rara vez toleraban su conversación. En Luzia encontró a una persona que lo escuchaba y estaba dispuesta a aprender. Le mostró cómo despellejar las ratas de campo de aspecto atractivo, o a raspar las escamas de los pescados. Algunas veces hablaba de los otros hombres y desahogaba sus frustraciones. Una vez, se aventuró a especular sobre su presencia.

—El capitán te vio en sus oraciones —susurró el muchacho—. Dijo que debíamos traerte con nosotros para tener suerte, por algún fin que cumplirás. Todo el mundo hace conjeturas sobre cómo nos ayudarás. ¿Sabes? Hasta hay apuestas. —El muchacho sonrió, revelando sus dientes de rebordes oscuros—. Algunos comentan que no supondrás ninguna ayuda, pero no se lo dicen al capitán. Yo apuesto a que será algo relacionado con tu nombre, quizá con la santa. Baiano dice que tal vez nos des una visión. Nos mostrarás un nuevo camino.

Luzia asintió. Aquella noche tuvo su pérdida mensual de sangre. Luzia tuvo que dar un uso diferente al viejo vestido que Emília había metido en la maleta. Con su navaja, rápidamente cortó la tela en tiras. Había guardado las plumas de las palomas que los hombres cazaban, y de noche cosió puñados de éstas entre los retazos del vestido. Luego cogió las improvisadas compresas y se alejó del campamento, hacia el matorral. Los hombres no le hicieron preguntas ni la siguieron. La habían visto deshacer el vestido y parecían intuir que su partida al matorral respondía a algún tipo de misterioso deber femenino, del cual no deseaban saber nada.

Atenta a la posible presencia de serpientes y escorpiones, Luzia se agachó rápidamente y se metió el rollo de plumas entre las piernas. Cuando el rollo se volvía pesado por el exceso de sangre, Luzia volvía al monte y lo enterraba. «Bendita tú eres entre todas las mujeres —rezaba mientras cavaba—. Y bendito es el fruto de tu vientre». Luzia le rezaba a la Virgen porque ella sabía lo que significaba que algunos hombres desconfiaran de ella y que otros la transformaran en un talismán. Cuando el muchacho le habló de los motivos del Halcón, Luzia se sintió confundida y desilusionada. Durante los primeros días con el grupo, había sentido temor y orgullo a la vez, porque creía que la había tomado como un premio, que veía algo de valor en ella. Al final, no era más que un amuleto, como sus medallas, sus papeles de oraciones, su cristal de roca... Su valor era, pues, medido por algo tan azaroso e inconstante como la suerte.

4

Un día acamparon más temprano de lo habitual. Una cabra descarriada se había desviado cerca de su camino. Chico Ataúd oyó el sonido metálico del cencerro de bronce del animal y se adentró en el monte. Apareció unos minutos después, tirando de los cuernos de la cabra, que balaba. Los cangaceiros detuvieron la marcha para celebrar su hallazgo.

Mientras los hombres levantaban los toldos y Canjica hacía una fogata, Luzia se sentó sobre una roca, de espaldas al sol. Habían elegido un rincón entre un barranco y un montón de piedras gigantes. Una de las piedras tenía una grieta en el centro; las ortigas crecían en esa fisura torcida. Los colibríes hacían sus nidos dentro de las ramas de la planta, sin inmutarse ante sus punzantes agujas. Los pájaros se perseguían unos a otros, zumbando entre los resquicios de las rocas. Algunas veces, se detenían en pleno vuelo cerca de Luzia, moviendo las alas y deteniendo sus cuerpos de color esmeralda, como joyas suspendidas en el aire delante de ella.

La muchacha enderezó los hombros. Se había quitado el morral, pero estaba encorvada, como si aún cargara con su peso. Se puso la mochila sobre las rodillas y metió una aguja e hilo de bordar a través de la gruesa tela. Agradecía la manera errática en que había hecho el equipaje su hermana. Las correas de la mochila tenían un palmo de ancho y siete de largo y ya las había cubierto con adornos. En los márgenes había bordado un punto ensortijado. Lo rellenó con la cruz de san Jorge y añadió varias flores de lis en punto de cruz, como si el bolso andrajoso fuera uno de los manteles elegantes de doña Conceição. Coser la calmaba. Las puntadas eran algo fiable y familiar. Cada una tenía su propio método, el lugar donde se ponía la aguja, el orden para enhebrar, que jamás cambiaba.

A unos pocos metros, la cabra balaba. Inteligente, el hombre más fuerte, le golpeó la cabeza con la culata de su rifle. Con el impacto, la cabra cayó en silencio. Orejita se colocó encima del animal. Acunó su inerte cabeza en los brazos y, con una cuchillada certera, le cercenó el cuello. Un charco oscuro se formó a los pies de Orejita. Luzia miró para otro lado. Se concentró en su bordado hasta que Ponta Fina la llamó a un lado.

—Vamos —dijo el muchacho, tocando nerviosamente las fundas de sus cuchillos—. Hay que prepararla.

No la miró a los ojos cuando habló; mantuvo la mirada fija en sus pies, o en algún punto lejano. Luzia guardó su bordado y siguió a Ponta al barranco. Allí, Inteligente colgó la cabra boca abajo en un árbol de gruesas ramas. Sus ubres resecas colgaban flácidas contra el vientre. El pelaje blanco de la cabeza y el cuello estaba manchado de rosa. Ponta sacó uno de los cuchillos. Practicó unos cortes en círculo alrededor de las pezuñas de la cabra. Seccionó lentamente los lados. Luego deslizó el cuchillo dentro de las incisiones, deslizándolo entre la carne y la piel como si estuviera pelando una fruta. Cuando terminó, un cadáver sonrosado y musculoso pendía del árbol.

—¿Ya has adivinado por qué me llaman Ponta Fina? —Sonreía mostrándole el cuchillo.

Luzia encogió los hombros. Los dientes de la cabra estaban apretados, como si tuviera frío sin la piel. Colocó un recipiente de hojalata debajo del animal.

—Mi padre era carnicero —prosiguió Ponta—. El carnicero más importante de este lado del río San Francisco. —Observó el cuchillo en su mano, repasando el borde curvo con la punta del dedo—. Ésta es una lambedeira. Se usa para desollar y cortar en tajadas.

Luzia asintió. Ponta deslizó el cuchillo en el vientre de la cabra. Con ambas manos, presionó sobre las costillas del animal y las abrió con cuidado, de manera que las puntas no lo cortaran. Un vaho de calor brotó desde el interior del animal, como un aliento fétido. Ponta dio un paso hacia atrás. Los intestinos se sacudieron y se enroscaron como pálidas serpientes. Luego cayeron al recipiente que estaba debajo.

Ponta se limpió las manos. Sacó uno a uno los cuchillos de sus fundas. Le mostró el facão, con la hoja gruesa y plana para cortar los matorrales y abrir senderos. Le enseñó también el cuchillo corto y afilado que usaba para quitar las escamas a los peces de río y desangrar animales. Le mostró el pajeuzeira, un largo cuchillo recto con la punta redondeada, que parecía inofensivo comparado con los demás. Era un instrumento de médico, dijo, para extraer cortezas y raíces. El último era la cuchilla larga y plateada que todos los cangaceiros llevaban de manera prominente en la parte delantera de sus cinturones. No era un cuchillo, sino un puñal, una larga varilla de acero sin filo.

—El mío sólo tiene cincuenta centímetros —suspiró Ponta—. ¡El del capitán tiene setenta! —Lo colocó sobre las palmas de sus manos—. ¿Quieres cogerlo?

Luzia asintió. Ponta sostuvo los dedos alrededor de la empuñadura de plata y apoyó la hoja sobre sus palmas abiertas. Era fría y pesada.

—Atraviesa cualquier cosa con facilidad —susurró, como si estuviera contándole un secreto—. Se parece más a una bala que a un cuchillo.

Apareció Medialuna. En la tenue luz del crepúsculo, su ojo lesionado adquirió un tinte azul. Ponta Fina guardó el puñal rápidamente.

—Date prisa y trocea la cabra —dijo Medialuna—. Tenemos hambre.

Prepararían embutido hirviendo los intestinos y los órganos internos, para después picarlos y meterlos en la bolsa del estómago con especias. Ponta desató la cabra y la trasladó a una roca plana, donde la troceó. Luzia llevó el pesado recipiente al barranco. Las lluvias del invierno habían ensanchado y profundizado el barranco. Ramas de árboles se movían dentro de sus aguas marrones. Luzia se puso en cuclillas cerca de la orilla. Lavó las entrañas cuidadosamente, revolviéndolas con una ramita, como si estuviera ensartando una larga aguja. Restregó el estómago, la elástica y blanca garganta.

Río abajo, apareció el Halcón. Lo acompañaba la mitad de los hombres. Se movían con varios metros de distancia entre sí y se arrodillaron a la orilla del agua. Se quitaron los sombreros y las chaquetas. Se sacaron las túnicas por encima de la cabeza. El Halcón se lavó las manos, frotándolas con mucha energía, y luego se echó agua en la cara. Su torso era corto, fuerte y fibroso. Se echó agua sobre la cabeza varias veces. Luzia observó cada movimiento de los músculos debajo de su piel morena. Era como si el calor implacable del matorral lo hubiera cocido a fuego lento, quitándole todo exceso de grasa. El Halcón levantó la mirada, y rápidamente Luzia metió las tripas de la cabra en el recipiente de hojalata y se apartó del barranco.

Se sintió furiosa porque él y los demás fueran tan desconsiderados y se bañaran sin tener en cuenta que ella estaba cerca, trabajando para todos. Como si no valiera la pena mostrarse recatados ante ella; como si no fuera una mujer.

De vuelta al campamento, vio que el resto de los hombres estaba sentado alrededor de la fogata. Con un par de tenazas de metal, Canjica sacó de las llamas, con cuidado, dos piedras candentes del tamaño de un puño. Las dejó caer en una cafetera llena de agua. Las piedras produjeron vapor inmediatamente, al contacto con el agua.

—No veo la hora de bailar —dijo Zalamero, extendiendo los brazos y dando algunos pasos hacia delante y hacia atrás.

—Tú quieres hacer algo más que bailar —dijo Baiano sonriendo—. Vi a un muchachito que se parecía a ti en el último pueblo que visitamos.

—¡Hay muchachitos que se parecen a él en todo Pernambuco! —dijo Orejita.

Los hombres rieron. Inteligente los miró, confundido. Canjica sacudió la cabeza. Tocó la cafetera, y luego retiró la mano con rapidez. Las piedras ya habían calentado el agua. Envolvió un trapo alrededor del asa de la cafetera.

Cuando Luzia emergió de las sombras, los hombres dejaron de reír. El recipiente que llevaba en las manos le resultaba pesado. Se lo entregó a Canjica. Orejita dio un paso hacia ellos. Tenía el pelo estirado hacia atrás y el fuego hacía que los bordes de sus orejas brillaran con destellos rojizos. Inspeccionó el recipiente de metal, hurgando en el contenido con los dedos.

—Éstas no están limpias —dijo mirando a Luzia—. Ve a lavarlas de nuevo.

—Podemos hervir lo que queda —dijo Canjica, tomando el recipiente.

Orejita lo detuvo.

—Es un trabajo mal hecho —dijo—. Ve y lávalas de nuevo.

Luzia se encontró con su mirada. Los hombres estaban bañándose en el barranco; no podía volver. Se llevó la mano a la garganta y sacudió la cabeza. No podía hablar, por el xique-xique.

Orejita se agachó y cogió un puñado de arena. Lo sujetó sobre el recipiente de tripas y abrió los dedos. Con un ruido seco, la arena cayó dentro. Detrás de él, uno de los hombres soltó una risa ahogada.

—¿Lo ves? —dijo—. Está sucio. No tomamos comida sucia. —Depositó el recipiente sobre el suelo, al lado de sus pies—. Llévatelo y vuelve a lavarlas.

Tenía la respiración entrecortada. Se agachó. Al lado de ellos, enfriándose sobre un círculo de piedras, estaba la cafetera. En lugar de coger el recipiente de metal que estaba a los pies de Orejita, su brazo sano alzó rápidamente la cafetera y la arrojó hacia delante. El agua caliente salpicó la mano del cangaceiro insolente, quemándole la piel.

—¡Mierda! —gritó Orejita. Se tambaleó hacia atrás, agitando los brazos delante de los pantalones, de modo que, en lugar de quejarse por la mano, parecía que se estaba quejando de la entrepierna—. ¡Mierda!

Hubo silencio; luego, risas ahogadas.

—¡Le ha quemado el pito! —dijo Branco.

—No importa —dijo Zalamero—. ¡Nunca lo usaba!

Los hombres se rieron a carcajadas. Orejita miró fijamente el círculo de cangaceiros, y luego a Luzia. Sacó el puñal de la parte de atrás del cinturón. Baiano le sujetó el brazo. Luzia cogió el recipiente de metal y se internó corriendo en la maleza.

5

No fue al barranco directamente. Se agazapó en medio de los matorrales, jadeando y temblando. Vio al Halcón y sus hombres dirigirse de nuevo al campamento, con la parte superior de sus túnicas mojada y pegada al pecho. Luzia contuvo la respiración mientras pasaban. Cuando llegó al barranco, éste se mostraba imponente, con las aguas oscuras y agitadas. No sabía nadar. Tal vez los hombres deseaban en secreto que lo cruzara, que los abandonara. Luzia posó el recipiente de metal, y sintió una furia repentina. No se iría con el rabo entre las piernas, como un perro. Volvería con su ridícula carga y se sentaría junto a ellos, invisible e irritante, como una espina bajo su piel.

La garganta le ardía. Se enfadó consigo misma. Había soñado con el agua, la deseaba con locura. Pero cuando tenía un río delante de ella no bebía. Tomaba un poco, luego otro poco. No podía detenerse. El agua se escurría por su barbilla, empapándole la chaqueta. Le refrescaba la garganta, pero apenas la tragaba, volvía a notarla áspera y marchita.

Detrás de ella, escuchó un crujido. Luzia olió el aroma perfumado y espeso de la brillantina. Oyó pasos. Siguió bebiendo.

—Es hora de que dejes de beber el xique-xique —dijo el Halcón, sentándose en cuclillas a su lado—. Prefiero que discutas con mis hombres a que los lastimes.

Luzia se limpió el mentón. No lo miraría.

—Algunos de los hombres —prosiguió lentamente— no están contentos de que vengas con nosotros. Todos los días rezamos la oración para salvaguardar nuestros cuerpos, y por otra parte yo te traje a ti, haciendo que nos expongamos a que nos perfore cualquier bala. —Se frotó el rostro vigorosamente, y miró a Luzia—. La mayoría de las mujeres transmite tristeza. Mala suerte. No es tu culpa; es sólo tu naturaleza.

Luzia tosió. El agua que se había bebido de un trago se le subió a la garganta, pero ahora estaba ácida. Había bebido demasiado.

Él carraspeó.

—Aquella mañana, en la montaña, pensé que el ladrón de pájaros sería un muchacho. Algún pobre niño. Cuando creo adivinar algo, generalmente no me equivoco. Pero luego te encontré a ti: tu pelo trenzado, tus pies calzados. Una muchacha de familia. Me sorprendiste. No hay muchas cosas que me sorprendan últimamente —suspiró y sacudió la cabeza—. No puedo decirles a mis hombres qué tipo de suerte nos traerás —dijo—, porque ni yo mismo lo sé.

Si hubiera tenido voz, Luzia le habría dicho que él no sabía nada de nada. Ella no era una santa de papel, ni un collar de cuerda rojo.

—Mira —dijo el Halcón. Se irguió de pronto y señaló hacia el monte.

Había un cactus mandacaru que tenía el tronco tan grueso como el de un árbol, y sólo se distinguía por los espinos que brotaban de él, del tamaño de dedos humanos. Por encima, sus ramas eran verdes y tubulares. Tenían algunos bulbos suaves en la superficie.

—Quédate quieta —dijo el Halcón.

El cielo se oscureció. Los sapos se quejaron en la distancia, y sus lejanos lamentos se asemejaron al mugido de las vacas. Encima de ellos, sobre el cactus, un bulbo se abrió. Un pétalo blanco pujó por salir. Luzia no se movió, temerosa de asustar a la flor y que volviera a su bulbo. Se abrieron más pétalos, todos ellos gruesos y blancos.

Lentamente, Luzia volvió los ojos hacia él. La enorme cicatriz de la cara estaba tan blanca como aquella flor del mandacaru. Luzia la miró como si también ella se fuera a abrir y de ella fuese a brotar alguna maravilla. Observó su pelo mojado, su cara afeitada. Los hombres de Taquaritinga, los pendencieros a quienes la gente llamaba «cabras valientes», llevaban barba. Maldecían, bebían y disparaban al aire. Ella siempre creyó que un cangaceiro sería peor. No pudo imaginarlo gritando y, con una certeza que la asustó, supo que si él disparaba no sería al aire.

—Se abren sólo una vez —dijo el Halcón—. Antes de una lluvia fuerte. Mañana, habrán desaparecido.

Se dio la vuelta para mirarla. Luzia levantó la vista rápidamente hacia la flor. No tenía fuerzas para levantarse y marcharse. Había algo que crecía dentro de ella, algo apremiante y no deseado, como la falsa cebolla que invadía el jardín de tía Sofía, formando matas gruesas y verdes. Era atractiva, pero podía marchitar a todas las demás plantas si no se cortaba. La única solución era arrancarla de raíz y quemarla en el fuego, para que sobreviviera todo lo demás.

6

La predicción de la flor mandacaru fue acertada. Aquella noche, la lluvia llenó los fosos que había cavado precavidamente alrededor de los toldos. Salpicó las mantas. Encima de ellos, las lonas de hule se empezaron a encharcar, saturadas de agua. Las sogas que ataban la lona a los árboles del matorral se tensaron. Chico Ataúd era el vigía. Se encogió cerca del fuego, que estaba protegido, y observó la olla de tripas que hervía a fuego lento. Su cabeza se desplomó lentamente sobre el pecho.

Los otros hombres guardaban silencio, acurrucados bajo sus toldos. Habían comido carne de cabra y habría tripas para el desayuno. Luzia esperó que sus estómagos repletos y la ilusión de más comida los adormecieran. Algunos podrían estar despiertos, pensó, e inquietos. Pero la lluvia la protegería, el agua amortiguaría sus movimientos. Caía con fuerza, batiendo las lonas y azotando el suelo con miles de golpes suaves. También había un bullicio de ranas, que croaban en el extenso matorral. Una celebración, pensó Luzia. Y en la distancia, bajo el ruido de la lluvia y los animales, oyó el suave bramido del barranco.

Luzia se incorporó. Rápidamente se puso el morral sobre la cabeza y lo enderezó sobre el pecho. En un veloz movimiento, se levantó de su toldo y salió a la lluvia.

En sus primeros días lejos de Taquaritinga, rezó pidiendo gracias grandes y trascendentes, el rescate, un milagro. Más tarde, rezó por tener un poco de agua en la cantimplora, en lugar del maldito zumo de cactus. Rezó por tener un sombrero, una buena aguja, más hilo para bordar. Y de forma mecánica, rezaba para poder huir. Parecía antinatural no hacerlo. Debía querer escapar, huir tan rápida y sigilosamente como un zorro del matorral. Pero ¿qué haría si escapaba? ¿Adónde iría? La gente de Taquaritinga pensaría lo peor. Dirían que estaba más que deshonrada, contaminada para siempre. Nadie quería que una mujer manchada cosiera su ropa o tomara medidas a sus muertos. Una mujer manchada sólo tenía una vocación. Pero aquella noche, después de observar el brote de la flor de mandacaru, Luzia se dio cuenta de que cuanto más permanecía con los cangaceiros más dependía de la fe que el Halcón tenía en ella. Con cada día que pasaba, Luzia sentía que cobraba vigor dentro de ella una extraña gratitud. La fe del Halcón en su misión hacía que Luzia estuviera a salvo, incluso que la respetaran. Pero si no daba pruebas de su utilidad, ¿cuánto duraría su fe? Y si les trajera impensadamente mala suerte, ¿habría siquiera fe a la que agarrarse?

Resistió el impulso de correr. La lluvia le nubló la visión y le empapó la vestimenta, entorpeciendo su marcha y aumentando el riesgo. Debía marchar lentamente, se dijo, recordando el ojo blancuzco de Medialuna. El monte era denso y oscuro. Se escurrió zigzagueando a través de él, usando el codo rígido para apartar las ramas. Las nubes opacaban la luz de la luna. Aun así, sabía por dónde caminar, y se guió por el sonido del agua hasta llegar al barranco. Había una aldea al otro lado. Los cangaceiros habían hablado de abastecerse allí. Luzia creía que si cruzaba el barranco la podría encontrar. Podía ocultarse allí. Había aprendido lo suficiente acerca de la supervivencia en el campo como para aguantar algunos días sola. Pero si no había aldea, podía morir de frío. O podía ahogarse en aquel barranco; no sabía nadar. Luzia tembló y sacudió la cabeza. No era un río, razonó. No debía de ser muy profundo. Cerró los ojos y se lo imaginó en el verano: nada más que una acequia polvorienta, sin agua. Pronto volvería a ser verano. Las noches serían silenciosas y secas. No habría ruidos que ocultasen su huida, ni lluvia que cubriera sus huellas, ni barranco para impedir que los cangaceiros vinieran tras ella.

Luzia se metió. El agua se deslizó dentro de sus sandalias. Asentó con fuerza las piernas. Al cabo de un instante, dio pasos largos y firmes. La corriente hacía que el agua le pareciese muy densa, como si estuviera vadeando almíbar. Enseguida llegó más lejos de lo que quería. A mitad de camino, el agua le llegaba al pecho. Algo rozó su pie, tal vez la rama de un árbol, arrastrada aguas abajo. Lo que fuera, atrapó su sandalia. Luzia intentó liberarse. La fuerza de la corriente dobló sus rodillas. El agua le entró presurosa en las orejas, la nariz. Tenía un sabor casi metálico, como de arcilla. Luzia la escupió. Volvió a tirar del pie, más fuerte esta vez. La rama se desprendió de su sandalia, pero aun así, la corriente la arrastró. Sintió pánico. Movió los pies intentando enderezarse, pero no podía encontrar el fondo. ¿Sería más profundo de lo que recordaba o la habría engañado la corriente, poniéndola patas arriba? Luzia sentía que el pecho le ardía. Estiró el cuello, pateó y agitó el cuerpo. Su brazo rígido se agitó como un ala inútil. Cuando salió a la superficie, respiró hondo y tragó agua. Por encima de ella, llovía. El agua brotaba por todas partes, y le fue imposible escapar de ella.

Cuando se cayó del árbol de mango, Luzia experimentó un silencio tan profundo y envolvente que parecía algo líquido, que la llenaba de dentro hacia fuera, tapándole las orejas, la nariz, los ojos, todos sus poros. En el barranco, volvió a sentir aquel silencio. Notó que la corriente tiraba de ella desde abajo, sintió la inutilidad del movimiento. Cuando estaba quieta, el agua cubría como un manto, se apoderaba de ella. Iba a ahogarse.

Algo la envolvió, presionando debajo de sus axilas y apretando su pecho. La levantó. La lluvia le caía con fuerza en la cara. El rugido del agua le provocaba vértigo. Luzia tomó una larga y desesperada bocanada de aire.

—¡Tira! —gritó una voz a su lado, tan fuerte que le dolió el oído—. ¡Tira!

Luzia vio la gruesa figura de Inteligente sobre la orilla. Su brazo estaba enganchado al de Baiano, de pie en el agua, que le llegaba a las rodillas. El otro brazo de Baiano estaba enganchado a un tercer cangaceiro, que estaba enganchado a un cuarto, luego a un quinto y luego al sexto, que la sostenía.

Luzia retorció el cuerpo. El brazo alrededor de su pecho se tensó como una abrazadera alrededor de sus pulmones. Su rostro estaba a pocos centímetros del de ella. El lado sano estaba agarrotado por el esfuerzo, y el marcado, impávido.

La corriente los arrastró hacia abajo. Los hombres tiraron de ellos hacia la orilla. Los ojos de Luzia ardían. Sus extremidades estaban débiles. Inteligente, el ancla que los sostenía a todos, podía sentir que el agua vencía su resistencia. Si fuera así, Luzia sería devuelta al silencio, con el Halcón a su lado. O la corriente podía devolverlos, entregándolos a los hombres, que los arrastrarían de vuelta sobre la oscura orilla. Luzia cerró los ojos y esperó a ver qué pasaba.

7

Después de las lluvias, la floresta se llenó de vida. Flores color naranja, con pétalos tan delgados y secos como el papel, brotaron de los centros espinosos del quipá. Los arbustos de malva crecieron tan altos como hombres. Proliferaron las flores rojas. Las abejas inundaron el matorral. Cuando Luzia cerraba los ojos, su zumbido le recordaba el torrente de agua.

Después de sacarla del barranco, los hombres comenzaron a sentir un silencioso respeto por Luzia. La llamaban señorita Luzia, en lugar de no pronunciar su nombre en absoluto. Ponta Fina le dio miel para la garganta; hacía fogatas debajo de las colmenas, y cuando el humo ahuyentaba a las abejas, extraía los panales con forma de pote de las paredes de la colmena. Orejita permaneció en silencio y receloso, pero jamás se vengó por su quemadura. Luzia se preguntó si el nuevo respeto de los hombres se originaba en la pelea con Orejita o en la incursión nocturna en el barranco, como una especie de bruja. Lo más probable es que fuera porque el Halcón la hubiera considerado lo suficientemente valiosa como para salvarla. Él no le dirigía la palabra. Después del episodio del barranco, guardaba la distancia, y ya no le daba masajes en los pies ni le proporcionaba comida extra. Ya no bebía zumo de xique-xique, y le volvió la voz, grave y ronca.

Lentamente, cambió el matorral. Las lluvias cesaron, pero los truenos continuaron retumbando, sacudiendo el cielo con furia. Pasaron al lado de granjas arrendadas con campos de algodón en flor, y más tarde, cuando las flores se marchitaron, los capullos se abrieron con blancos filamentos. La caatinga pareció cubrirse con una vasta sábana blanca.

Las casas de las granjas arrendadas eran chozas de arcilla y ramas, habitadas por granjeros o vaqueiros. Algunas veces los hogares estaban vacíos, pero había signos de vida: brasas encendidas en los fogones, un perro flacucho atado a un árbol. Los residentes habían visto a los cangaceiros acercarse y se ocultaban en el matorral. Si las provisiones de comida eran escasas, el Halcón instruía a sus hombres para que tomaran lo necesario y se marcharan. Los cangaceiros desenganchaban trozos de carne ahumada de su lugar encima de las hogueras. Se apropiaban de bloques de melaza, harina de mandioca y frijoles. Algunas veces los arrendatarios tenían pequeñas huertas de maíz y melones al lado de sus casas. Los hombres arrancaban las mazorcas y las frutas de sus tallos. No dejaban pago alguno. Luzia se sentía muy mal al pensar en aquella comida robada, pero, como los cangaceiros, se la comía.

Algunos arrendatarios permanecían en sus hogares. Las mujeres usaban pañuelos viejos sobre la cabeza y cruzaban los brazos sobre sus vientres prominentes. Caminaban tambaleándose, reuniendo a sus numerosos niños, que corrían desnudos por sus jardines. Los niños tenían los vientres hinchados y los brazos raquíticos. Una sustancia viscosa se escurría de sus narices y caía sobre los labios superiores, y se la limpiaban con la lengua. Sus padres eran los últimos en aparecer. Venían de los campos, o del interior de las chozas. Algunos tenían la piel morena y no decían nada. Otros tenían una palidez amarillenta, y los ojos inyectados de sangre por la bebida. Todos estaban encorvados tras años y años de plantar y cosechar.

Luzia debió ocultarse cerca, en el matorral, junto con Ponta Fina, para no ser vista. Pero le gustaba observar a las mujeres. Parecía que habían transcurrido muchos años desde la última vez que había oído la voz de una mujer. Una vez, una de ellas la vio, pero se limitó a mirar sus pantalones, más sorprendida que otra cosa de ver a una mujer con esa prenda.

Los cangaceiros eran más amables con quienes se quedaban. No invadían sus hogares ni les robaban sus cosechas. En cambio, preguntaban si tenían comida para vender. Siempre había. El Halcón pagaba bien, ofrecía treinta reales por una pieza de queso que no habría costado más de tres. Pagaba por su lealtad, por su discreción. Muchos granjeros arrendatarios permitían que los cangaceiros permanecieran durante la noche en sus tierras.

Les informaban sobre dónde estaba ubicado el pueblo más cercano, o le contaban al Halcón si la Policía Militar o los capangas de un coronel habían pasado por allí los últimos días. Algunos granjeros rechazaban el pago; simplemente pedían la bendición y la protección del Halcón.

En todas sus correrías, Luzia no había visto ninguna iglesia. Una de las familias de arrendatarios admitió haber tenido que viajar tres días para asistir a la misa de Navidad. A Luzia no le agradaba cómo se arrodillaban, silenciosos y reverentes, ante el Halcón. Lo adoraban, pensó, porque eran ignorantes.

Cerraban los ojos. El Halcón posaba la mano sobre cada cabeza. Luzia se estremecía. La había tocado muchas veces, masajeándole los pies, ayudando a que se incorporara, obligándola a comer; pero siempre como tocando a un animal enfermo, con la debida habilidad y precaución por si acaso mordía. Cuando bendecía a estos granjeros, lo hacía con amor. Colocaba los dedos callosos sobre sus frentes, sus barbillas y sus mejillas hundidas. Luzia se tocó su propia mejilla y luego retiró la mano rápidamente.

Una mañana se acercaron a las afueras de una granja cuyo algodón ya había sido cosechado. Los cangaceiros decidieron esperar, ocultándose en el matorral. La puerta de la cerca de madera de la granja colgaba torcida, inclinándose hacia el camino como si estuviera intentando zafarse de sus bisagras. Una gruesa soga la cerraba. Más allá había una casa de ladrillo con tejas redondeadas de arcilla.

El Halcón y sus hombres amartillaron los rifles, sosteniéndolos al nivel de sus muslos. La sacudida del retroceso de sus Winchester podía dislocarles el hombro, le había explicado Ponta, y por ello se aseguraban de disparar a la altura de la cadera. La paciente espera era cosa habitual. Lo hacían antes de entrar en cualquier casa. Se sentaban durante horas en el matorral, observando la zona, contando los habitantes, analizando las huellas que entraban y salían de la propiedad, antes de allanarla.

—Es mejor ser pacientes y vivir —recordaba siempre el Halcón a sus hombres— que ser imprudentes y morir.

Cuando completaron su vigilancia, Medialuna se colocó dos dedos en la boca y soltó un silbido agudo.

Un viejo apareció en la puerta de entrada y silbó a su vez. Tenía el pelo gris y arrastraba los pies, dando pequeños pasos, como si le dolieran los huesos. Luzia intentó fijar la mirada en su rostro, pero lo veía borroso. Se frotó los ojos. Tía Sofía le había advertido acerca del peligro de bordar en la oscuridad. Cuando desató el portón, Luzia se sorprendió al ver que el hombre era más joven de lo que había imaginado: un padre en lugar de un abuelo. Dos arrugas profundas surcaban su cara desde los orificios de la nariz hasta los lados de la boca, como una muñeca de madera que había tenido de niña, cuyas mandíbulas se abrían y cerraban cuando tiraba de una palanca detrás de su espalda.

Cuando vio al Halcón, el hombre sonrió y se dirigió hacia él, alargando el paso más que antes. Los dos hombres se agarraron amistosamente de los hombros.

—Tu puerta está torcida —dijo el Halcón.

—Tuvimos mucha lluvia, alabado sea el Señor —dijo el hombre. Tenía un chichón abultado en mitad de la frente, con una costra reciente. Se pasó la mano por la cabeza, haciendo un gesto de dolor cuando su mano rozó la herida.

—Deberías hacer que tus muchachos la arreglaran —replicó el Halcón.

—Se marcharon; partieron hace seis meses. Encontraron trabajo como vaqueiros en Exu.

—¿También Tomás?

—No. —Señaló con el mentón hacia el horizonte—. Está pastoreando las cabras.

—¿Y Lía? —preguntó el Halcón—. Hasta hace poco, venía ella a abrirnos esta misma puerta. ¿Ahora obliga a su padre a hacerlo?

—Se ha vuelto tímida. Ya no es una niña —replicó el hombre, mirando fijamente la cuerda que tenía en sus manos. Miró a Luzia sorprendido—. Tienes algunas caras nuevas.

El Halcón asintió. El hombre dio un paso hacia Luzia.

—Eres de las altas —dijo, estirando la mano—. Francisco Louriano. Me llaman Seu Chico.

—Hemos venido a devolverte el acordeón —interrumpió el Halcón. Señaló el instrumento de madera, muy antiguo, atado a la espalda de Medialuna—. ¿Podemos entrar?

—No es lo que recuerdas. Mi casa no es lo que era. —Seu Chico exhaló un suspiro, y luego los condujo a la casa.

La fachada de ladrillo estaba agrietada y deteriorada, y en algunos lugares desgastada por las lluvias. Había varios agujeros en la fachada, y cada uno era pequeño y perfectamente redondo, del ancho del pulgar de Luzia. Cerca de la parte posterior había una sucesión de apriscos de cabras, cuyos postes eran altos y compactos. Los corrales estaban vacíos. Luzia oyó el distante sonido metálico de los cencerros. Observó la casa de nuevo. Una joven miraba a través de una de las ventanas. Su cara era delgada y morena. Tenía sombras oscuras debajo de los ojos. Se centraron en Luzia con intensidad y sorpresa, como un animal preparado para atacar o huir, dependiendo de la amenaza. Sin previo aviso, se metió adentro y desapareció.

Antes de entrar, el Halcón se quitó el polvo de las alpargatas. Los demás hombres lo imitaron. Baiano, Zalamero, Ponta Fina e Imperdible no entraron. Montaron guardia a los lados de la casa. Luzia fue la última en agacharse para entrar en la casa.

Había varias banquetas con fundas de cuero rotas. Algunas habían sido cosidas a toda prisa. Del resto, colgaban tiras de cuero. Había una mancha marrón sobre la pared. Varios nichos de madera estaban encajados perfectamente en las esquinas de la habitación. Uno tenía el retrato carbonizado de san Jorge. Los otros tenían fragmentos de arcilla de los santos: una cabeza envuelta en un velo, un brazo con pájaros en las yemas de los dedos, un par de pies rotos. Cada trozo roto tenía una vela al lado. Había un olor que Luzia no lograba identificar. En apariencia olía a humo de fogón, pero por debajo había un aroma acre y embriagador, como el olor que provenía de las calderas que el esposo de doña Chaves utilizaba para curar la piel de los animales, allá en Taquaritinga.

—¿Quién ha estado aquí? —preguntó el Halcón.

Seu Chico inclinó la cabeza. Un quejido sordo brotó de su garganta. Se tapó los ojos.

—Siéntate, amigo —dijo el Halcón mientras arrastraba un banco hacia Seu Chico.

El hombre agitó la mano como para ahuyentar a un bicho. Avanzó por un oscuro pasillo y trajo una silla, una silla de verdad, con respaldo de madera. Puso la silla delante del Halcón.

—Siéntate tú primero —dijo Seu Chico—. Por favor.

La cortina que tapaba la puerta de la cocina se abrió. La muchacha miró a hurtadillas desde detrás de la tela. No debía de ser mayor que Ponta Fina. Un haz de luz entraba por un resquicio de las tejas del techo, iluminando su pelo.

—Sucedió hace quince días —dijo Seu Chico—. Un grupo de hombres del coronel Machado (sus capangas) llegó de Fidalga. Tengo que venderle mi algodón a él. Salvo que... —Seu Chico tosió. Entrelazó sus dedos torcidos—. Lo que paga no es justo. Parte de mi cosecha se la vendí a un hombre de Campina. El coronel se enteró. Estos coroneles creen que la espalda de un hombre sólo sirve para limpiar sus cuchillos.

—¿Cuántos había? —preguntó el Halcón.

—Seis.

—¿A qué hora?

—Al anochecer. Tomás había salido a recoger las cabras. Sólo estábamos Lía y yo.

Seu Chico miró nerviosamente hacia la cocina. La cortina estaba cerrada, la muchacha se había ido. Carraspeó por la presencia de una flema, y luego escupió. Se quedó en silencio y pisó el escupitajo, para que lo absorbiera la tierra.

—Se llevaron mi antiguo fusil —prosiguió—. Fue mi padre quien me lo dio. Quemaron las camas; rompieron nuestros santos; dejaron sus excrementos en el depósito de agua. Estuvimos una semana limpiándolo con Tomás. Gracias a Dios, tuvimos agua este invierno. Si lo hubieran hecho en verano, habríamos muerto de sed.

—¿Y Lía? —preguntó el Halcón con un susurro.

El hombre se tocó la herida de la cabeza.

—Uno me pegó con la culata del rifle. Perdí el conocimiento. Aún me siento como si hubiera bebido demasiada branquinha. Cuando volví en mí, pensé que se habían ido. Busqué a Lía y no pude encontrarla. Luego los oí. Oí a aquellos capangas riéndose en el cuarto de atrás. Tenían la puerta cerrada. Oí que Lía estaba allí dentro, con ellos. Me llamaba y yo no podía entrar. Golpeé la puerta lo más fuerte que pude, pero no se movió. —Seu Chico se quedó mirando fijamente al Halcón durante largo rato—. Lía está atrás —dijo finalmente—. No quiere salir. Al menos mientras haya hombres. Ahora no puede estar en la misma habitación que su padre. Ojalá nos hubieran matado a ambos. —Seu Chico dejó caer la cabeza entre las manos.

Los cangaceiros guardaron silencio. El Halcón frunció el ceño. La comisura de sus labios tembló. El lado con la cicatriz permaneció plácido, impertérrito, salvo por el ojo lloroso, que se secó ligeramente con el pañuelo.

8

El pueblo de Fidalga estaba a medio día de marcha a pie desde la granja de Seu Chico, y pertenecía al coronel Floriano Machado. Había puesto ese nombre al pueblo en honor a su difunta madre, una portuguesa, y en la plaza central había colocado un busto de piedra de la mujer, con la mandíbula inferior hundida en un gesto de severidad y la mirada dirigida al este, como si contemplara su país. Luzia examinaba el busto cada vez que Ponta Fina y ella iban a Fidalga.

Antes de realizar sus viajes, Ponta se ató el pelo hacia atrás y se quitó todas las fundas de cuchillo, excepto una. Se vistió con pantalones y una camisa de arpillera que pertenecía a uno de los hijos de Seu Chico. Luzia se puso un vestido. Era holgado y corto. Seu Chico había conservado todos los vestidos de su esposa fallecida, pero la mujer era menuda y de estatura baja en comparación con Luzia, que tuvo que coser otra franja de tela alrededor del vuelo del vestido para que le cubriera las pantorrillas. Cuando lo usó por primera vez, Luzia echó de menos sus pantalones. Se sentía demasiado vulnerable con falda.

—Tú serás nuestros ojos —le dijo el Halcón antes del primer viaje al pueblo con Ponta.

Ponta Fina aún no tenía la típica melena hasta los hombros de los cangaceiros, detalle que delataba su identidad, pero sí tenía ya el pelo largo y la espalda encorvada. La gente del pueblo desconfiaría, desde luego, de un muchacho extraño de pelo largo, pero no desconfiaría de una mujer. Ni de un hermano y una hermana. Visitaron Fidalga tres veces, haciéndose pasar por viajeros huérfanos en busca de provisiones. Ponta siempre la llevaba del brazo, sujetándola con fuerza. La primera vez que recorrió los estrechos caminos de tierra de Fidalga, Luzia tuvo la sensación de que todo el pueblo la miraba. Observaban su brazo rígido, su vestido amplio, sus pies cubiertos de callos. En la segunda visita, Ponta y ella compraron carne seca y melaza. En la tercera ocasión ya eran conocidos; sus humildes miradas y el pago inmediato aflojaron las lenguas de los comerciantes.

La hacienda del coronel Machado se extendía hasta el horizonte, desde cualquiera de los lados del pueblo que se mirase. Ni siquiera a caballo podía un hombre cruzar todo su territorio en un solo día. Las primeras casas de Fidalga habían sido construidas por campesinos arrendatarios. Más adelante, el coronel erigió una pequeña capilla y permitió que instalaran tiendas, bares y un salón de baile, y permitió que hubiera una feria los sábados. Como en el caso de otros coroneles, el contrato de Machado era sencillo: la gente no pagaba ni un solo tostão por vivir en su tierra, pero a cambio le debían obediencia, y un porcentaje considerable del fruto de sus cosechas o de sus ventas, cualesquiera que fuesen éstas. Si no le gustaba el color de una casa, el coronel Machado ordenaba que la pintaran de nuevo. Si no le gustaba el aspecto de alguien, le pedía que se marchara. Y si se negaba o rompía el contrato de alguna manera, ya no era un asunto para resolver con el coronel, sino con su gente armada, los capangas.

Después de cada visita, Luzia y Ponta tomaban un camino intrincado para volver a la granja de Seu Chico. Cuando llegaban, se sentaban con el Halcón y describían Fidalga: la situación de su tienda principal, su prisión improvisada y la mansión del coronel, de color azul pálido, en las afueras del pueblo. Como la casa del coronel, sus capangas eran fáciles de identificar. Durante su segunda visita,

Luzia vio a un grupo de hombres sentados sobre bancos de madera, junto a la tienda más grande del pueblo. Llevaban sombreros redondos de vaqueiro con el ala corta y el cuero arqueado por efecto del sudor y la lluvia. Eran seis.

—Grandullona como un caballo —dijo señalando a Luzia el mayor de los capangas, un hombre de pecho amplio que tenía más de 40 años.

—¡E igual de hermosa! —dijo otro, riéndose por lo bajo. No debía de ser mayor que Ponta Fina.

Durante su visita también se enteraron de que el coronel Machado se había marchado a Pará para comprar ganado y estaría ausente durante dos meses.

—Me tiene sin cuidado —dijo el Halcón—. No necesito su permiso.

Después de eso, el Halcón dio por finalizados los viajes de reconocimiento. Cogió varios rollos de billetes de mil reales de su mochila —los suficientes para comprar una docena de máquinas de coser a pedal— y se marchó con cuatro de sus hombres. Se dirigieron al río San Francisco, a visitar a otro amigo ranchero de quien decía que era «un hombre de carácter».

Baiano se hizo cargo del grupo. Los restantes hombres acamparon en el matorral, al lado de la casa de Seu Chico, manteniéndose fuera de la vista. Racionaron el café y la melaza. Una vez por semana, Seu Chico sacrificaba una cabra y todos los sábados él y su hijo Tomás hacían un viaje a Fidalga para comprar harina de mandioca y carne seca. Sólo podían adquirir pequeñas cantidades, para no despertar sospechas. Luzia y Lía hacían queso con la leche de cabra y extraían raíz de macaxeira de la tierra, pero no era suficiente para alimentar a todos los hombres. Luzia sentía un dolor sordo y constante en el estómago. Los cangaceiros no se quejaban. Estaban acostumbrados a vivir con poca comida, pero la falta de actividad los volvió inquietos. Todas las noches Luzia oía sus discusiones cuando jugaban al dominó.

Dormía dentro de la casa, sobre el suelo, al lado de Lía. A menudo pensaba en Emília y en su cama compartida, pero Lía era muy diferente de su hermana. Se parecía más a una de las cabras de Seu Chico: cuello delgado y una larga cara oval con ojos saltones. Como las cabras, Lía tenía el temperamento dulce y tímido; saltaba ante el más mínimo ruido, y se escondía en la despensa cuando Ponta Fina o Baiano se acercaban a la casa. A pesar de su apariencia delicada, las cabras de Seu Chico eran criaturas fuertes e ingeniosas. Estaban empeñadas en sobrevivir en un terreno hostil, para lo cual consumían las plantas más duras, pelando la corteza de los árboles con los dientes y descubriendo el centro pulposo y suave de los troncos. Luzia advirtió la misma determinación en Lía. Cada mañana, la muchacha cogía cactus de palma con sus manos desnudas, lo cortaba en trozos y lo echaba en el comedero de las cabras. Agarraba a los cabritos recién nacidos por las patas traseras y lanzaba un chorro de mercromina en los ombligos sangrientos. Lo hacía tan eficiente e implacablemente que los cabritos no tenían tiempo para asustarse o zafarse.

Algunas noches, Lía lloraba en sueños. La primera vez que sucedió, Luzia intentó consolarla. La muchacha la ahuyentó a manotazos febriles y luego se hizo un ovillo, temblando en el aire frío de la madrugada. Luzia había oído los chismes de la gente de Fidalga sobre Lía. Era una pena, decían, que hubiera sido deshonrada. Lía habría sido una buena esposa. Pero después de la visita de los capangas, jamás podría casarse. Tendría que cuidar de su padre, y cuando muriera Seu Chico, estaría a merced del coronel Machado.

Luzia podría haber escapado un sinfín de veces. Podría haberse levantado de la cama improvisada y salir andando por la puerta sin que lo advirtieran los hombres. Los cangaceiros estaban apáticos, y por respeto a Seu Chico y Lía casi nunca se acercaban a la casa. Pero cada vez que Luzia pensaba en marcharse, sentía que los ojos grandes y asustados de Lía se posaban sobre ella, reteniéndola. Poco hablaban, pero todas las tardes se sentaban a la sombra y pelaban frijoles. Todas las noches cosían juntas, y Lía se asomaba por encima del hombro de Luzia para copiar sus puntadas.

Había algo más que la retenía, algo que Luzia no quería reconocer hasta que se sorprendió esperando oír las fuertes palmadas en la entrada de la granja, o un silbido, o la voz grave del Halcón anunciando su regreso. Una vez, había oído a los hombres ululando fuera y se tropezó con el cuenco de leche al correr a la ventana. Era sólo una celebración por la afortunada caza de tres ratas. Luzia limpió en silencio la leche de cabra que se había caído y se maldijo por semejante insensatez. Aun así, todas las tardes se apoyaba sobre los corrales de las cabras con Ponta Fina y hacía preguntas al muchacho. Quería saber con quién andaba el capitán cangaceiro.

—Te sorprendería saber quiénes son nuestros amigos. —Ponta sonreía. Respondía a sus preguntas con evasivas, lo cual irritaba a Luzia.

—Se llevó dinero —dijo Luzia—. ¿Qué tiene pensado comprar?

—El hecho de que lo haya llevado no significa que vaya a gastarlo. Nuestra protección vale más que el dinero.

—¿Protección?

—El capitán es un hombre de palabra —suspiró Ponta, irritado por su ignorancia—. Nadie quiere terminar sucumbiendo bajo su navaja.

Hablaba lentamente, como para que le fuera más fácil entender. Había hacendados, coroneles, hasta sargentos de la policía que comerciaban con el Halcón, enterrando municiones o comida u otras dádivas en lugares preestablecidos, donde los cangaceiros podían desenterrarlos más tarde. A cambio, el Halcón les pagaba con dinero o con la promesa de protegerlos de los coroneles rivales y de sus capangas. En el caso de la policía, algunos sargentos les habían pagado para fingir una refriega. Sus hazañas aparecían en los periódicos, se llevaban la gloria, pero realmente nadie resultaba herido.

—Tenemos tesoros ocultos en todo el estado —dijo Ponta. Su voz se volvió seria. Era un muchacho inquietante, pensó Luzia al ver su barba de varios días.

En su aprisco, las cabras balaban y se preparaban para pasar la noche. Dos machos cabríos se alzaron sobre los cuartos traseros y se embistieron. Sus cuernos chocaron.

—¿Cuándo volverá? —preguntó Luzia.

—¿Por qué quieres saberlo? —Ponta sonrió—. ¿Lo echas de menos?

—No deberías hablarle de ese modo a una muchacha. Es una falta de respeto. ¿Acaso nadie te lo ha enseñado?

—No —dijo Ponta con voz queda. Se miró los pies.

—¿Y tu padre? —preguntó Luzia, suavizando la voz—. ¿Tampoco él te lo enseñó?

—Está muerto —murmuró Ponta—. Lo mataron. —El chico dio una patada a la madera del corral de cabras—. Otro carnicero, un hijo de mala madre, le dijo a todo el mundo que mi padre pesaba mal la carne, que había trucado la balanza. Pero no lo había hecho. Yo estaba allí. No puedes dejar que un hombre diga esas cosas. Mi padre hizo lo que debía hacer para proteger su nombre. Sólo que no ganó. —Ponta miró a Luzia, y luego dio otra patada, más fuerte—. ¿Alguna vez has visto a alguien morir apuñalado?

Luzia asintió. Jamás había presenciado el acto en sí, pero había visto los resultados. Una vez, camino de la escuela con Emília, un muchacho se había acercado corriendo a ellas.

—Seu Zé, el carpintero, se está muriendo —gritó—. ¡Venid a verlo! —Cuando dieron la vuelta a la esquina, vieron el cuerpo de Seu Zé, cubierto con una sábana, desplomado en el suelo.

—No sientas lástima por mí —dijo Ponta Fina—. Después de que matara a mi padre, yo lo maté a él. Le robé sus cuchillos y me marché. El capitán no me aceptó al principio. Decía que yo era demasiado joven. Me dijo: «Éste es un callejón sin salida. Una vez que estás dentro, no puedes volver atrás». Pero yo no quería volver. Le mostré los cuchillos. Le dije lo que había hecho. Me dejó entrar. Dijo que un hombre que no se venga no es un hombre decente. Me gustó eso. Me llamó hombre, de entrada.

—Así que todos tus cuchillos pertenecían a...

—El cabrón que mató a mi padre —interrumpió Ponta—. Y esto... —desabrochó su chaqueta y le mostró un crucifijo de madera sobre una cuerda de cuero—..., esto era de mi padre.

Detrás del cerco, los cuernos de los machos cabríos se embistieron de nuevo, y ahora se trabaron. Los dos animales tiraron hacia atrás, desesperados, intentando soltarse. Ponta entró en el corral a toda prisa.

—¡Tenemos que separar a estas dos bestias! —gritó.

Pero Luzia no necesitaba que la azuzasen, ya estaba en el corral. Sabía que las cabras, como los hombres, son criaturas tercas. Sin ayuda, quedarían apresados y se morirían de hambre. O tirarían hasta arrancarse los cuernos de las cabezas y morir desangrados. De cualquiera de las dos maneras, Luzia sabía que no habría un ganador.

Las cabras fueron, precisamente, las primeras en advertir el regreso del Halcón. Ante la presencia de extraños, los animales caminaron en círculos y soltaron balidos graves y temblorosos que despertaron a Lía y Luzia. El Halcón y sus cuatro hombres, Chico Ataúd, Zalamero, Jurema y Presumido, llegaron con una mula. Las piernas y el vientre del animal estaban gravemente lacerados por las espinas del matorral. Varios bultos cubiertos de tela estaban atados sobre su lomo.

Esa noche, el Halcón dijo a Seu Chico que preparara un festín. El anciano y su hijo Tomás mataron tres cabras antes del amanecer. Lía y Luzia pasaron la mañana limpiando las entrañas para las ollas de entresijos, atizando el fogón y preparando frijoles. Lía era ingeniosa en la cocina, pero Luzia, no. Por mucho que se esforzara, terminaba calentando demasiado la comida, u olvidándose de revolver los frijoles, o cocinando las tripas hasta que se ponían gomosas y duras.

A la hora de la comida, Luzia permaneció con Lía. Observaron desde la ventana de la cocina mientras los hombres ocupaban sus lugares bajo la sombra de los árboles juazeiro de la granja de Seu Chico. Éste había sacado una mesa, banquetas y su silla con respaldo recto. Quienes no tenían un asiento se acomodaban con las piernas cruzadas sobre el suelo. No había suficientes recipientes o utensilios de madera para todos los hombres; los miembros más recientes de la banda esperarían hasta que los más antiguos terminaran de comer. La veteranía era un grado.

Antes de comenzar, el Halcón llamó a Luzia. Sacó su cristal de roca. Uno por uno, los hombres se arrodillaron. Luzia hizo lo mismo. El hijo de Seu Chico, Tomás, inclinó la cabeza delante del Halcón. En la parte interior de su chaqueta de vaqueiro, de cuero, el muchacho había prendido con un alfiler un mechón del cabello de Lía.

—Eres menudo y veloz —dijo el Halcón. Tomás sonrió—. Tu nombre será Beija-flor.

—Cierro mi aura —repitió Tomás cuando acabó la oración del *corpo fechado*, la letanía que el Halcón recitaba para librarles de la muerte.

Los hombres aplaudieron. Después, algunos ocuparon su lugar y comenzaron a comer. El resto se dedicó a sacar brillo a los cañones largos y delgados de sus rifles nuevos. Algunos de los hombres también recibieron pistolas de diseño cuadrado, con el cañón corto. La vieja mula había cargado municiones y armas, y los cangaceiros examinaron su nuevo equipo con gran bullicio. Aquellos que tenían rifles nuevos fanfarroneaban acerca de sus armas, mientras que los que no querían abandonar sus viejas armas las defendían. Luzia quedó rezagada cerca de los árboles de juazeiro. Las armas eran de metal oscuro y opaco, como la máquina de coser Singer. Observó que, al igual que la máquina, los rifles tenían mecanismos que emitían chasquidos. Y como sus puntos de bordado, cada arma tenía algo que la distinguía, y ventajas y desventajas que uno debía considerar antes de usarla.

Los hombres debatieron. Las nuevas pistolas alemanas Parabellum, que tenían el cargador dentro de la empuñadura, serían más fáciles de recargar que los viejos revólveres Colt con su recámara de tambor, para balas sueltas. Algunos no aceptaban las pistolas. Preferían los revólveres, porque, decían, los cargadores de las pistolas serían más difíciles de conseguir fuera de la capital. Y luego estaban los rifles: los viejos con cargador para pocos tiros tenían menos balas, pero cañones más cortos. No se calentaban en sus manos. Los nuevos, con cargador para mucha más munición, tenían largos cañones de metal. Tenían más balas, pero después de vaciarse, los hombres suponían que el cañón estaría al rojo vivo.

—Te quedarás sin manos —advirtió Zalamero. Vio que Luzia lo estaba mirando y le guiñó el ojo—. Será ella quien decida. ¿Cuál te parece mejor? ¿El de pocos tiros o el de muchos?

Los restantes hombres se rieron entre dientes. El Halcón se limpió la boca y esperó su respuesta.

—¿Nos dará una lección? —preguntó Orejita, sacudiendo la cabeza.

—No debería importar —dijo Luzia, hablando lentamente—. Las malas costureras...

—¡Una clase de costura! —interrumpió Medialuna.

Luzia alzó la voz por encima de la risa. Lamentaba haber respondido. Odiaba sus miradas insolentes, sus risas fanfarronas.

—Las malas costureras siempre hablan de sus máquinas. O de sus agujas. Las buenas tan sólo cosen. A mí me parece que con el rifle es lo mismo. Muchas o pocas balas, de eso hablan los que no saben apuntar.

El Halcón lanzó una carcajada larga y sonora. Lentamente, los demás hombres hicieron lo mismo, riendo y felicitando a Luzia por su astucia. Salvo Orejita, que probó un bocado de su comida, y escupió con repugnancia los frijoles.

—¡Están quemados! —Se limpió la boca con la manga de la chaqueta. Hizo una pausa y miró fijamente a Luzia—. Tráeme sal..., Gramola.

No había oído ese nombre en semanas. Creyó que lo habían olvidado, que había quedado enterrado en el matorral, como su vieja maleta de cuero. Antes de poder responder, habló el Halcón. Tenía la voz baja y persuasiva. La miraba a los ojos.

—Por favor —dijo—, trae la sal. Trae toda la lata de sal.

Orejita sonrió triunfante. Luzia caminó con rapidez hacia la cocina, sintiendo alivio de poder alejarse de los hombres. Las palabras de Orejita la habían desconcertado, pero la petición del Halcón la había herido. Él era el alma del grupo, su fundamento, su razón de existir. Los hombres se guiaban por lo que él decía, y en un instante la había transformado en su criada, en su recadera. Una persona destinada a recibir insultos y órdenes.

Luzia entró en la cocina, asustando a Lía. Cogió el bote de sal y se quedó cabizbaja, mirándose los pies. Tía Sofía siempre decía que la gente nacía con una cantidad fija de lágrimas. Algunos recibían más que otros. Luzia creía que ella había recibido una cantidad exigua, y que, en las últimas semanas, había gastado la pequeña cantidad de lágrimas que le había sido asignada para toda la vida. Pero ahora sintió que le picaban los ojos. Tenía las mejillas encendidas. Salió al exterior, con cuidado de no levantar la cabeza, y dejó el bote de sal con brusquedad sobre la mesa. Luego se alejó.

—Espera —dijo el Halcón—. No te vayas.

Luzia siguió caminando. No sería su sirvienta. No tendería dócilmente las manos como una criada para llevar el salero de vuelta a la cocina.

—Luzia —dijo otra vez, ahora con tono severo.

Ella se paró en seco.

—Dame tu plato —dijo el Halcón a Orejita. El cangaceiro sonrió y obedeció. El Halcón cogió el bote de sal con ambas manos. Lo volcó. Un enorme montón de blanca sal cayó dentro del plato y cubrió los frijoles y la harina de mandioca.

—Has pedido sal —dijo el Halcón—. Ahora te la comes. Y la próxima vez, acuérdate de tus modales.

10

Después de comer, los hombres durmieron la siesta tranquilamente en el matorral. Orejita, con los labios blancos y agrietados, se sentó debajo de un árbol y bebió una taza de agua tras otra. Lentamente, las cabras volvieron de pastar. Luzia ayudó a Lía a ordeñar a las madres, cuyas ubres estaban hinchadas y cubiertas de llagas. Después, mientras Lía daba de comer a los animales, Luzia se dedicó a verter la leche, filtrándola a través de una fina tela, dentro de una olla de hierro. Sostuvo el balde en el brazo rígido e intentó verter el líquido con el otro. El cubo era pesado, y su asa estaba resbaladiza por la leche. Algo se movió en la puerta, pero Luzia no podía apartar la mirada de su tarea. Olió una mezcla de sudor y brillantina.

—¿Necesitas ayuda?

—No. —Su brazo rígido tembló. La leche se derramó y salpicó el suelo.

El Halcón se colocó a su lado y sujetó el balde. Hacía calor al lado del fogón. La leche empezó a caer lentamente.

La tela que hacía de filtro se llenó de pelos, grumos y otras impurezas. Cuando terminaron, Luzia apartó el trapo y levantó la olla para colocarla en la cocina.

—Lía se ha encariñado mucho contigo —dijo el Halcón—. Le resultará muy triste verte partir.

—Lo que la apena es ver partir a su hermano —dijo Luzia—. Le entristece esa pérdida en su hogar. O mejor dicho, perder su hogar.

Después de la comida, había sorprendido a Lía llorando en la despensa. Tomás se marcharía con los cangaceiros al día siguiente, para cobrarse su venganza en Fidalga. Lía y Seu Chico tendrían que vender las cabras y marcharse. Se mudarían a Exu, donde trabajaban sus demás hermanos.

—No estarían a salvo aquí —dijo el Halcón—. Su familia sufrió una deshonra. El hermano lavará esa mancha.

—La deshonra no es de él —dijo Luzia de repente, con furia—. Es de ella. Lía debería poder hacer lo que desee. Quiere permanecer aquí. Tienen un hogar, y animales. Tienen una vida tranquila, una vida apacible, con mancha o sin mancha.

—Tú eres una chica de las alturas —dijo riendo socarronamente el Halcón—. Tienes mentalidad montañesa.

—¿Y eso qué quiere decir?

—Te criaste en una montaña. Y cuando miras hacia abajo desde una montaña, como la que hay en Taquaritinga, todo lo que está debajo parece lejano y hermoso, como en una foto, aun cuando esté en ruinas o pudriéndose. Cuando vives aquí abajo, en la caatinga, es diferente. Ves el mundo como realmente es. Somos diferentes, los de arriba y los de la caatinga.

Luzia atizó el fuego con más leña. Emília solía catalogar a la gente así: los del norte frente a los del sur, la gente de la ciudad frente a la de tierra adentro. Los de la montaña y los del llano. Luzia no le veía ningún sentido.

—Entonces, ¿eres un hombre de la caatinga? —le preguntó.

—Así es.

—Por eso defiendes estas cosas. La gente siempre defiende lo que conoce.

—No toda la gente. Algunas personas buscan huir de lo que conocen. —El Halcón sonrió—. ¿Sabes una cosa? —prosiguió, con la mano apoyada peligrosamente cerca de los rescoldos encendidos de la cocina—. Cocinas muy mal.

Luzia miró fijamente su piel, su cicatriz blanca, sus labios carnosos y torcidos.

—Entonces, ¿por qué te has tragado la comida? —preguntó—. No estabas obligado a hacerlo.

Cogió un abanico de paja que estaba al lado de la cocina y lo movió rápidamente de arriba abajo con el brazo sano. Él era la persona más frustrante que había conocido en su vida... Tan temperamental como una vaca brava, que en un momento dado lo seguía a uno y al siguiente lo embestía. El fuego de la cocina cobró fuerza y echó humo. Luzia tosió y batió el abanico más rápidamente.

El Halcón le agarró la muñeca con fuerza. Luzia tuvo que dejar de abanicar. Lo miró.

—Quiero que te muestren respeto. Que te sean fieles —dijo.

—No son perros —dijo—. No puedes obligarlos.

—No —dijo sonriendo—. Pero puedo obligarlos a comer lo que cocines.

Sus dedos se aflojaron alrededor de la muñeca, pero no la soltó. Tenía la mano tibia; la piel, áspera. Luzia se apartó.

11

Salieron de la granja de Seu Chico en mitad de la noche, antes de que el campanero herrero emergiera de su nido que colgaba de la copa de los árboles, antes de que las cabras se abalanzaran sobre la reja del corral y balaran para que las dejaran ir a pastar. Lía se colocó tras la ventana de la cocina con una vela en las manos. La noche era fría y no había luna. Cuando Luzia miró atrás, vio a la muchacha contra el fondo oscuro de la casa de campo, con el rostro luminoso e inmutable. Parecía la imagen de una santa.

Luzia no durmió esa noche, nerviosa por la incursión. Los hombres estaban animados y concentrados. Habían instruido a Tomás, que ahora era llamado Beija-flor, en el arte de apuntar y disparar. Horas después, cuando llegaron a las afueras de Fidalga, el grupo se dividió.

—No hay que malgastar municiones —susurró el Halcón a los hombres antes de que partieran—. Estad atentos, con los rifles apuntados. Cuando acabemos, podremos descansar. Respetad a las familias. Respetad a la gente decente. Si una muchacha quiere liarse con vosotros —dijo, echando un vistazo a Zalamero—, aseguraos de que no sea demasiado joven. Y no paguéis demasiado a las furcias.

Sus instrucciones la sorprendieron. Luzia esperaba que hablase de balas y pistolas. Pero «furcias» era una palabra sórdida. Desde que se marchó de Taquaritinga, Luzia sentía una extraña afinidad con esas mujeres. Jamás había conocido a ninguna, pero imaginó que debajo del colorete y la pintura que usaban en los labios, eran muchachas sencillas. Que el Halcón las mencionase la hacía dudar de las intenciones de la incursión en Fidalga. La excitación tomaba un cariz diferente. Luzia había escuchado a los hombres por las noches, después de instalar el campamento, fanfarroneando sobre las mujeres que se les ofrecían. Sólo los soldados y los pervertidos las tomaban a la fuerza: los cangaceiros del Halcón se enorgullecían de esta diferencia. Luzia se preguntó si la razia estaba destinada realmente a vengar a Lía o a montar un espectáculo para las jóvenes de Fidalga. «Los hombres tienen sus necesidades», solía advertir tía Sofía. «Necesidades» era la palabra que empleaba. Y ése era el motivo por el cual los hombres debían ser evitados a toda costa, pontificaba tía Sofía, porque son como machos cabríos: criaturas feroces, impredecibles, que no se calman hasta satisfacer esos deseos. Antes de que Luzia pudiera repasar mentalmente las instrucciones del Halcón, Ponta Fina le cogió el brazo.

—Vamos —dijo abruptamente.

Le habían ordenado que no la perdiese de vista. Baiano condujo a la mitad de los cangaceiros al este, mientras el Halcón llevaba a la otra mitad al oeste. Ponta y ella entraron silenciosamente en Fidalga y se ocultaron en el portal oscuro de una tienda, frente a la plaza del pueblo. Luzia se agachó para que su cabeza no chocara con el grueso marco. Las puertas de la tienda estaban bien cerradas. Al otro lado de la plaza, un farol parpadeaba en una ventana. Luzia percibió el olor de fuego recién encendido. Cintas oscuras de humo salían de los techos de paja del pueblo. La mayoría de las casas era de arcilla; se levantaban, ruinosas y torcidas, alrededor de la plaza, como apoyándose unas sobre otras. En la distancia, Luzia oyó varios disparos. Sonaron uno tras otro, como los fuegos artificiales de San Juan. En la ventana, al otro lado de la plaza, el farol se apagó bruscamente.

A lo largo de la calle principal de Fidalga aparecieron sombras. Uno por uno, emergieron los cangaceiros, empujando a los capangas del coronel Machado delante de ellos.

Baiano, Branco y Cajú traían al primer grupo de hombres. Dos de ellos llevaban pijamas arrugados; al tercero le habían disparado en el hombro. Le corría la sangre sobre la pechera de la camisa, y tenía manchas en los pantalones. Orejita, Zalamero y Medialuna llevaron a dos peones más a la plaza. Vestían chalecos de cuero manchados y tenían los ojos entrecerrados. Imperdible, Presumido y Tatu entraron con el último capanga, el más joven de todos. Se sujetaba como podía la larga ropa interior. Dos mujeres con los rostros pintarrajeados y labios rojos entraron suplicando detrás de él. Una procesión con las demás mujeres de los capangas, madres, hijas, esposas, se acurrucaba fuera del límite de la plaza, con los chales acomodados a toda prisa sobre los camisones, casi todas con el pelo recogido desordenadamente sobre la cabeza.

Salió el sol. Las casas de arcilla de Fidalga se tiñeron de color naranja. En el matorral, Luzia oyó a los pájaros gorjeando alegremente, ajenos a los sucesos que tenían lugar en el pueblo. El Halcón y dos cangaceiros más aparecieron escoltando a un joven que Luzia no reconoció. Llevaba una bata de lino sobre un pijama rayado. Su rostro estaba blanco como la cera de una vela.

—Es el hijo del coronel Machado —susurró Ponta Fina.

El Halcón ordenó a los seis capangas y a su prisionero bien vestido que se arrodillaran al lado del busto de piedra de doña Fidalga.

—Buenos días —gritó, dirigiéndose a las casas tapiadas y puertas cerradas, y no a los hombres que ya estaban de rodillas. Entornaba el ojo sano a la luz del sol de la mañana. El ojo del lado cicatrizado permaneció abierto. Se lo tapó con el pañuelo.

—Soy el capitán Antonio Teixeira —anunció—. Tenemos asuntos pendientes con estos hombres. Con nadie más.

Ordenó que los cautivos se pusieran de pie. Baiano azuzó a cada uno con la culata de su Winchester. Tomás se plantó delante de ellos. Apuntó su pistola nueva con ambas manos. Luzia vio el temblor de sus muñecas.

—Quitaos la ropa —ordenó el Halcón.

Lentamente, los capangas se quitaron las camisas de dormir, los chalecos de cuero, la ropa interior larga. El pálido joven se quitó la bata y lentamente se despojó también del pijama. El hombre herido se encorvaba ligeramente, sujetándose el hombro. Su camisa empapada de sangre cayó al suelo. Parecía tener señales en el pecho. Tenía un reguero de sangre seca sobre el estómago y en la parte interior de los muslos. El pálido hijo del coronel Machado se tapó la cara con las manos, pero el resto de los hombres se irguió, altivos, con las cabezas en alto y las piernas firmes, como si estuvieran esperando una revista, una inspección.

Luzia no se escandalizó ante la desnudez de los hombres. Había visto todo tipo de cuerpos cuando tomaba medidas a los muertos, pero estos hombres estaban vivos, con las caras sudorosas, los miembros sueltos, no rígidos. Le recordaban al escarabajo de la cebolla, que invadía la casa de tía Sofía todos los veranos. Al ser atrapados y puestos boca arriba, los bichos giraban indefensos sobre su espalda, dejando a la vista unas patas flacuchas y un vientre pálido.

A su lado, Ponta Fina se rió. Alrededor de la plaza, todos los postigos de las ventanas permanecían cerrados. Había oído que el coronel Machado no permitía que sus arrendatarios portaran armas. Aun así, los cangaceiros tomaron precauciones: Chico Ataúd y Sabiá se agazaparon detrás de los paquetes de pienso y apuntaron sus pistolas nuevas. Jacaré se puso de cuclillas cerca de un árbol de tronco nudoso. Jurema y Coral, con las armas amartilladas y listas para disparar, se ocultaron en los portales.

Otro grupo caminaba por la calle. Luzia entornó los ojos y distinguió a Inteligente, cuya sombra larga y delgada cruzaba el suelo; escoltaba a tres hombres más hacia la plaza. Canjica los siguió. A diferencia de a los capangas, a estos nuevos prisioneros se les había permitido cambiarse de ropa. Llevaban pantalones arrugados y toscas túnicas de arpillera. Uno de los hombres acunaba un acordeón de madera. Otro llevaba un cencerro. El tercero, un triángulo.

—¡Habrá una quadrilha*! —gritó el Halcón, y luego se dirigió a los capangas desnudos—: Espero que les gusten las quadrilhas.

Al otro lado de la plaza, un postigo se abrió; luego, otro.

El Halcón saludó a los músicos, dándoles palmadas en la espalda. Los hombres se aferraron a sus instrumentos. Mantuvieron las cabezas gachas, mirándose los pies. El Halcón esbozó una sonrisa tan amplia que hasta el lado cicatrizado de su boca se levantó ligeramente. El lado rígido parecía irónico, como si acabara de compartir un chiste socarrón, mientras que el lado vital se estiraba salvajemente, mostrando los dientes y agrandando el ojo.

---

* Baile típico, parte de las celebraciones en honor a San Juan. (*N. del T.*)

—Tocad —ordenó.

El primer músico sacudió nerviosamente su cencerro. El acordeonista siguió el ritmo de la campana, abriendo de un tirón las asas del instrumento y volviendo a cerrarlas rápidamente. El acordeón soltó una serie de jadeos espasmódicos y desvariados. El músico del triángulo se apresuró a seguirles el compás.

—Más lento —ordenó el Halcón, y luego se dirigió a los prisioneros desnudos—: A danzar, a dar vueltas. Haced la ronda.

Luzia jamás había sido aficionada a las quadrilhas. Desde pequeña odiaba tener que elegir a un compañero y seguir la voz de mando que orientaba a los bailarines para la secuencia de los pasos. Nunca pudo realizar los giros y vueltas a la velocidad que marcaba el maestro de ceremonias.

—¡Girad en círculo! —gritó el Halcón.

Los hombres desnudos inclinaron las cabezas. Arrastraron los pies lentamente, girando en círculo alrededor de la estatua de doña Fidalga. El busto de piedra parecía observarlos, con su mandíbula retraída en un gesto duro, como de reproche. Con las manos libres, los cangaceiros se daban palmadas en los muslos al son de la música.

—Haced reverencias al compañero —dijo el Halcón.

Los capangas se inclinaron, rígidos, unos frente a otros.

—¡De la mano! —gritó el Halcón.

Los hombres se buscaron torpemente las manos. El hijo del coronel dudó, porque no quería descubrirse la cara, que aún se tapaba. Zalamero le dio un latigazo con su fusta tachonada de plata. El azote dejó un verdugón rojo sobre los pálidos muslos del hombre. Se estremeció, y luego tomó rápidamente la mano de un capanga. Los hombres desnudos levantaron los brazos arriba y los bajaron sin entusiasmo. El Halcón le hizo un gesto a Baiano con la cabeza.

—Balancê —dijo Baiano, arrastrando las palabras.

Los hombres se soltaron las manos y tropezaron entre ellos, eligiendo pareja. Se cogieron con recelo. El hijo del coronel se quedó solo. Caminaba arrastrando los pies de adelante hacia atrás, sin pareja.

Uno por uno, los cangaceiros fueron dando la voz de mando de los pasos, y los demás tuvieron que girar, hacer una reverencia e inclinar la cabeza. Se oyeron risas procedentes de una ventana abierta. Algunos pobladores observaron desde sus umbrales. Otros habían perdido el miedo inicial y estaban en la calle, aplaudiendo.

El sol de la mañana había invadido el portal donde estaba Luzia, y le calentó la cara. Pero por dentro sintió un escalofrío, como si estuviera bebiendo un vaso de agua y notara cómo entraba en sus entrañas, estimulante y fría. Sintió la inquietante satisfacción de saber que aquellos hombres estaban siendo intimidados, espoleados y humillados, padeciendo lo mismo que ellos habían hecho padecer a Lía.

—Un pulgar en la boca —gritó Orejita—. ¡El otro en el culo!

Los hombres desnudos hicieron lo que se les ordenaba.

—¡Cambio de dedo! —vociferó Medialuna. Los cangaceiros estallaron en carcajadas.

El estómago de Luzia se contrajo. Cerró los ojos.

—Alto —dijo el Halcón—. Dejad de tocar.

Los músicos guardaron silencio. El acordeón se detuvo con un resuello chillón. Luzia abrió los ojos. El rostro del Halcón había cambiado, la sonrisa había desaparecido. Sus mejillas estaban sonrojadas salvo en la zona de la cicatriz, que seguía blanca y escabrosa, como un hueso que sobresale de la piel. Desenvainó el puñal.

—Arrodillaos —dijo.

La hoja de aquel cuchillo era tan larga como el cañón del fusil. Emitía destellos de luz a ambos lados de la interminable hoja. El Halcón se colocó detrás del primer capanga arrodillado. Guió a Tomás detrás del segundo.

—¿Conoces el nombre de tu madre? —preguntó el Halcón al hombre que estaba en el suelo, delante de él. Luzia lo reconoció: era el capanga mayor de pelo oscuro que la había comparado con un caballo. Estaba empapado de sudor. Su mirada era feroz.

—¡María Aparecida da Silva! —gritó el hombre.

—¿Conoces el nombre de tu padre? —preguntó el Halcón.

—Vete al diablo.

El Halcón flexionó los codos. Levantó el puñal. El cuchillo era como una larga aguja. Luzia recordó las lecciones de Ponta Fina respecto del cuchillo: aplicado en el lugar preciso, el puñal podía perforar el cuerpo de un lado a otro, atravesando el corazón, los pulmones y el estómago. Había un hoyo en la base del cuello del capanga, una cavidad natural entre la clavícula y el hombro. El Halcón presionó allí con la punta de su puñal.

—¿Para quién trabajas? —preguntó.

—Trabajo para el coronel Machado —replicó el capanga—. Un hombre de verdad, no como tú, ¡cangaceiro vagabundo!

El Halcón sonrió. Mantuvo los brazos rígidos, el cuchillo perfectamente quieto.

—¿Sabes por qué se te juzga? —preguntó.

—¡Sólo Dios podrá juzgarme! —gritó el capanga.

El Halcón enderezó los brazos. La hoja penetró en el hoyo del hombro, y luego desapareció. Un chorro delgado y oscuro se disparó hacia arriba y manchó los puños del Halcón. Éste soltó un largo suspiro, y luego se inclinó hacia delante, como si estuviera susurrando algo al oído del capanga. El hombre abrió los ojos desmesuradamente. Se tambaleó, y luego se desplomó hacia delante. Con suavidad, el Halcón sacó el puñal y se lo entregó a Tomás.

El proceso se repitió con el siguiente hombre, salvo que el hijo de Seu Chico hizo las preguntas con la voz temblorosa. El Halcón se colocó a su lado, animándolo a proceder más lentamente. El muchacho tanteó buscando el hoyo entre la clavícula y el hombro, y luego sujetó el puñal con firmeza. Un instante antes de inclinarse hacia delante, Tomás se estremeció. El puñal se desplazó del lugar adecuado. A mitad de camino, se atascó. El capanga lanzó un gemido. Tomás tiró del puñal. Ponta Fina corrió desde el umbral y le entregó al hijo de Seu Chico otro cuchillo de hoja gruesa, el mismo que usaba para cortar de un tajo la cabeza a las cabras y las lagartijas del matorral. Tomás, con el rostro perlado por el sudor, cogió el cuchillo nuevo y lo dirigió al cuello de la víctima. Luzia se tapó los ojos. Sintió el frescor del marco de arcilla de la puerta. Se desplomó contra él. Se oyó un golpe, como el ruido sordo que se escucha al cortar una calabaza por la mitad, y luego silencio. Luzia oyó una convulsión y ruido de líquido que se vertía. Se quitó las manos de la cara. El hijo del coronel Machado había vomitado. Tomás había vuelto a fallar y el capanga, ante él, seguía vivo, tambaleándose sobre las rodillas. Los ojos del hombre estaban vidriosos y la boca le temblaba; un hilo de saliva corría por su barbilla. Había un tajo profundo donde lo alcanzó el golpe impreciso de Tomás. Un pulmón, rosado y brillante, se asomó, hinchado, a través de la herida. El Halcón parecía irritado.

—Jamás cierres los ojos cuando apuntes —dijo a Tomás—. Es peor.

Cogió el puñal y se inclinó sobre el hombre herido. En manos del Halcón, el cuchillo penetró rápida y fácilmente. El capanga cayó hacia delante. Mientras se dirigían al siguiente hombre, el rostro del Halcón permanecía impasible. Dio unos pequeños golpecitos a su gran cartuchera. Le dijo a Tomás que se apresurase, que fuera eficiente.

El comadreo de Taquaritinga decía que el Halcón gozaba viendo sangre, que le encantaba. Pero Luzia no creía que fuese la sangre. Había despiezado cabras, gallinas y lagartijas teú; sabía lo fácil que era romper un cuello, cortar un miembro, hacer un tajo en el vientre; y lo tedioso que resultaba. La sangre era lo último, casi lo de menos. Aparecía después de que sucedía todo lo importante. Recordó el rostro del Halcón cuando tocaba la quadrilha y durante el interrogatorio, su ebria locura, su sonrisa maníaca. Disfrutaba de la humillación y de su propia capacidad de brindar un espectáculo. Todo el mundo gozó..., hasta Luzia. ¿Acaso no había sentido emoción cuando ordenó que se desnudaran, se inclinaran y se arrodillaran? ¿No contuvo el aliento cuando blandió el puñal y suave y rápidamente lo deslizó en sus cuellos?

Luzia sintió un nudo en el estómago. El pulmón del segundo hombre se había desinflado, y había desaparecido dentro de la terrible herida. Los restantes hombres estaban desplomados sobre el suelo, como sacos de harina. La saliva de Luzia se volvió espesa y tibia. Se agachó y huyó corriendo del portal.

12

Detrás de la plaza había un camino de tierra bordeado por más casas de arcilla. Las gallinas picoteaban con calma el suelo, indiferentes a los sucesos de la plaza. Luzia tropezó; su cuerpo pareció desplazarse con independencia de la mente. Las gallinas se dispersaron.

Llamó a una puerta cercana. Dentro oyó pasos que se arrastraban y voces bajas, pero nadie abrió. Golpeó la puerta inútilmente y luego corrió a otra, y a la siguiente. Al final de la hilera de casas, vio la puerta trasera de la capilla de Fidalga. Era una pequeña entrada bloqueada por una verja de hierro forjado. Luzia metió las manos a través de las volutas de hierro. Sacudió las verjas. Un hombrecito se asomó detrás de la puerta de la capilla. Llevaba una túnica marrón y tenía la tonsura de los frailes.

—¿Quién eres? —preguntó el monje. Sus ojos recorrieron su rostro, su morral, sus vasijas de agua, y finalmente se detuvo en lo más chocante, los pantalones—. Tú estás con esos hombres.

—Por favor —susurró Luzia, temiendo gritar—, escóndame.

—Tú eres su prostituta —replicó el monje—. Saquearás la capilla.

Luzia sacudió la verja con toda su fuerza. Los goznes crujieron. Los ojos del monje se agrandaron. Tanteó la puerta de la capilla y la cerró con fuerza.

Luzia se apoyó en la verja. En ese momento, su cuerpo era demasiado pesado para las piernas.

Los hombres abatidos en la plaza le recordaron al muñeco de Judas. Cada Semana Santa, las mujeres de Taquaritinga confeccionaban un muñeco de trapo del tamaño de un hombre y lo rellenaban con hierbas. Doña Conceição donaba un par de pantalones rotos y una camisa vieja. Algunos hombres le fabricaban un sombrero de paja trenzada. Colgaban el muñeco terminado en la plaza del pueblo. El domingo de Pascua, todos los niños reunían palos y piedras. Le pegaban al muñeco Judas hasta que se desplomaba y caía de su arnés. Una vez en el suelo, le seguían pegando. Le escupían y lo pateaban. Los adultos se reían. De niña, a Luzia le encantaba pegarle al muñeco. Se ponía detrás de la turba de niños. Usaba su brazo sano y le pegaba al muñeco hasta que le dolían los músculos. Le proporcionaba placer sentir el crujido de los palos perforando la piel de trapo del muñeco. El acre olor de sus vísceras de césped hecho jirones la excitaba. Ahora, pensar en ello le provocó náuseas.

Luzia apoyó la frente en la verja de la capilla. El aire de la mañana se había vuelto caliente y seco. El calor había acallado a los pájaros del matorral y había despertado a las cigarras. Su agudo zumbido resonó en sus oídos. Debajo del canto de las cigarras oyó el crujido de la grava en el camino, y una serie de soplidos rápidos y entrecortados. Luzia sintió que le tiraban del brazo. Ponta Fina estaba al lado de ella, exhausto.

—¿Dónde estabas? —preguntó.

Antes de que pudiera responder, tiró de su brazo rígido, para arrastrarla. Luzia se resistió. Se lo quitó de encima y se puso a andar. Caminó rápidamente, sin saber adónde iría, pero queriendo apartarse de él, de la plaza, de aquel pueblo.

—¡Espera! —gritó Ponta. Corrió a su lado para seguirle el paso. Desenvainó uno de sus cuchillos. Era un pajeuzeira de punta roma. Luzia se detuvo.

—Si te vas, dirá que ha sido por mi culpa —dijo Ponta, con la voz quebrada—. Me echará la culpa a mí.

Tenía la línea del mentón cuadrada, pero sus mejillas seguían siendo redondas y rollizas, como las de un niño. Había una mancha en su mejilla izquierda, cerca de la nariz. Era de color oscuro, del color de la canela, o de la salsa de sangre de pollo que tía Sofía solía echar sobre la sémola. La mancha estaba seca y agrietada. Luzia tomó un pañuelo de su morral. Lo apretó contra la boca de su cantimplora de agua y le limpió la cara.

13

No hirieron al hijo del coronel Machado. En cambio, el pálido joven pasó el largo día soleado atado al busto de piedra de su abuela.

Los cuerpos de los capangas fueron retirados de la plaza y amontonados en el porche del coronel Machado. Yacían cara a cara, y sus dientes se apretaban dibujando extrañas sonrisas. Desde los dos huecos oscuros donde habían estado sus ojos corrían líneas secas, como si hubieran derramado lágrimas de sangre.

Tomás hurgó entre la vestimenta y las pertenencias de los capangas. Se quedó con una pistola, un sombrero de cuero, un crucifijo y un pañuelo. Todo lo demás fue quemado. El Halcón golpeó las puertas de la capilla de Fidalga hasta que el fraile tembloroso las abrió e invitó a todos, a los cangaceiros y la gente del pueblo, a entrar.

Más tarde, Ponta Fina fue de puerta en puerta, solicitando la presencia de la gente del pueblo en la plaza para una celebración. Como la mayoría de las peticiones de los cangaceiros, era una orden más que una invitación. Las únicas que no se esperaba que fueran eran las mujeres de los capangas, que se cubrieron la cabeza con pañuelos negros y se congregaron cerca de la casa del coronel, para llorar a sus muertos. Se arrodillaron al otro lado de la verja, y rezaron por las almas de sus hombres.

No se les permitía enterrar los cadáveres, ya que serían una ofrenda para el coronel Machado cuando volviera de Pará. Sin entierro, las almas no descansarían; deambularían sin rumbo fijo. El Halcón ató trapos blancos a cada una de las piernas de los cadáveres, para que las almas no lo persiguieran, ni a él ni a sus hombres.

Aquella noche sopló un aire fresco, pero el fuego los calentó. Baiano e Inteligente habían destazado los mejores lechazos del coronel Machado, y Canjica hizo un enorme fuego sobre el cual asó la carne, ensartada en gruesos palos. Las mujeres del pueblo prepararon mazorcas de maíz a la parrilla. Un grupo de hombres fumaba gruesos cigarrillos. Los tres músicos estaban sentados cerca del fuego y tocaban a petición de los cangaceiros. A sus pies brillaban monedas. Por encima del lamento del acordeón, Luzia oyó los feroces gruñidos de perros salvajes en la distancia, que se daban un festín en la casa del coronel Machado. También oía, de cuando en cuando, oraciones en voz alta e incesantes que provenían de la misma dirección. «Dios te salve, María, llena eres de gracia, el Señor es contigo». Luego el cencerro se agitó sonoramente y el triángulo hizo su ruido metálico, y las oraciones volvieron a quedar ahogadas.

Luzia estaba sentada sobre un taburete bajo, alejada del fuego y de la celebración. Presumido le había llevado una mazorca de maíz a la parrilla, pero no podía comerla. Todo tenía un gusto acre. Un fuerte olor a perfume flotó ligeramente entre el humo. Ante la posibilidad de bailar con las muchachas locales, los cangaceiros habían comprado una caja de colonia Dirce y se habían echado un frasco tras otro sobre sus cabezas. Varios de los cangaceiros guiaron a las muchachas alrededor del fuego. Guardaron una distancia respetuosa con sus tímidas parejas. Baiano bailaba con tranquilidad, moviéndose a un ritmo más lento que la música. Jacaré mantenía la cabeza erguida y sonreía, exhibiendo sus blancos dientes. Zalamero era el mejor bailarín, sus pies y sus caderas giraban suavemente, como si estuvieran engrasados. Cajú hacía girar torpemente a su pareja. Y Ponta Fina se miraba las sandalias, concentrado en no pisar los pies de su compañera. La mitad del grupo, con la venia del Halcón, había optado por no asistir a la fiesta. En cambio, habían seguido a las mujeres pintarrajeadas que habían visto aquella mañana hasta el lugar donde realizaban su lucrativo negocio. Luzia oyó risas chillonas. Cerca de ella, un grupo de niños se acurrucaba sobre el suelo y fabricaba globos de fuego. Antes de la celebración, el Halcón había comprado una resma de papel de colores y un kilo de goma de mandioca sin refinar. Los niños hicieron una pasta con el almidón y metieron los dedos en la mezcla espesa y blanca. Con ella, pegaron el papel a un esqueleto de palillos. Uno de ellos le pegó un bigote de papel a la estatua de doña Fidalga.

El hijo del coronel Machado había sido desatado de la estatua y encerrado en los establos de su padre, para que no arruinara la fiesta. Detrás de ella, Luzia oyó a un grupo de muchachas locales que afirmaban lo agradable que era tener una fiesta sin el permiso del coronel, sin que sus capangas merodearan y les echaran a perder la diversión a todos. El mismo grupo de muchachas le había entregado al Halcón ofrendas de pan y panqueques de mandioca. Se habían lavado la cabeza y lucían sus mejores vestidos. Permanecieron cerca de él, cogiéndole la mano y pidiéndole su bendición. Allá en Taquaritinga abundaban este tipo de muchachas, equivocadamente convencidas de que los cangaceiros eran almas románticas y esforzadas, deslumbradas por los pañuelos de seda de los hombres, y también por sus colecciones de anillos de oro.

Luzia se alisó las arrugas de los pantalones. Se tocó nerviosamente la trenza. Nadie le habló. Un grupo de mujeres se había acercado tímidamente, ofreciendo panqueques de mandioca cubiertos de mantequilla y pudin de maíz. Después de darle sus ofrendas, retrocedieron, mirando fijamente sus pantalones y susurrando entre sí. Luzia deseó tener uno de sus vestidos antiguos: el de algodón con vivos amarillos, o el verde claro que Emília decía que combinaba a la perfección con sus ojos. Al otro lado del coro de baile, el Halcón se abrió paso lentamente entre la multitud. Era la primera vez que se levantaba de su asiento al lado del fuego. Las muchachas locales cotorrearon, excitadas. Luzia dio una patada en el suelo. ¡Tanto alboroto por un cangaceiro apestoso y peludo! No era un sacerdote. Ni siquiera era un coronel. Aquella noche, tan sólo tenía el poder de un coronel. Y eso era lo que atraía a esas muchachas, nada más. Con el tiempo, el coronel Machado regresaría. Ninguno de los presentes en la fiesta parecía darse cuenta de ello. El coronel Machado volvería, y él también buscaría venganza. La venganza, después de todo, era un derecho de todos los hombres de la caatinga. Cuando regresara, los hombres y las mujeres de Fidalga serían obligados a lisonjearlo como habían lisonjeado al Halcón, para salvar el pellejo.

Cuando Luzia levantó la mirada, vio que el Halcón se dirigía hacia ella. Al llegar a su lado, le tendió la mano.

—No bailo —dijo ella.

—No te estoy pidiendo que lo hagas —respondió él, con la mano aún extendida—. Quiero que vengas conmigo.

Mostraba una sonrisa diferente a la mueca de extraño fanatismo que lo había acompañado aquella mañana. Ahora era distendida, y sus facciones quedaban suavizadas por la luz del fogón. Luzia hizo una pausa. Sintió las palmas húmedas.

—Estoy bien aquí.

—¿Tienes miedo? —Se rió.

Su temor era ridículo, su risa lo había confirmado. Luzia se miró los pantalones, el brazo tullido, los pies llenos de callos. Había un montón de muchachas bien parecidas alrededor del fogón. Había mujeres pintarrajeadas calle abajo. Era ridículo imaginar que podía interesarse por ella. Luzia se levantó de su asiento. Al fin y al cabo, prefería correr un riesgo que ser ridiculizada.

No le cogió la mano. Aun así, él tomó la de ella con fuerza y la guió lejos del fogón, hacia la capilla. Abrió de un empujón la puerta arqueada de madera y le hizo un gesto para que entrase. Luzia dudó.

—Quiero mostrarte algo —dijo él—. No llevará mucho tiempo.

Sobre el suelo, delante de las filas de bancos, había sacos de frijoles, bloques de melaza y un montón de mantas nuevas. Pasaron por encima de las nuevas provisiones de los cangaceiros y se dirigieron hacia el fondo de la capilla, a una pila de agua bendita. Debajo de ésta había una máquina de coser. Era negra y tenía el brazo delgado. Como la vieja máquina de tía Sofía, tenía una rueda que se movía a mano, pero no estaba oxidada ni era vieja. Relucía. Alrededor de la máquina había varios carretes de hilo.

—Es para ti —dijo—. Para que puedas adornar mochilas. También sombreros. Hay una aguja gruesa dentro del cajón. Puede coser cuero.

Luzia se arrodilló. Giró la rueda. Estaba fría debajo de sus dedos. Recorrió el pie curvo de la aguja y la superficie plateada, grabada. Sin duda, provenía de la casa del coronel Machado.

—No puedo cargar con esto.

—Inteligente cargará con ella.

—No puedo dejar que lo haga. Es demasiado pesada.

—No es nada para él. Pesa lo mismo que un acordeón. Querrá hacerlo. Lo he visto a él, y al resto, admirar tu costura.

Se arrodilló delante de ella. Luzia mantuvo los ojos en la máquina de coser. Habló suavemente, como dirigiéndose a la Singer.

—¿Por qué quieres saber los nombres de sus padres? —preguntó.

Él suspiró y entrelazó sus gruesos dedos.

—Hay tanta tierra aquí, y tan poca gente... No quiero herir a nadie que esté emparentado con alguno de nuestros amigos. Nuestros aliados.

—Si los conocéis, ¿no los matáis?

—Algunas veces sí, otras no.

Luzia recordó a los capangas ciegos, tirados sobre el porche del coronel. Recordó la canción de cuna de tía Sofía.

—¿Por qué te llaman Halcón?

Él extendió la mano y palmeó la máquina de coser con cautela, como intentando domar a una fiera.

—Mi madre solía coser —dijo—. Siempre quiso una máquina como ésta. Cuando era niño, plantamos melones dulces, y me enseñó a ponerles una baldosa debajo para que no se pudriera la parte inferior. Me gustan los melones. Y el maíz. También plantábamos eso, mi madre y yo. Ella era fuerte, como un buey. Yo quería adquirir una parcela de tierra para los dos. Nuestra propia tierra. Quería criar cabras. Pero ése no era mi destino. Algunas veces Dios te hace dejar de lado la vida y empuñar un arma. No importa lo que tú quieras; es el camino que eligió Dios. Algunas veces tenemos que desobedecernos para obedecer a Dios. Es lo más difícil que puede hacer un hombre.

Apartó la mano de la Singer y se incorporó. Miró fijamente el techo de la capilla. Luzia también lo miró. Sólo había vigas de madera y tejas.

—Nuestra vida tiene sus bendiciones —dijo, hablando en un tono de voz más fuerte que antes—. Ningún coronel nos dice cómo debemos vivir. Ningún coronel nos obliga a criar su ganado y sus cabras, prometiendo parte de ellas como forma de pago y luego marcando todos los animales recién nacidos como suyos. No hay un coronel para culparnos cuando los cultivos no crecen porque no ha llovido. No hay recaudador de impuesto que nos diga que no podemos vender nuestros cerdos o nuestras cabras porque aún no hemos pagado una tarifa que acabará en su bolsillo. No hay soldados que vengan de la capital, destruyan nuestros hogares y humillen a nuestras hermanas o madres. Estamos a merced de Dios. Y de nadie más.

Fuera de la capilla se oyó un grito, y luego aplausos. El Halcón sacudió la cabeza, sorprendido por su discurso, y se dirigió hacia las puertas de la capilla.

—Están soltando los globos de fuego —dijo—. Ven a verlo.

Había tres globos enormes, con forma de farolillo. Uno oscilaba en el cielo. Los otros dos descansaban sobre el suelo. Algunos hombres metieron los brazos en los globos y encendieron sus pequeños tarros de queroseno. Una vez prendidos, los hombres extendieron los brazos y sostuvieron los globos en alto, esperando una ráfaga de viento. Cuando llegó, el pueblo entero se empinó para observar el lento ascenso de los globos, uno detrás de otro. Luzia entornó los ojos y miró al cielo.

A su lado, el Halcón desabrochó un estuche de cuero que llevaba enganchado a la cartuchera. Dentro se hallaban sus prismáticos de bronce. Se los ofreció a Luzia.

Los cangaceiros llevaban muchos objetos que nada tenían que ver con su supervivencia diaria. Aquella noche, Luzia finalmente comprendió su significado. Había visto a Tomás prender el mechón de cabello de Lía en su chaqueta. Sabía que debajo de la chaqueta de cada hombre, protegidos de la canícula y el bochorno del matorral, guardaban objetos que habían pertenecido a sus seres queridos. En Fidalga, Luzia vio a Tomás saquear las pertenencias de los capangas. Y durante la misa, aquella tarde, le vio ubicar con cuidado los objetos que había robado a los capangas sobre el suelo, delante de él. Escupió sobre cada uno. Al lado de Tomás, Ponta Fina escupió sobre los cuchillos que le había usurpado a su víctima. Zalamero escupió sobre su fusta de montar. Chico Ataúd escupió sobre su bolsa de dientes de oro. Los cangaceiros cargaban con las reliquias de los muertos. Los muertos que en vida habían agraviado a los cangaceiros o a alguien que amaban.

Sintió los prismáticos pesados y fríos en las palmas de sus manos. Su correa estaba descolorida.

—¿De quién eran? —preguntó Luzia.

El Halcón la miró intensamente. El ojo del lado desgarrado de su rostro, el que apenas pestañeaba, estaba húmedo y enrojecido.

—No lo recuerdo —replicó—. Pero me gustaron.

Luzia asintió. Se acercó los prismáticos a los ojos. Las estrellas parecían estar a pocos centímetros. Los globos de papel parecían al alcance de la mano. Siguió su estela luminosa a través del cielo. No tenían la gracia ni la agilidad de las aves. Se mecían torpemente, según los vientos. A pesar de ello, se elevaron más y más alto, y por un instante Luzia creyó que desaparecerían en los cielos. Luego, uno a uno, estallaron en llamas y cayeron a tierra.

Capítulo

5

EMÍLIA

Recife
Diciembre de 1928-marzo de 1929

1

El Ferrocarril Gran Oeste de Brasil equipaba sus coches de primera clase con lámparas eléctricas y ventiladores giratorios de techo. Disimuladas detrás de apliques esmerilados, las bombillas emitían el mismo tibio resplandor que las velas o las lámparas de gas. Emília quedó decepcionada con ellas, pero no con el ventilador. Sus aspas giraban como movidas por una mano invisible. La chica no podía despegar los ojos del prodigioso aparato. Degas advirtió su fascinación y le impartió una larga lección sobre la electricidad. Emília asintió. Intentó escuchar, pero las palabras de Degas quedaron eclipsadas por el zumbido del ventilador encima de ellos, por el ruido de las piezas de dominó que dos caballeros de mayor edad colocaban sobre la mesa de juego del vagón, en la primera fila, por la ruidosa respiración de los viajeros que dormían y por el propio traqueteo del tren. Tenía el mismo rítmico sonido que la Singer a pedal, pero, a diferencia de ésta, el pedaleo era constante. El tren avanzó, resuelto e incansable, a través de la llanura.

—Debes de estar cansada —murmuró Degas.

Emília quizá debería haberle dado unas palmaditas en la mano y animarlo a continuar, asegurándole que su charla sobre la electricidad era interesante, pero tenía toda la vida para escuchar a su esposo y sólo aquella noche para disfrutar por primera vez del tren.

—Sí —dijo Emília—. Creo que dormiré.

Degas asintió. Luego miró hacia delante y cerró los ojos.

Antes, los camareros habían servido zumo y empanadas de hojaldre rellenas con tiras de pollo y aceitunas. Degas las miró con desconfianza y pidió un café, pero Emília cogió una empanada tras otra de la bandeja del camarero. Después de todo, era su noche de bodas. No había tenido fiesta, ni tarta nupcial. No hubo tiempo; las clases en la facultad de Derecho de Degas ya habían comenzado. Después de la ceremonia, Emília y él se trasladaron a Caruaru para tomar el tren nocturno con destino a Recife. Doña Conceição les había aconsejado que no se marcharan tan pronto. La noche de bodas era sagrada. Pasarla en el tren y no en una habitación no haría más que confirmar las sospechas de la gente de que Degas ya había degustado los placeres carnales con su novia. El coronel ofreció su cuarto de huéspedes a los recién casados, pero Degas no aceptó la oferta. A Emília no le importó lo más mínimo, no deseaba que doña Conceição y sus curiosas criadas inspeccionaran sus sábanas al día siguiente. Su noviazgo y su boda habían sido fuera de lo común; su noche de bodas no sería diferente.

Degas le prometió una compensación en Recife, en donde le brindaría una tarta de tres pisos y comida exquisita. Hubiera sido un desperdicio hacer la fiesta en Taquaritinga, le explicó, y Emília tuvo que reconocerlo a regañadientes. Le hubiera gustado una fiesta sonada en el pueblo, para demostrar a las comadres del lugar que ella ya no era Emília dos Santos, la costurera deshonrada, sino doña Emília Coelho.

La recién casada abrió la ventanilla. El viento frío entró silbando a través del resquicio abierto. La luna se hallaba en lo alto. Su luz bañaba el campo, dando a los árboles desnudos un resplandor blanquecino. Abrió el nuevo maletín de viaje y sacó el retrato de comunión de Luzia y ella. Durante la ceremonia de la boda había colocado el retrato —disimulado bajo una toalla bordada— en el primer banco, y después, durante el descenso a caballo de la montaña y el trayecto en carruaje hasta Caruaru, lo llevó apretado contra el pecho. Degas no le preguntó qué había bajo la toalla bordada. Pensó que se trataba de un amuleto, un capricho que servía de consuelo a Emília, pero que no era asunto suyo. Su discreción, o desinterés, fue un alivio.

Fuera, en los bosques, la oscuridad era absoluta. Los troncos de los árboles se esfumaban entre las sombras. El suelo había desaparecido. Era como si una enorme pieza de tela negra se hubiera desenrollado ante ellos y estuvieran flotando por encima. Con cada sacudida del tren, Emília se estremecía de emoción y de pavor. Era la misma sensación que había tenido hacía mucho tiempo, cuando su hermana y ella corrieron hacia el árbol de mango con sus vestidos de fiesta.

—Recife —susurró Emília. Desprovisto de consonantes, el nombre de la ciudad era aún más bello. «Eee», como una larga exhalación, «iii», como el silbido del aire y de las aves, y «eee», otra exhalación. Además, la última sílaba nombraba lo que en ese momento la inundaba: fe.

2

Cuando salieron del tren, el sol brillaba con fuerza. Deslumbrada, se le humedecieron los ojos. El sudor perló su labio superior. El pelo se le rizaba; cuanto más cerca estaban de la costa, más ensortijado se volvía, hasta que al llegar a la estación central de Recife se transformó en una maraña hirsuta que asomaba por debajo del sombrero de ala pequeña que Degas le había regalado. Allí en la estación, en la cúpula abovedada había cuatro halcones de bronce con las alas desplegadas que relucían bajo la luz del sol de la tarde. Emília sintió un tirón en la falda de su vestido de viaje recién estrenado. Miró hacia abajo y vio a un golfillo. Uno de sus ojos supuraba pus.

—¡Tía! —gritó el niño—. ¿Tiene una moneda?

—¡Largo! —ordenó Degas. El pequeño mendigo salió corriendo.

Degas agarró con fuerza el brazo de Emília y la guió hacia delante. Era algo frecuente, lo de agarrarle la mano con demasiada fuerza, sujetarle enérgicamente la muñeca. En Caruaru, antes de tomar asiento, Degas había intentado quitarle la chaqueta de viaje sin tener en cuenta los broches, que se engancharon con la blusa y estuvieron a punto de desgarrarla. Emília creía que se trataba de simple torpeza, de una impaciencia infantil que ella podría remediar con el tiempo. Abrazó con fuerza su maletín de viaje y dejó que Degas la condujera al carruaje.

Había coleccionado muchas fotografías de Recife: imágenes de jardines bellamente ornamentados; puentes de hierro forjado; calles empedradas con raíles para el tranvía que se extendían, largos y sinuosos, como cintas de metal sobre el suelo. Emília no había pensado en lo que podía haber en los márgenes de esas fotografías, más allá de las fronteras de sus marcos. Las alcantarillas estaban repletas de vegetales podridos y trozos de vidrio verde. Mujeres descalzas balanceaban sobre la cabeza canastas con frutas de color rojo. Los tranvías chirriaban sobre los raíles de metal. Oyó los gritos de los vendedores ambulantes, los aullidos de los perros callejeros, los chillidos salvajes de los pájaros. Las aguas marrones del río Capibaribe corrían, caudalosas, a su lado. Emília jamás había visto tanta agua. Casitas de madera se tambaleaban precariamente sobre sus orillas, y temió que se derrumbaran de un momento a otro. La humedad de las lluvias de invierno aún impregnaba el aire. El sol se abatía sobre montones de excremento de caballo diseminados por las calles. Emília se enjugó la frente. Cuando cerró los ojos, sintió como si estuviera dentro de una enorme y fétida boca. Rápidamente, los volvió a abrir.

Meses después, cuando con su suegra, doña Dulce, dieron sus primeros paseos alrededor de la plaza del Derby, Emília encontró finalmente los jardines y las mujeres elegantemente ataviadas de las fotografías. Doña Dulce le señalaba a cada mujer, susurrándole el nombre de casada, el nombre de soltera y si pertenecía a una de las viejas o de las nuevas familias. Algunas veces se cruzaban con esas mujeres, y debían pararse a conversar. Emília no dominaba aún el arte de la conversación. No podía recordar todas las palabras que doña Dulce le había prohibido usar. No tenía permitido hablar acerca de su familia. No tenía permitido hacer ninguna referencia a la costura. No podía gesticular como una persona del interior, ni tocarse el cabello ni tirar de las puntas de sus guantes. Emília se sentía a salvo guardando silencio. Daba la impresión de ser agradable, encantadora, discreta. Por cortesía, las mujeres se dirigían a ella e inevitablemente le pedían que contara sus primeras impresiones de Recife. Emília no podía decirles que se sentía defraudada. No podía describir su pánico, sus náuseas. «La buena educación —solía decirle doña Dulce durante sus interminables lecciones de etiqueta— exige que jamás manifiestes un sentimiento desagradable». Por ello, cuando la mujer formuló la pregunta, Emília omitió por completo su llegada y comenzó el relato por la casa de los Coelho.

Había llorado de alegría al verla. La casa de dos pisos estaba pintada de blanco, y tenía remates curvos de cerámica en la fachada y alrededor de las ventanas. Los postigos y las entradas rematadas en arcos eran de color crema, y cada tejado estaba coronado por una piña de cerámica, cuya superficie brillaba, vidriosa, bajo el sol de la tarde.

—¡Parece una tarta de boda! —exclamó Emília.

Degas se rió. La dejó con la criada, que condujo a Emília a través de los amplios pasillos de baldosas. La sirvienta —una muchacha que tenía la edad de Emília, o tal vez menos— caminaba presurosa. Emília no pudo echar un vistazo al interior de las numerosas habitaciones de la casa, ni acariciar la barandilla de bronce de la escalera principal. La muchacha la condujo a través del patio central. Había una fuente bordeada de helechos, dentro de la cual un diminuto caballo con cola de pescado echaba agua por la boca. Emília habría querido tocar sus verdes escamas.

Al otro lado del patio, la criada abrió unas puertas con paneles de vidrio. Le hizo un gesto a Emília para que entrara.

—Su sombrero —dijo la criada, extendiendo la mano. Tenía la mandíbula cuadrada y era delgada. Llevaba una cofia blanca almidonada, con una cinta de encaje que se ajustaba sobre la frente, dándole un aspecto elegante, casi majestuoso. Se parecía a una actriz que Emília había visto una vez en *Fon Fon*.

—No —dijo Emília, aferrándose a su sombrero. No podía quitárselo y mostrar su horrible pelo ensortijado.

La criada se encogió de hombros e intentó cogerle el maletín. Emília se echó hacia atrás.

—No es necesario.

—Entonces, espere aquí —dijo la muchacha—. Enseguida viene doña Dulce.

Después de que la criada se marchara, Emília inspeccionó la sala. Empotrados en las cuatro esquinas más altas había cuatro querubines de yeso, con las mejillas infladas y redondas, y los brazos regordetes extendidos. En los nichos de las paredes, docenas de madonas de madera fijaban sus tristes miradas sobre los sofás con respaldos de mimbre y las sillas de caoba de la habitación. Un ventilador portátil ronroneaba en el rincón más alejado. Era grande y plateado, con una rejilla metálica frente a sus paletas. Dentro de la rejilla había un bloque de hielo. Emília se paró delante del ventilador. El aire frío le despejó el rostro. Había oído hablar del hielo, pero jamás lo había visto. Era traslúcido y brillante, como una piedra preciosa.

—Detesto ese artilugio —se oyó una voz de mujer por encima del murmullo del ventilador—. Pero mi esposo insiste en usarlo.

Tenía el color del pan sin hornear. Su pelo trigueño, recogido en un rodete enorme y tirante, armonizaba con su pálida tez, y parecía una de las madonas de porcelana de la pared, con su rostro alargado e impecable. La única diferencia eran sus ojos, estrechos y de color ámbar, como bolitas de vidrio incrustadas en su rostro flácido, pero desprovistos por completo de la misericordia de la Virgen. Emília se alejó del ventilador.

—Gotea sobre el suelo —dijo la mujer, señalando un cuenco de plata debajo del hielo—. No siento ninguna afición por los ventiladores modernos. Pero los tiene todo el mundo.

Llevaba un vestido largo y oscuro, con botones de perlas. Cada vez que sacudía la cabeza, el cuello de crepé del vestido hacía un extraño ruido, como si le raspara la piel. La mujer miró largamente a Emília, como si estuviera esperando una respuesta.

—La casa de doña Conceição no tenía instalación eléctrica —soltó Emília.

La mujer parecía satisfecha.

—¿Eras su costurera?

Emília asintió.

—Pobre mujer. Su hijo es tan delgado... Creo que padece una tuberculosis. El doctor Duarte le ha advertido a Degas una docena de veces de que no los visite. También me dijeron que el coronel es una bestia. Dicen que no sabe leer ni escribir. —La mujer sonrió a Emília—: Tú sabes leer y escribir, ¿no es cierto, querida?

—Sí.

—Muy bien.

Doña Dulce se acercó a Emília dando pasos cortos y medidos. Los tacones de sus zapatos apenas rozaron las baldosas.

—Éste es un Franz Post original —dijo, señalando la pintura que se hallaba detrás del ventilador—. ¿Conoces su obra?

El marco dorado del cuadro resultaba demasiado grande para la tela. Había un pueblo y una iglesia, muy parecidos a Taquaritinga. Figuras negras caminaban por un sendero, con canastas sobre sus cabezas. El sol se estaba poniendo, y las pinceladas amarillas sobre el campanario le daban un deslumbrante resplandor al conjunto. Pero en una esquina había una oscuridad absoluta: se trataba de una jungla. Un grupo de animales, un caimán, un pájaro de colores intensos, un armadillo, miraban fijamente el pueblo. Emília no supo si estaban entrando o saliendo, pero envidió a aquellos animales, ocultos tras las sombras, distanciados de la vida, y no en su epicentro.

—No te preocupes, querida —dijo doña Dulce, ahorrándole a Emília una respuesta—. No esperaba que conocieras su obra. Era holandés; bastante célebre.

—Me gusta mucho —dijo Emília. La cabeza le picaba debajo del sombrero de lana.

La joven criada regresó portando una bandeja con una humeante cafetera de plata. Tenía cuatro patas de lagartija en la parte inferior, a modo de soporte. El asa tenía escamas de plata que formaban la cola de un dragón. La parte superior de la cafetera era la cabeza, con los ojos abiertos y una boca enorme.

—Este calor es agobiante —comentó doña Dulce, y luego se volvió hacia Emília—. ¿No te gustaría quitarte el sombrero?

—No, gracias —replicó Emília—. Mi pelo está completamente espachurrado.

La criada levantó la vista del café que estaba sirviendo. La dura sonrisa de doña Dulce se congeló en sus labios, pero sus ojos se agrandaron y un leve temblor sacudió sus cejas. Cogió el brazo de Emília.

—Permíteme mostrarte el patio —dijo.

La luz del sol rebotaba sobre los azulejos de la fuente. Emília tuvo que entornar los ojos. Doña Dulce se acercó aún más a Emília, agarrándose a su brazo.

—Jamás digas esa palabra —susurró—. Es vulgar.

—¿Vulgar?

—Es algo que dice la gente de campo —dijo doña Dulce, frunciendo el ceño—. Sabes a cuál me refiero. No la repetiré. Errádícala de tu vocabulario. Usa, en cambio, la palabra «despeinada». Y cuando hagas un cumplido, como lo has hecho con mi cuadro, debes decir: «Es precioso». A nadie le interesa lo que te guste o no. Eso también es vulgar.

Los ojos de Emília se adaptaron finalmente a la luz del patio. Había pequeños helechos que brotaban de las grietas entre las baldosas de la fuente. Las tocó con la punta de su zapato. En el perímetro del patio crecían flores, pero no eran como las dalias de tía Sofía. Las plantas de los Coelho eran gruesas, duras, impenetrables. Las aves del paraíso crecían en matas, y sus sépalos de color naranja se afinaban hasta terminar en una punta afilada. Flores rosadas y rojas, con forma de conos bicolores, crecían cerca de las puertas de vidrio. Emília pudo divisar el comedor de los Coelho, su estudio, los dormitorios de arriba, el salón comedor. Las estancias se enfrentaban unas a otras. Desde dentro, no era como una tarta de boda, en absoluto, sino como una serie de gigantescos recipientes de cristal. Todo era una sucesión de ventanales.

—¡Arriba el mentón! —ordenó doña Dulce.

Emília se sobresaltó, y obedeció.

—Debes aprender a ser insensible a las críticas —dijo doña Dulce—. Debes ser capaz de tolerar críticas más rigurosas que las mías. Le dije a Degas que se lo pensara bien. Que tuviera en cuenta lo que su decisión significa para ti, y para todos nosotros.

—¿Qué significa? —preguntó Emília.

Doña Dulce la miró. Examinó el rostro de Emília con la misma intensidad con la que había mirado el cuadro de Franz Post, pero la admiración había desaparecido de su mirada. Doña Dulce parecía haber encontrado un extraño insecto y estaba evaluando sus opciones, decidiendo si la criatura que tenía ante ella era una molestia inofensiva o un peligro real. Antes de hablar, doña Dulce escrutó el patio.

—Significa que ahora eres una Coelho —dijo—. No puedo saber qué intenciones tienes al venir aquí. No soy vidente. Resulta inútil e indecoroso que me ponga a imaginar lo que te preocupa. Sí sé que esto es una mejora notable con respecto a tu situación anterior. Estoy segura de que tú también lo sabías cuando te casaste con mi hijo. Lo que tal vez no sepas es la responsabilidad que acompaña a tu buena fortuna. Tendrás que estar a la altura de tu nuevo apellido. Y Degas, su padre y yo tendremos que asegurarnos de que lo hagas. Ahora es nuestra responsabilidad. Porque lo que hagas o digas de ahora en adelante nos afecta a todos. ¿Entiendes?

Emília asintió. Se quitó el sombrero y se alisó el cabello. Un oscuro objeto se escabulló rápidamente cerca de sus pies. Lanzó un grito ahogado.

—Oh, son las tortugas de mi esposo —dijo doña Dulce en voz alta, echando un vistazo a la criada que había entrado en el patio. Doña Dulce sonrió, cogió el brazo de Emília y la apartó de los animales—. No las toques, querida. Es posible que te arranquen un dedo de un mordisco.

3

A primera vista, Emília creyó que la casa de los Coelho, con su amplia escalinata de piedra y su pasillo alfombrado, era la casa principal de un otrora glorioso ingenio, una gran hacienda. Había visto en los libros de historia del padre Otto incontables acuarelas de las plantaciones, con sus majestuosas mansiones rodeadas de cultivos de caña de azúcar. Durante la comida, el doctor Duarte Coelho disipó las ideas de Emília. La casa de los Coelho sólo había sido construida hacía diez años. Era una maravilla moderna envuelta en una cáscara antigua. El doctor Duarte había pensado en todo. El agua provenía de un pozo del patio trasero, donde había instalado una bomba que empleaba la fuerza del viento para llevar el agua a las cañerías. En la cocina había una serie de cilindros de gas que calentaban el agua antes de que, misteriosamente, subiera al baño. Había ventiladores y lámparas eléctricas, un tocadiscos, una radio, un refrigerador. Todos eran alimentados por cables que estaban conectados a postes de madera colocados a lo largo de la calle.

—Pagué un buen dinero para que me instalaran esos postes —dijo el doctor Duarte.

Doña Dulce sonrió con sutil desdén.

—Son míos —prosiguió el hombre, apretando un grueso dedo contra el mantel—. Yo compré la madera, contraté a los hombres. Me reuní con la empresa de Tranvías y les di un incentivo para que extendieran la red eléctrica hasta aquí. Antes de que nos diéramos cuenta, otras familias se estaban mudando a Madalena. Familias como Dios manda; nada de chusma.

Era un hombre rechoncho y bajo, con bolsas bajo los ojos y varios pliegues de papada debajo de su cuadrado mentón. A Emília le recordaba a un toro viejo, torpe pero aún amenazante.

El doctor Duarte declaró que los Coelho eran una de las primeras familias con suficiente previsión como para mudarse al barrio nuevo de Madalena. Los territorios originales de Recife estaban desbordados. Sólo las familias viejas insistían en seguir viviendo sobre la diminuta isla de Leche, o en los vecindarios de San José y Boa Vista. Las familias nuevas estaban construyendo modernas casas sobre el continente, al otro lado del puente Capunga, lejos de bullicio de las islas, el comercio del puerto y todos los elementos desagradables que lo rodeaban: los cabarets, los burdeles, los artistas y vagabundos que frecuentaban el Casino Imperial. El doctor Duarte observó a Degas. El esposo de Emília no miró a su padre, y se concentró, en cambio, en su plato medio vacío.

Degas parecía una versión diluida de su padre. Todos los rasgos de Duarte Coelho —su pecho fuerte y grueso, su nariz ganchuda, sus ojos oscuros y sus cejas gruesas y blancas— parecían más concentrados, más intensos. Pero el doctor Duarte jamás levantaba la voz ni aferraba los cubiertos tan intensamente como su hijo. Emília se preguntó si el tiempo lo había domesticado.

—Hay que reconocer que el mundo está cambiando —dijo su suegro, interrumpiendo los pensamientos de Emília. Dio pequeños golpecitos sobre el plato con su tenedor—. Debemos cambiar con él.

—Por supuesto —dijo doña Dulce clavando la mirada en Emília—. Todos debemos padecer los cambios.

Antes de entrar en el comedor, doña Dulce le había advertido a Emília que a su esposo le gustaba exponer sus opiniones. No era necesario participar en las discusiones del doctor Duarte, dijo doña Dulce, porque una dama jamás hablaba de nada que fuera importante durante las comidas. Aunque la intimidaba, Emília se sintió agradecida por la conversación de su suegro. Le permitía concentrarse en algo que no fuera la extraña comida de su plato, las filas de cubiertos misteriosos que lo rodeaban y la mirada inquebrantable de doña Dulce.

4

En Taquaritinga la gente rica tenía excusados. Los Coelho tenían un cuarto de baño. Arriba, cerca de los dormitorios, había una habitación revestida con interminables hileras de azulejos color rosa. En medio había una enorme bañera blanca, con patas que semejaban las gruesas garras de una pantera. De la superficie de la bañera salía vapor. En un rincón, pegada al suelo, había una taza de porcelana, con un depósito de agua y un cordel para descargar el sanitario. Emília tiró del cordel. La máquina gorgoteó, y luego rugió el agua. La joven retrocedió y casi deja caer el maletín de viaje. Había conservado el bolso —con el retrato de comunión escondido dentro— al lado de sus pies durante la cena y luego lo había llevado arriba cuando doña Dulce insistió en que se bañara. Emília esperó a que el agua del inodoro se aquietara. Volvió a tirar del cordel.

—¿Señorita Emília? —Era una voz de mujer. Abrió la puerta del cuarto de baño. Se trataba de Raimunda, una criada mayor, con el ceño arrugado y las mejillas ajadas. Era delgada y tenía aspecto de pájaro, pero sin la gracia de un ave. Se asemejaba más a una de las gallinas de doña Chaves, interesada por sobrevivir y no por volar. Un mechón de pelo —crespo y castaño— asomaba por debajo de su cofia de encaje. Miró la bañera y frunció el ceño.

—Si no se mete, se enfriará el agua —dijo.

—Lo sé —replicó Emília. Como la otra criada, Raimunda no la llamaba «señora». Era como si hubieran determinado al instante el estatus de Emília y hubieran decidido que no merecía ese tratamiento—. Estaba admirando el cuarto de baño —prosiguió Emília.

—Creía que ya habría visto otros parecidos —dijo Raimunda. Metió los dedos en el agua.

—Es la primera vez que veo uno. Cuando llegué, usé el baño de abajo.

La criada sacó la mano del agua.

—No debe usar ese cuarto de baño —dijo—. Es el del servicio.

Emília sintió una oleada de calor en el pecho. Antes de la cena, la joven criada la había conducido al baño que estaba al lado de la cocina. Allí había dos orinales de arcilla. Las moscas volaban en círculos a su alrededor, a la altura de las rodillas.

—Bueno, vamos —dijo Raimunda, dándose la vuelta—. No miraré.

Emília posó el bolso en el suelo. Se desabrochó la blusa. La había confeccionado ella misma, con el lino beis que había comprado con sus ahorros. Degas se había ofrecido a comprarle ropa antes de la boda, pero Emília sólo aceptó un sombrero y el maletín de viaje. Sólo una mujer de mala vida aceptaba ropa de un hombre que no era su esposo. Dio un paso para despojarse de la falda. Estaba muy arrugada y polvorienta. Doña Conceição le había dicho que usara un vestido viejo para el viaje y que reservara su traje y su blusa nuevos para cuando llegara a Recife. Emília no le prestó atención. Quiso marcharse a la ciudad con el mejor aspecto.

Se metió con cuidado en la bañera. El agua le provocó escozor en la piel. Raimunda rodeó la bañera y se colocó a su lado. La criada plantó la mano en el cuero cabelludo de Emília.

—Métase bajo el agua —dijo—. Vamos, no se ahogará.

Emília cerró los ojos y se sumergió. Se imaginó las frutas de las mermeladas de tía Sofía zambullidas en el agua azucarada hirviendo, hasta despojarse de sus cáscaras y conservar sólo la pulpa. Cuando volvió a salir, Raimunda le enjabonó la espalda y los brazos con una esponja vegetal. Frotó con fuerza. Emília se deslizaba hacia delante y hacia atrás en la bañera resbaladiza. Se agarró con las manos a los laterales para no hundirse.

—María no debía haberla llevado a ese baño —dijo Raimunda—. No debería encargarse de recibir a la gente. Es demasiado joven. Doña Dulce se lo encarga porque es bonita, no porque trabaje bien. A doña Dulce le importan mucho las apariencias.

Raimunda puso champú en sus manos y restregó el pelo de Emília, que cerró los ojos con fuerza. Quería saber más cosas de doña Dulce, pero tenía miedo de preguntar.

—Tiene suerte de ser tan bonita —dijo la criada—. Unos dientes bonitos. Le facilitará las cosas.

—¿Qué cosas? —preguntó Emília.

—Vivir aquí. —Raimunda le frotó la cabeza con más fuerza.

—¿Por qué?

—Sumérjase —ordenó Raimunda, empujándole la cabeza antes de que Emília pudiera hablar. El agua estaba templada y turbia. Emília salió a la superficie rápidamente y se frotó los ojos.

—No creo que vivir aquí sea difícil en absoluto —dijo—. Es una casa hermosa; tan grande, tan moderna...

—Eso es obra del doctor Duarte —dijo Raimunda—. Si fuera por doña Dulce, estaríamos viviendo como las viejas familias.

—¿Y eso qué significa? Todo el mundo habla sobre las nuevas y las viejas familias. No lo comprendo.

—Ya lo entenderá, más rápido de lo que imagina. No difiere demasiado de las peleas familiares en el interior. Es del interior, ¿no?

—Sí.

—¿Su padre es un coronel?

—No.

—¿Un hacendado?

—No.

Raimunda guardó silencio durante un momento y luego señaló con el dedo el agua turbia.

—Lávese ahí abajo —dijo, y se dio la vuelta. Emília cogió el jabón con torpeza.

—¿Usted también es del interior? —preguntó Emília. Se impulsó con fuerza para salir de la bañera, aferrándose a los bordes.

—Sí —replicó Raimunda. Se arrodilló y secó los pies de Emília.

—¿Por qué vino a Recife?

Raimunda movió la toalla más rápidamente mientras secaba el torso de Emília.

—No debería hacerme preguntas.

—¿Por qué no?

—Porque no debería hacerlo.

—Pero usted me ha preguntado a mí.

—Y si hubiera sido sensata, no me habría respondido.

—No comprendo. —Emília sintió frío. Quería coger ella la toalla y secarse—. Pensaba que estaba siendo amable.

—Yo no soy quién para ser amable. Y usted no debería permitir que yo lo sea. —Raimunda le frotó el pelo con vigor y luego se detuvo. Se quedaron frente a frente. Raimunda parecía paciente y exasperada a la vez. Era la misma expresión de tía Sofía cuando observó que en la despensa vacía sólo quedaban harina de mandioca rancia y verduras lacias y tuvo que inventar cómo cocinarlas. Raimunda abrió un frasco de polvo de talco perfumado.

—Yo no soy quién para darle consejos —dijo—. No soy su madre. —Espolvoreó el pecho y las axilas de Emília—. Pero si estás rodeada de ranas, más vale que aprendas a saltar.

5

El lecho nupcial de Emília era antiguo y macizo. Según doña Dulce, la cama había pertenecido a la familia desde que el primer ejército holandés les había arrebatado Recife a los portugueses, tres siglos atrás. Uno de los antepasados holandeses de doña Dulce, un Van der Ley, había quedado tan enamorado de la castaña de cajú de los indígenas que mandó tallar las frutas campaniformes en la cabecera. Desde entonces, todas las novias Van der Ley habían pasado la noche de bodas en esa cama. Aunque ahora era una Coelho, Emília haría lo mismo.

La estructura maciza de la cama era muy diferente de las cuatro patas torcidas que sostenían el colchón de hierbas en Taquaritinga. ¡Y las sábanas! A Luzia le hubiera llevado meses reproducir las grecas de flores azules y blancas del cubrecama y de los bordes de las fundas. No parecía correcto arrugar esas sábanas, apoyar la cabeza sobre las almohadas perfectamente mullidas. Emília se acercó a la cama. El aire de la noche estaba húmedo y viscoso. El polvo de talco perfumado bajo sus axilas se había transformado en grumos, por el sudor.

En la otra punta del pasillo, una ronca voz femenina retumbó en el tocadiscos de los Coelho.

«Tengo prisa», decía, primero en portugués y luego en un extraño dialecto fragmentado.

—Tengo prisa —repitió Degas, y su voz resonó por el pasillo hasta llegar a su habitación.

Después de cenar, Degas había reunido un montón de discos para aprender inglés y se había encerrado en la habitación de cuando era niño.

—Debo volver a mis estudios —dijo, y besó a Emília rápidamente en la frente.

«Buenos días, señora». *Good morning, ma'am,* sonó la voz en el disco.

Good mor-ning, maaaam, oyó que repetía Degas.

Emília revisó su camisón. Lo había cosido ella misma, ribeteando las mangas con encaje, cortando y cosiendo la abertura vertical en una línea perfecta, justo debajo del ombligo. Este camisón, como muchos otros, había sido confeccionado originalmente para las sobrinas de doña Conceição, y había sido metido en sus baúles de ajuar. El día de la boda de Emília, doña Conceição le puso un bulto suave en las manos y le susurró:

—Para tu noche de bodas.

Emília no desenvolvió el regalo, ni siquiera lo admiró. Ya sabía lo que era. Luzia y ella habían bordado cada camisón y les habían cosido pequeñas cruces rojas encima de la abertura vertical. No habían dejado de reír mientras cosían. Tía Sofía les había ordenado que se callaran.

—Cuando llegue el momento, esa cruz será un consuelo para esas niñas —las increpó su tía—. Se acostarán de espaldas y pensarán en Dios.

«Disculpe señor», se oyó en el disco. *Excuse me, sir,* repitió Degas.

Emília se arrodilló sobre el suelo de madera de los Coelho. Entrelazó las manos como le había enseñado tía Sofía y le pidió a la Virgen misericordia y buen juicio. Pero la Virgen, pensó Emília, había tenido sus primeras relaciones con Dios. La Santa Madre no tuvo que esperar, nerviosa y sudorosa, a que su esposo terminara sus lecciones de inglés para acostarse con ella. La Santa Madre no tuvo que usar un camisón con una abertura vertical en la parte frontal. Y luego, cuando se acostó con José, ya sabía lo que tenía que hacer. Ya había tenido relaciones con Dios, así que tener relaciones con un hombre debió de parecerle simple, después de aquello. Emília se puso de pie. No podía concentrarse en la oración.

«Es urgente». *It's urgent.*

Emília abrió el enorme armario de madera que había al lado de la cama. Estaba vacío, salvo por dos vestidos de Taquaritinga, su maletín de viaje y algunas prendas íntimas. Con cuidado, Emília sacó el retrato de comunión de su escondite bajo las enaguas. Quitó el envoltorio y miró a su hermana menor. Los ojos de Luzia estaban bien abiertos. Su brazo tullido, desnudo. El encaje que lo cubría se había caído; la cámara lo había captado en el aire. Revoloteaba por encima del suelo, como un pájaro blanco. Emília se giró para observar de nuevo su cama nupcial. ¿Qué haría Luzia en su lugar? ¿Esperar? ¿Rezar? Ninguna de las dos cosas, pensó Emília. Luzia no se hubiera casado con Degas.

Al otro lado del pasillo, el tocadiscos se apagó. Emília sintió que el corazón le latía con fuerza. Volvió a guardar el retrato cuidadosamente y corrió a la cama. El colchón era duro; las sábanas estaban tiesas por el almidón. Emília esparció su cabello con delicadeza sobre la almohada y permaneció completamente inmóvil. Cuando entró en la habitación, Degas no encendió la luz. Rápidamente se quitó la bata y se metió en la cama, al lado de ella. Emília cerró los ojos. Pensó en todas esas mujeres Van der Ley, pálidas e impertérritas, como doña Dulce. Pensó en las viejas comadres de Taquaritinga. Habían dicho de ella que era ambiciosa, inmoral, hasta desequilibrada. Pero nadie le había dicho jamás que era temerosa. Emília introdujo la mano debajo de las sábanas. Sujetó con firmeza los dedos de Degas.

—¿Emília? —dijo él, agitado.

—¿Sí? —respondió ella.

—Hemos tenido un día muy largo —comentó Degas al tiempo que le soltaba la mano—. Será mejor que durmamos.

Emília sintió que la angustia se disipaba y sobrevenía la irritación. Se había preparado para esa noche, se había preparado para cumplir con un deber y ahora Degas rehuía el suyo. Por supuesto que está cansado, pensó, se ha quedado hasta muy tarde escuchando discos.

—¿Por qué estudias inglés —preguntó Emília—, si ya lo sabes?

Degas se movió, incómodo.

—No tengo con quién practicar aquí. No quiero perder la práctica, ni la pronunciación. Si voy a Gran Bretaña, no quiero estar desentrenado.

Emília se giró hacia él. Había dicho «si voy», no «si vamos».

—¿Vas a ir a Gran Bretaña?

—Claro —suspiró Degas, como si detectara irritación en su tono. Decidió mostrarse evasivo—. Sé que debes de sentirte abrumada, Emília; te llevará un tiempo adaptarte. A mí me costó años cuando volví de Gran Bretaña. ¿Te puedes imaginar volver a este calor insoportable? ¡Y casi sin electricidad, con mi madre que seguía usando orinales, mi padre que vociferaba acerca de mediciones craneales, y esas malditas madonas por todos lados!

—No me molestan las madonas.

—Ya —dijo Degas—. Puede ser que tú sí que te sientas a gusto aquí.

—¿Acaso tú no? —preguntó Emília.

Degas miró al techo. Habló lentamente, como si estuviera rezando:

—Sucede, sencillamente, que cada vez que vuelvo tengo que volver a aprender las reglas; a nadie le gusta hacerlo.

—¿Qué tipo de reglas? —preguntó Emília, preocupada. Había tenido que seguir tantas reglas ridículas en casa de tía Sofía que albergaba la esperanza de que la vida en la ciudad no fuera tan rígida.

—El tipo de reglas del cual nadie habla —replicó Degas—. Es difícil de explicar.

—Entonces, ¿cómo es posible seguirlas?

—No creo que sea algo que te deba preocupar ahora.

Ese «ahora» quedó suspendido en el aire entre ellos, como un mosquito zumbando en los oídos de Emília. ¿Ahora no debía preocuparse por las reglas implícitas de Recife, pero más tarde sí? Emília recordó el discurso de doña Dulce en el patio.

—A tu madre no le agrado —susurró.

Degas suspiró.

—Lo que no le agrada es la situación. Debes comprenderlo, está muy apegada a la tradición. Ella quería una boda de lujo para mí. Le llevará un tiempo comprender todo esto. E incluso si no le agradaras, jamás lo demostraría. Jamás te trataría mal, Emília. Mi madre se siente orgullosa de no perder jamás la compostura. Para ella supone un cambio tener que convivir con otra dama. Aquí siempre ha sido la dueña. Y está muy bien, ¿no crees? A ti no te gustaría tener que llevar la casa, ¿verdad? Deja que sea ella quien se ocupe de eso. Tú sé mi esposa. Entonces verá que has sido una buena elección.

Degas se acercó. Emília se puso tensa. Su corazón comenzó a latir con fuerza. Ella era su esposa y tendría que cumplir con el deber más importante que conllevaba ese título. Cerró los ojos, preparada.

Degas le cogió la mano.

—Buenas noches, Emília —dijo y se volvió, dándole la espalda.

6

Una semana después de la llegada de Emília, la bomba de agua dejó de realizar sus suaves rotaciones. Los días calurosos y sin viento obligaron al doctor Duarte a apagar las fuentes. El sonido del gorgoteo del agua fue reemplazado por el zumbido de un motor diésel que cuando era necesario bombeaba el preciado líquido por las principales cañerías de la casa. La criatura mitad caballo mitad pescado situada en el centro del patio perdió su pátina brillante. Las alfombras del pasillo comenzaron a despedir un hedor rancio, como si todos los residuos que se habían acumulado accidentalmente en el tejido de sus fibras —las sucias pisadas, las bebidas derramadas, las bandejas de desayuno volcadas— se estuvieran descomponiendo bajo el calor del verano. Los helechos del patio se marchitaron; sólo las gruesas flores gomosas quedaron en pie. Las hileras de árboles de pitanga esmeradamente cuidados, que ocultaban las estancias decrépitas de los criados, se cubrieron de flores blancas. Un enjambre de abejas sobrevolaba los árboles. Degas trasladó el automóvil Chrysler Imperial de su lugar habitual frente a la casa a la sombra del jardín lateral. Hasta las tortugas del doctor Duarte evitaban el calor masticando hojas de lechuga en los escasos escondrijos sombreados del patio.

Sólo durante las mañanas, antes de que el sol se volviera demasiado caluroso, parecía cobrar vida la casa de los Coelho. Al amanecer se dibujaba en el portón principal la silueta del carro que traía el hielo. Emília se paraba al lado de la ventana de su habitación y observaba a los hombres, que llevaban guantes en las manos, cargar con gran esfuerzo los bloques humeantes de hielo sobre una carretilla y acarrearlos a la cocina. Espiaba también el carro que vendía la leche, y observaba cómo las criadas de los Coelho llevaban el preciado líquido en baldes de metal al fondo de la casa.

En el jardín lateral, el doctor Duarte realizaba su rutinaria gimnasia matinal: se tocaba los dedos de los pies, levantaba las piernas y giraba el cuerpo. La primera vez que Emília lo vio, pensó que se había vuelto loco.

—Mis ejercicios de calistenia —le gritó jovialmente cuando la sorprendió mirándolo—. ¡El ejercicio diario oxigena el cerebro!

Después de sus ejercicios, el doctor Duarte salía andando por el portón e inspeccionaba la pared de hormigón que rodeaba la casa de los Coelho, buscando grafitis y tomando nota del lugar y el tamaño de los dibujos. Una vez, mientras desayunaba, el doctor Duarte les contó excitado cómo había cogido a un niño orinando en la pared. En lugar de reprenderlo, le pidió que se acercara y le midió el cráneo.

—¿Y qué encontré? —se preguntó el doctor Duarte. Bebió un pequeño sorbo de su viscoso brebaje, que consistía en agua de limón, huevo crudo y pimienta—. ¡Orejas asimétricas!

Su suegro rara vez hablaba de su negocio de importación o de sus préstamos de dinero. Se veía a sí mismo como a un científico. Por las tardes, después de visitar los cobertizos y reunirse con su grupo político en el Club Británico, el doctor Duarte se encerraba en su despacho y estudiaba detenidamente sus publicaciones científicas. Recibía paquetes de Italia y de Estados Unidos cada pocas semanas. Una vez, la criada abrió uno de estos paquetes y Emília alcanzó a ver brevemente los periódicos que había dentro. En la portada había un dibujo del cráneo de un hombre seccionado en diferentes partes.

Emília no comprendía cabalmente las ideas de su suegro, pero asentía a cuanto decía y a menudo dejaba que se le enfriara el desayuno para poder dedicar toda su atención al doctor Duarte. No hablaba más despacio ni empleaba palabras sencillas cuando se dirigía a ella, como sí hacía doña Dulce. Y desde que había regresado a la Universidad Federal, Degas apenas le dirigía la palabra. Distraído y siempre con prisas, se marchaba todos los días después del desayuno y regresaba a última hora, para cenar. Degas explicó que pasaba las tardes en la biblioteca de la facultad y las noches discutiendo casos con Felipe y otros compañeros de estudio en San José. El doctor Duarte toleraba las largas jornadas de Degas siempre y cuando éste buscara estímulo intelectual.

—Recuerda —le advertía su padre a menudo, antes de que Degas se disculpara por no desayunar— que la borrachera inflama las pasiones y entorpece las facultades mentales y morales.

Doña Dulce se pasaba los días organizando al personal. Tenía a Raimunda y la joven criada que había recibido a Emília aquel primer día. También la corpulenta mujer que se ocupaba de lavar la ropa, y una cocinera de edad, con los tobillos gruesos e hinchados. Una mujer cuya piel era oscura y arrugada como la de una ciruela pasa era la responsable de planchar la ropa; Seu Tomás era el encargado del jardín y el chófer; y un muchacho hacía los recados, cortaba la leña y arrastraba los orinales a un misterioso vertedero todos los días.

Durante los largos días sofocantes del verano, el único sonido en la casa de los Coelho provenía de la cocina. El pasillo que conducía a la parte posterior de la casa estaba sombrío y lleno de vapor. Olía a humo y ajo, a plumas de gallina mojadas y a fruta madura. Emília solía detenerse en ese corredor y cerrar los ojos sólo para inhalar los aromas, que le recordaban la cocina de tía Sofía. Pero era lo único en que se parecían. La enorme cocina de los Coelho estaba cubierta de azulejos y tenía cuanto dispositivo moderno podía existir. Pero a pesar de que el doctor Duarte insistía en la modernidad, la cocina era el ámbito de doña Dulce, la retrógrada. Sólo se utilizaba la cocina de gas para calentar agua. Todas las mañanas, la cocinera encendía lumbre debajo del fogón revestido de ladrillos, para preparar las comidas. En lugar de usar una plancha eléctrica, la criada de piel arrugada alisaba la ropa con una plancha de hierro, pesada y llena de brasas. Detrás de la cocina había un enorme depósito donde la lavandera restregaba la ropa con sus brazos curtidos y musculosos. Y en el jardín trasero había un pequeño corral de aves y una antigua tabla de cortar, ennegrecida después de años de limpiarla y limpiarla.

Los terrenos cenagosos de Madalena eran propensos a los mosquitos, las lagartijas, la lluvia, el moho y el óxido. Todos los días, doña Dulce libraba una batalla contra estas amenazas. Se deslizaba por toda la casa de los Coelho olisqueando las cortinas y las sábanas, al tiempo que sus ojos de color ámbar las recorrían con la vista, al acecho de arañas, polvo, desconchones y cualquier otro elemento indeseable. Sin levantar la voz ni fruncir el ceño, guiaba a las criadas por el sinfín de tareas habituales y les asignaba trabajos nuevos.

—Los criados son como niños —decía doña Dulce a Emília—. Pueden tener buenas intenciones, pero éstas no tienen ninguna importancia. Deben ser disciplinados para cumplir las tareas como una desea, y no de otra forma.

Por las tardes se ataba un mandil festoneado a la cintura y se dirigía a la cocina. Hija y nieta de productores de caña, se había criado en un ingenio, y creía en la necesidad del azúcar. Dentro de la despensa de los Coelho había barriles repletos, con las tapas selladas con cera y cubiertos por un trapo. Emília jamás había visto tanta cantidad de azúcar, ni siquiera en las tiendas de Taquaritinga. Doña Dulce sacaba con una cuchara kilo tras kilo, para echarlos en sus tarros de cobre destinados a guardar mermelada. Luego, con la misma destreza y eficiencia que usaba para abrir un sobre de un tajo con su abrecartas de plata, doña Dulce cortaba frutas, hacía puré de plátano y se ocupaba de cuantas tareas «limpias» fuera menester. Pero jamás se acercaba a las cacerolas humeantes, porque, a decir de doña Dulce, una dama no revolvía en las ollas.

Emília intentó mostrar interés en el manejo de la casa de doña Dulce y en la preparación de mermelada. Su suegra era de la opinión de que el decoro comenzaba dentro de casa, pero Emília quería estar fuera. Ya había limpiado y cocinado demasiado en Taquaritinga. En Recife quería ver la ciudad, asistir a almuerzos, pasear por los parques. Doña Dulce insistía en que las mujeres respetables no deambulaban por las calles de Recife solas, sin destino. Las mujeres respetables tenían agenda social. Hasta que Emília no tuviera su propia agenda, tendría que quedarse en casa.

Cansada de la cocina, la muchacha intentó ocupar su tiempo bordando en la parte sombreada del patio. Inevitablemente, terminaba dejando la labor. Las criadas arrastraban las alfombras polvorientas del pasillo al patio y las sacudían hasta que a ella le lloraban los ojos y comenzaba a estornudar. Cuando intentaba encontrar solaz en su habitación, decidían orear los colchones y sacudir las almohadas. Y si deambulaba por los pasillos, las criadas siempre estaban pisándole los talones, encerando los pisos y frotando los espejos con amoníaco.

La casa de los Coelho le fascinaba, con sus amplios pasillos y sus habitaciones abarrotadas de cosas. Había enormes mesas con las patas talladas como garras de águilas aferradas a bolas de madera. Había sillas con los respaldos tapizados con un cuero agrietado, sujeto con descoloridas tachuelas de metal. Había vitrinas de vidrio con cuencos de cristal antiguos y cálices rayados. A Emília le frustraba que doña Dulce llenara su casa con semejantes antiguallas, cuando tenía dinero de sobra para comprar objetos nuevos. Lo que más desconcertaba a Emília era la pulcritud del sitio. A veces dejaba caer pedacitos de hilo sobre los suelos; se abrazaba a un almohadón y lo volvía a poner en su lugar, pero torcido; pasaba los dedos por las vitrinas de vidrio; sacaba un libro con la cubierta de cuero de su estante y lo metía en un nuevo lugar. Cuando regresaba al día siguiente, el libro había vuelto a donde pertenecía; los almohadones habían sido mullidos; los hilos, barridos; el cristal, limpiado.

Emília paseaba por el jardín, bajo la sombra de los árboles de pitanga. Seu Tomás, el encargado del jardín, siempre estaba al acecho. Tenía órdenes estrictas de no perderla de vista, como si fuera una criatura desobediente en espera de una oportunidad para escaparse por el portón principal. Emília soportaba esta humillación, y otras. Cuando se sentaba a la mesa, sus servilletas estaban torpemente dobladas; su cucharita de café tenía a menudo manchas; sus toallas de baño jamás estaban completamente secas; los pliegues de sus vestidos habían sido planchados de mala manera.

Aunque advertía cada detalle dentro de la casa, doña Dulce no se daba cuenta de los deslices cometidos en perjuicio de Emília. O fingía no darse cuenta. La suegra no reprendía a sus criados por errores específicos, pero insistía en que trataran a la esposa de Degas «con respeto» y la obedecieran como si fuera «su doña». Cuanto más exigía doña Dulce que obedecieran a Emília, más descuidadas eran las criadas. Si su suegra hubiera sido abiertamente antipática con ella, las criadas podrían haberse compadecido de la recién casada; podrían haberla considerado como una aliada. Pero cuanto más se esforzaba doña Dulce por poner a Emília por encima de ellos, más la odiaban los criados. Después de trabajar en casa del coronel, Emília era consciente de los celos mezquinos que una doña podía provocar entre su gente, y algunas veces incluso entre su familia. Sospechaba que doña Dulce también lo sabía. Cada vez que Emília entraba en las dependencias del servicio, los criados guardaban silencio. Sólo Raimunda se dirigía a ella para preguntarle si le hacía falta algo. Emília se inventaba necesidades: una taza de agua, más hilo de bordar, un poco de tarta.

Una vez, después de salir, oyó que se burlaban:

—¡Paleta! —rió una de ellas por lo bajo—. ¡Seguramente jamás ha probado una tarta en su vida!

Degas le había contado que las criadas vivían en las casuchas construidas sobre los territorios inundables de Afogados y Mustardinha, pero habían nacido en Recife y eso bastaba para que se sintieran por encima de ella. En el interior, Emília hubiera sido considerada una excelente esposa. Sabía cómo machacar la raíz de la mandioca para obtener harina, cómo moler trigo para hacer pan, cómo plantar frijoles, cómo coser un vestido de dama y una camisa de caballero. Estas virtudes se transformaron de pronto en inconvenientes en Recife. Emília no pertenecía a ninguna familia noble: no era la hija de un coronel ni estaba emparentada con un próspero hacendado. Ella no era nadie, y las servilletas mal dobladas, las cucharas sucias y las toallas húmedas eran la forma en que las criadas se lo recordaban.

En Taquaritinga, Degas le había prometido elegantes vestidos, una fiesta de boda, un paseo en su automóvil. La única promesa que se hizo realidad fue el anuncio de la boda, unos días después de llegar a Recife. La noticia de su enlace apareció en la sección social del *Diario de Pernambuco,* sin fotografía.

El señor Degas van der Ley Feijó Coelho viajó al interior y se casó con la señorita Emília dos Santos, residente de Toritama, en una ceremonia íntima. El viaje de esponsales fue postergado por la carrera de leyes del novio, en la Universidad Federal de Pernambuco.

Se habían equivocado con su pueblo natal. Emília se ofendió, pero Degas le aseguró que ese tipo de errores era muy frecuente. La fiesta de la boda sería programada para cuando hiciera menos calor, dijo. Los vestidos, los paseos en automóvil, las cenas y los almuerzos vendrían con el tiempo. Estaba demasiado ocupado con sus estudios, dijo Degas. Ella podía comprenderlo, ¿no?

Emília asentía. Los hombres trágicos de sus fantasías infantiles desaparecieron. Los galanes mudos y sordos de las páginas de *Fon Fon* fueron reemplazados por un hombre real. Y Emília no había esperado amor o romanticismo de él: tan sólo aspiraba a que fuera su mentor, su guía. Había esperado que su esposo fuera su maestro, que la acompañara a frecuentar la sociedad de Recife, y que con el tiempo le mostrara el mundo. Pero apenas llegaron a la ciudad, Degas se encerró en sí mismo y se volvió inaccesible. Ya no tenía historias que contarle ni elogios que dispensarle. Cada día la trataba con amabilidad, retirándole la silla en el desayuno y besándole la mejilla antes de marcharse. Emília desconfiaba de su amabilidad, y consideraba que era una manera galante de tolerarla. Todas las noches, después de que Emília se metiera en la cama, Degas entraba sigilosamente en la habitación y sacaba su pijama del armario. De inmediato regresaba al cuarto de cuando era niño.

En los artículos a doble página de *Fon Fon* que mostraban casas elegantes, las habitaciones principales tenían a menudo dos camas gemelas, una para el esposo y otra para la esposa. En la casa del coronel, doña Conceição no podía tolerar los ronquidos de su esposo, así que dormían en habitaciones separadas comunicadas por una puerta. Emília podía aceptar este arreglo; le gustaba tener la cama entera para ella sola. Pero le preocupaba el cumplimiento de sus deberes conyugales. Cada dos días las criadas de los Coelho cambiaban las sábanas de Emília. Nadie las inspeccionaba. Doña Dulce y el doctor Duarte no las escudriñaban, buscando la mancha rojiza que demostraría la pureza de Emília; se convenció de que la gente de la ciudad no practicaba los mismos ritos ancestrales que la gente de campo. Tal vez la conducta de Degas fuera normal, pensó. Quizá lo que pasaba era que los caballeros se tomaban su tiempo.

—Todos los hombres son machos cabríos —le había advertido tía Sofía una vez, cuando había sorprendido a Emília admirando a un actor en *Fon Fon*—. Todos tienen necesidades. Los ricos son los peores; ¡lo hacen a escondidas!

Pero ¿qué sabía tía Sofía de los caballeros? Degas no tenía necesidades. Salvo en sus rutinarios y educados saludos, no había tocado a Emília. Ella se dio baños más largos, se roció con perfume y se deshizo del aburrido camisón con la abertura delantera, reemplazándolo por otro más sensual y una bata bordada que los Coelho le habían regalado. Degas no pareció darse cuenta de esos cambios. Su esposo, al igual que todo lo que rodeaba a Emília en sus nuevas circunstancias, le era ajeno. La ciudad y la casa de los Coelho tenían olores diferentes, sonidos diferentes, bichos y pájaros diferentes, plantas diferentes, reglas diferentes. Entonces, ¿por qué esperaba que su esposo se comportara como los granjeros entre los cuales se había criado? Abrumada por tantos cambios, Emília se encerraba en su habitación algunos ratos todos los días. Se recostaba sobre la cama, respiraba hondo y cerraba los ojos. Tal vez fuera ella la diferente, y todo lo que la rodeaba, normal. Tal vez no fuera Degas el deficiente o extraño, sino ella. Si no la había tocado, tenía que haber un motivo. ¿Sentiría Degas repugnancia por las costumbres del campo? ¿Se habría arrepentido? ¿Condenaría en silencio, al igual que las criadas de la casa, su propia elección de esposa?

Durante el rápido noviazgo, Emília se había permitido pensar sólo en los beneficios del enlace. Pensó en habitaciones que se llenaban con muebles, hornos de gas y alfombras mullidas. No pensó en los espacios vacíos: la cama con su gran extensión de sábanas blancas; la mesa del comedor con su largo mantel arrugado y los lugares que separaban a un comensal de otro; y arriba, el estrecho pasillo donde, cada noche, Degas dejaba a Emília de pie mientras se dirigía hacia el cuarto de su niñez y cerraba la puerta.

7

Había muchos pájaros salvajes en la propiedad de los Coelho. Se llamaban unos a otros desde los árboles de pitanga. Daban pequeños saltos alrededor del patio. Por encima de sus chillidos y gorjeos se imponía el canto agudo y uniforme del pájaro del doctor Duarte. Había sido un regalo de uno de los hombres de su grupo político, y llegó a la casa de los Coelho sabiéndose la melodía de la primera estrofa del himno nacional. No tenía más repertorio. El pájaro sólo variaba el ritmo. Cuando las criadas entraban en el estudio, la canción era atropellada y angustiosa. Después de engullir su ración de semillas de calabaza y agua, la canción se volvía lenta y perezosa. Cuando algunas tardes el doctor Duarte intentaba enseñarle la segunda estrofa, el pájaro se aferraba obstinadamente a la vieja melodía.

Un día, al atardecer, mientras Emília bordaba en el patio de los Coelho, la canción del pájaro se volvió entrecortada y desesperada. La puerta acristalada del despacho del doctor Duarte estaba abierta. El corrupião había sido olvidado al sol. Saltaba desesperado de un lado a otro de la jaula. Metía sus alas de color naranja en el pequeño recipiente de agua. Emília dejó de lado su labor. Entró en el estudio y arrastró el pedestal del pájaro hacia la sombra.

Un ardiente rayo de sol caía, oblicuo, sobre el macizo escritorio del doctor Duarte. A su lado, sobre un pedestal semejante al del corrupião, descansaba un busto de porcelana. La cabeza estaba dividida en grandes secciones, cada una con su rótulo: «Esperanza», «Lógica», «Amor», «Inteligencia». «Benevolencia». «Violencia».

Las paredes de la estancia estaban cubiertas de estantes. En la mayoría había libros. En otros había cráneos de distintos tamaños, ordenados del más diminuto al más grande. En el fondo, como atrapados en el rayo, había frascos de vidrio con tapas abultadas. Emília se protegió los ojos del sol. Parecían los frascos de mermelada de doña Dulce, salvo que eran más grandes. Y en lugar de contener las confituras oscuras y azucaradas, estaban llenos de un líquido color ámbar y amarillo que brillaba a la luz del sol. Emília cerró las puertas acristaladas del despacho y bajó los estores.

Fue hacia los estantes posteriores.

Había objetos que flotaban en los frascos. Eran opacos y vaporosos, como si el líquido que los rodeaba les hubiera dado su color. En uno flotaba una lengua, ondulada y fibrosa. En otro, un pálido corazón de color gris. Emília no pudo reconocer el contenido de los otros frascos. Había dos órganos con forma de alubia, una enorme masa amarillenta con aspecto fibroso y grueso, y un órgano de color marrón que parecía pegado al cristal del tarro. En un estante alto estaba el frasco más grande, solo. Una etiqueta decía: «Niña sirena».

Sus ojos estaban cerrados. La cabeza, inclinada; el cuerpo, hecho un ovillo. Una capa de vello —fino y suave— cubría la pequeña cabeza del feto. Parecía que el bebé estaba sumido en un profundo sueño tranquilo y podía despertarse en cualquier momento. Emília deseó que el corrupião detuviera su incesante cantar. Dos tersos muñones terminaban en el torso diminuto de la niña, con lo que parecía que estaba escondiendo los brazos detrás de la espalda. Sus piernas estaban pegadas, parecían una cola de pescado. Emília tocó el frasco. Las hebras del cabello de la niña ondearon de delante hacia atrás en el líquido color ámbar.

La puerta del estudio que daba al pasillo se abrió. Emília se apartó del estante. El doctor Duarte entró. Se sorprendió al verla.

—Lo siento —dijo Emília—. He entrado a quitar al corrupião del sol y bajar los estores.

El doctor Duarte emitió un gruñido ronco. Colocó su maletín sobre el escritorio y luego se acercó a Emília. Olía a cigarro y colonia y a algo más..., una mezcla de fruta demasiado madura y aire de mar: el olor de la ciudad.

—¿Fisgoneando en mi colección? —preguntó.

—¡Oh, no! —replicó Emília. El corazón le latía con fuerza. Quería irse, pero el doctor Duarte le cortó el paso. Examinó su rostro.

—Cuando conseguí estos ejemplares ya estaban sin vida —rió—. No necesitas mirarme así, ¡no soy un monstruo!

—Por supuesto que no —murmuró Emília. Sentía que las mejillas le ardían. Por un instante, cuando vio por primera vez el contenido de los frascos, Emília había pensado en la leyenda del hombre lobo. Era una historia terrible que los niños de la escuela del padre Otto solían contar, la historia de un viejo rico que fue maldecido por uno de sus criados y forzado a secuestrar niños y comerse sus órganos para no transformarse en un hombre lobo.

—Ella es una anomalía —dijo el doctor Duarte señalando el frasco más cercano a Emília.

—¿Una qué?

—Algo no normal, una rareza. Sólo uno de cada cien mil fetos tiene las piernas o las manos pegadas. Su madre era una delincuente, tal vez una alcohólica. Es una deformidad hereditaria, pobre criatura.

Dio la vuelta el frasco. El hombro de la niña chocó contra el vidrio. Su cabello se agitó.

—Murió al nacer —dijo el doctor Duarte—. Fue lo mejor que le podía pasar. Se habría transformado en una atracción de feria, o en una criminal como su madre.

—¿Por qué no tiene piernas? —preguntó Emília. Posó la mano sobre el frasco, intentando aquietarlo—. ¡Era inocente!

—¡Ahí está el problema! —se entusiasmó mientras aplaudía. Emília se sobresaltó.

—La mayoría de los criminólogos —continuó el hombre—, incluso los pioneros como Lombroso, creían que las deformidades obvias (una cola, más de dos pezones o un mentón hundido) identificaban a un criminal. El motivo es que no tenían manera de saber exactamente cómo afectaban estas características al comportamiento humano.

La miró, como esperando una respuesta.

—Mi tía Sofía no confiaba en los hombres que tenían la barba rala —dijo Emília finalmente.

El doctor Duarte inclinó la cabeza y soltó una fuerte carcajada.

—¡Tu tía era, por tanto, partidaria de nuestro estimado Lombroso! —Su cara estaba sonrojada; sus ojos, brillantes. Sonreía—. No es posible mirar simplemente a alguien y ver sin más su potencial criminal. Eso no son más que habladurías arcaicas. Habrá algún pobre desgraciado que tenga una horrible nariz chata y, lejos de ser un criminal, sea un alma de Dios. Ahora bien, no me malinterpretes, estoy totalmente de acuerdo con el señor Lombroso. ¡Después de todo es el fundador de la Escuela Moderna! Los criminales son diferentes del resto de nosotros. Se pueden conocer, medir y predecir. Sin embargo no es posible constatar la verdad con nuestros ojos, sino con la matemática. Es una cuestión de escala.

Emília asintió. El hombre hablaba clara y enfáticamente, pero cuando sus palabras alcanzaban sus oídos le parecían confusas y oscuras. Pensó en su cinta de medir, en cómo la extendía de un extremo al otro de los hombros y alrededor de las cinturas. Tía Sofía siempre les había dicho que una costurera debía ser discreta y sensible, porque entraba en posesión de grandes secretos. Con su cinta de medir, Emília había notado la curva de un vientre repentinamente hinchado. Había sostenido la cinta con delicadeza alrededor de brazos magullados. Había observado cómo la contextura desgarbada y floja de las recién casadas comenzaba a engrosar y hundirse con el tiempo. ¿A qué se refería el doctor Duarte cuando decía que todo lo que se podía medir se podía conocer?

—Las medidas nos permiten ver lo invisible —continuó el doctor Duarte—. La formación del cerebro nos da la oportunidad de distinguir entre los criminales incurables y los pervertidos.

—¿Pervertidos? —preguntó Emília.

—Rateros, pervertidos —dijo el doctor Duarte, arrugando la frente y mirándose las manos—. Son individuos que tienen una mente débil. Se sienten culpables por su comportamiento degenerado, pero son egoístas. No quieren sacrificar los placeres personales en aras de una mejor sociedad. Pero pueden ser rescatados, con disciplina y algunas veces con medidas más rigurosas: restricciones, reclusión, inyecciones hormonales. Disculpa —dijo el doctor Duarte de repente. Se pasó los dedos por su rala cabeza—. No es algo que se deba discutir con las damas.

—Me interesa —dijo Emília, feliz de poder hablar con alguien. El doctor Duarte sonrió, pero su sonrisa carecía del brillo y la energía anteriores. Detrás de él, el corrupião cantó.

—¿Cómo te va? ¿Estás contenta con nosotros? —preguntó el doctor Duarte.

—Oh —balbuceó Emília—. Es todo... lo que... siempre había querido.

—Muy bien.

Volvió a mirar a la niña sirena. Diminutas partículas flotaban en el fondo del frasco. ¿Desde cuándo estaba en aquel recipiente? ¿Permanecería así para siempre, silenciosa y en posición fetal, o se le comenzaría a desprender la piel poco a poco, hasta terminar deshecha? Emília deseaba consultárselo al doctor Duarte, pero la pregunta le parecía ridícula.

—Debes reconocer —siguió el hombre— que una esposa es una fuerza, un motivo de impulso para un hombre. Degas está concentrándose por fin en sus estudios. Doña Dulce quería que se casara con una chica de Recife. Dice que Cupido tiene alas cortas por algún motivo. —El doctor Duarte se rió socarronamente—. Debo admitir que quedé sorprendido cuando recibí los telegramas de Degas sobre su..., su relación contigo. Al principio creí que se trataba de otro de sus caprichos. Quería, por supuesto, que hiciera lo correcto. Y después de reflexionar, me empezó a gustar la idea. —El doctor Duarte se sonrojó—. ¡Por cierto, no me gustaba la idea de que empañara el honor de una muchacha honesta! Lo que quiero decir es lo siguiente: fue un alivio enterarme de que había conseguido una esposa. Una muchacha buena y trabajadora es justo lo que necesita.

—¿Empañar? —preguntó Emília.

—Es una expresión —dijo el doctor Duarte, sacudiendo la mano en el aire con impaciencia—. A pesar de las circunstancias, ya era hora de que sentara la cabeza. Se quiera o no, cuando un hombre envejece el hecho de ser soltero se vuelve en su contra. Debes reconocer, Emília, que Degas pudo haberse portado mal contigo, pero si llegó a hacer algo reparó el error cuando te dio su apellido.

A su suegro le gustaba comenzar las frases con expresiones tales como «debes reconocer» o «es evidente que», lo que dejaba poco margen de desacuerdo a sus interlocutores. Emília agachó la cabeza. Sentía que la sangre se le subía al rostro. Una cosa era que la gente en Taquaritinga creyera que había sido deshonrada, pero otra muy diferente era que sus suegros lo pensaran también. Jamás le había preguntado a Degas acerca de los telegramas que había enviado a Recife. Dio por hecho que en ellos había contado los hechos tal como sucedieron.

—¡No hay nada de que avergonzarse, querida mía! —dijo el doctor Duarte—. Estas cosas suceden. Hasta doña Dulce terminará comprendiendo. Las madres siempre se preocupan inútilmente por sus hijos varones. Cuando mi padre me envió a Europa a estudiar Medicina, mi madre lloró durante tres meses. Recibir educación no significaba una mejoría económica en esa época, pero las viejas familias enviaban a sus hijos a hacerlo, así que mi padre dijo que el suyo no sería diferente de los demás de su clase. Mi madre, pobrecita, se preocupó terriblemente. Creía que el exceso de cultura podía corromper a un hombre. ¡Como si la cultura fuera igual que el azúcar y los hombres fueran dientes! —El doctor Duarte bajó la voz—: De todas formas, al cabo del tiempo, creo que entiendo a qué se refería.

Tras anunciarse con unos leves golpes en la puerta, doña Dulce entró en el despacho.

—He oído al pájaro —dijo, mirando al doctor Duarte y luego a Emília—. Me parecía que estaba agitado, pero no me podía mover de la cocina.

—Emília se ha encargado de eso —dijo el doctor Duarte.

—Muy bien. —Doña Dulce sonrió. Sus dientes eran pequeños y sus encías anchas, como las de Degas—. Espero que no te hayan asustado los cachivaches del doctor Duarte. Si tengo que elegir entre la ciencia y la política, prefiero la ciencia en mi casa. Es el mal menor.

El doctor Duarte resopló y movió la cabeza.

—Ven —masculló doña Dulce, tendiendo una pálida mano a Emília—. No dejes que te dé la lata con su conversación. Siempre está buscando una oreja receptiva.

8

Esa noche Emília no pudo dormir. Se acostó entre las sábanas almidonadas de su lecho nupcial. Por la tarde, en el estudio del doctor Duarte, supo por qué nadie prestaba atención a aquellas sábanas. Toda la casa pensaba que Degas había mancillado el honor de Emília antes de la boda, es decir, todos creían que era una mujer ligera de cascos. Tal vez por eso Dulce le tenía antipatía.

El disco inglés de Degas retumbaba. «¿Donde puedo encontrar el tranvía?» *Where can I find the trolley?*

Emília se levantó. Se puso la bata de lino y se dirigió a la habitación de Degas. Golpeó suavemente la puerta. Al comprobar que su esposo no respondía, entró. El cuarto estaba lleno de humo y abarrotado de cosas. Un tocadiscos gramola estaba de pie en una esquina. A diferencia de los que había en Taquaritinga, no tenía una bocina de bronce. Estaba dentro de un alto armario de madera. Encima de la gramola había estantes llenos de reliquias de la infancia de su marido: un títere de madera con los hilos enredados, una colección de animales de hojalata, un tren de juguete. Había libros de derecho esparcidos por todos lados, y a los pies de la cama, un baúl de viaje. La cerradura de bronce estaba medio oxidada. Pegadas sobre la tapa de cuero había etiquetas con los nombres de los países visitados. Degas estaba sentado sobre un sofá al lado de la única ventana de la habitación, que daba al patio de los Coelho. Fumaba. Entre calada y calada, repetía las extrañas frases del disco. Al ver a Emília, se interrumpió a mitad de una frase.

—¿Sucede algo? —preguntó, y apagó la gramola.

—No —dijo Emília—. No puedo dormir.

Degas se volvió hacia la ventana.

—Tampoco yo.

Emília se cerró el cuello de la bata. Se miró los pies desnudos, sus gruesos dedos. Lamentaba haber interrumpido las lecciones de Degas, pero las palabras de su suegro le seguían doliendo.

Degas se apartó de la ventana.

—¿Te gustaría fumar?

—No —replicó Emília, aunque sentía curiosidad por probar un cigarrillo—. Doña Dulce dice que las damas no fuman.

Degas chasqueó la lengua.

—La mitad de las damas de Recife fuma. Mi madre lo sabe. Está bien tener algún vicio, Emília. —Degas sacó un cigarrillo de su estuche plateado—. Pero que no te pillen. Aquí lo que es peligroso en sí no es el vicio, sino que te descubran.

—¿Te refieres a en esta casa? —preguntó Emília.

Degas encogió los hombros.

—En esta ciudad —replicó—. En realidad, en cualquier lado. —Sus párpados estaban hundidos, y parecía mucho más cansado de lo que decía estar.

Emília cogió un cigarrillo. Le pareció un objeto delicado y etéreo entre sus dedos. Recordó a aquellas actrices de largos cuellos de sus viejas revistas, cómo posaban con sus cigarrillos, y sintió un hormigueo de excitación. Cuando Degas encendió el mechero, a Emília le costó quedarse completamente quieta. Aspiró una profunda bocanada. El humo le quemó la garganta. Le causó cosquilleo en la nariz. Tosió incontenblemente. Degas se acercó.

—No quiero corromperte —dijo, e intentó quitarle el cigarrillo de la mano.

Emília dio un paso atrás, apartándose de él.

—No soy una cría. —Tosió otra vez. Le irritó la actitud protectora de Degas, y creyó que le había dado el cigarrillo sólo para divertirse luego quitándoselo. Emília volvió a aspirar, y se esforzó para tragar el humo.

—Hoy he hablado con tu padre —dijo—. En su despacho. Me ha hablado de los telegramas que enviaste. Los que se referían a mí.

Los ojos de Degas se agrandaron. Se metió el encendedor de plata en el bolsillo.

—Era la única manera, Emília. Mis padres jamás habrían consentido.

—Ahora sé por qué las criadas cuchichean sobre mí. —Al hablar, Emília tenía en la boca un sabor a la vez dulce y acre. Entre sus dedos, el cigarrillo se había consumido hasta la mitad, la ceniza parecía a punto de caerse. Rápidamente, Emília volvió a aspirar.

—Tonterías —replicó Degas, bajando la voz—. No tienen ni idea. Mi madre es una persona discreta. Jamás dejaría entrever la verdadera razón.

—Pero no es la verdadera.

Degas se mordió el labio inferior.

—Algunas veces debemos contarle a la gente lo que es necesario y no lo que es real.

A causa del cigarrillo, Emília se sintió mareada. Se apoyó contra el alto armario de madera.

—Ha sido mi nombre el que ha quedado manchado; no el tuyo —dijo suavemente—. Te hiciste pasar por una persona honorable casándote conmigo, aunque... —Emília sintió un zumbido en los oídos. Se aferró aún más al armario—. Jamás te propasaste conmigo, Degas. No te lo habría permitido. Quiero contárselo a tus padres. Quiero que lo sepan. A ti no te afectará en nada, ahora que estamos casados. Pero para mí es importante.

Degas pestañeó. Se acercó al tocadiscos. Con suavidad, sus dedos acariciaron el rótulo de bronce. Tenía grabada la imagen de un perro, con la oreja levantada hacia la bocina de un tocadiscos. Por encima, la palabra «gramola» estaba impresa en grandes letras en cursiva.

—Me enteré de que éste era el nombre de tu hermana —dijo Degas—. Un nombre muy extraño.

Emília sintió náuseas; había fumado demasiado. Sentía que el cigarrillo estaba a punto de quemarle los dedos.

—Era un apodo —respondió la joven.

—¡Qué terrible lo que le sucedió! —prosiguió Degas, ignorando a Emília—. Sencillamente terrible. Uno hubiera creído que, al ser ella, aquellos cangaceiros la dejarían tranquila.

—No sabía que conocieras su historia —dijo Emília.

Degas sonrió débilmente.

—Eso demuestra lo pura que eres, lo poco contaminada que estás por el chismorreo. Felipe me lo contó, pero todo el mundo hablaba de ello. Hasta las criadas del coronel. Jamás lo hacían delante de ti, por supuesto.

Degas se puso a pasear ante la gramola. Puso las manos sobre los hombros de Emília.

—Todo el mundo cree que el silencio es una muestra de respeto —dijo suavemente—, pero en realidad es indicio de acoso. Cuando una persona es objeto del cotilleo, parece rodearla un muro de silencio. Tú sabes cómo es. Yo también. Por eso me sentí atraído hacia ti, Emília. Quería ayudarte a salir de aquella situación indigna.

—Que Dios se apiade de su alma —dijo Emília, atragantándose, mientras miraba fijamente la gramola.

—No te apenes —dijo Degas. Ciñó los brazos con fuerza alrededor de ella—. No le diré a nadie lo que le sucedió. Mi padre es perverso con ese tipo de asuntos. Se considera una autoridad en el tema de la criminalidad. Realmente, no sabe de lo que habla; sólo añade una pizca de matemáticas a sus conclusiones para que parezcan más sofisticadas. —Degas aflojó los brazos. Cuando volvió a hablar, bajó el tono de voz—: Debemos ser discretos sobre los problemas de tu familia, Emília. Lo que afecta a tu reputación, afecta a la mía, y viceversa. Es como la historia que les conté a mis padres: cierta o no, no nos haría ningún bien, ni a ti ni a mí, hablar de ese tema.

Por eso es tan noble el matrimonio: estamos unidos para protegernos el uno al otro de las habladurías.

Emília asintió con gesto absorto. Una parte de ella sentía agradecimiento hacia Degas, mientras que otra quería volver a su habitación y cerrar la puerta con llave.

—No tienes buen aspecto —dijo Degas suavemente—. Ve a la cama. —Le quitó la colilla de la mano—. Es fácil pasarse, Emília. No conoces tus límites todavía, pero aprenderás.

9

Al día siguiente, doña Dulce encontró a Emília en el patio.

—Ya has descansado lo suficiente —dijo doña Dulce, desatándose el delantal almidonado—. Ahora debemos trabajar.

Condujo a Emília a un enorme recinto de espejos, situado en el piso inferior de la casa. Doña Dulce cerró con llave la puerta que daba al pasillo. Dejó las cortinas de la puerta del patio cerradas.

—No es bueno que estés encerrada todo el día en casa —dijo la señora—. La gente creerá que te estamos escondiendo y comenzará a especular buscando todo tipo de explicaciones.

Un palo largo y delgado estaba apoyado contra la pared de espejos.

—Anda —dijo.

Los espejos de la estancia hacían que pareciera que había filas y filas de doñas Dulce, todas de pelo trigueño, todas severas y autoritarias, con sus ojos color ámbar fijos en Emília.

—Anda —repitió doña Dulce.

Emília dio un paso alejándose de su suegra. Doña Dulce la observó en los espejos.

—¡No estés tensa, relájate! —gritó.

Emília apretó el paso.

—¡No! —gritó doña Dulce—. No andes como si fueras un caballo. Y no balancees los brazos. ¡No estás cazando moscas! Anda lentamente. No vayas rápido, porque eso delata que estás nerviosa.

De repente, doña Dulce se acercó a su lado. Le dio enérgicamente con el palo en el estómago.

—Mete la tripa —dijo con firmeza—. Así me enseñaron las monjas a mí. No es fácil, pero se debe hacer. Agradece que esté dispuesta a enseñarte, o jamás podrías salir de casa. Será más fácil moldear tus costumbres porque no has recibido lecciones previas. En ese sentido, prefiero tenerte a ti que a algunas de las obstinadas jovencitas de esta ciudad, que creen que pueden prescindir completamente de los modales. ¡Mete la barriga!

Doña Dulce atizó a Emília en los hombros, el trasero, el pecho. Doña Dulce repitió sus frases una y otra vez, como si estuviera cantando un himno. «Mete la tripa», «alza la cara», «más despacio». Luego cogió una escoba guardada junto a unas sillas cubiertas por sábanas. La colocó detrás del cuello de Emília y la obligó a levantar los brazos por encima de la cabeza. El pecho de Emília sobresalía hacia delante.

—Nuestra postura revela nuestra naturaleza —dijo doña Dulce—. Una persona que tiene los hombros caídos es perezosa, no tiene la autodisciplina necesaria para mantener la postura erguida. Ahora, anda.

Pasaron muchas tardes en aquella habitación calurosa llena de espejos. Cuando al fin se iban, la ropa de Emília estaba empapada, su pelo aplastado contra la frente, y los pies y el cuello, doloridos. Hasta doña Dulce tenía un leve rubor en las mejillas.

Al atardecer, Emília observaba a los vendedores ambulantes desde su ventana de arriba. Veía cómo llevaban toda su mercancía —plumeros, cubos de aluminio, escobas, botellas y jarras de arcilla—, que se balanceaba en el palo que portaban sobre sus hombros con tanta precisión como una balanza. Cuando Emília aprendió a caminar como es debido, doña Dulce descubrió una de las sillas tapadas y le hizo repetir el ritual de tomar asiento y enderezarse la falda. Emília se levantó y se sentó hasta que le dolieron las rodillas. Durante todo ese tiempo, doña Dulce mantenía el palo a mano e impartía otras lecciones, de naturaleza más sutil: nunca te sientes al lado de un hombre que no sea tu esposo; jamás manifiestes incomodidad o desagrado; jamás efectúes presentaciones, salvo que seas la anfitriona; nunca le des la mano a nadie.

Con cada regla, la voz de doña Dulce se tornaba más estruendosa, y sus golpes con el palo, más fuertes. Parecía irritada por tener que repetir aquellas normas en voz alta, como si pronunciándolas les restara valor. Si Emília pedía una explicación, doña Dulce respondía bruscamente.

—La charlatana deja al descubierto su mente superficial —decía—. Mejor tener la boca cerrada hasta que te hagan una pregunta.

Las reglas eran las reglas, explicaba doña Dulce. Si Emília hubiera nacido en ese mundo, si la hubieran formado y preparado correctamente, no habría habido necesidad de decir tales cosas; no se vería obligada a repetirlas en versión simple, transformadas en vulgares consejos que podían encontrarse en las revistas de moda. Se habría empapado de ellas durante años de observación y de rutina, hasta que fuesen poco menos que parte de su naturaleza.

En el transcurso del verano hubo más y más reglas que Emília tenía que aprenderse. Después de cada lección, la joven se sentía extenuada y conmocionada. Había tantos errores que se podían cometer, tantas vulgaridades en las que podía incurrir involuntariamente... Aun así, Emília estaba decidida a refinarse. Si aprendía las reglas de su nuevo mundo, si las interiorizaba, creía que podía borrar la mancha que llevaba impresa. Doña Dulce la respetaría. Degas la trataría como a una esposa, no como a una pobre joven campesina a la que había rescatado. La llevaría a comidas sociales, al cine, y tal vez incluso de luna de miel a Río de Janeiro, como había prometido. Y en esa luna de miel la tocaría como un esposo debía tocar a una mujer. Emília se sentó más erguida, caminaba más derecha. Durante las comidas, ya no jugueteaba con los cubiertos. Mantenía las manos alejadas de la cara. Se tocaba ligeramente la boca con la servilleta, en lugar de frotarse los labios. Le seguía costando horriblemente identificar los cubiertos, que doña Dulce se complacía en ubicar en hileras complicadas al lado y por encima de los platos. Cuando dudaba, Emília imaginaba a doña Dulce tras ella, sosteniéndole las manos como un títere y diciendo: «Tómate tu tiempo. No te metas bocados demasiado grandes en la boca. Ataca la comida con vigor, pero con la mayor modestia posible. Y, por todos los santos, no apartes tu plato bruscamente cuando hayas terminado».

Si miraba al otro lado de la mesa y veía las cejas rubias de doña Dulce levantarse con un gesto de reproche, Emília no se alteraba ni dejaba de comer. En lugar de ello, miraba fijamente la línea almidonada que había en medio del mantel de lino y recordaba lo que doña Dulce le había dicho cuando comenzaron las lecciones: que no había ningún misterio en todo esto, que el camino hacia el refinamiento era tan derecho y recto como el pliegue que corría por el centro de aquel mantel.

10

Para recompensarla por sus avances, doña Dulce llevó a Emília a comprarse tela y a visitar a la modista en la Rua da Emperatriz. Emília no pudo dormir la noche anterior, recordando la moda que había visto en *Fon Fon:* los vestidos tubulares con faldas que terminaban a mitad de la pantorrilla y cuellos con pliegues de fuelle. Lamentaba profundamente haber dejado sus revistas en Taquaritinga. Doña Dulce no estaba suscrita a *Fon Fon.*

El taller de la modista tenía una sala de exposición y un probador para los clientes. Apiladas contra las paredes había piezas de tela fuertemente enrolladas. Había sedas estampadas, tafetán brillante, tejidos traslúcidos. Emília creyó que se desmayaría de la emoción. Por fin estaría en el pedestal, en lugar de ser la portadora de la cinta de medir. Se colocaría delante del espejo y daría órdenes para agregar pinzas o levantar el vuelo de la falda. Su excitación se esfumó rápidamente. Doña Dulce no les daba ninguna importancia a los sombreros, los vestidos elegantes o los zapatos de tacón con primorosas hebillas. Eligió linos «clásicos», de colores aburridos y neutros, y dio instrucciones a la diseñadora para que imitara los patrones de los vestidos más sencillos del escaparate: escotes discretos, cinturas bajas, faldas rectas que dejaban ver el tobillo, pero disimulaban cualquier indicio de asomo de la pantorrilla.

La modista estuvo de acuerdo y lamentó los nuevos estilos que venían de Río de Janeiro. Mientras Emília estaba sobre la tarima, escuchó lo que elogiaban y lo que criticaban. Hasta ese momento había creído que todas las damas de la ciudad usaban los modelos más modernos y audaces. Ahora advertía que había una diferencia entre lo nuevo y lo aceptable. Si una dama llevaba un estilo de moda al extremo —usando faldas cortas y vestidos con líneas atléticas— se rumoreaba que era una libertina, o peor: una sufragista. Pero por otro lado también se ridiculizaba a las damas que se vestían demasiado tradicionalmente, con faldas largas y cinturas encorsetadas, tachándolas de anticuadas. Al mirar todas aquellas piezas de tela de diferentes colores, Emília se dio cuenta de que una mujer refinada era lo opuesto a la casa de los Coelho: tenía pátina de modernidad por fuera, pero en lo esencial era anticuada.

En el probador, mientras Emília se ponía de nuevo su traje de lino, oyó el traqueteo familiar de las máquinas de coser. Cuando salió del probador no regresó a la sala, siguió el ruido de las máquinas de coser. Al final de un angosto pasillo, el sonido se volvió más ruidoso. Había una puerta de madera. La joven echó un vistazo dentro. Un olor rancio la retuvo. El cuarto estaba escasamente iluminado y hacía calor. Tres hileras de máquinas Singer a pedal abarrotaban el pequeño taller. Mujeres jóvenes se encorvaban sobre las máquinas, pedaleando febrilmente y moviendo la tela bajo las agujas. Algunas de las muchachas llevaban pañuelos en la cabeza, que se adherían a sus frentes, húmedas de sudor. Una de ellas levantó la mirada y vio a Emília; luego volvió rápidamente a trabajar.

—Te has equivocado de camino —dijo doña Dulce en voz alta, y su voz se oyó por encima del barullo de las máquinas. Estaba detrás de Emília.

—¿También son modistas? —preguntó Emília.

—No, querida —replicó doña Dulce, llevándola en otra dirección—. Esas mujeres son costureras. Una modista diseña. Las costureras sólo unen los pedazos. Pensaba que lo sabías.

Emília intentó torpemente encontrar sus guantes. Se había olvidado de volver a ponérselos y ahora era consciente de la presencia de los viejos callos en las yemas de sus dedos. Se habían suavizado desde que se marchó de Taquaritinga; en la casa de los Coelho todo lo que Emília hacía era bordar, escuchar música, pasear por el jardín y practicar las reglas de etiqueta con doña Dulce. Pero esos callos, esas marcas de su vida pasada, seguían estando allí. Doña Dulce condujo a Emília por el pasillo. Se detuvieron al fondo del salón de exposición de la tienda, donde la modista guardaba ropa para madres y bebés.

—¿No es hermosa? —preguntó doña Dulce—. Me imagino que pronto vamos a necesitarla. Como no me dejaron organizar una boda, al menos me dejarán planear un bautizo.

Emília asintió distraída. No podía quitarse de la cabeza aquel opresivo taller de costura. Si se hubiera venido a la ciudad sola, como había estado a punto de hacer, tal vez habría terminado atrapada en un lugar como ése.

—Las ceremonias son importantes, Emília —prosiguió doña Dulce—. La gente del campo no siempre está constreñida, por así decirlo, por las mismas convenciones que respetamos en la ciudad. Es una lástima que hayas tenido que pasar tu noche de bodas en el tren... Es lo que siempre le digo a mi personal. —Dulce miró a Emília, y sus ojos color ámbar le escudriñaron el rostro—. ¿Recuerdas lo que te enseñé sobre las criadas? Tienen la lengua larga. No pueden evitarlo. Está en su naturaleza. No hay nada de importancia en sus vidas, por lo que deben hablar de las nuestras. Forman algo así como una red de cuchicheo en toda la ciudad. Si, por ejemplo, a un recién casado le da por dormir en su habitación de la infancia, cada vez que una criada haga las camas se preguntará por qué no está con su esposa en la habitación matrimonial. Si no andas con cuidado, se lo contará a otra gente. Al cabo de poco tiempo, todo Recife estará al tanto.

Emília sintió que se quedaba sin aire. Siempre había presentido que había montones de ojos observándola en la casa de los Coelho. Intentó apartarse de las telas, pero Dulce se lo impidió. Su suegra enderezó la espalda, y su actitud se volvió rígida y formal, como si estuviera lidiando con un miembro del personal.

—Debes tratar a tu esposo como a un invitado —dijo—. Una buena anfitriona aprende a conocer por anticipado los deseos de sus invitados, y a satisfacerlos.

—Pero Degas no tiene deseos —dijo Emília, y su voz se quebró—. No puedo complacerlos.

Una vez más, Dulce acarició una de las piezas de tela.

—Ningún hombre sabe lo que prefiere. Especialmente Degas. Se deja arrastrar por malas influencias, como ese Felipe. Pero ahora tú eres su esposa; debes ejercer tu influencia sobre él. El trabajo de una mujer es entrenar a su esposo para que tenga preferencias... y poder practicar el arte de satisfacerlas. Una esposa se vuelve indispensable de ese modo.

La modista interrumpió la conversación llamándolas para que volvieran a la tarima para tomar medidas. Doña Dulce exhibió una amplia sonrisa a aquella mujer, luciendo cada uno de sus pequeños e inmaculados dientes.

11

Tres semanas después de visitar el taller, Emília recibió su colección de vestidos de colores beis, marrón y gris. Doña Dulce también había supervisado la compra de dos pares de zapatitos de tacón bajo —uno negro, otro marrón— con cordones. Había encargado un quitasol negro de seda y un sombrero de ala ancha con cintas de gros intercambiables, para combinar con sus vestidos. Emília pensó en dejar el espantoso sombrero en el patio, a merced de las tortugas. Pensó en distraer a la criada de piel arrugada para que se descuidara con las brasas que soltaba su plancha al repasar los vestidos. Pero al final no se atrevía: el lino de los vestidos era costoso; el sombrero, refinado, y el cuero de los zapatos, el más suave que había poseído. Si no podía tener ropa elegante, al menos disponía de prendas de buena calidad.

Ese día, en lugar de llevar a Emília al salón de los espejos para su lección vespertina, doña Dulce le ordenó que se pusiera un vestido nuevo y se recogiera el cabello.

—Debemos poner en práctica lo que has aprendido —dijo doña Dulce.

El calor de la tarde se había mitigado cuando llegaron a la plaza del Derby. La brisa del mar refrescaba el aire. Los tranvías ya no tocaban sus campanas. Los pocos vendedores ambulantes que daban vueltas alrededor del parque ya habían vendido la mayor parte de sus hortalizas o sus escobas, y estaban casi silenciosos. El horizonte se hallaba poblado de cables negros de tranvías que se entrecruzaban, y esa visión recordaba a la joven los juegos con cordeles entrelazados entre los dedos que Luzia y ella solían hacer de niñas. Mansiones más grandes y más hermosas que la casa de los Coelho rodeaban el parque. En el extremo más lejano se alzaba el cuartel general de la Policía Militar, con su inmensa cúpula blanca. Emília y Dulce comenzaron su paseo por el sinuoso sendero del parque.

Otras mujeres, algunas jóvenes, otras ancianas, todas bien vestidas, caminaban en parejas o se sentaban de manera recatada sobre los bancos de hierro forjado. Cuando Dulce y Emília pasaban, las mujeres sonreían o asentían cortésmente con la cabeza. Luego, como si hubiera un acuerdo tácito entre todas ellas, guardaban silencio hasta que ambas quedaban fuera de su vista. Sólo entonces inclinaban la cabeza entre ellas y murmuraban.

Doña Dulce se comportaba de forma similar, acercando a Emília hacia sí y explicándole en voz baja a quién acababan de saludar y si las mujeres que se cruzaban eran de familias viejas o nuevas. Las mujeres de las viejas familias tenían los labios finos y se vestían con buen gusto. Sus vestidos tenían los cuellos intrincadamente bordados y llevaban prendedores redondos de perlas en la garganta. Usaban sombreros *cloche* de ala pequeña, con una pluma insertada dentro de las cintas. Cuando veían a Dulce y a Emília, asentían, pero rara vez sonreían. Las mujeres de familias nuevas no tenían la misma serena elegancia que las otras. Usaban vestidos más cortos y llevaban más joyas y sombreros cargados de plumas. Algunas incluso llevaban medias de seda de color carne, con lo que las pantorrillas parecía que iban desnudas. Ellas también observaban a Emília y Dulce, pero a menudo sonreían y se detenían para conversar, hablando en voz alta y lanzando sonoras carcajadas.

—¡Bienvenida! —dijo Teresa Raposo, la matriarca de cabello oscuro de una familia nueva. Intentó arrancar a Emília del brazo de Dulce, pero ésta se aferró aún más fuerte a ella. Frustrada, la señora Raposo bajó la voz y guiñó un ojo—: Esta ciudad necesita sangre nueva.

—Qué desagradable —masculló doña Dulce una vez que se alejaron de Teresa Raposo—. Como una horda de vampiros. ¡Como si la sangre vieja no fuera lo suficientemente buena!

Emília permaneció callada. Le dolían los pies, por los zapatos nuevos. La cabeza le latía, preocupada por cometer un error: caminar encorvada, apresurarse o mover las manos cuando no debía hacerlo. Doña Dulce se dirigió rápidamente hacia el carruaje. Por ese día, estaba hasta las narices. Aún conservaba su altura, su disciplina y su aire de superioridad, pero al lado de las mujeres de las nuevas familias parecía anticuada y tensa, y frente a las viejas, nerviosa y reverente. Cuando pasaron el portón de los Coelho, doña Dulce soltó un profundo suspiro; de alivio o de cansancio, Emília no estaba segura.

Volvieron a la plaza del Derby una vez por semana después de ese primer día, para realizar su gimnasia, como decía doña Dulce. Lentamente, a través de las reglas de doña Dulce, las historias del doctor Duarte y la propia observación de Emília, la ciudad y sus secretos comenzaron a tener forma, sentido, para la joven. Cualquier persona de importancia era vieja o nueva. El resto —de tez oscura o clara, educado o analfabeto, barrendero o profesor— era parte de una horda nebulosa sin dinero ni estirpe. Los periodistas, las costureras, los vendedores de cestas, los conductores de tranvía, hasta los hijos de los hacendados y coroneles entraban en este grupo. O no tenían nombre o eran pobres, o ambas cosas, y vivirían, rezarían y sufrirían como lo había hecho siempre la gente pobre y anónima: de manera invisible.

Muchas de las viejas familias habían perdido sus fortunas, o al menos una parte considerable de ellas, pero no su prestigio. Sus antepasados eran portugueses u holandeses que habían talado los árboles de la selva y habían plantado caña de azúcar o árboles de pau-brasil, cultivados por su tintura roja y su magnífica madera para fabricar violines. Eran los Feijó, los Sampaio, los Cavalcanti, los Carvalho, los Coímbra, los Furtado, los Van der Ley. Eran dueños de extensas plantaciones y enviaban a sus hijos a Recife, y luego a Europa, para ser educados. Pero el precio del azúcar sucumbió, la necesidad de tinte cayó, y las familias prefirieron vivir en la capital y no en sus haciendas. Aun así, conservaban su elegancia, su influencia política y lo más importante, su buena reputación.

Las nuevas familias no lo eran en absoluto, al menos no para Emília. La mayoría había estado en Recife siglos antes de que llegaran los holandeses y habían permitido que todo tipo de agrupaciones —judíos, gitanos y mercaderes indígenas— practicara el comercio libremente, para transformar la ciudad en aquello que los portugueses llamaban una «nueva Sodoma y Gomorra». Las nuevas familias no podían trazar la línea hasta sus antepasados tan minuciosamente como las viejas, por lo que su historia podía estar empañada por la presencia de marineros, pescadores y prestamistas. Las familias nuevas no estaban interesadas en poseer tierras, sino en hacer negocios. Eran los Raposo, un clan de cabello oscuro, cuyas mujeres tenían una sombra sobre el labio superior y cuyos hombres eran rechonchos, bajos y proclives a las reyertas. Eran dueños del enormemente próspero negocio textil Macaxeira. Los Lobo eran dueños del periódico *Diario de Pernambuco*. Sus hombres eran inteligentes y encantadores; las mujeres, enérgicas. Todos tenían larga nariz curva. Los Albuquerque poseían la Compañía de Pescado Poseidón, y eran un clan de baja estatura y tez bronceada, conocidos por su ecuanimidad y paciencia. Y los Lundgren, dueños de los talleres textiles Torre y Tacaruna, eran gente alta, de rostros alargados, de quienes se burlaban a menudo por su escaso sentido del humor, pero a los que elogiaban por sus guapas hijas.

A medida que pasaron las semanas, se le permitió a Emília dar más paseos en la plaza del Derby y acompañar a los Coelho a la misa del domingo. Iban a una iglesia recién construida en Madalena, de paredes blancas y bancos acolchados. Las familias viejas alababan a Dios en la antigua catedral del centro de la ciudad, de grandes bóvedas, donde se decía una misa más larga. Había muchas diferencias implícitas entre los clanes. Preferían periódicos diferentes, apoyaban a políticos diferentes, vivían en barrios diferentes. Los hombres —pertenecientes a las nuevas y viejas familias— a menudo hacían negocios entre ellos. El doctor Duarte importaba máquinas para uno de los molinos de melaza de los Feijó. La fábrica de los Lundgren hacía bolsas de arpillera para la cosecha de azúcar de los Coímbra. El doctor Duarte almorzaba a veces con un hombre de una familia vieja, en su club, y Emília a menudo veía a los hombres de las nuevas y viejas familias parados a la sombra de la plaza del Derby, fumando cigarros y dándose unos a otros palmaditas en la espalda. Pero aquellos mismos hombres jamás se invitarían a almorzar o a tomar café en sus hogares. Sus esposas no lo permitirían.

Parecía que las mujeres de Recife tenían mejores memorias y corazones más duros. Había dos clubes prestigiosos de mujeres en la ciudad: la Sociedad Princesa Isabel y las Damas Voluntarias de Recife, y creían que ayudando a la Iglesia —financiando capillas nuevas en el campo y realizando importantes proyectos de restauración en la ciudad— ayudaban a la sociedad. Las Damas Voluntarias, una creación de nuevas familias, hacían campañas de alimentos, maratones de costura y cenas con fines benéficos, para ayudar directamente a los pobres. Las mujeres de las viejas familias decretaban que las Damas Voluntarias eran vulgares, mientras que las mujeres de las nuevas familias consideraban que las isabelinas eran inútiles. Generalmente guardaban distancia entre sí, salvo en la plaza del Derby. En un tiempo reducto de viejas familias, lentamente las nuevas intentaron apropiarse de ella. Ninguna de las dos facciones renunciaba a su gimnasia vespertina en la plaza, por lo que viejas y nuevas damas caminaban, codo con codo, por los senderos de la plaza cubiertos de guijarros, y Emília se paseaba entre ellas. Se sentía nerviosa y torpe. No sabía cuándo sonreír y cuando, sencillamente, saludar con un movimiento de la cabeza. Le molestó que las mujeres de las viejas familias comenzaran a ignorarla. Algunas hasta se reían socarronamente cuando Dulce y ella pasaban a su lado.

—Es una buena señal —dijo doña Dulce cuando volvieron a la casa de los Coelho. Su voz sonaba forzada y cansada. Cada salida parecía extenuarla por completo—. Si un grupo te detesta, el otro te aceptará sin ninguna duda.

Aquella noche, la joven criada interrumpió la cena. Llevaba una bandeja con un sobre.

—Entra —dijo bruscamente doña Dulce, haciéndole un gesto a la criada.

—Es para la señora Emília —explicó la muchacha.

El sobre era grueso y del color de la mantequilla recién batida. Sobre la parte delantera, escrito en tinta negra, estaba su nombre, y sobre el reverso, un sello repujado con un remite que decía:

Baronesa Margarida Carvalho Pinto Lapa.

—Es baronesa por casamiento, no de familia —dijo doña Dulce.

La baronesa había sido, de soltera, Margarida Carvalho, la hija de un hacendado ganadero, continuó explicando doña Dulce. Fue poco menos que una solterona hasta que el anciano Geraldo Pinto Lapa, uno de los últimos barones que quedaban en Brasil, la conoció y la llevó a Recife. Poco después de que naciera su única hija, murió el barón, dejando a Margarida sola para decidir cómo tejer sus propias alianzas, sus propias relaciones. Se había casado con un miembro de una vieja y respetable familia, pero su presencia la transformó en una familia nueva.

—Es la única socia femenina del Club Internacional —dijo Degas, sonriendo—. Es una visita importante.

—La hija que tiene es un espanto —terció doña Dulce—. Una sufragista. —Frunció el ceño y escudriñó la invitación—. Tendré que acompañarte.

12

La baronesa parecía una de las tortugas del patio. El mentón cuadrado y fuerte sobresalía por encima de su cuello arrugado, que se movía lentamente de un lado a otro. Movía los ojos, negros y saltones como los de las ranas, de doña Dulce a Emília. Tomaron asiento en grandes sillones de mimbre sobre el porche que daba a la plaza del Derby y al cuartel general de la Policía Militar. Un tranvía se deslizó calle abajo, chirriando sobre las vías y obligando a las mujeres a hacer un alto en la conversación hasta que terminó de pasar. Emília fijó la mirada en los jazmines de la baronesa, a los que se les había dado una impecable forma cuadrada. Piedras de cuarzo rosadas y blancas estaban dispuestas en forma de círculo, dividiendo el jardín en secciones que alternaban flores y piedras. Doña Dulce estaba sentada, sonriente y tiesa, al lado de Emília. Habló de sus preparativos para el carnaval y lamentó lo tarde que caería la fiesta ese año, en la primera semana de marzo en lugar de en el mes de febrero. La baronesa se mecía en su hamaca de mimbre. Tenía un collar de perlas, y cada una de ellas era tan grande como los dientes delanteros de Emília. Su cabello gris ascendía y descendía con la brisa.

—¿Es capaz de hablar esta muchacha? —dijo de pronto la baronesa—. ¿O es muda?

—Es tímida —explicó doña Dulce.

—¿Te gustan los dulces? —preguntó la baronesa, golpeando ligeramente el brazo de Emília. Tenía unas manos enormes, con los nudillos abultados. Los dedos estaban torcidos y tiesos, como garras rojizas.

—Sí, señora —respondió Emília.

—Bien. Desconfío de la gente a a la que no le gustan los dulces.

La baronesa tocó la campanilla. Una criada apareció y depositó una bandeja de uvas bañadas en leche condensada y espolvoreadas con azúcar. Colocó las uvas delante de Emília.

—Así que te casaste con Degas —dijo la baronesa—. Era un niño muy callado. Solía jugar con mi Lindalva; ¿lo recuerdas, Dulce? —La anciana se rió entre dientes—. El chico adoraba sus muñecas.

Doña Dulce esbozó una amplia y algo tensa sonrisa.

—Ustedes dos tienen algo en común —dijo—. Emília también procede del campo.

—Lo sé —respondió la baronesa Margarida. Escogió una uva azucarada—. El anuncio del casamiento en el periódico era tan pequeño que casi no lo pude leer. ¿Decía que eras de Toritama? No conozco ese pueblo.

—Soy de Taquaritinga do Norte —dijo Emília—. Fue una errata de imprenta.

—¡Taquaritinga! —dijo la baronesa, olvidándose de las uvas—. Entonces somos dos muchachas de montaña. Yo me crié en Garanhuns. Adoro el interior. Todos los años hago un viaje durante los meses de lluvia, a causa de mi artritis. —La baronesa levantó las manos torcidas—. Mi padre era un estanciero, criador de ganado —prosiguió la anciana—. Paulo Carvalho. ¿Has oído hablar de él?

Emília sacudió la cabeza. La baronesa frunció el ceño.

—Bueno, no tiene importancia. Los Carvalho han desaparecido. Sólo quedamos mi Lindalva y yo. ¡Gracias a Dios y al viejo barón! Todo el mundo creía que era un árbol de banano que ya había entregado toda su fruta —guiñó el ojo—, pero nos sorprendió a todos.

Emília sonrió. Las mejillas de doña Dulce se tiñeron de un rojo intenso.

Una chica salió de una puerta lateral. Su vestido era del color de la yema de huevo. La falda dejaba ver las pantorrillas y un par de elegantes zapatos blancos. Su pelo negro era aún más corto que el de Emília y lo tenía recogido con un pañuelo blanco envuelto alrededor de la cabeza, al estilo de una artista de cine o de una pintora. Emília se miró el vestido gris y se sintió ridícula.

—¡Ah, Lindalva! —sonrió la baronesa—. Hablando del rey de Roma...

Lindalva se apoyó detrás de la silla de su madre. Su rostro era liso y redondo, como el lado convexo de una de las cucharas de plata de doña Dulce.

—¡Hola! —dijo con la respiración entrecortada, como si acabara de entrar corriendo en el porche.

—Lindalva fue quien las vio correteando por la plaza del Derby —dijo la baronesa, señalando el parque—. Estaba espiando para ver por dónde iban. —Hizo un guiño a doña Dulce, y luego inclinó los ojos hacia Emília—: ¿Te gusta mi jardín?

—Es hermoso —respondió Emília, recordando rápidamente la primera lección de doña Dulce.

—Hice levantar un muro bajo alrededor para que desde nuestro porche pudiéramos ver la plaza del Derby. Es bastante agradable. Podemos ver a los que pasan. Pero el precio que pagamos por nuestra curiosidad es que todo el comadreo de las viejas familias puede fisgonear por encima de mi pared y ver mi jardín. Si hoy se les ocurre echar un vistazo, verán que estás tomando el té aquí con nosotros. —Sonrió. Sus ojos chispeaban ahora como bengalas—. Verás, querida, que Recife es una ciudad de familias nobles con tapias bajas.

—Me gustaría enseñarle la casa —dijo Lindalva, tendiendo a Emília su mano regordeta de cortos dedos—. Ven. Mi madre le hará compañía a doña Dulce.

Se fueron agarradas de la mano y entraron en la casa. Era más grande que la mansión de los Coelho, pero más sencilla. La baronesa tenía menos muebles y muchos ventanales. Entraron en un salón luminoso con suelo de damero en blanco y negro. Lindalva condujo a Emília a una pequeña butaca con almohadones y se sentó cerca de ella. Recorrió con la vista su vestido gris, como si lo viera por primera vez.

—¿Estás de luto? —preguntó Lindalva, y su ceño se frunció, preocupada.

—No —respondió Emília, y enseguida rectificó atropelladamente—: Bueno, en realidad sí.

—¿Por quién?

—Mi tía y mi hermana murieron en junio, pero luego me casé y...

—¿Esto te lo escogió Dulce? —interrumpió Lindalva.

—Sí —suspiró Emília, aliviada.

—Pues espero que no te ofendas —dijo Lindalva, inclinándose aún más hacia Emília—, pero es completamente aburrido. Eres una chica preciosa. Deberías destacar tu figura. Hay una tienda en Río de Janeiro que fabrica los vestidos de luto más espectaculares. Ya están hechos, por supuesto. Hoy toda la gente del sur está comprando prendas *prêt-à-porter*. Te daré la dirección. Yo acabo de venir de allí. Me gradué en la Universidad Federal, en Literatura portuguesa. ¿Te gustaría ver una fotografía de mi graduación?

Emília asintió, distraída. Lindalva tenía la energía de un colibrí, y sólo se detenía el tiempo suficiente para que Emília entendiera lo que estaba diciendo antes de saltar a otro tema completamente distinto. Emília no tenía ningún deseo de ver la fotografía, pero no podía ser descortés. Lindalva corrió al otro lado del salón, y la falda amarilla flameó tras ella. Volvió con un estuche de terciopelo. Dentro había una fotografía enorme: un grupo de jóvenes con vestidos de noche blancos se hallaba sentado en dos hileras.

—¡Había tan pocas mujeres en mi clase! Antes de morir, mi padre insistió en que fuera a la universidad. Mi madre estudió en la Universidad Católica, aquí en Recife, después de casarse; ¿lo sabías? En aquel momento era bastante radical. —Lindalva sonrió y le entregó la placa a Emília—. Dime quién soy.

Emília fijó la mirada en la muchacha de tez pulida que tenía delante y luego en la foto. ¡Había tantas jóvenes! ¿Cuál sería? Rápidamente recorrió con la mirada sus rostros grises y blancos, y finalmente señaló a una muchacha vestida con el traje que le pareció el más bonito.

—¡Cielos, no! —Lindalva rió—. ¡No tengo la tez morena ahora y tampoco la tenía entonces! Inténtalo otra vez.

Emília sentía que le latían las sienes. Quería volver al porche, sentarse en silencio y escuchar a doña Dulce parlotear sobre el carnaval. Sin pensarlo señaló a otra muchacha.

—No —sonrió Lindalva—. Estoy aquí.

Señaló a una muchacha de la hilera de atrás con un enorme sombrero, del cual salía una pluma blanca. Emília reconoció el rostro redondo, la peculiar sonrisa. En ese instante, Lindalva cerró la caja de terciopelo.

—Le prometí a mi madre que volvería a Recife. Me gusta mucho la ciudad, pero la gente de aquí es completamente aburrida, especialmente las mujeres. Las cosas son tan rígidas..., nada modernas. Tienes que visitar São Paulo. Allí una mujer puede caminar sola por la calle. Puede conducir un coche sin que se burlen de ella. Te vi en el parque y le rogué a mi madre que te invitara. Pensé que serías diferente de todas estas tontas. ¡Me refiero a que has tenido un empleo! ¡Una costurera! —Agarró la mano de Emília—. Estoy convencida de que una mujer no debe ser un parásito. Estoy segura de que Dulce y el doctor Duarte están contentos contigo. Estaban desesperados por casar a Degas. —La cara de Lindalva cobró un matiz rojo y se agarró aún más fuerte a la mano de Emília—. ¿Cómo diablos conociste a Degas Coelho?

—Conocí a Degas Coelho —repitió Emília, como si las palabras de Lindalva fueran las lecciones en los discos de su marido— en Taquaritinga. Durante sus vacaciones de invierno.

—¿Y qué te llevó a casarte con él?

—Sus zapatos —dijo Emília distraídamente, recordando los brillantes zapatos de Degas. En el mismo instante en que lo dijo, Emília se arrepintió de hacer semejante afirmación en voz alta. Quería decir que Degas era alguien novedoso y diferente. Que su presencia la hacía olvidar la monotonía en que se había convertido su vida; que durante sus paseos la llamaba inocente y pura, mientras que el resto del pueblo creía exactamente lo contrario. Al final no tuvo que convencerla. Simplemente la reclamó para sí, y ella se lo permitió.

Lindalva soltó una carcajada.

—He oído peores motivos para casarse —dijo alegremente—. Mi madre dice que las mujeres estaríamos mejor si nos olvidáramos del amor. Cree que un esposo feo y liberal es la mejor opción.

—Pues yo no —dijo Emília—. Yo creo que el amor es importante, es esencial.

Se sorprendió por la firmeza de su propia voz, y de repente sintió rabia contra la muchacha de tez lisa. Rabia, también, contra doña Dulce, por su presión y sus correcciones constantes, y rabia por el silencio que él guardaba cada noche cuando le daba la espalda y volvía calladamente a su dormitorio de la infancia.

—He dicho algo que te ha molestado —dijo Lindalva—. Lo siento.

—No —respondió Emília, dándose palmaditas en la cara—. No estoy molesta.

—No quiero que pienses que soy una terrible chismosa. Te hablo con franqueza porque así me gusta que me hablen a mí. Verás que aquí no es lo más frecuente. —Lindalva respiró hondo y dio una palmada en la rodilla de Emília—. ¿Cuáles son tus planes?

—¿Mis planes?

—Sí, tus objetivos. Los Coelho no te pueden encerrar para siempre. Especialmente a ti, ¡una mujer trabajadora! Estoy segura de que estás acostumbrada a una vida propia, a tener actividad fuera de la casa.

—No tengo planes —respondió Emília.

Lindalva tomó aire.

—Si no haces tu propio plan, Dulce lo hará por ti.

Emília jugueteó con los guantes. Recordó la visita a la modista, la conversación junto a la ropa para bebés.

—Dulce siempre tiene planes —prosiguió Lindalva—. Si no los tuviera, no se molestaría en sacarte a pasear. Todo el mundo sabe que no soporta a mi madre, pero aquí está. Dulce pertenece a una de esas familias antiguas llenas de títulos, pero sin dinero. Después de casarse con el doctor Duarte, las viejas familias la rechazaron. Y ella cree que está por encima de todas las familias nuevas. —Lindalva hizo una pausa. Miró a Emília—. La gente dice que tú eres huérfana; que provienes de una familia del interior cuyos integrantes murieron, uno por uno, de tuberculosis, y que tú debiste trabajar como costurera para mantenerte. Dicen que Degas te rescató. ¿Es cierto?

—¿Quién inventaría una historia así? —preguntó Emília.

—¿Quién crees que podría hacerlo? —Al hacer la pregunta, Lindalva se encogió de hombros—. Las nuevas familias adoran las historias trágicas, especialmente cuando la tragedia está muy lejos de sus propias vidas.

—Pero podrían averiguar fácilmente que no es cierta —dijo Emília. Pensó en el hijo del coronel Pereira, Felipe. Se había enterado, por las advertencias de doña Dulce a Degas, de que Felipe estudiaba Derecho y vivía en una pensión en una zona de Recife que las damas y los caballeros no frecuentaban. En la capital, Felipe se transformó en un estudiante modesto que no pertenecía ni a una familia nueva ni a una vieja, sino a aquel otro grupo anónimo. De todas formas, era de Taquaritinga y conocía los orígenes de Emília.

—Presta mucha atención a lo que te voy a decir —dijo Lindalva, cogiendo otra vez las manos de Emília entre las suyas—. Si escarbas lo suficiente dentro del pasado de cualquiera de estas familias que se dicen nobles, ya sean viejas o nuevas, la búsqueda acabará llevándote a la selva o a las cocinas. Aquí nadie examinará demasiado tu pasado siempre y cuando dejes claro que también los demás pueden ser examinados.

Emília se removió, nerviosa. Se sentía agobiada. Quería soltar la mano de Lindalva, que la estrujaba con fuerza, y marcharse. Fue para ella un gran alivio que entrara la criada para decirles que el café estaba servido. Volvieron al porche y se sentaron con la baronesa y doña Dulce. Emília se concentró en su taza de café, incómoda por el constante parloteo de Lindalva y las sonrisas cómplices y amistosas que le dirigía cada vez que hablaba de doña Dulce. Cuando se iban a ir, la baronesa Margarida tomó la mano de Emília entre sus rojos dedos con forma de garra.

—Te volveré a ver después del carnaval —sentenció la baronesa—. No tendrás que tomarte ninguna molestia. Enviaré mi automóvil para que te recoja.

A Emília le dolía la cabeza. Lindalva sonreía de pura felicidad.

13

Dos semanas antes del carnaval, irrumpieron nubes desde el Atlántico. La bomba de viento reanudó su actividad, imparable. La lluvia arreció durante cinco días seguidos, y provocó avalanchas de agua y barro que arrastraron por la pendiente las casas construidas sobre las colinas de Casa Amarela. Las alcantarillas desbordadas de Recife vertieron sus aguas en el torrentoso Capibaribe. Las costureras llegaban a la casa de los Coelho, bajo la protección de gruesos paraguas, con empapados rollos de tul y costureros llenos de lentejuelas y plumas tornasoladas. Para su primer carnaval como marido y mujer, Degas y Emília usarían disfraces que hicieran juego: serían indígenas del Amazonas durante dos noches, y un payaso Pierrot con cuello gorguera y Colombina, su pareja enmascarada, otras dos. Los disfraces de Degas ya habían sido confeccionados, pero los de Emília eran más elaborados y exigían una visita a domicilio de las costureras del carnaval.

La casa de los Coelho estaba vacía. El doctor Duarte y doña Dulce habían ido a su tradicional almuerzo de carnaval en el Club Británico, mientras Degas disfrutaba de la tradicional juerga en la calle Concordia. Los jóvenes de ambos sexos de las mejores familias de Recife, las nuevas y las viejas, se reunían en sus automóviles y recorrían la avenida de dos carriles de un extremo al otro. Arrojaban confetis y largas serpentinas de papel. Humedecían pañuelos con éter y aspiraban los vapores, y con el líquido restante se rociaban unos a otros, y a los espectadores, en la calle. Las multitudes se congregaban a lo largo de la calzada esperando recibir un chorro de éter o echar un vistazo a los jóvenes caballeros y a las damas arruinándose los disfraces. Emília quiso verlo en persona. Le rogó a Degas que la llevara, pero él dijo que no sería apropiado que ésa fuera su primera presentación en sociedad. Aquella fiesta podía volverse peligrosa; era habitual que las familias rivales se arrojaran objetos menos inocentes que serpentinas o éter de un coche a otro: melaza, harina, fruta podrida y hasta orina.

—Es demasiado mayor para tomar parte en esos juegos —farfulló Raimunda antes de que llegaran las modistas del carnaval.

Sonó el timbre de la puerta, anunciando su aparición.

—Estas mujeres serían capaces de cotillear sobre sus propias madres —advirtió Raimunda. Emília asintió.

Doña Dulce también le había advertido sobre las costureras. Aquella pareja madre-hija sólo confeccionaba disfraces, no ropa normal. Su talento con las lentejuelas, las plumas, la pedrería y las telas de colores hacía que fueran muy solicitadas durante el carnaval, pero rechazadas el resto del año. A causa de la popularidad de la que gozaban durante los meses de enero y febrero, las costureras trabajaban para docenas de familias —nuevas y viejas— y se les permitía la entrada en las mansiones. Las mujeres tenían la mirada aguda y las lenguas aún más afiladas que los ojos, y se marchaban de cada casa con historias que contar en la siguiente. La prueba de Emília se realizó en la sala de estar de los Coelho. De esta manera, las costureras podían decir que habían sido tratadas cortésmente, pero no podían inmiscuirse en los asuntos privados de ningún dormitorio. Raimunda colocó un taburete bajo en mitad de la sala de estar y Emília se subió a él. Llevaba sólo su mejor combinación de seda. Las costureras de carnaval le clavaron la mirada.

La madre tenía una amplia sonrisa y el pelo corto, lo que contrastaba con su cuerpo fornido y su anticuado vestido de flores. La hija era delgada y tenía un aspecto andrógino. Ambas mujeres tenían la piel grasienta y morena. Las mujeres cubrieron el cuerpo de Emília con sus vistosas creaciones. Le habían confeccionado una larga falda de plumas, un brillante top dorado y un tocado indígena para la cabeza. Emília se puso el disfraz desde la cabeza. Los mosquitos revoloteaban alrededor de sus piernas. La madre revoloteó alrededor de ella, acomodando el traje, metiendo y soltando costuras, haciendo los ajustes finales. Raimunda se colocó cerca, haciendo preguntas a Emília y previniendo a las costureras para que tuvieran cuidado con los alfileres.

—¡Qué hermosa figura! —dijo la costurera de más edad, dándole palmaditas al muslo de Emília—. Las chicas delgadas no valen para nada.

Emília no asintió con la cabeza ni hizo ningún gesto de aprobación; temía que la mujer contara a otras clientas que la señora de Degas Coelho había calumniado a las mujeres delgadas. La madre se encogió de hombros. La hija colocó un montón de plumas iridiscentes sobre la mesa de la sala de estar y comenzó a agrandar el tocado amazónico.

—Los indios y los payasos son clásicos —dijo la madre, aprobando la elección—. Sin embargo, nadie más los ha pedido este año. Serás la única. ¿Fuiste tú quien eligió el tema?

—No —respondió Emília—. Lo hizo mi esposo.

La mujer esbozó una amplia sonrisa.

—¿Es tu primer carnaval?

—Es el primer año de doña Emília en Recife —interrumpió Raimunda—. ¿Acaso recuerda haberle hecho un disfraz el año pasado?

La costurera fijó los ojos en Raimunda. La criada se cruzó de brazos y la miró a su vez.

Después de conocerse por primera vez en el baño de los Coelho, Raimunda se había vuelto una presencia constante y silenciosa en la vida de Emília. Ésta apreciaba su silencio. Todos —doña Dulce, Degas, el doctor Duarte, la señorita Lindalva— le daban consejos. Todos le hablaban en clave y Emília estaba cansada de tanto intentar descifrarles. Raimunda era distinta. La criada la vestía, la peinaba, le arreglaba las medias y le cortaba las uñas con una eficacia solemne y disciplinada. No reclamaba conversación y Emília no la ofrecía. Después de lo visto en la tienda de telas, Emília sospechaba que hasta las tortugas y las madonas de rostro alargado podían ser espías de doña Dulce. La recién casada agradeció la protección de Raimunda frente a las costureras de carnaval, pero no lo podía permitir. Una criada debía defender a sus patrones sólo si éstos no estaban presentes. Una doña debía hablar por sí misma, no podía permitir que una criada lo hiciera por ella.

—Sólo tengo 19 años —dijo Emília, intentando imitar el tono de doña Dulce, una mezcla de fastidio y severidad—. En el interior, las jóvenes no participan en el carnaval.

De hecho, en Taquaritinga nadie festejaba el carnaval, sólo celebraban la Cuaresma.

—Aquí tenéis todo el sacrificio, pero ninguna diversión —le dijo Degas una vez durante su estancia en casa del coronel. Emília esperaba que las costureras no hubieran viajado fuera de Recife, porque así no estarían al tanto de lo que sucedía en otros lugares. La madre asintió y dirigió a Emília una mirada penetrante, observándola bajo una nueva óptica; era de público conocimiento que los hacendados adinerados del interior enviaban a sus hijas a las escuelas de los conventos, no para ser monjas, sino para que estuvieran protegidas por altos muros y reglas estrictas. Emília inclinó la cabeza piadosamente.

—Sí, doña Emília —dijo la madre—, las jóvenes no deberían estar expuestas al carnaval. Pero el Club Internacional es diferente. No es como la calle. Habrá tantos disfraces hermosos...

Emília asintió con la cabeza. La mujer describió los trajes elaborados que había confeccionado para los Coímbra, los Feijó, los Tavares y otros. Emília reconoció el tono amistoso de la costurera, sus exaltadas chanzas para hacer que su cliente se sintiera a gusto. Ella misma había hecho lo mismo con sus clientes no hacía mucho.

—Un hombre quería un traje de cangaceiro —intervino la hija, levantando la mirada del trabajo que realizaba sobre el tocado.

—No quise hacerlo —dijo la madre rápidamente—. No son nada elegantes; nada de lentejuelas ni plumas. Yo no confecciono disfraces de arpillera. —La madre observó el rostro de su clienta y, advirtiendo su interés, continuó—: ¿Te has enterado del último ataque?

Emília negó con la cabeza.

—Una de mis clientas tiene a un coronel viviendo en su casa —dijo la madre, dejando a un lado el alfiletero—. El coronel Machado de algo. Vino a la ciudad para pedirle tropas al gobernador. Está completamente loco. Algunos cangaceiros casi le matan a su hijo. Atacaron su pueblo; mataron a siete hombres. Fue espantoso.

—¿Cuáles? —preguntó Emília—. ¿Qué cangaceiros?

La costurera sacudió la mano. Un alfiler cayó al suelo.

—Uno que lleva el nombre de un pájaro... El Perico... El Gallo...

—¿El Halcón? —Emília contuvo el aliento.

—Sí, eso es. —La madre miró a Emília sorprendida.

—Los halcones son aves comunes por allí —replicó Emília, mirándose las uñas. Su corazón latía deprisa; esperaba que la costurera no pudiera ver cómo le subía y bajaba el pecho debajo de la combinación.

—¿Qué más dijo ese coronel?

En el fondo de la sala de estar, Raimunda carraspeó. Emília sabía que no debía manifestar curiosidad por temas tan morbosos. Pero la modista de carnaval ignoró a Raimunda y se apresuró a responder.

—Oh, me dijeron que fue un ataque terrible —dijo—. Realmente terrible. Después hubo una fiesta y bailaron sobre los cuerpos muertos. Un pobre fraile lo vio todo. Estaba tan conmocionado que dijo que uno de los bandidos era una mujer. Es un error fácil de cometer. Todos llevan el pelo largo. Pero él insistió. ¿Te imaginas? —La madre bajó la voz—: ¿Qué tipo de mujer haría algo así? ¿Qué tipo de familia se lo permitiría? Es vergonzoso.

Emília asintió. Tenía la boca reseca.

—¡Debe de ser tan horrible! —exclamó la hija—. Una vida de perros.

—No insultes a los pobres perros —respondió la madre, con una risita tonta; cuando advirtió que Emília no se reía, calló—. Qué terrible destino para una muchacha —chasqueó la lengua—, si fuera cierto.

El aire se volvió irrespirable. La combinación de Emília se pegó a su vientre. La falda de plumas tenía innumerables salientes que le arañaban la parte posterior de los muslos. Un mosquito zumbó cerca de su oreja, pero Emília no lo espantó, pues temía perder el equilibrio sobre el taburete. Raimunda dio un paso adelante.

—Está pálida —dijo.

—Necesito descansar —respondió Emília, y se bajó del taburete.

Antes de que las modistas pudieran protestar, se oyó el chirrido del portón de entrada, que se abría. Había regresado Degas. Raimunda dio por finalizada la prueba. Emília se quitó el disfraz y abandonó el salón, dejando que Raimunda se hiciera cargo de todo y diera instrucciones a las modistas para dar los últimos retoques a su tocado de india.

En el vestíbulo, Emília vio a su esposo. Degas había ido con su disfraz de Pierrot a la fiesta callejera de los jóvenes. El traje estaba arruinado. La lluvia no había deslucido el tumulto habitual del acontecimiento. El pelo de Degas estaba pringado, tieso por la melaza seca, y su disfraz era poco más que un amasijo de grumos de color amarillo. Tenía los ojos vidriosos y los párpados pesados. Se rió cuando vio a Emília de pie con su combinación; luego, subió la escalera dando tumbos. Degas enfiló el pasillo, abrió la puerta de la habitación de Emília de un empujón y se desplomó sobre su cama.

Emília lo siguió. La risotada de Degas había sido como un resoplido malicioso, desdeñoso, siniestro. Y ahora estaba despatarrado sobre sus impecables sábanas, y su pelo pegajoso manchaba las almohadas. Emília deseó que las hormigas que habitualmente invadían la cocina de doña Dulce lo encontraran. No habría nadie para lavar las sábanas, para arreglar la cama. La mitad del personal de los Coelho tenía el día libre. Raimunda y la planchadora estarían ocupadas preparando el disfraz de Emília, el vestido de doña Dulce y el esmoquin del doctor Duarte. Los Coelho habían reservado esa noche una mesa en el baile del Club Internacional.

Emília sacó un juego de sábanas del armario de la ropa blanca. Que Degas estuviera durmiendo sobre su inmundicia cuando volvieran del baile de carnaval, pensó. Ella se haría su propia cama.

La joven quitó las sábanas de la cama del cuarto de cuando Degas era niño; se negaba a dormir sobre cualquier cosa que él hubiera tocado. Sacudió las almohadas y puso las sábanas limpias con movimientos rápidos y violentos. Se golpeó con el rodapié y se le rompió una uña de la mano. La sangre brotó de los bordes. Emília se tapó la boca y se sentó al lado de la cama a medio hacer.

Miró los discos de inglés apilados al lado de la gramola. Observó ésta. Su brazo grueso y torcido; la aguja puntiaguda.

De niña, siempre había sido la hacendosa, la obediente, a diferencia de Luzia, que dejaba bien claro con su callada tozudez que si obedecía era porque quería hacerlo. Emília echaba de menos a su hermana. Extrañaba su fuerza silenciosa, la manera en que se cubría la boca cuando se reía, la manera en que enganchaba su brazo torcido en el de Emília cuando salían a pasear. Todos los días, Emília esperaba noticias: un artículo en el periódico que mencionara a los cangaceiros, una carta de doña Conceição que contara que Luzia había regresado. Sin embargo, no había llegado ninguna noticia.

El dedo seguía sangrando, y tenía un sabor salado y metálico en la boca. Emília quería hacer más preguntas a las costureras de carnaval. Quería saber qué familia estaba alojando al coronel atacado para ir a visitarlo. Manifestar interés por delincuentes la convertiría en el blanco de comentarios maliciosos: una dama no debía preguntar sobre esos asuntos. Una dama no podía preocuparse por cangaceiros. Emília recordó las preguntas de las costureras: ¿Qué tipo de mujer se quedaría con hombres como ésos? ¿Qué tipo de familia lo permitiría? Una familia sin vergüenza, había concluido la costurera.

Emília se arrancó la uña rota con los dientes. Se preparó para aguantar el dolor, que de todas formas no la distrajo de sus furiosos pensamientos. Sintió un ardor en el estómago, como si hubiera bebido una de las pócimas de huevo crudo y pimienta del doctor Duarte. Emília estaba irritada con esas costureras, por sus especulaciones, por sus juicios. Estaba furiosa con Luzia por prestarse a que la juzgaran las malas lenguas. Pero ¿sería realmente ella? ¿Había realmente una mujer en el grupo de cangaceiros? Y si fuera así, ¿sería Luzia?

Emília volvió a sentirse como una niña, con la necesidad de defender a su hermana, de ponerse del lado de Gramola, aunque quedase aislada y ridiculizada por ello. Cuando eran niñas, Luzia le cogía la mano o cepillaba el cabello de Emília para agradecerle su lealtad. Ahora Luzia estaba perdida. Era como un fantasma, ni viva ni muerta, sino flotando en los recuerdos de Emília, trastornando su nueva vida. No podía llorar a Luzia, pero tampoco podía rescatarla.

Emília había esperado que Recife fuera una gran metrópoli bulliciosa. Lo suficientemente grande como para hacerle olvidar aquello que había perdido. Pero como decía el doctor Duarte, todo era una cuestión de escalas. El mundo de los Coelho se limitaba a lo viejo y lo nuevo, a los clubes privados, la plaza del Derby y su casa vallada. Emília se sentía a menudo como si estuviera encerrada dentro de una enorme y elegante sala de recepciones. A pesar de todo su lujo, era como si estuviese encerrada, sin aire para respirar. Algunas veces, cuando se sentaba a la mesa de desayuno de los Coelho o estaba acostada en la cama, sentía la urgente necesidad de gritar o de emitir un silbido pidiendo ayuda.

Años atrás, el día del funeral de su padre, cuando Luzia y ella estaban de rodillas, una al lado de la otra, frente al primer banco y el cuerpo de su padre yacía envuelto como un capullo en su blanca mortaja funeraria, Emília sintió la misma urgencia. Agachó la cabeza, acercando el mentón al pecho, y se metió dos dedos en la boca. La iglesia estaba tan silenciosa que se podía oír el siseo de los faroles, el roce de las manos agrietadas, el chasquido de los labios mientras la gente comulgaba. Emília soltó un silbido que hizo que su lengua vibrara contra las mejillas. Hubo exclamaciones y murmullos.

—¡Qué niña más terrible! —había siseado una mujer detrás de ella. Luzia sonreía.

Incluso cuando tía Sofía llevó a Emília afuera y le dio una paliza allí mismo, frente a toda la congregación, apenas lo notó. Sólo podía pensar en aquel silbido, tan agudo y fuerte que se elevó por encima de los bancos, por encima del altar del padre Otto, por encima de la cruz, y fue hacia arriba, a los rincones más recónditos del cielorraso pintado de la iglesia, a un lugar que nadie podía alcanzar. Y pensó en la sonrisa de Luzia, en lo orgullosa que se había sentido al verla. Cómo se habían mirado, como si acabaran de compartir un secreto. Como si hubieran echado un vistazo a algo especial y misterioso en el interior de cada una, algo que podían conservar, algo de tal naturaleza que si alguna olvidaba su existencia la otra siempre estaría allí para recordárselo.

14

Serpentinas plateadas y doradas engalanaban los candelabros del Club Internacional. Sobre el escenario, una banda con esmóquines blancos tocaba una samba delirante. Emília se recolocó el tocado de plumas. Era aparatoso e incómodo; las salientes cañas de las plumas le arañaban la frente. Degas cogió su mano. Habían decidido ponerse los disfraces indígenas, ya que su ropa de arlequín estaba echada a perder. Antes de salir, Degas metió un frasco de cristal con éter y dos pañuelos en la parte posterior de su cinturón de plumas.

La mesa del doctor Duarte tenía una situación privilegiada al lado de la pista de baile. Degas pasó de largo ante la mesa que tenían reservada para ellos, tirando de la mano de Emília. Le presentó a otros indios y a exploradores portugueses, monjes, faraones y griegos. Vio a una de las mujeres Raposo con una enorme falda con miriñaque y una peluca blanca. Sobre la peluca había una pequeña jaula dorada con un gorrión. El pájaro revoloteaba de un lado a otro, nervioso. Una espigada joven Lundgren lucía como una princesa egipcia, con un diminuto casquete recubierto de joyas. Emília la envidió. Su propio tocado se movía constantemente, tirándole del pelo y obligándola a sostenérselo con la mano. Felipe, el hijo del coronel, estaba de pie con un grupo, al fondo del salón. Vestía como un gitano, con un pañuelo en la cabeza. Estaba más delgado y tenía más pecas de lo que recordaba. Hizo un gesto con la cabeza al verlos. Degas lo saludó a su vez. El salón de baile estaba dividido. Los dos extremos codiciados del frente, cerca de la orquesta, pertenecían a las familias nuevas y viejas, sentadas a distintos lados de la pista de baile. Al fondo del salón no había mesas ni sillas. Era, según descubrió Emília, donde se ubicaban aquellos que tenían una invitación pero carecían de plaza en las mesas destinadas a las familias. Degas volvió con Emília a la mesa de su padre. Pidió un vaso tras otro de licor de cachaza mezclado con lima. Emília hubiese querido conocer el sabor de las bebidas, pero no probó ni un trago. De pie, al fondo del escenario y al lado del doctor Duarte, doña Dulce la observaba desde lejos.

«Compórtate», le había ordenado doña Dulce antes de alejarse. Así que Emília se sentó en silencio, con una mano sobre su tocado y la otra alrededor de un vaso de soda, y observó la pista de baile. Cuando las viejas familias se levantaban para bailar, las nuevas se sentaban. Los dos grupos se observaban con recelo: los caballeros se reían con desenfado; las damas cuchicheaban ocultándose tras sus manos.

Emília no sabía bailar la samba, ni el vals. Había memorizado las instrucciones de Dulce sobre los bailes: jamás enlazar los dedos, jamás tocar los rostros, usar siempre el codo como palanca para evitar que el compañero se acerque demasiado.

De repente sonaron las trompetas. Los brazos del músico que tocaba la pandereta se movieron con frenesí. La orquesta arremetió con un frevo, el ritmo típico de Pernambuco. Los invitados aplaudieron. Ambos lados del salón se pusieron de pie. La gente soltó a sus parejas; saltaba de izquierda a derecha, balanceándose sobre los talones como si fuera a caer hacia atrás, y luego se enderezaba rápidamente y repetía el frenético paso. El personal del club repartió pequeñas sombrillas doradas, y los invitados las abrieron, blandiéndolas de arriba abajo al ritmo enardecido de la música. Degas sonrió. Agarró el brazo de Emília y la condujo a la pista de baile.

Una sombrilla se abrió al lado de ella. El tocado de Emília se deslizó hacia delante, y le tapó los ojos. Perdió el equilibrio y cayó sobre Degas.

—¡Relájate! —El marido cogió el frasquito del bolsillo y quitó el tapón. Vertió el éter sobre su pañuelo y arrojó el tubo vacío sobre la bandeja de un camarero que pasaba. Luego apretó con firmeza el pañuelo sobre la nariz y la boca de Emília.

Ella sintió frío en los orificios de la nariz, un hormigueo en la garganta y la cabeza de pronto extrañamente vaporosa. Vio el tocado caer al suelo y desaparecer bajo innumerables pies. El confeti se adhirió a sus pestañas. Sintió como si el pecho estuviera a punto de estallarle. El techo comenzó a girar y a acercarse a ella. La música vibró más y más rápido, hasta que adquirió un matiz metálico y extraño, como un largo zumbido en sus oídos. Emília oyó carcajadas, y el so-

nido la sobresaltó. Giró y giró para ver de dónde venían. Las sombrillas se abrieron y se cerraron en una vertiginosa confusión dorada. Las
carcajadas se hicieron más estruendosas. Emília se dio cuenta de que
eran suyas. No podía parar. Cuando lo intentó, se rió aún más. Era
desesperante, aterrador. Vio a la mujer Raposo con la peluca blanca.
El cuerpo del gorrión chocó contra los barrotes de su jaula. Las alas
no se abrieron. La risa de Emília se apagó; su corazón se aceleró. Buscó a Degas, pero no pudo hallarlo. Se abrió paso entre la gente.

No supo durante cuánto tiempo permaneció en el borde de la
pista de baile con los ojos cerrados. No supo cuánto tiempo pasó
hasta que su cabeza dejó de girar. Cuando abrió los ojos, el frevo había
terminado. Su tocado había desaparecido; el cuero cabelludo le dolía.
Estaba en la parte de la pista de las viejas familias. Cuando se dio cuenta, Emília retrocedió rápidamente, evitando la pista de baile. Se desplazó a través de la zona oscura y libre de mesas. Allí vio a Degas.

Estaba de pie junto a un grupo de invitados disfrazados de
gitanos y marineros. Sus disfraces no eran tan elaborados como los
de las viejas y nuevas familias; los hombres y las mujeres marineros
usaban gorras blancas; los gitanos, pañoletas improvisadas. En medio
de los sencillos disfraces, Degas —con su tocado tornasolado de
plumas— parecía un pavo real. Estaba detrás de Felipe, cuyo pañuelo de la cabeza se había soltado. Degas dudó, y luego cogió las puntas del pañuelo. Debajo de su pechera india, los brazos estaban desnudos. Sus manos parecían pequeñas y torpes, pero anudaron el
pañuelo con suavidad a la cabeza de Felipe. Un mechón del pelo del
amigo asomó y cayó sobre su oreja. Con las yemas de los dedos,
Degas lo colocó. Su mano se demoró sobre el cuello de Felipe; el
joven echó el rostro pecoso hacia atrás, acercándolo a Degas.

Una idea veloz y escalofriante pasó por la cabeza de Emília.
Luego desapareció.

15

Doña Dulce estaba sentada, rígida y sola, bebiendo a sorbos un vaso
de zumo en la mesa de los Coelho. Emília no quería sentarse a su
lado. El humo del tabaco enturbiaba el salón de baile, irritándole los

ojos. La música estaba demasiado fuerte. Salió a tomar el aire. A la entrada había una hilera de automóviles y carruajes. Dos jóvenes Raposo de pelo oscuro se abrieron paso hasta el coche de su familia. Una de ellas reconoció a Emília, por haberla visto en la plaza del Derby.

—No tienes buen aspecto —dijo, frunciendo sus gruesas cejas—. Nosotras vivimos en Torre. Está justo al lado de Madalena. Te llevaremos.

Con el desparpajo y el pragmatismo propios de una mujer Raposo, la joven cogió el brazo de Emília, la guió hacia el automóvil y dio unos golpes sonoros en la ventanilla para despertar al chófer. Aunque Emília protestó, la muchacha no le hizo caso. El conductor regresaría para buscar al resto del clan. Informaría a los Coelho de que ella se había marchado pronto. Emília estaba verdaderamente cansada de la fiesta. Agradeció la amabilidad de la muchacha. Pero esta actitud cambió apenas se alejaron del Club Internacional.

Toda joven bien educada mayor de 15 años era una novia en potencia, y gozaba especulando sobre las cualidades de un buen candidato. Después de una breve discusión sobre la fiesta, las jóvenes Raposo decidieron comparar a los galanes.

—Vi al joven Lobo —dijo, risueña, una de las hermanas—. Está completamente prendado de ti.

La otra joven Raposo puso cara de pocos amigos.

—¿Crees que me gusta ese descarado? No tiene futuro ni ambición. Vivirá a costa de su padre durante el resto de su vida. ¡Si nos casáramos, viviríamos en la casa de sus padres! Una joven debería poseer sus propios criados, su propia casa. ¿No estás de acuerdo, Emília?

Las muchachas se rieron tontamente. Emília se encogió de hombros. Durante el resto del viaje, fingió que dormía. Cuando llegaron al portón de los Coelho, las hermanas le dedicaron un parco adiós.

La casa de los Coelho estaba a oscuras, la noche era cerrada. En la distancia se oyó el opaco estruendo de música callejera, un tambor continuo que mutaba al rápido ritmo del frevo. La multitud gritaba. Emília sintió de pronto una terrible soledad. Pensó en sacar su retrato de comunión del armario para verlo, pero no tenía fuerzas para subir las escaleras de caracol. Entró en el despacho del doctor Duarte. Allí, en posición fetal y durmiendo, se hallaba la niña sirena. Emília levantó el frasco del estante. Lo colocó sobre sus rodillas. El cristal estaba frío al principio, pero lentamente adquirió la temperatura de su piel.

Emília no comprendía las ideas del doctor Duarte, pero le gustaba la simpleza de las mediciones. Los hombres eran criaturas misteriosas. Hasta los caballeros, con sus barbas recortadas y su elegancia perfumada, resultaban poco de fiar. Qué gran alegría, entonces, poder medir a un hombre. Y a través de esas medidas determinar quién tenía buen corazón y quién era cruel. Quién podía proporcionar felicidad y quién no.

Emília volvió a poner rápidamente a la niña sirena en su lugar sobre el estante. La niña no estaba viva, se dijo a sí misma. Y las personas no eran como los vestidos. No se podían medir, marcar y cortar. La conversación de las jóvenes Raposo, con sus veladas críticas, atormentó a Emília. Un buen esposo tenía ambición, mientras que uno malo era dependiente de su padre. Ninguna mujer deseaba algo así. Las mujeres querían su propia casa, sus propios criados. Querían ser doñas, no nueras.

Emília siempre había creído que Degas era un buen partido. Después de llegar a Recife, se sintió inferior, provinciana y carente de refinamiento. Había creído que el desinterés de su esposo se debía a sus insuficiencias; ahora sabía que no era así.

La joven apreciaba los lujos de su nueva vida con Degas. Sin él, tal vez hubiera terminado como una de esas pobres costureras de Recife, atrapada en una estancia sofocante, inclinada horas enteras sobre una máquina de coser. Pero además de la capacidad de Degas de proporcionarle vestidos, casas o criados, Emília había esperado que un esposo educado le proporcionara una tranquila felicidad. Que juntos pudieran hacer de su vida matrimonial una tela fina, en la cual todo hilo irregular quedara escondido tan hábilmente que pasara desapercibido, haciendo que el género siempre se mostrase suave y bello. Pero allí de pie, en aquel estudio oscuro, entre libros extraños y frascos colmados por pálidos restos, recordó la sensación de frío del éter en la fiesta de carnaval, recordó las manos de su esposo atando con cuidado un pañuelo gitano, y presintió una aterradora certeza: había elegido mal. Y todos los que la rodeaban —doña Dulce, las criadas de la casa, incluso las jóvenes Raposo— parecían sospechar lo que Emília finalmente había notado: que Degas era incapaz de crear un tejido con aquellos hilos invisibles que conformaban la felicidad de una mujer.

16

Cuando regresaron los Coelho, Emília estaba dormida sobre la cama infantil de Degas. Oyó el estruendo lejano de un motor. Se despertó con el chasquido seco de la cerradura. De pie en la puerta estaba la sombra de un hombre, oscura y maciza. Plumas iridiscentes brillaban alrededor de su cintura y su cuello, estampadas con grandes círculos blancos, como una docena de pares de ojos. Emília se incorporó.

—Te hemos buscado por todas partes —dijo Degas—. ¿Por qué te fuiste?

—Estaba cansada —respondió Emília—. Me ardían los ojos.

—Debiste decírmelo.

—El chófer de los Raposo os avisó, ¿no?

—Sí. Mi madre está furiosa.

—¿Por qué? —De repente, Emília también se sentía furiosa.

—Una mujer no se va sin su esposo.

Emília se volvió a acostar. Las plumas de su disfraz atravesaban la tela brillante, pinchándole la piel.

—Y además con las Raposo —prosiguió Degas—. Todo Recife estará hablando de ello mañana.

—Que hablen —dijo Emília con brusquedad.

Oyó los jadeos de Degas, el zumbido de un mosquito, los fuertes latidos de los tambores maracatu en la distancia. Degas estiró la mano para tantear la cama, como si sus ojos no se hubieran acostumbrado aún a la oscuridad. Se desplomó al lado de ella, casi sobre sus piernas. Se había sentado sobre su falda, inmovilizándola. Emanaba un hedor agrio y fermentado, mezcla de alcohol y sudor.

—¿Qué sabes de mí? —preguntó. El tono de su voz era apremiante; sus ojos, húmedos y oscuros.

Emília sintió una oleada de disgusto. Ella podría preguntarle lo mismo. Degas jamás quería saber cómo pasaba los días; jamás preguntaba por sus sentimientos. Emília sólo era algo útil y atractivo, como la gramola o los brillantes zapatos. En definitiva, un adorno que ocupaba un lugar periférico en su vida.

—Jamás me has besado —le dijo ella.

—Te he besado muchas veces.

—No —dijo Emília—. No me has besado como se besa a una mujer.

Degas se frotó el rostro con las manos. Suspiró.

—No, supongo que no. —Fijó la mirada en Emília. Se pasó la mano por el pelo—. No he cumplido con mi parte del trato.

—Un trato —repitió Emília automáticamente. Era lo que solía hacer en el mercado de los sábados, pero jamás le gustó. De hecho, lo odiaba. Siempre pagaba demasiado y recibía demasiado poco. Emília cogió la esquina de la sábana almidonada y la arrugó.

—Tu madre quiere un nieto —dijo con la voz temblorosa y abrumada—. Me echa la culpa a mí.

—Lo siento —susurró Degas—. No es justo.

Se levantó y extendió la mano.

—Ven —dijo.

Lo dijo tan suavemente que Emília, pese a su enfado, obedeció. Degas le levantó los brazos por encima de la cabeza. Le quitó el arrugado disfraz. Debajo llevaba una combinación y pantalones cortos de algodón. Aun así, Emília sentía un frío extraño. Se cruzó los brazos sobre el pecho.

—Acuéstate —susurró Degas.

Sintió las sábanas ásperas contra la espalda. Las manos de él estaban frías. Se movieron suavemente al principio, y luego con mayor urgencia, presionando y tirando como si la estuviera moldeando con sus delgados dedos. Enseguida sus pantalones cortos habían desaparecido; la combinación estaba apretujada alrededor del pecho. Degas pesaba mucho. El pecho de Emília apenas podía elevarse o descender. Comenzó a respirar con dificultad, la cabeza le latía. Cerró los ojos y recordó el molino de harina de Taquaritinga, su húmedo calor, el olor acre de la mandioca, los hombres y las mujeres sudorosos encorvados sobre los pálidos tubérculos que se aplastaban hasta quedar transformados para siempre.

Capítulo

6

LUZIA

Matorral de la caatinga, interior de Pernambuco
Valle del río San Francisco, Bahía
Diciembre de 1928-noviembre de 1929

1

Debajo de la aguja de su Singer germinaron las rosadas estrellas de las plantas de macambira. Sobre las solapas de los morrales y en las alas agrietadas de los sombreros de los hombres, cosió círculos verdes semejantes al cactus bonete. Bordó remolinos color naranja imitando la corteza desprendida de los árboles imburana. Luzia se olvidó de las inútiles mariposas y rosas de los manteles y las toallas de doña Conceição. El matorral se transformó en su paleta.

En aquella maraña achaparrada de maleza gris, cualquier indicio de color resultaba extraordinario. Luzia coleccionaba las cáscaras de los escarabajos muertos que se adherían, doradas y traslúcidas, a las ramas de los árboles. Admiraba las amarillas bayas del juá antes de machacarlas y lograr una pulpa espumosa para lavarse el pelo. Y cuando oía los nítidos gorjeos del periquito de la caatinga —que atravesaba el sofocante silencio de la tarde como

el ruido de trozos de vidrio que se hacían añicos en las alturas—
oteaba el cielo hasta que distinguía sus verdes alas. No podía ver
los pájaros, sólo su contorno borroso, como una mancha de color
en el cielo. Luzia aguzaba la vista para ver los árboles y las cumbres
lejanas. Entornaba los ojos para ver con mayor claridad y no de
manera borrosa y confusa. Poco a poco, comenzó a ignorar todo
lo que se hallaba lejos. Podía ver lo suficiente, podía leer los periódicos que el Halcón le traía y distinguir claramente las puntadas
que cosía. No necesitaba ver lo que estaba lejos, sólo lo que tenía
delante.

Los cangaceiros valoraban su costura. Cuando el grupo invadía un pueblo, los hombres buscaban telas e hilos. Registraban cobertizos y almacenes polvorientos, revisaban los armarios de costura de las damas y luego le presentaban sus hallazgos a Luzia. Los
únicos utensilios que no aceptaba eran las cintas métricas. Sólo usaba su propia cinta, la que Emília había empaquetado, porque la había
hecho ella misma y confiaba en su precisión.

—Jamás os fieis de una cinta métrica ajena —advertía Luzia
a los hombres, repitiendo el consejo de tía Sofía.

Sólo la gente muy rica —coroneles, comerciantes, políticos—
tenía tesoros con lujosos bordados y apliques. Ahora también los
poseían los cangaceiros. Y como les ocurría con todo lo que tenía
valor, querían más. Pidieron a Luzia que adornara las cartucheras,
que hiciera fundas para las vasijas y cantimploras, que cosiera sus
iniciales sobre los guantes de cuero de vaqueiro. Hasta Orejita y Medialuna le entregaron silenciosamente sus posesiones para que las
decorara. De este modo, los cangaceiros, al principio recelosos con
la presencia de Luzia, terminaron creyendo que la predicción del
Halcón se había cumplido parcialmente: todavía Luzia no había traído ni buena ni mala suerte, pero había resultado útil.

Todas las noches deslizaba un morral desteñido por debajo de
la aguja de la máquina, y Ponta Fina giraba con orgullo la manivela.
El resto de los hombres observaba. Luzia bordaba los puntos más
delicados a mano, pero usaba la Singer para coser los apliques de tela
—meticulosamente cortados en diminutos triángulos, diamantes,
medialunas y círculos— sobre bolsos y fundas de cantimploras. La
máquina transformó la costura en una habilidad aceptable, en un

oficio útil. Los hombres no se interesaban por las puntillas ni por los bastidores que se utilizan para bordar, pero podían usar las máquinas de coser. En medio del estrépito, los cangaceiros hacían preguntas a Luzia y admiraban su trabajo. Algunos probaron a coser, pero el grupo tenía poca paciencia. Movían los retales bajo la aguja demasiado rápido. Dejaban que el hilo de la bobina se enrollara y se formaran gruesos nudos. Querían ser hábiles de buenas a primeras. Luzia sacudió la cabeza.

—Debéis prestar atención a cada puntada —decía, reuniendo sus bastidores y enseñando a los hombres a coser a mano.

Cada puntada era un diseño en sí. Cada una tenía su punto de partida, su punto de llegada, su longitud y su tensión. Un sastre habilidoso (no se atrevía a llamar a los hombres «costureros») podía leer las puntadas como las letras de un alfabeto, decía Luzia; entonces, como veía a los hombres desconcertados, se corregía. Un sastre habilidoso era como un buen vaquero: podía distinguir las puntadas como éste a cada vaca de su manada. Se necesitaba memoria, y la de los hombres era pésima. Dieron nombres nuevos a los puntos para recordarlos mejor. El punto atrás se transformó en Baiano porque era constante, directo, y se usaba para una línea definida. El punto gusano era Vanidad, porque cuando se enroscaba el hilo alrededor de la aguja de bordado, el punto parecía elegante y sofisticado, pero el resultado siempre era menor del esperado: sólo unos pequeños bultos extraños en la tela. Inteligente y Canjica eran punto satinado y punto contorno. El satinado era un punto de relleno. Podía ser engorroso y torcerse si no había un contorno para guiarlo y contenerlo. Orejita, para el deleite de Ponta Fina, era el punto espino: una simple hebra de hilo sujeta por pares de puntadas claramente cruzadas. Cada puntada nueva que enseñaba Luzia tenía su correlato en un hombre.

—¿Y el capitán? —preguntó Ponta—. ¿Cuál es?

—No lo sé —dijo Luzia, concentrándose en la Singer—. No he descubierto una puntada con sus características.

Era mentira. La suya fue la primera puntada que pensó cuando comenzaron el juego de memoria. Era el punto sombra. En realidad no parecía un punto, sino un bloque de color que se entreveía a través de una trama. Se realizaba sobre el revés de una tela delgada, casi transparente, un lino fino o un crepé ligero. Desde el reverso, era imposible saber cómo se lograba el efecto o qué puntada se usaba. Quienes lo admiraban sabían que había algo detrás de la tela, pero no distinguían qué. El efecto era bello y desconcertante. El punto sombra era engañoso: podía ser indicio de una gran costurera o la estrategia de una mala costurera para ocultar sus errores. Cada vez que Luzia veía el punto, odiaba darle la vuelta a la tela. En el reverso, las puntadas podían estar bien urdidas y apretadas o ser una maraña de nudos.

Luzia no podía revelar esto a los hombres, aunque la apremiaran, riéndose cuando perdía la compostura y se impacientaba. No tenían mala intención: los cangaceiros se provocaban unos a otros sin piedad y el hecho de que Luzia fuera incluida en sus bromas consolidó su posición dentro del grupo. Algunos —Orejita, Medialuna y alguno más— seguían albergando dudas respecto a ella, pero los demás adoptaron una actitud juguetona e informal. Trataban a Luzia como una prima varonil que conocieran desde la infancia, poniendo ranas dentro de su manta, enseñándole a jugar al dominó e intentando infructuosamente escandalizarla con sus conversaciones. Después de semanas en el matorral sin pasar por una aldea o un pueblo, los hombres se ponían chabacanos y estaban nerviosos. Hablaban de las conquistas pasadas e imaginaban las nuevas.

Luzia cosía en silencio, fingiendo no escuchar. Los hombres evocaban el sabor salobre y perfumado de la transpiración femenina. El placer de sentir el aliento caliente de una muchacha sobre el cuello cuando bailaban forró. Recordaban que la boca de las chicas se quedaba seca cuando comenzaban a besarlas porque estaban nerviosas y cómo en un instante volvía a ponerse húmeda y caliente. Luzia escuchaba fascinada con el saber de los cangaceiros. Hablaban de olores, de cuerpos, de cabellos y de suavidad. Manifestaban la misma pericia técnica e interés que cuando hablaban de sus armas; pero se advertía asombro en sus voces, mayor reverencia.

A menudo Luzia echaba un vistazo al Halcón durante estas discusiones. Jamás participaba en ellas. La mayoría de las noches, ni siquiera prestaba atención, y elegía en cambio trazar los planes del día siguiente con Baiano. Pero a veces el Halcón se recostaba y escuchaba, sonriendo ante las observaciones de los hombres como si estuviera de acuerdo. Entonces Luzia cosía más rápidamente, metiendo la aguja con brusquedad en la tela sujeta al bastidor. Ella también era una mujer, se decía a sí misma. Pero ¿hablaría alguna vez un hombre de su cabello, de su aliento, de sus besos? No se parecía a las criaturas perfumadas y solícitas a las que los cangaceiros cortejaban en los pueblos, muchachas que se estremecían de temor y curiosidad, algunas ofreciendo tortas de macaxeira en fuentes, otras bailando y volviendo la cabeza con coquetería cuando los hombres intentaban besarlas mientras sonaba una canción. Bailaban tensas al comienzo, pero al avanzar la noche los hombres y sus parejas se acercaban, sus caderas se ondulaban rítmicamente y los pies se arrastraban con tanta rapidez sobre el suelo de tierra que Ponta Fina tenía que regarlo con agua para que el polvo no se levantara y no se metiera en los ojos. Al final de la noche, bastantes parejas de baile desaparecían juntas. Luzia acampaba con Ponta Fina y cualquier otro cangaceiro que ya hubiera terminado de divertirse. El Halcón jamás bailaba, pero algunas veces también desaparecía y Luzia pasaba una noche incómoda sobre sus mantas, sin poder dormir. Le indignaba que hubiera encontrado a una mujer para pasar la noche, pero también se sentía extrañamente tranquila; no era célibe ni un santo, sino un hombre con debilidades y necesidades como los demás cangaceiros.

Luzia aprendió a controlar su torpeza y a hablar con tranquilidad cuando se dirigía al Halcón. Aún sentía una terrible oleada de calor en el vientre y en las mejillas si se acercaba demasiado. Había intentado erradicar esa sensación, y luego contenerla. Intentó ser una parte invisible del grupo, y no pensar en el futuro ni en el pasado. No había tiempo para fantasías. El Halcón había seducido a sus hombres, pero Luzia resolvió que ella no se dejaría seducir por él. Era temperamental, impaciente, a menudo vanidoso. De todas maneras, era difícil no dejarse cautivar por su confianza. En el matorral, nada era seguro. Ni la lluvia, ni la siguiente comida, ni sus vidas. Pero el Halcón jamás vacilaba, jamás se arrepentía, jamás perdía la fe. Tenía habilidad con el cuchillo y a menudo ayudaba a Ponta Fina a desollar las reses. Era un maestro paciente. Era un excelente tirador. No parecía haber nada que no supiera hacer, por lo que, cuando hacía un aparte con alguien para pedirle ayuda o consejo, le hacía sentirse imprescindible y único. Lo mismo sucedía con Luzia. Ella intentaba ignorarlo, pero recibir su atención exclusiva, ser mirada como si fuera la única persona en el matorral, la subyugaba.

—Léeme —le pedía a menudo, entregándole un ejemplar estropeado de un periódico que había logrado comprarle a un comerciante o sonsacarle a un buhonero por el camino. Los periódicos eran difíciles de hallar; poca gente fuera de la capital y de los grandes pueblos tierra adentro sabía leer. El Halcón siempre decía que leer la letra diminuta de los artículos le provocaba dolor en los ojos. Luzia no sabía si era verdad o si leía mal. Todos los días leía en voz alta su colección de oraciones, pero tal vez fuera como tía Sofía, lo suficientemente astuto como para fingir que leía mediante la repetición y la memorización.

El *Semanario Caruaru,* un periodicucho de circulación local, publicó una serie de artículos sobre el ataque a Fidalga y la respuesta del coronel Machado. Al regresar a Fidalga y hallar a sus capangas muertos y a su hijo humillado, el coronel Machado había viajado a la capital. Ejerció toda su influencia para solicitar tropas al gobernador. Las elecciones estaban previstas para enero de 1930, pero la campaña ya había comenzado. La brigada 1761, mandada por el joven capitán Higino Ribeiro, llegó a Caruaru por tren en medio de una gran algarabía. Tenían uniformes nuevos de color verde con una franja amarilla en el costado. El coronel local repartió flores para arrojar a las tropas cuando descendieran del tren. Desde allí, las tropas tendrían que caminar varias semanas a través del monte para investigar el paradero del Halcón.

—¿Qué dice el periódico gordo? —preguntó el Halcón después de que Luzia le leyera el *Semanario.* El *Diario de Pernambuco* era un periódico que salía todos los días, grueso, impreso en la capital. Sólo incluía una pequeña nota sobre el despliegue de fuerzas, en la página 11, entre las notas necrológicas y un anuncio de tónico para el cabello. Las primeras páginas del *Diario* estaban dedicadas a las inminentes elecciones presidenciales. Un sureño de baja estatura y nariz corva, llamado Celestino Gomes, dominaba la primera plana.

—¡Gomes! —masculló el Halcón—. ¿Quién es este Gomes? ¿Qué hizo para aparecer en primera plana todos los santos días?

Luzia leyó lentamente los artículos en voz alta, enfatizando cada palabra. Gomes sería el candidato a presidente de su nuevo partido, la Alianza Liberal. Para sorpresa de todos, su compañero de candidatura sería un norteño, un hombre llamado José Bandeira. Antes de que terminara, el Halcón había encendido un cigarrillo y se había alejado.

Luzia continuó leyendo. Le gustaban las fotos estridentes de mujeres con melena corta que se desplomaban en brazos de hombres gallardos. Le gustaban las historias de tranvías que perdían el control y de caballos desaparecidos. Todo ello le recordaba a Emília y la pasión de su hermana por ese tipo de asuntos. Pensaba en Emília con frecuencia. Intentó recordar el perfume del jabón de lavanda de su hermana, la sensación de sus fuertes manos. Luzia se preguntó si habría logrado escapar con el profesor Celio. Luzia rogó a Dios que en ese caso no maltratara a su hermana. Le preocupaba lo que Emília estaba dispuesta a soportar para cumplir su sueño de conseguir una casa refinada con la cocina alicatada.

Una noche se incrementaron sus preocupaciones. El último periódico que los hombres habían traído, un *Diario de Pernambuco* comprado a un arriero de mulas, era de hacía varios meses y apestaba a estiércol. En la sección de ecos sociales anunciaba una boda. «La señorita Emília dos Santos», decía en letras pequeñas. «La señorita Emília dos Santos». Luzia lo leyó una y otra vez. Dos Santos era un apellido común. También lo era el nombre de Emília. Y Toritama no era Taquaritinga. Aun así, Luzia arrancó la noticia de la página y la metió en su morral.

El grupo se trasladó tierra adentro, no para escapar de las tropas, insistía el Halcón, sino para seguir el trayecto de las lluvias. El estado de Pernambuco era estrecho y alargado. Ya en mayo comenzaba la temporada húmeda en la costa y lentamente se desplazaba hacia el oeste; en enero llegaba al extremo del estado. Ese año, las lluvias menguaron a medida que avanzaban tierra adentro, como si las nubes se hubieran cansado del trayecto. Las pequeñas hojas cerosas que emergían de los árboles de la caatinga no tenían tiempo de crecer con fuerza. Los barrancos se redujeron hasta convertirse en hilos de agua. Las enredaderas se marchitaron y Luzia creyó que estaban muertas. Estaba equivocada. La estepa, según explicó el Halcón, se complacía en gastar bromas a la gente. Por fuera, las plantas se mostraban grises e inertes. Pero cuando el Halcón retorció una ramilla de un árbol de angico, Luzia vio que por debajo de la corteza gris el árbol estaba verde, vivo, confinado en su caparazón de espinos y de piel gruesa e impenetrable.

Luzia envidió esas plantas resistentes de la caatinga. Cuando andaba, incluso por las mañanas bien temprano, Luzia sentía como si estuviera atrapada en un horno. El sudor se evaporaba de su cuerpo antes de enfriarlo. Sus espinilleras de cuero, su sombrero y la correa de su odre de agua se curtieron y agrietaron bajo el sol. Todos los días al mediodía los hombres paraban y buscaban el refugio de la sombra. El calor hacía que avanzaran lenta y silenciosamente. Cuando dejaban su lugar a la sombra a última hora de la tarde, una vez que el sol había descendido, Ponta Fina improvisaba una escoba con la maleza del matorral y la arrastraba tras él para borrar sus huellas. Si se topaban con el muro de piedra de una granja, hacían equilibrio sobre la cornisa de roca y caminaban en hilera para no dejar huellas de su paso. Como las tardes eran más frescas, el grupo caminaba hasta bien entrada la noche. Luzia no podía coser. No había luz ni tiempo, y el Halcón decía que el estrépito de la máquina era demasiado fuerte. Pero a pesar de todas sus precauciones, los hombres podían ser vistos desde varios kilómetros de distancia. En el matorral color gris, sus tesoros bordados y con apliques, es decir, cubiertos con tonos rojos y verdes, rosas y amarillos, hacían que resaltaran como pájaros de brillante plumaje. Luzia sugirió que se arrancaran los bordados, pero el Halcón no lo consintió.

—Si esas tropas tienen la suerte de encontrarnos —dijo—, verán que no somos unos vagabundos.

Luzia recordó la fotografía del capitán Higino y se preocupó. Aunque era una imagen borrosa y mal revelada, era posible ver al joven. Vestía un uniforme sencillo, con las botas lustradas. Era de baja estatura, pero ni el tren ni la multitud lograban eclipsarlo. Sus manos descansaban distendidas a los lados, en lugar de estar metidas rígidamente dentro del cinturón, como los oficiales mayores que estaban a su lado. Parecía relajado, incluso sonriente, como si estuviera a punto de embarcarse en una gran aventura. Luzia calmó sus temores con las historias de Ponta Fina. Tal vez este capitán Higino fuera como los demás, un hombre deseoso de montar un espectáculo, pero no un combate. ¿Y cómo soportaría el matorral un batallón de muchachos mal equipados de la ciudad?

Luzia no sabía cuántas semanas habían caminado cuando, de pronto, Ponta Fina soltó un agudo grito, un aullido que les avisaba. Cuando los cangaceiros y ella treparon por la cuesta donde se hallaba el muchacho, vieron a lo lejos una enorme mancha borrosa de color verde, y al lado una amplia extensión de agua. Los espejismos que veía en el matorral relumbraban como placas de metal, pero aquel río no tenía brillo ni resplandor. Era del color del café con leche. Se trataba del San Francisco, el Viejo Chico, como solía llamarlo tía Sofía. Sus aguas fluían a través de los cerros del matorral, dándoles vida y verdor, separando el estado de Pernambuco del estado de Bahía con su cauce ancho y marrón.

—Hemos llegado —dijo el Halcón, respirando hondo.

Luzia también aspiró el aire. Podía olerlo. Olía a musgo, a tierra húmeda. El aire suavizó las ventanas de su nariz. A lo lejos oyó pájaros. Las casas se amontonaban sobre la orilla del río. Dos nubes de humo negro se elevaban de oscuros montículos colocados delante de un enorme edificio blanco. El capitán Higino y sus tropas fueron olvidados.

2

El poblado ribereño de Santo Tomé no tenía casuchas precarias de arcilla. Todas sus casas eran de ladrillo, cubiertas de una gruesa capa de cemento blanqueado con cal. Había una oficina de telégrafos, una escuela, y al lado de los cúmulos de semillas de algodón estaba la planta desmotadora, la segunda más grande de Pernambuco. Todo era propiedad del coronel Clovis Lucena.

El viejo coronel pasaba los días en su hacienda enfundado en un pijama azul. Llevaba una peixeira envainada en un estuche de cuero, metido en la cintura fruncida de su pijama. Se rumoreaba que años atrás un capanga habían intentado estrangularlo con su propia corbata. A partir de entonces, el coronel se negaba a usar traje. Luzia había escuchado esta historia en Taquaritinga, pero jamás supo si era verdad.

Cuando los saludó, el coronel Clovis sonrió. Como una cabra, sólo tenía la hilera superior de dientes. La parte inferior era sólo encía. Su único hijo, Marcos Lucena, estaba de pie a su lado. Marcos era un hombre de mediana edad y parecía un sapo cururú: tenía piernas cortas, complexión ancha y sus ojos, aunque vencidos por unos párpados pesados y somnolientos, estaban siempre al acecho.

Como todo buen anfitrión, el coronel Clovis se esmeró en agradar a sus huéspedes. Cuando llegaron, ordenó que degollaran una de sus mejores vacas. Hizo que sacrificaran y asaran dos cabritos. A pesar de las protestas de su cocinero, el coronel Clovis le cedió a Canjica el control absoluto de la cocina. La casa del coronel tenía una amplia galería protegida del sol por hileras de árboles ipé en flor. Pétalos amarillos cubrían el techo y el suelo como una manta dorada. Al lado de la casa había un redil para cabras, el más grande que Luzia había visto en su vida. En uno de sus corrales, los cabritos balaban sin dejar de darse topetazos unos a otros ni de empujarse sus flacas patas.

—Sigues siendo un feo hijo de puta —dijo el coronel, sonriendo al Halcón. Hizo un gesto con la mandíbula hacia Luzia—. ¿Te has conseguido una esposa?

—Un amuleto —respondió el Halcón—. Para darme suerte.

El coronel se rió y se volvió hacia Luzia.

—Mi esposa, que en paz descanse, era una mujer enorme. La mujer más fuerte que ha pisado la tierra. Mi Marcos se quiere casar con una pollita de Salvador. —El anciano pateó el zapato de su hijo de manera violenta—. No sobrevivirá en plena estepa.

—Cuando nos casemos —farfulló Marcos—, no vivirá aquí. —Enfocó la mirada somnolienta en el Halcón—. ¿Vienes a cobrar?

El Halcón sonrió. Su ojo sano emitió destellos.

—¡No! —se interpuso rápidamente el coronel—. Yo sé por qué estás aquí. ¡Me enteré del desastre que provocaste en Fidalga! Ya era hora de que comenzaras a enfrentarte a Floriano Machado..., ese pedazo de mierda. Envía su algodón hasta Campina Grande en lugar de vendérmelo a mí. Siempre le ha tenido envidia a mi planta desmotadora, nuestra planta. —El coronel Clovis sonrió y luego le dio un golpecito a Luzia—. Ese Machado es un cabra-de-peia. Sabes lo que significa, ¿no, chica? Es una vieja cabra sin carácter. Sin palabra. No respeta las viejas costumbres, tiene que ir a llorarle al gobernador para que envíe tropas en lugar de arreglar las cosas por sí mismo.

—Según lo que decía el *Semanario* —interrumpió Marcos—, quieren llevaros a ti y a tu grupo a Recife. El gobernador necesita buena prensa.

El coronel resopló por la nariz.

—¡Ese pequeño cabrón de Higino no pondrá un pie en mis tierras! Me gustaría ver cómo me obliga el gobernador. Le di más votos que cualquier otro coronel en las últimas elecciones. ¡Conseguí votos hasta de los muertos! Tiene dificultades con el nuevo partido; no puede permitirse el lujo de fastidiarme.

—¿Un partido nuevo? —preguntó el Halcón frunciendo el ceño, confundido.

—¿Cuánto tiempo hace que estás en el monte, muchacho? —preguntó el coronel—. Allí en Minas, Celestino Gomes es candidato a presidente y tiene a un joven de Paraíba que se presenta con él para asegurarse el norte. Prometen una carretera que atraviese Brasil y dar a las mujeres el derecho al voto. No me gusta. Pero mientras no se metan en mi negocio, yo no me meto en el de ellos. Por supuesto, su partido nos está rondando, prometiendo esto y aquello si cambiamos de bando. Aún no lo he decidido.

—No se puede confiar en los del sur —dijo el Halcón.

El coronel Clovis asintió pensativamente. Se alisó con la mano los pocos cabellos que tenía sobre las orejas. Las manchas de sol sobre su calva eran marrones y voluminosas, como garrapatas.

—Algunos dicen que si gana Gomes, todos vamos a cagar oro —continuó Clovis—. Otros pronostican lo peor: la muerte de los coroneles. —Suspiró, luego sonrió a Luzia—. El poder de un coronel es como la hierba, muchacha. Cuanto más la cortas, más crece. Es como un cangaceiro.

Muchos grandes cangaceiros habían sido amigos suyos durante su larga vida. Cabeleira, Chico Flores, Casimiro, Zé do Mato. Los había conocido a todos. Todas las generaciones, recordó Clovis, tenían sus cangaceiros gloriosos. Desde la época de su bisabuelo —cuando no había políticos ni vallados malditos, ni líneas de telégrafo— los cangaceiros y los coroneles tenían sus alianzas y sus disputas.

—Son como el mono sagüi y los árboles angico —dijo Clovis—. No pueden vivir el uno sin el otro.

—Los árboles podrían sobrevivir perfectamente —murmuró Marcos.

Su padre lo miró furioso. El Halcón sonrió.

—Ya basta de cháchara —dijo el coronel, sacudiendo su mano arrugada—. Bebamos algo.

Se trasladaron al porche. Una hilera de mecedoras intricadamente talladas descansaban vacías. Luzia se quedó rezagada. Quería encontrar a Ponta Fina e Inteligente, que tenían su máquina de coser. Al llegar, los hombres se habían dispersado. Algunos revisaron la casa y sus alrededores, asegurándose de que no había peligro. Otros plantaron el campamento y ayudaron a Canjica a preparar el banquete. Luzia miró fijamente por encima del laberinto de corrales, buscando algún rastro de los hombres. Sintió un firme tirón en el brazo tullido. El coronel Clovis estaba a su lado.

—No seas una de esas palurdas que se van corriendo —dijo—. Ven y siéntate con nosotros.

Con increíble fuerza, Clovis tiró de nuevo del codo rígido de Luzia, acercándola. La chica se inclinó hacia él.

—¿Ves eso? —susurró el coronel señalando el corral de chivos—. Ésos son mis cabritos. Pura sangre. La carne más dulce que hayas probado jamás. Sus madres andan sueltas. No tengo cabreros, no los necesito. Te contaré mi truco: si quiero atrapar a la madre, sujeto a su cabrito.

Luzia se echó hacia atrás. El viejo tenía un aliento penetrante, mezcla de dientes podridos y de tabaco masticado. Ella observó el porche. El Halcón volvió sobre sus pasos, acercándose a ellos. El coronel se aferró aún más fuerte a su brazo.

—¿Cómo es tu nombre? —preguntó.

—Luzia.

—¡Ah! —suspiró el coronel, como si hubiera dicho algo extraordinario—. Mañana es 19 de diciembre. El día de tu santo.

Luzia no llevaba la cuenta de los días. Cumpliría 18 años y tendría que llevar a cabo la promesa a san Expedito. Su largo pelo era un estorbo en el matorral. Incluso trenzado, se enganchaba en los árboles. Rara vez podía lavárselo, y tenía que peinárselo con los dedos. Aun así, Luzia no se hacía a la idea de cortárselo. Debajo de los pantalones, las mantas, los morrales y el sombrero de cuero, ella era una mujer, no un cangaceiro. San Expedito tendría que esperar.

—¿Qué tipo de suerte das? —preguntó el coronel, interrumpiendo sus pensamientos—. ¿De la buena o de la mala?

—Ninguna de las dos —respondió Luzia, soltándose la mano.

El coronel exhibió sus escasos dientes vetustos.

3

Aquella noche, en honor a santa Lucía, los cangaceiros hicieron una fogata en el jardín del coronel. Los peones y sus familias se agazaparon cerca del fuego, pero no bailaron ni cantaron. Observaron a los cangaceiros y lanzaron miradas de preocupación al coronel Clovis, que se balanceaba en su mecedora sobre el porche. Las esposas de los peones trajeron un gran recipiente de metal, tiznado por el hollín. Lo llenaron con vainas de castañas de cajú y lo pusieron sobre el fuego. Las llamas se elevaron a los lados de la cazuela, y luego se metieron dentro. Las vainas de semillas estallaron; el aceite goteó de las cáscaras y chorreó sobre el fuego. Algunas mujeres revolvieron las castañas envueltas en llamas con largos palos, apartando el rostro del humo ponzoñoso.

Luzia se sentó lejos del fuego, pero le lloraban los ojos. Apartó la cabeza del humo y miró hacia el porche. Allí estaban sentados el Halcón, Marcos y el coronel Clovis, meciéndose. Los pies del coronel, enfundados en sandalias, apenas tocaban el suelo. El cuerpo amplio de Marcos se derramaba fuera de los bordes de la silla. Incómodo con el movimiento de la mecedora, el Halcón estaba sentado en el borde de una silla con los pies apoyados en el suelo. El respaldo de la mecedora se inclinaba peligrosamente alejándose del suelo. Luzia temió que se volcara. El Halcón era un huésped cauto. Cuando una criada sirvió un líquido de color ámbar, sacó una cuchara de plata de su morral y la metió en su vaso. La cuchara estaba bien lustrada, brillaba en su mano. Antes, Luzia le había visto meter el utensilio en bolsas de harina de mandioca en la despensa del coronel y en cualquier otra comida que pareciera sospechosa. Si la cuchara se oscurecía, eso quería decir que había veneno. El whisky del coronel no estaba en ese caso, pero incluso después de que el Halcón secara la cuchara y la volviera a meter en el morral, esperó a que su anfitrión bebiera el primer sorbo.

Esa tarde, ante la insistencia del coronel, Luzia se sentó en el porche al lado de los hombres, pero no bebió. Sólo escuchó. Hablaron del precio del algodón, de cuánto había procesado la planta, cuánto tardarían las balas de algodón en llegar a Recife y cuánto pagarían las fábricas textiles. La cosecha había sido muy abundante, dijo el coronel, y sin duda las fábricas pagarían menos. El Halcón elogió las habilidades de negociación del coronel. Dijo que su planta obtendría una buena ganancia. El coronel Clovis movió la mandíbula de un lado a otro, como si estuviera acomodándola dentro de su boca. Marcos se meció aún más rápido en su silla. Luzia miró atentamente al Halcón. Sostenía el vaso con ambas manos, como un niño. No parecía un terrateniente, pero esa tarde había hablado como uno de ellos. El coronel había dicho que la planta también era del Halcón. Y Luzia se dio cuenta de que el Halcón y sus cangaceiros no habían acudido al coronel para que los protegiera, sino para cobrar su parte.

Desde el comienzo supo que los cangaceiros no eran pobladores aislados de la caatinga. Dependían de los habitantes del matorral —ricos y pobres— para proveerse de ropa, alojamiento y protección. Esa red de conexiones era frágil: se basaba en la reputación que el jefe cangaceiro tuviera de ser un hombre justo, y podía quebrarse fácilmente si flaqueaba aquel sentido de justicia. Otros bandidos podían ser innecesariamente brutales, pero el Halcón y sus cangaceiros no podían permitirse ese lujo. Sus acciones jamás carecían de sentido. Si sus hombres cercenaban la oreja a un comerciante, se debía a su grosería; si le cortaban la lengua a otro, era por dar un soplo a los soldados o calumniar a los cangaceiros; y si usaban sus puñales se debía a ofensas mayores contra ellos o contra sus amigos. Lo más importante, solía decir el Halcón, era que el honor de una mujer era el tesoro de su familia. Él y sus hombres respetaban a las familias; dependían de ellas.

—Sólo los pájaros cagan donde comen —decía—. Y nosotros no somos pájaros; somos cangaceiros.

Ese día, en el porche del coronel, Luzia se dio cuenta de que además eran hombres de negocios. Tuvo una extraña sensación de confianza. Los hombres de negocios tenían planes, tenían un futuro. Los cangaceiros, no. Recordó el relato de Ponta Fina de su incorporación al grupo, la advertencia del Halcón de que era un callejón sin salida. Los planes de futuro que había oído expresar a los hombres eran efímeros: bailar, disfrutar de una buena cena, amar a una mujer. Más allá de eso, esperaban morir en un combate justo. Pero si el Halcón era dueño de algo, si era socio de la planta desmotadora, eso significaba que tenía influencia y un ingreso anual. Un flujo constante de ingresos significaba que podía hacer planes por adelantado, podía ahorrar dinero, podía comprar tierras para él y sus hombres. Y con la tierra venía la respetabilidad. Con la tierra sobrevenía la esperanza de algo más que la supervivencia y una muerte segura.

Las castañas ya estaban listas. Con rápida precisión, las mujeres colocaron los palos con los que habían movido a ambos lados del cuenco de metal y lo levantaron del fuego. Luego volcaron el cuenco. Las castañas ennegrecidas cayeron sobre la tierra. Los niños rodearon la pila humeante y la enfriaron con arena. Cerca de ella, Sabiá cantó sin el acompañamiento del acordeón. Su canción era rápida; el ritmo, entrecortado. Respiraba profundamente entre verso y verso:

> Los cuerpos son mi jardín,
> mi pistola es mi azada,
> mis balas son como lluvia:
> soy un hijo del sertão.

Los cangaceiros bailaron al lado del fuego en dos hileras, portando sus rifles, con una mirada severa en el rostro. Al ritmo de la canción de Sabiá, avanzaban tres pasos con el pie derecho, luego se adelantaban rápidamente con el izquierdo. Se habían aflojado las alpargatas para que las suelas se arrastraran sobre el suelo. El cuero hacía un ruido susurrante contra la arena. Los rifles eran sus compañeros de baile y los cogían con rigidez, como habían agarrado a las tímidas muchachas en Fidalga.

Los hombres tenían prohibido beber, aunque el coronel les ofreció licor de caña. Aun así, el interminable suministro de carne y agua de río excitó a los cangaceiros. De repente, el Halcón se alejó del porche. Luzia creyó que iba a regañar a los hombres por bailar. En cambio se unió a ellos. Se puso delante de la primera hilera, pisando fuerte y arrastrando los pies al compás con los demás. Sus movimientos eran más precisos, más controlados. Había una cierta gracia en su regularidad, una extraña fluidez en el ritmo de sus rígidos músculos.

> Mi rifle es mi mejor abogado,
> mis balas son policía,
> mi puñal, el juez más justo,
> y la muerte, mi huida.

Luzia lo observó. Deseó que cuando terminara el baile se acercara a ella. Quería darle las gracias. La tarde en la que Ponta Fina y ella habían ido a buscar su máquina de coser al porche trasero del coronel el Halcón le había dejado un regalo. Habían acampado lejos de la casa del coronel Clovis, y habían dejado la máquina de coser sobre el porche para que no se recalentara al sol. Cuando Luzia y Ponta la fueron a buscar, encontraron un pequeño paquete en la base de la Singer atado con una cuerda. Al tirar del papel de estraza, un rollo de seda se derramó en sus manos. Era resbaladizo, como el aceite. Luzia emitió un grito ahogado y lo levantó antes de que tocara el suelo. La seda era del color de la sémola finamente rallada: había dos metros. En Taquaritinga un regalo así le habría parecido inútil y ridículo. Pero hacía mucho tiempo que no sentía algo tan suave. Durante meses sólo había sentido el cuero áspero, las frazadas de lana rasposa, los cardos y los espinos del matorral, y su propia piel llena de callos. Ponta Fina le pidió que le dejara tocar la seda.

—Debe de ser del capitán —dijo. Con motivo de su cumpleaños, imaginó Luzia. Del día de su santa. Toda la tarde la había pasado pensando en dar las gracias al Halcón, pero no sabía cómo.

La canción de Sabiá terminó. Los hombres dejaron de bailar.

—Es casi medianoche —anunció el Halcón—. La hora de rezar.

Los peones y los cangaceiros se congregaron alrededor de una gran roca de superficie plana, a pocos metros del fuego. Canjica tenía en la mano una lata de sal y una cuchara de madera. Entregó esos objetos a Luzia, y la guió hacia la roca. El Halcón se arrodilló delante de ella. Los otros hicieron lo mismo. Sacó un papel arrugado del bolsillo de su chaqueta. Miró a Luzia e inclinó la cabeza.

—Mi santa Lucía —dijo lentamente, pronunciando cada sílaba—, haz que yo vea. Tú, que no perdiste la fe ni después de que te desangraran; tú, que no perdiste la visión ni después de que te sacaran los ojos, defiéndeme de la ceguera, conserva la luz de mis ojos, dame la fuerza para mantenerlos abiertos siempre, para poder distinguir el bien del mal, la verdad de la mentira. Tú, que recibiste cuatro ojos en lugar de dos, mira a los cielos y dinos qué nos depararán estos meses.

Canjica sacó una cucharada de sal de la lata que estaba en manos de Luzia y la puso sobre la roca.

—¡Enero! —gritaron los peones y cangaceiros.

Canjica dejó otra cucharada de sal al lado de la primera.

—¡Febrero!

Otra cucharada.

—¡Marzo!

Otra cucharada era abril, otra mayo y finalmente junio.

Era una profecía. Luzia había oído que los vaqueiros y peones hacían esa prueba. Los montículos se dejarían allí fuera hasta la mañana siguiente. Por cada montículo que disolvía el rocío de la noche habría un mes de lluvia. Si los montículos permanecían intactos, habría sequía. El santo debía recibir algo a cambio de su disposición para predecir el futuro. Luzia no sabía nada de profecías, pero sabía de santos. Por cada petición, necesitaban una prueba de fe. Por cada bendición, siempre exigían algo a cambio.

El Halcón se desató un zurrón del cinto. Lo sostuvo entre los montoncillos de sal, y luego lo abrió y lo volcó. Un montón de bolitas del tamaño de canicas se derramó hacia fuera. Algunas estaban arrugadas y con el aspecto de pasas. Otras, dobladas como monedas torcidas. Algunas conservaban la redondez, pero estaban ligeramente desinfladas; tenían el color cuajado del ojo enfermo de Medialuna.

Luzia se apartó rápidamente del círculo de oración. Recordó a los capangas de Fidalga con los ojos ahuecados, amontonados sobre el porche del coronel Machado. Recordó la copla de su tía Sofía sobre el Halcón caracará: «El caracará busca a los niños que no son listos...».

Luzia esperaba sentir alguna reacción: un dolor en el estómago, un temblor en los dedos. No sintió nada. A lo largo de los últimos meses, su temor, su repugnancia, su compasión se habían evaporado bajo el inclemente sol del matorral. Así como la piel de sus pies y de sus manos se había llenado de ampollas, se había oscurecido, insensibilizado y endurecido, había algo en su interior que también se había curtido. A menudo encontraban cadáveres de cabritos en la maleza. Encontraban reses de ganado y los cadáveres secos y apergaminados de los sapos. Ninguno tenía ojos; habían sido arrastrados por hileras de hormigas saúva o arrancados por pájaros hambrientos. Era inevitable. En el matorral, un depredador no era ni mejor ni peor que otro.

Fuera del círculo, Luzia se arrodilló. Miró el cielo oscuro. Las estrellas sobre el horizonte parecían un puñado de sal esparcido. Todas las noches le rezaba a ese cielo. Todos los días flotaba encima de ella, azul e inalcanzable, morada del inclemente sol. Miró los hombros anchos del Halcón, su cabeza agachada. Cuando rezaba, no miraba al cielo ni a la tierra. Luzia enderezó su brazo sano. Apoyó la mano sobre la tierra. Se sorprendió por su frialdad y su firmeza.

Oyó algo que se arrastraba detrás. Se volvió y vio las alpargatas de cuero del coronel, y en ellas, sus dedos atrofiados. Se apoyaba sobre un bastón de madera.

—No soy ningún santo, pero puedo asegurar que este año no lloverá —dijo—. Cuando mis cabras estornudan, eso significa que lloverá. Aún no han estornudado.

El mango de un cuchillo asomaba inclinado sobre la pretina del pijama. Luzia miró hacia el porche. Marcos había desaparecido. El coronel Clovis sacudió la cabeza.

—Ese muchacho —dijo, señalando al Halcón con su bastón— se lo toma todo en serio. Gracias a Dios que no hay un santo al que le gusten los corazones. O las entrañas. —Rió socarronamente, y luego miró a Luzia—. He visto esa máquina de coser en mi porche. ¿Has estado cosiendo para los muchachos? Se están comenzando a parecer a las costureras de mi esposa. De acuerdo con que les guste el lujo, pero se exceden. ¿Eso hacías antes de escaparte con él? ¿Coser?

Luzia se levantó y se limpió las manos en los pantalones.

—No me escapé.

—¿Fue él quien te dejó así el brazo?

—No.

El coronel reflexionó un instante, moviendo la mandíbula.

—Tal vez por eso te tenga cariño. Eres una lisiada, como él. —Se acercó más—. ¿Alguna vez has oído hablar del coronel Bartolomeu, el que se hizo famoso cuando él lo asesinó?

—Sí. —Todo el mundo se había enterado de aquel crimen: un muchacho de 18 años había matado a un coronel y había huido.

—Era su padre. —Clovis sonrió—. O al menos eso dice la gente. Su madre era una pobre desgraciada. Una joven que fue deshonrada. Le contó a la gente que el coronel había abusado de ella, que era el padre del muchacho. Nadie la escuchaba, pero ella insistía. Quería dinero. Es lo que quieren todas esas mujeres arrendatarias. Bartolomeu se cansó y envió a sus capangas. Le taparon la boca y le prestaron ese servicio al niño —el coronel Clovis trazó una línea que descendía por el costado de su propio rostro avejentado—. Así es la historia, ¿no?

—Supongo —dijo Luzia.

—¿No te lo ha contado?

—Jamás se lo he preguntado.

El coronel Clovis agitó el bastón de forma muy expresiva.

—Debes haber hecho algo muy bueno para que rompiera su promesa.

—¿Qué promesa?

El coronel escrutó el rostro de la muchacha. Sus gruesos carrillos oscilaban como un péndulo, como si toda la masa de su rostro se hubiera descolgado en ellos. Encogió los hombros y apartó la mirada.

—Seguramente ha hecho tantas promesas que es difícil llevar la cuenta. Yo también estaría besando el culo a los santos si fuera él.

—¿Qué promesa? —insistió Luzia. El coronel sonrió.

—Ahora sí que estás interesada, ¿eh? La primera vez que vino aquí a cobrar, dijo que había recibido una señal de uno de sus santos. Dijo que jamás acogería a una mujer en su grupo, que las mujeres estaban para casarse o para divertirse.

—Yo no —afirmó Luzia.

—Conmigo no te preocupes por el decoro, chica. Conozco a los de tu especie. —Clovis miró al Halcón y sacudió la cabeza—. Todos tenemos que negociar; todos tenemos que pactar.

Golpeó el suelo con el bastón varias veces, como si estuviera llamando a algún habitante del interior de la tierra.

—¿Te ha gustado esa seda que te he dejado? Es buena tela, ¿no? —preguntó el coronel, arrimándose a Luzia—. Hay más en mi habitación si la quieres. A las mujeres les gustan los regalos. —Le golpeó las piernas con el bastón—. Aunque se vistan de hombre.

Delante de ellos, la multitud de peones y cangaceiros formaron una fila delante de la roca donde estaban los montoncillos de sal. Uno por uno, tocaron la roca y pidieron que la santa los bendijera. Luzia se disculpó y encontró un lugar a su lado.

4

Las predicciones de santa Lucía eran funestas. A la mañana siguiente, sólo dos montículos de sal habían sido disueltos por el rocío. El resto estaban intactos. Durante varios días, los cangaceiros sólo hablaban de la lluvia. A Luzia no le importó. Le preocupaba la seda de color amarillo. La había vuelto a meter en su envoltorio de papel de estraza y la había ocultado en el fondo de su morral, pero aún sentía su presencia. Recordó la textura escurridiza en sus manos. Sentía vergüenza de haber aceptado un regalo del coronel, y más vergüenza aún por haberse alegrado pensando que provenía del Halcón. Pero no podía devolverla. El coronel Clovis era un viejo verde, pero seguía siendo su anfitrión. Finalmente, Luzia entró sigilosamente en la cocina del coronel y la dejó en su despensa, esperando que la cocinera o la criada la hallaran y se la llevaran.

Todo lo que había en la casa del coronel, la despensa, las cortinas de encaje, la pila de sábanas recién lavadas, olía a humo. Cuanto más procesaba la planta desmotadora, más humo había en São Tomé. Los montículos negros que Luzia había visto ardiendo fuera de la planta eran semillas de algodón. Con el correr de los meses, el humo dio al pueblo pintado de blanco el color del hollín. Provocaba que los cabritos en el corral de Clovis jadearan y lanzaran una tos ronca y seca. Todas las tardes, las cabras que habían parido regresaban de pastar con el pelaje cubierto por un fino polvo negro. Los cencerros de bronce se balanceaban bajo sus cuellos, emitiendo un sonido metálico cuando corrían. Los cabritos se congregaban en la verja de entrada. Balaban salvajemente mientras el rebaño de cabras avanzaba enloquecido a través de ellos, cada madre olisqueando a las crías y apartándolas con la cabeza hasta encontrar la propia. Los cabritos eran idénticos, todos moteados de marrón y negro con las orejas colgantes y los cuerpos macizos. Luzia se maravilló de la habilidad de las madres para distinguir a su cría en medio del rebaño.

Mientras su hijo Marcos galopaba por los prados, sin conversar demasiado y montado en su yegua de raza, el coronel Clovis parecía disfrutar de la presencia de los cangaceiros. Los exhortó a permanecer más tiempo. Una vez que hubieran desmotado, embalado y transportado el algodón, Marcos y él irían a Salvador a negociar el precio. Cuando volvieran, le aseguraron al Halcón que recibiría un porcentaje. Todas las noches, cuando las últimas cabras volvían de pastar, los cangaceiros se turnaban para ir al poblado. Allí cantaban y tocaban música festiva. Compraron un rollo de seda para hacer pañuelos para el cuello nuevos. Observaron a los trabajadores mientras cargaban las balas de algodón en las barcazas que se dirigían a Salvador. Y visitaron los establecimientos de mujeres de la mala vida, de lo que los cangaceiros alardeaban más tarde en el campamento. Hasta el coronel Clovis los acompañó en esas excursiones.

—Los hombres tienen necesidades —dijo el viejo una vez, acorralando a Luzia cerca del cercado de las cabras—. No se pueden reprimir.

Luzia comenzó a irritarse con el comportamiento extravagante de los cangaceiros. Pronto, hasta las tropas más inútiles los encontrarían. El Halcón no parecía estar preocupado. Fomentaba las expediciones de los hombres al poblado. Cuando se marchaba un grupo, aguardaba ansiosamente que regresaran, andando de un lado a otro como si sus piernas extrañaran las caminatas diarias en el matorral.

Cuando llegaban los hombres, la mitad daba un rodeo para llegar al campamento, evitando la verja de entrada del coronel. No querían que el hacendado viese que llegaban cargados con pesados fardos de municiones, las suficientes como para entregar a cada hombre quinientas balas.

Cuando hallaban un periódico, lo compraban.

Luzia leía los periódicos en voz alta. No había noticias sobre las tropas. Sólo una vez, una breve mención a un telegrama enviado por el capitán Higino asegurando a los lectores que estaba tras la pista de los cangaceiros. Fuera de eso, la persecución se había olvidado en favor de las elecciones. El Halcón se aburría rápidamente con este tipo de noticias, pero Luzia escudriñaba los artículos con la esperanza de encontrar alguna mención a Emília. Leyó sobre los nuevos colores del partido: verde para Gomes y azul para el actual líder. Analizó el programa electoral de Gomes, que defendía un salario mínimo, el sufragio femenino y la renuncia al poder por parte de los barones cafeteros de São Paulo y de los coroneles. Los discursos reproducidos daban cuenta del llamamiento de Gomes a la modernización: nuevas industrias, mejores puertos y, lo más importante, una gran carretera que atravesara el país. Comunicaría a la nación con su capital, como las arterias conectan un cuerpo con el corazón, dando vida a los miembros olvidados de Brasil. Sus palabras sonaban poéticas y convincentes, y distrajeron a Luzia de la sección de sociedad, en donde, una tarde, casi saltó una breve reseña sobre el carnaval. Sin embargo, algo le atrajo en una fotografía de un salón de baile fuertemente iluminado en el Club Internacional. No reconoció a ninguno de los juerguistas disfrazados, pero debajo de la foto había un resumen de las festividades de la noche. Incluidas en ese comentario informal estaban estas líneas:

Desgraciadamente, en su primera aparición en el club, la misteriosa señora Emília Coelho se marchó temprano. Su esposo, el señor Degas Coelho, adujo cansancio como motivo de la huida de su flamante esposa. ¡No es de extrañar que una muchacha del interior tenga dificultad para aclimatarse a nuestras horas cosmopolitas! Sin embargo, el señor Degas Coelho no tuvo ningún problema en ese sentido: permaneció y disfrutó de los festejos con su amigo de la facultad de Derecho, el señor Felipe Pereira.

Luzia arrancó la noticia.

—¿Has leído algo importante? —preguntó el Halcón, sobresaltándola. Estaba espiando.

—No —dijo Luzia—. Sólo una nota.

—¿De qué tipo?

—Acerca de una fiesta —replicó Luzia. Debería haberle dicho que era una nota necrológica o un comentario de cine: sólo las mujeres idiotas recortaban los anuncios de fiestas. Luzia dobló el periódico toscamente. Odiaba que la espiara. Cada día que pasaba en la propiedad del coronel lo volvía más paranoico. Se negaba a comer, salvo que cocinara Canjica. Caminaba incesantemente. Hablaba en tono quedo a Baiano. Tenía ojeras bajo los ojos por falta de sueño. Luzia se preguntaba todos los días por qué el Halcón permanecía en la estancia del coronel si desconfiaba de él.

—Vamos a pasear —dijo el Halcón—. Guarda el periódico.

Luzia se puso de pie. Metió la hoja arrancada en su morral. Si le preguntaba por qué lo guardaba, le mentiría. Había conocido a Emília en Taquaritinga, pero Luzia no sabía si recordaba el nombre de su hermana. Pero en caso de que el Halcón lo recordara, Luzia no quería que supiera que Emília se había casado con un hombre rico de la ciudad. Sintió la necesidad de proteger a su hermana... ¿De qué? Luzia no estaba segura. No tenía pruebas de que la mujer que salía en el periódico fuera *su* Emília. Pero Felipe Pereira, el hijo del coronel de Taquaritinga, también era mencionado en el artículo. Luzia supuso que no sería una coincidencia. La señora Emília Coelho tenía que ser su hermana.

Durante el paseo, el Halcón no mencionó el artículo del periódico. Permaneció en silencio. Tomaron el camino largo que se abría al otro lado del corral de las cabras. Las cabras sueltas habían escarbado en la zona, masticando toda hoja o toda raíz, y la habían dejado pelada. A lo lejos vio un árbol ipé florecido. Las flores resplandecían, amarillas. El Halcón se detuvo diez metros antes de llegar al tronco. Se desabrochó la hebilla de la pistolera y sacó un revólver. Con un movimiento rápido del dedo abrió la recámara circular y la inspeccionó. Cogió dos pequeñas balas de su cinturón cartuchera y las metió dentro de los agujeros vacíos de la recámara. Había seis tiros. Luzia dio un paso atrás. El Halcón cerró la recámara y apuntó el revólver hacia el suelo. Se lo dio a Luzia con la culata hacia delante.

—No sirve de nada tener un revólver que no se puede usar —dijo.

—No tengo revólver.

—Ahora sí. —Se plantó a su lado. Sostuvo su brazo sano y puso el revólver en su mano. Sus dedos estaban tibios. Levantó el brazo.

El revólver era más pesado de lo que creía. La muñeca de Luzia se venció. El Halcón se la sujetó con firmeza.

—Mantén la muñeca rígida, como si fuera de madera —dijo, y luego le tocó el brazo tullido—. Usa el brazo rígido para sostener el bueno, para mantenerlo firme. Con la práctica tendrás suficiente fuerza para disparar con una sola mano.

Sintió su aliento sobre el cuello. La mano de Luzia sudaba. La culata se le resbaló entre los dedos.

—Cuando dispares, contén la respiración —dijo—. No lo olvides, o las balas no irán en la dirección que deseas.

Ella asintió. Él quitó el seguro.

—Mira el tronco de ese árbol —susurró—. Dispara.

El tronco gris y las flores amarillas eran para ella una imagen borrosa. Luzia cerró los ojos. Olía a brillantina para cabello y a clavo de olor; también a sudor. Él retiró la mano de su muñeca.

—Dispara —repitió, más fuerte esta vez. Se acercó aún más, presionando el pecho contra su espalda.

Luzia apretó el gatillo. Sonó un fuerte estallido. Un temblor recorrió su mano y su brazo. Se había movido involuntariamente.

—Has respirado —dijo el Halcón con tono severo—. No malgastes balas con errores simples. Las balas son un tesoro. Ahora vuelve a disparar.

Luzia quitó el seguro. Con el brazo rígido se aferró aún más al brazo sano. Incluso así, el retroceso del revólver hizo que la mano se desviara hacia arriba. El Halcón suspiró.

—Debes acostumbrarte a la pistola —dijo—. Debes conocerla como te conoces a ti misma: la distancia de tiro, el impacto sobre tu brazo. La pistola te salvará, pero sólo si la conoces. —Se apartó, y se quedó parado a un lado—. Eso vendrá con el tiempo. Ahora —dijo sonriendo—, tenemos que practicar la puntería.

Luzia apuntó el revólver hacia el suelo. El Halcón se tocó el cinto, y desenganchó la honda que usaba para matar rolinhas y otros pajarillos del matorral. Se agachó y se puso a buscar guijarros.

—¿Por qué me estás enseñando esto? —preguntó.

Él se encogió de hombros y miró los guijarros, eligiendo los más redondos.

—Es útil. Especialmente ahora.

—¿Por qué ahora?

—Pronto llegarán los soldados.

—¿Cuándo? —preguntó Luzia, alto de lo que pretendía—. ¿Cómo lo sabes?

El Halcón suspiró. Dejó caer los guijarros al suelo.

—La primera noche, la noche de Santa Lucía, Marcos se marchó. Fue al pueblo y envió un telegrama a la capital. «Las vacas están pastando», decía. Intentaba ser discreto.

—¿Cómo lo sabes?

—Baiano habló con el empleado de la oficina. Esas malditas máquinas son una peste. El empleado es tan sólo un muchacho: nos lo contó todo. Pero no era necesario, porque yo lo habría adivinado. Clovis insiste en que nos quedemos. Ningún momento le parece bueno para que nos vayamos. Me ofrece mi parte incluso antes de que el algodón sea embarcado. Ahora dice que no tiene el dinero. Que debemos esperar todos estos meses.

Luzia se notó la boca reseca. El revólver colgaba, pesado, de su mano.

—¿Esperarás hasta que te pague? —preguntó—. ¿Estás poniendo en peligro a tus hombres por dinero?

El Halcón levantó la mirada. Frunció la ceja sana. Tenía el ojo inerte vidrioso, y parecía más grande e infantil. Luzia vio un destello de tristeza, de dolor, en el rostro del Halcón. Luego respiró hondo y cerró los ojos. Cuando los volvió a abrir, parecía viejo y cansado, como si jamás hubiera sido un niño.

—El dinero es útil —dijo—. Es lo que Clovis más ama. Cogeré todo lo que pueda. Si amara así a su ganado o sus cabras, entonces me llevaría eso. Ha hecho un trato, estoy seguro de ello. Lo que no sé es con quién... Con Machado o con los políticos. De cualquier manera, no importa. Nos quedaremos y los sorprenderemos. Quiero que vean que estoy enterado. Que lo he sabido desde el comienzo.

—Pero sólo tienes veinte hombres —dijo Luzia.

—Sabemos cómo pelear aquí. Llegarán por la verja de entrada. Hasta donde ellos saben, esta hacienda tiene una sola entrada. Y un lugar con una sola entrada equivale a una tumba. Te lo cuento porque si te encuentran... —Hizo una pausa y miró hacia abajo. Cuando levantó la mirada, sus palabras fueron enérgicas—: No pueden encontrarte. Ya sabes lo que les hacen a las mujeres. Así que tendrás que disparar. También puedes marcharte ahora.

Luzia apretó más fuerte la culata del revólver. Respiró profundamente, pero no podía dejar de temblar. Él quería publicidad. Quería estar en la primera página del *Diario de Pernambuco*. Ella había abandonado a su familia. Se había destrozado los pies, las manos, la reputación... ¿Para qué? Para escapar, sí. Para ver el mundo. Para ser cualquier cosa menos Gramola. Se había convencido de ello durante todos esos meses, durante las interminables caminatas y las noches frías. Pero ahora se daba cuenta de que se había marchado por el motivo más ridículo de todos: por él. Para estar cerca de él. No es que olvidara su altura y su brazo tullido; jamás se permitió albergar deseos románticos. No esperó su amor, ni siquiera su interés. Simplemente quería observarlo. Oír cómo la llamaba por su nombre, su nombre de pila, de manera sonora y bella. Y ahora le decía que se podía marchar. Que no tenía valor ni como amuleto ni como mujer.

—Me iré —dijo.

El Halcón se puso de pie.

—¿Adónde irás?

—A casa.

—No es buena idea. Ningún hombre se casará contigo.

—No me quiero casar.

—¿De qué vivirás?

—De la costura.

—Nadie quiere que una cangaceira le cosa la ropa.

—No soy una cangaceira.

Él hizo un gesto con la cabeza señalando el revólver que la joven tenía en sus manos.

—Podrías matarme —dijo—. Entregarme a las tropas.

Luzia negó con la cabeza.

—¿Por qué no? —preguntó, avanzando hacia ella.

Sintió que le fallaba la voz. Cerró los ojos, furiosa con su cuerpo por traicionarla.

—¿Por qué no? —volvió a preguntar él en un susurro.

—Si mueres, será porque Dios lo desea, no yo —dijo Luzia—. Tal vez no pueda casarme ni ser una costurera. Pero no me maldecirás. No dejaré que lo hagas.

El Halcón se apartó. La contempló como había hecho con los montículos de sal de los santos, los papelitos con las oraciones escritas, las cruces improvisadas en las paredes de las capillas de la estepa..., no con temor ni deseo, sino con reverencia.

Luzia le devolvió el revólver y echó a correr.

5

Tres años después, cuando llegó a disparar mejor que el mismo Halcón, cuando el presidente Celestino Gomes comenzó a construir la carretera que atravesaba la estepa, cuando entraron en el cuarto mes consecutivo de sequía, y cuando Luzia tenía las piernas doloridas y los pies hinchados por llevar a su tercer y último hijo, ella se preguntaría a menudo qué habría pasado si se hubiera marchado cuando él le dio la oportunidad de hacerlo. Si hubiese corrido hacia el río y no de vuelta al campamento. Si hubiera cogido una barcaza y se hubiera dirigido a Recife, a la residencia de la recién casada, la señora Emília dos Santos Coelho. Luzia pensó en dirigirse al San Francisco, pero no tenía dinero para el pasaje en barco. No tenía un vestido ni tampoco ningún deseo de ponerse uno. Quería demostrarle que no sentía temor. No se iría sólo porque él le hubiera hecho una advertencia. Y sentía curiosidad. Luzia quería ver si tenía razón, si vendrían las tropas, y si venían, cómo las derrotarían.

Dos días después de la lección de tiro de Luzia, finalmente uno de los vaqueiros del coronel les previno de la llegada de Higino. El coronel Clovis y Marcos se habían marchado el día anterior, «a modo de avanzadilla», para realizar la transacción del algodón. El Halcón, que según lo previsto debía acompañarles, dio por bueno lo de la «avanzadilla». Sabía muy bien lo que ocurría. El vaqueiro estaba conduciendo el ganando cuando vio a la brigada, las franjas color amarillo brillante seguían visibles en los costados de sus uniformes andrajosos. El grupo tenía un aspecto deplorable: sus rostros estaban demacrados y caminaban lentamente, a tropezones. El jefe, según comentó, era un hombre pequeño, y era el único que se desplazaba ágilmente.

En las horas previas a la llegada de las tropas, el Halcón y los demás cangaceiros recogieron hojas secas de palmera oricuri. Arquearon las hojas marrones, doblándolas por la mitad para que tuvieran el aspecto de sus sombreros, con forma de medialuna. Luego pusieron las hojas arqueadas en los árboles y las metieron en los montículos que las termitas construyen como hormigueros. Dispersó a sus hombres, colocando a algunos dentro de la propiedad vallada del coronel y a otros fuera, al otro lado de la verja delantera del coronel. Los cangaceiros apostados delante de la verja se desplazarían lentamente para rodear a los soldados; era lo que el Halcón llamó una «retroguarda». Forzarían a las tropas de Higino a entrar en el jardín cercado del coronel, y allí los acorralarían. Los cangaceiros que estaban dentro del jardín del coronel permanecerían en la periferia, listos para deslizarse por debajo de la valla y desaparecer en la maleza. El Halcón dijo a sus hombres que dispararan atrincherados detrás de árboles o rocas, cuerpo a tierra. Luego arrancó los collares de cuero con cencerros de bronce a veintidós cabras y se los entregó a sus hombres. Le dio uno a Luzia.

—Cuando dé la señal —dijo el Halcón—, ponte esto. Hasta entonces, mete un trapo en el cencerro para que el badajo no haga ruido.

Anochecía cuando aparecieron las tropas por el camino; avanzaban como había predicho el Halcón, hacia la verja principal. Los soldados se desplazaban en varias hileras y mantenían los rifles apuntados hacia invisibles objetivos. La casa del rancho permanecía silenciosa. Dentro, el Halcón había dejado los faroles encendidos. Él y Luzia se agazapaban en el extremo opuesto del jardín del coronel, cerca de la entrada al corral de cabras. El Halcón se aferró al brazo torcido de la joven.

El sol del crepúsculo arrojaba sombras sobre el matorral. De lejos, las hojas arqueadas de las palmeras oricuri parecían cangaceiros inmóviles, decenas de ellos, diseminados por el matorral. Un soldado se asustó y disparó a los árboles; el tiro resonó en el aire. En el corral que estaba al lado de Luzia, las cabras balaron enloquecidas. Rápidamente, el Halcón abrió la puerta del corral.

Con el segundo y el tercer disparo de los soldados, las cabras atemorizadas salieron de su encierro en una gran marejada de confusión. Los animales empujaron y corcovearon. Sus cencerros de bronce resonaron como una gran banda de música delirante. Se escucharon más disparos. A su lado, Luzia oyó un zumbido agudo.

Pasó silbando y se clavó en el poste del corral con un ruido seco. El Halcón la empujó hacia abajo, sobre el vientre. El polvo seco y arenoso entró en la boca de Luzia. El Halcón se ató un cencerro de cabra alrededor del cuello y ordenó a Luzia que hiciera lo mismo.

Los demás cangaceiros estaban en cuclillas, moviéndose a lo largo del cercado, al lado de la masa confusa de cabras. Ellos también se habían puesto los estruendosos collares, y en el crepúsculo sombrío era difícil distinguir hombres y animales.

El puñado de cangaceiros apostado fuera de las verjas avanzó disparando a los soldados desde todos los ángulos y empujándolos al jardín. Los hombres del Halcón eran un enemigo invisible. Las balas provenían de todos lados, y de ninguno. En la oscura tarde, era fácil confundir los señuelos de hojas de oricuri con hombres de verdad. Las tropas se dividieron frenéticamente. Los soldados tropezaban entre sí. Algunos cayeron; los sobrevivientes de la primera andanada de disparos apuntaron sus antiguos rifles contra las cabras, los árboles.

—¡Idos a la mierda, cangaceiros! —gritó un soldado.

—¡Que se vaya a la mierda tu madre, soldado! —gritó a su vez Ponta Fina, y lanzó una risotada.

El Halcón soltó el brazo de Luzia. Apuntó y amartilló el Winchester. El rifle hizo un ruido seco y disparó. Después de la explosión, los oídos de Luzia parecían estar llenos de agua. Los alaridos de los hombres sonaban muy lejanos. Otro rifle disparó, y luego otro. El revólver de Luzia pendía, pesado e inútil, de la pistolera que el Halcón le había dado. No había practicado, y en medio de todo ese estruendo de cencerros, humo y explosiones pavorosas, Luzia sólo atinó a atrincherarse junto al Halcón.

A medida que cayó la noche, un resplandor verde se hizo visible en los rifles cada vez que disparaban, iluminando los rostros de los hombres. Se parapetaban detrás de los postes del corral, las piedras y los troncos de ipé. Rápidamente abrían los rifles y deslizaban más cartuchos en el interior. Cerca de ella, Baiano maldecía el cañón caliente de su fusil. Se bajó el pantalón y se sentó en cuclillas sobre el rifle. El cañón de la escopeta chisporroteó. El olor a orina se coló entre el polvo y el humo. Baiano se subió el pantalón y cogió el Winchester enfriado.

Luzia no supo durante cuánto tiempo dispararon y se arrastraron. Tenía las rodillas llagadas; los músculos de la pierna le ardían y temblaban cada vez que se movía. El zumbido en los oídos era ensordecedor. Finalmente, el Halcón soltó un silbido agudo. Lo había planeado así, pues sabía que no podrían acabar con todos los soldados. Los cangaceiros se retirarían lentamente, dividiéndose por parejas; cruzarían el río y luego se reunirían en la iglesia de Marimbondo. Se trataba de una capilla abandonada, en el lado del río perteneciente a Bahía. Las avispas rojas habían construido sus avisperos en los aleros de la capilla, detrás del altar, y debajo de sus bancos despedazados; la iglesia se había transformado en una enorme colmena. Rara vez entraba la gente allí, por lo que el matorral que rodeaba la capilla era el escondite perfecto.

Como cabras desesperadas, los cangaceiros se deslizaron bajo los travesaños de la cerca del coronel. El Halcón se arrancó de un tirón el cencerro que tenía alrededor del cuello y se aferró a la mano de Luzia. Era difícil verlo en la oscuridad con tanto humo. Sintió sus dedos contra el cuello, tirando del collar de cuero. Cuando logró desabrocharlo, Luzia oyó el conocido zumbido. Una cabra se desplomó al lado de ella. El Halcón se quedó inmóvil. Levantó el rifle. El zumbido pasó de nuevo al lado de ellos, pero cuando cesó se oyó un impacto sordo, como un puño contra una almohada. El Halcón jadeó. Se tambaleó y apretó la mano de Luzia con fuerza.

6

Una red de ramas quebradizas se cruzaba en su camino. Viñas secas se enroscaban como serpientes negras alrededor de los árboles. Mientras avanzaban por la maleza, el Halcón se apoyó en Luzia. Un viso de sudor brillaba en su rostro; respiraba jadeando, con dificultad. Avanzaron lentamente. El cielo adquirió un tinte metálico. Los pájaros piaban vacilantes, como si quisieran asegurarse de que aún podían cantar. Cuando salió el sol, guardaron silencio una vez más.

Luzia halló sombra bajo un raquítico juazeiro. Unas horas antes, el Halcón se había quitado los morrales y había atado con fuerza la chaqueta alrededor del muslo herido. La sangre había empapado la tela. Caía goteando sobre su alpargata, manchando el cuero de la sandalia y cubriéndole el pie. Luzia se arrodilló a su lado. Se desabrochó la chaqueta. Se avergonzó de la camiseta que llevaba debajo..., había cortado la parte de abajo de un camisón viejo, pero seguía usando la pechera. Estaba amarillenta y deshilachada. Luzia no pensó en ello, no había tiempo para la vanidad. Desató la chaqueta tiesa, empapada de sangre de su pierna, y la reemplazó por la suya. El Halcón se estremeció cuando anudó las mangas de un tirón.

—Toma —dijo, sacando una navaja corta de su funda—. Usa esto. Entierra la chaqueta ensangrentada.

Luzia cogió el cuchillo y comenzó a cavar. El Halcón tosió; gotas de sudor poblaban su frente.

—El río no está muy lejos —dijo el cangaceiro herido—. Alrededor de doscientos metros. Necesitamos cruzarlo. Estaremos a salvo en Bahía.

Luzia oía el rumor del caudal del San Francisco. Lo olía. Habían andado en paralelo al río durante toda la noche, pero no se habían acercado a él, cuidándose de las tropas que aún pudieran rondar cerca. Caminarían río abajo hasta que el Halcón juzgara que era seguro cruzarlo. Cuando terminó de enterrar la chaqueta, cortaron un pedazo de carne seca. Con las manos temblorosas, el Halcón le enseñó a partir por la mitad un cactus bonete y a comer la pulpa suave de su interior. Luzia quería limpiarle la herida; aún tenía la mercromina en el morral desde sus primeros meses en la caatinga. El Halcón negó con la cabeza e insistió en seguir.

Se apoyó en ella durante todo el día. Algunas veces sentía la piel ardiendo. Otras, cuando ponía la mano contra su cuello, estaba frío y húmedo, como el de un sapo. Cuando llegó la tarde no podía arrodillarse, pero aun así rezó, apoyándose contra un árbol de tronco liso y aferrando con las manos las medallas de sus santos. Cuando terminó, se desplomó sobre el suelo. Luzia le puso la cantimplora en la boca. La fiebre le provocaba sed. Bebió y cerró los ojos. Sus labios se movían, para rezar o delirar, Luzia no pudo saberlo. Tragó con dificultad y habló:

—Cuando era niño, antes de que me hicieran esto —dijo, señalando la cicatriz—, arrojé una piedra a una colmena. Fue algo estúpido. Eran abejas italianas, por lo que tenían aguijones. Oí un zumbido. Sentí aleteos en mis orejas, en la nariz. En todos lados. Luego todo comenzó a arder. El cuerpo quemaba tanto que yo me daba palmadas en los brazos, el cuello. Sentía cómo se aplastaban bajo mis manos, pero era como si ya no tuviera piel. Era otra piel; una piel de abejas. La gente me echó agua encima, me llevaron a casa. Mi madre encomendó mi alma a todos los santos que existían. El agua, los vecinos, la oración... Casi no recuerdo nada de eso. Sólo oigo el zumbido, aquel terrible zumbido. Todavía lo oigo.

Su voz se debilitó con cada palabra. Alarmada, Luzia se agachó junto a él. El ojo enfermo lagrimeaba y se le habían formado costras en los párpados. Luzia lo limpió con un pañuelo. De pronto parpadeó y abrió los ojos; Luzia se echó hacia atrás. Él se agarró a su mano.

—¿Sabes por qué te llevé conmigo? —preguntó.

Tenía menos fuerza en la mano que antes, cuando lo había alcanzado la bala y él la había arrastrado hacia la maleza. Ahora cogió sus dedos con suavidad y Luzia se preguntó si era por debilidad o por afecto.

—Para tener suerte —murmuró Luzia.

El Halcón esbozó lentamente una sonrisa torcida.

—Que Dios me ayude. Eso es lo que pensé cuando te vi por primera vez en esa montaña. Que Dios me ayude.

Apartó la mirada de sus ojos, y la posó sobre las manos entrelazadas de ambos.

—Antes de subir a la montaña, a Taquaritinga, había estado sintiendo algo... extraño... dentro de mí. Algo oscuro, amargo. Como si me hubiera comido un montón de frutas de cajú. Estaba cansado, eso es todo. Parecía que todas las personas con las que me cruzaba me pedían algo. Pero tú no. Me miraste en la cresta de aquella colina y no me pediste nada. Ni piedad, ni dinero, ni protección. Que Dios me ayude, pensé. Después no quise mirarte más. Te eché y clavé el puñal a esos soldados y esos capangas. Me dirigí a la casa de ese maldito coronel y comí y bebí. Toqué el acordeón. Nada me tranquilizó. Me sentí peor que nunca. Agitado, como si las avispas me estuvieran atacando de nuevo, persiguiéndome, picándome. Provocándome ardor en la piel. No pude dormir en toda la noche. Estaba recostado sobre un colchón de plumas y no pude dormir. Me fui al porche, y miré hacia el poblado. Nada parecía estar como debiera, ni las malditas buganvillas. Había visto esas flores cientos de veces en mi vida, pero esa noche estaban diferentes. No supe explicarlo. Sólo podía preguntarme: ¿Dónde está? ¿Dónde está esa costurera?

Está en algún lado durmiendo, y no sé dónde. No sé si está en una hamaca o en una cama. Si está sola. Si tiene una almohada bajo la cabeza. No sabía nada. Y me puso de un pésimo humor no saber nada. Quería saber, tenía que saber. Y no sólo ocurrió esa noche, sino todas las noches. Por eso te llevé conmigo.

Luzia soltó su mano. Nunca le había oído hablar tanto y sintió vergüenza por la avidez con que lo había escuchado.

—No me llevaste —dijo bruscamente—. Me fui con vosotros porque quise.

El Halcón soltó el aire por la nariz. Tragó con dificultad y cerró los ojos.

—Hubo mujeres más bellas que desearon venir conmigo —dijo—. Dios sabe cuántas.

Luzia quería sacudirlo para que reaccionara. Siempre hacía lo mismo: le mostraba un rayo de esperanza, y cuando estaba a punto de ilusionarse, venía el desencanto.

Desató la chaqueta que hacía de venda alrededor de su pierna. La herida había dejado de sangrar, pero el muslo estaba tan hinchado que la pernera del pantalón se pegaba a él como otra capa de piel. Luzia miró dentro de su morral y encontró los instrumentos de oro para el afeitado. Extrajo las tijeras para la barba, y con cuidado cortó a lo largo de la costura del pantalón. Aflojó la pernera del pantalón con agua y luego la despegó tirando hacia atrás. Una costra marrón y amarilla cubría la herida. Rayos rojos como venas irradiaban por todo el muslo. Despedía un olor acre. Le recordó a Luzia el olor a óxido mezclado con una dulzura embriagadora, como el olor de un mercado de carne por la tarde, cuando se habían vendido los mejores cortes y sólo quedaban pedazos descoloridos, cubiertos de moscas. Luzia revisó su macuto. Encontró sal y pimienta malagueta, restos de la temporada pasada en la hacienda de Clovis, cuando no confiaba en el aderezo de nadie, sino en el propio. Luzia recordó a Lía y la manera en que la muchacha había preparado una pasta de cenizas, malagueta y sal para curar el cordón umbilical cortado de un cabrito recién nacido. No tenían cenizas, pero Luzia machacó la pimienta picante y la sal. La pimienta la hizo llorar. Cuando la pasta estuvo lista, echó mercromina en la herida. El Halcón se despertó sobresaltado. Lanzó un grito sofocado. Luzia retuvo la pierna. El lado izquierdo de su rostro se contraía con espasmos. El medicamento aflojó la costra y Luzia la levantó con los dedos. El orificio era grande y redondo como un carrete de hilo. Los bordes rosados estaban inflamados. Un poco más abajo de la herida, bajo la piel del muslo veteada de rojo, había un enorme bulto. Luzia echó mercromina en el orificio. El Halcón maldijo y tembló. Ella comprimió la pasta de sal y pimienta y la envolvió con un trapo. El Halcón se desplomó hacia atrás, rendido.

Dentro de su morral, junto con las lujosas cosas de afeitar, encontró sus prismáticos, sus hojas con oraciones y una docena de rollos de billetes de mil reales. Había suficiente para comprar diez Singer a pedal, suficiente para comprar un automóvil, para darse un banquete, para acudir al doctor. Pero esos billetes no tenían ningún valor en la estepa. Todos sus anillos de oro, todas las medallas de santos e instrumentos de afeitar no alcanzaban para salvarlos. Luzia colocó un odre de agua al lado suyo. Se peinó el cabello con los dedos y lo volvió a trenzar. Sus manos estaban manchadas de rosa por la mercromina, pero no había manera de lavarlas. Metió el largo revólver reluciente en su pistolera de hombro, cogió un rollo de billetes de su morral y echó a andar hacia el río.

7

Había varias haciendas de gran tamaño a lo largo del San Francisco; los hacendados ricos valoraban las tierras cerca del río, porque siempre contaban con agua. Pero Luzia no quiso poner pie en ninguna de esas propiedades, pues temía que estuvieran albergando tropas. Además había casuchas de pescadores diseminadas en las riberas del río. Una de ellas tenía una mula fuera. El animal rumiaba cactus palmera debajo de un cobertizo con tejado de aluminio. Había dos barcas al lado de la casucha de arcilla: una canoa larga y una balsa de fondo plano, ambas ancladas en la orilla. Cerca de la balsa, una mujer gruesa golpeaba ropa contra las piedras del río. El agua le llegaba a los tobillos y frotaba enérgicamente.

Luzia observó desde la maleza, como solían hacer los cangaceiros, buscando algún indicio de la presencia de soldados. No vio ninguno. Observó sus manos rosadas, las manchas de sangre sobre su camisa, sus pantalones. Por un instante, Luzia se preocupó por lo que pensaría la lavandera al verla. Sacudió la cabeza: no tenía tiempo, no había lugar para la timidez o la vergüenza. Pronto se pondría el sol, y sería más difícil orientarse. Luzia metió la pistolera de cuero que pendía del hombro bajo la axila. Avanzó. La mujer levantó la mirada. Cuando vio a Luzia, soltó la camisa mojada que había estado restregando, y ésta cayó en el agua. Se quedó inmóvil. Su expresión era una mezcla de temor y de asombro, como si hubiera visto a una pantera saliendo del matorral. La mujer abrió la boca. Luzia dio un paso más y levantó las manos.

—Por favor —dijo—, necesito ayuda. —Mantuvo los hombros echados hacia atrás y la voz firme—: Mi esposo está herido. No puedo moverlo sola.

La mujer gritó el nombre de un hombre. Su voz era aguda y fuerte. El hombre que salió de la casucha de arcilla era un típico sujeto del interior, de estatura baja y complexión robusta, con la piel morena y el pelo oscuro. La lavandera salió del agua y se paró a su lado. Luzia repitió su petición de ayuda. Él la miró fijamente un largo rato, con la expresión seria.

—Tenga piedad —dijo Luzia, sin poder evitar que se le quebrara la voz.

El pescador asintió.

—Déjame buscar mi mula —respondió.

Ató la brida de cuerda alrededor del hocico del animal y se adentró en el matorral, siguiendo a Luzia. Cuando llegaron a donde estaba el Halcón, éste seguía desplomado contra el tronco del árbol. Tenía la piel pastosa y amarillenta, del color de un huevo podrido. El pescador echó un vistazo al cuerpo, a la pierna vendada.

—Está vivo —dijo Luzia—, sólo herido. Necesitamos ayudarlo a cruzar el río.

El pescador miró al cielo, como esperando que alguien lo orientara. Suspiró:

—Tendrás que ayudarme a cargarlo.

Juntos, cargaron con esfuerzo al herido sobre la mula. Sus ojos se abrieron sólo una vez, cuando Luzia le golpeó en el muslo por descuido. Lo colocaron boca abajo sobre el lomo sin montura de la mula. El animal tenía las patas cortas: los pies del Halcón casi tocaban el suelo. El pescador llevó de las riendas al animal lentamente, mientras Luzia caminaba a su lado, aferrada al brazo del cangaceiro. Su cuerpo resbalaba de un lado a otro sobre el lomo del animal. Una vez, tuvieron que detenerse y volver a acomodarlo. Cuando llegaron a la orilla, lo cargaron sobre la balsa de fondo plano y lo envolvieron en una manta. Luzia no podía ver el otro lado del río..., todo estaba borroso. El pescador los cruzó al otro lado, metiendo y sacando una larga pértiga en el agua para impulsarse.

El sol se ponía arrojando sus rayos sobre el río, que brillaba como la seda amarilla del coronel Clovis. La balsa se bamboleaba de un lado a otro, y Luzia sintió náuseas. El agua salpicó sus pantalones. La orilla del lado de Bahía era rocosa y desnivelada. Apenas atracaron el bote, el pescador lanzó un silbido. Un joven emergió de una casucha solitaria. Luzia hizo un esfuerzo por erguirse lo más alto que pudo. Mantuvo la postura firme, como la de un hombre, y no bajó los ojos cuando el joven se acercó.

—Necesita que lo ayuden —dijo, señalando el cuerpo envuelto sobre la balsa.

—Hay una hacienda aquí cerca —respondió el joven en voz baja, sin levantar la mirada—. Hay un doctor, uno de verdad. Puedo mostrarte el camino.

Pusieron al Halcón sobre el lomo de la yegua del joven. Luego el viejo pescador volvió a embarcarse en su balsa. Luzia lo detuvo, sacó el rollo de billetes del morral y se lo ofreció. El pescador negó con la cabeza.

—Yo os he brindado ayuda porque soy un hombre de Dios. No quiero problemas —añadió señalando el rollo de billetes—. Un hombre que acepta dinero robado no es distinto del ladrón.

Luego se dio la vuelta y empujó el barco hacia el centro del río.

8

Luzia pensó que la llevarían a un médico de animales o a un curandero en una choza llena de hierbas secas y cortezas de tronco. Cuando el joven la condujo a la verja de una gran casa blanca, Luzia empezó a desconfiar. No traspasaría la verja.

—Haz que salga —dijo, tomando las riendas de la yegua—. No entraré hasta que lo vea.

Se paró al lado de los pilares de la verja, preguntándose nerviosamente si la yegua podía aguantar su peso y el del Halcón. Estaba acostado boca abajo, como un cadáver, sobre el lomo del animal. Un hombre de mediana edad salió de la casa con un farol de queroseno en la mano. No parecía un coronel ni un soldado. Era muy delgado, con los hombros encorvados y el cuello ladeado, como si su cabeza pesara demasiado para su cuerpo. Tenía el pelo húmedo y lacio por encima de las orejas. Usaba una camisa planchada y gafas con una montura de metal que brillaban como si tuviera una joya sobre el rostro. Las lentes aumentaban el tamaño de sus ojos, que parecían redondos y saltones como los de un pájaro recién nacido. Sostuvo el farol en alto y se dirigió a Luzia.

—Has interrumpido mi cena —dijo.

Luzia señaló la yegua detrás de ella.

—Le han pegado un tiro.

—Lo siento; no curo animales —respondió el hombre.

—No es el animal —dijo Luzia, enfadada por la impaciencia del doctor. Tomó el farol de su mano y lo sostuvo sobre el caballo. Cuando el doctor vio el cuerpo cubierto por la frazada, abrió la verja y le hizo un gesto para que entrara.

Colocaron al Halcón sobre una larga mesa de madera en la cocina del médico. Una criada anciana puso un gran caldero de agua sobre el fogón. Cuando hirvió, el doctor dejó caer dentro una serie de instrumentos de metal. El médico llenó otro tazón, se arremangó y se lavó las manos. Igual que la cabeza, eran excepcionalmente pálidas y grandes. Cuando terminó, desenvolvió la pierna herida del Halcón. La venda vieja estaba pegada a la herida. El médico la aflojó con suavidad, y luego la arrancó con firmeza. El Halcón se estremeció. Abrió los ojos e intentó sentarse. El doctor lo empujó hacia atrás.

—Tiene la pierna infectada —dijo, agachándose junto a la cara del Halcón—. La limpiaré y sacaré lo que esté alojado dentro.

El Halcón miró a su alrededor. Cuando vio a Luzia, se relajó. El doctor descorchó una botella de licor de caña y levantó la cabeza del Halcón.

—Bebe esto —ordenó.

El lado izquierdo de la boca del Halcón se frunció:

—Beba usted primero —dijo, con la voz rasposa y débil.

El médico no le hizo caso, acercó la botella a la boca del Halcón.

—No gano nada envenenándote. Si no hago nada, te morirías de todas formas. Ahora bebe.

El Halcón miró intensamente al hombre, y luego a Luzia. Bebió ávidamente el licor de caña, hasta que se derramó por las comisuras de la boca. Luego tosió y se echó hacia atrás.

—Hay que darle la vuelta —dijo el doctor—. Tenemos que atarle las piernas y los brazos.

Hizo un gesto a Luzia y los dos giraron el cuerpo del Halcón sobre el vientre. La anciana criada dio rápidamente unas cintas al médico, que ató los tobillos y muñecas del Halcón con firmeza a las patas de la mesa.

—Tú —dijo el doctor, dirigiéndose a Luzia por primera vez desde que habían entrado en la cocina— mantenle quietos los hombros y la cabeza. No puedo trabajar si se mueve.

La criada reunió diez faroles de otras dependencias de la casa y los puso en la cocina. Siseaban y chisporroteaban. La habitación resplandecía de luz. Luzia se inclinó sobre la cabeza del Halcón. Tenía el rostro de lado, y la parte de la cicatriz hacia abajo. Tenía los ojos abiertos. Luzia se inclinó hacia delante y puso los antebrazos con firmeza sobre sus omóplatos. El Halcón respiraba jadeando con dificultad. Cada vez que exhalaba, Luzia olía el licor de caña.

El doctor se echó yodo en las manos, y luego limpió la pierna del Halcón. Cuando cogió sus instrumentos, Luzia miró hacia abajo. Fijó la mirada en la ropa manchada del Halcón, su cabello apelmazado. Los faroles colocados a su alrededor calentaron rápidamente la cocina. A Luzia casi le pareció que estaban de nuevo a mediodía en medio del matorral. El sudor le provocó escozor en los ojos; el olor a queroseno la mareó. Más abajo, el cuerpo del Halcón se puso rígido, levantó el torso. Sus brazos tiraron de las ligaduras de tela.

—¡Distráelo! —dijo bruscamente el médico. Su rostro estaba enrojecido, y los ojos, enormes. La camisa estaba pegada al pecho.

Luzia se apoyó aún más, presionando con más fuerza sobre su espalda. Inclinó la cabeza, y la boca se acercó a su pelo. No sabía qué decir ni cómo hablarle. Sólo podía pensar en su dolor y en cómo, hasta cierto punto, podía entenderlo.

—Cuando era niña —comenzó—, me caí de un árbol...

El doctor reanudó la curación. El Halcón volvió a ponerse tenso. Luzia levantó la voz. Le habló del árbol de mango, del silencio tras la caída, sobre el bálsamo de grasa de la curandera y el olor acre que la acompañaba por culpa del maldito remedio. Le habló de Emília, del armario de los santos en la cocina de tía Sofía, de la promesa que le había hecho a san Expedito y de las hendiduras en el suelo de tierra, labradas por sus propias rodillas. El cuerpo del Halcón se relajó.

Se oyó el sonido de un objeto de metal tintineando contra la palangana de porcelana. Luego, el ruido sordo de un corcho, el siseo del ácido carbólico para cauterizar la herida, y el olor de pelo chamuscado. El doctor suspiró. El Halcón se estremeció y todo su cuerpo se relajó.

9

El doctor Eronildes Epifano era de la ciudad capital de Salvador, en la costa de Bahía. Había estudiado Medicina en la Universidad Federal, donde también hizo prácticas, pero había abandonado el ejercicio de la profesión y se había comprado un enorme terreno junto al río San Francisco.

—Sufría de mal de amores —susurró la criada.

Ésta fumaba una pipa de maíz y la movía de un lado a otro entre sus oscuras encías. El doctor Eronildes había tenido una novia en Salvador, prosiguió la anciana criada, pero la muchacha contrajo la fiebre del dengue y no pudo curarla. Después de su muerte, se marchó de la ciudad, asqueado de la vida. Aún conservaba un enorme retrato de la muchacha sobre la repisa de la chimenea. Luzia lo había visto al entrar en la casa. La muchacha tenía el cuello largo y una palidez extrema.

—¡Era blanca —se rió la vieja criada— como un gusano tapuru!

Luzia se estremeció. No le gustaban los insectos, especialmente los blancos gusanos traslúcidos que perforaban las guayabas. La criada le dio a Luzia una barra de jabón perfumado y una esponja. Había una bañera en medio del cuarto de invitados del doctor Eronildes. La criada la había llenado con agua hirviendo. El cuarto era sobrio, y sólo tenía una cama maciza de madera y un tocador con espejo. Esa noche, después de la operación del Halcón, lo trasladaron a una pequeña habitación al lado de la cocina. Durmió sobre un catre de vaqueiro, hecho con una piel de vaca estirada sobre cuatro palos de madera. Luzia durmió sobre el suelo, a su lado. No se dio cuenta de lo cansada que estaba hasta que se acostó. Todos los músculos de su cuerpo parecían latir bajo la piel. Durmió hasta después del amanecer, cuando la criada la despertó sacudiéndola y le dijo que debía bañarse. El doctor Eronildes insistía en ello.

Luzia no tenía parásitos. Los cangaceiros tenían un remedio para los piojos: una pasta que hacían con semillas de piña y aceite de pequi, que untaban sobre sus cabezas y exponían al sol. Aun así, Luzia no puso pega alguna a las órdenes de Eronildes; hacía meses que no se daba un baño de verdad. En el matorral se había acostumbrado a bañarse rápida y sigilosamente, arremangándose las perneras del pantalón todo lo que podía y salpicándose agua, luego poniéndose en cuclillas, desatando los pantalones y haciendo lo mismo. Cuando se debía lavar el torso se dejaba la túnica y maniobraba debajo de ésta, echándose agua bajo los brazos, en el pecho y la espalda. Cuando escaseaba el agua, no se bañaba.

La anciana criada de Eronildes no se retiró del cuarto de huéspedes. Se sentó sobre una banqueta de espaldas a la bañera y habló mientras Luzia se bañaba. La criada estaba deseosa de hablar con otra mujer, aunque fuera una cangaceira con pantalones. De vez en cuando, la mujer echaba un vistazo por encima del hombro. Si Luzia la estaba mirando, la criada se volvía rápidamente. A Luzia no le molestó la curiosidad de la mujer. Ella también sentía curiosidad por sí misma. Enfrente de ella, sobre la pared, colgaba el espejo redondo y grande del tocador. Luzia observó su reflejo. Parecía una muñeca de trapo mal confeccionada. Sus manos, los pies y el rostro eran de un color; el resto, de otro. Y en la parte interior de los muslos tenía un sarpullido, donde los pantalones habían rozado. Tenía el cabello enredado y las puntas más claras. Las mejillas y la nariz estaban cubiertas de pecas allí donde la piel se había quemado por el sol y se había pelado. Sus ojos tenían un verde más intenso ahora que el rostro estaba más moreno. Los pechos eran pequeños; los pezones, del mismo color moreno que sus manos. Tenía callos sobre los hombros, pequeños, de cargar los morrales y los odres de agua. Los huesos de su cadera sobresalían bajo la piel, y recordó a las cabras que tenían crías, con el pellejo estirado sobre las caderas por el peso de las ubres. Debajo del escote oscurecido, la clavícula formaba una profunda hendidura triangular.

Cuando Luzia terminó, la criada le entregó una tela floreada.

—Es un vestido —dijo la anciana—. No es correcto que una mujer use pantalones. No son los designios del Señor.

Los pantalones de Luzia estaban sucios y manchados de sangre. El vestido le quedaba holgado alrededor de la cintura y corto, pero tendría que ponérselo. Después Luzia y la criada llevaron un cuenco con agua caliente a la cama del Halcón. La vieja le levantó la cabeza. Gimió, pero no se despertó. La sangre formaba costras sobre sus manos; una mancha de tierra le embadurnaba el cuello. La criada intentó quitarle la túnica manchada, pero no podía hacerlo sola.

—No es momento de ser tímidas, muchacha —dijo la anciana bruscamente, con la pipa aún moviéndose en la boca—. Ayúdame.

Luzia le quitó la túnica. Tenía la piel ardiendo por la fiebre. La criada cogió un cuchillo afilado y le cortó lo que quedaba de los pantalones manchados. Debajo llevaba pantalones cortos de lona. La criada le entregó a Luzia un lío de trapos y una barra de jabón.

—Debes ocuparte tú —dijo—, yo tengo mis propios quehaceres.

La anciana cogió la ropa sucia y se marchó. Luzia se quedó mirando la puerta, y luego el cuenco de agua hirviendo. El agua se enfriaría si no comenzaba pronto. Él se enfriaría. Respiró hondo. Lo lavaría como había medido a los muertos en Taquaritinga: rápida y eficientemente, concentrándose en las partes y no en el todo. Comenzó con los medallones de los santos, desenredando los hilos rojos y las cadenas de oro. El Halcón se movió, pero no se despertó.

Luzia le pasó un trapo húmedo alrededor de los ojos, por el puente aplastado de la nariz, alrededor de la cicatriz blanca, sobre el cuello moreno.

Apretó el trapo con fuerza. No dejó que se le resbalara de los dedos. Tenía partes oscuras: sus manos, sus gruesos dedos, sus tobillos y sus pies. La piel era gruesa y estriada, como la cáscara de una naranja. Otras partes no habían sido expuestas al sol ni a los espinos del matorral. La parte más estrecha de su espalda, el interior de las piernas y de los brazos eran pálidos y suaves, como la piel de un niño. Sus pezones eran pequeños y redondos, con un tinte púrpura, como si le hubieran puesto dos moras sobre el pecho. Tenía dos tipos de vello: uno era dorado y suave, otro negro y grueso como el hilo. Alrededor de la cintura, en el lugar donde solía llevar el cinturón cartuchera, la piel era más oscura y callosa. El cinturón le había rozado la piel y tenía una aureola alrededor. También tenía otras cicatrices. Algunas eran brillantes y redondas, como monedas. Otras tenían forma de estrella y los bordes dentados, como las plantas de macambira. Y muchas eran diminutas y deformes, picaduras de insectos que habían sido rascadas demasiadas veces. O tal vez eran las picaduras de abeja que había sufrido de niño.

Luzia apartó el trapo. Presionó el dedo sobre una de esas picaduras redondas.

Una vez, hacía mucho tiempo, había hojeado las revistas *Fon Fon* de Emília. Leyó las oraciones ridículas, las recetas, los trucos mágicos. Todo estaba dirigido a conquistar a un hombre. El corazón, decía, era el instrumento del amor. Luzia no creía en nada de eso. Había visto muchos corazones, los había tenido en las manos. El de una vaca era grande como la cabeza de un recién nacido; el de una gallina tenía forma de lágrima y era elástico, del tamaño de una ciruela. El de una cabra estaba entre los dos, como un mango en miniatura. No importaba el tamaño, todos eran gruesos y musculosos. Estaban hechos para trabajar, para la eficiencia, no para el amor.

Cuando era niña, tía Sofía le había enseñado a trocear una gallina. Su tía le advertía siempre sobre un órgano pequeño, del tamaño de una uña, adherido a los riñones. Era verde y viscoso. Tía Sofía no sabía cómo se llamaba ni por qué existía. Sólo sabía que si se dejaba en el animal o se perforaba, se arruinaba la carne; le daba un gusto amargo. Luzia siempre había querido saber si existía un órgano así en los hombres y las mujeres. Ahora sabía que sí. Ese órgano, frágil, reluciente, peligroso, era lo opuesto a un corazón. Luzia creía que era el instrumento del amor.

—Tiene una herida asombrosa.

El doctor Eronildes estaba de pie en la entrada. Luzia sacó deprisa la mano de la pierna del Halcón y cogió el trapo. El doctor se acercó aún más. Usaba perfume, pero no era el fuerte aroma del Fleur d'Amour de los cangaceiros. Eronildes olía a jabón y a frescura, como una camisa almidonada.

—¿Sabes qué le pasó? —preguntó el doctor, ajustando sus gafas sobre la nariz.

—Le pegaron un tiro —respondió Luzia—. Ya ha visto la bala.

Su interrupción la puso nerviosa y por descuido le tuteó en vez de llamarle doctor.

—No me refería a su pierna —continuó Eronildes, sin inmutarse—. Me refiero a su cara. La cicatriz. —Eronildes se acercó más. El Halcón se agitó en su sueño febril—. Le llega hasta la oreja. Creo que cortaron parcialmente el nervio facial, pero no por completo. Por eso conserva todavía algún movimiento en la ceja derecha y en la boca. Si lo hubieran cortado totalmente, no podría hablar con normalidad.

Luzia exprimió el trapo. El agua del cuenco estaba muy turbia. Tendría que calentar más, ni siquiera le había lavado la cabeza. El doctor Eronildes dio un paso hacia atrás, alejándose de la cama. Llevaba botas de cuero hasta la rodilla, como un coronel.

—Este Halcón es un hombre famoso. Estoy suscrito a *A Tarde*, el periódico de Bahía, y al *Diario de Pernambuco*. Me los trae la barcaza. Hace poco publicaban una noticia sobre él. Mis peones me han contado que hay una escaramuza en São Tomé, en las tierras del coronel Clovis. Parece que hay tropas buscándolo. ¿A ti también te buscan?

Luzia asintió. El doctor Eronildes se entretuvo jugueteando con un hilo suelto sobre el bolsillo del pantalón.

—No te preocupes —añadió el médico—. Están en Bahía ahora. No quiero tropas de Pernambuco en mis tierras. Nuestros gobernadores no están en buenas relaciones, ¿sabes? El nuestro es un partidario de Gomes.

Apartó la mirada de Luzia y puso una mano pálida sobre la garganta del Halcón, y luego sobre la frente.

—Tiene fiebre. Pero tiene suerte: el proyectil no lo atravesó de lado a lado. Estas balas hacen un pequeño agujero de entrada, pero lo destruyen todo cuando salen. Podría haber perdido la pierna. Tendremos que mantenerla limpia. Le diré a mi criada Honorata que le dé infusión de quixabeira una vez cada hora, para limpiar la infección.

Eronildes miró a Luzia. Sus ojos grandes se posaron por un instante sobre el cabello mojado, el vestido nuevo. Carraspeó.

—También le diré a Honorata que ponga otro cubierto para el almuerzo. Rara vez tengo visitas; te agradecería que me acompañaras.

Antes de que Luzia pudiera objetar nada, el doctor salió dando grandes zancadas, y sus botas resonaron sobre el suelo de madera.

10

Para el almuerzo, la anciana criada cocinó un surubí recién pescado; tenía las aletas afiladas y el cuerpo rayado como el de un gato montés. Luzia jamás había comido pescado fresco, sólo bacalao seco para Pascua. Tampoco estaba acostumbrada a comer en un plato. En la casa de tía Sofía comían los frijoles y la sémola en cuencos. Un plato era demasiado plano, escurridizo. Todo lo que se ponía en él era difícil de sacar. Luzia se había olvidado de traer la cuchara de plata del Halcón y miró con cautela la blanca masa humeante sobre su plato. Hasta la harina de mandioca tostada y los frijoles marrones tenían un aspecto siniestro. El doctor Eronildes la miró, esperando que su invitada diera un bocado antes de comenzar. Luzia cogió el tenedor. Lo clavó en el pescado, pero estaba lleno de mantequilla y resbalaba por el cubierto. Comer con un caballero era exasperante. Jamás se había sentado a la mesa de un caballero y se preguntó por qué la había invitado el doctor Eronildes. Era evidente que ella no era una dama. Debería estar en la cocina con la criada, o sentada al lado del Halcón, esperando a que despertara. Luzia imaginó oír la voz de Emília, templada y altiva: el doctor se estaba esmerando en ser refinado y cortés y Luzia debía valorar su gesto. La cangaceira movió los pies como si estuviera expulsando de una patada a su hermana. Tal vez fuera cortés, pero prefería estar en la cocina llena de humo que atrapada tras la larga mesa bien vestida.

—¿No te gusta el surubí? —preguntó el doctor Eronildes.

—Quiero un cuenco. —Apretó los labios nada más decirlo. Los meses con los cangaceiros habían arruinado sus modales. Se había olvidado de agregar «por favor» o «gracias», y cuando se acordó, era tarde. El doctor Eronildes ya le había pedido a la criada que le cambiara el plato por un cuenco.

—Espero que no tomes a mal que te señale esto —dijo—: tienes unos dientes sorprendentemente sanos para ser una mujer de campo. ¿Cómo evitas que se estropeen?

—Es el juá —respondió Luzia—. Mastico corteza de juá.

El doctor Eronildes agrandó los ojos. Tomó un diminuto lápiz y una pequeña libreta de notas con tapas de cuero del bolsillo de su chaleco y comenzó a escribir.

—¡Juá! ¡Qué increíble! —exclamó—. Debo encontrar el nombre científico de la planta. —Levantó la mirada de sus apuntes—. ¿Sabes una cosa? Estoy intentando evaluar las propiedades medicinales de la flora de la caatinga. Mi madre insiste en que no hay nada que valga la pena aquí, pero donde ella ve desierto yo veo comercio.

Luzia asintió. Los cangaceiros le habían enseñado cosas del juá. Pensó en Ponta Fina, Baiano, Inteligente y Canjica. ¿Les habría pasado algo? ¿Habrían encontrado el punto de encuentro? Y si fuera así, esperarían al Halcón, pero no para siempre.

—¿Cuándo podrá volver a caminar? —preguntó Luzia.

Eronildes parpadeó. Sus ojos parecían más grandes por las lentes, y las pestañas, más oscuras y gruesas.

—¡Oh! —suspiró—. Te refieres a nuestro paciente. Tuvo suerte. El proyectil atravesó el músculo pero no el hueso. Penetró la parte más gruesa del muslo. Aun así, deben pasar varias semanas antes de que pueda levantarse; por lo menos.

—Tendré que avisar a sus hombres —dijo Luzia.

—Tendrás que hacer eso después de que se recupere —dijo Eronildes, al tiempo que enderezaba una vez más sus gafas.

—No lo esperarán tanto tiempo —replicó Luzia—. Vendrán a buscarlo.

—No lo puedo permitir —dijo Eronildes—. Prefiero que no vengan sus bandidos aquí.

—Usted lo salvó; no le harán daño.

—No tengo miedo —dijo Eronildes. Metió el diminuto lápiz en su libreta y la cerró con fuerza—. En los últimos tres años he tenido un coronel vecino que juró castrarme, marcarme, enviarme de regreso a Salvador en un ataúd. No le tengo miedo a un coronel, ¡y mucho menos a un puñado de cangaceiros!

Apretó los dientes y soltó aire sonoramente por la nariz. Tenía el rostro encendido y con manchas, como si le hubiera rozado una ortiga. Se metió en la boca dos bocados grandes de pescado.

—Lo siento —dijo Luzia—. Usted ha sido muy amable. No creo que tenga miedo. Si vinieran, los hombres se comportarían. No harían ruido. Sólo necesitan estar seguros de que se está recuperando. —Luzia hizo una pausa y pensó en sus santos, que apreciaban un don, un favor o un sacrificio a cambio de su amabilidad. Tal vez los hombres fueran iguales—. Ellos pueden ayudarle —dijo— en la disputa que tiene con ese coronel. Pueden hacer que no lo vuelva a molestar.

Eronildes apoyó el tenedor en el plato.

—No quiero ese tipo de ayuda —dijo—. Cuando llegué aquí, me propuse dar ejemplo. Mis peones pensaban que era un imbécil porque no los amenazaba ni castigaba. Aquí, el único lenguaje es la violencia; hay que ser un macho cabrío. Pero no lo toleraré. Fíjate, Luzia, el motivo por el cual tengo problemas con mi vecino coronel es porque, a diferencia de él, yo pago a mis trabajadores de manera justa. Por lo que, después de titubear al principio y burlarse de mí, la gente prefirió trabajar conmigo y no con él. Ahora tengo a algunos de los mejores vaqueiros, tengo sus mejores peones. Se marcharon sigilosamente. Por supuesto que mató a algunos de los que se habían pasado a mi bando. Pero eso no impidió que vinieran otros. Lo que no entienden ni él ni tus cangaceiros es que el comercio será el gran liberador. El comercio les quitará el poder mejor que un rifle. Así que no necesito que vengan tus bandidos a causar problemas.

—No son bandidos —dijo Luzia—. Vendrán aunque no lo quiera.

—¡Entonces que vengan! —gritó Eronildes. Golpeó la mesa del comedor con su pálida mano. Los vasos de agua se tambalearon y casi se derramaron—. ¡Por mí, que se lo lleven a rastras!

Eronildes cogió su vaso y se lo bebió de un solo trago. Luzia permaneció callada. Si Emília hubiera estado allí con ella, le habría dado una buena patada bajo la mesa. El doctor suspiró y se encorvó. Con una mano trémula, se acarició la cabeza.

—Perdona mi arrebato —dijo—. No me gusta perder los estribos. No tengo nada contra tus cangaceiros, podría respetarlos si no fuera porque son unos ladronzuelos mezquinos.

—Roban por necesidad —dijo Luzia, con los puños crispados y el rostro encendido. Sabía que eso era mentira, pero no podía arriesgarse. Existía la posibilidad de que el Halcón se despertara y oyera lo que hablaban desde la pequeña habitación contigua a la cocina. ¿Qué diría si ella no lo defendía?

Eronildes se rió. Tenía los dientes largos y algo sucios, como pálidos granos de maíz.

—¡Necesidad! —Se rió entre dientes—. ¿Esos anillos de oro son una necesidad? ¿Y esos collares? —Sacudió la cabeza—. Qué desperdicio. Qué gran desperdicio. Los hombres rebeldes son ladrones, y el resto se deja llevar, como ganado, por los coroneles. El norteño jamás será un hombre moderno si no los educamos a todos. —Eronildes hizo un gesto hacia la puerta de la cocina—. No me cabe duda de que el hombre que está allí dentro es inteligente. Debe de serlo para sobrevivir en el matorral durante tanto tiempo. Si hubiera sido educado como corresponde, no estaría en esta situación.

—Sabe leer —dijo Luzia.

—Eso no significa que esté educado —respondió Eronildes—. Un hombre debe considerarlo todo detenidamente, no echar mano al cuchillo a las primeras de cambio. Debe pensar en las consecuencias de sus actos. Debe olvidarse de la superstición y las creencias, darse cuenta de que no estamos bajo la tutela de la divinidad, sino que somos ciudadanos de un estado, de una nación.

Luzia parecía concentrada en su plato. Algunas de las palabras de Eronildes le resultaban oscuras. Otras le provocaban ira. Aplastó el pescado en el cuenco. «No seas palurda —le hubiera reprendido Emília si hubiera estado allí—. Asiente con la cabeza, sé educada, acepta lo que dice». Pero Emília no estaba allí y Luzia no pudo morderse la lengua.

—Creo que la gente necesita algo más que tener una educación. Un sacerdote me enseñó a leer, a escribir, a interpretar mapas y a hacer cuentas. Me alegro. Pero con la educación la gente quiere progresar, y aquí no hay nada que hacer salvo ser criada o vaqueiro o cangaceiro. ¿Quién desea ser algo de eso? Con la educación, todos querrán irse a la capital.

—Muchos no —respondió Eronildes—. Salvador está muy lejos, y también Recife. Y son mundos diferentes. No hay cabras ni caatinga. Las capitales están junto a la costa y abarrotadas de gente. La gente optará por lo conocido.

—No será así si reciben educación —dijo—. Querrán saber más, ver más, tener más. Querrán ser doctores, como usted.

Eronildes se rió.

—Admiro tu visión de futuro —dijo—, pero creo que estás llevando mi idea de la educación demasiado lejos.

—¿Por qué?

—Porque la gente no aspirará a tanto. La mayoría querrá leer y votar. Nada más.

—Eso es como darle a un pájaro una jaula más grande, sólo para que despliegue las alas, pero no para que vuele —replicó Luzia.

Eronildes sonrió.

—Eso me gusta. ¿Dónde aprendiste a hacer esa comparación?

—De mi tía Sofía.

—Pues yo aprendí otra de mi padre: Quienes nacieron para pericos jamás serán loros.

Luzia miró de nuevo su comida. Estaba fría y no tenía hambre. Deseaba que Emília estuviera a su lado. Su hermana siempre sabía cómo comportarse. Emília siempre sabía qué decir, y era lo suficientemente juiciosa como para no insistir en discusiones desagradables.

El doctor colocó los cubiertos en diagonal sobre su plato y dejó la servilleta sobre la mesa.

—Eres bastante directa —señaló—. Me gusta eso. Lo seré yo también: si volvemos a romper tu brazo con una operación y lo colocamos de nuevo, podría funcionar correctamente. El codo es una articulación complicada, pero no imposible de arreglar.

Luzia escondió el codo rígido deslizándolo debajo de la mesa.

—Estoy bien —dijo—. Ya me he acostumbrado.

El mes de mayo trajo una serie de chaparrones aislados. Todos los días, la vieja criada del doctor Eronildes rezaba a san Pedro. Los peones hacían apuestas sobre cuándo llovería y cuánto durarían las lluvias. A lo largo del San Francisco, los pescadores plantaron desesperados sus frijoles, sus calabazas y su mandioca. Las lluvias llegaron, pero desaparecieron rápidamente. Los cultivos seguían languideciendo, aunque la gente dio gracias a los santos con fogatas y altares, porque un poco de comida era mejor que nada. Hasta el doctor Eronildes expresó su gratitud por las escasas lluvias, aunque no rezó. El único momento en que guardaba silencio y adoptaba una actitud reverente era por las noches, cuando se sentaba ante el retrato de la pálida niña en el salón delantero. Cuando el Halcón recuperó fuerzas suficientes para moverse, se sentaba al lado de Eronildes y bebía pequeños sorbos del whisky que el doctor mandaba traer de Salvador. Al principio, el médico interrogaba a su paciente acerca de plantas medicinales. El Halcón enumeraba velozmente una serie de remedios y el doctor Eronildes los apuntaba febrilmente, olvidando a su pálida prometida.

Sus conversaciones se apartaron rápidamente de la cuestión de las cortezas y las infusiones. Luzia cosía cerca de allí y se distraía, con lo que se pinchaba frecuentemente el dedo con la aguja de bordar que Eronildes le había dado. Le preocupaba que los hombres discutieran, que el Halcón perdiera los estribos y el doctor Eronildes dejara de ofrecerle sus cuidados. Pero quien más perdía los estribos era el doctor, mientras que el cangaceiro sonreía y bebía su copa. Observaba a Eronildes con divertida admiración, como quien mira a un cachorro o un hermano menor, algo inofensivo y dulce, pero que insiste en salirse con la suya. Eronildes se enfadaba con esta actitud, pero la toleraba porque, a su vez, respetaba al Halcón. Luzia no pudo determinar si la admiración era por el Halcón mismo o simplemente por la rápida recuperación de su cuerpo y su capacidad para soportar las curaciones diarias del doctor. Lo llamaba Antonio, no el Halcón ni capitán. Para sorpresa de Luzia, el Halcón no lo corregía. Eronildes no era un coronel, un hacendado ni un vaqueiro; era una especie completamente diferente, inmune a las reglas de la caatinga.

—Usted es como un sacerdote —dijo el Halcón, y el doctor Eronildes frunció el ceño. El desagrado del médico lo impulsó a seguir—: Ambos salvan vidas.

—No, Antonio —respondió Eronildes—. Los sacerdotes no salvan: alimentan temores. Desconfío de los hombres que se ponen al servicio de amos invisibles. Yo estoy al servicio de los cuerpos, de lo que es real, tangible. De lo que ha sido demostrado.

—Nada se puede demostrar —respondió el Halcón, moviendo una espina de mandacaru entre los dientes—. Salvo la muerte.

Luzia levantó la mirada de su costura. Eronildes, pálido y encorvado, aspiró impaciente el humo de su cigarrillo. A su lado, el cangaceiro se reía. Una pierna corta y robusta la tenía apoyada sobre un banco de madera. Entre ellos, mirando hacia abajo desde su retrato, la prometida de Eronildes tenía un aspecto lánguido y aburrido, como si estuviera cansada de sus discusiones.

Las tardes eran más animadas cuando el doctor Eronildes recibía sus periódicos. Una vez al mes viajaba río abajo a buscar las provisiones que mandaba traer de Salvador. Puesto que no podían ser repartidos diariamente, sus periódicos se acumulaban y llegaban atados con hilo en grandes paquetes, con las páginas mojadas y rotas, y algunas secciones hurtadas por curiosos capitanes de barco. El Halcón se sentaba a su lado y leía lo que descartaba el doctor, o fingía hacerlo. Más tarde, en la quietud de su habitación, le pedía a Luzia que volviera a echar un vistazo a los periódicos, para pescar algo que se le hubiera escapado. A Luzia le gustaba sentarse con él, solos en la habitación oscura, sin las interrupciones de Eronildes. Se alegró de que el Halcón estuviera bien, pero extrañaba en secreto la época en que pasaba las horas febril y somnoliento y podía mirarlo a sus anchas. Después de recuperarse, Eronildes rara vez permitía que estuvieran solos, acosándolos con preguntas.

Luzia apreciaba al doctor, pero a pesar de su generosidad y buena voluntad, no le inspiraba simpatía. Comenzó a cansarse de sus apuntes y anotaciones constantes, como si sus acciones y observaciones fueran el objeto de un experimento que desconocía por completo. En la víspera de San Juan, cuando Eronildes repartía maíz entre sus trabajadores y les permitía hacer fogatas y tocar un acordeón, Luzia se sentó con el Halcón y el doctor en el porche y observó desde lejos la celebración. Luzia entornó los ojos. Sólo podía ver el resplandor del fuego y las sombras de los hombres y mujeres bailando. Cuando apartó la mirada, advirtió que Eronildes la estaba observando a ella y no a la fogata. Al día siguiente, cuando el capitán cangaceiro estaba descansando, el doctor Eronildes la invitó a pasar a su estudio. Había montones de libros, una lupa y una enorme pizarra negra sujeta a la pared. La pizarra estaba manchada de tiza. Sobre ella, Eronildes había escrito letras, iban de más grandes a más pequeñas. Luego indicó a Luzia que fuera al extremo más lejano de la habitación y las leyera en voz alta. Ella se cruzó de brazos.

—Conozco el abecedario —dijo, resistiéndose a moverse.

—Entonces, demuéstramelo —dijo, sonriendo.

Luzia caminó a grandes zancadas hasta el otro extremo de la habitación y recitó en voz alta las letras grandes de la fila de arriba, pero las de abajo le parecieron borrosas.

—No te preocupes —la tranquilizó Eronildes—. Sin mis gafas, yo no sería capaz de leer ninguna.

Luzia asintió y lo vio hacer anotaciones en su libro. El Halcón llamaba a Eronildes «alma caritativa», y a pesar de sus desacuerdos respetaba al doctor; prefería a un hombre que tuviera sus propias opiniones que a uno sin ellas. Luzia estaba de acuerdo: Eronildes era un hombre bueno. Tenía una bondad sencilla. Los invitaba a su mesa, jamás levantaba la voz, jamás la trataba como a una criada. Pero recibir su bondad era como estar bajo una luz potente: al principio la calidez resultaba reconfortante, pero al tiempo encandilaba, asfixiaba, y todo quedaba expuesto en su descarnada realidad. Luzia prefería la presencia del Halcón. Le gustaba entrar en su pequeño cuarto contiguo a la cocina, donde el ambiente era oscuro y fresco. Le llevaba un tiempo acostumbrarse a la oscuridad, e incluso cuando veía, cuando podía distinguir la silueta del catre del vaqueiro, su sombrero deformado que colgaba de un clavo en la pared, su pecho que se levantaba y bajaba, seguía habiendo sombras. Pero al alzar la mirada desde su cama, tampoco él podía verla con nitidez. Percibía su silueta y debía imaginar el resto.

En las primeras horas de la mañana, cuando el sol aún calentaba poco, salían a caminar por la orilla del río para ejercitar su pierna. Eronildes los disuadió al principio de salir a pasear, ya que decía que el polvo y la arena ensuciarían la herida del Halcón y se volvería a infectar. Era mejor descansar, insistía Eronildes, permanecer en la cama. El Halcón se opuso de forma terminante.

—No tengo miedo de morir de pie en el matorral —dijo—, pero juro por Dios que no moriré en una cama.

A regañadientes, Eronildes le proporcionó un par de muletas de madera. El Halcón balanceó el cuerpo hacia delante entre las dos. Algunas veces intentaba poner el peso sobre su pierna mala, pero se incorporaba dolorido. Luzia permanecía cerca de él, sujetándolo cuando daba pasos demasiado grandes y perdía el equilibrio. El Halcón la apartaba con la mano. Miraba a Luzia con dureza cuando intentaba ayudarlo, como si prefiriera caerse.

Una vez que se habían alejado lo suficiente de la casa de Eronildes, practicaban el tiro al blanco. Comenzaban cada lección con la honda, apuntando a lagartijas, palomas rolinha, mariposas y escarabajos. Si entrecerraba los ojos lo suficiente, Luzia le daba al blanco. Al final de la práctica con piedras, el Halcón le entregaba el revólver. Luzia admiraba el arma. Le gustaba revisar la recámara, quitar el seguro y saber que cualquiera de esas partes pequeñas y aparentemente insignificantes podía paralizar toda la maquinaria. Llegó a quedar seducida por el sonoro chasquido de un disparo y, después, la sacudida que provocaba. Pero eso al Halcón no le gustaba.

—Entiéndelo bien —decía el cangaceiro—: disparar sin tener intención de matar puede matar también, pero a quien tira. Así que es mejor que apuntes bien.

Sus palabras la asustaban, sin embargo su voz no. Era severa, pero jamás amenazadora. Cada vez que ponía el revólver en sus manos, lo hacía con suavidad, envolviendo sus dedos alrededor de la culata como si la estuviera preparando para rezar. Al final de cada lección, cuando volvían a casa de Eronildes, Luzia permitía que caminara delante de ella, impulsándose con determinación con sus muletas. Lo veía hacer equilibrios y casi saltar. Se detuvo frente a un árbol. Era gris y estaba desprovisto de hojas, como casi todos los árboles del matorral alejados del río. Arrancó una ramita, y al ver la médula verde en su interior, asintió tranquilizado.

Cuando regresaron, Eronildes los esperaba. Tenía un periódico en la mano. Hacía poco que había recogido un lote nuevo y se pasaba el día leyendo. El Halcón se dirigió al porche. Eronildes le entregó el periódico.

—Creo que han escrito sobre ti —le dijo el médico—. Nada bueno, por supuesto.

El Halcón le arrancó el periódico de las manos. Casi perdió el equilibrio. Luzia lo sujetó y leyó por encima de su hombro. Era un antiguo ejemplar de hacía más de un mes.

Diario de Pernambuco (Recife, 23 de junio de 1929)

Destacado cangaceiro elude a las tropas
En el interior del país reina la perversidad

El capitán Higino Riberio, uno de los pocos sobrevivientes a una emboscada cerca de São Tomé en abril de este año, finalmente regresó a Recife. A pesar de las pérdidas, el capitán asegura que no se detendrá. «El Buitre es un bandido de la peor calaña —declaró el capitán Higino—, y estoy decidido a detenerlo».

El Buitre, como es conocido popularmente tierra adentro, invadió la hacienda del coronel Clovis Lucena en diciembre. El señor Marcos Lucena contó que los cangaceiros dominaron la hacienda durante cuatro meses antes de recibir auxilio. Buscado por brutalidades anteriores perpetradas en Fidalga, como la muerte de siete hombres inocentes y haber atemorizado a los residentes del pueblo, el Buitre buscó refugio en São Tomé. Allí no menguaron su audacia y ferocidad. Empleó tácticas perversas para atraer y tender una emboscada a las tropas de Pernambuco. Los informes indican que los cangaceiros estaban ataviados con trajes de ricos colores y acompañados por una consorte.

Las condiciones para el desarrollo de un bandolerismo de este calibre son fáciles de resumir:

1. La administración débil por parte de nuestros líderes.

2. La posesión de guaridas y escondites adecuados. Es difícil de entender, pero estos malhechores son aclamados entre los residentes de granjas distantes, lejos de tierras civilizadas. Como pernambu-canos no podemos otorgar prestigio ni protección a grupos de ban-

didos, hombres sin escrúpulos ni fe, por muy populares que sean entre algunos sectores.

Nuestros líderes libran una pobre campaña contra los bandidos. ¿Cambiará esa situación con las elecciones? ¿Cuándo acabará el martirio de nuestros magníficos jóvenes uniformados? ¿Por qué, se pregunta este cronista, debemos continuar perdiéndolos en esas tierras ingratas?

12

El Halcón dejó de pasear por las mañanas. Dejó de discutir con Eronildes por las tardes. En las noches, mientras yacía en el cuarto de huéspedes, se oían los golpes de las muletas contra el suelo de madera y luego un salto lento, una y otra vez, como si una bestia de tres patas estuviera caminando de un lado a otro en el pequeño cuarto contiguo a la cocina.

Finalmente un día el Halcón le dijo a Eronildes que ya había descansado lo suficiente; iría a reunirse con sus hombres. El doctor Eronildes insistió en que la pierna aún no estaba curada y que si se marchaba, todo su trabajo habría sido en vano. Cuando el Halcón persistió, Eronildes se sentó en el porche solo a fumarse varios cigarrillos, hasta que volvió a la habitación contigua a la cocina.

—Di a tus hombres que vengan aquí —dijo el médico en voz baja—. Pero diles que se comporten.

—No son animales —replicó el Halcón—. Usted es un amigo y tratamos a los amigos con respeto. Cuanto antes lleguen, antes podrá librarse de mí. —Miró a Luzia, y luego de nuevo al doctor—: De nosotros.

El Halcón pidió una tarjeta y una pluma. Con trazos lentos y torpes, garabateó su firma, «Capitán Antonio», sobre la tarjeta y la envolvió en su pañuelo verde de cuello. Luzia cosió el envoltorio dentro del forro de un morral sencillo que pertenecía a un vaqueiro de Eronildes. El hombre se puso la bolsa al hombro y partió hacia la iglesia de Marimbondo.

Semanas después, nueve hombres regresaron con el vaqueiro: Baiano, Canjica, Inteligente, Orejita, Halagador, Medialuna, Cajú,

Sabiá y Ponta Fina. Los demás habían muerto o desertado. Su ropa estaba manchada y deshilachada. Ponta Fina tenía un brazo en cabestrillo. Ronchas rojas moteaban sus caras, cuellos y manos. Habían acampado lejos de la capilla de Marimbondo, pero las avispas los habían encontrado. Los hombres caminaron alrededor del Halcón. Uno por uno él pasó revista a sus cortes, rozaduras, esguinces y picaduras de avispa, como un padre orgulloso. Luego envolvió a cada uno en un abrazo. Eronildes estaba de pie sobre el porche. Cuando el Halcón lo señaló, el doctor metió sus grandes manos blancas en los bolsillos de su chaleco.

—Es el doctor Eronildes —dijo el Halcón—, es nuestro mejor aliado y amigo. Le debo la vida.

Hasta ese momento, Luzia había estado contenta. ¿Quién había conseguido que atravesaran el río? ¿Quién había encontrado al doctor Eronildes? Miró hacia abajo, hacia el vestido andrajoso que le quedaba demasiado grande. Quería volver a usar los pantalones. La vieja criada los había lavado y guardado. Luzia decidió que en cuanto acamparan los hombres buscaría los pantalones y se los volvería a poner.

Los hombres fueron bien alimentados. Se comieron hasta el último bocado y chuparon una y otra vez sus cucharas de madera. La criada anciana zigzagueaba entre el grupo, sirviéndoles más frijoles. El Halcón fue cojeando de un hombre a otro, sentándose en cuclillas a su lado y hablando rápidamente con cada uno de ellos. La presencia de los hombres lo había revitalizado, y manejaba las muletas con más agilidad. Los cangaceiros asentían y sonreían, con la boca llena. De vez en cuando miraban a Luzia, y luego de nuevo a su comida. Habían acampado cerca de la casa, colgando todas las hamacas de fibra de caroá del doctor. El Halcón ayudó a Canjica a hacer una fogata y luego los llamó para rezar. Luzia se arrodilló al lado de Ponta Fina, que la miró nerviosamente, y luego bajó la mirada hasta sus manos. Después, habló con él.

—¿Qué le ha sucedido a tu brazo? —preguntó Luzia.

Ponta se encogió de hombros.

—Me pegaron un tiro.

—¿Sigue dentro la bala?

—No —farfulló Ponta—, lo atravesó de lado a lado.

—Tu morral desapareció —dijo—. Tendremos que hacer uno nuevo.

Echaba de menos su máquina de coser y pensó, furiosa, que las criadas en casa del coronel Clovis la habrían dejado seguramente en medio del monte para que se oxidara.

—No quiero uno nuevo —dijo Ponta—. No lo quiero si está hecho por ti.

Luzia dio un paso atrás, herida.

Ponta contrajo el rostro en un gesto severo.

—El capitán fue herido de bala —dijo—, perdimos a la mitad de nuestro grupo. Jamás nos había pasado antes de que tú aparecieras. Las mujeres no pertenecen al cangaço. —Hizo una pausa y fijó la mirada en las manos, como si estuviera leyendo lo que decía—. Traen mala suerte.

A la joven se le secó la garganta. Cruzó los brazos con firmeza sobre el pecho, sujetándose para no venirse abajo. Si lloraba, él pensaría que le creía. Pensaría que tenía razón, que ella era como las piedras que la gente recogía cuando estaba enferma o preocupada. Hablaban a esas piedras, les contaban sus dolores y temores, y luego las besaban y las arrojaban lejos, porque creían que la piedra asumiría la carga de su infortunio y que se curarían.

—Fue vuestro capitán quien decidió atacar las tropas, no yo —dijo con severidad, adoptando el tono de tía Sofía cuando era niña—. Los hombres de verdad asumen su responsabilidad. No culpan a otros. Ni a las mujeres.

Con descanso, alimento y tratamientos del doctor Eronildes a base de infusiones y una higiene adecuada, los hombres se recuperaron lentamente de sus males. Luzia se hizo calladamente indispensable, remendando su ropa ajada, sirviéndoles las comidas, reprendiéndoles por olvidarse de cambiar las vendas. El Halcón aún dormía en el cuarto de la cocina, pero pasaba cada vez menos tiempo en la casa. No hubo más lecciones de tiro, ni discusiones a altas horas de la noche. Eronildes se acercaba a menudo a Luzia con su libreta y sus preguntas.

Le preguntó sobre las oraciones matinales de aquellos hombres. ¿Creía ella en el cristal de roca? ¿Creía ella que pronunciando la oración del *corpo fechado* protegía su cuerpo del mal? Luzia no sabía cómo responder a estas preguntas. No era una ignorante, la piedra cristalizada no era más que una roca; los santos de su antiguo armario eran de madera y arcilla; el crucifijo que chorreaba sangre sobre el altar del padre Otto era de yeso y alambre. Desde que el Halcón se ocupaba de sus hombres, todas las tardes Luzia paseaba sola al lado del río. Observaba a los pescadores mientras estiraban las velas de lona sobre la orilla, para que se secaran. Veía jóvenes a bordo de estrechos barcos, dirigiéndolos río abajo con largas pértigas. Veía altares de santos blanqueados, instalados al lado del agua. Veía las expresiones siniestras de las carrancas de madera talladas en las proas para ahuyentar a los demonios de río. Era una forma de vida que jamás imaginó que existiera. Los pescadores tenían sus supersticiones, sus demonios, sus santos preferidos. Y debajo de las aguas marrones del Viejo Chico había otro mundo. Un lugar habitado por pescados rayados y otras criaturas inconcebibles. Era un mundo que no podía habitar ni explicar, pero que sabía que existía.

Cuando regresó una tarde de su paseo, vio al doctor Eronildes sobre su yegua, que volvía de un viaje río abajo. Su vaqueiro montaba al lado en una mula de carga. En las alforjas del animal había varios paquetes, dos latas de queroseno y una pila de periódicos. La anciana criada de Eronildes descendió del porche y lo saludó. El doctor se bajó torpemente de su caballo. Saludó a Luzia con la mano.

—¡Tengo algo para ti! —le gritó.

Eronildes se acercó a ella. Dio una palmadita sobre el bolsillo de su chaleco y sacó un pequeño estuche negro.

—Un regalo —dijo.

Luzia tomó el estuche, vacilante. Era de cuero duro. Rápidamente abrió la tapa. El interior era suave, de terciopelo. Dentro de sus oscuros surcos, como una semilla en su vaina, había unas gafas con montura de metal.

—He pedido que las traigan de Salvador —dijo Eronildes, algo excitado—. Te hice un examen de la vista no hace mucho tiempo, ¿recuerdas? No fue completamente preciso, pero creo que servirá. Tú eres miope, como yo. Estas gafas corregirán tu visión.

Los anteojos parecían etéreos en sus manos. Luzia temió estropearlos. Movió torpemente sus delgados brazos. Eronildes la ayudó a ceñir los extremos redondeados alrededor de sus orejas. El metal estaba frío. Le hacía cosquillas en el tabique nasal. Detrás del doctor Eronildes, Luzia vio de repente, con toda claridad, cada grieta en las paredes blanqueadas de su casa. Vio la veta torcida de las vigas de madera del porche, cada hoja oval en el árbol de juazeiro al lado de su ventana, y al Halcón, de pie al lado de la blanca pared de la casa. Había venido a indagar acerca de los periódicos, pero se paró en seco. Apoyó los dedos gruesos de su mano sobre la pared de la casa y los observaba. Luzia se quitó las gafas.

—Al principio resulta abrumador —dijo Eronildes—, pero te acostumbrarás a ello.

—Gracias —respondió Luzia. El Halcón seguía allí, pero ahora estaba otra vez borroso, como una sombra.

—Luzia —dijo Eronildes. Hizo una pausa y entrelazó los blancos dedos—. Los hombres, los cangaceiros, están tramando marcharse pronto; en cuanto se recuperen todos.

Ella asintió. Eronildes la miró detenidamente.

—Mi padre me enseñó otra expresión —continuó—: «Quien mal anda mal acaba». ¿La has oído?

—Sí.

—Cuando los hombres se marchen, si quieres puedes quedarte en mi casa. Tienes un lugar aquí, quiero que lo sepas.

—Sí —dijo. Luzia se concentró en las relucientes gafas, guardándolas nuevamente en el estuche—. Gracias.

Su habitación estaba en penumbra. Los días eran más cortos; el sol ya se había escondido tras las colinas del río. La joven no encendió la vela. Se paró delante del espejo y abrió el estuche de cuero. Tía Sofía le había advertido de que jamás se mirara en un espejo después de anochecer. Si lo hacía, le había prevenido su tía, vería su propia muerte. Pero aún no estaba oscuro del todo. Luzia se enganchó las gafas detrás de las orejas. Las gafas eran mucho más delgadas que las de Eronildes. La montura de metal de cada lente era un círculo perfecto. Brillaban alrededor de sus ojos.

Tal vez se quedaría allí, pensó. Tal vez le enviara un telegrama a Emília. Tal vez fuera a la capital y se convirtiera en una modista famosa.

Detrás de ella, se abrió la puerta del cuarto de huéspedes. En el espejo, vio al Halcón. Luzia distinguió cada una de las arrugas doradas por el sol sobre el lado bueno de su rostro, cada pelo recogido en una descuidada cola de caballo, cada enrevesada medalla de santo. Se volvió hacia él.

—¿Qué es eso? —preguntó el cangaicero con los labios apretados.

—Unas gafas—respondió.

El Halcón avanzó hacia ella. Su mano salió disparada hacia delante. Luzia sintió un aleteo en el pecho, como si tuviera una polilla atrapada. Se preparó para el golpe, pero los dedos se abalanzaron sobre los anteojos. Luzia se sujetó las gafas, le esquivó y dio un salto atrás para alejarse.

—¿Qué diablos haces? —gritó la joven.

—No quiero que te regale joyas.

—No es una joya —replicó Luzia, apretando las gafas en la mano—. Son un remedio para mis ojos, para corregir mi visión.

Él la agarró con fuerza.

—No necesitas que te corrijan —dijo.

Sus ojos brillaban, oscuros e inquietantes. El lado de su rostro sin la cicatriz se contrajo, subiendo y bajando, como incapaz de decidir qué expresión adoptar. Finalmente Luzia le acarició para que se tranquilizara.

Ya lo conocía. Conocía cada arruga, cada músculo, cada cicatriz oscura y reluciente..., y este conocimiento la llenó de audacia. Luzia miró sus labios torcidos; parecían extraños e inaccesibles, pero no ocurría lo mismo con sus cicatrices. Antes de que pudiera apartarse, posó la boca sobre la marca de su cuello, sobre las picaduras circulares en su mano, sobre el largo corte sesgado en su antebrazo. Sabía a sal y a clavos de olor. Él le echó la trenza a un lado y se inclinó sobre su cuello. No la besó..., inhaló, moviéndose hacia su oreja, aspirándola entera. Su voz era baja e intensa. Luzia no pudo oír las palabras, no pudo saber si eran súplicas u oraciones.

Las gafas se le cayeron de la mano. Luzia cerró los ojos y sintió que estaba de nuevo en el barranco, vadeando a través de aguas extrañas y, de pronto, pisando en un lugar donde no hacía pie. Se sintió atrapada, envuelta, arrastrada hacia abajo. Pero él estaba a su lado, y no en el torrente, sino sobre aquel duro suelo del cuarto de huéspedes. Luzia sintió temor. No podía recobrar el aliento. Sintió movimiento, luego dolor, y luego un gran estallido de calor dentro de ella, como si le inyectaran un chorro de azúcar quemada sobre el vientre. Se contrajo y se abrazó a él, devolviéndole con la respiración sus extrañas e inaudibles palabras, rematándolas no con un «amén», sino con un «Antonio».

13

Se casaron en noviembre, a la sombra del porche delantero de Eronildes. Luzia llevaba una camisa limpia y una falda prestada por la esposa de uno de los peones. Tuvo que alargar los bajos y coser un volante fruncido de algodón rústico alrededor de la falda y los puños de la camisa. Llevaba un ramo de azahar, y también llevaba sus gafas.

Habitualmente, antes de una ceremonia nupcial el novio y sus parientes se encaminaban a la casa de la novia, en donde ella se despedía de su familia y marchaba a la capilla junto a su prometido. No había capilla en la hacienda de Eronildes y Luzia no tenía ni hogar ni familia, por lo que se instaló en el porche trasero de la casa y esperó con la vieja criada. La mujer había guardado su pipa. No le había hecho ninguna advertencia ni dado consejo alguno a Luzia. Sencillamente trenzó su cabello muy apretadamente, le dijo que masticara clavos de olor para el aliento y hurtó un poco de la loción Zarza Real del doctor, con la que frotó el cuello y los brazos de la novia. La loción perfumada era potente, y mientras Luzia esperaba a Antonio en el porche trasero olía como el doctor Eronildes, a sábana almidonada.

Antonio llegó acompañado de sus hombres. Llevaba el pelo peinado hacia atrás con tanta brillantina que relucía como un casquete de seda oscura. Sus alpargatas también habían sido lustradas con brillantina, a falta de otra cosa. Debe de haber usado una lata entera, pensó Luzia. El lado de su rostro sin la cicatriz temblaba. La boca se elevó, le siguió la mejilla, y la piel alrededor de su ojo se frunció. Eran movimientos que habrían pasado desapercibidos en otro, pero cuando se comparaban con la mirada plácida e inmutable de su lado marcado parecían exagerados e involuntarios. Era más fácil no verlo, concentrarse en el lado inmóvil a pesar de la marca estriada. Pero Luzia se centró en la observación del lado activo. Era el que le decía algo de aquel hombre.

Cuando subió al porche trasero y extendió su mano, Luzia le dio la espalda y se arrodilló. La tradición dictaba que cayera sobre sus rodillas y se despidiera besando las manos de sus padres. Pero sólo estaba la criada. Luzia le cogió la mano: tenía los huesos delgados y era áspera, como la pata de una gallina.

Antonio la condujo al porche delantero, donde el doctor Eronildes esperaba. No había sacerdotes cerca de su hacienda y no podía llamar a uno del poblado ribereño más cercano. Atraería demasiada atención. Al principio, Eronildes no quiso oficiar la ceremonia. Dijo que no tenía Biblia, que no conocía oraciones, pero Antonio insistió. Quería una boda de verdad. Señaló el diploma enmarcado de médico, en letra cursiva, que colgaba en el salón de Eronildes. El diploma hacía de Eronildes un representante oficial, dijo Antonio. Lo hacía casi tan válido para esas cosas como un sacerdote.

La ceremonia fue rápida. Cuando llegó el momento de la entrega de los anillos, Luzia extendió la mano pero Antonio sacudió la cabeza. Se desabrochó la chaqueta y desenredó una cadena de oro del cuello. Era una medalla de santa Lucía, un amuleto redondo con dos ojos de oro en el centro. Antonio la pasó por encima de la cabeza de Luzia.

Los cangaceiros estaban de pie debajo del porche, al sol. Tenían expresiones serias y concentradas en los rostros. Las mismas expresiones que cuando se escondían entre la maleza y observaban una hacienda o un pueblo desde lejos, tomando nota de sus ventajas y amenazas. Aun así, una boda significaba una fiesta, y ello los animó. Canjica y la criada anciana asaron tres corderos y tres gallinas. Abrieron frascos de mermelada de cajú y botellas de licor de caña. Los hombres comieron y bailaron. Cuando Luzia desató el ramo y arrojó las flores de azahar al aire, se empujaron unos a otros, con alegría, para cogerlas.

Solamente el doctor Eronildes se mantuvo alejado de las efusiones. En medio de la luz crepuscular del atardecer, se sentó en su porche y leyó los últimos periódicos que le faltaban. Una botella de whisky descansaba a medio beber a su lado.

—¿Vamos a brindar? —le preguntó Antonio—. Nos prometió un brindis.

Eronildes levantó la mirada. Tenía los anteojos opacos, los ojos rojos. Arrugó el periódico en la mano.

—No es ocasión para brindar.

Antonio frunció el ceño. Eronildes tragó rápidamente un vaso de whisky. Luego arrojó un periódico a Luzia.

—Léelo —dijo, tosiendo—. El mercado se ha desplomado.

—¿Se ha derrumbado? —preguntó Luzia, confundida. Sin ningún motivo, pensó en Emília y se preocupó—. ¿Cuál? ¿Dónde?

—¡No ha sido un edificio! —explicó Eronildes, enjugándose la frente—. El mercado de valores en Estados Unidos. El azúcar, el algodón, el café no valen nada ahora. Estamos condenados a la miseria.

Luzia estiró el periódico arrugado. Era de hacía varias semanas, con fecha de los últimos días de octubre. Los barones del café de São Paulo y Minas hacían cola, cansados y serios. Sus cosechas no tenían ningún valor. En Estados Unidos llamaban al problema financiero el *crash*, y en Brasil lo llamaban «la Crisis». Los productores de azúcar en los alrededores de Recife estaban quemando la caña, porque esperaban que eso hiciera subir el precio. Las elecciones presidenciales habían sido retrasadas hasta marzo del siguiente año. Los candidatos echaban la culpa de la crisis a los otros partidos.

—Sólo Dios sabe lo que ha sucedido desde entonces —dijo Eronildes—; ese periódico es viejo. Tendré que enviar un telegrama a Salvador mañana para ver si mi madre está bien. Todo debe de ser un desastre en las ciudades. —Bebió otro trago de whisky. Sus dedos temblaban—. Ahora elegir a Gomes es nuestra única salvación.

—Nuestra salvación no está en esta tierra —respondió Antonio.

—Me refiero a la salvación comercial —ladró Eronildes, arrastrando las palabras—. La modernización es nuestra única esperanza, la queramos o no.

—Lo nuevo no es siempre lo mejor —alegó Antonio.

Eronildes se echó más whisky, con tanta brusquedad que le salpicó en el pantalón.

—Tú empleas rifles, ¿no es así? —argumentó el doctor—. Puedes disparar a un hombre desde muchos metros de distancia. He ahí un invento moderno.

—Un rifle es útil —respondió Antonio—, debo admitirlo. Pero cualquier idiota puede disparar uno. En cambio, matar a un hombre con un puñal requiere una mayor destreza. Ése es el problema con lo moderno..., alienta a los idiotas a creer que son tan capaces como los hombres de verdad.

Eronildes soltó una risa aguda. Un azahar marchito cayó de su ojal.

—Bueno, señora Teixeira —dijo, poniendo énfasis en cada sílaba—, ¿qué piensa de todo esto? ¿Quién es el idiota y quién es el hombre de verdad?

Luzia lo oyó pero no pudo hablar. Había descubierto la sección de sociedad de otro periódico atrasado. Debajo del título había una fotografía titulada «Concurso anual de quitasoles de las Damas Voluntarias de Recife, 1929». Una fila de mujeres sonrientes portaban sombrillas primorosamente decoradas. El primer premio tenía cintas que colgaban de los bordes. En su diseño se veía una nube de lluvia, una mazorca de trigo, un sol, una dalia. La mujer que llevaba este quitasol lucía un sombrero redondo con una pluma rayada en el ala. Su cabello le llegaba hasta la barbilla y llevaba rizos. Tenía los labios oscuros; los ojos, cerrados. Aun así, Luzia supo quién era.

Capítulo

7

EMÍLIA

Recife
Septiembre de 1929-diciembre de 1930

1

E l concurso anual de sombrillas de las Damas Voluntarias de Recife se realizaba durante la última semana de septiembre. Bastante después de los ruidosos desfiles del Día de la Independencia, a principios de mes, como para no ser ensombrecido por ellos, pero también bastante antes del bochornoso calor de octubre. Ese año, la competición se iba a realizar en la playa de Boa Viagem.

Degas condujo su coche rumbo a la ceremonia. Emília iba sentada en el asiento trasero del Chrysler Imperial al lado de doña Dulce, que se agarraba al reposabrazos de cuero. Degas prefería la velocidad a la prudencia. Esquivaba carros tirados por burros y chocaba contra los bordillos. El doctor Duarte, inquieto, cambió de posición en el asiento del acompañante.

—La imprudencia no es necesaria —masculló.

Con cada viraje brusco, con cada sacudida, la cara del doctor Duarte se ponía roja y se agarraba con fuerza a los laterales del asiento. Varias veces amenazó con contratar un chófer. Degas sonrió. Los automóviles eran todavía una novedad en Recife y se consideraba que conducir un coche era un lujo, como leer y pintar. Había pocos conductores hábiles en Recife, y Degas se consideraba uno de ellos. El doctor Duarte dejó escapar un gruñido. Emília era la única que valoraba la velocidad de su marido. Estaba ansiosa por ver el mar.

Hacía unos años, el gobierno de la ciudad había construido un puente hacia la región pantanosa de Pina, con lo cual consiguió que la playa de Boa Viagem fuera accesible para automóviles y carruajes. Pronto se instaló la línea del tranvía y más tarde se pavimentó la avenida principal. Para cuando Emília se familiarizó con Recife, la playa de Boa Viagem ya era famosa como lugar elegido por muchas familias para las vacaciones de verano. Las chozas de hojas de palmera de los pescadores que bordeaban la playa estaban siendo lentamente reemplazadas por mansiones de ladrillo y cemento.

La baronesa había invitado a Emília a participar en el concurso de sombrillas. Había dicho que era una competición tonta —cada concursante recibía una simple tela de sombrilla y tenía tres semanas para decorarla—, pero los resultados hacían que el tedioso trabajo valiera la pena. La ganadora era premiada con un puesto entre las Damas Voluntarias. Emília pasó un día entero decorando su sombrilla, cubriéndola con motivos inspirados por el jardín de la tía Sofía: mazorcas de seda amarilla, dalias de crepé rojo, hebras de lluvia hechas con cuentas azules. Emília se atuvo a un diseño lleno de color, pero simple; no quería parecer demasiado cursi. Intuía que el jurado de las Voluntarias habría tomado su decisión mucho antes del concurso. El año anterior habían aceptado a Lindalva, aunque se había limitado a prender con alfileres páginas de poemas a su sombrilla camino de la competición. Su madre era, después de todo, la baronesa. Si no se tenía ningún miembro de la familia en las Voluntarias, tenía que ser aceptada por sus méritos. Había que pertenecer a una familia nueva. Una tenía que tener alguna habilidad, como la costura, la pintura, la música o en el caso de Lindalva la oratoria. Y lo más importante, una tenía que ser interesante, porque las Damas Voluntarias odiaban las reuniones aburridas.

—Pero no hay que ser demasiado interesante —le advirtió la baronesa—, pues entonces una se vuelve vulgar.

En los nueve meses transcurridos desde su primer y desconcertante carnaval en Recife, Emília había conocido a cada una de las integrantes de las Damas Voluntarias. Una por una, habían aparecido en la casa de la baronesa los mismos días que Emília visitaba a Lindalva. Bebieron café juntas en la galería de la baronesa, donde las mujeres Voluntarias inspeccionaron tranquilamente a Emília.

—Oh —le decían, apoyando pañuelos bordados sobre las cejas y eliminando cualquier gota de sudor visible—. Esto debe de ser muy diferente de tierra adentro

Rara vez decían «el campo» o «el interior». Preferían «tierra adentro», una expresión que hacía que Emília pensara en los húmedos recovecos de un cajón o un armario difíciles de alcanzar. Un espacio oscuro lleno de cosas olvidadas, abierto sólo en momentos de necesidad o nostalgia, para luego ser cerrados rápidamente.

Con el tiempo, las Damas Voluntarias le hicieron llegar a Emília invitaciones a tomar el té, a almuerzos y a cenas con baile en el Club Internacional. En cada una de estas ocasiones, las mujeres la miraban con fascinación y un toque de precaución, además de compasión, como a un animal salvaje que uno caza para convertirlo en mascota pero en el que nunca confía del todo. Emília se daba cuenta de que su amistad con la baronesa le daba prestigio social, pero que era la posible inferioridad de sus orígenes lo que la volvía atractiva para las mujeres Voluntarias. La habían declarado «interesante».

Como costurera del coronel y de doña Conceição, Emília había aprendido a ser una excelente criada, observando atentamente a su ama, comprendiendo sus cambios de humor, descifrando sus necesidades y estando disponible de inmediato o, por el contrario, pareciendo invisible, según lo pidiera la situación. Emília usó estas habilidades con las mujeres de Recife. Se reía en los momentos adecuados. Estaba llena de energía, pero no excesivamente ansiosa. Aprendió a escuchar con simpatía cuando correspondía y también a girar la cabeza y fingir que daba privacidad a aquellas mujeres. Pero Emília no podía ser demasiado servicial; las mujeres de Recife se habían pasado toda su vida dando órdenes al servicio doméstico a sueldo. Si Emília adoptaba el comportamiento de una criada, sería tratada como una de ellas. De modo que tenía que atenuar su naturaleza dócil con opiniones fuertes.

Emília sacó libros de los estantes de la biblioteca de los Coelho y se impuso la obligación de leerlos. Las novelas, los poemas y los libros de geografía fueron difíciles de comprender al principio, pero ella avanzó tenazmente. Buscó palabras largas en el muy usado diccionario de Degas. Leyó incontables periódicos y estudió las revistas internacionales del doctor Duarte y los manifiestos de los boletines feministas de Lindalva. A través de sus lecturas, Emília aprendió que la distinción entre lo que era vulgar y lo que era aceptable fluctuaba tanto como el estilo de los vestidos de las mujeres. Lo que era impropio un mes se convertía en vanguardia al mes siguiente, y antes de que pasara mucho tiempo estaba absolutamente de moda.

Recife, como otras capitales brasileñas, se estaba modernizando. Las señoras salían de sus casas con portales de hierro para entrar en oscuros cines a ver películas mudas. Estaban cambiando los cuidados jardines de la plaza del Derby por la Rua Nova para celebrar sus encuentros. En esa calle había salones de té y bandas de jazz. En Río, fotografías de la playa mostraban a mujeres con trajes de baño sin mangas y escotes peligrosamente pronunciados. Y gracias a la campaña presidencial y la proximidad de las elecciones, hasta el sufragio femenino se volvió aceptable. Lindalva convenció a las Voluntarias para que emprendieran una campaña para conceder el voto a las mujeres que supieran leer y escribir. Votar, argumentaba, era un deber moral como cualquier otro: parir, cuidar la casa y educar a los jóvenes líderes del futuro. Las sufragistas no añadieron a sus demandas el derecho a divorciarse o a tener propiedades, separando tales libertades de su campaña tan estrictamente como doña Dulce separaba la comida en su despensa, cambiando de lugar frijoles negros y codillos de jamón para ubicarlos en la sección de los criados, aunque había admitido ante Emília que, en las tardes frescas y lluviosas, con frecuencia ansiaba esas comidas grasientas. Como la mayoría de las señoras, nunca cedió a sus antojos. Según doña Dulce, eran impropios, y ver a una esposa consumir tales artículos sería demasiado desagradable para cualquier marido.

Doña Dulce no era sufragista. Leía los artículos periodísticos con desagrado y un temblor de miedo. No sólo anónimas mecanógrafas, maestras y telefonistas, sino también elegantes niñas de familia iban cayendo en lo que doña Dulce llamaba «el remolino de la vida moderna». Creía que Emília era también una víctima de esto. Emília fingía ignorar a su suegra, pero secretamente usaba a doña Dulce como un mensaje de advertencia para no avanzar demasiado con sus opiniones y ambiciones. Emília, como las mujeres Voluntarias, tenía que mantener el delicado equilibrio entre ser vulgar y ser respetable.

En la playa de Boa Viagem, las integrantes de las Damas Voluntarias iban de un lado a otro saludando a las concursantes, que exhibían sus sombrillas. Sobre la arena compacta, cerca del camino, había filas de sillas de madera en las que se sentaban jueces e invitados. Emília se quedó en los bordes externos de la multitud, cerca de un cocotero. No se mezcló con los demás. Su sombrilla permaneció cerrada, olvidada en sus manos.

Delante de ella se extendía el océano, vasto y oscuro, con el color de un moretón infinito. No era verde, como había imaginado alguna vez. Al igual que todo en Recife, no era lo que Emília había previsto. Toda aquella cantidad de agua la sobrecogió. Cerca de la orilla, olas gigantes y espumosas avanzaban y retrocedían. Emília cerró los ojos. El batir de las olas sonaba como tela rasgada.

—¡Emília! —gritó la voz de una mujer sin aliento y con urgencia.

Abrió los ojos. Lindalva corrió hacia ella.

El estilo anteriormente descuidado y bohemio de su amiga había sido reemplazado por una falda plisada verde y una chaqueta deportiva haciendo juego. Un «conjunto de dos piezas», lo llamó Emília cuando lo vio por primera vez usado por una estrella del tenis británico, en una de las revistas de actualidad del doctor Duarte. La joven quedó fascinada con las cuidadas faldas y las prácticas prendas superiores de la tenista. Inspirada por esto, se encerró en su dormitorio, se sentó ante su Singer recién comprada y cosió para sí un conjunto de dos piezas. Cuando Lindalva vio el resultado, quiso tener uno. Emília le dio instrucciones acerca del diseño a la costurera de la baronesa, y le enseñó a hacer el plisado. Varias Damas Voluntarias se acercaron a Emília y le preguntaron si ellas también podían compartir el modelo con sus modistos. En poco tiempo, toda mujer influyente en Recife tenía un conjunto de dos piezas. En las reuniones sociales, estas mujeres dejaron de hacer referencia a los orígenes de Emília y no volvieron a preguntarle sobre la vida tierra adentro. En cambio, la consultaban sobre moda. En estas conversaciones, el comportamiento de las mujeres cambió —asentían con la cabeza, sonreían, se volvían más corteses— y Emília se dio cuenta de que la admiración venía no sólo del estatus social o los finos modales, sino también de las ideas: el talento podía borrar su pasado.

Lindalva le dio a Emília un beso en la mejilla. Con un rápido movimiento cogió la sombrilla de manos de su amiga y la abrió de un golpe. Lindalva inspeccionó su trabajo.

—¡Motivos campestres! ¡Oh, al jurado le va a encantar esto! —exclamó—. En cuanto este tonto asunto esté terminado, tendrás un lugar entre las Voluntarias y podremos concentrarnos en temas más importantes. He encontrado a una muchacha interesante, que parece llena de energía. Dice que sabe coser. Tú tendrás que ver si realmente es buena, por supuesto. Luego necesitaremos un espacio. No puede ser la casa de mi madre. Allí todos nos verían ir y venir con telas y costureras. Debemos tener nuestro propio local.

—Sí —interrumpió Emília, cogiendo la mano a Lindalva. Se había acostumbrado a frenar el parloteo constante de su amiga—. Quiero que las costureras tengan un lugar bonito para trabajar: una habitación con ventanas y aire fresco. Y no podemos tenerlas sobre las máquinas desde la mañana hasta la noche. Quiero que las Damas Voluntarias se ofrezcan para organizar clases. Para enseñarles a leer.

—¡Eso es brillante! —dijo Lindalva con una amplia sonrisa, mostrando la exagerada separación entre sus dientes—. ¡Nos dará más votos!

Apretó la mano de Emília y la condujo hacia donde estaba la gente.

Durante los meses de invierno, cuando la lluvia caía en pesadas cortinas inclinadas, haciendo crujir los cables de los tranvías en sus líneas eléctricas, Emília y Lindalva, sentadas en la galería de la baronesa, habían leído las publicaciones sufragistas. Se habían reído tontamente y sin poder controlarse cuando Lindalva enseñó a Emília a bailar el tango —un baile que los periódicos llamaban «lujurioso»—, apretando sus mejillas una contra otra, extendiendo los brazos y yendo de aquí para allá en la sala de estar de la baronesa. Y después de que Emília creara sus triunfantes conjuntos de dos piezas, Lindalva y ella conspiraron para abrir su propio taller de costura. Iban a copiar las modas más recientes y más audaces de Europa para presentarlas en Recife, confeccionando ropa que incluso las mujeres de Río y São Paulo iban a desear tener. Emília sería la fuerza creativa, mientras que Lindalva manejaría las finanzas. Como mujer casada, Emília era considerada una pupila de su marido, como un niño o un pariente sin juicio. Cualquier negocio que crearan tendría que estar a nombre de Lindalva; de esa manera, no necesitarían el permiso de Degas y no tendrían que compartir con él las ganancias si tenían éxito. Pero si fracasaban, Lindalva se llevaría la peor parte de la carga.

Emília agradecía la generosidad de su amiga. De todas maneras, sentía cierta desconfianza. Recordaba la advertencia de doña Dulce: las mujeres de Recife forjaban alianzas, no amistades. En presencia de Lindalva, la joven esposa de tierra adentro temía decir demasiado, caer en sus viejos hábitos o hablar con su acento provinciano. Emília jamás mencionó a Luzia. No le gustaba hablar de su pasado, aunque Lindalva le rogaba que le contara cosas acerca de «la vida de una mujer que trabaja». Emília sentía envidia de la buena fortuna de Lindalva; su amiga nunca tenía que preocuparse por cometer errores sociales. Lindalva no estaba casada y no tenía por qué estarlo. Podía comprar su propia ropa, organizar manifestaciones por el sufragio, reírse de la sociedad de Recife y a la vez seguir siendo aceptada por ella. Lo peor era que Lindalva creía que esa libertad estaba disponible para cualquier mujer. Sólo tenía que desearlo lo suficiente.

En el concurso de sombrillas, Lindalva condujo a Emília hacia el jurado, que admiró su trabajo. No lejos de allí, el doctor Duarte departía con los maridos de las Voluntarias. Degas fumaba y miraba su reloj de bolsillo. Doña Dulce observaba a la multitud. Llevaba un vestido y un sombrero color de habano. Había guardado sus vestidos azules y verdes cuando comenzó la campaña electoral y había optado por los tonos neutrales. La política era vulgar, opinaba doña Dulce, y quería apartarse de ella. La ciudad se había dividido en dos bandos, el verde y el azul. Todos los días aparecían las fotografías del candidato de la oposición, Celestino Gomes —con arrugado uniforme militar y altas botas que cubrían la mayor parte de su rechoncha figura—, codo con codo con su compañero de candidatura, José Bandeira.

Las viejas familias no eran partidarias de Gomes. Temían que fuera un populista, con sus promesas de salario mínimo, de sufragio femenino y de voto secreto. La mayoría de los jefes de las familias nuevas, incluyendo al doctor Duarte, creían que Gomes y su Partido Verde iban a modernizar Brasil. Las mujeres de Recife, viejas y nuevas, no se metían en política, pero apoyaban fieramente a los elegidos por sus maridos. Durante sus paseos por la plaza del Derby, Emília vio que las matriarcas de las viejas familias llevaban joyas con zafiros y aguamarinas. Lucían vestidos azules y hacían que sus sombrereras colocaran iridiscentes plumas azules en sus tocados. En la playa de Boa Viagem, sin embargo, el color predominante era el verde. Las integrantes de las Damas Voluntarias preferían las esmeraldas. Sus maridos, incluso el doctor Duarte, llevaban corbatas de color menta, verde hoja y verde salvia.

Emília también estaba vestida de verde. Su nuevo sombrero tenía una única pluma verde oliva prendida en la cinta. El sombrero era un obsequio de Degas. Le había hecho muchos regalos en los meses posteriores al carnaval. Muchas telas para vestidos nuevos, chales bordados con cuentas, un par de zapatos de piel de reptil cuyo cuero era tan blando que las manos de Emília lo percibieron como tela. Le regaló un joyero grande forrado de terciopelo, con la promesa de llenarlo con los productos que vendía el señor Sato, el joyero japonés que aparecía a la puerta de los Coelho una vez al mes y cuidadosamente desparramaba su selección de broches, anillos y colgantes en la mesa de doña Dulce. Degas mostraba sus obsequios antes de las comidas, en presencia de todos. Durante estas incómodas situaciones, el doctor Duarte sonreía radiante al lado de su hijo y doña Dulce tenía puesta su máscara tensa y sonriente. Emília sabía qué se esperaba de ella.

Querían un niño. Todos ellos —Degas, el doctor Duarte, doña Dulce— la interrogaban todas las mañanas, preguntándole cómo se sentía, y la observaban para ver si tomaba su desayuno. Cada mes, cuando Emília pedía que fueran a la farmacia en busca de elementos femeninos, veía que la espalda de doña Dulce se volvía más rígida y sus labios pálidos se ponían tensos. El doctor Duarte atribuía la esterilidad de Emília a un trastorno uterino. Comenzó a darle cucharadas de aceite de hígado de bacalao con cada comida.

—¡Fortificaremos tus frágiles órganos! —manifestó el doctor Duarte la primera vez que Emília se tapó la nariz y bebió de un trago el acre aceite amarillo.

Incluso llamaron a un médico, uno de los colegas del doctor Duarte, para examinarla. El hombre le apretó el vientre mientras Emília permanecía tendida y paralizada debajo de la sábana. La declaró sana y dijo que quizá el húmedo clima de Recife no le sentaba bien. Le recetó pastillas de vitaminas, que Emília escondía debajo de la lengua todas las mañanas y que después escupía. Sacaba sin pedirlos billetes de mil reales de los bolsillos de los pantalones de Degas y se los daba a Raimunda, quien compraba en secreto corteza de cajú rojo en el mercado. Con esa corteza Emília hacía una infusión y la bebía todos los días. Era un viejo remedio que la tía Sofía les había recetado a algunas de sus clientas, casadas y desesperadas, que no querían seguir pariendo más hijos. Emília había visto cómo aquellas muchachas campesinas —sus ex compañeras de escuela— se volvían cada vez más pálidas y demacradas a causa de los embarazos. Había visto sus pechos que se encogían y se estiraban, como papayas maduras. Y recordaba a su propia madre, que había muerto porque las manos grandes y capaces de la comadrona sólo estaban entrenadas para salvar a los bebés. Incluso las mujeres de Recife, con sus dietas meticulosas y atentos médicos, morían de parto en una proporción que asustaba y repugnaba a Emília. No era sólo la posibilidad de la muerte lo que la disuadía, pues con gusto habría corrido el riesgo si hubiera querido tener un hijo. Pero no era así. Allá en Taquaritinga, Emília se había visto a sí misma como una mujer casada, pero nunca como una madre. Había creído que el deseo de tener un niño finalmente le iba a llegar, como un repentino antojo por una comida diferente. Pero después de un año en Recife se dio cuenta de que un hijo la obligaría a permanecer en la casa de los Coelho precisamente cuando estaba aprendiendo a alejarse de ella.

Degas todavía pasaba las mañanas en la facultad de Derecho de la Universidad Federal, las tardes estudiando con Felipe y las noches enclaustrado en su dormitorio de cuando era niño escuchando discos para aprender inglés. Una vez por semana iba al dormitorio de Emília. Ella llevaba puesto el camisón con abertura delante y Degas, cuando terminaba, regresaba a su habitación, al otro lado del corredor. Él ya no prometía bodas ni lunas de miel y Emília se lo agradecía. En público, Degas y ella eran directos y corteses entre sí. Todos los domingos asistían a las cenas y bailes del Club Internacional y durante las pausas de la orquesta, cuando las parejas se acercaban a su mesa para elogiar los vestidos de Emília con sus elegantes caídas en la espalda y los irregulares dobladillos del chal, Degas acercaba su silla a la de ella. Molesta, Emília apartaba la suya. Había ocasiones en que sentía arrebatos de cólera y aversión por Degas. Otras veces le daba lástima, y si Degas se daba cuenta de ello, fruncía el ceño y le decía con brusquedad:

—No uses tanto perfume. Hueles como un hotel de mala muerte.

—¿Cómo lo sabes? —replicaba Emília con un siseo, triste por el modo en que se trataban. Eran como dos gallos forzados a vivir en el mismo corral; ambos orgullosos, ambos obligados a picotearse para conservar su dignidad.

Durante toda su vida, la tía Sofía le había advertido a Emília que los hombres eran unos brutos. Una mujer debe soportar los deseos de su marido hasta que se acostumbre a ellos, hasta que se vuelvan algo tan natural como lavar una camisa o limpiar un pollo. Esto le parecía plausible a Emília, y hasta tolerable. Si una persona obtenía placer y la otra una noble sensación de sacrificio, entonces por lo menos ambos ganaban algo. Pero si no había ningún deseo, no podía haber sacrificio, ninguna rendición honorable. Si tanto el marido como la mujer veían el deseo como un deber, entonces sólo había temor. Había únicamente un obligado y torpe manoseo, y después odio. Odio que se iba acumulando en sus vientres como se acumula el cieno. Se amontonaba hasta volverse muy pesado. Hasta que ninguno podía soportar la visión del otro. En el cine, las escenas funden a negro después de que las parejas se besan. Degas decía que lo hacían por decoro, pero Emília creía que lo hacían a propósito. Habían captado la verdad. Más allá de ese aterrador primer beso, no había nada que valiera la pena mostrar.

Después de semanas de silenciosa presión en busca de un niño por parte de los Coelho, Emília decidió devolver la presión. Detestaba ir a la modista con doña Dulce. Se sentía incómoda con sus aburridas vestimentas. Emília quería coser su propia ropa. Doña Dulce le había enseñado el arte de pedir sin parecer que estaba pidiendo y Emília siguió las enseñanzas de su suegra. Habló a Degas y al doctor Duarte de su nostalgia, de cómo echaba de menos el traqueteo de su vieja máquina de coser, el tacto de la tela debajo de las yemas de los dedos, de cómo a ella y a su hermana les gustaba hacer baberos de bebé y vestidos de bautizo. Finalmente, Degas comprendió. Hizo que llevaran a la casa de los Coelho una máquina de coser Singer a pedal. Doña Dulce no aprobaba las creaciones plisadas de Emília. Decía que eran demasiado atléticas. Pero el doctor Duarte las consideró modernas y simpáticas, y a Degas le agradaba la atención que provocaban. Pronto aparecerían en la sección de sociedad, decía con entusiasmo.

Tenía razón. Donde se desarrollaba el concurso de sombrillas, antes de que los jueces revelaran el nombre de la ganadora, un fotógrafo del *Diario de Pernambuco* condujo a las concursantes a la playa. Las hizo formar una línea, con sus sombrillas abiertas, delante de una nueva imagen de Nuestra Señora de Boa Viagem. Los pies de Emília se hundían en la arena de la playa. Tuvo la sensación de que ésta tenía vida, de que se movía debajo de ella. Se le metió en los zapatos e hizo que los dedos de sus pies dentro de las medias se sintieran ásperos. No le gustó.

Los pescadores habían levantado, hacía unos años, una simple estatua de la Virgen para que bendijera sus viajes. La imagen vieja seguía estando debajo de una choza de hojas de palmera, a pocos pasos de la nueva. Ésta estaba hecha de yeso, sobre un pedestal de piedra. Había estrellas de mar esculpidas a sus pies y su túnica parecía agua, con espuma en el dobladillo. Tenía los ojos azules y la cabeza inclinada a un lado, como si estuviera intrigada por algo que hubiese mar adentro. No parecía misericordiosa o compasiva, sino aburrida. El rostro carecía de toda expresión. Emília quiso ver la estatua vieja —por cierto, tenía aspecto de más sabiduría—, pero las otras concursantes se arremolinaron alrededor de ella, cortándole el paso y chocando contra su sombrilla.

Emília volvió la cabeza. Al borde del agua se había reunido un grupo de esposas de pescadores. Las olas lamían sus grandes pies descalzos y a veces salpicaban hacia arriba, mojando los dobladillos de las descoloridas faldas de aquellas mujeres. Estaban todas juntas, los brazos bronceados cruzados sobre sus simples blusas, y observaban a Emília y a las otras concursantes. Las caras de aquellas mujeres pescadoras estaban arrugadas, con una expresión de preocupación permanente. Emília les sonrió. Las mujeres la miraron con dureza, recelosas de la extraña banda que había invadido esa playa que era de ellas.

—Miren hacia delante, señoras —ordenó el fotógrafo—. Miren hacia delante.

Las concursantes gorjeaban y sonreían alrededor de Emília. No prestaban atención a sus zapatos llenos de arena. No se acomodaban los guantes. Vivían sin cargar con las lacras de la vida, sin manchas de sudor, ni pelo revuelto, ni uñas mordisqueadas. Emília quería decir todo esto en voz alta. Quería que alguien la escuchara. Doña Dulce la regañaría por semejante comentario. Lindalva lo consideraría simpático. Sólo Luzia lo habría comprendido.

Durante todo el invierno se habían publicado artículos acerca de la brigada de tropas enviada a capturar al Halcón. A Emília le resultaba difícil leer el periódico en la casa de los Coelho. El doctor Duarte tenía prioridad, y éste con frecuencia recortaba los artículos relacionados con criminales para reforzar sus teorías criminológicas y artículos políticos para llevarlos a sus reuniones en el Club Británico. Cuando terminaba con el diario, tenía más agujeros que algunos de los encajes de doña Dulce. La suegra de Emília era otro obstáculo.

—Una dama no lee periódicos en cualquier parte, donde alguien la pueda ver —insistía doña Dulce. Las damas no podían mostrarse preocupadas por vulgares noticias.

Doña Dulce era siempre la segunda persona que leía el periódico, y ella se encerraba en la sala de estar para que nadie pudiera verla estudiando detenidamente la sección de sociedad. Degas obtenía sus noticias en la facultad de Derecho de la Universidad Federal, de modo que Emília tenía el tercer turno para el diario, pero para el momento en que se le permitía mirarlo, ya era tarde y la mayoría de los artículos que le interesaban habían sido retirados. Emília no podía pedirle al doctor Duarte las hojas que había recortado; una dama no podía mostrarse interesada por los cangaceiros, esos bandoleros, y sus vulgares delitos. De modo que cada vez que Emília visitaba la casa de la baronesa, revisaba con atención los periódicos de la semana. Lindalva guardaba los ejemplares del *Diario* para su amiga, creyendo que Emília estaba interesada en la política. Pero ésta no se preocupaba por Gomes o su «nuevo Brasil». Ella buscaba a Luzia.

Las noticias sobre las tropas disminuyeron cuando la campaña presidencial se volvió más enconada. Emília creía que el capitán Higino y sus soldados estaban perdidos en la selva, hasta que un día, en la segunda página del diario, apareció un artículo. Se decía que el Buitre —llamaban erróneamente al cangaceiro que se había llevado a Luzia— había hecho una emboscada a las tropas gubernamentales en el rancho del coronel Clovis Lucena, para luego escapar a Bahía. Emília recortó el artículo y lo guardó con llave en su joyero, junto con su foto de comunión. Sola en su habitación, leyó el artículo una y otra vez. El periodista decía que entre los cangaceiros fugitivos había una «acompañante» de sexo femenino. «Acompañante». Sonaba a algo sórdido. ¿Esa mujer sería Luzia? ¿Estaba retenida contra su voluntad? La idea preocupó a Emília, pero no podía convencerse de ello. Luzia era una mujer muy decidida, más decidida que cualquier otra mujer que Emília hubiera conocido. Si no había muerto ni se había escapado, entonces su hermana se había quedado por propia voluntad. Esta posibilidad preocupó todavía más a Emília.

Para quitarse esos pensamientos de la cabeza, cerró los ojos. Y ni siquiera al escuchar el clic del flash del fotógrafo los abrió. Sintió que sus pies se hundían en la arena.

Cuánto le habría gustado tener a Luzia junto a ella en aquel arenoso escenario, para disfrutarlo y reír juntas. Emília había sido comparada toda su vida con Luzia. Por decirlo así, su hermana la definía. Allá en Taquaritinga, la torpeza de Luzia sacaba a relucir el aplomo de Emília. Los enojos de Luzia destacaban la suavidad de Emília; su lengua afilada, los silencios de ésta. En Recife Luzia no estaba presente, pero Emília la recordaba todos los días, en su interior resucitaba a la hermana lista y fuerte. Emília sentía que ella no era así de ninguna manera, y la reconfortaba saber que Luzia sí lo era. Compartían la misma sangre y quizá algo de la fuerza de Luzia se mezclaba con la suya, de modo que Emília podía cultivar la fuerza de su hermana dentro de sí. Pero desde que leyó el artículo del periódico sobre los cangaceiros y su «acompañante» sentía que la presencia de

Luzia se desvanecía. Los recuerdos que Emília tenía de su hermana parecían empañados. ¿En quién se había convertido Luzia? ¿Y quién era Emília, comparada con una mujer como ésa?

Decidió compararse con otra imagen. Las mujeres que aparecían en las revistas feministas de Lindalva eran cultas y modernas. Lindalva adoraba la «idea» de la modernidad, pero lo que a Emília le gustaba era su aspecto, su brillo. Le agradaban los sombreros elegantes, los vestidos audaces, la imagen triunfadora de la mujer. Soñaba consigo misma conduciendo un automóvil, o entrando con paso firme hacia una mesa electoral con el voto cuidadosamente doblado en la mano. Y sobre todo, Emília imaginaba un taller con muchas ventanas con una docena de máquinas Singer a pedal zumbando, a sus órdenes.

Si Emília adoptaba el brillo de la modernidad, usaba los vestidos adecuados, expresaba las opiniones correctas, actuaba con diligencia y creatividad, se ganaría la admiración de Recife. Se había liberado de sus sueños juveniles de poseer un hogar y convertirse en una matrona. Había aceptado el hecho de que Degas nunca sería un maestro amable ni un marido cariñoso. Y ya que no podía ser amada, decidió entonces que sería admirada.

—La ganadora es... ¡la señora de Degas Coelho! —gritó una mujer. Se produjo una ola de discretos aplausos y luego de risas—. ¡La señora de Degas Coelho! —gritó otra vez la voz.

Emília abrió los ojos.

2

Un mes después del concurso, sobrevino la crisis y los planes empresariales de Emília se frenaron en seco. Fue un jueves, el día que doña Dulce destinaba al lavado de la ropa de cama y a ventilar los colchones. Las criadas de los Coelho corrían de un lado a otro, quitando las sábanas de las camas y llevando abajo los blancos bultos, levantando colchones y arrastrándolos hasta la zona cubierta del lavadero de la casa, para sacudirlos y rociarlos con agua de lavanda. Desde su dormitorio, Emília podía escuchar los ruidosos golpeteos de las raquetas de mimbre sobre los colchones. Escuchaba los gritos de la lavandera. Aprovechó la conmoción y entró a hurtadillas en la cocina, donde se preparó su infusión especial y bebió hasta que el estómago se llenó de líquido. Mientras tomaba el último trago, doña Dulce entró en la cocina. Miró fríamente a Emília; luego se dirigió al lavadero, donde les dijo a las criadas que dejaran de trabajar.

—Guardad silencio —ordenó doña Dulce—. El doctor Duarte no está hoy de humor para jaleos.

El almuerzo fue silencioso y rápido. Doña Dulce le permitió al doctor Duarte tragar su comida y dirigirse al salón a escuchar la radio. Degas acompañó a su padre, dejando a Emília sola con doña Dulce y su postre, un pudin de papaya bañado con licor de grosella. Inquieta, la suegra también abandonó pronto la mesa y fue al salón a escuchar la radio llena de interferencias. Los postres, abandonados, se echaron a perder sobre la mesa. Emília se dio cuenta de que algo importante y terrible había ocurrido.

Las ásperas y lejanas voces de la radio anunciaban que el mercado de valores había caído en Estados Unidos. El doctor Duarte y Degas estuvieron sentados junto a la radio toda la tarde y hasta bien entrada la noche. Emília no sabía nada de mercados financieros. ¿Cómo podían ser que artículos tan necesarios como el azúcar, el café y el caucho tuvieran mucho valor un día y no valieran nada al día siguiente?

El viernes, los locutores parecían medianamente optimistas. Todo el fin de semana los Coelho esperaron noticias. El lunes, los periódicos y los programas de radio decían que los mercados en todo el mundo estaban cayendo al enterarse de las noticias procedentes de Nueva York. Llamaron a aquel día «lunes negro» y al siguiente «martes negro», y después los días no necesitaron ya esos sobrenombres, porque todos eran sombríos. Recife fue presa del pánico. Los negocios cerraron sus puertas. La cocinera se quejó de que en los mercados no había vendedores. La carne comenzó a escasear. Los locutores decían que en Estados Unidos el *crash* había producido una depresión que se iba a sentir en todo el mundo. En Brasil, la turbulencia económica fue llamada «la crisis» y en Recife las familias viejas fueron las primeras en sentirla.

Poco a poco, los dueños de los ingenios azucareros comenzaron a aparecer en la casa de los Coelho vestidos de luto y con montones de papeles debajo del brazo. De inmediato eran acompañados a la oficina del doctor Duarte. Algunos traían a sus esposas consigo, como si estuvieran haciendo una visita social, aunque Emília nunca había visto a una mujer de las familias viejas poner un pie en la casa de los Coelho. Doña Dulce y Emília se sentaban con estas mujeres vestidas de negro. Emília reconocía a algunas gracias a sus paseos por la plaza del Derby. Casi todas se mostraban cordiales y sonrientes. Tomaban café y charlaban como si desde tiempo atrás hubieran querido visitarlas y no se hubiera presentado la ocasión. A pesar de su cordialidad, Emília se dio cuenta de la manera descuidada, despectiva, en que las mujeres manipulaban la porcelana de doña Dulce. Dejaban los pequeños platos ruidosamente sobre la bandeja del té y hacían tintinear con fuerza sus cucharas contra los finos bordes de las tazas, como si en realidad quisieran romperlas pero que pareciera involuntario.

Por debajo de la cortesía de aquellas mujeres había irritación. Emília se enteró de que los papeles que sus maridos llevaban a la oficina del doctor Duarte eran escrituras, títulos de propiedad de casas en la calle Rosa e Silva y documentos de bienes en las playas de Boa Viagem y en los almacenes vacíos cerca del puerto. Le entregaban todo lo que poseían en Recife al doctor Duarte para no dejar de pagar sus préstamos y no perder sus máquinas importadas, y luego, sus plantaciones.

Debido a sus préstamos, el doctor Duarte conocía toda la «podredumbre», como decía él, de todas las familias de Recife. Emília pensaba que era significativo que no dijera los «secretos», sino la «podredumbre», como si los problemas de las familias fueran desperdicios con un olor desagradable que todos percibían pero resultaba imposible erradicar. Sólo el doctor Duarte conocía el origen y la extensión de la podredumbre. Tenía en sus manos el poder de mostrar, de difundir los problemas de una familia por toda la ciudad, pero no lo hacía. El doctor Duarte tenía fama de discreto; cuando se hacía cargo de una propiedad, nadie sabía si se había ejecutado la hipoteca o simplemente se la habían vendido. Debido a esto, las mujeres de las viejas familias que entraban en la casa de los Coelho atenuaban su repulsión con un frío respeto. Y los hombres de las viejas familias que pertenecían al gobernante Partido Azul le permitían al doctor Duarte apoyar a Gomes y a su Partido Verde sin propinarle ningún castigo político.

Algunos propietarios de fábricas textiles también visitaban al doctor Duarte. Estos hombres estaban alegres y sudaban debajo de sus sombreros de fieltro, vestidos con sus almidonados trajes con chaleco. Sus talleres no estaban en su mejor momento, pero se mantenían saludables. Por la ventana de su dormitorio, Emília podía ver las largas columnas de humo que se alzaban desde las construcciones de ladrillo de la Hilos Torre y la Compañía Textil, y las de sus rivales en Macaxeira y Tacaruna. En sus viajes a la tienda de telas, Emília veía filas de inmigrantes que serpenteaban delante de las puertas de la fábrica. Cortadores de caña de azúcar que habían perdido el trabajo se dirigían por centenares hacia Recife con la esperanza de encontrar un puesto de trabajo en las fábricas. El doctor Duarte anunció que usaría su compañía de importaciones y exportaciones para traer máquinas destinadas a los dueños de las fábricas y enviar telas al exterior.

Después del *crash*, la vida seguía, la campaña presidencial continuó. A finales de noviembre, los líderes del Partido Azul insistían en la necesidad de mantener el rumbo y ser fieles a la tradición. Aseguraban a los ciudadanos que la crisis iba a pasar. El Partido Verde no ofrecía semejante consuelo: apuntaba a la modernización, a un «nuevo Brasil» que fuera menos dependiente de la agricultura y más de la industria. El gobernador de Pernambuco y el alcalde de Recife —ambos del Partido Azul— cayeron sobre los seguidores del Partido Verde. Ordenaron a la policía que disolviera las concentraciones, que ocupara los periódicos favorables a Gomes y que mantuviera una estrecha vigilancia sobre el Club Británico, donde se reunía el grupo político de doctor Duarte. A pesar de estas intimidaciones, cada vez más gente pegaba retratos de Celestino Gomes en sus puertas, en los escaparates y en los puestos del mercado, junto a las imágenes de los santos protectores.

En la ciudad de Recife, los partidarios de Gomes eran principalmente los de las familias nuevas y la clase media. En otras partes de Brasil, los admiradores de Gomes constituían una alianza incongruente, formada por militares que querían a uno de los suyos en el cargo, por católicos desilusionados a quienes no les gustaba la separación de la Iglesia y el Estado del gobierno azul, por reformadores sociales que querían poner límites a los abusos en las fábricas y al trabajo de los menores y por una mezcolanza de sufragistas, comerciantes e intelectuales. Estos grupos aparentemente distintos tenían una cosa en común: durante años habían sido ignorados por las oligarquías de São Paulo que controlaban el Partido Azul. En su campaña, Gomes los había cortejado a todos ellos. Y aunque sus mensajes eran a veces contradictorios, su encanto y entusiasmo eran contagiosos, de modo que cada grupo de partidarios de Gomes creía que era «su hombre» y estaba convencido de que, si Gomes ganaba, se ocuparía de ellos primero.

Debido a las restricciones del gobierno azul en Recife, la mayoría de los partidarios de Gomes no podían transmitir sus mensajes de lealtad al candidato.

—Hasta los perros callejeros apoyan a Gomes —cuchicheaba con frecuencia Lindalva a la hora del almuerzo—. Pero no pueden hablar de eso. Nadie puede.

Los perros callejeros, producto de mil cruces, con sus cuerpos cubiertos de mil pelajes y las costillas a la vista, constituían la casta más baja en las calles de Recife. Eran ignorados, ahuyentados, golpeados. Pero durante las últimas etapas de la campaña presidencial de Gomes, la gente empezó a respetar a los perros. Uno a uno, fueron apareciendo con pañuelos verdes de Gomes atados en el cuello o en el rabo. Mientras olfateaban en busca de restos alrededor de los mercados al aire libre, o peleaban en los callejones, o se echaban al sol con ojos somnolientos en los parques de la ciudad, los chuchos sin dueño se habían convertido en anuncios vivientes de la oposición.

Emília vio por primera vez uno en enero de 1930 —tres meses después del colapso de los mercados de valores— delante de una tienda de telas, en la calle Emperatriz. Ella y Lindalva se dirigían al automóvil de la baronesa. Un empleado las seguía, llevando un rollo de delicada tela oscura bien protegido por papel de envolver. Dentro del paquete iban también dos cremalleras.

—Es la más reciente tendencia para reemplazar a los botones —había dicho el vendedor, y con un rápido movimiento movió al instante el cierre hacia arriba y hacia abajo.

Emília miró asombrada los dientes que se unían como una línea de diminutas puntadas de metal. Estaba ansiosa por regresar a la casa de los Coelho para poder admirar aquellos cierres en privado. La crisis había entorpecido los planes de Lindalva y ella para montar un taller. La baronesa y su hija, al igual que los Coelho, estaban financieramente seguros, pero muchos otros no. Las mujeres no querían nuevos vestidos, y si los querían, los estilos que compraban eran recatados, de tonos oscuros y de cortes sencillos. La moda había adquirido el humor sombrío del mundo. Emília tenía que reconsiderar sus diseños.

Fuera de la tienda de telas, en su prisa por llegar al automóvil de Lindalva, Emília no vio al perro callejero delante de ella. Le pisó el rabo. El animal aulló y luego gruñó. El empleado de la tienda iba a darle una patada, pero se detuvo en seco: había un pañuelo verde alrededor de su flaco cuello. El perro huyó. Lindalva, Emília y el empleado de la tienda subieron rápidamente al coche.

Después de eso, Emília empezó a ver los perros de Gomes por todas partes. Se echaban en el camino de tierra, al otro lado de los portones de la casa de los Coelho, y se retorcían en extrañas posiciones, intentando arrancarse a mordiscos los trapos verdes atados a sus patas, a sus cuellos y a sus colas. En la puerta trasera de la casa, el doctor Duarte había puesto tazones de leche y sobras de comida para los perros callejeros. En la Rua Nova, donde los sábados Degas y ella se paseaban del brazo junto a otras parejas de familias nuevas, los perros vagabundos zigzagueaban entre sus piernas. Corrían por las calles de la ciudad esquivando a los tranvías que partían del parque Alfonso Pena. Mendigaban comida delante de las puertas doradas del restaurante Leite, donde Emília y Lindalva comían a menudo con la baronesa Margarida. Y en las raras ocasiones en que Degas la llevaba al cine en San José, Emília veía a esos perros cruzando el puente de hierro que conducía al Barrio Recife. Era un vecindario de casinos y hoteles de mala muerte, un barrio en el que las mujeres respetables nunca entraban. Incluso había algunos hombres que se persignaban antes de atravesar aquel puente. Pero a los perros callejeros no les preocupaba el decoro. Se paseaban de un lado a otro del puente de hierro con los trapos verdes atados a sus colas flameando como banderas.

A diferencia de los perros callejeros, pocas personas reconocían su apoyo a Gomes. Pero muchos le escuchaban. Todas las noches, cuando terminaban de cenar, Emília y los Coelho se sentaban en el salón y oían los discursos de Celestino Gomes. En la puerta, las criadas, por parejas, se turnaban en su trabajo para poder escuchar también ellas.

«¡Esta república es desigual! —gritaba Gomes, con una voz que tronaba en el altavoz de la radio—. ¡Los magnates cafeteros de São Paulo dirigen el país y sólo dejan las migajas al resto de los estados! Los coroneles corruptos dominan el interior. ¿Dónde está el gobierno? ¡El presidente de la nación tiene que luchar a favor de Brasil! Ciudadanos, amigos míos, compatriotas míos, éste será un largo viaje hacia la victoria. Y durante este viaje los necesitaré a ustedes. Los necesitaré tanto como ustedes me necesitarán a mí».

Emília se preguntaba cómo una voz tan potente podía provenir de un hombre tan pequeño. Ya con los primeros discursos, Emília se sintió atraída por las proclamas de Gomes. Quería luchar contra el crimen, apoyar la ciencia, promover la moral, desarrollar cooperativas de consumidores, crear planes de pensiones y hacer cumplir las leyes que protegían a las mujeres y los niños que trabajaban. Todas estas ideas le parecían a Emília interesantes y justas. Empezó a llevar su bastidor al salón para bordar mientras Gomes hablaba. Su voz sonaba siempre exaltada, pero sus palabras nunca cambiaban. No había ningún detalle, nada concreto, sólo exclamaciones y gritos, y, al final, su frase habitual: «¡Luche por un nuevo Brasil!».

Después de cada discurso radiado, el doctor Duarte se ponía de pie y aplaudía.

—Así es como se hace un discurso, Degas —decía a su hijo al tiempo que le daba unas palmadas en la espalda—. Escucha y toma nota.

Degas fruncía la boca, arrugaba el gesto como si hubiera comido algo ácido. Aquella noche no escuchó sus discos para aprender inglés. Se fue directamente a la habitación de Emília y se metió en la cama junto a ella. La joven creyó que Degas había ido para su rutina encaminada a concebir un niño y permaneció tendida rígida, esperando que él le tocara la mano, como si pidiera permiso, para luego subirse de mala gana encima de ella. No hizo nada de eso. Degas permaneció a su lado y habló.

—¡Preferiría estar en el sillón del dentista antes que seguir escuchando las bravatas de ese hombre! —exclamó Degas mientras tiraba de la sábana hacia arriba.

—Tu padre es bienintencionado... —comenzó Emília.

—No me refiero a mi padre —siseó Degas—. Afortunadamente, puedo apartarme de él. Pero cada vez que salgo de casa escucho a Gomes. ¡Los compañeros de la facultad encienden la radio de la sala común para escuchar sus malditos discursos! Y cuando no es la radio, la gente cuchichea sobre los discursos, o los diarios publican lo que dice.

Degas permaneció recostado, con la cabeza apoyada sobre las almohadas bordadas. Emília observó la sombra de la redondeada barriga de su marido, luego el perfil de su rostro encantador: la nariz curvada, las espesas pestañas. Lo había admirado hacía mucho tiempo en las montañas de Taquaritinga, y sintió asombro y temor al darse cuenta que sabía tan poco acerca de sus opiniones en ese momento como entonces.

—¿Quieres decir...? —comenzó Emília, bajando el tono de voz hasta que fue un susurro—. ¿Eres azul?

Degas echó aire por la nariz.

—No puedo serlo. No en esta casa. Eres afortunada por no tener que votar.

—Yo quiero votar —respondió Emília—. El hecho de que tú no valores tu buena fortuna no quiere decir que los demás no lo hagan.

—Me olvidaba de que eres una sufragista —dijo Degas riéndose entre dientes—. Por favor, Emília, eres demasiado guapa para ser una de esas «señoritas solteronas». Odiaría verte usando gafas y zapatos cómodos y predicando la libertad.

La voz de Degas tenía el tono ligero y molesto que a menudo usaba para irritar a Emília.

Muy a su pesar, cayó en su trampa.

—¡No hay ninguna «señorita solterona»! —exclamó Emília—. Ninguna de las mujeres Voluntarias se parece a esas mujeres desagradables de las tiras cómicas. Y todas las mujeres Voluntarias están a favor del sufragio. Todas ellas.

—Lo sé, lo sé. —Degas suspiró—. Pero ¿realmente crees que Gomes les dará el derecho al voto?

—Él dice que sí.

—Ésa es una razón muy ingenua.

—Solías elogiarme por eso, por mi ingenuidad.

Degas se movió debajo de la sábana. Sus pies rozaron la pierna de Emília. Estaban fríos y eran ásperos.

—Tengo facilidad para detectar el engaño —aseguró Degas—. Está haciendo promesas a todos. En algún momento tendrá que romperlas. Las soluciones de compromiso son inevitables. Todos nos vemos obligados a ellas. No creas que Gomes es muy diferente. Te decepcionará.

—¿Por qué a mí? —preguntó Emília—. ¿Por qué no a los militares? ¿Por qué no a los científicos o a tu padre?

Degas se volvió hacia ella. Emília sintió su respiración, caliente y con olor a bicarbonato de sodio, sobre su mejilla.

—A veces me pregunto si lo tuyo es inocencia o terquedad —reflexionó él—. A veces pienso que ves todo lo que te rodea muy claramente, pero eres demasiado testaruda como para admitirlo.

—¿Admitir qué? —quiso saber Emília. Sintió la conocida presión en las sienes, el comienzo de un dolor de cabeza. Su cuerpo estaba cansado, pero su mente no, y sintió la misma fatiga nerviosa que experimentaba cuando era una niña antes del inicio de una fiebre.

Degas suspiró. Emília volvió la cabeza, pero la voz de él le llenaba el oído. Era un susurro vacilante que le recordó a Luzia y sus secretos contados antes de acostarse.

—Envidio a esos criminales que mi padre estudia —dijo él.

—¿Por qué? —susurró Emília.

—No hay ninguna cura para ellos. Son lo que son.

—Pero están condenados —replicó la joven, recordando las lecciones del doctor Duarte a la hora del desayuno—. No hay remedio para ellos. Ninguna escapatoria. Eso es horrible, Degas.

—No tan horrible como tener la posibilidad de elegir. Pensar que uno puede revertir la situación reconforta, pero no cuando se es demasiado débil; demasiado corruptible.

Degas tosió. Su respiración era entrecortada, como si encontrara obstáculos en su garganta. Emília cerró los ojos. Habría preferido sus torpes maniobras encima de ella a aquellas extrañas confidencias. En los primeros días de matrimonio podría haberlo consolado. Durante sus comienzos en Recife, Emília había creído que los matrimonios se contaban confidencias antes de dormirse, que compartían historias y sacaban a relucir sus más profundos sentimientos. Impulsada por esta creencia, podría haber llevado a Degas a revelar más cosas, a mostrarse a sí mismo. Pero a esas alturas ella ya no quería escucharlo. Emília sintió la misma sensación escalofriante que había experimentado durante su primer carnaval al ver a Degas con Felipe. Ambos hombres estudiaban juntos, iban de paseo en coche, iban a la facultad, aunque Felipe nunca aparecía por la casa de los Coelho. «Los caballeros son diferentes de los campesinos», se dijo Emília. Los hombres de ciudad tenían amistades íntimas; esto era un signo de refinamiento, de una sofisticación que ella todavía no podía comprender. Pero percibía algo diferente en Degas, una profundidad de sentimiento que lo asustaba a él, y también a ella.

—Buenas noches —dijo Emília, y le volvió la espalda. Degas no respondió.

3

A medida que se acercaban las elecciones, el Partido Azul trató de desacreditar a Gomes atacando a las sufragistas. Los periodistas del diario del Partido Azul escribieron artículos acerca de la «peligrosa emancipación» que se les estaba ofreciendo a las mujeres jóvenes. Aparecieron tiras cómicas de maridos agobiados que se quedaban con una prole de niños llorosos mientras sus esposas —siempre enormes y torpes, jamás elegantes, según observó Emília— dejaban el hogar con la maleta en una mano y el billete de tranvía en la otra.

Un efímero programa radiofónico de mujeres llamado *Cinco minutos de feminismo* se abría y cerraba con alegres sambas cuyas letras decían:

> Ella tendrá todo lo que quiere,
> ella hará todo lo que pueda;
> pero, queridos amigos, ¡ella nunca será un hombre!

Todas las noches el doctor Duarte tamborileaba con los pies al ritmo de esas canciones, mientras Degas lanzaba perspicaces miradas a Emília.

—Odio esas canciones —dijo finalmente Emília, sin poder seguir tolerando por más tiempo el aire de maligna satisfacción secreta de Degas. No le gustaba que se burlase en silencio de las ideas de su padre.

El doctor Duarte la miró, sobresaltado. Doña Dulce asintió con la cabeza.

—La samba es terrible —afirmó—. Siempre me ha parecido terrible.

El doctor Duarte arrugó la frente. Miró fijamente la radio, como si viera por primera vez ese aparato. Después de un momento, la apagó.

—Tonterías. Sois víctimas de la propaganda del Partido Azul —aseguró con brusquedad—. Quieren que nos quedemos paralizados. ¡Pero nos pondremos en pie! ¡Nos pondremos en pie!

Movió con entusiasmo su grueso dedo en el aire. Nadie respondió, y al cabo de unos instantes volvió a encender la radio y escuchó atentamente *Cinco minutos de feminismo*.

El doctor Duarte, como la mayoría de los hombres del Partido Verde, creía que el sufragio femenino era un paso inevitable hacia la modernidad. Él, como muchas mujeres de las Damas Voluntarias, estaba convencido de que el voto no iba a interferir en los deberes de las mujeres hacia su familia. Las feministas brasileñas no eran, después de todo, como esas radicales mujeres británicas que se inmolaban y ponían bombas en los edificios, solía decir con frecuencia Lindalva, y Emília siempre detectaba algo de nostalgia en su voz, como si hubiera preferido aquel radicalismo.

Como respuesta a los ataques del Partido Azul, los periodistas verdes de Recife publicaron escabrosos historiales delictivos y aseguraban que el gobierno azul había perdido el control, la autoridad moral sobre el país. En Pernambuco, los periódicos escribían sobre el grupo del Halcón. El líder cangaceiro había sorprendido a periodistas y funcionarios públicos al telegrafiar a Recife. Su mensaje apareció en la portada del *Diario de Pernambuco*:

Corrijo un error en su diario. PUNTO. Los buitres comen lo que ya está muerto. PUNTO. Los halcones son diferentes. PUNTO. Cazan, matan y luego comen. PUNTO. Estoy vivito y coleando.

PUNTO. Cuando vengan más soldados, asegúrense de que traigan agua. PUNTO. No quiero que mueran de sed. PUNTO.
Firmado:

Capitán Antonio Teixeira,
llamado «el Halcón»

Desde la emboscada a las tropas gubernamentales, se había producido una breve pausa en las actividades de los cangaceiros, seguida por más violencia. El grupo del Halcón secuestró a la hija de un coronel y la liberó después del pago de un abultado rescate. Asaltaron un tren en el pueblo de Aparecida, la estación más occidental en Brasil de la línea del Ferrocarril Gran Oeste. Los vagones de carga del tren estaban llenos de maíz y harina de mandioca que se iban a vender en la costa. Los cangaceiros dispararon al maquinista en el muslo y distribuyeron la comida entre los vecinos.

Cuando el primero de esos artículos apareció en el *Diario de Pernambuco,* Degas lo leyó en voz alta durante el desayuno.

—¡Por favor! —exclamó doña Dulce, agitando su blanca mano en dirección a Degas—. No permitiré asuntos sangrientos en la mesa.

—Entonces pasaré por alto —aceptó Degas— los asuntos sangrientos, por respeto a ti y a Emília.

Al lado de ella, Degas abrió el periódico por la segunda página del artículo. Emília sintió el olor de la tinta del periódico. Notó la mirada fija de Degas, como si estuviera desafiándola a que mirara el diario. Emília recordó su conversación en el dormitorio, cuando ella había fumado su primer y último cigarrillo. Felipe y las criadas del coronel le habían contado a Degas todo lo referente al rapto de su hermana con un brazo lisiado. Sabía que el Halcón se había llevado a Luzia.

Emília mantuvo la cabeza inclinada y los ojos fijos en el huevo frito que estaba sobre su plato. Pinchó la yema, luego pasó el cuchillo en diagonales rápidas sobre la propia yema y la clara.

—Lee, hijo —dijo el doctor Duarte.

Después de que Degas leyera ese primer artículo sobre el cangaceiro, Emília estaba decidida a no dejarse sorprender otra vez. Se despertaba todos los días al amanecer y cogía el periódico antes de que nadie lo hiciera.

La joven esposa se llevaba a hurtadillas los periódicos al recibidor lleno de espejos, donde las criadas rara vez entraban. Allí, en aquella estancia débilmente iluminada, leía. Poco a poco, el tema favorito de los periódicos dejó de ser el Halcón para concentrarse en su acompañante. Una mujer, según decían. Una mujer que se vestía como un hombre. Según lo declarado por los lugareños, los cangaceiros la llamaban «la Costurera». Al principio, la gente dudó de su existencia y los informes no reproducían ningún detalle concreto acerca del aspecto de la cangaceira, lo cual era frustrante para Emília. Finalmente, un periodista de Recife pudo ver al grupo del Halcón mientras viajaba por el interior. Los cangaceiros le robaron el dinero e hicieron añicos su máquina de escribir, pero él se las arregló para regresar a Recife con vida y redactar una serie de artículos sobre sus aventuras.

Quién es la «Costurera». Un retrato

Por Joaquim Cardoso

¿Quién es esta costurera? Uno podría decir que es sólo una mujer, pero lleva pantalones y gafas con montura de metal de considerable valor. Un indicio de feminidad puede hallarse en sus pertenencias. Sus bolsas y cantimploras están decoradas con colores chillones. En este sentido, ella es como muchas mujeres de los pueblos pequeños y sucios del interior. Tratan de parecer presentables, pero no lo logran. Es inusitadamente alta y tiene un brazo deforme. Aparte de estos atributos que la caracterizan, en todo lo demás es como cualquier mujer de un campesino. Tiene pies grandes, uñas sucias, una boca carnosa y los pechos flácidos. Es una mujer vulgar y el interior está lleno de mujeres como ellas.

Lo que diferencia a la Costurera es que *no es* la mujer de un campesino. Se ha casado con un bandido, un hombre de piel oscura, feo y maloliente. Esta mujer tiene una mirada furtiva y amenazante. Arriesga su propia vida, protege al más débil de la banda, y con silenciosa repulsión permite las atrocidades sanguinarias de su marido. Es insensible y a la vez sentimental, fría y a la vez feroz. En pocas palabras, es una mujer. ¿Y qué hombre podría penetrar los misterios de un alma tan contradictoria?

Emília leyó el artículo hasta que sus palabras se volvieron borrosas. Luzia estaba viva. Ya no cabía duda. Pero su alivio fue pronto reemplazado por la cólera. ¿Quién era ese periodista para decir semejantes cosas? La mirada de Luzia no era furtiva. Su hermana no era vulgar. Luego surgió el temor: ¿y si Luzia había cambiado? ¿Acaso ella misma, Emília, no se había convertido en alguien diferente desde que llegó a Recife? La tristeza la abrumaba, como una piedra que le aplastara el pecho. Era como si le hubieran robado algo precioso y luego se lo hubieran devuelto, pero con una forma que resultaba irreconocible. ¿Quién era esa mujer, esa Costurera? En el fondo de su alma, Emília sintió algo extraño. Frío. Tal como solía sentirse cuando veía alguna encantadora prenda de encaje y no podía poseerla. Tal como se sentía a veces ante las modelos de *Fon Fon*, con su pelo perfecto y sus vestidos elegantes. Siempre había envidiado la libertad de Luzia, su fuerza. Todavía la envidiaba.

Emília hubiera querido recortar el artículo para ponerlo con su foto de comunión, pero no podía. Tenía que volver a doblar el periódico cuidadosamente, como hacía todos los días, para devolverlo al buzón junto al portón de hierro de la casa de los Coelho. A la hora del desayuno, Degas leyó el artículo con tono vacilante, como si su contenido lo perturbara. Impaciente, el doctor Duarte arrebató el diario de las manos de su hijo y él mismo terminó de leerlo. Luego le pidió a una criada unas tijeras y recortó el artículo en la mesa, a pesar de las objeciones de doña Dulce.

El recorte se quedó sobre el escritorio, en su estudio. Emília se vio obligada a verlo todas las tardes. Se había convertido en la secretaria personal de su suegro. Después de sus reuniones políticas en el Club Británico, el doctor Duarte tenía muchas ideas y muchos planes. El suegro de Emília guardaba en secreto para sí toda estrategia del Partido Verde que él pudiera conocer, pero el doctor Duarte creía que después de las elecciones sus teorías criminológicas serían aceptadas y aplicadas. Tenía que poder explicar su ciencia de manera sucinta y eficaz a los líderes del Partido Verde. El doctor Duarte no podía almacenar todas sus ideas en la cabeza, pero tampoco podía escribirlas con suficiente rapidez. Cuando lo hacía, luego no podía comprender su propia caligrafía. No quería contratar a «una niña tonta» que después pudiera chismorrear acerca de sus planes. El partido no lo aprobaría. El doctor Duarte necesitaba a alguien discreto, digno de confianza, y fácilmente disponible. Emília era la candidata obvia. Cuando el doctor Duarte hablaba, ella escribía, aunque no siempre la ortografía fuera la correcta.

Él partía de los tres tipos corporales del doctor Ernst Kretschmer: el asténico, o huesudo y delgado; el atlético, o muscular; y el pícnico, o redondeado y gordito. Los asténicos eran a menudo esquizofrénicos, excéntricos y criminales. Los atléticos eran en general normales. Los pícnicos eran filósofos, holgazanes, depresivos. Había una diferencia inherente entre un criminaloide (alguien que comete crímenes o practica perversiones debido a su naturaleza débil, que puede ser curado) y el verdadero criminal, el *homo delinquins* (que perpetra crímenes desde la infancia sin mostrar ningún remordimiento y que no tiene ninguna posibilidad de curación). El verdadero criminal era similar a las razas primitivas y a los niños, los cuales son hedonistas, entrometidos y crueles.

—En los pueblos salvajes —dijo el doctor Duarte mientras iba de un lado a otro en su oficina—, la mujer parece ser menos sensible. Es decir, más cruel que el varón y más propensa al deseo de venganza. Pero nadie sabe si eso es igual en el criminal de hoy. Hay muy pocos delincuentes de sexo femenino.

Bajó la mirada a su escritorio y rozó el recorte de periódico suavemente con las yemas de sus dedos.

—¡Cómo me gustaría medirla! —Su voz era suave, afectuosa.

—¿Qué vería usted si lo hiciera? —preguntó Emília.

El doctor Duarte alzó la vista, sobresaltado por la voz de su nuera.

—¿Qué vería usted... en ella? —repitió Emília.

—No lo sé. Pero tengo mis hipótesis.

El doctor Duarte frunció los labios y miró a Emília, luego abrió un cajón del escritorio y sacó una caja de madera. Dentro, sobre una cubierta de terciopelo, había un juego de pinzas plateadas. Eran grandes y curvadas. Sus extremos eran chatos. El doctor Duarte las sacó de la caja. Tenían asas parecidas a las de unas tijeras.

—¿Me permites que te enseñe? —preguntó.

Emília bajó su libreta de anotaciones.

—¡Oh, no! No, doctor Duarte. Era sólo una pregunta tonta.

—Por favor —insistió él—. Me gusta explicarlo de manera práctica. Y te ayudará a tomar notas si sabes a qué me estoy refiriendo. —Rodeó el escritorio con el calibrador en la mano—. ¡No tengas miedo, querida! —El doctor Duarte se rió entre dientes—. Ponte derecha ahora; no quiero despeinarte.

Colocó uno de los extremos planos del calibrador entre sus ojos y estiró el otro hasta la parte posterior de la cabeza. El metal estaba frío.

—Desde el comienzo de la nariz hasta la parte posterior del cráneo se mide el diámetro anterior-posterior máximo —dijo el doctor Duarte—. Cogió la libreta de notas y la pluma que usaba ella. Garabateó allí una medición y la escondió de la vista de su nuera. Luego el doctor Duarte le colocó el calibrador sobre cada uno de los lados de la cabeza, presionando sobre las sienes—. Éste es el diámetro transversal.

Emília cerró los ojos. El traje del hombre olía intensamente a lima. Era la colonia cítrica con la que lo rociaba antes de cada reunión en el Club Británico. Más que verlo, oyó que escribía otra anotación.

Puso luego el calibrador sobre la cabeza y en la base de su cuello.

—Transversal o curva biauricular —dijo, para luego garabatear algo.

Sintió el contacto de los dedos de su suegro, fuertes y gruesos, que ahora sujetaban con firmeza la base de su cráneo. En ese momento estaba midiendo con las manos. Emília tragó saliva. Abrió los ojos.

—Listo —anunció el doctor Duarte—. Terminado. Ahora hacemos algunas cuentas. Tengo que sumar los cinco elementos para obtener tu capacidad craneal, luego aplico una fórmula para obtener lo que llamamos el índice cefálico.

Emília asintió con la cabeza. El doctor Duarte se sentó a su escritorio y se inclinó sobre la libreta de notas. Emília giró en su silla. La niña sirena estaba sobre el estante de atrás, serena y dormida.

—Bueno —murmuró el doctor Duarte—. Emília...

Ella se volvió.

—Tú, querida, eres una braquicéfala.

—¿Una qué?

El doctor Duarte se rió.

—Tienes un cráneo perfecto, encantador, totalmente dentro del índice normal de una mujer.

Emília suspiró. El doctor Duarte sonrió.

—¿Estabas preocupada? —preguntó, volviendo a sentarse en su silla y entrelazando los gruesos dedos—. Las mujeres criminales son egoístas y maliciosas. Son mentirosas. Tú, Emília, no eres ninguna de esas cosas.

Emília asintió con la cabeza y se excusó, porque deseaba retirarse.

En su habitación sacó la foto de comunión de su escondite en el joyero. Emília quería rezar, pero ¿por qué? ¿En señal de agradecimiento por su normalidad? ¿Por su cráneo encantador? Se había puesto nerviosa en el despacho del doctor Duarte. E incluso se había asustado un poco. Cuando él le reveló sus resultados, se sintió a la vez aliviada y desilusionada. Era normal, se la podía conocer. Y eso no pasaba con Luzia. A Luzia no se la podía medir. Era tan opaca e imprevisible como el río Capibaribe, que cortaba la ciudad con sus aguas marrones: a veces calmas, a veces turbulentas y aterradoras.

Pero ¿hasta qué punto, pensó Emília, los propios atributos físicos determinaban sus destinos? La tía Sofía y el padre Otto creían que el cuerpo era un caparazón para el alma. El alma —esa esencia espiritual intangible— era la que daba forma a una persona. Sin embargo, incluso las almas tenían sus limitaciones; el padre Otto decía que Jesús miraba el interior de las almas de las personas y podía ver todos los pecados que los seres humanos iban a cometer incluso antes de que los hubieran cometido. En lugar de impedir esos pecados, había muerto por ellos. Había dado su vida por su perdón, porque los pecados eran inevitables.

El doctor Duarte iba a misa y comulgaba, pero creía que los cráneos de las personas —no sus almas— eran los que determinaban su futuro. Los cráneos tenían la forma adecuada para alojar los cerebros, que eran moldeados por la herencia. La madre de la niña sirena había sido bebedora y criminaloide, de modo que su hija, si hubiera vivido, habría heredado los mismos rasgos. El padre de Emília había sido un borracho, pero ni ella ni Luzia podían soportar el olor del licor de caña. El doctor Duarte no conocía su historia familiar, sin embargo la había declarado normal, no era mentirosa ni maliciosa ni egoísta. Pero estaba equivocado. Emília sabía que llevaba consigo todas esas faltas. Había mentido. Les había dicho a los Coelho que su hermana estaba muerta. Algunas veces, después de soportar alguno de los comentarios mordaces de doña Dulce, Emília había entrado a hurtadillas a la cocina para lamer una cuchara y meterla en todos los frascos de la preciada mermelada de su suegra, maliciosamente, esperando deteriorarlas. Y la otra noche, en lugar de confortar a su marido después de su extraña confesión, se había apartado de él, demasiado preocupada por sus propios miedos como para atender los de él.

Degas había confesado que prefería una vida prescrita, predeterminada; era reconfortante para él creer que sus acciones eran inevitables, que su cerebro era inflexible.

Emília no podía imaginar que vidas enteras pudieran estar determinadas por algo tan tosco y vulnerable como el cuerpo o por algo tan etéreo como el alma. No podía convencerse de que su destino, o el de Degas, o el de Luzia, hubiera sido fijado desde el principio. Emília estaba acostumbrada a tomar decisiones. Toda costurera lo hacía. Hasta la muselina más insulsa y más rústica podía ser teñida, cortada y convertida en un espléndido vestido si se tomaban las decisiones correctas. Elecciones similares podían convertir la seda más encantadora en una catástrofe desordenada y plagada de defectos. Pero cada tela, como cada persona, tenía limitaciones y ventajas únicas. Algunas eran delicadas como el papel de seda, encantadoras pero frágiles, y se estropeaban al menor defecto. Otras estaban tejidas de manera tan apretada que no se podían ver las fibras. Otras eran ásperas, gruesas y duras. No había manera de cambiar el carácter de un paño. Podía ser cortado, rasgado, cosido para convertirlo en vestidos o pantalones o arreglos de mesa, pero más allá de la forma que adquiriera, un paño siempre seguía siendo el mismo. Su verdadera naturaleza era inmutable. Cualquier buena costurera lo sabía.

Emília miró a las niñas en su foto de comunión. Siguió la línea del brazo lisiado de Luzia, siguió las curvas sutiles de su propio cuerpo de niña que se estaba convirtiendo en mujer, y se preguntó qué era lo que en sus caracteres era inmutable como el paño y qué parte de ella había sido producto de las circunstancias. Emília recordó la presión de las manos del doctor Duarte sobre su cabeza, el metal frío de sus pinzas. Recordó las palabras del recorte de periódico que quedó sobre su escritorio: «¿Y qué hombre podría penetrar los misterios de un alma tan contradictoria?».

—Ningún hombre —susurró Emília ante las niñas de su foto de comunión—. Y mucho menos un medidor de cráneos.

Durante las semanas siguientes, Emília empezó a estudiar diseños de pantalones. «Pantalones de dama para navegar», los llamaban las revistas de moda europeas. Eran blancos y estrechos en la cintura, con amplias perneras. Nunca podría hacerse uno así para ella misma: eran demasiado atrevidos y las Damas Voluntarias no lo aprobarían. Pero de todas maneras, soñaba con los pantalones. Todas las tardes robaba algún dinero de la billetera del doctor Duarte y se compraba sus propios periódicos. Se detenía en un quiosco al regresar de la casa de Lindalva. El dueño del puesto era su cómplice. Escondía su *Diario de Pernambuco* entre las revistas de moda y le hacía un guiño cuando se las entregaba. Recortaba los artículos que quería y los guardaba bajo llave en su joyero. Leyó acerca de la vida de Luzia como si su hermana fuera la oscura heroína de una novela. Todos los días al despertarse, Emília se sentía excitada. Excitada por ver lo que Luzia iba a hacer después. Su hermana estaba a cientos de kilómetros de distancia, pero Emília sentía que se encontraba cerca de ella otra vez. Era como si estuviese dando refugio a un fugitivo ante las mismas narices de los Coelho.

4

En marzo Celestino Gomes perdió en su intento de convertirse en presidente. El día de las elecciones, el doctor Duarte y otros adinerados miembros del Partido Verde se pusieron sus insignias de color esmeralda en la solapa y condujeron sus Chrysler a las mesas electorales colocadas en el centro de la ciudad. Cuando los votos del estado fueron sumados, Gomes ganó en Recife, pero perdió en el campo.

Los coroneles se habían unido contra él, dando todos los votos del interior al presidente en ejercicio y candidato del Partido Azul. Lo mismo ocurrió en todo el norte, mientras que en el sur Celestino Gomes ganó en su propio estado de Minas Gerais, pero perdió en todo São Paulo y Río de Janeiro, donde el Partido Azul era más fuerte.

El alcalde de Recife —hombre del Partido Azul— decretó un día de fiesta. El doctor Duarte se encerró enfurruñado en su estudio. Doña Dulce estaba alterada por las consecuencias de las ideas políticas de su marido: hizo tres frascos grandes de mermelada de plátano en una tarde. Emília no podía hacer sus visitas semanales a Lindalva, porque había noticias de enfrentamientos en las calles. Los grupos del Partido Verde estaban por todas partes proclamando que la votación había sido un fraude, mientras los seguidores del Partido Azul celebraban el triunfo. En los días posteriores a las elecciones se dio muerte a innumerables perros callejeros, a los que taparon la boca con los pañuelos verdes.

Al conocer estos sucesos, los líderes estudiantiles planearon una concentración del Partido Verde delante de la alcaldía. Emília y los Coelho se enteraron de eso mientras escuchaban la radio en la sala.

El doctor Duarte dio unos golpecitos en el brazo de su hijo.

—Soy demasiado viejo para la agitación —dijo—, pero tú debes estar con tus iguales.

A Degas se le subieron los colores a la cara. El día de las elecciones había acompañado sin ganas a su padre a la mesa de votación verde.

—Es una agitación inútil —replicó Degas—. Las elecciones ya han pasado.

—Estoy de acuerdo —interrumpió doña Dulce. Venía de la cocina y todavía llevaba su mandil blanco, con los bordes festoneados arrugados por el calor de la cocina. Sus mejillas estaban inusualmente arreboladas—. Por favor, Duarte, no más conversaciones sobre política en esta casa. Lo que pasó ya pasó.

El doctor Duarte entrelazó sus gruesos dedos. Miró a Emília como si buscara un aliado. Ella de inmediato centró su atención en la labor de bordado. Por una vez, la joven estaba de acuerdo con doña Dulce y con Degas. Le alegraba que las elecciones hubieran terminado y que ya no hubiera más tonterías azules y verdes.

—Muy bien —aceptó el doctor Duarte, alisando su espeso pelo blanco—. Hablaré de ciencia entonces. No puedes negarme eso. Emília, refresca esta mente vieja que tengo. Dime otra vez a cuál de los tipos de cuerpo del doctor Kretschmer corresponden los hombres gruesos, los que son holgazanes y escépticos. ¿Cómo se llaman?

Emília levantó la vista. Doña Dulce miraba sin decir nada, con cara rígida e inexpresiva, como si se hubiera lavado el cutis con almidón. Degas se movió en su silla. La suavidad formal de su camisa de vestir estaba arrugada en el pliegue que había encima del vientre. En su cara apareció la misma expresión preocupada que le había dirigido a Emília cada vez que la había cogido de la mano en público, como si le estuviera rogando que no la retirara.

—No me acuerdo —respondió ella.

Sabía la respuesta; era «pícnico». Cuando la escuchó por primera vez, Emília supuso que la palabra era alemana, como el médico que la había inventado, y eso le había hecho recordar al padre Otto, aunque su volumen lo hacía reconfortante y cálido, no haragán y de naturaleza débil.

—Me sorprende, Emília —comentó el doctor Duarte—. Por lo general tienes una memoria muy precisa.

—Gomes debe aceptar que perdió —espetó Degas—. ¿No es eso lo que le gusta decir a usted: «Los hombres honran sus deudas y aceptan sus pérdidas»?

—Las pérdidas justas —precisó el doctor Duarte—. Los hombres deben aceptar las pérdidas justas y luchar contra las injustas. Me habría gustado que mi hijo comprendiera la diferencia.

—La comprendo —replicó Degas—. Para usted..., para nosotros... los resultados son injustos. Pero para el Partido Azul son más que justos, tienen sus razones.

—No creí que te convirtieras en un traidor tan rápidamente —sentenció el doctor Duarte, alisándose el bigote.

Degas se puso de pie. Le tembló la frente, dando la impresión de que tenía algo en el ojo.

—¿Su lealtad consiste en romper escaparates? —preguntó en tono tranquilo—. ¿Se trata de dar gritos en la calle? Eso es muy fácil. Voy a hacerlo.

—Tú te quedas aquí —interrumpió doña Dulce. Dirigió su mirada ámbar a su marido—. No lo provoques, Duarte. Ya hemos perdido bastante, ahora que tu partido no ha ganado. No permitiré que nuestro hijo se meta en esta locura.

Doña Dulce rara vez peleaba con su marido. En los últimos meses había sido vencida en su aversión por el nuevo vestuario de Emília. Había admitido la adquisición de una máquina de coser, a pesar de sus quejas y sus constantes comentarios de que su casa no era el taller de una costurera. Había sonreído pacientemente cuando el doctor Duarte usaba sus corbatas verdes, y había soportado todos los discursos radiados de Gomes. Pero esa noche había llegado a su límite.

El doctor Duarte asintió con la cabeza.

—Debes estarle agradecido a tu madre, Degas. Ella te protege. Siempre te ha protegido.

Degas pasó junto a doña Dulce rozándola y abandonó el salón.

Después de esa noche, Degas se mostró parco con su madre. Evitaba las miradas de doña Dulce y la apartaba si ella trataba de acomodarle el cuello de la camisa o de arreglarle sus finos mechones de pelo. Degas hacía una mueca de incomodidad cada vez que el doctor Duarte hablaba de Gomes, pero no volvió a discutir con su padre. Asistía a sus clases de Derecho con diligencia. En lugar de pasar las tardes fuera de la casa de los Coelho, Degas empezó a quedarse, para permanecer en el despacho de su padre. Acompañaba al doctor Duarte en sus salidas para visitar las propiedades familiares en la ciudad y controlar que los edificios no hubieran sido atacados por los seguidores del Partido Azul. Degas estaba demasiado ocupado con su padre para pasar el tiempo con sus amigos de la facultad, o con Emília. Se negó a llevar a su mujer a la tienda de telas, debido a las peleas callejeras entre grupos verdes y azules. Sin suministros para coser y sin poder visitar la casa de Lindalva, Emília se vio obligada a regresar al patio de los Coelho, donde fingía bordar. Sin que nadie se diera cuenta, espiaba por las puertas abiertas del estudio y observaba a su marido y a su suegro.

El doctor Duarte todavía estaba enfadado con Degas por no ser un fiel seguidor del Partido Verde. Fastidiaba a su hijo con historias de los patriotas de Gomes, y cuando Degas se mostraba incómodo —fruncía la boca, movía el cuerpo como si su silla estuviera recubierta de púas— cambiaba de táctica y elogiaba al joven por su atención y por su recién descubierto interés por las propiedades de la familia. Al escuchar estos elogios, Degas se animaba, aunque con vacilaciones. A Emília le recordaba a un caballo atado que tiraba tercamente, contrariado por su cautiverio pero sin llegar nunca a romper los correajes. Tiraba sólo para demostrar que podía hacerlo, y cuando su amo regresaba con avena y caricias tranquilizadoras, se contentaba con renuencia.

Emília sentía pena por su marido, pero ella no se merecía que le negaran los materiales para coser. En consecuencia, la joven apenas le hablaba a Degas. El doctor Duarte también estaba enfadado con su esposa por su actitud demasiado protectora. Y doña Dulce estaba enojada con todos ellos: con el doctor Duarte por su áspera política, con Degas por su brusquedad y con Emília por ser testigo de sus desilusiones. Doña Dulce descargaba su mal humor con las criadas, que a su vez ponían almidón en exceso en la ropa y chamuscaban las mejores camisas del doctor Duarte con la plancha. Sólo las tortugas del patio y el corrupião en su jaula no guardaban ningún rencor a nada ni a nadie.

Cuando el invierno llegó, un calor húmedo se apoderó de la ciudad. Hubo dos choques de tranvías, varios ataques con navaja y un tumulto en un mercado local cuando corrió el rumor de que los carniceros estaban vendiendo disimuladamente carne de burro. Desde su habitación en la casa de los Coelho, Emília percibió el olorcillo de algo que se estaba pudriendo, como fruta pasada o carne de res mal salada que no se había conservado. Pronto el olor invadió la casa de los Coelho. Ella creyó que era la ciudad —su aire contaminado, el agua estancada del pantano—, pero el chico de los recados descubrió que era un perro callejero arrojado junto a la puerta trasera de la casa, lleno de llagas, con los dientes detenidos en un gruñido eterno, el cuerpo hinchado y a punto de reventar.

5

El 22 de mayo de 1930, al mismo tiempo que el candidato del Partido Azul asumía el cargo de presidente en Río de Janeiro, el *Graf Zeppelin* aterrizó en Recife. Los diarios de la ciudad enterraron la ceremonia de toma de posesión en la página tres, y dieron prioridad al dirigible alemán. Durante semanas el *Graf Zeppelin* le había hecho sombra a la política. Iba a cruzar el océano Atlántico para hacer su primer aterrizaje en América del Sur, y el sitio elegido no fue Río de Janeiro, sino Recife. Después de las elecciones, el gobierno municipal construyó una torre de aterrizaje en el pantano de Afogados. Recibió el nombre de Campo de Jiquiá y lo equiparon con una estación de combustible, un pabellón para las ceremonias, una capilla y una torre-antena de radio. Se esperaba que la llegada del *Graf Zeppelin* atrajera a una gran multitud. Para pagar la construcción del Campo de Jiquiá, la ciudad planeaba cobrar la entrada. El alcalde declaró fiesta oficial el día del aterrizaje e incluso las criadas de los Coelho tuvieron la tarde libre con la esperanza de ver el dirigible.

El *Graf Zeppelin* medía 230 metros de largo. Emília había leído sus dimensiones en los periódicos. Podía alcanzar los 110 kilómetros por hora y cruzaba el océano Atlántico en un tiempo récord de tres días. El diario lo llamaba «el pez plateado». El doctor Duarte lo llamaba «la vaca voladora». Cuando Emília preguntó qué quería decir, el doctor Duarte dejó escapar un suspiro y sonrió, como si le aliviara que alguien, aparte de Degas, le prestara atención.

—Se cuenta que después de la invasión de los holandeses —comenzó el doctor Duarte, dejando sus cubiertos del desayuno—, éstos quisieron construir un puente, pero no tenían dinero. El conde Nassau, el gobernador holandés, construyó una plataforma y dijo que una vaca iba a salir volando desde ella. ¡La gente acudió en masa para verla y él cobraba las entradas! Nassau era un hombre inteligente, pero pícaro. Me habría gustado tomarle las medidas. —El doctor Duarte hizo una pausa y fijó la mirada en su plato, como si estuviera imaginando la sesión de mediciones. Después de un instante, sacudió la cabeza y continuó—: No había ninguna vaca que volara, por supuesto. Cogieron una piel de vaca y la rellenaron, luego la dejaron caer de la plataforma para que se elevase como lo que era, un globo. La gente se quedó tan sorprendida que olvidaron que habían sido estafados por el holandés.

—No fueron estafados, querido —interrumpió doña Dulce—. Tuvieron un puente, después de todo.

—¡Les vaciaron los bolsillos! —replicó el doctor Duarte.

—Entregaron el dinero por propia voluntad —continuó doña Dulce, con voz conciliadora—. ¿No dices siempre que sólo los tontos natos son arrastrados hacia los comportamientos imbéciles?

El doctor Duarte dejó escapar un gruñido y volvió a ocuparse de su comida. Después del desayuno, doña Dulce llevó a Emília aparte y le dijo que no alentara los arrebatos de su marido, porque el doctor Duarte todavía estaba amargado por las elecciones.

Pero las preocupaciones de doña Dulce eran exageradas, su marido había perdido pocas influencias. Muchas de las familias viejas y muchos de los líderes del Partido Azul le debían dinero, lo cual hacía que fuesen amables con él. Y a pesar de la distracción del *Graf Zeppelin*, el Partido Verde no había desaparecido del todo. Todavía aparecían ásperos editoriales en el *Diario de Pernambuco* acerca de los prolongados efectos de la crisis. Aún había grupos de estudiantes opositores, a los que Degas, con la esperanza de reconciliarse con su padre, aseguraba haberse unido. Había vagas alusiones a una posible revuelta. Y el doctor Duarte todavía seguía asistiendo a sus reuniones en el Club Británico, aunque llevaba su insignia del Partido Verde escondida debajo de la solapa. Emília no estaba segura de si la escondía de la mirada pública o de doña Dulce.

El día del aterrizaje del *Graf Zeppelin*, Emília descubrió el cierre de oro de la insignia que sobresalía de la solapa del doctor Duarte. El gobierno de la ciudad había dicho que a cualquiera que exhibiera abiertamente el color verde se le prohibiría la entrada a la ceremonia de aterrizaje. No querían agitadores, especialmente en el pabellón de ceremonias, al que los Coelho, junto con el alcalde y las demás familias notables, habían sido invitados para presenciar el aterrizaje de la célebre aeronave. Los bordes del pabellón estaban recubiertos con tela azul y en el centro se veían hileras de sillas blancas de madera. No había nadie sentado en ellas. Había más posibilidades de aliviarse con alguna brisa estando de pie, aunque cuando el viento llegaba era cálido y húmedo como un jadeo. Se veían pañuelos en abundancia. Los hombres se secaban la frente y las mejillas. Las mujeres agitaban abanicos de seda delante de sus rostros. Una pequeña orquesta tocaba en uno de los extremos del pabellón. El sudor corría por el cuello de los músicos y oscurecía la tela de sus camisas. Un camarero con chaqueta blanca de tela tan gastada que parecía gasa puso un vaso de zumo de fruta en las manos de Emília. Lo encontró dulce y templado.

Emília notaba que la tela del vestido se le pegaba en la espalda. Era una de sus creaciones, un vestido amarillo y blanco con cinturón que le llegaba justo debajo de las rodillas.

—Pareces un huevo —le había dicho doña Dulce antes de salir de la casa de los Coelho.

—Parezco Coco Chanel —replicó Emília.

Su vestido no era ni remotamente tan elegante como los de las mujeres francesas que había visto en las revistas, pero eso no le preocupaba. Ya no tenía por qué prestar atención a las advertencias pasadas de moda de doña Dulce. Emília era miembro de las Damas Voluntarias. Tenía peso social por sí misma, y su propia agenda de actividades. La campaña por el voto había terminado con las elecciones de marzo, no así el sueño de Emília de tener su propio taller. En los meses posteriores a las elecciones, había reanudado sus visitas semanales a Lindalva. Emília transformó lentamente la decepción de su amiga en decisión. Podían ignorar a los líderes azules y tener su propia empresa, le dijo Emília a su amiga. Ellas solas podían poner de moda los pantalones para las mujeres. Podían educar a sus costureras y convertirlas en obreras alfabetizadas, y así podrían unirse a las filas de mecanógrafas, maestras y telefonistas que estaban revolucionándolo todo. Emília incluso había mencionado de pasada sus planes al doctor Duarte. Las elecciones habían frustrado sus sueños de un Instituto de Criminología apoyado por el Estado y ya no necesitaba una secretaria, pero Emília seguía yendo a su estudio cada vez que Degas no lo hacía. Escuchaba las ideas del doctor Duarte y compartió con él las suyas de manera cautelosa. Cuando habló de su deseo de vestir a las mujeres de Recife, se aseguró de usar las palabras que más le gustaban al doctor Duarte: modernidad, progreso, innovación. Nunca usó la palabra «empresa»; en su lugar decía «pasatiempo». El doctor Duarte se rió entre dientes ante su charla sobre vestidos, sombreros y vuelos de faldas, pero cuando doña Dulce aseguró que Emília no podía llevar su vestido amarillo y blanco al aterrizaje del *Graf Zeppelin,* el suegro sacudió la cabeza.

—Debemos recibir a la modernidad con estilo moderno —dijo, dando por terminado el asunto mientras sonreía a Emília.

El *Graf Zeppelin* debía llegar a las cuatro de la tarde. A las cinco no había aparecido. En el pabellón y alrededores la gente empezó a ponerse nerviosa. Los tranvías habían triplicado su frecuencia de viaje para llevar a los espectadores a presenciar el acontecimiento. Los empleados municipales habían limpiado un área para quienes tenían entradas más baratas: estudiantes, periodistas, comerciantes y familias no invitadas al pabellón. En esta zona se habían colocado tablones sobre el suelo embarrado y se construyeron largas pasarelas de madera con barandillas para que las personas de ingresos medios pudieran llegar desde los tranvías. Más allá de esto, en terrenos embarrados, vallados y con mil policías a su alrededor, estaban «las masas», como las llamaba doña Dulce. Eran ruidosas y alegres, y cantaban y bailaban a pesar del calor. Emília vio a dos niñas pequeñas, descalzas, que se reían sin disimulo moviéndose entre la multitud. Llevaban cintas verdes en el pelo.

Junto a Emília, Degas se inclinaba ligeramente sobre la barandilla del pabellón. Abajo, en la zona de la clase media, estaba Felipe. Vestía un traje desaliñado y un sombrero de fieltro deformado. Allá en Taquaritinga, recordó Emília, solía pensar que la ropa de Felipe era la viva imagen de la elegancia.

Cuando vio a Degas, Felipe se quitó el sombrero y lo agitó; lentamente al principio y luego con más vigor. Degas le dio la espalda para fijar su atención en la banda que tocaba dentro del pabellón. Felipe dejó de saludar con la mano. Miró a Emília, que se dio la vuelta rápidamente. Según Degas, Felipe había sido expulsado de la facultad de Derecho de la Universidad Federal debido a su ruidoso y persistente apoyo al Partido Verde. Desde entonces, ya no estaban juntos. Las notas de Degas habían bajado.

A las seis de la tarde la banda dejó de tocar. El alcalde dio comienzo a su discurso. Emília se protegió los ojos con la mano y observó la plataforma de aterrizaje. Parecía una gigantesca taza con su platillo balanceándose sobre un poste rojo y blanco. El alcalde explicó que la torre actuaba como una especie de poste de enganche, que amarraba en un extremo el *Graf Zeppelin* y lo estabilizaba. Los pasajeros y la tripulación bajaban a tierra desde la cabina adherida a la panza del dirigible. No iban a quedarse en Recife mucho tiempo. Se abastecerían de combustible para luego volar a Río de Janeiro. El capitán Carlos Chevalier, un aristócrata, piloto e invitado de honor del alcalde, había hecho el viaje desde Río para participar en el aterrizaje. Una vez que el *Graf Zeppelin* se hubiera abastecido de combustible, el capitán Chevalier abordaría el dirigible para ayudar en el vuelo.

La voz del alcalde era potente, pero no llegaba hasta la multitud de más abajo, que comenzó a arremolinarse. En el pabellón, la gente aplaudió cortésmente a Chevalier. Emília vio que la multitud de abajo se protegía los ojos con las manos y miraba atentamente al cielo, creyendo que el *Graf Zeppelin* había llegado. Chevalier se quitó la gorra negra de piloto y saludó con la mano en alto.

Era un hombre pequeño, con oscuras manchas debajo de los ojos y un prominente tupé de pelo castaño. Á Emília le recordaba a los sagüis, monos que eran comunes en Taquaritinga y, para sorpresa de Emília, en Recife también, donde saltaban entre los cables de los tranvías, robaban fruta aquí y allá y llenaban el aire con sus chillidos agudos. Como Chevalier, tenían ojos pequeños y centelleantes y mechones de pelos sobresalían de sus cabezas.

Junto a ella, Degas sacó un pañuelo. Con suavidad, se secó la cara y el cuello. Cuando el aplauso finalizó y la orquesta comenzó a tocar, volvió a meter su pañuelo en el bolsillo y se fue. Emília se acomodó el sombrero y siguió a su marido.

Degas zigzagueó entre los invitados hasta que llegó a la parte delantera del pabellón, donde se encontraba Chevalier. El piloto estaba saludando a un grupo de damas. Degas pasó cerca de él. Cuando el grupo de damas se alejó, Chevalier sonrió y extendió una mano. La frente de Degas brillaba sudorosa. Sin su encanto acostumbrado, el marido de Emília balbuceó una presentación, luego se secó las palmas en los pantalones del traje y le dio la mano al piloto. Su marido parecía grande e incómodo comparado con el vivaz Chevalier. Emília sintió una punzada de compasión por él.

El piloto sonrió y miró detrás de Degas. Dirigió la barbilla hacia Emília.

—Tengo otra dama admiradora —dijo Chevalier.

Degas se volvió. Emília vio un destello de fastidio en su rostro.

—Oh, no —farfulló Degas—. Esta señora es mi esposa.

El capitán Chevalier cogió la mano de Emília entre las suyas, y tiró de ella, aflojándole el guante.

—Me habían dicho que las norteñas eran poco atractivas —dijo Chevalier, sin dejar de mirar a Degas—. Ahora sé que eso es falso.

Su acento de Río era fuerte y exagerado. Emília retiró la mano. Se colocó bien el guante.

—Me habían dicho que los sureños eran altos —replicó ella—. Pero ahora sé que eso es falso.

Chevalier parpadeó. Degas arrugó la frente. Abrió la boca, pero antes de que pudiera hablar, Chevalier se le adelantó.

—Es una mujer muy rápida —le dijo a Degas—. Tiene usted un gusto excelente.

Emília sintió que un calor picante le subía por la nuca. Chevalier hablaba como si ella fuera un accesorio bien elegido —un reloj de bolsillo, una corbata de seda, un sombrero de gala finamente tejido— y nada más. La joven dirigió su mirada a Degas. Su cuello almidonado se había ablandado.

—Pareces acalorada —dijo Degas, al tiempo que le daba una palmada en la espalda—. ¿Por qué no vas a buscar un ponche? Te sentará bien. No quiero que te desmayes.

Emília asintió con la cabeza. No quería estar cerca de Degas ni del piloto, aunque una parte de ella deseaba quedarse, meterse en su conversación. Se dirigió al bar del pabellón. Allí pidió un vaso de licor de caña con zumo de frutas. Antes de tomar un sorbo, una mano le apretó el hombro y la empujó hacia atrás.

—¡Ponte derecha! ¡Sonríe!

La voz era baja y nasal. Cuando trató de gritar otra orden, la voz se disolvió en una risita mal contenida. Emília dio media vuelta. Lindalva la atrajo hacia sí para besarle las mejillas. Su amiga llevaba un inmenso sombrero de paja, con el ala levantada y sujeta por un alfiler terminado en una perla. La paja del sombrero era de un blanco puro y estaba tejida tan finamente que era blanda y maleable como la plastilina. Lindalva cogió el vaso de la mano de Emília y bebió un sorbo. Frunció los labios.

—Su bebida tiene alcohol, señora Coelho —bromeó Lindalva.

Emília recuperó el vaso.

—Odio ese zepelín.

—¿Cómo lo sabes? —se rió Lindalva—. Ni siquiera lo has visto.

—No necesito verlo.

—Hablas como mi madre —dijo Lindalva.

La baronesa había salido de la ciudad antes de la llegada del *Graf Zeppelin*. Había preferido pasar el invierno en su casa de campo en Garanhuns.

—Bien, ese cacharro volador es muy descortés —señaló Lindalva—. Llega tarde a su propia fiesta.

Emília asintió con la cabeza y bebió un trago de su ponche. Le quemó la garganta. A través de la multitud vio a Degas. Estaba inclinado hacia Chevalier y asentía atentamente con la cabeza mientras el piloto hablaba. Chevalier sonreía y gesticulaba con las manos, encantado con la atención que obtenía. Degas le ofreció un cigarrillo y él aceptó; Degas se acercó para darle fuego.

Lindalva cogió el ponche de Emília y bebió otro sorbo.

—Este capitán Chevalier es un descuidado —comentó—. Alguien debería darle a conocer la existencia del peine.

Debajo de ellas, en el barrizal, la multitud comenzó a gritar.

—¡Oh! —exclamó Lindalva mientras cogía de la mano a Emília—. Mira.

En la distancia se veía un brillo, como un espejo del sol poniente. Emília entrecerró los ojos. La orquesta se detuvo. El silencio se apoderó de la multitud. Lentamente, el *Graf Zeppelin* se movía en el aire, dirigiéndose hacia el pantano. Era largo y con forma de bala, estrechándose hacia atrás para terminar en una aleta que servía de cola. Flotaba hacia ellos serenamente, como una nube de plata. Desde lejos parecía pequeño e ingrávido e hizo que Emília recordara los globos de fuego que Luzia y ella hacían de niñas. A medida que se acercaba a Campo de Jiquiá, Emília se dio cuenta de que era enorme.

—Es como una gran ballena —dijo una mujer al lado de ella.

—No —replicó un hombre—, es como una embarcación navegando en el aire.

—¡Viva el señor «Zé Pelín»! —gritó una voz de la multitud de abajo. Se escuchó un estallido de carcajadas. En el pabellón, damas y caballeros no pudieron disimular su risa.

El sol casi se había puesto cuando el *Graf Zeppelin* llegó sobre ellos, proyectando su sombra sobre el pabellón. Su motor zumbaba. La blanca cabina para los pasajeros pegada a la panza parecía diminuta. Cuando el *Graf Zeppelin* descendió hacia la torre de anclaje, dejaron caer unas cuerdas. Oficiales uniformados gritaban y corrían por toda la pista de aterrizaje como si estuvieran conduciendo a un animal muy grande y torpe. Cuando, después de hacer varios movimientos bruscos, estuvo en posición, el morro unido a la torre de anclaje y su panza tocando la tierra, la multitud explotó.

Sonaron aclamaciones, silbidos y luego la distante explosión de los petardos. Emília apartó la mirada del *Graf Zeppelin* y la dirigió hacia la multitud. Fuegos artificiales y explosivos de cualquier clase habían sido estrictamente prohibidos en las cercanías del dirigible. En medio de la multitud de abajo se desplegó una bandera verde.

—¡Viva Gomes! —gritó un hombre—. ¡A luchar por un nuevo Brasil!

En el pabellón hubo gritos entrecortados. Abajo, en la sección de clase media, un grupo de estudiantes lanzó serpentinas verdes. Emília vio a Felipe entre el gentío, echando el brazo hacia atrás para lanzar serpentinas verdes a las masas, que lo aclamaban. El círculo de policías se cerró velozmente.

Se oyeron más explosiones, luego gritos. Encerrada en el Campo de Jiquiá, la multitud avanzó. El pabellón se tambaleó. Emília sintió que las tablas de madera pintada se movían debajo de sus pies, como la arena en la playa de Boa Viagem.

—Vamos —dijo a su esposa un hombre que estaba al lado de Emília—. Vámonos antes de que ocurra alguna desgracia.

Alrededor de ella hubo susurros y luego codazos. Emília buscó al doctor Duarte, a doña Dulce, a Degas. No podía verlos dentro del grupo que se abría paso a empellones, todos en dirección a la escalera delantera del pabellón decorada con banderas azules. A Lindalva le quitaron el sombrero de la cabeza de un manotazo. Emília vio a los integrantes de la orquesta bajando rápidamente por las escaleras de servicio del pabellón con los instrumentos levantados por encima de sus cabezas, como si vadearan un río. Cogió la mano de Lindalva y los siguió.

6

Las escaleras de servicio conducían a los tranvías. Lo coches formaban una línea, con sus indicadores de ruta normales cubiertos con carteles blancos que decían: «Campo de Jiquiá». Gente de la zona de clase media que escapaba llenaba el sendero. Los conductores de los tranvías hacían sonar sus silbatos de bronce y orientaban a la gente para que subiera. Emília se sentía mareada, tenía la boca muy seca. Se asió con fuerza a la mano de Lindalva y subió a un coche.

A Emília le habían dicho que nunca subiera a un tranvía. Si había una emergencia, si se encontraba sin dinero, doña Dulce le había aconsejado que sólo viajara en la primera clase de la Cristaleira. Los coches de la Cristaleira tenían ventiladores eléctricos, ventanas de vidrio y normas de vestimenta: guantes para las damas, corbata y chaqueta para los caballeros. Su suegra decía que había peleas en los coches de segunda clase. Había pervertidos que espiaban las faldas de las mujeres.

Todos los tranvías del Campo de Jiquiá eran de segunda clase, con barandillas de metal y simples asientos de madera. No había lugar donde sentarse. La gente se fue amontonando hasta que el centro del coche se llenó y faltaba el aire. Lindalva agarró el brazo de Emília. Los hombres iban colgados de barandillas laterales del tranvía, balanceando los pies sobre el escalón de la entrada. Emília los envidiaba. Allí seguramente se estaba más fresco que dentro. El revisor dio una vuelta por fuera alrededor del coche. Su uniforme azul marino daba la impresión de ser muy caluroso. Hizo sonar el silbato para indicar que el coche estaba lleno. Nadie le escuchó. La gente pasó junto a él a empujones para poder subir, y casi le hicieron perder su cartera de cuero para los billetes. En la aglomeración, Emília creyó ver a Felipe, sus mejillas pecosas arrebatadas, la mano encima del sombrero de fieltro para no perderlo. Luego desapareció.

—¡Arranque! —le gritó al conductor uno de los hombres de la orquesta—. ¡O nos van a aplastar!

El revisor saltó con un solo pie a la plataforma trasera del tranvía. El conductor tocó la campana del coche y, con una sacudida, el tranvía comenzó a moverse.

Los músicos de la orquesta estaban amontonados cerca de Emília. Llevaban abiertas las chaquetas de sus trajes y se habían desabotonado el cuello de la camisa. Algunos todavía llevaban la faja de raso azul que el alcalde había decidido que vistieran todos los que iban a trabajar en el pabellón. Al lado de Emília, un niño sostenía una mazorca de maíz asada comida a medias. Otro niño pequeño se abrazaba a la pierna de su madre. La mujer miró con desconfianza el sombrero de Emília. Más allá de aquellos viajeros amontonados cerca de ella, Emília sólo veía las hileras de manos que se agarraban de los pasamanos del tranvía y las axilas de chaquetas y camisas manchadas por el sudor. Quería quitarse el sombrero —su pelo estaba chorreando—, pero no tenía dónde ponerlo. Se agarraba con una mano y con la otra sujetaba su bolso. No había nada en el bolso, aparte de algunas horquillas, un pañuelo y un billete de mil reales que le había sacado a Degas. Prácticamente carecía de valor, pero le resultaba cómodo llevar el bolso. Emília esperaba que fuera suficiente para pagar su billete.

No sabía cuánto costaba el tranvía. ¡Quién lo iba a imaginar! Cuando vivía en Taquaritinga, había soñado con viajar en tranvía. Era, después de todo, la manera en que la mayoría de la gente de Recife viajaba. Comparado con las mulas de doña Conceição, aquello era un lujo. A lo largo de todo el techo del tranvía había coloridos anuncios pintados. ¡Tome Elíxir de Vitaminas Nogueira! ¡Use jabón Dorly! ¡Haga que su pelo brille con Crema de Aceite y Huevo para el cabello! ¡Fume cigarrillos Flores: están hechos en Recife!

El tranvía salió de los terrenos bajos y pasó junto a las líneas de casas blanqueadas, carpinterías, puestos de zumos y cafeterías al aire libre. En las colinas estaban los mocambos, hileras y más hileras de humildes chozas hechas con hojas de palma levantadas por los inmigrantes que venían del campo. El sol ya había desaparecido del todo y el cielo adquirió un color gris oscuro. Los grillos cantaron. Dentro del tranvía, los pasajeros se habían tranquilizado. Suspiraban y sonreían después de su huida. Gritaban al conductor al acercarse a su parada: «¡Aquí!». El revisor bajaba de un salto y guardaba el dinero del pago en la cartera de cuero. Lindalva continuaba con los ojos cerrados y la mano aferrada al brazo de Emília. Ésta no sabía hasta dónde iba el tranvía ni dónde se detenía, pero no estaba asustada. Estaba mareada. ¿No era esto lo que había supuesto que era Recife... las muchedumbres ruidosas, aquel sonido de la campanilla del tranvía, estos olores, aquel parloteo? ¿No era ésta la ciudad con la que había soñado?

A medida que la gente bajaba, el tranvía iba quedando con más espacio libre. Emília prestó mayor atención a Lindalva. Su amiga sonrió débilmente y le secó la cara con un pañuelo.

—Ya casi estamos llegando —le aseguró Emília, aunque no podría decir a dónde estaban llegando. No quería regresar a la casa de los Coelho. No quería bajarse en la plaza del Derby.

—¡Santo cielo! —gritó enojada una mujer en la parte de atrás del tranvía—. ¡Tengan cuidado!

Se produjo una pelea. Emília vio cómo uno de los músicos de la orquesta empujaba a un borracho vestido con andrajos. Hubo gritos. Se veían caras rojas y gestos airados. Se pegaron. Los otros músicos alentaron con gritos a su amigo. El borracho arrancó la faja azul del músico. El revisor hizo sonar su silbato. Los demás pasajeros del tranvía se apartaron de la pelea y se amontonaron junto a Emília, impidiéndole ver lo que pasaba.

—¡Santa María! —gritó una mujer.

—¡Detenga el tranvía! —chilló un hombre.

El conductor miró hacia atrás.

—Tenemos que esperar hasta la próxima parada —gritó—. Podría provocar una colisión si nos detenemos en las vías a mitad de camino.

Hubo otro grito. El borracho bajó del tranvía de un salto. En la luz del anochecer, Emília vio que algo brillaba en sus manos.

—¡Viva Gomes! —gritó desde abajo.

Otro de los músicos saltó del coche, luego otro y otro. Persiguieron al borracho y sus figuras se fueron convirtiendo en sombras decrecientes a medida que el tranvía avanzaba y se alejaba. Los restantes pasajeros se retiraron del centro del tranvía, apretándose contra los laterales del vagón, que llegaban hasta la cintura. El niño que estaba junto a Emília dejó caer su mazorca. Lindalva respiró hondo y agarró el brazo de Emília con más fuerza.

«Me hará un moretón», pensó Emília.

La mazorca rodó hasta el centro del coche. El músico de la banda que había estado peleando se arrodilló. Cruzó los brazos sobre el vientre, como un niño con dolor de barriga. Sus restantes compañeros de banda observaban, con los instrumentos en sus manos ahora relajadas. Una mancha como de tinta se extendió sobre su camisa. Respiró hondo y se tambaleó hacia atrás. Sus brazos se aflojaron. Tenía un enorme corte oscuro a la altura de la cintura. Sus tripas salieron por el corte como una flor que se abriera desde el vientre.

Emília escuchó el chirrido del tranvía. Sintió que se iba hacia delante. Vio la mazorca de maíz, ya manchada, que rodaba hacia ella. El charco oscuro y brillante debajo del músico caído se extendía poco a poco hacia sus zapatos. Lindalva se desmayó. Cayó sobre Emília, arrancándole el aire de los pulmones. Emília trastabilló hacia delante con Lindalva en sus brazos. Estaba a punto de caer. A punto de golpear el suelo ensangrentado. Cerró los ojos, pero no sintió el impacto.

Cuando el tranvía se detuvo, Emília abrió los ojos. Había una mano en su cintura y otra en su espalda, acunándola. Sosteniéndola. Las manos eran fuertes y, por un instante, Emília recordó a sus héroes de la infancia, aquellos hombres románticos y pensativos de las páginas de *Fan Fan*. Rápidamente, recuperó el equilibrio y levantó a Lindalva. Entonces se volvió para encontrarse cara a cara con su salvador.

Emília no se encontró la frente ancha y el cuerpo imponente de alguno de sus héroes románticos. En cambio vio una cara cubierta de pecas. Los ojos castaños estaban bordeados por pestañas claras. Le hizo recordar las antiguas pullas de Luzia: «¡Ojos de cerdo! ¡Ojos de cerdo!». Emília retrocedió.

—La ayudaré —dijo Felipe.

El pelo rojizo estaba enmarañado; durante el apretado viaje en tranvía había perdido su sombrero de fieltro. Juntos, Emília y él bajaron a Lindalva del tranvía. Estaban en un barrio de clase obrera. La calle estaba bordeada por pequeñas tiendas con fachadas blanqueadas y carteles pintados con letras torcidas. En la esquina había un restaurante. Los dueños del lugar y los clientes habían abandonado sus mesas y estaban en las entradas abiertas del local observando el tranvía. Emília y Felipe llevaron a Lindalva adentro y la sentaron en una silla.

—Veré si puedo conseguir un poco de vinagre. —Emília asintió con la cabeza, aliviada de estar con alguien conocido, aunque fuera él.

Fuera, las luces eléctricas del tranvía se habían encendido. El conductor gritó. Entre él y los restantes miembros de la orquesta sacaron al muerto. Emília quiso pedir una vela encendida y ponerla entre sus manos para que guiara su alma. Quería correr hacia los callejones oscuros del barrio, lejos de Felipe, pero tenía que pensar en Lindalva. La joven cogió un periódico de la mesa y abanicó la cara de su amiga. Felipe regresó con la esposa del dueño del restaurante, quien agitó una botella de vinagre debajo de la nariz de Lindalva. Cuando ésta despertó, bebió dos tazas de agua azucarada. Tenía el rostro pálido y le temblaban las manos.

Felipe le dio también a Emília una taza de agua azucarada.

—Usted también debería beber un poco —le dijo.

Debajo de las lámparas de gas del restaurante, sus pecas adquirieron el color de la leche condensada cocida, calentada y revuelta hasta que se convertía en caramelo. Emília sintió que le faltaba el aliento.

—No, gracias —replicó, rechazando la taza.

—Bébala —insistió él suavemente—. Puede que usted se sienta bien, pero lo que hemos visto... supone una impresión terrible.

De pronto, sintió que la cortesía de él la enojaba.

—Yo sé lo que necesito y lo que no necesito. Gracias —le aseguró Emília, imitando el tono indiferente que doña Dulce usaba con sus criadas.

—Perdóneme, señora Coelho —se excusó Felipe. Dejó la taza con agua azucarada y volvió la mirada hacia Lindalva. Ésta había cerrado los ojos otra vez y estaba respirando hondo, atendida por la esposa del dueño del restaurante.

—Degas bajó por la escalera principal con ese piloto. Yo lo vi —la informó Felipe.

—La verdad es que no lo busqué —respondió Emília—. Me alejé yo sola.

Felipe levantó la taza de agua azucarada que inicialmente era para Emília. Tomó un sorbo largo. Frunció sus labios sonrosados y finos, bordeados de pecas desordenadas. El hombre abrió la chaqueta y hurgó en los bolsillos para sacar un lápiz pequeño y el billete para el *Graf Zeppelin*. Los billetes para la clase media estaban diseñados para ser guardados como recuerdo, impresos en papel grueso con un dibujo del dirigible y la fecha, 22 de mayo de 1930, estampada en ambos lados. Felipe se agachó sobre la mesa de madera del restaurante y escribió sobre el billete. Cuando terminó, lo dobló en cuatro partes y le entregó el grueso cuadrado a Emília.

—Por favor, ¿podría entregarle esto?

Emília miró a Lindalva. Su amiga seguía con los ojos cerrados y bebió otro sorbo de agua azucarada que le ofreció una camarera.

—Entrégueselo usted mismo —dijo Emília—. Usted es su amigo.

—No se me permite ni siquiera acercarme a la facultad de Derecho —explicó Felipe, con la mirada fija en el papel doblado. Le temblaba la boca—. Degas me evita desde hace tiempo. Doña Dulce no quiere que visite su casa.

Felipe se inclinó hacia delante. Emília sintió el olor a sudor y humo de cigarrillo en la chaqueta de su traje. Él puso su mano sobre la de ella. Con movimientos bruscos, giró la muñeca de Emília y le movió los dedos hasta que quedaron en un extraño apretón de manos. Metió el cuadrado de papel en su mano enguantada.

Emília pensó en el profesor Celio, en sus intercambios de notas, en lo ansiosa que había estado ella a la espera de sus respuestas, en lo desesperadamente que había deseado verlo todos los meses. Vio esa misma avidez, ese mismo extraño entusiasmo en Felipe, y sintió una corriente de compasión por él. Pero cuando el hombre le soltó la mano, Emília la retiró instintivamente y dejó caer el billete doblado sobre la mesa.

—No lo haré —insistió ella.

Felipe asintió con la cabeza rígidamente. Sus ojos castaños estaban muy abiertos, con las pupilas dilatadas, como si tuviera fiebre.

—Usted trabajó en mi casa —dijo él, en voz baja—. No hace mucho. Usted era muy risueña. Pero su hermana no lo era. No podía permitirse tonterías con ese brazo defectuoso. Es una lástima lo que le pasó.

Emília sintió un agudo dolor en el pecho. Fue como si una aguja le hubiera pinchado los pulmones, desinflándolos. Dejó escapar un largo suspiro. Emília cogió la taza medio vacía de agua azucarada y se la terminó.

—Usted no tiene por qué recordarme que ya nos conocemos —dijo ella dejando la taza y cogiendo el billete doblado—. Usted nunca me habló en Taquaritinga. Ahora usted sabe lo que se siente al ser evitado.

Emília miró a Lindalva; los ojos de su amiga continuaban cerrados, la cabeza inclinada. Emília metió el papel en un guante, empujándolo más allá de la muñeca, hasta colocarlo en la palma de su mano.

Fuera, el tranvía se había ido, moviéndose antes de que se produjera una colisión en las vías. Lindalva había dejado su bolso dentro del vehículo. Emília no tenía suficiente dinero para pagar los billetes hasta la plaza del Derby. No podía llamar por teléfono a la casa de los Coelho, pues no había líneas telefónicas en ese barrio.

—Necesitamos dinero para el viaje en tranvía —dijo Emília, sobresaltando a Felipe, sumido en sus pensamientos—. Degas no me da dinero para mis gastos.

Felipe asintió con la cabeza. Cuando Lindalva se sintió más fuerte caminaron hasta la siguiente parada del tranvía, donde Felipe les compró los billetes y luego discretamente saludó con la mano y se marchó. Emília y Lindalva viajaron hasta la plaza del Derby en silencio. Cada vez que Emília cerraba la mano, los bordes puntiagudos de la nota se hundían en su piel. Su compasión había sido reemplazada por el enfado..., enfado con Felipe por convertirla a ella en mensajera, con su marido por su irritante escapada y con ella misma por su debilidad, por su vergüenza.

En los meses posteriores a la aparición de los primeros artículos sobre la Costurera, Emília estaba convencida de que sólo Degas conocía las coincidencias entre la cangaceira y Luzia, y las sospechas de él no podían ser confirmadas. Se había hecho la ilusión de que Felipe —que jamás había estado siquiera cerca de la sala de costura de su madre y rara vez regresaba a Taquaritinga desde que comenzó la universidad— no recordaría a Luzia. Pero no era así. Cuando él la mencionó, Emília no pensó en defenderla. El consuelo y el orgullo que había sentido cada vez que leía un artículo sobre la Costurera fueron reemplazados por vergüenza, por miedo. Emília recordó las largas lecciones de doña Dulce, sus muchos paseos por la plaza del Derby con la esperanza de ser aceptada. Pensó en su ingreso en las Damas Voluntarias y en la muy real posibilidad de abrir su propio taller, ese lugar limpísimo y con muchas ventanas con el que había soñado tantas veces, con filas de costureras bien alimentadas trabajando con sus diseños. Todo su trabajo, todos sus planes se iban a perder si la gente se enteraba de la desgracia de Luzia. Emília podía imaginar las conmocionadas voces de las mujeres de Recife: «¿Qué clase de familia permite que una de sus hijas le sea arrebatada por los cangaceiros?». Sólo los más pobres tienen a sus hijas sin ninguna protección; sólo gente sin ninguna base, sin dinero y, lo que es peor, sin ninguna decencia. Ninguna mujer decente compra vestidos a un pariente de delincuentes. Nadie, ni siquiera la baronesa y Lindalva, iba a tener contacto con una persona de tan bajo nivel. El doctor Duarte iba a querer medirla otra vez, para corregir el error, estudiarla como estudiaba a las familias de los presos en el Centro de Detención de la ciudad. Doña Dulce no iba a querer que ella permaneciera en la casa de los Coelho. Emília iba a ser arrojada a la calle.

Su cuerpo se estremeció y se apoyó sobre el posamanos de madera del tranvía. Las tachuelas de las maderas se hundían en su espalda. Junto a ella, Lindalva mantenía los ojos cerrados y sus manos apretaban con fuerza una servilleta del restaurante que le habían dado a manera de pañuelo. Emília se preguntaba si su amiga estaba todavía afectada por el asesinato en el tranvía o si simplemente la estaba ignorando. ¿Habría escuchado algo de la conversación con Felipe? Emília respiró hondo y miró hacia las calles de la ciudad. Cuanto más se acercaban a la plaza del Derby, menos oscuridad se veía. Las farolas de gas de la calle formaban círculos amarillos de luz. Las modestas viviendas de un solo piso fueron desapareciendo para ser reemplazadas por casas más altas, más voluminosas, con vallas decoradas. Perros guardianes gruñían detrás de las verjas. A Emília le ardían los ojos.

Le había fallado a Luzia una vez, cuando los cangaceiros se la llevaron. Emília no había abierto la boca, no había defendido a su hermana, no se había ofrecido ella en lugar de Luzia. En ese momento, aunque las circunstancias eran diferentes, sintió que había hecho lo mismo. La nota guardada en el guante estaba húmeda por el sudor. El corazón de Emília latía con fuerza en su pecho. Lo sentía demasiado grande, pesado y torpe, como el *Graf Zeppelin*. «Voy a tener que aprender a anclarlo —pensó—. Voy a tener que amarrarlo con sogas».

En la casa de la baronesa, una criada llamó por teléfono a los Coelho. Lindalva, todavía conmocionada por el asesinato, abrazó a Emília con fuerza y lloró.

—¡Sólo puedo pensar en aquel pobre hombre del tranvía! —dijo Lindalva entre sollozos—. No puedo dejar de ver su imagen. Todo lo demás se desvanece después de eso. Espero no haberte causado demasiados problemas. —Emília negó con la cabeza, aliviada por la falta de memoria de Lindalva.

Treinta minutos después, Degas llegó en el Chrysler Imperial. Durante el viaje de regreso a Madalena, recordó el caos en el pabellón del *Zeppelin* y le explicó cómo el capitán Chevalier y él fueron conducidos de inmediato al coche del alcalde. Emília ni pensó en preguntar por el doctor Duarte y por doña Dulce, si habían salido del pabellón, si habían llegado sanos a casa. Degas conducía a gran velocidad, como siempre. Las calles de Recife habían sido acondicionadas para los automóviles muy recientemente. Hubo pocas detenciones. En el único semáforo, en la intersección de Vizconde de Albuquerque y Rua José Osorio, Emília se quitó el guante y le entregó a Degas el papel doblado que tenía en él.

—Aquí tienes —le dijo.

—¿Qué es esto?

—Una nota. De Felipe.

Degas la miró a los ojos. El semáforo, montado sobre un poste en la esquina, proyectó un brillo rojo sobre su cara.

—Estaba en el tranvía —explicó Emília, su voz trémula y claramente irritada—. Cógela.

Como había hecho Felipe, metió el billete en la mano de Degas.

—¿Qué dice? —preguntó él.

—No lo sé. No leo las notas para otras personas.

Degas permaneció inmóvil. Sostuvo el mensaje de su amigo con una mano y agarró el volante con la otra. Cuando la luz cambió, no aceleró. La brisa entró por las ventanillas del coche, trayendo consigo el olor fétido y mohoso del río Capibaribe, que acababan de cruzar.

—Me dijo —explicó Emília— que tenía dificultades para encontrarte, ahora que lo han expulsado.

—Fue una estupidez por su parte —espetó Degas—. Se preocupa más de Gomes que de cualquier otra cosa. Igual que mi padre. —Pasó su mano por el volante—. Mi padre me ha prometido darme una parte de su empresa. Si termino los estudios, si no cometo ningún error, tendré una participación en los negocios. Tendré responsabilidades. Va a dejarme dirigir sus propiedades, Emília. No puedo arriesgarme a perder eso.

Degas arrojó la nota al regazo de ella.

—Rómpela —dijo—. No la quiero.

—Pensará que no te la he entregado.

—¿Y qué?

—Mencionó Taquaritinga —respondió Emília—. Me habló de mi hermana. Él la recuerda.

Degas miró hacia delante, al camino. Le tembló la barbilla, como si estuviera apretando y aflojando los dientes. Sin mover la cabeza, Degas estiró la mano hasta el regazo de Emília y, enredándose con la falda de su vestido, volvió a coger la nota.

—No le digas a mi madre que has montado en un tranvía —recomendó. Luego cambió la marcha y aceleró.

7

En junio, las lluvias de invierno se llevaron los olores fríos y húmedos de la ciudad. Inundaron el Campo de Jiquiá. Obligaron a detener la construcción de la línea de tranvía de Madalena. Hicieron que se desbordara el Capibaribe, cuyas aguas anegaron las calles de la ciudad, llevándose los desechos del verano. Y aparecieron enormes mosquitos, más audaces y agresivos. Emília los mataba de un manotazo.

Las lluvias retuvieron a la gente en sus casas y parecieron diluir todo fervor político. Se hicieron arrestos después de los desórdenes del *Graf Zeppelin*, los instigadores fueron encerrados en el Centro de Detención de la ciudad y olvidados allí. Hasta los periódicos se calmaron. No hablaban de revolución ni de luchas políticas. En cambio, escribían sobre una reunión de productores de azúcar para hablar de la precariedad del mercado; sobre el primer hidroavión, pilotado por el señor Chevalier, que había aterrizado en el puerto de Recife; sobre un cargamento de naranjas que Inglaterra no aceptaba porque eran portadoras de «enfermedades tropicales»; y sobre la invención del motor de alcohol. Todas, cosas distantes y poco familiares, pensó Emília. Todas, puras distracciones.

Lentamente, los aguaceros disminuyeron y se convirtieron en una neblina fina, como si las viejas lluvias fueran ahora tamizadas a través de un filtro. El 26 de julio, Degas regresó temprano de sus clases. Tenía el rostro arrebatado. Apretaba el arrugado sombrero en sus manos. Doña Dulce ordenó a una criada que le trajera agua. El doctor Duarte salió de su estudio para ver qué era lo que causaba aquella conmoción.

—Han asesinado a Bandeira —dijo Degas—. Le han disparado aquí, en el centro de la ciudad.

José Bandeira —ex candidato a vicepresidente de Gomes y héroe del Partido Verde— había sido tiroteado mientras comía pasteles en la confitería Gloria. Los informes del gobierno transmitidos por las radios aseguraban que el atacante era un marido celoso. Decían que Bandeira estaba saliendo con una cantante de cabaré y había muerto con un estuche de la Joyería Krauze en el bolsillo, un obsequio para su amiga. Como no había ninguna foto de la mujer, los periódicos y las radios del Partido Verde dijeron que se trataba de un bulo. Cuando detuvieron al asesino, fue identificado como un rival político del estado natal de Bandeira, Paraíba. Después de eso, muchos acusaron al Partido Azul de difamación y asesinato. Para demostrar la inocencia de su partido, el alcalde de Recife metió al asesino en el Centro de Detención de la ciudad.

Hubo un duelo oficial de tres días por José Bandeira. En todo Recife y todo el norte las ventanas fueron envueltas en cortinas negras. Se encendieron velas. Los hombres se pusieron brazaletes de luto. Los cuarteles colgaron coronas fúnebres en sus portones en solidaridad con Gomes, su colega militar. El propietario de la empresa Pernambuco Tramways dispuso la adopción de nuevos uniformes para los conductores de sus tranvías, cambiando sus trajes azules por otros verdes. Se ataron trapos verdes a las farolas y a las barandillas de los tranvías. Reaparecieron los perros callejeros adornados con trapos verdes.

En los meses que siguieron a la muerte de Bandeira, cuando la estación de las lluvias dio paso a la sequía, el gobierno del Partido Azul de Recife arrestó a dos importantes colaboradores de Gomes, en cuyas casas, en Boa Vista, había descubierto sendos arsenales de dinamita. El Club Británico —el lugar favorito del doctor Duarte— fue cerrado por actividades antipatrióticas. Funcionarios azules arrestaron a un vendedor de periódicos de 12 años que voceaba el *Jornal da Tarde*, el periódico oficial de la Alianza Liberal de Gomes, con la excusa de que al gritar los titulares del periódico todos los días, el muchacho realizaba un llamamiento a las armas. La policía de la ciudad allanó pensiones y bares en el barrio de San José buscando estudiantes activistas. Degas leía las informaciones sobre los arrestos en voz alta en la mesa mientras desayunaban. Una mañana, no pudo terminar su lectura. Mientras sostenía el periódico en sus manos, el color desapareció de sus mejillas.

—¿Qué ocurre? —murmuró el doctor Duarte—. Continúa.

—El señor Felipe Pereira —masculló Degas—, hijo de un coronel, detenido y llevado al Centro de Detención de la ciudad.

El doctor Duarte dejó su tenedor.

—Es ese amigo tuyo, ¿no, Degas?

—Sí —respondió Degas. Arrugó el diario.

—Es leal al partido —dijo el doctor Duarte.

Al ver que Degas no respondía, el doctor Duarte se inclinó hacia delante y arrancó el periódico de las manos de su hijo, dejando a la vista el rostro de Degas. El doctor Duarte lo miró a los ojos. Sus cejas blancas se inclinaron hacia abajo, formando un pliegue en la frente. Sus ojos no reflejaban la preocupación demostrada por la frente. Su mirada tenía la misma intensidad nerviosa que Emília ya le había visto al doctor Duarte en su estudio cada vez que describía una nueva teoría o a un candidato potencial para la medición.

—Podría usar mis influencias —sugirió el doctor Duarte— para liberarlo.

Doña Dulce revolvió el café. Su cuchara raspaba la parte inferior de la taza, produciendo un ruido continuo e irritante. Debajo de la mesa, Emília sintió el desesperado temblor de la pierna de Degas. Rozaba las suyas.

—No —respondió Degas.

Doña Dulce dejó de revolver. La voz del joven pareció resonar en la mente de Emília. Recordó el amontonamiento en el tranvía, el contacto firme del brazo de Felipe que la sostenía y, más tarde, el desesperado apretón de su mano.

—Su familia te hospedó todos esos meses durante la huelga universitaria —le recordó Emília—. Era nuestro acompañante. Tu amigo.

La pierna de Degas temblaba desesperadamente. No la miró a la cara. En cambio, fijó su mirada en el artículo del periódico.

—Eso es el pasado. Hemos ido en direcciones diferentes. Es leal al partido, pero demasiado ruidoso. Nos pone a todos en peligro. Hace que todos parezcamos malos.

—En estos tiempos, uno no puede ser demasiado ruidoso —intervino doña Dulce, mirando a Emília—. Es mejor mantener la boca cerrada y pasar por tonto que abrirla y eliminar toda duda.

—Los miembros del Partido Verde no son tontos —precisó el doctor Duarte—. Pero estoy de acuerdo, Degas. Todos somos soldados en esta lucha. No podemos ser víctimas de nuestros propios egos. Algunos hombres están demasiado inmersos en sus propias aventuras como para pensar en el bien colectivo. Los hombres más fuertes dan muestras de autocontrol. —El doctor Duarte palmeó con fuerza la mano de su hijo—. Me alegra no tener que malgastar mi influencia.

Degas asintió con un gesto de la cabeza. Continuó leyendo la lista de los arrestos con voz tranquila, pero, por debajo de la mesa, Emília notaba que su pierna seguía temblando.

8

Días después, funcionarios públicos interrogaron al doctor Duarte. Su empresa de importación y exportación estaba siendo investigada por fraude fiscal. Registraron sus almacenes y casas alquiladas. A pesar de todo esto, él no perdió la calma. Se sentaba en su despacho y leía sus revistas de frenología. Sonreía y silbaba el himno nacional acompañando al corrupião en su jaula. Escuchaba la radio religiosamente. Degas rondaba cerca de su padre. Como uno de los mosquitos enormes y molestos del invierno, daba vueltas cautelosamente alrededor del doctor Duarte preguntando acerca de las más recientes revistas de ciencia, hablando de sus propiedades y de la investigación del gobierno, hasta que por fin tocó el tema que más le preocupaba.

—¿Habrá una revuelta? —quiso saber Degas.

En la tarde del 3 de octubre de 1930, en la radio dijeron que Celestino Gomes y un grupo de militares leales habían tomado las oficinas del gobernador en el sureño estado de Río Grande del Sur. En el norte, en el vecino estado de Paraíba, un grupo favorable a Gomes tomó el control de una base militar.

—Está comenzando —anunció el doctor Duarte.

A pesar de las objeciones de doña Dulce, el doctor Duarte envió a todas las criadas y al muchacho de los recados a sus hogares, en la lejana Mustardinha. Cuando se fueron, puso cadenas en los portones delantero y trasero de la casa. Desplegó una bandera verde y la colgó en el muro de cemento de la propiedad. Luego cogió un revólver antiguo de su estante y se instaló con él junto a la radio. Antes del amanecer del 4 de octubre, las noticias decían que, en Recife, un grupo de la redacción del *Jornal da Tarde* fue sorprendido pasando de contrabando armas de fuego en rollos de periódicos. Poco después, la Pernambuco Tramways cerró sus oficinas. No había servicio eléctrico ni telefónico en la capital del estado. La radio de Coelho dejó de emitir.

Una hora después, docenas de panfletos volaron por encima de la tapia de la casa de los Coelho. La empresa de soda Fratelli Vita había hecho imprimir lemas en las etiquetas de sus botellas y las había distribuido por toda la ciudad. Convocaban a todos los hombres leales a Gomes. «¡Revolución! —decían—. ¡Luche por un nuevo Brasil!».

El doctor Duarte recogió un pasquín y lo llevó a casa. Había pasado la noche junto a la radio y tenía el traje arrugado, la cara sin afeitar. Puso el panfleto y su revólver en las manos de Degas.

—Si fuera treinta años más joven, pelearía a tu lado —dijo el ilustre frenólogo con los ojos brillantes.

Degas leyó el pasquín. Agarró con fuerza el arma. El entusiasmo del doctor Duarte hizo que Emília pensara que Degas iba a partir de inmediato, vestido sólo con su pijama de rayas. Así era como los muchachos de Taquaritinga reaccionaban ante las peleas. Cuando se hizo mayor, Emília había visto a docenas de padres e hijos abandonar sus casas con una urgencia tal que hasta salían sin sandalias si tenían noticias de una pelea de familia o por antiguas disputas territoriales. Sólo cogían sus cuchillos. En casa de los Coelho, las cosas eran diferentes. El doctor Duarte acompañó a su hijo al comedor y esperó mientras doña Dulce y Emília —que se habían quedado sin criadas ni cocinera— preparaban pan, hacían panqueques de mandioca y cocían harina de maíz. Degas comió despacio. El silencio reinaba durante el desayuno y cualquier cosa que Degas pedía —sal, mermelada, mantequilla— era puesta en sus manos incluso antes de que él las moviera. Después, el doctor Duarte acompañó a su hijo arriba, para ayudarlo a afeitarse. Doña Dulce encontró un morral y puso en él una docena de huevos duros, algunos frascos de remolacha en conserva y mermelada de plátano, un pan y un juego de pañuelos. A Emília se le ordenó que planchara un par de pantalones a su marido.

No había planchado ropa desde sus últimos días en Taquaritinga. La plancha le pareció pesada e incómoda en sus manos. Emília fue cuidadosa con los pantalones, aunque creía que plancharlos era ridículo, pues su destino era arrugarse y ensuciarse. ¿Quién podía saber qué clase de enfrentamientos se estaban produciendo más allá de los portones de los Coelho? La pregunta asustó a Emília. Hizo que sintiera pena por Degas.

Cuando terminó de planchar los pantalones, los colgó en una percha y fue en busca de su marido. No estaba en el baño, ni en su dormitorio de niño, ni en la habitación de Emília. Se sintió frustrada por su desaparición. Emília no podía regresar a la cocina; doña Dulce la reprendería, diría que era una inútil. Decidió registrar todas las habitaciones de la casa.

Fue al patio y miró por las puertas acristaladas. En el salón vio al doctor Duarte moviendo el dial de la radio, a la espera de captar alguna señal. En su estudio, las puertas estaban abiertas pero sólo el corrupião se encontraba dentro. Las persianas de la sala de estar de los espejos estaban cerradas. Emília estaba a punto de abrir sus puertas cuando vio un movimiento en la estancia. Una sombra. Se acercó y miró a través del panel de vidrio de la puerta. La habitación estaba exactamente igual que la había encontrado el primer día que había entrado en casa de los Coelho, sólo que el ventilador eléctrico no estaba encendido y Degas se encontraba en un rincón, ante una enorme Virgen de madera. Llevaba una camisa de calle y los pantalones del pijama. Estaba con la vista fija en la imagen, la cabeza echada hacia atrás como un suplicante.

Cuando Emília abrió la puerta del patio, él se apartó rápidamente de la imagen.

—¿Vienes para llevarme fuera? —preguntó Degas.

—No —respondió Emília, mostrándole los pantalones—. Vengo a darte esto.

—Bien —dijo él, sacando los pantalones de la percha—. Estaba echando una última mirada.

—No será la última —replicó Emília, sin poder esconder el titubeo en su voz.

—Una parte de mí espera que lo sea —confesó Degas mientras colgaba los pantalones sobre una silla.

—¿Era por eso por lo que estabas rezando? —quiso saber Emília.

—No —espetó Degas—. No rezo. La estaba observando, eso es todo.

Emília observó la cara inexpresiva de la Virgen. Los ojos pintados de la imagen parecían húmedos y con vida.

—A mi madre no le gusta —explicó Degas—. Le tiene miedo.

Emília recorrió con la mirada la sala de estar y su colección de madonas. Había por lo menos una docena, grandes y pequeñas, de madera y de arcilla, sobre estantes y sobre rinconeras, junto a otros objetos.

—¿Entonces por qué colecciona tantas? —quiso saber Emília.

Degas se encogió de hombros.

—Algunas fueron obsequios. Son valiosas. Mi madre no puede excluirlas del hogar; no sería correcto. Pero no soporta ni siquiera mirarlas. Por eso están encerradas con llave aquí y no las tiene repartidas por todos lados.

—¿Cómo lo sabes?

—Mi madre me lo dijo una vez. Dijo que prefería la ira de Dios a su misericordia.

Emília asintió con la cabeza. El padre Otto solía decir que la misericordia de la Virgen era su poder. Que la gente tenía temor de la misma generosidad que pedía porque quedaba comprometida con quien la concedía. Emília estaba de acuerdo; en Recife, cualquier muestra de generosidad se convertía en algo como los préstamos del doctor Duarte: nunca podía ser devuelto, sólo era posible aceptarlos y preocuparse por ellos.

—Lo comprendo —dijo Emília. Degas se mostró sorprendido.

—¿Lo comprendes? —preguntó.

—Tú me sacaste de Taquaritinga. Me volviste respetable. La gente no deja de recordarme tu generosidad.

Degas suspiró.

—Hice lo que tenía que hacer, Emília, para mantener tu secreto. No me molestes con eso.

—¿Con qué?

—Él está en el Centro de Detención debido a sus acciones, no a las mías —susurró Degas.

—Pero tú lo dejaste allí —dijo—. Lo dejaste encerrado por tus propias razones. No por mí.

Emília trató de hablar con convicción, pero no estaba segura de los motivos de Degas. Éstos la asustaban. Recordó lo que él había dicho hacía casi dos años, cuando estaban recién casados y habló de Luzia: «Estamos obligados a protegernos mutuamente de los comentarios».

Degas apoyó su mano en los pantalones planchados y los estudió, como si estuviera examinando el trabajo de Emília. Ella se adelantó y quitó los pantalones del respaldo de la silla. Degas levantó la vista, sobresaltado.

—Tu madre te está esperando —dijo Emília—. Póntelos.

—Lo he pensado detenidamente —replicó Degas—. Si ganamos, quedará libre. La gente dirá que es un patriota. De mí también, si voy a pelear. Patriotas. Los patriotas son respetados. Se les otorga toda clase de medallas y honores. Si ganamos, mi padre tendrá poder. Le pediré que le dé un puesto a Felipe en algún buen lugar. Se olvidará de todo..., de mí, de tu hermana... gracias a esta oportunidad. La gente tiene mala memoria cuando se le da algo mejor. Tú lo sabes bien.

—¿Y si perdéis? —preguntó Emília.

Degas se encogió de hombros.

—Preferirán un héroe muerto a un hijo vivo. Y tú serás una viuda. Eso a veces es mejor que ser una esposa, ¿no?

—No hables así —contestó Emília. Sintió un hormigueo dentro de su cuerpo, como si hubiera una docena de gallinas peleando dentro de ella, dando picotazos. Sin darse cuenta, agarró los pantalones con demasiada fuerza; sus manos los arrugaron. Emília los puso sobre el sofá y trató de alisar las arrugas.

—Tendré que plancharlos de nuevo —dijo—. Los he vuelto a arrugar.

Degas le cogió la mano.

—Están bien. En primer lugar, era absurdo plancharlos —dijo riéndose—. Cuando regresé a Gran Bretaña siendo adolescente, después de haber aprobado mis exámenes del colegio de secundaria y de haber convencido a mi padre para que me enviara otra vez allí, a un colegio que me preparara para la universidad, no tuve que ir a vivir a una residencia de estudiantes como había tenido que hacer cuando era niño. Alquilé una habitación. Pero no sabía ni lavar, ni planchar, ni coserme los calcetines. Era un desastre. La gente en la calle no dejaba de mirar mis trajes arrugados, las terribles corbatas que me enviaba mi madre, mis sombreros panamá. La dueña de la pensión se dio cuenta de que yo estaba necesitando consejo. Me dijo: «Coelho —ella llamaba a todos los alojados por sus apellidos—, usted tiene que volverse invisible». Así que ese mismo día cogí el cheque que me enviaba mi padre y me compré un traje de *tweed,* una gabardina, una corbata de rayas y un sombrero hongo, exactamente igual a los que usaba cualquier otro hombre en la ciudad. Así iba a mis clases y a los *pubs.* Nadie me señalaba. Nadie esperaba nada de mí. Fue maravilloso.

Degas miró a Emília a la cara. Tenía las mejillas encendidas, los ojos vidriosos.

—No es como aquí. Aquí no hay paz para mí. Todos miran y juzgan. Tú lo sabes, porque te lo han hecho a ti. Observan de qué manera tomo el café, cómo conduzco mi coche. Aquí, se espera que siente la cabeza y me case. Se espera que coja un arma y salga a luchar en esta maldita revolución.

—¿Es por eso por lo que me escogiste? —quiso saber Emília—. ¿Pensaste que yo no iba a esperar nada de ti?

—Tal vez —dijo Degas—. En realidad, no. Tú esperabas cosas de mí, pero todo lo que tú querías era simple, definido. Parecías ser muy práctica. No tenías ideas románticas en la cabeza. Todo lo que querías, yo podía dártelo. Debí haberlo pensado antes.

—¿Haberlo pensado antes? —preguntó Emília.

—La gente cambia. Sobre todo las mujeres. Vosotras queréis más de lo que tenéis.

—¿Y tú no? —preguntó.

—Yo también. Por supuesto. Pero no soy tan tonto como para esperarlo.

Degas se acercó a ella como para besarle la mejilla. Emília sintió el olor de su loción de afeitar mezclado con el de humo rancio de cigarrillos. Cuando llegó a la cara de ella, no la besó, sino que susurró.

—Si no vuelvo —le dijo—, le he dicho a mi padre que te dé una casa para ti sola. En algún buen lugar. Tiene montones por toda la ciudad. Eso es lo mínimo que te debo.

Dobló los pantalones sobre el brazo y se retiró.

9

Después de que Degas desapareciera más allá de los portones de la casa de los Coelho para ir a la lucha, doña Dulce se puso a registrar desesperadamente toda la casa. Separó la mejor ropa de cama, la cafetera de plata, la porcelana, el cuadro de Franz Post, y lo llevó todo a las habitaciones de servicio. Estaban mal amuebladas y eran oscuras.

—Si entran aquí —dijo doña Dulce, mientras metía los objetos de valor debajo de las camas vacías de las criadas—, quemarán la casa principal. Pero no las alas de servicio.

Emília vio columnas de humo que se alzaban más allá de los portones de los Coelho. Oyó los distantes cañonazos, que sonaban como petardos. Escuchó al corrupião, que cantaba sin parar el himno nacional. Sin energía eléctrica, los Coelho y ella se acostaron temprano, aunque nadie durmió. El doctor Duarte abrió las puertas del salón que daban al patio y se concentró en la radio, tratando inútilmente de captar alguna señal. Doña Dulce barría el patio, puesto que las criadas estaban ausentes. Emília miró por la ventana de su dormitorio. El cielo brillaba con los distantes incendios.

Emília estaba preocupada por Degas, obligado a meterse en el hedor y el humo de la ciudad. Le preocupaban también Lindalva y la baronesa, atrapadas en la plaza del Derby, junto al cuartel general de la Policía Militar de la ciudad. Y estaba preocupada por la ciudad misma. ¿Qué quedaría de ella después de la lucha? ¿Quedaría en ruinas? No conocía Recife de verdad. No conocía las playas, los activos mercados, los estrechos edificios con angostos tejados que bordeaban la calle Aurora. Sólo había pasado en coche junto a aquellos lugares, porque era llevada de un destino a otro. Sólo conocía los alrededores de la casa de los Coelho, el Club Internacional, la tienda de telas y la mansión de la baronesa. Nada más. Y en ese momento la revolución iba a destrozar la ciudad antes de que ella hubiera tenido siquiera la oportunidad de conocerla.

A medida que la noche avanzaba, los pensamientos de Emília se hacían más extraños, sus miedos más exagerados. ¿Qué ocurriría si sólo la casa de los Coelho sobrevivía? ¿Qué pasaría si se quedaba atrapada allí para siempre? «¡La vida es demasiado corta!» era una de las frases favoritas de Lindalva. La usaba como una especie de grito de guerra, como excusa, como motivación. Pero durante esa primera noche de revolución, Emília vio que Lindalva estaba equivocada. Pensó en los minutos, las horas, los días, los años y las décadas que tenía ante ella. Si Degas no regresaba de la lucha, entonces Emília se convertiría en una viuda, como él había pronosticado, pero eso no sería una liberación. Dependería para siempre de la buena voluntad de los Coelho. Pero si Degas regresaba, sus vidas continuarían exactamente como antes. El pecho de Emília se puso tenso. ¿Cómo iba ella a llenar todo ese tiempo?

En las semanas posteriores a la revolución de 1930, cuando volvió la electricidad a la ciudad y las prensas comenzaron a imprimir otra vez, Emília estudiaba detenidamente los periódicos para comprender lo sucedido mientras ella se había quedado atrapada en la casa de los Coelho. En las horas tempranas del 4 de octubre, diecisiete seguidores del Partido Verde —profesores, comerciantes, estudiantes, panaderos, barrenderos, conductores de tranvías— invadieron el arsenal más grande de la ciudad. No estaba claro si los soldados de la guarnición les habían ayudado o simplemente se habían quedado sin hacer nada mientras los otros se llevaban sus armas. Hombres del Partido Verde ocuparon los edificios más altos de Recife y dispararon a la policía del Partido Azul. Cuando llegaron al segundo piso y miraron por las ventanas, vieron sacos de arena y tropas apostadas en el puente Seis de Marzo, el puente Boa Vista y el puente Princesa Isabel. El gobernador y su estado mayor estaban en el palacio al otro lado del río y no querían que los revolucionarios llegaran hasta allí. Los telegrafistas leales a Gomes habían cortado las líneas para que el gobernador del Partido Azul no pudiera comunicarse con el sur. En todo Brasil, en las ciudades principales, Gomes organizaba su revolución.

Al final, Degas regresó. Habló a Emília y a sus padres sobre lo que había visto durante la lucha. Las casas, tanto de gente del Partido Azul como del Verde, habían sido saqueadas; se incendiaron las oficinas del *Jornal do Commércio* —el periódico oficial del Partido Azul— y las linotipias fueron arrojadas por las ventanas. El cine Arruda, cuyos dueños eran partidarios de Gomes, fue quemado por milicias del Partido Azul. Los camiones de reparto fueron recubiertos con hojalata de botes de conserva y usados como improvisados vehículos blindados por miembros del Partido Verde.

Durante los tres días y cuatro noches de enfrentamientos, Emília no supo nada de esto. Intentó ser útil en la casa de los Coelho. Mientras doña Dulce barría y quitaba el polvo desesperadamente, tratando de mantener su casa «habitable», Emília tenía libertad en la cocina. No había reparto de hielo; la mayor parte de la comida de la nevera se pudrió. La leche se cortó. Los quesos se deterioraron. Las verduras se marchitaron. No sabían cuándo llegaría la próxima entrega de gas, de modo que Emília usaba el fogón de leña para cocinar la poca carne que quedaba. Abrió los frascos de mermeladas, de remolachas y de pepinos. Cocinó grandes cantidades de los frijoles y la harina de mandioca destinados a los criados. Gracias al pozo del patio trasero, la casa de los Coelho disponía de agua potable segura. No había viento para que el molino pudiera propulsar la bomba, de modo que Emília acarreaba cubo tras cubo desde el jardín para mantener el nivel de provisión de agua.

Para el 7 de octubre la ciudad estaba cansada de pelear. El gobernador y unos pocos leales del Partido Azul huyeron de Recife en barca, jurando regresar con refuerzos. Nunca volvieron. Gomes ya se había apoderado de los cinco estados más importantes, incluyendo la capital del país, Río de Janeiro. El rival de Gomes, el presidente recién elegido del Partido Azul, se había atrincherado en el palacio presidencial, sin escapatoria. En Recife, las fuerzas verdes conducidas por el capitán Higino Ribeiro habían instalado rápidamente un gobierno provisional. Se reabrió la Pernambuco Tramways. Volvieron la electricidad y la radio. Los tranvías volverían a funcionar tan pronto como las calles quedaran libres de barricadas y escombros. El capitán Higino Ribeiro quería volver a la normalidad. Pidió a los patriotas que devolvieran todas las armas y prohibió la venta de alcohol. Los periódicos decían que los negocios y los mercados debían funcionar normalmente. Alentaron a los patriotas para que salieran de sus casas y se hicieran presentes en todas partes. Volver a sus vidas normales sería una manera de celebrar y consolidar la revolución.

Cuando Degas regresó —las rodillas llenas de rasguños, los dedos negros de suciedad, los ojos casi cerrados por la fatiga— durmió durante dos días. Al tercero, el doctor Duarte le obligó a levantarse de la cama. Abrió el portón principal e hizo salir a todos a la calle, del brazo, con bandas verdes en las mangas de chaquetas y vestidos. Doña Dulce se puso un vestido negro, como si estuviera de luto. Degas se movía con cuidado, pues tenía el cuerpo todavía dolorido de tanto estar agachado detrás de los sacos de arena. Pasearon por la calle Real da Torre y por el puente. Otras familias andaban por la ciudad junto a ellos, aturdidas y desconfiadas.

Los dueños de las tiendas retiraban los cristales rotos de las aceras. Los vendedores ambulantes cantaban alegres mientras vendían escobas y cubos, los productos más solicitados del momento. Los edificios estaban agujereados por las balas y los huecos eran tantos y estaban tan juntos unos a otros que las paredes parecían hechas de

encaje. El aire tenía un desagradable olor a humo, como a pelo chamuscado. Al otro lado del puente, una gran multitud se amontonaba
en una plaza. Habían arrancado las ramas de los árboles y las agitaban por encima de sus cabezas. Estaban alrededor de un busto de
bronce del gobernador del Partido Azul, que había escapado. Lo
habían pintarrajeado y envuelto con un vestido de mujer. Una cinta
rosa adornaba su cabellera de metal.

—En cuanto hay la más mínima excusa para cometer vulgaridades, todos salen a la calle —dijo desdeñosamente doña Dulce.

—¡Es mi hijo! —decía el doctor Duarte con entusiasmo a cualquiera que pasara—. ¡Estuvo en la lucha!

La gente le estrechaba la mano a Degas. Algunos lo abrazaban.
Se movía nerviosamente al principio, pero pronto se acostumbró
a ser objeto de esas atenciones.

Todos los días los diarios publicaban listas de muertos. Algunos no identificados fueron enterrados en una fosa común, en una
granja en las afueras de Recife. Los periódicos dieron las descripciones de los desconocidos, con la esperanza de encontrar a sus familias.
Había víctimas inocentes: un hombre en pijama azul, una niña con un
lazo amarillo alrededor de la muñeca, un inmigrante alemán encontrado en una casa de huéspedes. Emília estudió esas descripciones, sin
saber muy bien qué o a quién estaba buscando. Ciertamente, Luzia
no iba a estar allí, entre los muertos. De todas maneras, Emília imaginó a su hermana como la niña del lazo amarillo en la muñeca. ¿Por
qué amarillo? ¿Por qué en la muñeca y no en el pelo?

Emília no podía apartar esos interrogantes de sus pensamientos, hasta que encontró dos notas necrológicas más, perdidas entre
las últimas secciones del periódico. El coronel Clovis Lucena y su
hijo Marcos habían muerto en su rancho en el campo. El cadáver del
padre, hallado dentro de la casa principal, tenía una sola herida de
bala en la cabeza. La causa de la muerte del hijo no pudo ser deter-
minada, sólo sus huesos fueron encontrados en el jardín delantero.
Aunque la causa de la muerte era un misterio, la identidad de los
asesinos no lo era: el artículo decía que el coronel y su hijo eran las
víctimas más recientes de los cangaceiros. El Halcón y la Costurera
le habían escrito una nota a la nueva esposa de Marcos Lucena, que
vivía en la costa, informándola de la muerte de su esposo. Los can-

gaceiros habían regresado al lugar donde habían tendido su emboscada para llevar a cabo su venganza, así como para apoderarse de los
documentos de propiedad del rancho del coronel y de la máquina
desmotadora. Parecía que nadie salvo Emília prestaba atención a este
artículo. Las insignificantes disputas entre coroneles y cangaceiros
no les importaban ahora a los habitantes de Recife, que estaban demasiado ocupados llorando las muchas bajas de la revolución.

La mayoría de las muertes se produjeron en el interior del Centro de Detención de la ciudad, donde grupos del Partido Verde habían
entrado con la esperanza de encontrar al asesino de José Bandeira. El
edificio era demasiado pequeño como para contener a la muchedumbre que lo invadió, y muchos presos, junto a ruidosos invasores, fueron pisoteados y muertos. En la lista de muertos identificados aparecía un conocido. La nota necrológica no dejaba lugar a dudas:

> El joven Felipe Pereira, estudiante de leyes, es llorado por su padre,
> el coronel Pereira, y su madre, doña Conceição Pereira, de Taquari-
> tinga do Norte, un pueblo pequeño en el interior del estado. Su
> cuerpo fue trasladado a su lugar de nacimiento.

Degas tosió con fuerza cuando el doctor Duarte leyó esto. Se
disculpó y se levantó de la mesa del desayuno para encerrarse en el
dormitorio de su infancia, donde estuvo escuchando sus discos de
inglés durante el resto del día.

En las semanas siguientes, Celestino Gomes se apoderó del
palacio presidencial. Los jinetes gauchos que habían luchado con
él en el sur recorrieron a caballo la avenida principal de Río de Janeiro y ataron los animales en el obelisco. Las fotografías de los
periódicos mostraban a Gomes llegando al palacio con su uniforme
y sus características botas altas. Fumó un cigarro y luego posó para
un retrato con sus generales y consejeros, que se amontonaban a su
alrededor. Era el hombre más bajo del grupo. Tenía el cinturón torcido, con la hebilla demasiado ladeada a la izquierda. Sin ninguna
razón, Emília recortó este retrato y lo puso junto a su foto de comunión y el montón creciente de artículos sobre la Costurera.

Después de la noticia de la muerte de Felipe, Degas dormía
más. Llevaba puesto el pijama incluso para la comida y la cena, de-

rramaba el café, se encerraba en su dormitorio de niño durante horas y horas. Doña Dulce atribuyó su letargo a las «barbaridades» que seguramente habría visto durante la revolución. El doctor Duarte le recetó una dieta vigorizante, con abundantes coles, verduras y pimienta malagueta, picante. Degas apenas probaba la comida.

Antes de la revolución, el doctor Duarte habría regañado a su hijo por sus muchos remilgos. Doña Dulce lo habría regañado por su aspecto descuidado. Pero ni sus padres, ni las criadas, ni el puñado de seguidores del Partido Verde que lo visitaron durante su convalecencia hicieron comentario alguno acerca de su comportamiento. Todos lo miraban con respeto y preocupación. Aunque finalmente había conseguido la atención que esperaba, no parecía disfrutarlo. Apartaba la mano que su madre le ponía en la frente. Cuando el doctor Duarte o uno de los hombres del Partido Verde lo felicitaban, Degas se mostraba tan indiferente como una de las tortugas del patio.

La única ocasión que Degas aceptó vestirse y salir de la casa fue para asistir a la cena de celebración revolucionaria en el teatro Santa Isabel. El doctor Duarte insistió en ello. Habían sido invitados combatientes y patrocinadores financieros del Partido Verde de todos los estados del noreste. Parecía que el doctor Duarte había contribuido con una importante cantidad a la causa.

El teatro Santa Isabel era un edificio enorme, pintado de rosa pálido, con bordes blancos alrededor de sus puertas y ventanas de arco. En el interior, la sala principal era circular. Las butacas del teatro habían sido retiradas y en su lugar se había colocado una serie de mesas largas para la cena. Los manteles eran de lino y se colocaron frondosos centros de mesa verdes. En las mesas principales sólo había hombres: oficiales, combatientes, donantes. En los bordes de la circunferencia, cerca de las puertas, donde se colgaban los abrigos, estaban las mesas para las esposas y las hijas. Emília se sentó al lado de doña Dulce, que comprobó la calidad de los manteles con los dedos y chasqueó la lengua. Al otro lado de la sala, en el otro extremo de las mesas de las mujeres, Emília descubrió a Lindalva y la baronesa. Su amiga saludó con la mano y sonrió.

Por encima de ellos, los invitados menos prestigiosos se amontonaban en las filas circulares de los palcos blancos del teatro. Se habían colgado banderas de los verdes en largas y coloridas hileras. Había varias banderas del estado de Pernambuco, con su arco iris, el sol y la cruz roja. Había muchas banderas brasileñas, con su diamante amarillo y las palabras «orden y progreso» cosidas en relieve atravesando el globo azul estrellado. Y había banderas verdes, decenas de banderas verdes, colgadas de los palcos y encima de las puertas de entrada. La más grande estaba colocada sobre el escenario del teatro, donde la mesa más importante se alzaba por encima del resto. Allí, el capitán Higino Ribeiro y funcionarios del Partido Verde que venían del sur como invitados hicieron los brindis y comenzaron a cantar el himno nacional.

Emília jugueteó con la comida. Las verduras estaban pasadas y amargas; el pollo, demasiado correoso. Después de cada largo brindis, los hombres de las mesas del centro gritaban: «¡Aquí, aquí!», y golpeaban entusiasmados con los tenedores las copas de cristal. Emília pudo ver a Chevalier con su cabellera despeinada en una de las mesas. Degas estaba sentado a poca distancia de él, junto al doctor Duarte. El marido de Emília estaba pálido y visiblemente nervioso. Bebía una copa de vino tras otra.

Se esperaba que antes del postre el capitán Higino diera a conocer un mensaje personal de Celestino Gomes. Pero después de que se llevaran los platos de la cena el capitán continuó charlando con sus acompañantes en el escenario del teatro. Las mujeres, en sus sitios en los bordes de la sala, permanecieron en los asientos mientras en el centro del teatro los maridos, hijos y hermanos se movían de grupo en grupo. Los hombres abandonaban sus asientos y se daban la mano, se palmeaban las espaldas. Degas hizo caso omiso de los codazos de su padre y se dirigió directamente hacia Chevalier. Emília se puso en pie.

—¿Adónde vas? —preguntó doña Dulce. Una mancha oscura de vino le bordeaba los labios.

—A saludar a Lindalva —respondió Emília.

—Ahora no, querida —afirmó doña Dulce, moviendo la cabeza y sonriendo a las mujeres que tenían a ambos lados—. Emília siempre quiere ser la primera en todo. Si los hombres abandonan sus asientos para saludarse entre ellos, ella también quiere hacerlo. —Doña Dulce volvió su mirada a Emília—. Siéntate. La esposa del capitán

Higino es la anfitriona. Debemos esperar a que se levante ella antes de hacerlo nosotras.

Emília observó la hilera de mujeres.

—Creía que la reconocerías inmediatamente —continuó doña Dulce—. ¡Con todos los periódicos que lees!

Emília se sentó.

—No sé qué quiere decir usted.

—Seu Tomás me ha dicho que has estado comprando periódicos en el puesto de su amigo de la esquina. Dice que los escondes dentro de tus revistas de moda.

Emília sintió que se le subía la sangre a la cabeza. Jugueteó con los guantes.

—No los escondo. Estoy siendo discreta como usted me enseñó. Usted dijo que una dama no debe ser vista leyendo el periódico.

—Eres una discípula muy aplicada —dijo doña Dulce riéndose. Sus pequeños dientes brillaron. Junto a ella, las otras mujeres sonrieron cortésmente.

—Comprendo, querida —continuó doña Dulce—. Tienes que mantenerte al día para ayudar al doctor Duarte. No tengo paciencia para esos asuntos. Me hace muy feliz que estés ayudándolo otra vez, con sus ciencias y esas cosas. Odiaría tener que contratar a una de esas desagradables secretarias. Sobre todo cuando ya te tenemos a ti. —Doña Dulce se volvió a sus compañeras de mesa—. Las mujeres que no pueden ser madres deben encontrar otra ocupación.

—Y los hombres que no pueden ser padres —replicó Emília— encuentran sus propias distracciones.

Doña Dulce tomó otro sorbo de vino.

—Así es. Desgraciadamente, lo hacen. A diferencia de vosotras, las jóvenes modernas, no tienen tantas diversiones para mantenerse ocupados. Vosotras tenéis vuestras modas, vuestros cortes de pelo y vuestros tés especiales. Emília bebe un té especial para la piel. Así es como la mantiene tan suave y clara. Es uno de tus remedios campesinos, ¿no?

—Sí.

—Deberías contarnos qué es. —Doña Dulce sonrió—. No seas avara con tus secretos de belleza. Raimunda no quiere decírmelo. Tuve una charla con ella, una conversación muy sincera. Dice que compra una especie de corteza en el mercado, pero nada parecido figura en mi lista de la compra. Dice que tú le das tu propia lista. Me encanta que estés asumiendo responsabilidades, Emília. Haciéndote cargo del personal, ordenando compras en la tienda de comestibles. Debería dejar en tus manos las riendas de todo. Serían unas buenas vacaciones para mí, podría descansar de tantas preocupaciones.

Mientras hablaba, la voz de doña Dulce se iba volviendo más fuerte. Las mujeres que estaban cerca de ella apartaron la mirada y se concentraron en observar sus platos de postre.

—Usted encontrará enseguida algo nuevo de que preocuparse —dijo Emília—. Siempre lo encuentra.

—Así es la vida de una buena esposa. Cuando tengas tu propia casa lo comprenderás.

—No creo que eso ocurra. A Degas le gusta demasiado la casa que usted dirige. Y no puede pasar sin su padre.

Doña Dulce recorrió con la mirada la larga mesa de mujeres. Cogió la servilleta de su regazo.

—He visto a doña Ribeiro ponerse de pie en su sitio —dijo—. Emília, acompáñame al servicio de damas. Discúlpennos.

Las mujeres que estaban cerca de ellas asintieron cortésmente con la cabeza. Cuando Emília se puso de pie, doña Dulce le cogió el brazo con fuerza y lo puso debajo del suyo.

Salieron de la sala y se dirigieron al vestíbulo. Varios camareros se movían de un lado a otro. Lámparas eléctricas zumbaban por encima de ellos y su luz se reflejaba en la colección de espejos dorados del vestíbulo. Ordenados en filas sobre el suelo de cerámica había sofás circulares. Cubiertos de terciopelo y con hoyuelos hechos por botones, parecían grandes pasteles rojos. En el centro tenían cojines tapizados de la misma manera, destinados a dar apoyo a las cansadas espaldas de los asistentes al teatro. Doña Dulce avanzó entre ellos y se detuvo junto a uno que estaba lejos de las puertas del teatro, pero de ninguna manera cerca del baño de damas.

Soltó el brazo de Emília. Detrás de su suegra, sentado en un sofá circular y parcialmente oculto por su cilíndrico respaldo, había un hombre sentado. Doña Dulce no lo vio. A ella le temblaban los labios. Los frenó con un pellizco de sus dedos. Emília se sentía pequeña y asustada, como se había sentido el primer día en la sala de estar de los Coelho, pero no desvió la mirada de su suegra. No se iba a dejar amedrentar.

Cuando doña Dulce finalmente habló, su aliento era ácido a causa del vino.

—Tal vez creas que sólo porque ganaste un concurso puedes hablarme en ese tono. Que puedes andar por ahí con tus absurdos vestidos. Que puedes hacer insinuaciones acerca de mi hijo. Pero no te sientas tan envalentonada. Esas mujeres de las familias nuevas se burlan de ti cuando no estás cerca de ellas. Te consideran pintoresca, por el modo en que tratas de ser una dama. Piensan que eres una chica divertida. Lo sé. Las he escuchado. Y las criadas me lo dicen. Las criadas escuchan lo que hablan sus amas, ¿no? Se cuentan todo entre ellas. ¿Crees que los cotilleos sobre la esposa provinciana de Degas Coelho no van de casa en casa? No te engañes. Permíteme decirte esto de una manera que tú comprenderás, siendo de tierra adentro. ¿Sabes lo que le ocurre a una hormiga cuando le salen alas? Se siente superior. Vuela como un ave, pero siempre será un insecto. Y tú siempre serás una costurera.

Las piernas de Emília temblaron. Apretó las rodillas, queriendo parecer más alta.

—No vuelvas a mi mesa —dijo doña Dulce, arreglándose la falda—. Les diré que te sientes indispuesta.

Una vez que su suegra se hubo alejado, Emília se dejó caer en el sofá que estaba detrás de ella. Había un espejo colgado en la pared opuesta. Era grande y ancho, no como el pedazo de vidrio que tenía en Taquaritinga. Podía verse entera y no en fragmentos. No se veía para nada diferente a las otras mujeres de las Damas Voluntarias: su piel era oscura, pero no demasiado; era regordeta, pero no demasiado; su pelo era rizado, pero no crespo. Las mujeres de las Damas Voluntarias le copiaban la ropa. Se sentaban junto a ella en los círculos de costura y la invitaban a tomar café. Pero ¿qué hacían cuando Emília salía de sus casas? ¿Hervían la taza de café que ella había usado? Las había visto hacer eso con la taza que usaba el señor Sato, el joyero ambulante, porque aunque era demasiado refinado como para usar la vajilla de los criados, se le consideraba sospechoso. Impuro.

Emília se cubrió la cara con las manos enguantadas.

Cuando le había dado lecciones, doña Dulce había simplificado las cosas deliberadamente. Emília podía memorizar cómo poner la mesa, podía aprender a caminar, a limpiarse la boca, a sostener una taza de café, a escuchar sólo con el interés adecuado, a reírse sólo con el regocijo oportuno. Pero había cosas que nunca podría aprender, códigos que le estaban vedados, motivos que nunca podrían serle explicados. El camino hacia la respetabilidad no era tan recto como el pliegue de un mantel, como doña Dulce le había hecho creer. Era irregular y misterioso como los dientes metálicos de sus cierres de cremallera, que se unían de manera sencilla pero no por ello dejaban de estar separados entre sí.

—Ella no ha dicho correctamente el refrán.

La voz era apacible. La voz de un hombre. Se sentó en el sofá frente a ella, sin quedar oculto ya por el respaldo. Tenía el cuello delgado y estaba encorvado, su cuerpo se perdía dentro del traje, que le quedaba grande. Los pantalones formaban arrugas sobre las altas botas de ranchero, aunque no parecía ranchero. Su pelo era lacio y castaño. Lo tenía más largo de lo que estaba de moda entre los hombres de Recife, y parcialmente alisado hacia atrás, como si hubiera hecho un intento de aparentar formalidad. No parecía mayor que Degas, pero su piel pálida estaba cubierta de pequeñas manchas. A diferencia de las pecas de Felipe, las de este hombre no parecían ser una parte natural de él, sino el producto de muchas quemaduras de sol. Unas gafas de bronce se apoyaban en su amplia nariz. Tenía los ojos vidriosos, como si hubiera participado en los numerosos brindis de los hombres bebiéndose una copa de vino entera cada vez.

—Perdón —dijo Emília, y se secó la cara.

—No tiene por qué pedir perdón. La perdonaré sin que lo pida —replicó él, y sonrió—. Ella se equivocó con ese refrán de las hormigas. A mi padre le gustaban los refranes. Los coleccionaba, si es que se pueden coleccionar esas cosas. «Cuando a una hormiga le salen alas, desaparece». Así es el dicho. Independientemente de lo que quiera decir, eso depende de quién lo escuche. Algunos podrían interpretarlo como que hasta lo más insignificante puede superar sus propias circunstancias. Pasar a ser otra cosa.

—Los caballeros no escuchan las conversaciones de otras personas —le reprendió Emília. Cerró los puños para que las manos no le temblaran. Quería escapar, encontrar el servicio de damas y sentarse allí un rato, en paz.

—No soy un caballero, me gano la vida trabajando. Estudié para ser médico.

—Usted no parece médico —señaló Emília, inspeccionándolo otra vez. Había conocido a muchos colegas del doctor Duarte, incluyendo al médico que le había palpado el vientre debajo de la sábana y le había recetado vitaminas, y todos eran hombres serios, barbudos, con modales distantes y cajas metálicas con termómetros que sobresalían de los bolsillos de sus trajes en lugar de pañuelos.

—Gracias —respondió el hombre—. En realidad ahora soy un ranchero, allá en Bahía. Pero a nadie en Recife le importa mi ocupación actual. Sólo les impresiona mi vieja profesión. Así que la uso cuando me presento.

Emília asintió con la cabeza. Se miró los guantes, deseando que la dejara sola.

—Siento haber escuchado, ha sido por casualidad —se disculpó—. No era mi intención. Tuve que escapar de la sala. Es demasiado ruidosa. Toda la ciudad lo es.

—Ya se acostumbrará.

—De ninguna manera. Hice un largo viaje para acudir a esta celebración, pero no veo la hora de regresar al campo.

—Aquello también es ruidoso, pero no por los tranvías o la gente. Allí son las cabras y las ranas.

—¿Ha estado usted en el campo?

Emília asintió con la cabeza.

—De allí vengo. Me escapé. Creía que había llegado a oír esa parte de la conversación.

El hombre se puso rojo. Pareció contener la risa.

—No creo que necesitara escapar.

—Usted puede ir de un lado a otro como le plazca. Pero sin medios o sin una profesión, uno está atado a su lugar. Yo tuve suerte. Era costurera.

—¿Y ahora?

—Soy una esposa. Una esposa pobre, según mi suegra. —Emília sonrió. El hombre se rió entre dientes.

—Yo soy un ranchero pobre, si eso le sirve de consuelo.

—Creía que todos los rancheros estaban en contra de Gomes.

—No todos. —El hombre frunció el ceño—. Los coroneles sí, pero su lealtad tendrá que cambiar. Tendrán que apoyar a Gomes ahora. Y espero que éste acabe con ellos. El campo se transformará. Sin embargo, los coroneles no quieren eso.

—¿Y usted sí? —quiso saber Emília.

—Sí. Por supuesto. No hay caminos. Ni escuelas. Es una vida miserable la de las zonas rurales. Usted lo sabe mejor que yo.

—Pero usted ha dicho que le gustaba. Dejó la vida de ciudad para irse al campo.

El hombre se colocó bien las gafas. Se adelantó en su sofá. Sus rodillas casi tocaban las de Emília. Bajó la voz:

—El campo, tierra adentro, la caatinga, lo llame usted como lo llame, me asusta. Siempre me ha asustado. Ya cuando era un niño, allá en Salvador, me aterrorizaban las historias que la gente contaba. Me aterrorizaban la zona y todo lo que tenía relación con ella: las serpientes, los bandidos, las sequías, la gente. La gente de la ciudad vuelve la cabeza y mira hacia otro lado. Quieren ver el mar, las palmeras. Pero yo nunca quise darme la vuelta. La vida en la ciudad es buena, pero es una existencia sin esfuerzos. Todo ha sido resuelto, las carreteras ya están pavimentadas. Pero en la caatinga todo es nuevo todavía. Todavía puede ser moldeado. Es posible transformarlo en otra cosa. En algo mejor. Los coroneles ya han tenido su oportunidad. Ahora es el turno de Gomes.

Aquel hombre hablaba con tal convicción, con tanta esperanza pura, que Emília se sintió conmovida por sus creencias y avergonzada de las propias. Ella había abandonado el lugar que él quería cambiar. Y donde él descubría una tierra nueva, ella sólo veía una tierra antigua, tan obstinada en sus creencias como lo había estado la tía Sofía con las suyas. Pero lo que más conmovió a Emília fue el hecho de que él al menos hablaba del campo. No lo ignoraba, como hacían los habitantes de Recife. No se encerraba en sus tradiciones como hacían los coroneles. ¿Por qué el campo no podía tener telégrafo, teléfonos, escuelas y carreteras como las ciudades? ¿Qué tenía de malo, coincidía Emília, poner el interior al mismo nivel que la costa?

Antes de que pudiera responder al médico, se oyó una salva de aplausos dentro del teatro.

—Higino va a dar a conocer el mensaje de Gomes —informó el médico mientras abandonaba su asiento en el sofá—. Deberíamos entrar y escuchar.

Emília asintió con la cabeza. Siguió al médico hasta la puerta de entrada a la sala, pero no pasó con él. No quería esconderse en la parte de atrás, condenada como estaba al exilio por orden de doña Dulce. En lugar de ello, Emília subió por la escalera al primer piso. Allí se abrió paso entre la gente de clase media —muchos de los cuales quedaron admirados por su vestido verde y los guantes de seda— y se instaló cerca de un palco. Desde arriba pudo ver claramente al capitán Higino, de pie junto a su mesa y con un telegrama amarillo en las manos. Vio las filas de hombres sentados delante de él, vio las coronillas de sus cabezas, con sus calvas y su pelo peinado con fijador. Vio a las mujeres de las familias nuevas en el perímetro de la sala; sus cabezas se habían vuelto, obedientes, hacia el escenario, pero sus ojos seguían revoloteando por sus propias mesas, observándose entre ellas.

En un primer momento, las palabras de doña Dulce habían entristecido a Emília. Pero pasado un rato se sintió aliviada por ellas. Fue como si hubiera tenido ante sí una hoja de vidrio, tan limpio e inmaculado como las ventanas de la casa de los Coelho, y el discurso de doña Dulce hubiera dejado una mancha reveladora. Como un insecto que hubiera volado hacia una ventana para dejar allí pruebas de su presencia, mostrándole a Emília que se alzaba una barrera delante de ella. En lugar de sentirse decepcionada, la joven se sentía liberada. Era liberador comprender finalmente cuál era su lugar. Ver que había permitido que los menores cumplidos se convirtieran en victorias y los más insignificantes errores en derrotas. Si ella se permitía ser tan fácilmente persuadida y creer que no existía ninguna barrera entre ella y las mujeres de Recife, iba a fracasar siempre. Caería en la trampa, continuamente observándolas e imitándolas a través del vidrio, en lugar de conseguir que las otras la miraran a ella.

En su discurso, el capitán Higino expuso los objetivos de Gomes para la región. En Recife iba a reemplazar toda la iluminación de gas con luz eléctrica. Los obreros municipales iban a abrir carreteras en la periferia pantanosa de Recife. Iban a rellenar los pantanos para generar solares donde construir «viviendas populares», verdaderas estructuras de ladrillo que iban a reemplazar a los mocambos de hojas de palmera instalados precariamente en las colinas y en las riberas de los ríos. Gomes pensaba en la necesidad de un nuevo sistema de alcantarillado. Prometía campañas de vacunación para combatir el cólera, la lepra y la difteria.

—El hombre ideal llevará solamente una marca: la cicatriz de la vacuna —anunció el capitán Higino.

Finalmente, reveló el plan más ambicioso de todos los de Gomes: la Transnordeste iba a unir los estados del norte y atravesar el estado de Pernambuco. Iba a abrir el interior. Iba a conectar la costa con el campo. El este con el oeste.

Mientras el capitán hablaba, Emília sintió escalofríos. Se imaginó esa carretera, amplia, suave y plana como una cinta negra. Sería una línea limpia que daría unidad al estado. Iba a obligar a la gente a mirar hacia el interior, hacia el campo, en lugar de mirar hacia fuera. Si esa carretera hubiera estado allí hacía muchos años, Luzia y ella podrían haber elegido otro destino. Sus vidas no habrían estado tan cerradas, tan escasas de oportunidades. No habrían tenido que escapar de manera tan desesperada.

—«La carretera —leyó el capitán Higino— será una fuerza de unificación, una fuerza civilizadora».

Emília miró hacia abajo, adonde estaban todos los hombres. Trató de encontrar al médico ranchero, pero no pudo verlo. En cambio descubrió a Degas y al doctor Duarte. Su suegro estaba de pie. Aplaudió con vehemencia el proyecto. Emília sintió un revuelo en el estómago. Por debajo de su entusiasmo descubrió un sedimento de temor, frío y pesado. Recordó a la niña sirena. Recordó el cráneo de porcelana en la oficina del doctor Duarte, el cráneo minuciosamente marcado por la serie de líneas negras que separaban la razón de la emotividad, el idealismo de la cautela, la benevolencia del coraje.

Capítulo

8

LUZIA

Caatinga, tierras áridas de monte bajo, Pernambuco
Valle del río San Francisco, Bahía
Enero-julio de 1932

1

El camino de entrada y de salida de las tierras áridas de monte bajo en realidad no era un camino. Era una cañada para el ganado, un ancho y polvoriento sendero usado por los vaqueiros para llevar sus animales al matadero de Recife. El rumbo de esa cañada no estaba determinado por la distancia ni la eficiencia, sino por el agua. Dos veces al año, los vaqueiros llevaban su ganado cerca del río Navio, del Curupiti, del Riacho do Meio, del Ipojuca, del Capibaribe, y de todos los manantiales y arroyos intermedios. De esta manera, sus animales no morirían antes de llegar a Recife, donde eran engordados en granjas en las afueras de la ciudad y enviados a los mataderos y las carnicerías periódicamente. El resto del año, el ganado era reemplazado en aquel sendero por modestos viajeros: comerciantes con carros de mulas, jóvenes que iban caminando hasta la costa con la esperanza de encontrar trabajo y, después de la revolución de Gomes, caravanas de miembros del Partido Azul que huían.

A finales de enero de 1932, el sendero estaba vacío. Sólo los cangaceiros del Halcón permanecían agazapados en sus márgenes, mal escondidos detrás de los árboles achaparrados y deshojados, entre la maleza. Estaban divididos en cuatro grupos ubicados a lo largo del sendero. En total eran cuarenta cangaceiros. Eran tantos los hombres nuevos que se habían unido al grupo que a Luzia le resultaba difícil recordar cada uno de sus apodos. En el pasado, Antonio no había permitido que los hombres se unieran a la banda por diversión. Quería guerreros, no juerguistas.

—Los hombres que se unen a nosotros por necesidad o por venganza son hombres de fibra —le había explicado una vez a Luzia—. Los otros son mala gente. —Pero después de perder la mayor parte del grupo en la emboscada en el rancho del coronel Clovis, Antonio aflojó sus criterios de admisión. Quería formar un ejército. Algunos nuevos miembros cumplían con los viejos requisitos de Antonio. Eran hombres que habían ajustado cuentas con los coroneles y no podían vivir sin peligro en sus pueblos. La vida había endurecido a estos jóvenes, de modo que comprendieron que el cangaço era la única salida que les quedaba a ellos, y que los cangaceiros eran la última familia que iban a tener. Estos hombres cargaban obedientemente al hombro el peso de sus morrales con provisiones y rifles. Otros jóvenes se unían a la banda porque estaban cansados de trabajar en las granjas de sus padres y les entusiasmaba la posibilidad de vagar por el noreste e invadir los pueblos. Más que malas personas, eran individuos impresionables. Preocupado por ese exceso de entusiasmo, Antonio les dio uniformes y sombreros de tipo medialuna, pero no armas. La disciplina vendría primero, les dijo a los nuevos reclutas, luego llegarían las armas. Nombró a Baiano, a Orejita y a Ponta Fina subcapitanes. Cada hombre era responsable de un grupo de reclutas. Cada subcapitán se escondió a lo largo de la cañada con sus hombres.

Luzia y Antonio se parapetaron detrás de una roca. En el calor del mediodía no había cantos de pájaros ni zumbidos de insectos. La brisa se anunciaba antes de ser sentida en la piel, haciendo crujir las ramas de árboles distantes, sacudiendo hojas secas hasta que un rumor colectivo avanzaba entre la maleza. Luzia cerró los ojos, expectante. Cada vez que soplaba una brisa era un alivio en medio del calor, pero también se levantaba polvo. Los cangaceiros se ataron pañuelos de seda sobre la nariz y la boca para protegerse de él. Luzia se puso el pañuelo que llevaba a la cabeza, pero estaba húmedo por el sudor, lo que le dificultaba la respiración. No podía ver a los otros cangaceiros, pero escuchaba su coro de respiraciones. Trató de hacer coincidir sus inhalaciones y exhalaciones con las de ellos. Esto se lo había enseñado Antonio: ocultar su presencia haciendo que sus ruidos fueran uniformes. De esta manera, las respiraciones unidas de cuarenta hombres lograban sonar como la de una bestia grande, o como la respiración de la maleza misma.

Habían recibido información acerca de posibles viajeros por la cañada para el ganado. Las caravanas bien provistas de funcionarios del Partido Azul habían disminuido en los meses que siguieron a la revolución. Los cangaceiros estaban excitados ante la perspectiva de robar a viajeros nuevos, inesperados.

—Rezagados —sospechó Antonio.

—Tal vez no —replicó Luzia.

Quizá estos nuevos viajeros eran un grupo de nuevos enemigos de Gomes. Los fugitivos del Partido Azul habían pasado tiempo atrás con sus familias a cuestas. Según un fabricante de sillas de montar que Orejita había asaltado al principio de la semana, los nuevos viajeros eran todos hombres. El fabricante de sillas de montar regresaba de un trabajo en Carpina y había pasado a un grupo de hombres de la ciudad. Viajaban con cinco mulas de carga. Los funcionarios del Partido Azul que huían viajaban en carruajes cuyas ruedas crujían bajo el peso de baúles de madera llenos de ropa de cama, juegos de platos, vestidos y joyas. A veces había máquinas de coser. El grupo de Antonio les había bloqueado el paso para exigirles obsequios si querían pasar. La mayoría obedecía sin resistencia, entregándoles monederos de cuero llenos de billetes de mil reales y joyas. Luzia dejaba que los hombres se quedaran con esos lujos; ella sólo quería los periódicos. La mayoría de los fugitivos llevaban montones de ejemplares del *Diario de Pernambuco* para mostrárselos a sus parientes y anfitriones en el campo. Luzia cogía los periódicos y buscaba noticias sobre Emília.

Pero en ese momento Luzia no quería noticias, quería comida. Las cinco mulas de carga estarían bien cargadas con bolsas de frijoles, buena harina de mandioca y posiblemente harina de maíz. Seguramente tendrían carne, pensó Luzia. Estaría deshidratada, carne seca, por supuesto, pero sería mejor que lo que se podía conseguir en aquellas tierras áridas. Al final de la temporada sin lluvia, la carne estaba tan salada para ocultar la putrefacción que tenía que ser cortada en trocitos pequeños, porque de otro modo era imposible masticarla.

El recuerdo de esa carne produjo un raro remolino en el estómago de Luzia. Estaba a punto de vomitar. Luzia se agachó más aún en su escondite. Se quitó el pañuelo de la cara y respiró hondo varias veces. Antonio se volvió hacia ella. Sin preocuparse por el polvo, no llevaba nada que le tapara la boca.

—¿Qué te pasa, mi Santa? —susurró él. Éste era su nombre ahora. No Luzia. Tampoco la Costurera, como la llamaban los periódicos. Orejita era el responsable de ese nombre absurdo de la prensa. En un pueblo, alguien había preguntado por Luzia. «¿Quién es ésa?», quisieron saber, y Orejita, molesto, respondió: «Es nuestra costurera». El nombre cuajó, pero sólo fuera del grupo.

—Tengo sed —respondió ella—. Eso es todo.

Antonio asintió con la cabeza. Rápidamente, desató su cantimplora de metal —obsequio de un coronel— y se la pasó. Luzia bebió. El agua estaba templada y llena de barro. Los granos de arena le rasparon la lengua, los dientes. Luzia hizo un esfuerzo para tragar. Esperaba no vomitarla. Últimamente, había experimentado momentos similares de náuseas. Una semana antes se había desmayado ante el olor del perfume Fleur d'Amour que los hombres echaban en sus pelos grasientos. La náusea estaba acompañada por dolor de pecho y cada vez que se trenzaba el pelo notaba un hormigueo en el cuero cabelludo. Luzia sabía que esas molestias eran premoniciones, como el dolor de su codo inmovilizado antes de la lluvia.

Últimamente, cada vez que Antonio descubría una nube en el horizonte le preguntaba a Luzia si le dolía el brazo lisiado. De mala gana, ella le respondía que no. Anteriormente, en diciembre, ninguno de los montones de sal preparados para santa Lucía se había disuelto durante la noche. Algunos de los cangaceiros culparon a la sal misma, asegurando que estaba mezclada con harina. Otros culparon a Canjica, por no haberla sacado de la manera adecuada; algunos pensaron que la culpa era de Luzia, y aducían que no había bendecido correctamente la bolsa de sal; y otros, como Orejita, decían que era porque no le habían hecho a santa Lucía la ofrenda correcta. Habían sacado pocos ojos en los años posteriores a la revolución de Gomes. Robar a los alarmados funcionarios del Partido Azul había sido un trabajo fácil, limpio. La mayoría de los fugitivos, cuando llevaban armas, sólo tenían los viejos Winchester 44, los «panza amarilla» con gatillos duros y cañones oxidados. Y gracias a la revolución, el nuevo presidente Gomes había llamado a todas las tropas a la costa para mantener su poder en las ciudades más importantes. Como otros políticos antes que él, Gomes creía que si dominaba las capitales costeras de Brasil, automáticamente controlaría el campo circundante. No había en la caatinga ningún soldado para perseguir a los cangaceiros. Ningún coronel podía reunir un ejército lo suficientemente grande como para defenderse del grupo del Halcón. Orejita instaba a Antonio a aprovecharse de este poder. El nuevo subcapitán quería invadir más pueblos, matar coroneles, apoderarse de sus casas y marcar su ganado con el nombre del Halcón. Antonio no estaba dispuesto a permitirlo; antes de quemar los puentes con los coroneles quería ver lo que el presidente Gomes iba a hacer con sus tropas revolucionarias. Gomes podría demostrar que era diferente de los anteriores presidentes. Después de estabilizar las capitales, podría volver su atención al campo. Los soldados podrían regresar en mayor cantidad, con el objetivo de someter la caatinga a la autoridad del Partido Verde.

—Si esto llegara a ocurrir —decía Antonio—, los cangaceiros y los coroneles van a necesitarse mutuamente.

La paz con los coroneles parecía serenar a Antonio, pero aburría a Orejita y a los nuevos reclutas. Los hombres querían emociones, la oportunidad de mostrar su recién adquirido poder en calidad de cangaceiros. Antonio no podía negarles eso. Permitió a Orejita y su subgrupo que descargaran su frustración con los fugitivos del Partido Azul. Los cangaceiros dieron patadas en el vientre a los funcionarios que escapaban. Golpearon la parte de atrás de las piernas de los hombres con la parte plana de sus machetes. Antonio detuvo a los cangaceiros antes de que hicieran cosas peores. Cada vez que lo hacía, Luzia notaba que a Antonio por momentos le resultaba más difícil captar la atención de los hombres. Recordó al domador de mulas de Taquaritinga. Él decía que hasta los animales obedientes ponían a prueba a sus amos, tirando de las riendas o mordisqueando las manos, y si el líder no detenía estas pequeñas rebeliones iba a tener que enfrentarse a una más grande. Luzia comenzó a observar a Orejita de la misma manera en que miraba el cielo despejado, prestando atención hasta al más leve cambio, preocupada por lo que pudiera significar.

Hasta ese momento, los pronósticos de santa Lucía habían resultado acertados. Las lluvias de diciembre no cayeron. En enero, el mes que generalmente marcaba el principio de la estación de lluvias, la maleza estaba gris y quebradiza. Los agricultores que vivían cerca del sendero estaban preocupados; cada vez que sacaban agua, veían el fondo de sus manantiales. A lo largo del sendero, los viajeros construyeron altares improvisados dedicados a san Pedro. Antonio hacía que su grupo se detuviera y rezara por la lluvia en esos altares. Todos los días observaban el cielo. Todos los días éste aparecía brillante y azul.

A Antonio le gustaba decir que no tenían ni amo ni coronel. Luzia no estaba de acuerdo. Vivían bajo el yugo del clima desértico, y éste era un amo temperamental. Durante los meses lluviosos, cuando el agua caía durante treinta y a veces cuarenta días seguidos, la caatinga era amable. Les daba maíz fresco y frijoles. Les daba flores y miel. Las frutas de las tierras áridas crecían, redondas y espinosas, en los árboles y los cactus. Nacían los terneros y la leche de vaca se volvía tan barata que los cangaceiros compraban litros y litros. Comían puré de calabaza con leche y hacían queso cubierto con las virutas dulces de la melaza hecha de caña. Pero aun en medio de tanta abundancia, todos curaban carne, secaban frijoles y molían maíz, sabiendo que ese amo de carácter variable iba a cambiar. Todos los años, durante los meses secos, la vegetación se volvía mezquina y a menudo cruel. Lanzaba polvo a los ojos, el sol quemaba la piel, les obligaba a buscar agua. Y cuando estaban a punto de no soportarlo más, les ofrecía un manantial escondido o un saludable río. Les daba cabras y dóciles armadillos con barrigas carnosas. Pero sólo regalaba si se prestaba mucha atención. Como buenos sirvientes, los habitantes de la caatinga aprendieron a escuchar a su amo, a anticiparse a sus cambios de humor, a saber que cuando las hormigas salían de sus agujeros formando largas hileras habría lluvia, que un árbol gameleira de hojas verdes creciendo en la hendidura de una roca significaba la primavera, que grandes montículos de termitas significaban sequía y sed. Si aprendían a entender a este amo cruel correctamente durante los meses secos, vivirían para dar la bienvenida a un amo más amable cuando llegaran las lluvias.

Ese año, la vegetación se había quedado insensible.

—¡Ni siquiera Celestino Gomes puede ordenar que llueva! —le gustaba decir a Antonio, orgulloso de la terquedad de la caatinga. A Luzia no le gustaba que hablara así.

Tapó la cantimplora y la enganchó otra vez en la correa que colgaba del hombro de Antonio. Más allá, en algún lugar del sendero, se oyó un relincho. Luzia escuchó el chasquido de un látigo. Antonio sacó del estuche los prismáticos de bronce.

—¿Comida para las aves? —susurró Luzia. Así era como los periódicos habían apodado a los fugitivos políticos. El Halcón había atacado tantas caravanas azules que el Partido Verde lo consideraba un aliado; Gomes no envió tropas para vigilar el sendero.

—Hombres —respondió Antonio. Le hizo una seña a Baiano, que estaba agachado al otro lado del sendero.

—¿Hombres de ciudad? —quiso saber Luzia.

Antonio asintió con la cabeza.

—Llevan chaquetas largas. Y botas de cuero.

—¿Pero sin familias? ¿No es una caravana?

Antonio la miró y sonrió.

—Siempre he querido un par de botas de cuero.

Le resultaba difícil guiñar el ojo del lado de la cara con la cicatriz. Tuvo que hacer un esfuerzo, y aun así el párpado del ojo casi no se cerró, si es que llegó a moverse. Con el paso de los años, se había formado una película opaca, como si su ojo estuviera cubierto con leche. Él insistía en que no estaba perdiendo la vista, pero por la noche, después de las oraciones, se arrodillaba al lado de su manta y susurraba una serie de plegarias a santa Lucía. Antonio también mantenía escondidas otras dolencias. Durante sus caminatas, mientras él observaba el monte bajo, Luzia lo espiaba. Veía cada respiración poco profunda, cada paso dolorido. Su pierna lastimada todavía le molestaba. Por la noche, sentía intensos dolores a cada lado de la parte baja de la espalda. Todas las mañanas, tenía dificultades para levantarse de su manta.

Antonio le pasó los binoculares a Luzia. Observó a través de ellos y vio a un mulero que golpeaba los cuartos traseros de sus animales con un látigo. Había cinco mulas. Dos llevaban suministros básicos: latas de queroseno, un barril pequeño, linternas, soga, un saco de arpillera grande, un gran trozo de carne de res secada al sol. Las otras tres mulas llevaban extraños tubos negros y una máquina de metal. La máquina era larga, con tres patas y una voluminosa parte de arriba cubierta con tela. A Luzia le recordó el trípode y la cámara usados para sacar la foto de su primera comunión, hacía años.

Dos hombres montados sobre unos caballos flacos cabalgaban junto a las mulas de carga. Uno de ellos era un individuo joven y flaco. Llevaba un guardapolvo de viaje que era como una inmensa capa que lo cubría. Su cara brillaba con el sudor. Los ojos estaban oscurecidos por gafas de sol. El otro hombre era más sensato, pensó Luzia. Menos vanidoso. Era de edad madura, corpulento, con piernas cortas y cabeza pequeña, como un armadillo. Había envuelto su guardapolvo de viaje y lo había puesto en su regazo. Llevaba un traje de algodón, manchado de gris amarillento por el polvo y ajustado con un grueso cinturón de cuero. Las gafas de sol colgaban sueltas del cuello. Un sombrero de paja le daba sombra a la cara.

Antonio atrajo a Luzia hacia él.

—Mi Santa —susurró—, hazle un agujero a ese sombrero. ¿Podrás?

Era una pregunta tonta. Después de tres años de práctica, Luzia podía poner una bala en la boca de una botella vacía de cachaza. Podía abollar una lata de brillantina a siete metros de distancia. Podía hacer añicos una rodilla, convirtiendo a un hombre en un lisiado tan inútil como un caballo herido. O podía apuntar con un propósito más definitivo, dejando su marca en una cabeza, una garganta o un pecho.

Luzia enderezó los prismáticos. Sus pestañas rozaron las lentes rayadas. Vio el sombrero de paja del viajero y apuntó más abajo, a la cinta del sombrero, pues sabía que su mano se desviaría hacia arriba. Contuvo la respiración.

Como si hubiera sido arrastrado por una ráfaga de viento, el sombrero voló de la cabeza del jinete corpulento. El caballo del hombre más joven se espantó con el ruido del disparo. El jinete cayó al suelo y giró sobre sí para evitar las pezuñas del caballo, enredándose en su guardapolvo de viaje. El mulero detuvo de un fuerte tirón a sus animales y metió las manos en su bolso de cuero. No tuvo tiempo de coger el arma. Antonio silbó. Un grupo de cangaceiros rodeó al mulero. Le quitaron su pequeño rifle de perdigones. Antonio salió de entre la maleza. Le ordenó al mulero que se desnudara hasta quedarse en ropa interior y que se fuera. El hombre obedeció, corriendo luego entre los árboles grises. Las mulas se agitaron.

El viajero joven con gafas de sol finalmente se puso de pie. Metió las manos entre los pliegues de su guardapolvo de viaje y buscó algo.

—Espero que esté usted buscando su pañuelo —dijo Antonio.

Baiano estaba detrás del joven, encañonándolo con un Winchester. El viajero se quedó inmóvil. Antonio le ordenó que se quitara el guardapolvo de viaje. En el bolsillo tenía una pequeña pistola de cañón corto. Antonio la cogió, luego llamó con un silbido al resto de los cangaceiros. Salieron de la maleza, quitándose los pañuelos para dejar sus caras al descubierto.

La vida en la caatinga había hecho que la piel de los hombres estuviera oscura y curtida. Les había hecho perder los dientes. Ponta Fina se había dejado crecer el bigote. Baiano se había afeitado la cabeza. Canjica había perdido un dedo jugando con el mosquete de caza de un niño, que había explotado en sus manos. La calva de Chico Ataúd había crecido, al igual que los pelos supervivientes, lo que le hacía parecerse a un fraile rebelde. Mechones de pelo rígidos, desteñidos por el sol, salían por detrás de las orejas de Orejita, lo que le daba un aspecto de cactus redondo y grueso. El que llamaban Inteligente todavía tenía la mirada infantil y el paso ágil, pero su cara tenía más arrugas y ya no podía cargar tanto peso al hombro. Debido a esto, los miembros más jóvenes de la banda se turnaban para llevar las dos Singer portátiles del grupo. Aquellas máquinas de coser provenían de los saqueos de las caravanas del Partido Azul. Antonio había hecho equipar una Singer con una aguja del fabricante de sillas de montar para decorar cuero. Ponta

Fina, cuyas habilidades para el bordado empezaban a competir con las de Luzia, la ayudó a enseñar a coser a los nuevos reclutas. Ponta se había convertido en un hombre silencioso —ya no era objeto de las bromas del grupo, sino uno de sus miembros fundadores— y daba sus lecciones de costura de una manera seria y profesional. Algunos reclutas al principio rechazaron la costura. Pero después de algunas semanas descubrieron que la vida en las tierras áridas no estaba tan llena de acción como habían imaginado. Durante la temporada seca pasaban muchas horas a la sombra por la tarde, a la espera de que pasara el calor. La costura aplacaba el aburrimiento de los cangaceiros. Al poco tiempo, los nuevos reclutas —con la garganta irritada por el zumo del carnoso cactus xique-xique— solicitaron con voz ronca ser incluidos en las lecciones de Luzia y Ponta.

Luzia, como el resto de los hombres, abandonó su escondite. No volvió a colocar su Parabellum en la pistolera de hombro. Antes de que ella pudiera llegar hasta donde estaba Antonio, el viajero más viejo saltó del caballo. Sus piernas pequeñas hicieron que la operación fuera complicada. Se quitó la alianza y se la arrojó a Antonio.

—Aquí tiene —dijo.

El lado sano de la boca de Antonio se frunció en un gesto de sorpresa.

—¿Por qué me da usted eso?

—Lléveselo. Es todo lo que tenemos.

—¿Acaso se lo he pedido?

—No —respondió el hombre.

—Entonces vuelva a ponérselo o le disparo.

El hombre se puso el anillo en el dedo. Antonio sacudió la cabeza.

—Me han decepcionado —continuó—. Ustedes son hombres de ciudad. Sé que no nacieron en un corral de cabras. Sé que sus madres les enseñaron buenos modales. Pero antes siquiera de que yo pudiera presentarme, usted trata de sacar una pistola. Y usted... Ni siquiera he pronunciado una sola amenaza y usted me entrega su anillo de boda. ¿Qué diría su esposa?

El mayor de los hombres se miró las botas. El joven se levantó las gafas de sol. Habían dejado una marca roja alrededor de los ojos, que eran de color de avellana y con párpados pesados, como los de una lagartija teú. Hacían que su mirada pareciera perezosa, como si nunca nada lo impresionara.

—Mi Santa —gritó Antonio—, háblales o perderé la paciencia.

Luzia se situó junto a él. Los hombres de ciudad se quedaron mirándola con los ojos muy abiertos. Antonio sonrió.

—No es de buena educación mirar así a una mujer decente —señaló—, pero lo comprendo. No lo pueden evitar. No estiren sus cuellos.

Detrás de ella, Luzia escuchó la risa ahogada de algunos cangaceiros. Apretó con más fuerza su Parabellum. Al principio, le había gustado la fascinación de Antonio por su altura. Primero le susurraba sus cumplidos sólo a ella, pero a medida que su ojo se fue nublando, que sus hombros se fueron encorvando y su pierna lisiada se arrastraba, empezó a elogiarla delante de los otros. Cuanto más se deterioraba su propio aspecto, más se preocupaba Antonio por el aspecto de ella. Le llenó los dedos con anillos. Le regaló pañuelos de seda y un par de guantes de cuero para proteger sus manos de las espinas. Le regaló una pistolera de hombro y una Luger Parabellum, una pistola alemana semiautomática de ocho tiros, gatillo sensible y feroz culatazo. Hacía que Luzia echara los hombros hacia atrás y se estirara hasta adquirir su plena estatura, que mantuviera su brazo lisiado orgullosamente a un costado, en lugar de acunarlo sobre el pecho. Con el tiempo, la actitud de Luzia se volvió tan segura como su puntería, pero no estaba segura de si Antonio amaba su aspecto o la impresión que causaba.

—¿Qué negocios les traen por aquí? —preguntó Luzia.

—No tenemos negocios —replicó el viajero más viejo—. Somos topógrafos.

—¿Qué es lo que son? —quiso saber Antonio.

—Cartógrafos —espetó el más joven.

—Van en dirección equivocada —advirtió Antonio.

—No —dijo el más joven—. Vamos hacia el interior.

—Morirán de hambre. No hay lluvia.

Los cartógrafos se miraron entre sí.

—No les miento —continuó Antonio—. No llegarán muy lejos. Los caballos necesitan agua. Y comida.

Antonio ordenó a los cangaceiros que vaciaran las canastas que cargaban las mulas. A tierra cayeron lápices, frascos de tinta, fajos de papel blanco y una brújula. Luego aparecieron tubos negros. Los cangaceiros los manipularon con cautela, como si fueran armas. Mientras abrían con palancas los misteriosos tubos, el viajero más corpulento movió nervioso las manos. El más joven frunció el ceño. Dentro de los tubos no había ningún tesoro, sólo había papeles. Luzia los desenrolló en el suelo. No eran periódicos, sino grandes dibujos hechos a lápiz, con líneas sinuosas, marcas, extraños símbolos y nombres de ciudades. Mapas. Encima de los dibujos, Luzia pudo leer un nombre: «Instituto Nacional de Caminos». Debajo de éste vio una lista de empresas: Standard Oil, Pernambuco Tramways, Ferrocarril Gran Oeste de Brasil.

Antonio estudió los mapas desenrollados a los pies de Luzia.

—¿Por qué quieren dibujar este sendero?

—No el sendero —susurró el cartógrafo más viejo—. El sendero es sólo una guía.

—¿Para qué? —preguntó Antonio, impaciente.

—Una carretera, un gran camino —respondió Luzia, mirando otro mapa. Vio una línea negra y larga que comenzaba en la costa y serpenteaba hacia las tierras áridas. La siguió con el dedo. Parecía un río negro. La Transnordeste.

—Sí. Exactamente —confirmó el cartógrafo más viejo, con unos labios que se convirtieron en una sonrisa—. La señora es perspicaz. Somos sólo simples cartógrafos. Trabajamos para empresas privadas... y para el gobierno, por supuesto —añadió a manera de respuesta al gesto que le hizo su joven compañero de trabajo—. Están construyendo la Transnordeste. Es una carretera. El proyecto es que vaya desde Recife hasta el sertão.

Antonio se rió. Se secó el ojo lechoso con un pañuelo.

—¿Una carretera? ¿Aquí? ¿Para qué?

—Para el transporte —explicó el mayor de los cartógrafos—. Para facilitar el transporte de algodón y de ganado. Y para tener acceso.

—¿Acceso a qué? —quiso saber Antonio.

—A la región —interrumpió el más joven—. El norte no es sólo el litoral. El presidente Gomes dice que no podemos dirigir un país si éste es desconocido.

—Es conocido para la gente que vive aquí —dijo Antonio, acercándose al cartógrafo joven—. Nosotros no necesitamos que dirijan nada. No necesitamos su carretera. Gomes debe mantenerse al margen de nuestros asuntos.

Detrás de ellos, los cangaceiros se rieron. Uno de ellos se probó un guardapolvo de viaje. Ponta Fina cogió las gafas de sol del joven y se las puso sobre los ojos. Baiano miró a través del telescopio de topógrafo. Orejita dio patadas al trípode de metal, con la idea de doblarlo y romperlo. Canjica e Inteligente se ocupaban de la carga de alimentos, repartiéndola entre los morrales de los cangaceiros. Antonio se apoderó de la brújula. Luzia se agachó. Dobló el mapa más grande en cuatro y lo metió en su morral.

—¡Eso es nuestro! —reclamó el cartógrafo más joven. El más viejo le dio un codazo, pero el otro no se calmó—: ¡Cojan lo que quieran, pero dejen nuestro trabajo!

Luzia quiso hacerlo callar. Si hubiera querido salvar sus mapas, debió haber fingido que no tenían valor. Antonio calculaba el valor de algo no por su valor intrínseco, sino por el afecto que inspiraba. Cuanto más quería una persona algo, más deseaba apoderarse de ello. Antonio sacó una lata de queroseno de uno de los cestos de las mulas. Se puso de pie sobre los mapas y vertió el líquido amarillo. Los cangaceiros se rieron. El mayor de los cartógrafos se llevó las manos a la cabeza. Antonio encendió una cerilla y se apartó.

Los mapas se quemaron rápidamente. El calor hizo que Luzia sintiera un hormigueo en la cara. Se cubrió la boca para protegerse del humo.

—¡Enviarán más! —gritó el cartógrafo más joven. Su agitación crecía. Los tendones del cuello se le hinchaban con cada respiración.

—¿Más de qué? —quiso saber Antonio.

—Más hombres como nosotros. La construcción de la carretera ya ha comenzado. Está más allá de Carpina. ¿Cree usted que puede detenerla?

—¿Por qué no?

—¡Usted es una reliquia! —gritó el cartógrafo más joven.

—¿Una qué? —preguntó Antonio.

El mayor de los hombres hizo callar a su compañero.

—Es un joven temerario. No sabe lo que está diciendo.

—Sé muy bien lo que hago —interrumpió el joven—. ¡Viva Gomes!

Orejita avanzó. Agarró la pata de metal rota del trípode, dispuesto a darle con ella al topógrafo.

—Atrás —ordenó Antonio, todavía mirando al joven. El lado izquierdo de la boca de Antonio se elevó. La piel alrededor de sus ojos se arrugó. Enseñó los dientes.

Cuando Antonio sonreía de verdad, sus ojos acompañaban la sonrisa. Pero cuando aparecía esa sonrisa falsa, sus ojos se veían nublados y muertos, como si estuviera en un trance. Luzia lo había observado antes con sus víctimas. Estaban aquellos que imploraban, balbuceaban, y a veces se ensuciaban los pantalones cuando se arrodillaban delante de él. Con éstos se mostraba expeditivo, como si quisiera ahorrarles mayor vergüenza. En sus ojos ella veía tristeza y renuencia, como si estuviera cumpliendo con obligaciones que no comprendía del todo y con las que tampoco disfrutaba. Cuando mostraba piedad, los miraba a los ojos y suspiraba, sacudiendo la mano y diciéndoles que se quitaran de su vista, como si estuviera tratando con niños rebeldes. Alentaba a sus hombres a mostrar piedad, porque eso demostraba que podían dominarlo todo, hasta sus propios impulsos. Pero cuando aparecía su sonrisa falsa, Luzia sentía miedo. Era como si las tablillas de una persiana se abrieran para revelar parcialmente algo inquietante y desconocido dentro de él, una cólera que no podía dominar con la fuerza de su voluntad.

Una conocida oleada de náusea se alzó en la boca del estómago de Luzia. Respiró hondo y la contuvo. Luego puso la mano sobre el brazo de Antonio.

—Podemos obtener más que sus botas y sus chaquetas —susurró—. Podemos pedir rescate por ellos.

Ella sintió que los hombros de él se aflojaban. En los periódicos que había conseguido de los fugitivos del Partido Azul, Luzia había leído algo acerca de inversores extranjeros. Había estudiado las fotografías de Emília junto a esos especuladores, esos ejecutivos de empresas. Tendrían que pagar para recuperar a sus topógrafos. Tendrían que pagar por el mapa que ella había guardado en su morral.

Luzia calculó el dinero que podían ganar a cambio de esos cartógrafos. No se trataba de las pequeñas sumas que les robaban a los fugitivos del Partido Azul o que obtenían extorsionando a los comerciantes. El dinero que llevaban encima era una fortuna en aquel desierto, pero nunca llegaba a la cantidad imposible que se necesitaba para comprar tierras. Si pedían un rescate por esos cartógrafos, pensó Luzia, tal vez podrían conseguir lo suficiente para comprar un terreno grande cerca del río San Francisco. Aquellos cangaceiros que quisieran establecerse podrían dividir el terreno en partes iguales; podrían construir casas y dedicarse a cultivar. Comprar era diferente de alquilar un terreno a un ranchero o trabajar para un coronel a cambio de vivienda. Comprar quería decir ser dueños, y ser dueños significaba trabajar para uno mismo, dirigir la propia casa y vender los productos que uno mismo cosechaba. Es decir, lujos reservados para hombres como el doctor Eronildes, o para los coroneles, o para los hijos de los coroneles. Por un instante, Luzia dejó volar su imaginación.

Volvió a meter su Parabellum en la pistolera y enderezó los hombros. Se acercó a los topógrafos. Los prisioneros retrocedieron un poco, asustados.

—Si esa carretera es importante, ustedes también deben de serlo —dijo.

Los hombres no la miraron a los ojos. En cambio, dirigieron la mirada a su brazo lisiado, a sus pantalones de lona. Luzia les dejó que miraran bien, sabiendo que se fijaban en su bolso ricamente bordado y no en la carne seca y la mandioca rancia que había dentro. Vieron los dos colgantes de oro que tenía alrededor del cuello, no los dos bebés que había perdido antes de que su vientre ni siquiera se hubiese hinchado. Vieron la brillante pistola en su funda al hombro, no el peso que sentía en ese momento en su pecho, como si su corazón se hubiera vuelto tan tosco y encallecido como sus pies. Veían, en fin, a la Costurera.

2

Su primer embarazo le había traído antojo de naranjas. Unas semanas después de que Antonio y ella se unieran en el porche del doctor Eronildes, la sangre mensual de Luzia desapareció. El olor a levadura de harina de mandioca le provocaba arcadas. Le dolían los pechos al tocárselos, los pezones se le pusieron firmes y redondos. Una noche soñó con una naranja. Sintió la cáscara debajo de las uñas. Se llevó los suaves gajos en forma de medialuna a la boca. Cuando despertó, percibía el olor de la naranja. Lo notaba en las manos, en el aire y hasta en los bordes de su lata de café.

—Necesito una naranja —le dijo a Antonio—. Muy dulce.

Él se rió. Sería más fácil conseguir una pantera. Pero cuando Luzia insistió, comprendió lo que ocurría. Una madre tenía que conseguir la comida por la que sentía antojo, si no el niño que crecía en su vientre moriría. Eso era lo que las mujeres de Taquaritinga creían. Una de las vecinas de la tía Sofía casi había perdido a su hijo porque su marido se había retrasado en traerle el estofado de rabo de buey que se le antojaba. Tampoco había que olvidar la leyenda de la esposa caníbal que la tía Sofía les contaba muchas veces antes de dormir, para asustarlas. La esposa caníbal, embarazada, olió el brazo de su marido, inocentemente al principio, percibiendo su rastro de sudor y polvo. «Esposo mío, quiero un trocito, un pequeño mordisco de tu brazo», le dijo. El marido vaciló, inseguro. Luego estiró el brazo. Ella mordió. El marido gritó. Pero la esposa no estaba todavía satisfecha. «Esposo mío, quiero otro mordisco». Esta vez él dijo que no. Cuando dio a luz, había gemelos en su vientre, uno estaba vivo, el otro muerto. El final de la historia siempre hacía temblar a Luzia. Después de que la tía Sofía apagara la vela, Luzia y Emília se movían debajo de las sábanas y trataban de morderse mutuamente los brazos, hasta que la tía Sofía las regañaba. En secreto, tenían la esperanza de que hubiera algo de verdad en esa historia, y todos los sábados, en el mercado, Luzia y su hermana observaban los antebrazos de los vendedores esperando encontrar marcas de dientes. Nunca encontraron nada.

Durante las siguientes semanas Antonio preguntó a los comerciantes, a los coroneles y a los productores de algodón dónde podría encontrar una naranja de las dulces. Les ofreció joyas, billetes de mil reales, incluso sus prismáticos de bronce, pero nadie pudo conseguirle ninguna. Finalmente, en un mercado al aire libre, cerca de Triunfo, encontró una. El vendedor la envolvió cuidadosamente en papel de periódico y la puso en las manos de Antonio. La cáscara estaba arrugada y la fruta, ácida. Una semana después, en medio de la noche, Luzia sintió algo así como un terrible nudo en el vientre. Parecía que hubiera comido un montón de plátanos verdes. Se incorporó. Había algo tibio y pegajoso entre sus piernas.

En el suelo, alrededor de ella, en todas las direcciones, vio las formas oscuras de los cangaceiros durmiendo. Escuchó los ronquidos de Inteligente. Las brasas brillaban en la hoguera donde habían cocinado. Los centinelas —Orejita y un joven flaco llamado Jueves por el día en que se unió al grupo— estaban junto a los rescoldos. Al escuchar a Luzia, instintivamente se volvieron hacia ella. Luzia cerró las piernas y apartó la mirada. Odió a Orejita y a su compañero por prestarle atención. De pronto sintió odio por todos aquellos hombres dormidos —incluido Antonio— que nada podían hacer para ayudarla. Necesitaba a una mujer. Necesitaba a la tía Sofía, con su voz enérgica y su cuerpo grueso y sólido, para que la guiara. Luzia recordó las historias de mujeres embarazadas que escuchaba en Taquaritinga. Habían sangrado antes de tiempo y habían perdido a los niños en sus vientres. Con cuidado, se puso de pie. Los calambres del vientre desaparecieron. Más fluidos salieron de ella, mojándole los pantalones. Cogió su morral y rápidamente se dirigió a la maleza. Antonio se incorporó, pero no la siguió.

Cerca del campamento, escondido en una hendidura entre dos rocas grandes, había un manantial. Luzia vio las sombras de las rocas. Se dirigió hacia ellas. La noche estaba fría y oscura. Por encima de ella había una delgada luna, curva como una hoz. Otra oleada de calambres la recorrió. Luzia se agachó y se abrazó el vientre.

En el manantial, se quitó cuidadosamente los pantalones y las bragas. Tenía los muslos pegajosos. Había un olor penetrante y metálico. Extendió las bragas sobre la tierra y las miró detenidamente. Había una mancha oscura. Cuando tocó el sitio mojado, sintió bultos resbaladizos, amorfos. Retiró las manos con un sobresalto. «No es diferente de una hemorragia mensual», se dijo, pero no lo creía de verdad. Al mirar hacia la oscuridad de la maleza, Luzia se puso nerviosa pensando que Antonio u otro hombre podría estar espiándola. Envolvió los pantalones sobre sus desnudos muslos. Otras mujeres, pensó Luzia con amargura, tenían habitaciones con puertas. Podían dejar a los hombres fuera. Podían descansar en camas limpias y lavarse en jofainas de estaño. Luzia quería meterse entera en el manantial, pero no podía; era un crimen contaminar agua potable. Cogió el pañuelo de repuesto que llevaba en su bolso y lo mojó. El agua del manantial estaba fría. Luzia tembló cuando se pasó el trapo por las piernas.

En las semanas siguientes, Antonio le preparó infusiones curativas. Canjica le dio raciones adicionales de frijoles y harina de mandioca. Baiano trató de animarla con concursos de puntería, pero ella lo rechazaba. Una noche, Antonio la llevó lejos del campamento. Tenía la mano cálida. El lado izquierdo de su cara se movía frenéticamente.

—Mi Santa —dijo—, nuestra unión debe ser bendecida. Mientras no lo esté, nuestras vidas tampoco lo estarán.

Días después, cuando llegaron al pueblo de Venturosa, Antonio encontró una iglesia. Era una capilla simple y blanqueada, con suelo de ladrillo. Los reclinatorios eran una serie de bancos de madera torcidos. Antonio puso un fajo de billetes de mil reales en las manos del sacerdote.

—Para construir un confesionario como corresponde —explicó Antonio—. A cambio de un servicio.

El viejo sacerdote, al principio complacido por la donación, se puso repentinamente alerta.

—No necesitamos una boda —continuó Antonio—. Sólo su bendición. Y un certificado.

El certificado era un documento encantador, cubierto con sellos de cera y letras de bella caligrafía. Algunas noches, mientras los hombres jugaban al dominó, Antonio desenrollaba el certificado y le pedía a Luzia que lo leyera.

Antonio José Teixeira, 32 años, católico, capitán, hijo de Verdejante, Pernambuco, Brasil, se casa oficialmente con Luzia dos Santos, 19 años, católica, costurera, hija de Taquaritinga do Norte, Pernambuco, Brasil, en este día sagrado, 28 de abril del año de Nuestro Señor 1930.

La superstición de Antonio pareció dar sus frutos. Después de recibir el certificado y la bendición del sacerdote, sus vidas se volvieron más fáciles. En realidad, fueron Gomes y su revolución los que les trajeron la buena fortuna, aunque Antonio no lo podía admitir.

Los militares no fueron los únicos que abandonaron sus puestos en la caatinga cuando Gomes se hizo cargo de Brasil. Insignificantes funcionarios del Partido Azul que ocupaban puestos en las tierras interiores —un puñado de comisarios, recaudadores de impuestos y algunos jueces— renunciaron y regresaron a la costa para intentar pasarse al Partido Verde, o para esconderse en el anonimato de las grandes ciudades. En las tierras áridas el orden quedó en manos de los coroneles y de los cangaceiros. Esto no era una novedad para la mayoría de los residentes de la caatinga. Para ellos, la revolución era sólo una disputa muy lejana. La gente se sentía aliviada de que no estuviera ocurriendo en sus propiedades. Estaban orgullosos de no tener esos disturbios entre ellos. Y, como ocurre en todas las disputas, sólo las mujeres manifestaban preocupación.

—Si hay una chispa cerca de un montón de sacos de arpillera, el diablo va a soplar seguro —le susurró la esposa de un agricultor a Luzia—. El fuego se extenderá sin remedio.

Los hombres no creían que la caatinga fuera a verse afectada por Gomes ni por nadie que tomara el poder en Brasil. El campo siempre había sido ignorado, y esta vez no iba a ser diferente. Antonio habló con muchos agricultores arrendatarios, y la mayoría reaccionaba curiosa y divertida ante Gomes y su revolución.

—A este Partido Azul lo han cogido por la cola —se burlaban los agricultores—. Ese Gomes es el presidente ahora. —Siempre decían «ese Gomes» y nunca «nuestro presidente», porque Gomes, a la vez que un político, era también un sureño, lo que lo convertía en doblemente ajeno. Incluso el título de presidente parecía remoto, como la elegante marca de un coche extranjero.

En público, la mayoría de los coroneles se reía de Gomes. En privado, creaban alianzas entre sí y buscaban la amistad y protección del Halcón. Incluso los peores coroneles, los que más odiaban a los cangaceiros, de pronto trataban de restablecer los lazos con Antonio. A los coroneles no les gustaba Gomes, debido a sus promesas de derechos para los trabajadores y voto secreto. No creían que el nuevo presidente fuera a conceder efectivamente estas cosas a los habitantes de la caatinga, pero el solo hecho de sacar el tema de tales reformas le daba a Gomes influencia entre la gente común. Los coroneles habían colaborado con gobiernos anteriores, dando los votos del campo a los candidatos a cambio de una casi total autonomía. Gomes no estaba dispuesto a semejantes intercambios; él nunca había tendido la mano a los coroneles y éstos se habían puesto en contra de él en las elecciones, antes de la revolución. Ante la nueva situación, les preocupaba que su antiguo apoyo al Partido Azul se volviera ahora en contra de ellos. O bien Gomes iba a decidir que el campo era demasiado complicado, como habían hecho los otros presidentes, o bien iba a tratar de cambiar las cosas. Si ocurría esto último, los coroneles temían que sus tierras fueran confiscadas. Esperaban a ver qué iba a hacer Gomes. Durante este tiempo, también hicieron planes por si sucedía lo peor. Si tenían que enfrentarse a la pérdida de sus tierras y títulos, los coroneles pelearían, y querían que el Halcón y su pequeño ejército estuvieran de su lado. Los coroneles también armaron a sus vaqueiros, agricultores arrendatarios y pastores de cabras.

—Todos los aldeanos tienen rifle en estos tiempos —decía a menudo Antonio, sacudiendo la cabeza. A él no le gustaba la mayoría de los coroneles y rara vez estaba de acuerdo con ellos, pero en ese momento compartía su preocupación. No quería que el gobierno de Gomes ni ningún otro tomara el control del campo. No creía en las promesas de igualdad de Gomes. Muchos otros políticos habían prometido lo mismo y nunca habían hecho nada. Antonio no veía a Gomes como un presidente, sino como otro tipo de coronel empeñado en adquirir tierras y poder.

Con armas fácilmente accesibles y sin soldados a la vista, creció la población de ladrones en la caatinga. Un coronel le pidió a Antonio que lo ayudara a interceptar a los ladrones de ganado. Un productor de algodón le pidió ayuda para resolver una disputa con su vecino, que había decidido cercar su propiedad. Un mercader le prometió un porcentaje de sus ganancias a cambio del derecho a decir que su negocio estaba bajo la protección del Halcón. Eso bastó para disuadir a los ladrones. El grupo del Halcón era conocido y, como dijo un comerciante, su palabra tenía la fuerza del hierro.

—El hierro se oxida —corrigió Antonio al hombre—. Mi palabra es de oro.

Después de la revolución, aparecieron varios grupos de imitadores de los cangaceiros que afirmaban ser hombres del Halcón.

Secuestraban a los hijos de los coroneles e intimidaban a los pueblos usando la fama de Antonio. También había comerciantes deshonestos que aseguraban estar bajo la protección del Halcón cuando no era así. Durante semanas, Antonio insistió en recorrer todo el estado para descubrir y castigar a esos embusteros. Orejita alentaba esos viajes. Finalmente, en Garanhuns, un pueblo de montaña, Luzia encontró a un fabricante de papel y le encargó seis cajas de blancas y gruesas tarjetas de visita con la letra «H» impresa en ellas. Cuando cerraban un trato, Luzia entregaba una tarjeta de visita a comerciantes y rancheros acompañada de un mensaje escrito con la impecable caligrafía de ella, que confirmaba que su protección era auténtica. Con la tarjeta de visita del Halcón, cualquiera podía atravesar tranquilamente las zonas más peligrosas de la caatinga. Para muchos, las tarjetas se volvieron más valiosas que el dinero.

Cada vez que Antonio castigaba a sus imitadores —los hacía arrodillarse delante de él y les clavaba su puñal en la base del cuello— dejaba una tarjeta de visita junto a los cuerpos caídos. Cuando cortaba las orejas a los ladrones o castigaba a los violadores de la misma manera que los agricultores tratan a los gallos viejos, castrándolos con dos golpes de cuchillo, Antonio dejaba una tarjeta como prueba de su paso. Luzia sabía que esos castigos no eran peores que aquellos que infligían los coroneles. Sabía que no era Antonio quien había enseñado la crueldad a sus hombres, sino las tierras áridas. Lo habían aprendido en sus duras vidas, siempre en el campo. Desde el momento en que habían empezado a andar, se les enseñó a apuñalar, a despellejar, a limpiar y a destripar. Se les enseñó a resolver las disputas por las bravas. Se les enseñó que en la caatinga no existe el ojo por ojo. Nada de venganzas proporcionales, nada de equivalencias. Sólo había que superar, aventajar en la represalia. Una vida por un ojo. Dos vidas por una. Cuatro por dos. Cuando los hombres se hacían cangaceiros ya sabían todo esto. Lo único que Antonio les había enseñado era a dominar su crueldad, a ejercerla de forma controlada. A hacer que fuera útil. Antonio insistía en que las personas a las que ellos atacaban debían haber sido irrespetuosas, o haber humillado a una mujer, o hecho trampa, o mentido, o robado, o cometido tales fechorías que merecieran un castigo. Luzia, al igual que los cangaceiros, tenía una certeza embriagada de la rectitud de Antonio, de su honestidad poderosa y envolvente, como el olor de la caatinga en flor.

Antonio insistía en que sus hombres y él no alquilaban sus servicios; simplemente hacían trabajos para los amigos. A cambio, los amigos les brindaban refugio y obsequios, nunca pagos en moneda. No necesitaban dinero... Sus morrales ya estaban repletos de fajos de billetes de mil reales. Por lo general, los obsequios eran armas de fuego y municiones. Durante la revolución y después de ella, cuando Gomes retenía la mayor parte de las municiones para sus tropas, los envíos al campo se volvieron escasos. Antonio almacenaba todo lo que podía.

Luzia, a su vez, acaparaba periódicos adquiridos en sus robos al Partido Azul. Después de la revolución, el *Diario* dejó de publicar su sección de sociedad. Sólo había fotografías de Celestino Gomes en el palacio presidencial de Río de Janeiro, donde había establecido su gobierno provisional. Y más adelante aparecieron retratos de los «tenientes», hombres del Partido Verde nombrados para gobernar provisionalmente cada uno de los estados hasta que se redactara una nueva constitución. El capitán Higino Ribeiro se convirtió en el teniente de Pernambuco. Durante semanas, la portada del periódico publicó su fotografía.

Un tiempo después, al poco de acabar el carnaval de 1931, Luzia encontró fotografías de su hermana. El *Diario de Pernambuco* publicaba instantáneas de ceremonias de inauguraciones, de cenas oficiales y de otros festejos promocionados por el nuevo gobierno. En una de esas fotografías, Emília estaba en el grupo que rodeaba al doctor Otto Niemeyer, un economista extranjero a quien Gomes había invitado a Brasil para crear un plan de progreso económico. En otra foto, Emília aparecía retratada en una cena ofrecida a varios hombres pálidos vestidos de traje, representantes de grupos de empresas extranjeras, petroleras, compañías de electricidad y empresas de caucho. Estos hombres eran el futuro, según decía Gomes. Quería proyectos grandes, visibles, que demostraran que su gobierno estaba trabajando. En cada ceremonia de inauguración o cena de celebración, detrás de los invitados siempre había colgadas pancartas con el lema de Gomes: «¡Urbanizar, modernizar, civilizar!». Emília siempre estaba en los grupos retratados debajo de esos grandes carteles. Tenía el pelo más largo de lo que Luzia recordaba, y su rostro era más delgado. En un artículo, fechado en mayo de 1931, un periodista citaba a Emília. Se había celebrado un congreso de mujeres en Río de Janeiro, donde los delegados de Gomes estaban redactando el borrador de la nueva ley electoral del país. En el versión inicial del documento, el sufragio era concedido sólo a viudas propietarias, y a esposas con el permiso de sus maridos. «Estamos preocupadas —declaraba la señora de Degas Coelho—. Esperamos que esto se cambie. El señor Gomes hizo una promesa, y cuando un hombre hace una promesa a una dama debe cumplirla».

Luzia sonrió cuando leyó esto. Emília todavía creía en el poder del decoro y la cortesía. O fingía creer en ello. Cuando estudió las fotografías de su hermana, notó que la cara de Emília no se correspondía con la bien educada esperanza de sus palabras. La mujer de las fotos rara vez sonreía. Empujaba la barbilla hacia delante. Apretaba los labios en lo que parecía ser una expresión de desafío.

Mientras la señora de Degas Coelho asistía a las ceremonias inaugurales y con visión de futuro de Gomes, Luzia y los cangaceiros celebraban sus propias ofrendas. Antonio entregaba dinero a los pueblos para reparar sus pozos de agua o para restaurar sus capillas. Repartía nuevas herramientas a los granjeros y daba a sus esposas retales de tela. A un sastre ya anciano le dio una maleta llena de billetes para que sus hijos y él pudieran tener su propia sastrería.

El grupo del Halcón adquirió reputación tanto de crueldad como de generosidad. Más hombres querían unirse a ellos. Los nuevos reclutas miraban a Antonio con reverencia y miedo. Luzia sentía lástima por ellos. Pronto iban a sentir los efectos del zumo amargo del xique-xique. Pronto se darían cuenta de que su capitán era un hombre inconstante. A pesar de su éxito después de la revolución, Antonio se volvió irritable. Su cuerpo se debilitó, su ojo se nubló y sus supersticiones aumentaron. El viernes, el día sagrado, no permitía a sus hombres cantar ni jugar al dominó, ni siquiera que hablaran. Luzia no podía tocarlo en ese día. Cada noche, las oraciones de Antonio se hacían más largas y los hombres se movían inquietos sobre sus rodillas. Una vez, Orejita y cuatro nuevos hombres se quejaron por la duración de las oraciones. Antonio puso al subcapitán a realizar el trabajo de basurero durante un mes y le ordenó que realizara la humilde tarea de enterrar los desechos del grupo cada vez que abandonaban el campamento. Después de esto, Antonio dormía poco. Permanecía tendido al lado de Luzia y escuchaba las conversaciones en susurros de los centinelas. Algunas noches esperaba hasta que los cangaceiros se dormían, luego despertaba a Luzia y cambiaba de lugar la ubicación de sus mantas, para que nadie supiera exactamente dónde estaban. El temor de Antonio a ser envenenado también aumentó, y se negaba a comer si Luzia no probaba antes la comida. Si los nuevos reclutas le ponían en cuestión o le decepcionaban, no les permitía rezar con él, que era la forma en la que supuestamente evitarían que sus cuerpos sufrieran daño. Los dejaba sin protección y temerosos. Quedaban sin su aprobación y sin su amor. Para recuperar ambos, hasta Orejita obedecía.

Como contrapartida, Antonio hacía que cada hombre se sintiera importante. Los aconsejaba y los curaba. Les soltaba largos discursos sobre su libertad, su independencia. Luzia permanecía sentada sobre la manta en la oscuridad, y escuchaba impaciente. Sus discursos la frustraban. Su vida no era una vida de libertad, sino que vivían escapando, huyendo de sus viejas vidas, de errores pasados, de los enemigos, de los coroneles, de los soldados o de la sequía. ¿Y para qué servía la libertad por sí misma? ¿Para qué servían aquellas vastas y abiertas tierras áridas que les rasgaban las ropas y les cortaban los rostros? ¿Para qué servía ir de un lado a otro sólo por ir de un lado a otro, sin ninguna causa, sin ningún objetivo, sin ningún futuro a la vista?

Hasta la más pobre y desordenada de las chozas con suelo de tierra y perros merodeando en los rincones tenía cierto orden y sentido de la permanencia en comparación con la vida de Luzia en las tierras áridas. En cada una de esas chozas había un robusto pilar de madera para pisar maíz seco y granos de café para moler. Había ganchos encima de la cocina para curar carne. Había sillas, cunas y hamacas de soga de caroa; objetos todos ellos que pasaban de madres a hijas, cosas que Luzia no podía nunca llevar a través de la maleza. La Costurera poseía bolsos bordados, joyas y una pistola, pero no tenía un hogar.

Al principio, la envidia de Luzia era pequeña, una especie de desazón. Con el tiempo creció. Una sensación de náusea en la boca del estómago aparecía cada vez que entraba en una casa, poniéndola de mal humor para el resto del día. Se avergonzaba de esos celos y nunca hablaba de ellos. Simplemente evitaba las casas. Antonio interpretó su aversión por los espacios cerrados como amor por los espacios abiertos, por las tierras áridas en sí mismas. Y lo aprobaba.

—Tú tienes la mejor casa que puede tener cualquier mujer —le dijo una vez, recogiéndole los cabellos sueltos por detrás de las orejas.

Su casa era vasta. Ríos, y no paredes, dividían sus diversos espacios. En la temporada seca, su techo era tan azul como la cerámica vidriada que se vendía cerca de las orillas del San Francisco. Durante los meses lluviosos su techo se volvía gris, con brillantes estallidos de relámpagos. La cocina de Luzia estaba bien provista de cabras, armadillos, conejos silvestres y palomas rolinha. Su mobiliario era robusto: las rocas pequeñas eran buenos asientos, los árboles juazeiro, siempre verdes, daban muy buena sombra y las formaciones rocosas que se elevaban, redondas y enormes como jorobas de bestias dormidas, eran buenos armarios para guardar municiones y suministros en sus hendiduras, o para enterrarlos junto a ellas.

Éstas eran las cosas que Antonio le susurraba a Luzia cuando estaban solos. Por la mañana, antes de que saliera el sol, la despertaba y la llevaba lejos del campamento. Ella lo seguía en aquella semioscuridad temprana del amanecer. Esperaba a que él limpiara un lugar para los dos en el suelo. Con frecuencia la arena invadía la manta, se les metía en el pelo, recorría su piel. Las hormigas, también. El aire de la mañana era frío. Temblaban y se mantenían uno muy cerca del otro. No podían ser demasiado ruidosos, pues los hombres podrían escucharlos. No podían moverse con demasiada libertad en una dirección u otra, pues los cactus y las ortigas podrían herirles la piel. A veces Luzia temía que hubiera serpientes o jabalíes de largos colmillos. Entonces se abrazaba a Antonio con más fuerza.

El dolor de su primera vez había desaparecido para ser reemplazado por la urgencia, el deseo. Con frecuencia, Antonio iba muy rápido —demasiado rápido— y su cuerpo tomaba el mando muy pronto, su mirada se perdía en la lejanía. Al principio, Luzia se enfadaba con él, porque se iba a algún lugar remoto y la dejaba allí, sobre aquella manta con arena. Luego sentía cómo él se estremecía. La miraba con los ojos muy abiertos. «¡Luzia!», exclamaba con voz urgente e implorante. Luzia sentía un repentino y embriagador orgullo. Éste era el hombre al que la gente consideraba un demonio. Era el Halcón, dócil entre sus manos. En ese momento, ella lo poseía. Y como cualquier persona que ha logrado dominar algo salvaje, la joven estaba a la vez encantada y asustada.

Ella nunca iba a admitir su miedo, pero estaba ahí, como la entretela oculta detrás de la tela de la chaqueta de un caballero. La entretela era el elemento áspero e invisible que daba forma a toda la prenda. Con sus hombres, Antonio era un capitán arrogante y temperamental. Cuando entraba en pueblos y ranchos, era el inmutable Halcón. Con Luzia, era el Antonio apacible, casi sensible, solícito. Era fácil sentir afecto por ese hombre. Sin embargo algunas noches, cuando el suelo debajo de la manta era demasiado áspero o el aire de la noche demasiado frío, o su brazo lisiado le dolía y la mantenía despierta, Luzia observaba la espalda encorvada de Antonio, sus hombros endurecidos y su pelo largo y se preguntaba: «¿Si él, además de Antonio, no fuera también el Halcón, lo amaría yo?».

Su segundo embarazo fue diferente desde el principio. No sintió antojo de naranjas. No hizo que Luzia se sintiera cansada o tuviera náuseas. El feto estaba tranquilo. Era un niño concebido en los meses lluviosos, cuando todo florecía. Por la noche, Luzia creía que notaba cómo se movía en su vientre, como una polilla. Las noches eran frías y húmedas. Luzia se arrebujaba debajo de la manta. Se abrigaba con dos chaquetas. Rezaba a Nuestra Señora del Buen Parto. El niño no podía tener antojo de nada, porque Luzia no le daba la menor oportunidad. Bebía leche de cabra todos los días. Chupaba trozos dulces de melaza. En los pueblos de montaña, devoraba la carnosa y amarilla parte interior del fruto del árbol del pan. Comía todo cuanto encontraba.

A pesar de los esfuerzos de Luzia, el niño la abandonó. A la primera señal de calambres, se detuvieron en la casa de una plantación. La esposa del granjero le cedió su cama a Luzia. Aplicó paños mojados en la frente de la embarazada. Antonio se paseaba de un lado a otro delante de la puerta. Cuando Luzia finalmente se levantó, vestida con unos pantalones de repuesto, Antonio la estaba esperando.

—Es mejor así. —El Halcón sacudía la cabeza como si ahuyentara otros pensamientos—. Los cangaceiros no deben tener bebés. Son una carga.

Antonio nunca la había golpeado. Nunca le había gritado, ni le había apretado la mano con demasiada fuerza, ni la había empujado. En este sentido, Luzia se dijo que era una esposa afortunada. Sin embargo, sintió que algo se endurecía dentro de ella, como la melaza tibia que se echaba en recipientes de madera y se ponía al fresco de la noche para que se solidificara y convertirla en rapadura.

Después de perder a su segundo niño, bebía infusión de corteza de quixabeira todos los días y tragaba todos los meses un pequeño perdigón de plomo, de los que usan los niños en sus armas de aire comprimido para matar palomas, con el fin de evitar otro embarazo. Empezó a competir con los hombres en los concursos de puntería. Luzia escogió un arma del montón de viejos rifles «panza amarilla» y otras armas que habían robado. A diferencia de los cangaceiros, odiaba las escopetas, con sus gruesos y pesados cañones y sus toscos proyectiles grandes que se dispersaban por todos lados. Los cangaceiros preferían los Winchester, pero también elegían escopetas. Los tiros de estas armas no eran limpios, pero rara vez fallaban.

—Hay que hacer agujeros hondos —aconsejaba Baiano—. Si uno no puede ir muy adentro, entonces cuanto más, mejor. Hacen que la sangre salga y entre el aire.

Al principio, Luzia nunca apuntaba a un blanco humano. En las competiciones de tiro, practicaban sobre los árboles, latas de conserva o de queroseno y botellas vacías. Para estos blancos Luzia prefería la exactitud de una pistola o de un rifle de cañón largo. Copiaba los métodos de los hombres. Se echaba sobre el vientre y apoyaba el arma sobre una roca para mantener el pulso firme. Al anochecer, cuando había demasiada oscuridad para bordar, Luzia se unía al grupo de hombres para limpiar sus armas. Las armas eran algo valioso. A Antonio le enfadaba ver armas oxidadas o sucias, inutilizadas por el descuido de su portador.

—¡Vosotros recortáis las pezuñas a las cabras! ¡Bañáis a un buen caballo! Entonces, ¿por qué no hacéis lo mismo con vuestras armas? —exclamaba Antonio con frecuencia. Cuando limpiaban las armas, los hombres no hablaban. Sólo se oían los ruidos de los cargadores, el tintineo de las balas y el susurro de los hombres utilizando un trapo o una lata de brillantina. Usaban varillas envueltas en paños suaves para el interior de cada uno de los agujeros de la recámara y los cañones. A Baiano le gustaba engrasar el gatillo con una pequeña cantidad de brillantina.

No pasó mucho tiempo antes de que Luzia ganara todas las competiciones de puntería. Antonio y los hombres —incluido Orejita— elogiaban su precisión. Se maravillaban ante la puntería de Luzia, pero felicitaban siempre al cangaceiro que quedaba en segundo lugar. Los triunfos de Luzia no eran considerados verdaderos, porque nunca había disparado a un hombre. Unos pocos meses después de la revolución, esto cambió. Los cangaceiros regresaron al rancho del coronel Clovis Lucena para tomarse su venganza. Allí, Luzia apuntó a su primer blanco humano. El hijo del coronel, Marcos, se había casado y había dejado a su flamante esposa en la ciudad costera de Salvador; la perfecta puntería de Luzia la dejó viuda.

Después de su primera muerte, disparar se volvió fácil para Luzia. Cuando atacaban la casa de un coronel hostil o cuando sorprendían a un grupo de funcionarios del Partido Azul que huía, Luzia y los demás tiradores primero se escondían en las puertas o detrás de los troncos de los árboles. Al principio, cuando apuntaba con la mira del cañón de su arma, Luzia pensaba que sus disparos iban a provocar en los hombres en los que hiciera blanco una sacudida brusca, un espasmo de sus extremidades. Pero ellos no reaccionaban así. Sólo los disparos poco precisos tenían esos efectos. Si una bala alcanzaba una articulación, o un hueso de la cadera, o rozaba la piel del blanco, volaban hacia atrás y a veces se estremecían o eran presa de convulsiones. Esto era peligroso. Como le gustaba decir a Baiano, incluso después de un disparo mortal un hombre podía vivir diez segundos, y diez segundos eran suficientes como para responder con otro disparo. Así que Luzia sólo quería tiros precisos. Aprendió a apuntar a la cabeza, el cuello y, dado que los órganos vitales estaban más arriba en el cuerpo de lo que ella había imaginado, apuntaba entre las axilas y no más abajo. Dar en el blanco se convirtió en algo placentero. Esto la asustó. De una forma contradictoria, se sentía a la vez bien dispuesta y renuente a seguir disparando, orgullosa y arrepentida, enfadada y asustada.

A principios de 1932, cuando capturaron a los cartógrafos, a pesar de las precauciones que había tomado Luzia, estaba embarazada por tercera vez. Disparar con precisión se volvió aún más importante para ella; de pronto tenía dos vidas que defender en lugar de una. Todos los días esperaba el conocido calambre y la temida expulsión, pero no se produjo. A pesar del calor, de las interminables caminatas y del agua turbia que bebía, el niño seguía allí. Esta presencia hizo comprender a Luzia las implicaciones de algo que Antonio le había dicho una vez: la vida de un cangaceiro era como un globo de fuego, nacido para arder con brillo y morir rápidamente. Tal era la razón por la que los hombres se aferraban a sus colgantes de oro, sus anillos, sus bolsas bordadas y sus prismáticos de bronce, porque en el fondo sabían que esos objetos durarían más que todos ellos. A diferencia de sus pertenencias, el niño de Luzia era un peso viviente. Estaba decidida a que durara más que ella.

3

Luzia prefería la compañía del cartógrafo más viejo. Al mediodía, mientras el grupo se amontonaba en las escasas sombras y esperaba a que el sol bajara, la joven desplegó el mapa con el que se había quedado y lo puso delante del topógrafo. Él le enseñó a leerlo. Ella sólo había visto los mapas grandes y coloridos de la escuela del padre Otto; éste era diferente. Estaba dibujado en tinta negra y minuciosamente medido, con signos de más y menos para los niveles del terreno. Luzia le pidió al cartógrafo que le mostrara la ubicación de Taquaritinga, Recife y el Chico Viejo. Algunos de los cangaceiros se apelotonaron alrededor de ellos, intrigados. El cartógrafo más joven fruncía el ceño ante las preguntas de los hombres. Antonio también observaba las lecciones, pero nunca participaba. No le gustaban los mapas. Desconfiaba de todo lo que tuviera que ser escrito en lugar de guardado en la memoria.

Después de capturar a los cartógrafos, habían enviado un telegrama a la redacción del *Diario de Pernambuco*. Exigían un rescate de doscientos contos, es decir, doscientos millones de reales a cambio de los cartógrafos. Antonio insistió en que había que empezar pidiendo mucho. Dijo que iba a ser como regatear en el mercado semanal. El gobierno de Gomes intentaría que bajaran la cifra. Luzia esperaba no tener que rebajar mucho el precio del rescate. Con esa cantidad, incluso si la recibían íntegra, sólo se podría comprar una propiedad pequeña sobre el río San Francisco. De todas maneras, pensó, poseer legalmente un pequeño terreno era mejor que no tener nada en absoluto.

Antonio le había dictado la exigencia del pago a un tembloroso empleado de telégrafos, que se secaba con un trapo el sudor de los dedos antes de transmitir cada palabra. En el mensaje, Luzia y Antonio no especificaban los detalles del pago del rescate ni las condiciones del intercambio. Primero querían una respuesta del Instituto Nacional de Caminos: si pretendían o no salvar a sus cartógrafos. En el telegrama, exigían que publicaran su respuesta en el *Diario*. Y por si acaso Luzia y Antonio no podían encontrar el periódico con suficiente celeridad en las tierras áridas, también exigían que los funcionarios del Instituto enviaran telegramas a todas las estaciones más importantes del estado con su respuesta. De esta manera, dijo Antonio alegremente, nadie podría localizar con precisión la ubicación de los cangaceiros y, lo que era más importante, el Instituto de Caminos se vería forzado a acceder. Si decían que no, por el periódico y por los telegramas distribuidos por todas partes, todos iban a saber que no habían tratado de salvar a sus propios hombres. Los cangaceiros obligarían a pagar, por pura vergüenza, al Instituto de Caminos de Gomes.

Mientras Antonio pensaba sólo en la repercusión pública que causaría el secuestro, Luzia cavilaba sobre el próximo telegrama. Todas las noches se acostaba sobre sus mantas llenas de arena y redactaba el mensaje en su cabeza. Si el Instituto de Caminos accedía a sus exigencias, tendrían que tener decidido el punto de intercambio. El gobierno de Gomes perfectamente podía enviar tropas en lugar de dinero, de modo que los cangaceiros tenían que planificar con sumo cuidado el intercambio. No podían caer en una trampa. Luzia pensó en dejar a los cartógrafos en un lugar y recibir el dinero en otro, para tratar de desviar la atención del rescate. Tal vez alguno de sus leales colaboradores, cualquier campesino, podía ser usado para recoger el dinero. Cuando Luzia le contaba sus ideas a Antonio, éste apenas la escuchaba. Quería encontrar los periódicos. Quería ver sus nombres impresos.

Con los cartógrafos a cuestas, el grupo había abandonado la cañada para el ganado para dirigirse al río San Francisco, una abundante fuente de agua. Nadie hablaba de la sequía, como si por el solo hecho de ignorarla ésta dejara de existir. Sólo los coroneles más ricos podían permitirse llevar sus rebaños a las tierras altas —a pueblos como Taquaritinga, Garanhuns o Triunfo—, donde había más agua. Los rancheros más pequeños se veían obligados a soltar a sus animales en las tierras áridas con la esperanza de que las bestias pudieran cuidar de sí mismas. Con el calor seco, las garrapatas se multiplicaban. Infestaban las orejas de las vacas y les cubrían los hocicos como una piel marrón llena de bultos. Los buitres engordaban cada vez más y aumentaban su número. Luzia pudo ver imágenes de santos atadas a los techos de las casas. Las estatuillas permanecían con el rostro al sol. Algunas tenían los ojos vendados. A otras les faltaban las manos o tenían los pies destrozados. La gente devolvería los miembros que faltaban cuando lloviera. Era febrero de 1932, los habitantes iban a conservar sus esperanzas hasta el 19 de marzo. El día de San José era un hito importante. Si llovía el día del santo o antes, todavía se podía sembrar. Si no llovía, no había esperanzas. Los habitantes tendrían que recurrir a sus reservas de alimentos —los que las tenían— y esperar hasta el próximo año. Nadie hablaba de la posibilidad de que, si llegaba una sequía, tampoco lloviera al año siguiente. Pero si sus plegarias para que lloviera eran atendidas, los habitantes de la caatinga desatarían las imágenes de los santos, las repararían y las venerarían otra vez. Sobre el techo de una capilla, Luzia vio al Niño Jesús. Sus brazos y sus piernas habían desaparecido, dejando oscuros huecos en su torso de arcilla.

—No deberían hacer eso —señaló Luzia.

—La gente no sabe hacer otra cosa —replicó Antonio—. Es lo que ellos entienden.

La chica negó con la cabeza.

—La gente entiende las amenazas. Los santos, no.

—En algún momento fueron personas.

—Sí —aceptó Luzia—. Tal vez ésa es la razón por la que no escuchan.

444

—Sí escuchan. —Antonio se acarició la mejilla con las yemas de los dedos. Lo hizo rápidamente, para que los hombres no lo vieran—. Simplemente no nos dan lo que pedimos. Tienen sus propias razones.

Antonio, como muchos otros habitantes de la zona, creía que había algún motivo que justificara la falta de lluvia. Dios y los santos lo habrían honrado con un mensaje, una advertencia. Antonio creía que la sequía era un presagio: había comenzado después de que Gomes accediera al poder. Las tierras áridas y la gente que habitaba en ellas iban a sufrir bajo el poder de ese hombre. Antonio comenzó a desconfiar cada vez más del presidente.

La comida era escasa, pero los cangaceiros nunca se vieron afectados por ello. Sobre todo pescaban el pez llamado surubí tigre en el río San Francisco. El olor a pescado permanecía mucho tiempo en las manos de Luzia, en la nariz, en la ropa. Odiaba ese pescado lleno de espinas, con su carne blanca e insípida, pero era mejor que la harina de mandioca rancia y la dura carne deshidratada que se vendía en los pueblos. Si el día se daba bien, los hombres cazaban lagartos teu o palomas rolinha. Los cangaceiros estaban acostumbrados a caminar muchas horas con poca comida. Los cartógrafos no. Sus pies pronto se ensangrentaron y se llenaron de llagas. La barba de los hombres crecía descuidada y se enredaba debajo de la barbilla. Parecían santones errantes, sólo que no llevaban los acostumbrados rosarios ni cargaban con pesadas cruces.

Luzia podía dominar su mente para soportar la sequía, pero su cuerpo exigía algo más. La piel de su vientre se estiraba y le resultaba difícil abrocharse los pantalones. Sentía los huesos de la cadera como si estuvieran engrasados y resbaladizos. Se trastabillaba. Tropezaba con los hombres al andar. Se sentía tan torpe e incómoda como una niña que estaba creciendo, con un cuerpo que cambiaba de manera que no comprendía. Se sentía cansada. No era la fatiga acostumbrada de caminar o vivir bajo el caliente sol del desierto, sino algo más profundo. El niño estaba apoderándose de ella, estaba comiéndosela. El estómago le ardía como si tuviera esos parásitos que se meten debajo de la piel de las reses vacunas y las cabras, para luego comérselos desde dentro. Una noche, Ponta Fina le trajo el corazón de una paloma rolinha. Luzia no le había hablado de su estado, pero Ponta lo había adivinado. Conocía la vieja creencia: para predecir el sexo de la criatura, la futura madre pincha un corazón de pollo y lo sostiene sobre un fuego. Si al asarlo el corazón se abre, el bebé será una niña. Si se queda cerrado, será un varón. No tenían un corazón de pollo, pero el de la paloma serviría igual. Luzia puso el corazón diminuto en la punta de su puñal. Lo sostuvo sobre el fuego que habían encendido. Ponta permaneció junto a ella. Cuando sacó el cuchillo de las llamas, el corazón estaba oscuro y prieto, como un puño.

Para mediados de febrero ya habían visitado diez o doce oficinas de telégrafos, pero no había llegado ningún telegrama del Instituto de Caminos. El polvo se levantaba del suelo en nubes de sucio color naranja, cubriendo las ropas de los cangaceiros, desluciendo el brillo del cuero de sus cartucheras y recubriendo el interior de sus bocas, para dejarlas ásperas, resecas. La vista de Antonio empeoraba. En el lado de la cara que tenía la cicatriz, el ojo lagrimeaba y le picaba. No podía quitarse la arena y el polvillo con simples parpadeos. Dado que el agua era demasiado preciosa para ser malgastada, se limpiaba el ojo con un pañuelo. Era inútil, su ojo se volvió oscuro y opaco como las canicas de los niños. Algunas noches, Antonio despertó en estado de pánico, preocupado porque su otro ojo también se estaba nublando. Rezó intensamente a santa Lucía. Finalmente, decidió cruzar el río San Francisco e ir a ver al doctor Eronildes.

El médico, como otros que había cerca de San Francisco, gozaba del lujo del agua. Mientras duraran los abastecimientos de alimentos, los pescadores y los agricultores arrendatarios podían permanecer en sus casas hasta que volviera a llover. A pesar de los beneficios de las aguas de Viejo Chico, la mayoría de los rancheros, y Eronildes también lo era, ya habían abandonado la región. El *crash* de 1929 y la crisis que le siguió habían sido los primeros golpes recibidos por los agricultores independientes; la sequía los debilitó aún más. La mayoría había abandonado sus granjas, lo que permitió que los coroneles de las cercanías se apoderaran de las tierras. El doctor Eronildes se negó a hacer lo mismo. A pesar de la sequía, se quedó.

Su rancho blanqueado se había desteñido hasta convertirse en una construcción amarillenta y sucia. El sol había desteñido el portón de la entrada hasta dejarlo gris y había hecho que sus maderas se astillaran y se combaran. Eronildes en persona abrió el portón. Las tensiones de la vida en la caatinga habían hecho estragos físicos en el médico. Manchas hechas por el sol salpicaban la piel debajo de los ojos del doctor ranchero. Su barba estaba mal afeitada. Un cinturón de cuerda reemplazaba el de cuero antes usaba. Cuando saludó a Luzia, le temblaban las manos. Ella percibió el olor del alcohol en su aliento.

Inmediatamente reconoció a cada uno de los cangaceiros. Esterilizó unas pequeñas pinzas y arrancó espinas de las dolorosas protuberancias rojas de su piel. Trató las heridas superficiales con algunas preciosas gotas de agua oxigenada y yodo, y advirtió a los hombres que no debían usar cuchillos oxidados. Por lo demás, recetó remedios de hierbas para aliviar la tos o el estreñimiento causado por la pobreza de la dieta. Con sus dedos delgados, inspeccionó los dientes y las encías de los hombres. Algunos estaban flojos y ensangrentados y el doctor Eronildes recomendó a los hombres que comieran cualquier fruta, silvestre o no, que pudieran encontrar. Cuando llegó a los cartógrafos, Eronildes se quedó en silencio. Les limpió los pies con lo que le quedaba de agua oxigenada. Luego echó una solución diluida de ácido carbólico sobre la piel destrozada, lo cual hizo que los cartógrafos respondieran con muecas. El doctor Eronildes le dijo a Ponta Fina que vendara los pies a los rehenes mientras llevaba a Antonio y a Luzia adentro. En su oficina privada, Eronildes le miró los ojos a Antonio.

—El izquierdo está bien —dijo Eronildes—. El otro ojo nunca quedará bien. Tendrás que soportarlo.

Abrió un armario de madera y buscó algo entre lo que allí había. Después de un rato, regresó con una ampolla de vidrio. Tenía una tapa de goma y un gotero para ojos.

—Vas a perder la visión en el ojo derecho —le informó Eronildes—. Pero esto te ayudará con las molestias del polvo. Es una solución para humedecer el ojo.

Antonio revisó la ampolla. Sin pedirle a Luzia que la probara primero, abrió la botella y echó unas gotas en su ojo nublado. Cerró con fuerza los ojos, luego se incorporó. Tenía la mejilla mojada.

—Le estoy muy agradecido —dijo Antonio—. Usted tendrá siempre mi protección.

Eronildes se secó las manos.

—Tengo algo que enseñarles —informó; luego pasó el dedo por el montón de periódicos que había junto a su escritorio. Sacó un *Diario de Pernambuco* fechado tres semanas antes—. Esto estaba en mi más reciente envío, el último. Ahora el río viene demasiado bajo para permitir navegar a las barcazas.

En la portada había un artículo sobre los cartógrafos. Luzia lo leyó en voz alta.

«Unos cuantos perversos ladrones no le negarán a la gente lo que necesita», habría dicho el teniente Higino Ribeiro, el nuevo líder del estado. Les aseguraba a los lectores que el gobierno enviaría más topógrafos. Iban a construir la carretera Transnordeste. El artículo hablaba de la tarea cumplida por los cartógrafos en beneficio de su país. Habían sido hombres honorables y espléndidos.

Gomes envió una carta desde el palacio presidencial de Río de Janeiro diciendo que los cangaceiros eran un pequeño obstáculo en el camino hacia un futuro más grande: «¡No hay sitio para ellos en el nuevo Brasil!». También se mencionaban las palabras del doctor Duarte Coelho, recientemente nombrado consejero especial del estado para asuntos relacionados con el delito. Ofreció una fuerte recompensa por las cabezas de los cangaceiros: 25 millones de reales por el Halcón y la Costurera. Los funcionarios municipales estaban tratando de definir la mente delictiva para establecer los criterios físicos que usarían para eliminar a futuros delincuentes, para saber cuáles podrían ser rehabilitados y cuáles debían ser condenados a desaparecer.

—Como cabras lisiadas —dijo Luzia—. Como becerras nacidas ciegas o sólo con un pezón. —Tales animales estaban condenados desde el principio, sus destinos establecidos por sus cuerpos y no por sus almas.

—Estamos en primera página; es un éxito —intervino Antonio, no haciendo caso a lo que ella decía.

—No deberías bromear —replicó el doctor Eronildes—. Ese artículo también se puede considerar una nota necrológica para los topógrafos. No pagarán por ellos. No les importan.

—Les importarán —aseguró Antonio—. Haré que les importen.

—¿Cómo?

Antonio miró a Luzia.

—Nos sacaremos una fotografía todos nosotros. La prueba de que están vivos.

—No lo hagas —aconsejó Eronildes, con voz grave—. Les han puesto precio a vuestras cabezas. Vuestra protección es el anonimato. Si sacáis una fotografía, conocerán vuestras caras. Nunca seréis libres.

—Ya somos libres —replicó Antonio—. Pero si dejamos que esa carretera llegue aquí, no lo seremos. Será como un gigantesco cerco; Gomes lo usará para encerrarnos. Para empujarnos cada vez más hacia la caatinga hasta que ya no quede nada de ella. Y luego nos acorralará para sacrificarnos. Somos hombres, doctor, no ganado vacuno.

Eronildes suspiró. Cogió una botella de whisky White Horse y dos vasos de un estante. El doctor sirvió las bebidas. Cuando Antonio la rechazó, Eronildes rápidamente se bebió ambos vasos.

—Las cosas han cambiado —reflexionó el doctor, secándose la boca.

Antonio asintió con la cabeza.

—El whisky es más abundante que el agua en estos tiempos.

—No es eso lo que quiero decir —replicó Eronildes—. Permanecer aquí, en Bahía, no pondrá fin a los problemas. Bahía, Pernambuco, Paraíba..., todos los estados están unidos ahora bajo Gomes. Ninguno es más seguro que los demás. Si quiere dar un ejemplo de esos topógrafos, la ley tendrá que hacer lo mismo con vosotros.

—Gomes nunca se quejó cuando deteníamos a aquellos prófugos azules —dijo Antonio—. Pero cuando detenemos a sus hombres, pone precio a nuestras cabezas. —Bajó la mirada y jugueteó con el gotero para sus ojos—. Hay algo que quería preguntarle, doctor. ¿Qué es una reliquia?

—¿Una reliquia? —replicó Eronildes, confundido—. Algo que es viejo. Inútil. Que ha sobrevivido más allá de su tiempo.

Antonio asintió con la cabeza. Sus dedos se apretaron sobre el frasco de gotas; Luzia temió que lo rompiera.

—¿Por qué lo preguntas? —quiso saber Eronildes.

Antonio miró fijamente el doctor. Sus ojos estaban todavía humedecidos por las gotas; Luzia quería extender la mano y secarle el rostro, pero no se atrevió.

—Nunca molesté a la capital. Nunca llevé a mis hombres más allá de Limoeiro. Dejé tranquila la costa. Nunca me metí en sus asuntos. Ellos deberían mostrar el mismo respeto por mí, por mi territorio.

—No es un asunto de buenos modales, Antonio —explicó Eronildes en voz baja—. Las tierras áridas no son vuestras.

El lado sano de la frente de Antonio se arrugó.

—Los tiempos cambian —continuó Eronildes—. Tenemos que cambiar con ellos.

—¿O convertirnos en reliquias?

—Sí.

Antonio se aclaró la garganta como si fuera a escupir. Pero, en lugar de hacerlo, habló:

—Usted es un hijo de la ciudad, doctor. Yo soy un hijo de la caatinga. Y soy un hijo leal.

—¿Leal a qué? ¿Al viejo estilo? —Eronildes sacudió la cabeza—. Tú quieres que la gente viva bajo el mismo yugo.

—Y usted quiere que ellos se sometan a nuevos yugos.

—La carretera no es un yugo, Antonio.

—La gente estará en contra de ella. Todos se pondrán de mi lado. Me ayudarán porque yo los ayudo. Son leales.

—No —replicó Eronildes—. La gente es inconstante. Convierte en héroe al primer hombre que encuentra hasta que aparece otro mejor. No hay lealtad aquí, Antonio. Sólo hay necesidad. La gente necesita comida. Necesita dinero y seguridad. A quienquiera que le dé más de eso lo considerarán un héroe. La recompensa por tu cabeza borrará toda lealtad.

—¿Entonces usted es uno de ellos? —preguntó Antonio—. ¿Un hombre de Gomes?

Eronildes levantó sus manos manchadas por el sol, como si quisiera mostrar que estaba desarmado.

—¿Qué otra cosa se puede ser, eh?

Antonio asintió con la cabeza. Se puso el artículo del periódico debajo del brazo y salió de la habitación con paso majestuoso, olvidando a Luzia. Cuando ella se movió para seguirlo, Eronildes dio la vuelta a su escritorio y la cogió por el codo lisiado. Avergonzado, la soltó rápidamente.

—Puedo pedir unas nuevas lentes para tus gafas —farfulló Eronildes—. Ésas están rayadas.

—Todavía me sirven —dijo Luzia—. Gracias.

—Vosotros..., Antonio no volverá aquí otra vez, ¿verdad? Ésta es la última vez.

Luzia asintió con la cabeza. Antonio recelaba de aquellos a quienes consideraba «hombres de Gomes», incluso si habían sido alguna vez sus amigos. El doctor se retorció las manos.

—Te pregunto esto como médico —susurró Eronildes—. Y como amigo. ¿De cuántos meses estás?

Luzia levantó la vista, sorprendida.

—Es por la cara —explicó Eronildes—. Los semicírculos oscuros debajo de los ojos. Y los pantalones —agregó, haciendo un gesto con la cabeza hacia la cintura de Luzia— apenas te los pueden abotonar.

La mujer sintió que su cara enrojecía. Los hombres —incluso los médicos— no hablan con las mujeres sobre esos asuntos. Sólo las comadronas se ocupan de los problemas femeninos, pero Luzia no tenía ninguna comadrona. No tenía ninguna guía.

—Han pasado tres lunas —respondió—. Desde que... —Sus palabras se detuvieron. No podía completar lo que iba a decir.

—Debes descansar —le aconsejó Eronildes—. Debes comer apropiadamente. Lo perderás si no lo haces.

—No. No éste. Éste se queda.

—¿Abandonarás el grupo?

Luzia negó con la cabeza, sorprendida de que él siquiera considerara esa posibilidad.

—¿Cómo criarás a ese niño? —le preguntó Eronildes, indignado. «Ese niño», dijo, como si no fuera de ella.

—Lo criaré como corresponde.

—¿Dónde?

Ella se tambaleó, luego habló en voz baja:

—En algún sitio cerca del río. Vamos a comprar un terreno con el dinero del rescate.

Eronildes resopló.

—Eres tan terca como él. No pagarán. Y aunque lo hicieran, no serviría de nada. La tierra está muerta. ¡Ninguna plantación de algodón, ni siquiera la mía, aquí junto al río, ha florecido! Y si no llueve este año, ni siquiera la mandioca crecerá. Se morirá de hambre.

—¿Adónde debo ir, entonces? —balbuceó Luzia, con un tono de voz inexpresivo—. ¿A una ciudad? ¿A la capital? Me moriría de hambre allí también. Nadie quiere contratar a un lisiado. Especialmente a uno con mi barriga.

—Podrías quedarte aquí.

—¿Como su criada? —Luzia tosió. No dejó que el médico respondiera—. Antonio no me lo permitiría.

—Si te ama, lo hará.

Luzia nunca había escuchado a un hombre pronunciar en voz alta el verbo amar. Emília solía hacerlo, en susurros, antes de dormirse. Pero los hombres, especialmente los hombres de la caatinga, no decían esas cosas. Luzia apartó la cara de la mirada del doctor.

—Me han dicho que eres buena con las armas —dijo Eronildes.

—Sí —respondió Luzia, y su voz sonó demasiado fuerte—. Soy buena disparando.

—¿Quién te enseñó a disparar?

—Antonio.

—¿Por qué?

—Para que pueda defenderme yo misma —respondió Luzia, confundida. Sintió una cierta vergüenza por su habilidad para disparar, y estaba enfadada con Eronildes por hacer que se sintiera de esa manera—. Me enseñó porque me iba a ser útil.

—¿O fue para ayudarse a sí mismo? —insistió el médico—. ¿Para que le fueras útil a él, ahora que su visión está fallando?

El corazón de Luzia latió desenfrenadamente. Era una imprudencia que le dijera a ella esas cosas. ¿Acaso no veía la Parabellum en su pistolera al hombro? ¿Eronildes no sabía de lo que ella era capaz? Las yemas de los dedos de Luzia rozaron la empuñadura de su arma.

—¿Ahora estás pensando en dispararme? —preguntó Eronildes, con expresión triste—. Eso sería más fácil, ¿no? En lugar de escucharme. Ya lo ves, en cuanto uno recurre una vez a la violencia como solución, ya se siente tentado a hacerlo otra, y otra más. Hasta que un día, Luzia, ya no podrás decidir si usarla o no. Lo harás de manera automática y no podrás contenerte. ¿Cómo vas a criar a otro ser humano, cuando no puedes controlarte tú misma? ¿Qué le enseñará a este hijo suyo?

Luzia sintió que el pecho se le encogía y le cortaba el aliento.

—Usted nunca ha tenido que disparar —le dijo ella—. No sabe nada de eso.

Eronildes asintió con la cabeza.

—Eso es verdad. Pero sé de medicina. Sé lo que significa estar embarazada. Y tú sabes que no se espera que llueva. Sabes que tu marido atacará la carretera que planea construir el gobierno. No le dará paz. El país está cambiando, Luzia. Las regiones más remotas formarán parte del país, le guste a él o no. Si ese niño tiene suerte, morirá el día que nazca.

—¿Me está echando una maldición? —preguntó Luzia.

—No creo en las maldiciones —respondió Eronildes—. Si tu hijo muere, no le eches la culpa a una maldición. Échate la culpa a ti misma.

Luzia abandonó el consultorio. Atravesó rápidamente los oscuros pasillos de la casa de Eronildes hasta que llegó a la puerta de la cocina. Fuera, desapareció entre la maleza, donde los cangaceiros habían levantado el campamento.

4

Luzia todavía recordaba su primer muerto y cómo eso la había cambiado. Un año y dos meses antes del secuestro de los cartógrafos, mientras Gomes organizaba su nuevo gobierno en la costa, Antonio también decidió reorganizarse: reunió a sus nuevos reclutas y regresó al rancho del coronel Clovis. Poco había cambiado en Santo Tomé desde su primera y desastrosa visita. El coronel Clovis todavía llevaba el pijama con un cuchillo metido en el cinturón. Marcos no era diferente, salvo por el anillo de boda de oro que llevaba en su grueso dedo. Se había casado, pero había dejado a su esposa en la ciudad costera de Salvador, protegida del sol y el polvo de las tierras áridas, y de sus cangaceiros. Cuando el grupo de Antonio se apoderó del rancho del coronel, dominando rápidamente a sus capangas, Marcos trató de escapar por la puerta trasera. Baiano lo detuvo. El coronel Clovis, por otro lado, permaneció sentado plácidamente en su sillón, en el porche.

—Sabía que vendrías —le dijo, dirigiendo su barbilla barbuda hacia Antonio—. No soporto la espera. Vamos, haz lo que piensas hacer.

El coronel se puso de pie y le entregó su cuchillo peixeira a Antonio. Éste asintió con la cabeza y llevó al anciano dentro del rancho. Desde el porche, Luzia escuchó un solo disparo. Cuando Antonio regresó, se encontró cara a cara con Marcos. El hijo del coronel estaba entre Baiano y Orejita. La pechera de su camisa estaba mojada de sudor. La tela se le pegaba al pecho.

—Todo fue cosa de mi padre —dijo Marcos con voz ronca—. Él hizo un trato con el coronel Machado, a cuyo hijo estuviste a punto de matar. Le iba a dar toda su cosecha de algodón si mi padre te entregaba. Era un negocio. —Marcos miró a Luzia, como si buscara compasión. Ella le devolvió la mirada con la boca rígida. Marcos se secó la frente con el dorso de la mano—. Ahora ya no importa. Gomes está en el poder. Las tropas se han ido. Tú estás vivo.

—Perdí la mitad de mis hombres —respondió Antonio—. Me hirieron en una pierna. ¿Sabes lo que es arrastrarse entre la maleza con una pierna herida?

Marcos negó con la cabeza. Se miró los zapatos.

—El día que llegaron los soldados, tú desapareciste —continuó Antonio—. Dejaré que vuelvas a hacer lo mismo otra vez.

Los ojos de Marcos se abrieron muy grandes.

—Pero el algodón... —protestó—. No hay mucho, pero tengo que empezar a cosechar...

—Yo me ocuparé de eso ahora —le interrumpió Antonio.

—¿Y si me quedo?

El porche estaba en silencio, salvo por la tensa respiración de Marcos, un inquietante silbido del aire que entraba y salía por su nariz.

—Es mejor que ensilles un caballo —insistió Antonio—. Hazlo rápido o cambiaré de idea.

Marcos asintió con la cabeza. Baiano lo condujo a las cuadras. Cuando Orejita protestó porque estaban siendo demasiado indulgentes, Antonio le hizo abandonar el porche.

—Saldrá al galope —le susurró Antonio a Luzia. Puso su mano debajo de la axila de ella y abrió delicadamente la pistolera que llevaba en el hombro. Sacó la Parabellum y la puso en sus manos—. Dispárale a la pierna —dijo—. Hazle caer.

Antonio hablaba con voz baja y suave. Era el mismo tono que usaba cuando le pedía que leyera en voz alta su certificado de bodas, o que le hiciera una compresa para su ojo malo. Conseguía que sus órdenes parecieran ruegos.

Luzia escuchó el golpeteo de los cascos. Sentía que la Parabellum pesaba mucho en su mano. Recordó haber estado de pie ante un inmenso rollo de seda portuguesa, precisamente después de que su brazo resultara herido. «Corta derecho y corta rápido —le había dicho su tía Sofía—. El primer corte es siempre el más difícil. Después se vuelve más fácil».

—Mi Santa —susurró Antonio.

Luzia subió el brazo bueno. Lo estabilizó con el miembro lisiado. Marcos, grande y semejante a un gusarapo, se movía sobre su caballo. El polvo nublaba el sendero de la entrada. Pronto estaría fuera de su alcance. Luzia contuvo la respiración.

Los cangaceiros la felicitaron. Era un disparo difícil, un blanco móvil, con todo aquel polvo. Sus ojos eran más agudos de lo que ellos habían imaginado. Ponta Fina se ofreció para limpiar la Parabellum. Orejita lo consideró un disparo afortunado. Marcos pasó el día yendo de un lado a otro en el patio delantero, chocando contra los postes de la cerca y los pilares de la casa, tratando de encontrar la puerta principal. Antonio le había atado las manos a la espalda y le había puesto una dura lona sobre los ojos. Por la noche, Marcos lloró y gimió. Luzia no pudo dormir a causa de esos ruidos. Al día siguiente, Marcos no hacía ruido. Antonio desenvainó su puñal y se dirigió al patio. Los buitres de cuello negro se amontonaban sobre la cerca y en las ramas de los árboles. Luzia se tapó los oídos con algodón, pero de todos modos siguió escuchando los movimientos de sus alas. Los actos de ella habían atraído aquellas siniestras aves hasta allí.

A petición de Antonio, Luzia escribió una carta para la viuda de Marcos, que estaba en Salvador, informándola de que su marido, Marcos Lucena, y su suegro, Clovis, habían muerto. Antonio enviaba sus más sentidas condolencias. Aseguraban a la viuda que la granja sería cuidada de la forma debida. Para ser justos, ella iba a recibir anualmente una parte de las ganancias producidas por la fibra de algodón. No había necesidad de hacer visitas ni investigaciones, pues todo estaba en orden. «El interior no es lugar para una dama —añadió Luzia antes de sellar la carta—. Si la señora es prudente, tendrá esto en cuenta».

Luzia tenía la esperanza de quedarse en Santo Tomé, donde podían labrar la tierra y vivir normalmente. Pero, al cabo de un mes, Antonio empezó a mostrarse inquieto. Argumentaba que la propiedad no era suya por derecho, y para sacar adelante su reclamación legal por ella iba a necesitar más hombres y más dinero. Abandonaron Santo Tomé y regresaron a la maleza. Pero Luzia no podía apartar de su cabeza el recuerdo de aquel patio polvoriento, el tacto resbaladizo de la Parabellum en sus manos, el ruido sordo y fuerte que Marcos hizo al caer de su caballo. Había esperado sentir culpa o remordimiento por estos recuerdos, pero más bien sentía enfado. No estaba segura de por qué. Era como si lo que podría llamarse su primer muerto hubiera descorrido un cerrojo dentro de ella que abría las puertas a emociones que habían estado encerradas. La rabia de la niñez de Luzia volvió.

En los meses que siguieron, cuando los cangaceiros se dedicaron a asaltar a los leales azules en la cañada para el ganado, Luzia sólo robaba periódicos a aquellos hombres. A las mujeres les robaba mucho más. Los fugitivos viajaban a menudo con esposas e hijas, que miraban a Luzia con una mezcla de miedo y aversión. Fijaban la vista en sus pantalones y en su brazo lisiado. Para ellas, era la humilde Costurera. Luzia les arrancaba los collares y demás colgantes del cuello, tirando hasta que las cadenas se rompían, hasta que le dolían las palmas de las manos. A veces miraba el pelo de aquellas damas y, sin saber por qué, les daba tirones, y luego se lo rapaba, tan corto que hería aquellos pálidos cueros cabelludos. En ese momento daba salida a su antigua rabia, liberada de las reglas de la tía Sofía y de la voz tranquilizadora de Emília. Luzia podía entonces agredir, apuntar y disparar. Podía herir a alguien antes de que la hirieran a ella.

Después de su discusión con el doctor Eronildes, la joven empezó a comprender las consecuencias de aquella lógica. Había aprendido a ser tan cruel como los hombres. En las tierras áridas, las mujeres sólo aprendían a vivir junto a la crueldad, a soportarla, a valorarla a veces. Como mujer, Luzia veía lo que Antonio y los demás cangaceiros no podían ver: la crueldad no podía ser controlada. No podía ser usada y luego descartada como si fuera una simple sandalia de cuero. Una vez que estaba ahí, ahí se quedaba. Había crecido dentro de ella y de los hombres hasta convertirse en un mal crónico. Indiferencia. Eronildes tenía razón. Pero Luzia tenía otra cosa creciendo dentro de ella, compitiendo por el espacio. El niño que se formaba en su vientre podía salvarla de todo aquello. Antes de nacer, ya la había impulsado a desear estabilidad, a querer un pedazo de tierra. Ese deseo le había dado la idea de secuestrar a aquellos cartógrafos y de pedir un rescate. Si podía hacerle esto a ella, pensaba Luzia, quizá el niño podía cambiar también a Antonio e impulsarlo a dejar de ser un cangaceiro para convertirse en un padre.

5

En su campamento cerca de la casa de Eronildes, Antonio mostró el periódico a sus hombres. El secuestro de los cartógrafos había salido en la portada. El gobierno de Gomes les tenía miedo. Tanto miedo, les dijo Antonio, que había ofrecido una recompensa por sus cabezas. Los cangaceiros no sabían leer, de modo que creyeron la palabra de su capitán. Sólo Baiano conocía el alfabeto, pero no pudo retener el periódico el tiempo suficiente para hacer una de sus lentísimas lecturas. Los hombres lo pasaron de mano en mano entre aclamaciones y risas. Eran famosos, les dijo Antonio. Eso merecía una celebración. Los hombres hicieron una hoguera y asaron un buey que Eronildes les había regalado. El animal era flaco y su carne dura, pero habían pasado semanas desde la última vez que todos ellos habían comido carne fresca. Después de la cena, algunos de los bandidos se pusieron a bailar. Otros, conducidos por Orejita, se dirigieron a pie a un pueblo cercano con la esperanza de encontrar mujeres de la calle. Con aquellos que se quedaron, Antonio trató de mostrarse alegre. Cantó y jugó al dominó. Cuando se cansó, se apartó del fuego y se sentó junto a Luzia.

Antonio se quitó el sombrero. Debajo de él, el pelo tenía un brillo aceitoso cerca del cuero cabelludo. A la altura de la oreja, donde el sombrero ya no lo protegía, se aclaraba gradualmente y cambiaba de textura, se le volvía seco y se le enredaba hasta que las puntas rubias como la miel le rozaban los hombros.

—Es tarde, mi Santa. Debes descansar. Mañana partiremos muy temprano.

—¿Adónde?

—A otro pueblo. A algún lugar donde haya un fotógrafo. —Antonio hizo un gesto con la cabeza en dirección a los cartógrafos, que estaban echados debajo de un árbol cercano con los pies atados. Antonio había dado carne a los rehenes y la grasa brillaba en los contornos de sus bocas.

—Enviaremos la prueba —dijo.

—¿La prueba de que están vivos? —preguntó Luzia.

Antonio se secó el ojo nublado.

—La prueba del error de la capital.

Su marido tenía el hábito de referirse a la capital como si fuera algo vivo, un rival de carne y hueso. «Le daremos una lección a la capital», decía a menudo. «Esto va a provocar la atención de la capital». Era más fácil para Antonio decir «la capital» que nombrar al teniente Higino Ribeiro o incluso a Gomes. Eso le molestaba a Luzia. Había empezado a repetirlo con frecuencia, y con firmeza, como si estuviera hablando de un hombre y no de toda una ciudad.

—El doctor me ha preguntado por mi salud —le contó Luzia. Respiró hondo; si Antonio lo consideraba impropio, su revelación podía significar la muerte para Eronildes.

—¿Qué clase de cosas te ha preguntado?

—Está preocupado por mí. Por nuestro niño. —Luzia tosió. Era la primera vez que hablaban del niño.

—¿Tú estás preocupada? —quiso saber Antonio.

Luzia no pudo asentir con la cabeza. Mostrarse preocupada sería una traición a Antonio, una manera de decir que pensaba que no podía cuidarla como un buen marido debe hacerlo. La joven se acurrucó. Se recostó sobre él, apoyando la cabeza en su hombro. A Antonio no le gustaban esas demostraciones de afecto. Junto al fuego, los cartógrafos y los cangaceiros los estaban mirando. Luzia apretó la nariz contra la chaqueta de Antonio. Percibió su olor a polvo, sudor y Fleur d'Amour.

—Mi Santa —susurró Antonio, agarrándole suavemente la cara para que lo mirara a los ojos.

Recogió la manga de su chaqueta dejando el brazo desnudo. Estaba más pálido que la mano, pero seguía siendo muy moreno. Luzia observó la parte inferior, más blanda, las sombras de sus nudosas venas proyectadas por el fuego. Antonio sonrió.

—Tómalo —ofreció—. Es tuyo.

—¿Crees que quiero esa carne dura?

—No —respondió él. La sonrisa había desaparecido. Mantuvo el brazo extendido—. Pero si lo quisieras, te dejaría darle todos los mordiscos que te hicieran falta. Te dejaría comerme vivo.

—No me gusta este tipo de conversaciones —protestó Luzia. Cuando estaban recién casados, ella le había contado la historia de la esposa caníbal. Pero en ese momento, con la sequía que se avecinaba, esa historia ya no era divertida.

—Es la única clase de charla que conozco —respondió Antonio en voz baja.

Luzia miró fijamente el brazo. Si se lo llevaba a la boca, él no reaccionaría. Ni gritaría. Se lo daría. Le dejaría comérselo bocado a bocado, si eso fuera lo que ella necesitaba.

Al día siguiente, mientras se preparaban para dejar el rancho de Eronildes, Antonio le dio las gracias al doctor, pero no estrechó su mano. Serenamente, Eronildes le recordó que debía ponerse las gotas en los ojos. Unos minutos después, mientras los cangaceiros recogían el campamento y preparaban sus petates, Eronildes hizo un aparte con Luzia. Le puso una tela doblada en las manos. Era un tejido de bramante rústico, de color azul.

—Tendrás que hacerte unos pantalones para que te quepa el vientre —le dijo Eronildes. Puso las manos entre los pliegues de la tela y cogió un frasquito tapado. Dentro del frasco marrón había un polvo.

—Es cianuro —susurró—. Por favor, ábrelo sólo si lo vas a usar. Es muy fuerte. Es mejor que morirse de hambre o ser capturada por los soldados. Especialmente por los soldados. Ésa no es una manera digna de morir para una dama.

Le puso el frasco en la palma de la mano.

—Moriré de la manera que Dios decida —replicó Luzia. De todas maneras, cogió el frasquito y lo guardó en su morral. Luego miró fijamente al doctor. Los ojos de Eronildes se veían grandes y redondos detrás de las gruesas gafas. La joven tullida pensó en los binoculares de Antonio. Cuando miraba a través de ellos, todo se volvía tangible y fácil de alcanzar, aun cuando en realidad no fuera así. Quizá ésa era la manera en que Eronildes veía las cosas. «Abandónalo», la había exhortado él creyendo que era algo sencillo. Eronildes creía que abandonar a Antonio quería decir que amaba a su hijo. Y que si no lo dejaba, lo verdadero era lo contrario.

«Ama lo que tienes delante de ti. No hagas ninguna diferencia», le había dicho a menudo el padre Otto. Pero era imposible no hacer diferencias. El niño de su vientre era un fantasma. Era amorfo, desconocido. Era frágil, y Luzia no podía confiar en la fragilidad. Sólo podía confiar en la fuerza. Antonio era carne y hueso. Era real, estaba vivo junto a ella. En ese momento era el más fácil de querer de los dos.

«Las personas son débiles —pensó Luzia—. Nos apoyamos en lo que es fácil, en lo que ya es conocido». Algún día, cuando tuviera edad suficiente como para comprender, le diría eso a su hijo.

6

A ella nunca le gustaron las fotografías. Nunca le gustó la manera en que las personas salían en ellas: los cuerpos rígidos, las caras congeladas, los ojos oscuros dentro de las órbitas como dos hoyos sin alma. Las pinturas, por lo menos, estaban hechas por manos de seres humanos. Y las canciones, como las que cantaban aquellos artistas ambulantes acompañándose con sus pequeñas guitarras, contaban historias. Las fotografías provenían del interior de una caja negra, producto de una creación misteriosa y sin dioses. No contaban historias. No se sabía qué había ocurrido antes de que se sacara la fotografía o qué iba a suceder después. Sólo se podía adivinarlo, y Luzia odiaba la adivinación. Prefería la precisión. Un centímetro era la diferencia entre unos pantalones que resultaban cómodos y otros que quedaban mal. Entre un bordado perfecto y otro desastroso. Entre un tiro en el corazón y otro en un pulmón, o en un músculo, o en un hueso.

Después de unas pocas semanas de marcha cerca del río San Francisco, encontraron un pueblo de dimensiones decentes, que tenía una capilla, un activo mercado y un fotógrafo. Luzia vaciló ante la idea de hacerse un retrato.

—Conocerán tu cara —señaló—. Conocerán la mía.

—Eso es lo que quiero —replicó Antonio.

Cuarenta cangaceiros se alinearon en tres filas. Los nuevos reclutas se inclinaron sobre una rodilla, con sus sandalias de cuero bien abrillantadas, las alas de sus sombreros recién dobladas y sostenidas hacia arriba en forma de media luna. La segunda fila estaba formada por hombres en cuclillas, apoyados en el suelo sobre sus rifles. En la tercera fila estaban de pie. La integraban los miembros más antiguos del grupo: Baiano, Canjica, Inteligente, Orejita, Zalamero, Medialuna, Cajú, Sabiá, Ponta Fina. Los anillos brillaban en sus dedos oscuros. Ajustaron las bufandas de seda en sus cuellos y torcieron sus morrales hacia delante para mostrar a la cámara los bordados de Luzia. Todos estaban cubiertos con los dibujos de ella, el de Antonio sobre todo. Llevaban los puñales metidos en ángulo en las cinturas de los pantalones, de modo que las asas de los cuchillos sobresalían por encima de sus grandes cartucheras. Delante de los cangaceiros arrodillados se colocaron los dos cartógrafos. Estaban sentados en el suelo, con las piernas cruzadas y las manos atadas a la espalda. Las vendas que Eronildes les había puesto en los pies estaban manchadas y rotas.

Luzia estaba en el centro de la tercera fila, al lado de Antonio. Al igual que los hombres, no sonreía. Había mascado corteza de juá de manera obsesiva, pero sus dientes todavía seguían enfermos. Después de dejar el rancho de Eronildes, uno de sus dientes superiores había empezado a dolerle. Cuando pasaba la lengua por él, notaba sabor a podrido, como a leche ácida. Empezó a tener mal aliento. Durante sus viajes, habían encontrado a un vaqueiro que tenía pinzas para dientes. El hombre le había hecho beber a Luzia una taza de licor de caña de azúcar y luego, mientras Antonio le sujetaba los brazos, le arrancó el diente podrido. En ese momento le dolía otro diente. A causa del niño, había cambiado su sombrero por un frasco de melaza pura. Odiaba su sabor tan dulce, pero todos los días se ponía una cucharada de ese jarabe en la boca. Había tenido antojo de tierra otra vez y hasta llegó a ponerse un polvoriento trozo de arcilla de la orilla del río en la boca, pero de inmediato lo escupió. Era peligroso. La tierra contenía gusanos invisibles que podían apoderarse de su vientre y devorar la comida de su hijo. El consumo constante de melaza le estropeó los dientes, pero disminuyó sus antojos. Le daba la energía necesaria para levantarse y salir de su manta todas las mañanas y caminar junto a Antonio.

El fotógrafo a quien Antonio había contratado era asustadizo y desorbitado, como los mocós, esos roedores que vivían en las rocas y que a los cangaceiros les gustaba cazar. No se parecía en nada al hombre impaciente y presumido que había fotografiado a Luzia y Emília para su primera comunión. La joven recordó la vergüenza que había sentido cuando le cubrió el brazo lisiado con una tela que sacó de un recipiente lleno de adornos y complementos. Cuando el flash lanzó su destello, Luzia se movió sólo para fastidiarle. Emília nunca la perdonó por arruinar esa fotografía.

El fotógrafo de Antonio no se atrevió a esconder el brazo lisiado de Luzia. Si ella se movía, parpadeaba o hacía cualquier cosa que normalmente hubiera que corregir, sacaría otra fotografía sin protestar. Esta vez Luzia no tuvo que llevar guantes ni un traje de comunión almidonado. En cambio llevaba puesto un vestido de lona diseñado por ella misma. Estaba sólo en el cuarto mes de gestación, pero los pantalones ya le apretaban demasiado. Después de abandonar el rancho del doctor Eronildes, Luzia había cortado la tela que éste le había regalado y confeccionado con ella un vestido. Era cómodo y amplio, para ocultar su vientre en los meses que se avecinaban. Le había hecho muchos bolsillos en la parte delantera de la falda, de modo que no iba a echar de menos el lado práctico de los pantalones. Había guardado una cinta de raso robada en su día a una mujer del Partido Azul. Luzia la usó como adorno de las costuras del vestido. Bordó puntos blancos y rojos a lo largo de los puños y un dibujo en forma de «V» sobre el pecho. A pesar del calor, también llevaba medias gruesas y polainas de cuero.

Delante de ella, el fotógrafo se escondió debajo de la lona protectora de su cámara. El polvo y el sol habían hecho que la tela antes negra se volviera gris. La gente se amontonaba detrás de él. Los habitantes del pueblo se abanicaban la cara. Incluso bien avanzada la tarde, el sol no cedía apenas. Era el 19 de marzo —el día de San José— y no había llovido todavía. Aunque el día no había terminado, la gente ya rezaba a san Pedro con la esperanza de convencerlo de que enviara agua. Varias mujeres piadosas se arrodillaron alrededor del fotógrafo de Antonio para continuar con sus oraciones y, al mismo tiempo, poder ver al Halcón y a la Costurera.

«*Chove-chuva, chove-chuva, chove-chuva* —canturreaban las mujeres—. Ten piedad de nosotros, María, madre adorada. De nuestros lamentos y de nuestros dolores. De nuestro orgullo y nuestra terquedad. Moriremos todos de sed porque somos pecadores. Pero te pedimos, Madre Santa de la tierra y del mar, que nos des agua. Concédenos esta gracia para que podamos amarte todavía más».

El fotógrafo levantó su lámpara dispuesto a disparar el fogonazo. El sol de la tarde era tan brillante que ellos no podían mirarlo directamente. Antonio no quería ojos cerrados en su retrato. El fotógrafo los colocó en un ángulo adecuado para que pudieran mantenerlos abiertos. Le aseguró al jefe de los bandidos que sus caras serían claramente visibles; el fogonazo de la cámara eliminaría cualquier sombra. Cuando las fotografías estuvieran reveladas, el fotógrafo prometió llevarlas a Recife personalmente. Antonio le dio dinero para un billete de tren y le dijo al hombre que podía vender las fotos por la suma que quisiera y que se guardara todas las ganancias, siempre y cuando fueran publicadas en los periódicos.

El fotógrafo empezó a echar la cuenta atrás. Luzia se alisó el vestido. Se enderezó las gafas. Junto a ella, Antonio cambió de posición. Para la fotografía había embutido los pies en un par de botas de cuero de caña alta que habían sido de los cartógrafos. Las abrió por el lateral, pero todavía eran demasiado estrechas para él. Tenía que moverse constantemente para no sentir hormigueo en los pies. Pasaron varios segundos antes de que el obturador de la cámara soltara su clic. A Luzia le lloraron un poco los ojos. Podía percibir la ansiedad de los cangaceiros, y también la suya propia. Le ardía el pecho, como si albergara una respiración retenida demasiado tiempo. De pronto se oyó una pequeña explosión. Estalló el brillante chispazo, dejando olor a humo y a magnesio y un silencio de ultratumba durante un instante, que pareció un rato largo, de no saber cuándo moverse o si debían hacerlo.

El fotógrafo apareció desde debajo de su velo gris. Los cangaceiros lo aclamaron. Antes de separarse, se reunieron alrededor de Luzia con las manos extendidas.

—Bendígame, madre —decía cada hombre.

—Estás bendecido —respondía ella.

Los hombres le pedían la bendición a Luzia cada vez que salían a recorrer un pueblo o a atacar la casa de un coronel desleal, o cuando se separaban en la cañada del ganado a la espera de viajeros. Los miembros más viejos del grupo le agarraban los dedos y la llamaban madre, como si Luzia fuera la sustituta de las madres a quienes habían dejado hacía mucho tiempo. Orejita y Medialuna, que todavía desconfiaban de su presencia, recibían sus bendiciones sin demasiado entusiasmo, y sólo para complacer al Halcón. Los miembros más recientes del grupo bajaban los ojos y susurraban como pretendientes avergonzados:

—Bendígame, madre.

En las últimas semanas, los hombres se habían vuelto más fervorosos en su reverencia. Después de cambiar el sombrero por la melaza, Antonio le dio a Luzia un chal de lino largo que llevaba sobre la cabeza para protegerse del sol. El chal y el vientre que crecía habían afectado a los hombres. Besaban los bordes sucios de la tela, ponían pequeñas ofrendas de comida a los pies de Luzia y discutían acerca de quién iba a llevar su máquina de coser. Anteriormente, Antonio había convencido a sus hombres de que la presencia de Luzia los protegía del daño, pero hasta él mismo se sorprendió por la profundidad con que éstos la reverenciaban. También estaba orgulloso. Luzia apreciaba el respeto de los hombres, pero desconfiaba de él. Recordaba las imágenes mutiladas de los santos atadas a los techos de las casas donde vivía la gente, en castigo por sus pobres servicios. La devoción era siempre condicional. Luzia percibía que la adoración de los cangaceiros dependía de la suerte que tuvieran; la querrían hasta que la buena suerte se acabara.

Mientras los hombres recibían sus bendiciones, el fotógrafo puso un telón de fondo con una lona descolorida. Delante de éste colocó un taburete y dos soportes de hierro para el cuello. Los soportes eran verticales, como percheros, sólo que la altura graduable y llevaban semicírculos de metal fijos en el extremo más alto.

—No quiero esas cosas —gritó Antonio—. Son para cadáveres.

Sobresaltado, el fotógrafo desmontó los soportes de hierro rápidamente. Antonio bajó la vista hacia los cartógrafos.

—Y ustedes, señores, quédense quietos. Quiero que la capital vea que están vivos y en buen estado.

El secuestrado más viejo asintió con la cabeza. Su rostro había enflaquecido, lo que había dejado su piel floja y sus mejillas huecas. El más joven mantuvo tercamente la mirada hacia delante, ignorando a Antonio.

—Quite ese taburete también —ordenó Antonio.

El fotógrafo se rascó la cabeza.

—Perdóneme, capitán, pero ¿la señora no debería estar sentada?

—No. Estará de pie. ¿Verdad, mi Santa?

Luzia asintió con la cabeza. Rápidamente recordó que estaba del lado de su ojo malo y miró hacia él.

—Sí —dijo—. Por supuesto.

El fotógrafo se llevó el taburete. Los cartógrafos se sentaron delante del telón de fondo de lona, y Antonio se colocó detrás de ellos. Luzia ocupó su lugar, al lado de su marido. Antonio volvió su ojo bueno para mirarla. Le enderezó las gafas, luego extendió la mano por detrás del cuello y movió la trenza hacia delante. Era gruesa y pesada. Le llegaba casi hasta las caderas. Luzia había roto su promesa de infancia a san Expedito; al cumplir 18 años no se había cortado el pelo para dejarlo en el altar del santo, como le había aconsejado que hiciera la tía Sofía. Con promesa o sin promesa, Antonio no quería ni oír hablar de un posible corte de pelo al estilo de la moda triunfante entre las mujeres de la capital. Se llevó la trenza de Luzia a la boca y la besó. Una vez más, el fotógrafo se agachó por debajo de su velo gris y aprestó la lámpara para disparar su fogonazo. A Luzia le dolía la espalda. Lamentó que Antonio no les hubiera dejado usar la varilla de hierro para reposar la barbilla y mantener el cuerpo derecho.

Como si adivinara sus pensamientos, Antonio dijo:

—Bien erguida, mi Santa.

De nuevo se iluminó la lámpara con su deslumbrante fogonazo. Durante varios minutos, Luzia todavía siguió viendo puntos luminosos. Incluso cuando cerró los ojos, flotaban en la oscuridad detrás de los párpados, como si hubieran quedado atrapados allí.

En lugar de desmontar el trípode y el telón de fondo, el fotógrafo colocó otra placa en la cámara. Detrás de él, Baiano, Zalamero y Ponta Fina hablaban con las mujeres que estaban rezando y se las llevaban con suavidad fuera de allí, hacia la capilla del pueblo. Encima de ellos, el sol era una esfera de color naranja, como la yema de un huevo gigantesco. Los cartógrafos se movieron, muertos de calor bajo sus cálidas ropas andrajosas. Luzia observó al fotógrafo mientras volvía a preparar la cámara.

—No hay color en tu cara —señaló Antonio, cogiéndole el codo doblado—. ¿No has comido?

—Estoy harta de esa basura de harina —respondió ella—. Está rancia.

No era el sabor ácido de la mandioca lo que la descomponía, sino su textura, pastosa y correosa. Se le revolvía el estómago cada vez que los hombres la espolvoreaban sobre los frijoles.

—Trataré de conseguir harina de maíz para ti —prometió Antonio mientras la agarraba del brazo para apartarla del sol—. Debes comer un poco de melaza dura. Eso te dará energía.

—No malgastes comida —respondió Luzia—. Estoy bien. Son las lámparas del fotógrafo, eso es todo. Me hacen daño en los ojos.

—Habrá valido la pena —le aseguró—. Ahora nos verán. ¡Publicarán cosas nuestras y sabrán de nosotros en la capital! Verán que no somos unos vagabundos.

—Sí. —Luzia asintió con la cabeza—. Conseguiremos nuestro rescate.

El lado sin cicatrices de Antonio tembló. Se secó el ojo húmedo.

—Ve a sentarte a la capilla, mi Santa. Reúnete con las mujeres que están rezando sus novenas.

Luzia negó con la cabeza.

—Va a sacar otra fotografía. Le he visto reemplazar la placa.

—No te quiero aquí para esa fotografía.

—¿Por qué no? —preguntó ella, repentinamente enfadada. ¿Acaso eso del rescate no había sido idea suya? ¿No había escrito ella el telegrama?

—No debes ver sangre —respondió Antonio.

Luzia se puso tensa. Una mujer embarazada no debía ver la muerte. No podía cruzar agua en movimiento. No podía tocar la piel escamosa de una lagartija ni jugar con gatos o perros, por temor a que su niño se pareciera a esos animales. No podía poner objetos sobre su vientre, porque dejarían una marca en la cara del bebé. Llevar una llave colgada del cuello sería la causa de que la criatura tuviese un labio leporino. Ver un eclipse podía teñir la piel del niño, produciéndole manchas o volviéndolo negro. Luzia había escuchado todas esas advertencias. No se creía ninguna de ellas.

—¿Qué sangre? —insistió Luzia.

—La de esos cartógrafos —explicó Antonio—. Hoy es su último día.

Luzia sintió una opresión conocida en el pecho; era el temor que experimentaba cada vez que disparaba, temerosa de fallar y a la vez temerosa de dar en el blanco.

—No hemos conseguido nuestro rescate —señaló ella.

Antonio hizo un chasquido de disgusto con la lengua.

—¿Tú crees que van a pagar? El doctor tenía razón. La capital los va a reemplazar. Tenemos que enviar un mensaje. Si no, pensarán que nos tienen dominados. —Posó sus manos en los hombros de ella—. Nunca esperé conseguir dinero. Hice esto para mostrarle a Gomes que podía, que podíamos. Quieren cabezas y las tendrán.

Luzia miró a los cartógrafos. El más joven le devolvió una mirada concentrada, tratando de comprender por qué discutían. El más viejo se secó la frente. Mientras le había enseñado a interpretar los mapas, él se había comportado con seriedad y su voz era suave. Le había explicado la trayectoria propuesta para la carretera, sin hacer que Luzia se sintiera carente de educación o tonta. A cambio de su generosidad, Luzia le había hablado de la petición de rescate. Ella le había aconsejado que fuera respetuoso y paciente, que de esa manera iba a sobrevivir.

—No han hecho nada malo —observó ella—. El viejo nunca te ha insultado.

—El hecho de medir el terreno ya es un insulto para mí.

—¿Por qué?

Antonio sacudió la cabeza.

—Los hombres como Eronildes piensan que podemos invitar al diablo a sentarse a nuestra mesa. Creen que comerá lo que se le sirva para luego agradecérnoslo amablemente. Yo sé que no es así. Gomes primero quiere una carretera, después querrá dos, más tarde tres. Luego querrá las tierras que hay alrededor de las nuevas rutas, luego las tierras adyacentes a éstas. No le permitiré llegar tan lejos. No dejaré que ese diablo cruce mi puerta.

—Tú no tienes ninguna puerta —señaló Luzia con voz serena—. No hay nada que sea nuestro.

Antonio cerró los ojos. El ojo nublado tardó más tiempo en cerrarse; la miró acusadoramente durante unos segundos después de que el ojo sano desapareciera detrás del párpado.

—Tenemos nuestros nombres —dijo Antonio—. Tenemos las historias que la gente cuenta. Con estos retratos, tendremos caras. Causaremos una fuerte impresión. Eso vale más que una casa o una puerta.

—Debemos dejar que se vayan —sugirió Luzia.

Antonio abrió los ojos. Apretó con fuerza los hombros de ella. Sus pulgares se hundieron por encima de la clavícula.

—¿Crees que esos cartógrafos te respetarían si no tuvieras un arma? ¿Si no fueras la Costurera?

Luzia negó con la cabeza. La mucosidad se espesó en su garganta.

—Mi Santa —dijo, aflojando la mano que la sujetaba—, esta vida que llevamos no es de quita y pon. No puedes ponértela un día y quitártela al día siguiente. Incluso si tuviéramos tierras, la gente no diría que somos rancheros. Seguiríamos siendo cangaceiros. Peor todavía, seríamos cangaceiros camuflados de otra cosa. Gomes seguiría queriendo nuestras cabezas. Siempre habrá algún coronel que querrá luchar contra nosotros si no puede pisarnos el cuello, y algún otro coronel que nos reconocerá como amigos y nos invitará a comer a su mesa para luego odiarnos por estar ahí. No hay escapatoria para nosotros.

—No estoy preocupada por nosotros —precisó Luzia.

Antonio puso una mano sobre el vientre de su mujer.

—Nacerá. Tienes mi palabra.

—¿Y después?

—¿Recuerdas lo que decía el coronel Clovis acerca de sus cabras? Si quería atrapar a la madre, se quedaba con su cabrito.

Luzia se sintió mareada. Se inclinó ligeramente hacia delante, apretando la mano de Antonio. Él la sostuvo.

—La gente siempre se aprovecha de las debilidades —continuó Antonio—. No podemos conservarlo con nosotros. Se lo confiaremos a un amigo..., a aquel sacerdote, el que estaba en Taquaritinga y del que siempre hablas.

—Pronto mi vientre crecerá más —argumentó Luzia—. No podré seguir el ritmo. Ni pelear.

—Podrás hacerlo —aseguró Antonio, poniendo una mano alrededor de su cuello. Tiró de ella suavemente hasta que pudieron mirarse a los ojos—. Lo harás por mí. Necesito tus ojos, mi Santa. Necesito tu puntería.

Le acarició el cuello. Luzia fijó la vista en el centro vidrioso de su ojo enfermo. Tenía un matiz azul y lanzó destellos con la luz del sol, como un charco de agua redondo. ¿Qué veía él con ese ojo? ¿Cómo se vería el mundo a través de semejante lente nublada? ¿Sería un mundo lleno de sombras? ¿Todos los bordes afilados se volverían borrosos de modo que él no pudiera distinguir lo que era peligroso y lo que no lo era, y por eso todo le parecería un misterio y una amenaza? Luzia se compadeció de él, aun cuando ya había escuchado antes a Antonio persuadir a sus hombres de esa manera. Usaba sus defectos para hacer que los demás se sintieran esenciales. Inspiraba lealtad mostrando sus limitaciones, y miedo venciéndolas. Luzia se indignó por su propia susceptibilidad y por la perspicacia de Antonio. Tenía razón, en las tierras áridas hasta los animales aprovechaban las debilidades. El cariño mismo era un defecto; Antonio le había enseñado eso también. Debido a esto, su hijo estaría siempre en peligro. Iba a estar mejor en cualquier otro lugar, lejos de Luzia y de la vida que ella había elegido. Esto era lo que la enfadaba más: había sido su propia elección. Había dejado atrás a Gramola y, en lugar de liberarse, había cambiado ese nombre por uno nuevo. Había elegido convertirse en la Costurera sin comprender a todo lo que se había visto obligada a renunciar. Cosas que ella no había valorado antes —una casa, una vida familiar estable— estaban ya fuera de su alcance. Luzia apartó el cuello de la mano de Antonio.

—Construirán esa carretera —afirmó ella.

Antonio parpadeó.

—¿Crees que me derrotarán?

Si no respondía lo que él esperaba, le haría daño. Luzia lo sabía, pero no podía evitarlo.

—Sí —respondió.

Antonio se alejó. Llamó a Orejita para que se pusiera junto a él delante de la cámara. Le ordenó al fotógrafo que se preparara para sacar la foto, para levantar la lámpara. Antonio agarró los cuellos de los topógrafos y les hizo abandonar su posición con las piernas cruzadas en el suelo. Les dijo que se arrodillaran, que inclinaran sus cabezas y rezaran. Orejita desenvainó un machete. Antonio cogió el de Ponta Fina. Luzia se volvió, pero aunque podía desviar los ojos no podía cerrar los oídos. Las hojas silbaron al bajar con fuerza. Cuando los machetes golpearon, ella escuchó ruidos sordos, pesados, como dos calabazas llenas de agua que caían sobre la tierra. El fogonazo brilló y humeó.

7

Diario de Pernambuco (1 de mayo de 1932)

A pesar de las nuevas muertes de topógrafos,
la Transnordeste sigue viva

Por Joaquim Cardoso

La situación en el interior sigue siendo grave. Tres topógrafos más del Instituto Nacional de Caminos han sido asesinados por los cangaceiros que encabeza el conocido Halcón. A un cuarto topógrafo, João Almeida, le dejaron con vida para que informara sobre los asesinatos. Conmovido y fatigado, el valiente señor Almeida llegó a un pequeño poblado y relató la historia devastadora de las muertes de sus compañeros. Capturados en la notoriamente insegura cañada de ganado, los topógrafos fueron despojados de sus suministros y luego decapitados. Al señor Almeida se le perdonó la vida y se le ordenó entregar una nota a nuestro estimado presidente. El audaz mensaje (que se inserta a continuación) estaba escrito en una tarjeta de visita impresa.

Señor:

Es una lástima. Los hombres pierden la cabeza en estos tiempos.
Mantenga la suya en la costa. Guardaré la mía en la caatinga. Res-
petuosamente,

Gobernador Antonio Teixeira, alias «el Halcón»

Hace tres semanas, este periódico publicó fotografías de Osvaldo
Cunha y Henrique Andrade, los primeros topógrafos del gobierno
ejecutados por los cangaceiros. La fotografía de grupo (reproducida
más abajo) muestra a los topógrafos aún vivos, arrodillados ante sus
secuestradores. La otra fotografía —considerada inapropiada para
ser publicada por las normas de gusto y decencia, particularmente
por respeto a nuestras lectoras— muestra al Halcón y a un mestizo
compañero suyo detrás de los cuerpos de los topógrafos sosteniendo sus cabezas cortadas en las manos.

Las fotografías, aunque lamentables, ilustran la ridiculez de los
cangaceiros. Los bandidos aparecen tan excesivamente adornados
que parecen vestidos para un baile de carnaval. Su jefe, el Halcón,
parece un simple palurdo. El doctor Duarte Coelho analizó la fi-
siología facial de la Costurera, la consorte del jefe cangaceiro, y
determinó que era «claramente de un tipo delictivo peligroso e irre-
dimible». El topógrafo que pudo salvarse, João Almeida, contó a los
funcionarios que durante su encuentro con los cangaceiros vio que
la Costurera parecía estar esperando un niño. La insistencia de la
cangaceira en seguir peleando incluso cuando está embarazada demuestra que, para estos tipos delictivos, ni siquiera la maternidad
es sagrada.

Higino Ribeiro ha jurado terminar con la anarquía en la zona
rural. Sin embargo, no puede conseguirlo sin soldados. Debido a la
reciente rebelión en São Paulo, nuestro presidente Gomes se ve obligado a mantener el grueso de las tropas federales en esa antipatrió-
tica metrópoli. ¡La oposición de São Paulo a la revolución supone
un gran coste para el resto de Brasil! La rebelión es una ilustración
dramática de cómo pueden dañar la estabilidad de nuestra nación los
grupos radicalizados. Periódicos importantes tanto en Río de Janeiro como en Minas Gerais publicaron las horripilantes fotografías del
Halcón acompañadas con artículos irónicos. Los sureños pueden

burlarse de nuestros cangaceiros, pero, en verdad, el «ejército de piel oscura» no es diferente del azote comunista del sur, ni de los que apoyan a la vieja república en São Paulo. Ninguno de esos peligros puede ser ignorado.

A pesar de la falta de tropas, Higino ha dispuesto un plan para desmantelar la red de cangaceiros. Su propuesta es doble. Primero, localizar a todos los *coiteiros* —aliados y parientes de los cangaceiros— e impulsarlos a ser patriotas. Segundo, suministrar incentivos en efectivo por la captura, vivos o muertos, de los bandidos. El doctor Duarte Coelho ha incrementado su recompensa, ya generosa. Cualquier ciudadano patriota que le traiga el cráneo de la Costurera junto con el de su hijo recibirá 500.000 reales. Dado que esos cráneos serán usados para estudios científicos, deberá presentarse alguna prueba de identidad para recibir la recompensa.

Los cuerpos de los topógrafos asesinados serán transportados a Recife. Víctimas de una violencia siniestra e innecesaria, los topógrafos murieron por una causa noble. La carretera Transnordeste, parte del Proyecto Nacional de Caminos, cuyo objetivo es unir todo el país en los próximos quince años, será una gran arteria que conectará el noreste no sólo con el resto de Brasil, sino también con la prosperidad. Las carretas tiradas por bueyes y las caravanas de burros resultan arcaicas cuando se comparan con el automóvil. El río San Francisco —también conocido como Chico Viejo— resulta una vía de transporte poco fiable para nuestras producciones agrícolas. ¿Cómo pueden nuestras fábricas textiles producir finas telas cuando el nivel del río es demasiado bajo para las barcazas que transportan el algodón? ¿Cómo puede competir el noreste con nuestros vecinos del sur si nuestro crecimiento depende de un inmanejable Chico Viejo?

La carretera Transnordeste es nuestra mejor solución. Debido a las condiciones sumamente secas de las tierras del interior y a las persistentes amenazas para los topógrafos, el Instituto Nacional de Caminos está considerando una solución radical que permita desarrollar los estudios previos necesarios para cartografiar la región: la observación aérea. El capitán honorario Carlos Chevalier se ha ofrecido a pilotar su avión sobre la zona, acompañado de un cartógrafo y un fotógrafo.

Actualmente, el Instituto de Caminos está haciendo generosas ofertas a los terratenientes con propiedades a lo largo de la ruta prevista para la nueva carretera. Se alienta a éstos para que actúen como buenos patriotas. Sus medios de vida no se verán afectados de manera adversa. Los terrenos situados junto a la futura carretera serán más valiosos que cualquier cosecha de algodón o pasto para el ganado. Los viajeros que recorran esa carretera necesitarán manutención y alojamiento, y las compañías de petróleo pagarán generosamente por instalar sus estaciones de servicio. Pese a todo ello, el incentivo económico no es lo más importante. Como dice el presidente Gomes, «los patriotas no sólo ayudarán a construir la carretera: construirán una nación».

8

Para el Domingo de Ramos no había ramas con hojas verdes que los habitantes de la caatinga pudieran recoger y ofrecer a sus sacerdotes. La procesión del Santo Entierro del Viernes Santo fue más solemne que de costumbre, sin flores ni frutas para decorar el lecho de muerte del Cristo de madera. Sin embargo, había abundantes hierbas secas y hojas muertas para rellenar los muñecos de Judas. En la mañana de Pascua, en toda la caatinga, los adultos cogían palos y se unían a los niños para golpear la efigie del traidor. En esos tiempos de sequía, la resurrección era difícil de imaginar, pero el Juicio no lo era. Los habitantes condenaron al Chico Viejo por volverse tan poco profundo y hacer que sus tributarios —el Moxoto y el Mandantes— se convirtieran en hilos angostos. La gente maldijo sus cultivos marchitos. Las madres se reprendían ellas mismas por masticar los últimos trozos de carne seca que habían guardado para sus hijos. Los vaqueiros maldecían las gruesas espinas del cactus mandacaru, que, incluso después de ser quemadas en hogueras, continuaban aferradas a la pulpa carbonizada de la planta y herían las bocas de las hambrientas cabras y vacas. Los vaqueiros injuriaban a las moscas que se alimentaban en las ensangrentadas bocas de los animales. Se maldecían ellos mismos por envidiar a esas moscas.

Antonio experimentaba la misma rabia impotente de los demás habitantes, pero no culpaba a la naturaleza de sus problemas. Culpaba a Celestino Gomes.

—¡Construirá una carretera, pero no excavará pozos! —decía Antonio todas las noches después de las oraciones—. ¡Enviará cartógrafos, pero no comida! ¡Gastará mucho dinero en caminos, pero nada en diques!

Por primera vez, Antonio tenía una causa. Había encontrado un objetivo. Antes, su misión sólo era vivir como quería, sin ningún coronel que le diera órdenes. Los coroneles y él habían vivido dentro de una complicada telaraña de favores y protecciones. El asunto de la carretera, sin embargo, no era nada complicado. Iba a dividir las tierras áridas en secciones desordenadas. Antonio no le debía lealtad ni respeto. Cuando Gomes declaró que todos los que se oponían a la ruta del Transnordeste tendrían que ceder, Antonio decidió que él no cedería.

La mayoría de los cangaceiros estaba de acuerdo. Antonio era su líder, su capitán, y si él decía que una serpiente era venenosa o una planta era peligrosa, los hombres le creían. La amenaza de la carretera Transnordeste no era diferente. Pero la gran carretera no era real, al menos de momento. Las obras de su construcción estaban aún lejos, cerca de la costa, de modo que no había ingenieros ni equipos de maquinaria ni carros de bueyes que los cangaceiros pudieran atacar. La amenaza de la Transnordeste estaba en el futuro, y los cangaceiros estaban acostumbrados a pensar solamente en el presente. Algunos de los hombres —Orejita en particular— necesitaban un enemigo tangible, uno contra el que poder luchar de inmediato. Las decapitaciones de los topógrafos habían dejado satisfecho a Orejita, pero eso no duró demasiado. Después de que el grupo del Halcón capturara y ejecutara a seis topógrafos del gobierno, no aparecieron más técnicos por el sendero del ganado.

En junio de 1932, las únicas personas que se podían ver en esa cañada eran los primeros fugitivos de la sequía —mujeres y niños que mantenían en equilibrio grandes bultos sobre sus cabezas—, que se dirigían a la costa antes de que las condiciones empeoraran aún más. La gente los abucheaba, llamándolos fugitivos, inconstantes y traidores. Nadie se dirigía a los coroneles de esa manera. Los magnates de la región estaban también preocupados por la inminente sequía y muchos reunieron a sus familias y abandonaron la caatinga en el tren de pasajeros. Los coroneles se refugiaban en sus casas de veraneo en Campina Grande, en Recife o en la ciudad capital de Paraíba, a la que le habían puesto recientemente un nuevo nombre: José Bandeira, en memoria del héroe caído y viejo compañero de candidatura de Gomes. Era fácil para los coroneles desconfiar del nuevo presidente, porque era un desconocido. Sin embargo, dado que la mayoría de ellos buscaron refugio en la costa, iba a ser conveniente que Gomes los conociera. Luzia se temía que cuanto más tiempo pasaran los coroneles alejados de la caatinga más los iba a cortejar Gomes.

El Instituto Nacional de Caminos empezó a ofrecer sumas enormes a cambio de las propiedades situadas sobre la ruta de la carretera Transnordeste o en las cercanías. Como la mayor parte de la tierra de la caatinga, esas propiedades pertenecían a los coroneles. A Luzia no le gustaba que ellos se fueran a beneficiar con la dichosa carretera. Antonio también sospechaba una traición por parte de los coroneles. Al igual que Orejita.

—Debimos haberlos matado cuando tuvimos la oportunidad —dijo Orejita—. Y apoderarnos de sus tierras.

Antonio se quedó con la mirada perdida. Las sombras producidas por la fogata le oscurecían la cara, lo que hacía que las arrugas de preocupación o desaprobación —Luzia no podía precisar cuál de las dos expresiones— que se amontonaban en el lado bueno de su frente parecieran más profundas, más exageradas. El lado de su cara con la cicatriz colgaba, flojo. Desde que el ojo derecho de Antonio se había nublado, el lado afectado de su rostro ya no parecía sereno, se veía inexpresivo, como las miradas de los ojos muertos de los peces surubíes que los cangaceiros pescaban en el río.

—Y luego, ¿qué? —bufó Ponta Fina—. Si los hubiéramos matado, ¿quién nos conseguiría las balas? ¿Tú?

Los subcapitanes y Luzia estaban sentados a poca distancia del campamento. Hablaban en voz baja para que los otros cangaceiros no pudieran escuchar sus planes o sus discusiones. Antonio permitía el debate entre sus subcapitanes siempre y cuando hablaran respetuosamente y regresaran al campamento unidos en un frente común. Había entregado a sus lugartenientes pañuelos rojos para que se los ataran en el cuello como signo de su posición. El capitán, Antonio, llevaba un pañuelo verde. Luzia llevaba sólo un raído pañuelo azul en la cabeza, como los demás cangaceiros, pero en su calidad de «madre» venerada era admitida en las reuniones de los capitanes. Orejita nunca la miraba cuando ella hablaba. Cada vez que Orejita expresaba su opinión, Luzia veía que la piel marrón brillante de la barbilla de Baiano se arrugaba. Cuando Baiano hablaba —con voz baja y pausada— Orejita movía inquieto los pies. Ponta Fina se quejaba por esto. Él y Orejita se peleaban a menudo.

—No deberíamos depender de los coroneles para obtener balas —dijo Orejita—. Tenemos que encontrar otra manera de abastecernos. Ese doctor podría conseguirnos la munición.

—No —contestó Antonio.

—Podemos quemarles las casas —insistió Orejita—. Demostrarles a los coroneles que no queremos que regresen. Podemos castigar a sus vaqueiros, a sus criadas. A todos los que se ocupan de sus asuntos. Así aprenderá esa gente a sernos leales a nosotros y no a los coroneles.

—No es culpa de la gente —replicó Antonio, negando con la cabeza—. Sus amos los han abandonado, espantados por la sequía. Si la sequía tiene lugar, podemos ayudarlos. Conseguir comida para ellos. Enseñarles a buscarla en cualquier parte. Nos estarán agradecidos. Nos lo deberán a nosotros, no a los coroneles ni a Gomes. Así es como nos ganaremos su lealtad. Y la necesitaremos cuando llegue aquí la carretera.

No hacía mucho, Antonio le había confesado a Luzia que él veía la sequía como una oportunidad. Sería su oportunidad para ganarse la confianza de los agricultores arrendatarios, de los comerciantes, de los vaqueiros y de los pastores de cabras. Había decidido alimentarlos durante los meses secos, con la esperanza de que se pusieran de su lado en una lucha más grande, aquella que librarían contra la Transnordeste.

—La gran carretera —dijo con impaciencia Orejita— no es una realidad. No lo construirán. Si hay sequía, no van a desperdiciar su tiempo.

—La construirán —insistió Antonio, alzando la voz—. ¿Crees que van a venir aquí cuando todo esté mojado? ¿Para construir sobre el barro? ¿Qué granjero levanta una casa en la época de lluvias? Gomes quiere aprovechar las temporadas secas. Así les será más fácil. Y con los trabajadores llegarán los soldados.

—Soldados... —repitió Orejita. Hizo un gesto con la cabeza en dirección a Luzia—. ¿Se nos permitirá luchar contra ellos?

Ponta Fina inclinó la cabeza. Baiano suspiró. Todos albergaban las mismas preocupaciones, las mismas dudas. Incluso Luzia. ¿Podrían pelear estando ella presente o eso les haría ir más lentos, con lo que serían vulnerables? Había visto su cara impresa en el periódico. Su retrato había sido ampliado para mostrar sólo la cara. Encima de la fotografía ampliada aparecía la palabra «Buscada» y se ofrecía una gran recompensa. Abajo podía leerse: «Madre e hijo».

Luzia movió los pies en el suelo. La poca comida que había ingerido se le instaló en el pecho, y allí ardía. El niño le apretaba los órganos, le empujaba las tripas. Estaba en el séptimo mes. Debajo del chal, el vientre de Luzia era redondo, pero no blando. Estaba tirante y duro, como una calabaza de agua. Tenía los tobillos deformados e hinchados, tan gruesos como los troncos de las palmeras ouricuri. Había tenido que hacer cortes en sus sandalias de cuero para que le entraran los pies. En su morral llevaba una serie de objetos que iba a necesitar para el parto: una aguja gruesa, un par de tijeras de costura libres de herrumbre, una mezcla de pimienta y sal para poner en la herida umbilical y varios trozos de tela limpia. Luzia hasta se había decidido por un nombre. Le había hecho una nueva promesa a su protector desde la infancia, Expedito, el santo patrono de las causas imposibles. Había roto su primera promesa; no rompería la segunda.

—Mi vientre no afecta a mi puntería —aseguró Luzia—. Además, pronto desaparecerá.

«Desaparecerá». Aquello sonaba como si el abultamiento de su estómago fuera una molestia, una dolencia temporal, como una ampolla o una picadura de abeja. Para Orejita y algunos de los cangaceiros, lo era. Para otros, el vientre grande de Luzia era la prueba de su buena suerte, de su fortaleza. ¿Qué otra mujer podía llevar un niño en el vientre por las tierras áridas? ¿Qué otra mujer podía sobrevivir a aquellas largas marchas y a aquellos tiempos de sequía y seguir manteniéndose tan vital, con el vientre tan redondo y lleno? Sólo la misma Virgen Madre.

«El niño será un gigante, loado sea Dios», decía a menudo Baiano. Varios estaban de acuerdo. Todos los días Antonio le daba la mitad de su ración de comida a Luzia, que la agregaba a la que le tocaba. Ponta Fina también compartía su comida con ella. De todos los cangaceiros, Luzia era la que se sentía menos acosada por el hambre. Para compensarlos, ella ayudaba a los hombres a encontrar hondonadas secas y arroyos. Cuando a ellos les faltaba energía, Luzia escarbaba en la arena caliente hasta que brotaba el agua. Cavaba alrededor de los troncos de umbuzeiro y sacaba raíces redondas, grandes como la cabeza de un bebé. El agua contenida en esas raíces era opaca, resinosa y siempre tibia. El trabajo la dejaba exhausta, pero Luzia tenía que mostrarse útil, tenía que demostrar que no era una carga.

«Desaparecerá». No podía decir «nacerá» porque no quería pensar en el parto. Cuando era joven, Antonio había atendido en el parto a muchas vacas y cabras, al igual que Ponta Fina. Ellos podrían ayudar a Luzia si el niño llegaba antes de lo previsto. Al día siguiente su grupo se iba a detener en la casa abandonada de un coronel para recoger provisiones, y luego se iban a dirigir a Taquaritinga. Allí Luzia iba a encontrar a una comadrona que la atendiera en el parto. Después de eso, su niño desaparecería realmente al ser entregado en los brazos del padre Otto.

Orejita miró a Luzia. Tenía los labios apretados. Lentamente los fue relajando, hasta que se abrieron. El hombre dejó escapar un suspiro, como si se hubiera dado cuenta de algo.

—Ésa es otra razón por la que debemos perseguir a la gente de cualquier coronel —dijo—. Tenemos que asustarlos. No se puede confiar en ellos. Tratarán de hacerse con su cabeza para cobrar la recompensa.

—Eres como un perro —señaló Ponta Fina—. Siempre olfateando la sangre.

Orejita se puso de pie. Ponta Fina lo imitó. Antonio se colocó entre ellos, con los brazos extendidos, una mano en el hombro de cada uno. Miró cara a cara a Orejita.

—No asustaremos a nadie —afirmó Antonio con voz severa—. No perseguiremos a nadie, a menos que ellos nos persigan a nosotros primero. Ahorra tu energía. Cuando llegue la carretera, habrá muchísimos militares contra los que tendremos que luchar. En este momento tenemos que ganarnos su lealtad. Tenemos que mantener la calma.

Orejita se encogió de hombros y apartó la mano de Antonio.

—No quiero la calma.

—No importa lo que tú quieras —aseguró Antonio. Agarró el pañuelo rojo de Orejita—. Quítate esto.

Los ojos de Orejita se abrieron desmesuradamente. Abrió la boca, pero no protestó. Desató el nudo del pañuelo e hizo deslizar la tela sudorosa alrededor de su cuello. Antonio se lo quitó.

—Controla tu mal humor —le aconsejó.

Orejita asintió con un gesto e inclinó la cabeza, mientras extendía la mano dispuesta a recibir de nuevo la tela roja. Antonio le ignoró. Le dio el pañuelo a Luzia.

—Póntelo, mi Santa.

Luzia vaciló. El pañuelo rojo que ahora tenía en las manos Antonio estaba manchado con el sudor de Orejita. No podía lavarlo, no podía malgastar agua en algo tan trivial. Orejita apretó con fuerza los labios, como si tuviera miedo de las palabras que pudieran escapar de ellos. No quería que ella fuera subcapitana, que ocupara su puesto. Luzia tampoco lo deseaba. Quería descansar, no asumir responsabilidades. En muchos sentidos, Orejita tenía razón. Ella era una carga, no se podía confiar en los coroneles y sus empleados, la carretera era una obsesión peligrosa.

—Luzia —volvió a decir Antonio, con severidad esta vez—, póntelo.

A la luz mortecina del fuego, ella pudo ver el dibujo del iris y la pupila a través de la película de su ojo opaco. Él sabía algo que ella ignoraba. Así era como se había sentido en esos últimos meses. El insomnio, las sospechas, los achaques eran cosas que él trataba de ocultarle a ella. Eran señales de la separación que empezaba a establecerse entre ellos. Luzia creía que era su embarazo lo que había hecho que Antonio se mostrara alejado. En ese momento descubrió que se trataba de otra cosa, de algo que ella no podía descifrar. Parecía que Antonio había estado esperando esa oportunidad, que Orejita cometiera la más pequeña insubordinación para que Luzia pudiera heredar su pañuelo rojo.

Si se produjera una sequía importante, los cangaceiros iban a tener que dividirse en grupos pequeños para sobrevivir. Antonio esperaba que sus lugartenientes fueran líderes, que comprendieran a la perfección los secretos de la caatinga, que pudieran vivir sin él. Mientras ponía el pañuelo rojo en las manos de su mujer, Luzia comprendió que el Halcón esperaba las mismas cosas de ella.

9

Al día siguiente ocuparon la casa abandonada de un coronel. Antonio, Luzia y los cangaceiros se detenían con frecuencia en los ranchos de algunos coroneles comprensivos, sólo para encontrar que las casas principales estaban cerradas. Habían ordenado a los vaqueiros, criadas y agricultores arrendatarios que se quedaran y protegieran los ranchos, y ellos obedecían por miedo a perder su trabajo. Aquellos hombres y mujeres no ofrecían resistencia cuando Antonio abría las casas abandonadas de los coroneles. Los cangaceiros buscaban comida, periódicos, armas, munición, cualquier cosa útil.

Flanqueado por Ponta Fina y Baiano, Antonio habló con el peón que se había quedado en la propiedad. Orejita y Luzia permanecían cerca. El peón estaba encorvado y le faltaban algunos dientes, pero aún tenía el pelo negro. Llevaba un sombrero redondo de vaqueiro que había inclinado hacia delante en su cabeza para que el ala le diera sombra a los ojos. El barboquejo de cuero del sombrero colgaba suelto por debajo de su delgada cara. Su esposa estaba a su lado, con el pelo recogido debajo de un pañuelo descolorido. Su barbilla era redonda y morena y se adelantaba decididamente por debajo de la boca. Junto a ella estaba la que debía de ser la hija de ambos. La chica era muy joven —no tenía más de 15 años— y muy guapa. Apoyó un pie descalzo en la espinilla y mantuvo el equilibrio sobre una pierna musculosa, como las garzas de alas blancas que siguen al ganado durante la temporada de lluvias. El vestido le llegaba a media pierna, y parecía ser de una tela costosa y gruesa, con dibujos incluidos en la trama del tejido. Sin embargo, ya mostraba los efectos del paso del tiempo, y algunos trozos empezaban a deshilacharse. El corte y estilo moderno del vestido hicieron pensar a Luzia que en otro tiempo habría pertenecido a la esposa o la hija de un coronel, y que la niña campesina lo habría robado en su ausencia. La niña miró a Ponta Fina y luego ladeó la cabeza coquetamente.

Antonio habló respetuosamente al peón, y el hombre se avino, sin rechistar, a que los cangaceiros acamparan cerca y registraran la casa del coronel. Antonio aseguró a la familia que su grupo no iba a llevarse todas sus reservas de alimentos, sino sólo una parte. Mientras los otros hombres instalaban el campamento y registraban el rancho en busca de municiones y suministros, Ponta Fina se ofreció para coger comida de la despensa del coronel.

Los muebles de la casa estaban cubiertos con sábanas blancas, las camas habían sido desmontadas y los mosquiteros descolgados de las vigas del techo y cuidadosamente doblados. Dentro, todo estaba minuciosamente protegido, lo que no sugería una partida apresurada. Era como si el coronel y su familia no hubieran escapado de la sequía, sino que hubieran salido de vacaciones con la intención de volver. Luzia se dirigió al dormitorio del coronel; esperaba encontrar algo para proteger a su niño. Algo cálido y suave, algo que pudiera bordar en las siguientes semanas. Cuando la gente hablaba del parto, usaba la expresión «dar a luz», entregar al niño a la luz. El hijo de Luzia abandonaría la oscuridad reconfortante de su vientre para ser expuesto a la brillante y peligrosa inmensidad del mundo. Cuando esto ocurriera, Luzia quería que el pequeño estuviera envuelto por algo cálido, reconfortante.

En la casa del coronel no había ropa de cama. La cama del amo estaba desmontada, vacía. Junto a ella, junto a revistas de moda, había un montón de ejemplares del *Diario de Pernambuco*. Luzia los revisó. Había incontables fotografías de Gomes, notas sobre las reformas del Partido Verde y fotos de innumerables mujeres de la sociedad de Recife. Luzia estaba a punto de dejar de buscar cuando descubrió un artículo sobre la inauguración del Instituto de Criminología de Recife. Perdidas dentro de la sección local del periódico había varias fotografías. Luzia se concentró solamente en una. El texto que la acompañaba decía:

La señora de Degas Coelho toma contacto con la ciencia en el nuevo Instituto de Criminología del doctor Duarte Coelho.

Emília tenía en sus manos un frasco de vidrio. En él, flotando en un líquido nublado, había un bebé. Los ojos del niño estaban cerrados. Su cara estaba perfectamente formada, pero el cuerpo era rechoncho y deforme, como un santo de arcilla que el escultor no hubiera acabado de modelar. Un grupo de hombres de trajes oscuros rodeaba a Emília riéndose. Ella parecía no darse cuenta de su presencia. Tenía la mirada fija en el niño metido en el frasco. No sonreía. Su cara parecía la de una madona, congelada en una expresión de tristeza afectuosa.

El periódico cayó a los pies de Luzia. Se apoyó contra la estructura de madera de la cama. La pose de Emília con el niño en el frasco la perturbó; quizá ése era el objetivo de su hermana. Luzia detectó una advertencia en la fotografía de Emília, pero no estaba segura de poder confiar en sus sentimientos. Se estaba empezando a parecer a la tía Sofía, viendo malos augurios por todas partes.

Luzia escuchó una risita divertida. Se olvidó del periódico y giró la cabeza. La cocina estaba vacía. Ponta Fina y la niña campesina habían desaparecido. La puerta de listones de la despensa estaba cerrada, y detrás de ella Luzia escuchó susurros, movimientos y luego más risitas sofocadas. Se dirigió hacia la puerta de la despensa, decidida a interrumpirlos. A Antonio no le iba a gustar ese comportamiento. Pero antes de que su mano tocara la madera, Luzia se detuvo. La niña parecía bien dispuesta. Ponta Fina rara vez acompañaba a los otros cangaceiros cuando visitaban a las que llamaban «mujeres de la calle». «Ha tenido tan pocos placeres en su corta vida... —pensó Luzia—. Dejémosle disfrutar de éste».

Aquella noche, los cangaceiros celebraron un banquete. Baiano e Inteligente atraparon un cuis grande como sus manos. Estos animales, roedores habitantes de las rocas, eran muy carnosos aun después de quitarles la piel. En el fuego, Canjica preparaba un pequeño recipiente de frijoles. Junto a él, amontonados cuidadosamente sobre una roca, había un montón de trozos de rapadura. Una nube gris de moscas sobrevolaba los húmedos bloques de melaza. De cuando en cuando Canjica agitaba su bronceada mano de cuatro dedos para apartar la nube de insectos. Antonio estaba sentado con el peón y su esposa. Entregó a la pareja un fajo de billetes de mil reales a cambio de comida y suministros. El peón acarició el dinero en sus manos.

Lo iba ahorrar, dijo, y si la sequía empeoraba, usaría las reservas para escapar hacia la costa.

Luzia se sentó separada del grupo. Antonio había quitado la cubierta a un sillón de madera en la casa del coronel y lo había sacado para que ella se sentara. El vientre de la joven había crecido tanto que le resultaba difícil sentarse en el suelo sin ayuda. Era agradable sentarse derecha, en un sillón en lugar de sobre una manta. En su regazo sostenía la sábana amarillenta que había cubierto el sillón. La tela era vieja, pero podía convertirse en una manta bonita con el bordado adecuado. Luzia sacó una aguja e hilo y empezó a trabajar. Antes de que hubiera terminado una flor, escuchó pasos y susurros cerca de ella. Luzia levantó la vista de la costura y vio a la niña campesina, de piel morena y guapa, y a Ponta Fina. Estaban uno junto al otro, mirando a Luzia. Ponta Fina se acercó a ella. La niña permaneció detrás, jugueteando con la falda de su vestido robado.

—Madre... —dijo Ponta Fina acercándose con el sombrero en las manos. Gotas de sudor le cubrían la frente.

—¿Estás enfermo? —preguntó Luzia.

Ponta Fina negó con la cabeza.

—¿Qué ocurre entonces?

Él bajó la vista. Luzia lo miró a los ojos. Había aprendido esa táctica de Antonio: nunca decir demasiado. La gente inevitablemente hablará y revelará lo que quiere.

—Quiero casarme —dijo Ponta—. Como usted y el capitán.

Luzia se rió.

—Casi la acabas de conocer.

—La quiero —respondió Ponta.

—Tráela aquí entonces.

—Tiene miedo. No vendrá.

—Tendrá que hacerlo. Si quiere casarse contigo, no puede tener miedo.

Ponta asintió con la cabeza. Caminó hacia la niña y la persuadió de que se acercara. Cuando estuvo frente a Luzia, mantuvo la cabeza agachada e hizo una reverencia. Sus piernas estaban cubiertas de cicatrices, algunas irregulares, otras redondas.

—Déjame hablar con ella —dijo Luzia mientras ordenaba alejarse a Ponta con un gesto—. ¿Cómo te llamas?

—María de Lourdes —farfulló la joven—. Pero todos me llaman Bebé.

—¿Sabes coser?

—Sí, señora.

—¿Y sabes cocinar? ¿Eres capaz de desollar un animal?

—Sí, señora. No me asusta la sangre.

—¿Y tus parientes —preguntó Luzia, señalando con la cabeza hacia el peón encorvado y su esposa, que estaban a cierta distancia— saben algo de esto?

—No, señora. No son parientes. Mi madre murió cuando nací. No conozco a mi padre. El coronel que vivía aquí me puso en sus manos, me ofreció como regalo, que no tienen hijos. Lo único que hago es trabajar.

Luzia asintió con la cabeza.

—Si te unes a nosotros, no hay vuelta atrás —le dijo, repitiendo lo que Antonio le había dicho alguna vez a ella—. No es como un vestido. No puedes ponértelo y quitártelo cuando quieras.

—No puede ser peor que trabajar para ellos —susurró Bebé—. Esto es un infierno.

—El cangaço será peor que el infierno —informó Luzia.

Bebé se mordió el labio; luego asintió con la cabeza.

—Aquí moriría. No me darán de comer cuando llegue la sequía. Además, me gusta Ponta. Es bastante apuesto.

Luzia observó a la chica. Su cara era delicada y redonda, como la de una niña, pero tenía las manos y los pies encallecidos, duros, trabajados. Pensó en su propia terquedad cuando había huido de Taquaritinga porque temía que iba a quedar encadenada a una máquina de coser. Aquel destino ya no le parecía tan terrible. Pero si no hubiera dejado Taquaritinga, Emília y ella podrían haber terminado de la misma manera que Bebé, en deuda para siempre con un coronel.

—Tendrás que tragarte una bala de plomo todos los meses —le dijo Luzia—. No puedes quedarte embarazada; es por tu propio bien. Y no puede haber tonterías. Si estás con Ponta, estás ligada a él; solamente a él. Además, tendrás que aprender a disparar. ¿Me estás escuchando?

—Sí, señora.

Luzia tenía la esperanza de desanimar a la niña, de asustarla; pero se quedó sorprendida por la firmeza de Bebé. Volvió a llamar a Ponta Fina.

—No es a mí a quien debes consultar esto —se excusó Luzia—. Debes hablar con tu capitán.

Ponta asintió con un movimiento de cabeza. Tomó la mano de la niña y se dirigió con paso vacilante hacia Antonio. Luzia quería verlos, ver la reacción de su marido. Pero finalmente se dio la vuelta y siguió bordando. Esperaba escuchar la voz de Antonio reprendiendo a Ponta, tratando de convencerle de que incluir a una mujer como Bebé en su grupo era una idea mala. Luzia tiró del hilo con fuerza a través de la tela de su manta. Ella era una mujer que no había causado problemas. Pero Bebé era guapa, y el grupo de cangaceiros se había hecho más grande y en ese momento incluía a muchos jóvenes.

Luzia notó que llegaba alguien por detrás de ella. Se volvió, pensando que vería a un Ponta Fina desilusionado que volvía a ella en busca de consuelo. Pero era Antonio. Delicadamente, como si le dolieran los huesos, se arrodilló en el suelo junto a ella.

—¿Estás intentando que mis hombres se casen? —Su voz parecía cansada, pero el lado izquierdo de su boca se alzó en una ligera sonrisa.

Luzia dejó su bordado.

—No le he animado a que lo hiciera.

Antonio asintió con la cabeza.

—Pero debo dejar que ella se incorpore al grupo. Eso es lo que crees.

—No —replicó Luzia, súbitamente enfadada—. ¿Ponta ha dicho eso?

Antonio negó con la cabeza.

—Creía que te pondrías del lado de ella.

—Que ambas seamos mujeres no quiere decir que lo apruebe.

Antonio se acarició la cabeza, pensativo.

—Están siguiendo mi ejemplo. Nuestro ejemplo.

—Entonces, ¿qué dices?

—Entonces digo que sí.

—Es una mala idea —señaló Luzia.

—Lo sé —respondió Antonio. La miró a los ojos; su lado izquierdo sonreía. Luzia le puso la mano en el rostro. Lentamente, Antonio se quitó el sombrero y recostó su cabeza en el regazo de la mujer, la oreja sobre el abultado vientre. Luzia cerró los ojos. Por un breve momento fueron como cualquier otra pareja joven que tuviera un momento de afecto, de intimidad.

Llegaban voces desde el campamento de los cangaceiros. Se incorporaron cuando oyeron gritos. Antonio suspiró. Luzia no quería romper el encanto de aquel momento, pero Antonio se apartó de ella rápidamente. Sus rodillas crujieron cuando se puso de pie. Orejita se dirigía hacia ellos. Detrás lo seguían Ponta Fina, Bebé, Baiano y un grupo de cangaceiros.

—Quiere casarse —dijo Orejita sofocado al tiempo que señalaba a Ponta Fina.

—Lo sé —respondió Antonio. Se había olvidado de ponerse el sombrero. Tenía el pelo enmarañado y extrañamente desordenado, lo que dejaba ver una parte más clara de cuero cabelludo a un lado de la cabeza. Luzia hubiera querido esconder aquella incipiente calva, peinarle con sus propias manos.

—No puede casarse. —Orejita no parecía dispuesto a entrar en razón—. Y si lo hace, que devuelva los cuchillos. Que se marche.

Un grupo se había formado alrededor de ellos y algunos cangaceiros mostraban su acuerdo con Orejita con movimientos de cabeza. El ojo sano de Antonio se entornó. El lado activo de su boca descendió. Estaba prohibido resolver los problemas de ese tipo así, delante de todo el grupo. El Halcón sólo permitía a sus hombres quejarse unos de otros en privado, y únicamente delante de él para impedir luchas internas. Se acercó más a Orejita.

—No permito desertores —dijo.

Orejita asintió con la cabeza.

—Lo sé.

—Parece que sabes mucho últimamente —respondió Antonio.

Luzia se agarró de los brazos de su sillón. Separó bien las rodillas para volcar todo su peso sobre las piernas. Alzó la pelvis, y se levantó del sillón. El grupo entero la observaba ahora, y ella odiaba su torpe cuerpo por hacerla parecer tan torpe. Orejita sacudió la cabeza.

—Las mujeres son un problema —dijo, volviéndose a Antonio—. Tú mismo lo dijiste: tenemos que ser un ejército, no una familia.

—Eso no es asunto tuyo —respondió Antonio.

Orejita se dio golpes en el pecho.

—Claro que es asunto mío. Soy parte de este grupo. No podemos dejar entrar a todas las fulanas que veamos.

Hubo protestas en el grupo. Algunos hombres negaban con la cabeza. Ponta Fina dio un paso adelante con su afilado cuchillo brillando en la mano. Baiano puso un brazo alrededor de Ponta y lo retuvo.

—Discúlpate —ordenó Antonio.

Orejita pasó su mirada de Ponta Fina a su capitán, y de éste a Ponta Fina.

—¿Qué?

—Discúlpate. Has insultado a su mujer. Una mujer honesta. No hay ninguna fulana aquí.

—No lo haré.

Antonio dio unos pasos hacia él. Orejita alzó las manos como si se estuviera rindiendo, y luego las bajó hasta su cinturón. Al igual que los otros hombres, se había acostumbrado a quitarse las pistoleras y dejar las pistolas y el rifle sobre las mantas todas las noches. Sólo llevaba sus cuchillos. Orejita cogió el puñal metido entre el cinturón y la cartuchera. Su rostro estaba demacrado y triste. Dejó caer al suelo la larga daga de borde cuadrado.

—Me voy —anunció.

Antonio no hizo ningún movimiento para recoger el puñal.

—Te he dicho que no admito desertores.

La barbilla de Orejita tembló. Apretó los labios para controlarla. Había un acuerdo tácito entre los cangaceiros y Antonio. Al unirse al grupo y sellar sus cuerpos con la plegaria del *corpo fechado,* todo hombre aceptaba ese pacto. Luzia lo aceptaba también. El amor de Antonio, su protección, su liderazgo a cambio de la obediencia, de la confianza absoluta. En el momento en que la confianza de un hombre vacilaba, el apoyo mutuo o en su caso el amor, se retiraba. Orejita había desobedecido a su capitán y lo había hecho delante del grupo. Si Antonio no se atenía a los términos de su acuerdo, si no castigaba a aquellos que desobedecían, perdería el respeto de todos, y eso lo condenaría.

Luzia sintió un estremecimiento en su vientre. Vio el movimiento debajo de la tela apretada de su vestido, sintió un golpe en sus costillas inferiores. Su hijo le dio una patada rápida, como si le estuviera diciendo que actuara, que hiciera algo. Luzia dio un paso adelante. Puso una mano sobre el brazo de Antonio.

—Déjalo partir —dijo.

Orejita bufó:

—La piedad de una mujer.

Antonio se puso tenso. Apartó el brazo de Luzia.

—No me toques —protestó.

Ella retrocedió. La mano de Antonio se alzó cerrada en un puño, los nudillos blancos de tanto apretar. Luzia se abrazó el vientre. No podía pensar con claridad, no podía recordar lo que había querido decirle a Antonio o a Orejita. Sólo podía recordar la iglesia llena de humo en Taquaritinga y al padre Otto de pie delante de ella, pronunciando su sermón anual de Pascua. En aquel sermón no se refería a la Virgen Madre, sino a la otra María, la Magdalena, que se había quedado en la tumba de Cristo durante mucho tiempo después de que todos los discípulos se hubieron ido, desesperanzados. Su recompensa fue la aparición de Él. Pero cuando ella extendió la mano para tocarlo, Él retrocedió. «No me toques», le ordenó. Ya de niña, Luzia pensaba que había sido un gesto desagradable de Cristo. Ya no era un hombre, sino Dios, y esta deificación provocaba que apartara a quien más lo había amado. Luzia había preferido siempre al hombre por encima del dios.

—Arrodíllate —ordenó Antonio.

Orejita negó con la cabeza.

—Soy uno de tus mejores hombres.

—Lo sé —respondió Antonio—. Has desobedecido. Arrodíllate ahora.

Orejita asintió. Se quitó su sombrero y lo arrojó al lado del puñal que había dejado caer. Antonio se colocó junto a él. Los ojos de Orejita miraban hacia abajo, pero no miraban al suelo. Miraban la parte delantera de su chaqueta, el cinturón, la cartuchera. «Mira siempre a los hombres a los ojos», le había enseñado Antonio a Luzia. Él decía que había que mirar a los hombres a los ojos atentamente, porque revelaban sus intenciones. Los hombres miraban siempre hacia donde iban a moverse después. Lo normal era que las mujeres embarazadas apartaran la mirada de la violencia, pero Luzia no podía hacerlo. Miraba a Orejita. Cuando Antonio desenvainó su puñal, la mano de Orejita se movió. Era su mano derecha, oculta a la vista de Antonio debido a su ojo malo. Metido en el cinturón de Orejita había otro cuchillo, uno pequeño de punta afilada, el que usaba para desangrar a los animales. Todos los cangaceiros llevaban cuchillos similares. Nadie se acordó de quitárselo.

Luzia llevó la mano hacia su Parabellum. Estaba en su pistolera, que descansaba cómodamente cerca de la axila del brazo lisiado. Estiró el brazo bueno sobre sus pechos agrandados y su vientre. Empezó a abrir a tientas el cierre de la pistolera. En el suelo, delante de ella, Orejita se alzó. Su brazo se movió en un arco grande y elegante. En su mano, la hoja del cuchillo brilló con luz tenue, reflejando el fuego cercano. Antonio dejó caer su puñal. Luzia finalmente terminó de abrir su pistolera del hombro y con el brazo bueno cogió la Parabellum. No podía apuntar correctamente; Antonio había agarrado a Orejita y ambos hombres gruñían y se movían en un extraño abrazo. El ojo bueno de Antonio estaba muy abierto y se movía en todas direcciones. Parecía una vaca en el matadero mientras buscaba el cuchillo perdido.

Luzia encontró su blanco. Apretó el gatillo. El disparo fue como el descorche de una botella, nadie sabía dónde acertaría. Los cangaceiros se quedaron paralizados. Bebé gritó y todos los ojos se volvieron hacia la muchacha. Por un instante, Antonio apartó la mirada de la punta del cuchillo. Orejita dio un golpe al aire. Luego el pequeño cuchillo cayó junto a sus pies.

—¡Mierda! —gritó Orejita. Su voz pareció sacar a los hombres de su estupor. Baiano se adelantó, y levantó a Orejita por el brazo. La pechera de la chaqueta de Orejita ya estaba oscura, la mancha crecía. Luzia le había dado en el hombro. Ponta Fina intervino con su machete de hoja gruesa, pero Luzia lo detuvo. Oyeron una tos.

Antonio permanecía inmóvil, de espaldas a Luzia y a los hombres, con las manos en el cuello. Luzia tocó el hombro de Antonio y él se inclinó hacia ella, con las manos todavía agarrándose el cuello.

Su cara era de color morado, como si estuviera enfadado. Tosió otra vez. La sangre corría entre sus dedos.

Mientras caía, Luzia gritó su nombre. Su voz parecía lejana. La Parabellum cayó de su mano. Sintió el olor de algo que se quemaba y se dio cuenta de que era la carne carbonizada de los cuises, que se habían quedado abandonados sobre el fuego de la cocina. El vientre de Luzia la volvía torpe. Se dejó caer junto a Antonio y sus rodillas chocaron contra el suelo duro. Sus manos parecían moverse sin que ella las guiara, desesperadamente, desatando el pañuelo empapado de Antonio, y luego apretando los dedos contra su cara. El lado con la cicatriz estaba sereno, como siempre. La parte sana parecía perpleja. Un ruido húmedo y ronco surgía de la herida irregular de su garganta, cerca de la nuez, donde el cuchillo de Orejita lo había alcanzado. La sangre formaba burbujas al salir que sorprendieron a Luzia por su intensidad. Presionó con las manos el profundo corte. ¡El líquido era tibio! ¡Tan tibio! Como el agua espesa que surgía de los lechos de los ríos muertos cuando ella cavaba en ellos. Luzia apretó con más fuerza. Las moscas que rodeaban los montones de rapadura de melaza se habían espantado con la pelea, pero de pronto regresaron. Se lanzaban sobre el cuello de Antonio y sobre el charco que crecía debajo de él.

Ponta Fina se arrodilló junto a Luzia. Los cangaceiros se amontonaron alrededor de ellos. Los oídos de Luzia estaban aturdidos. Toda ella estaba como en una pesadilla. Pensó que los hombres necesitaban tareas de las que ocuparse. Los cangaceiros tenían que estar ocupados.

—¡Traedme una hamaca! —gritó—. Una hamaca limpia.

Los hombres corrían de un lado a otro respondiendo a la urgencia de ella, creyendo que si se apresuraban su capitán viviría. Varios entraron en la casa abandonada del coronel. Luzia escuchaba cómo lo revolvían todo allí dentro. Ordenó a Canjica y a Cajú que corrieran a buscar un curandero o una comadrona. Alguien que se ocupara de cosas de medicina, les dijo. Si no podían encontrar a nadie, Luzia decidió atender ella misma a Antonio. Pondría sal, cenizas y pimienta en la herida para detener la hemorragia. Cosería la herida para cerrarla. Luego llevarían a Antonio al doctor Eronildes. Era una larga marcha, pero tendrían que hacerla. Ella sabía por su propia experiencia cuando había matado cabras y otros animales de las tierras áridas que el cuello albergaba un entrecruzamiento vital de tubos y vasos sanguíneos. Antonio tenía que recibir cuidados rápidamente.

La mano del herido temblaba. Sus dedos le rozaban una pierna, como si la acariciara. Luzia trató de acercarse más, pero su barriga se lo impidió.

—Quédate quieto —le ordenó, con sus manos empapadas sobre la herida—. Debes mantenerte despierto.

Cuando los hombres regresaron con una hamaca, Luzia ató una improvisada venda alrededor del cuello de Antonio. Baiano envolvió a su capitán cuidadosamente dentro de la hamaca y él e Inteligente lo levantaron. Aturdidos, esperaron las órdenes de Luzia.

—Vamos adentro —dijo—. Tenemos que limpiarlo adecuadamente. Que no se balancee demasiado.

Pusieron la hamaca, que goteaba sangre, en el vestíbulo de la casa del coronel. Había frijoles secos esparcidos por el suelo de madera, vestigios de la incursión a la despensa de los cangaceiros. La sangre en las manos de Luzia ya se estaba secando. Hacía que le resultara difícil doblar los dedos. Cuando le temblaron, Luzia apretó los puños. No podía permitir que los hombres la vieran temblando.

Le pidió ayuda a Baiano, y con dificultad bajó su cuerpo otra vez al lado de Antonio. Luzia recordó a su propio padre en la iglesia de Otto, envuelto en una hamaca fúnebre blanca. Tuvo miedo de abrir la que envolvía a Antonio, pero los cangaceiros se reunieron alrededor de ella, expectantes. Rápidamente, Luzia abrió la tela de la hamaca.

Los ojos de Antonio estaban abiertos. Sus labios torcidos también estaban abiertos. Ambos lados de la cara tenían un aspecto sereno. Luzia se sintió como si se hubiera tragado una espina de cactus. La hería desde la garganta hasta el estómago en una sola línea ardiente.

Los hombres se acercaron. La joven embarazada sintió sus ojos fijos sobre ella. Se había quitado el chal aquella tarde y sin él se sentía expuesta, con su pelo mal trenzado, su vestido demasiado ajustado alrededor del vientre, sus piernas gruesas, los pechos hinchados. Los hombres lo vieron todo.

Luzia apoyó las palmas de las manos sobre el suelo. Se puso en cuclillas, en incierto equilibrio sobre sus pies. Luego respiró hondo y se levantó. Sus rodillas crujieron por el esfuerzo. De pie, Luzia vio a Ponta Fina. Bebé se acurrucaba cerca de él. Ellos habían provocado el problema, pensó Luzia. Y también Orejita. Con toda la conmoción se había olvidado de él. Lo habían dejado fuera, herido. Tenía que castigarlo, pero esa idea le provocó un vahído. Luzia cerró los ojos para serenarse. Organizaría a los hombres alrededor de ella antes de ocuparse de Orejita. Abrió los ojos y se concentró en Ponta Fina.

—Dame tu puñal —ordenó Luzia.

Él obedeció y le entregó su cuchillo más afilado, el que usaba para separar la carne del hueso. Con su brazo lisiado, Luzia sostuvo el cuchillo detrás del cuello. Con su brazo bueno tomó la parte inferior de su trenza. Estaba atada con una cuerda rígida. La parte alta de la trenza, cerca de la base del cuero cabelludo, era muy gruesa. Luzia cortó con fuerza.

Cuando se enfrentó a los hombres, estaba muy erguida. Mantuvo las manos firmes. Miró a cada uno de los cangaceiros a los ojos, asegurándose de no ignorar a ninguno. Con su brazo sano, levantó muy alto la trenza cortada, como si exhibiera en las manos una serpiente recién matada.

No tenía tiempo para sentir miedo. De eso Luzia se dio cuenta después, al recordar aquel momento. Podía haber llorado, haberse lamentado, haber gemido como se suponía que una esposa debía hacer, pero los hombres habrían olfateado su debilidad y la habrían odiado por ello. Se habría vuelto inservible para ellos, ya no sería su bendita madre, su madre, sino simplemente una mujer. Y además preñada. El hecho de verla con el pelo cortado, sus manos manchadas, su rostro tenso, los asustó. Luzia se dio cuenta. En ese instante, le tuvieron miedo. Creyeron en ella.

Después de cortarse la trenza, se sintió débil. Se había levantado con demasiada rapidez. El tremendo cuchillo lambedeira cayó de su mano. Luzia se apoyó en Baiano, que la ayudó a ponerse de rodillas. Los hombres intuyeron que iba a rezar y la imitaron diligentemente. Luzia pronunció todas las oraciones que sabía —un torrente de avemarías y padrenuestros— hasta que se sintió como si estuviera hablando en cien lenguas distintas.

Todo ese tiempo estuvo mirando a Antonio. Esperaba que él hiciera un guiño, se pusiera de pie, se riera de su broma terrible.

—No encenderemos ningún fuego —dijo Luzia, interrumpiendo sus oraciones—. No pondremos ninguna vela en su mano.

Su alma se queda aquí. Con nosotros. Ahora soy vuestra madre y vuestra capitana.

Los hombres agacharon la cabeza.

Cuando finalmente salieron, Orejita había desaparecido. Baiano propuso enviar un grupo para buscarlo, pero Luzia no lo permitió.

—Que se desangre —dijo—. No sobrevivirá ahí fuera.

Luzia sabía que algunos de los cangaceiros creerían que estaba siendo demasiado misericordiosa con Orejita. Otros pensarían que era demasiado cruel dejándolo morir en la maleza en lugar de terminar con su vida rápidamente. Un capitán no tenía que explicar sus decisiones a sus hombres, de modo que Luzia no lo hizo. No podía. Sus razones para dejar que Orejita se fuera no tenían nada que ver con la piedad ni con el castigo; tenían que ver con los cangaceiros mismos. Si ordenaba que saliera un grupo a buscarlo, no podía ir ella. Estaba demasiado torpe y pesada como para ser sigilosa, y demasiado alterada como para guiarlos eficazmente por la maleza. Luzia no quería admitir esto. Tampoco quería que ningún hombre se separara de ella. Ese grupo podía encontrar a Orejita y ayudarlo, incluso unirse a él. Los hombres también habían sido sacudidos por la muerte de Antonio, y su lealtad era débil. La única manera de controlarlos era mantenerlos a la vista.

Luzia pasó la noche despierta, atenta a los susurros y a cualquier señal de discordia. Bebé se plantó junto a Luzia. Unas cuantas veces, la cabeza de la niña cayó por el sueño. Cuando esto ocurría, Bebé se sacudía para enderezarse y toser un poco, para demostrar que permanecía despierta.

La costumbre requería tres días de duelo mientras el alma vagaba alrededor de su cuerpo. La costumbre establecía que los parientes lavaran el cadáver antes de que se entumeciera. Durante el baño, había que hablarle al muerto, diciéndole: «¡Dobla el brazo!» o «¡levanta la pierna!». No se podía pronunciar el nombre del difunto, porque eso significaba llamar al espíritu para que volviera. En la casa del coronel, Luzia lavó a Antonio y lo vistió; todo el tiempo estuvo dirigiéndose a él por su nombre.

—¡Antonio! —dijo en voz alta para que su espíritu la escuchara. Ordenó que los hombres lo llamaran «capitán» en sus oraciones, como cuando vivía. Dejó los anillos de oro del Halcón en cada uno de sus dedos, aunque a los muertos no les estaba permitido llevar oro al más allá. Ella tampoco le besaría la planta de los pies, lo cual le impediría ir de un lado a otro. Quería que el espíritu de Antonio anduviera de un lado a otro. No limpió la tierra de las suelas de sus sandalias, como era la costumbre, porque el alma —tan atraída por la tierra— iba a extrañar la tierra debajo de sus pies e iba a querer volver. No iba a cerrarle los ojos. Se suponía que cuando lo enterraran ella debía decirle: «Cierra tus ojos y enfréntate a Dios». En cambio, Luzia dijo:

—Antonio, mírame.

Estaba obligando a su espíritu a permanecer aquí, en la tierra. ¿Acaso él no le había dicho una vez que todos estaban condenados, que a pesar de sus oraciones no irían junto a Dios sino a otro lugar más oscuro? ¿No estaría, entonces, mejor aquí, con ella?

—Si alguien pregunta si el Halcón está muerto, la respuesta es que no lo está —dijo Luzia a los hombres antes de que dejaran el rancho abandonado.

Su plan dio resultado: los cangaceiros tenían miedo del espíritu de su capitán. Cada vez que había un movimiento en los árboles o soplaba el viento, los hombres temblaban. Hasta Baiano parecía asustado. Todas las noches, cuando montaban el campamento, Luzia dejaba un poco de comida para Antonio entre los arbustos. Echaba un trago de agua al suelo. Lo estaba tentando cada vez más. Era un gran riesgo, porque las almas eran como las personas, pero peores. Podían enfadarse, enfurecerse con sus seres queridos. Podían atormentarlos para siempre. Sin embargo Luzia quería ser atormentada. Prefería sentir la ira de Antonio antes que su pérdida.

10

Una buena viuda vestía de negro, cubría su casa con oscuros cortinajes, llevaba dos anillos en su mano izquierda y conservaba un retrato con flores frescas debajo de su marido muerto. Algunas viudas guardaban todas las pertenencias de su marido en un cajón para sacarlas ocasionalmente y recordar el pasado. La relación entre la viva y el difunto era otro matrimonio —un enlace morboso— cuyo fundamento eran los recuerdos. Para Luzia, todas estas tradiciones eran imposibles. No había anillos de boda ni flores, y ningún retrato aparte de los recortes de periódico.

Las tierras áridas habían sido su hogar. Cada árbol, cada colina, cada lagartija y cada roca le recordaban a Antonio. La maleza era el mundo de él, no el de ella. Ella nunca la había amado como la había amado él. Era algo que a ella se le escapaba, la asustaba, la enfadaba. Y a pesar de ello él la había dejado allí sola, con su legión de hombres que la seguían por las llanuras rocosas y las empinadas colinas. No iban hacia Taquaritinga: Luzia había decidido que no quería que el padre Otto cuidara a su hijo. No quería que fuera criado en un lugar donde la gente podía identificar a su madre como Gramola. Los cangaceiros se dirigían al río San Francisco. Después de enterrar en lugar seguro el cuerpo de Antonio, Luzia desplegó el mapa del topógrafo viejo, y le preguntó a Baiano:

—¿Sabes cómo llegar al rancho del doctor Eronildes?

Él asintió con la cabeza.

Luzia envolvió un paño alrededor de su vientre para que el niño no saliera antes de tiempo. Había cogido el sombrero de Antonio, su puñal, su cristal de roca. Al atardecer, sacaba la piedra y dirigía las oraciones del grupo. Ella protegía los cuerpos de los cangaceiros.

Por la noche no podía dormir. Estaba atenta a los ronquidos de los hombres. Observaba a Bebé, que dormía acurrucada sobre la manta a su lado. La terca niña no se apartaba de ella, decidida a compensar a Luzia por su pérdida. En las noches en que brillaba la luna, Luzia dirigía su mirada sobre el monte bajo y seco. A la luz de la luna, los árboles sin hojas parecían un bosque blanco. Esa tierra era de ellos, toda de ellos, repetía a menudo Antonio. Era la tierra de Dios. Inmensa. Ilimitada. Él lo decía con alegría, pero cuando Luzia observaba aquellas tierras áridas no podía comprender la felicidad de Antonio. Las tierras áridas eran demasiado grandes. Estaban demasiado vacías. Su inmensidad la asustaba.

Muchas noches pensaba en la fotografía de Emília que había visto en el periódico, sosteniendo aquel bebé deforme metido en un frasco. Emília lo acunaba como solía coger a sus muñecas, con cuidado, con amor. Su hermana siempre era amable con sus muñecas de trapo. No como Luzia, que las rompía, las despedazaba, les sacaba el relleno. Era verdad que Emília era severa, pero también apacible. Sabía cómo cuidar las cosas sin excederse. Debajo de la bondad de su hermana había una voluntad firme.

Cuando dormía, Luzia soñaba con un hombre que no era Antonio, pero tenía su nariz aplastada, sus dientes pequeños, sus labios carnosos, sus ojos. Ojos tan oscuros que ella no podía ver las pupilas. Eran oscuros como el carbón brillante.

Por la mañana le dolía la vejiga. En la espalda sentía una prolongada punzada, como si un puñal la estuviera atravesando poco a poco mientras caminaba. Se movía lentamente. Los hombres marchaban delante, a sus órdenes. Baiano y Ponta Fina permanecían a su lado. A medida que las colinas que bordeaban el Viejo Chico se hacían más claras y más grandes, Luzia sentía que estaba siendo llevada hacia un desenlace que desconocía. En cuanto llegara allí, apenas Dios considerara que era la hora del fin, el grano más pequeño de arena o la más irrisoria hoja del árbol más insignificante la pararía. Hasta entonces, nada la detendría.

Capítulo

9

EMÍLIA

Campamento de refugiados de Río Branco
Enero-febrero de 1933

1

2 de enero de 1933

Señora de Degas Coelho
Rua Real da Torre, 722
Madalena, Recife

Querida señora de Coelho:

Feliz Año Nuevo. Usted no me recordará por mi nombre, pero espero que la conversación que compartimos en el teatro Santa Isabel no haya sido del todo olvidada. Tuve el placer de conocerla en el vestíbulo durante la fiesta del Partido Verde. Hablamos un momento, pero no intercambiamos nuestros nombres. Afortunadamente, tengo buena memoria para las caras.

Nunca había leído la sección de sociedad del periódico hasta hace poco, cuando alguien me mostró su fotografía. Me sorprendió descubrir que la dama en la sección de sociedad era la misma a quien había conocido en Recife. Me hizo recordar una frase que repiten mis hombres en el rancho: «Pregunta siempre el nombre de un desconocido, porque podría ser un hermano perdido». He vivido en el noreste toda mi vida y me sigue sorprendiendo que, a pesar de la inmensidad de estas tierras, nuestras esferas de conocimiento sean tan pequeñas y tan intrincadamente entrelazadas como una puntilla de encaje.

He leído acerca de su trabajo de caridad con los refugiados que han huido a Recife a causa de estos tiempos de sequía. Admiro sus esfuerzos. Es mucho más fácil condenar al vecino que ayudarle.

Como usted, he decidido ayudar a esos desdichados. Como recordará, soy médico. He abandonado la explotación del rancho para supervisar un modesto hospital en el campo de refugiados de Río Branco. Hay mucho dolor aquí. Muchos de mis colegas dicen que las personas de tierra adentro son una raza resistente, capaz de soportar cualquier miseria. Yo digo que ésa es una creencia absurda. Como usted sabe, señora de Coelho, y como mi propio entrenamiento médico me ha demostrado, la gente de tierra adentro es tan mortal y tan imperfecta como el resto de nosotros. Esta gente está, sin embargo, más estrechamente ligada a la tierra, que durante esta sequía los ha abandonado. Son como niños que han perdido a su madre.

Vine a Río Branco para ayudar a aquellos a los que la sequía ha dejado sin amparo. No soy un hombre religioso, pero hace poco he rezado. He pedido que una mano amable y cariñosa arranque al menos a un niño de la miseria y cambie su destino.

Hemos llegado finalmente al propósito que da sentido a mi carta, señora de Coelho. Le agradezco su paciencia. Soy un hombre de ciencia, no de palabras, así que seré franco: necesito su ayuda. Ropa, comida, agua y medicamentos son de gran valor en el campamento de Río Branco, pero, como tal vez usted ya sepa, tales envíos caritativos desde de las capitales son fácilmente desviados por comerciantes corruptos o robados por los cangaceiros. Los suministros donados estarían más seguros si fueran acompañados por una delegación. Esa delegación recibiría gran atención por parte de la prensa, y daría a los refugiados del campamento la publicidad que necesitan desesperadamente. Los desplazados son personas que tienen hambre, y no, como algunos periodistas han dicho, unos aprovechados. Esta delegación no puede estar compuesta sólo por representantes del gobierno o periodistas, ninguno de los cuales servirá de inspiración a los residentes del campamento. Usted, señora de Coelho, atrae la atención de manera favorable sobre toda causa que respalda. Usted y las Damas Voluntarias pueden traer esperanza y calor a nuestro desolado hogar.

Le estoy pidiendo que viaje a un lugar del que la mayoría de las personas desea escapar. Le aseguro que no pido esto con ligereza. He escogido mis palabras cuidadosamente, porque no la conozco bien. He oído, sin embargo, que usted es una mujer de gran corazón y firme voluntad. Espero que mi petición no sea imposible, y si lo es, ruego que san Expedito intervenga y lo haga posible.

Atentamente,

Doctor Eronildes Epifano

2

Las mesas-bandeja del vagón de primera clase estaban llenas de vasos vacíos. Saltaban y tintineaban, chocaban unos contra otros, movidos por las vibraciones del tren. Un camarero, con la espalda de su chaqueta de uniforme oscurecida por el sudor, trató de retirar los vasos sin despertar a los pasajeros. Los hombres del gobierno dormían con la cabeza echada hacia atrás y las piernas estiradas. Sus frentes brillaban por el sudor. Los reporteros y los fotógrafos que acompañaban a la delegación habían regresado a su vagón, el de la prensa, de modo que los hombres del gobierno se habían quitado las chaquetas de sus trajes y aflojado las corbatas. Una colección de sombreros de fieltro y de panamás de paja estaba desparramada sobre mesas y asientos vacíos. El sombrero de Degas reposaba sobre su regazo, como si fuera una querida mascota. Estaba despierto. También Emília estaba despierta.

El termómetro del vagón marcaba 40 grados. Las flores colocadas en un florero colgado en la pared estaban marchitas, y sus pétalos dispersos por el suelo. Por encima de Emília chirriaban los ventiladores del techo. Sus aspas giraban, pero no podían expulsar el calor, que era seco y agobiante y hacía que a Emília le picara la cara. Las ventanas del vagón estaban abiertas, las cortinas descorridas. El sol brillaba con tal intensidad que lastimaba los ojos de la joven cuando miraba por la ventana. Pasaban varios minutos antes de que su visión se adaptara a la enorme luminosidad. La vista era siempre la misma. Las plantas de las tierras áridas eran grises y quebradizas, como si hubieran sido resecadas en un horno. Camufladas entre los árboles, Emília podía ver las casas de barro abandonadas, con sus fachadas agrietadas y sus puertas abiertas. Aparte del tren y el tintineo de las copas —como ecos fantasmales de los brindis de la mañana—, no había ningún ruido. Ni siquiera zumbaban los insectos. Era suficiente para volver loca a una persona.

Quizá era por eso por lo que los hombres del gobierno habían decidido dormir. Parecían muy animados cuando el tren partió de la estación central de Recife. Hubo un brindis de celebración. Emília y Degas habían alzado sus vasos posando junto al doctor Duarte y el grupo de representantes del gobierno mientras el fotógrafo oficial de la delegación les sacaba la foto. Después hubo algunos largos discursos en honor del presidente Gomes, del gobernador Higino y del doctor Duarte. Los vasos de los hombres fueron llenados y vueltos a llenar con licor de caña y zumo de lima. Degas estaba en el extremo exterior del grupo, inclinándose para poder escuchar aquellos brindis. Alargó el brazo hacia el interior del círculo para chocar su copa. Emília, con el puñado de mujeres presentes en la delegación, estaba sentada en el extremo opuesto del vagón. Ella no estaba incluida en los prolongados brindis. Bebió solamente agua.

Cuando los brindis se desvanecieron, los periodistas llenaron el vagón e hicieron entrevistas. Los reporteros trabajaban en los periódicos de Recife y también en algunos de los diarios de los estados de Paraíba, Bahía y Alagoas. Todos habían recibido el visto bueno del Departamento de Información y Propaganda (el DIP) de Gomes. Los hombres del gobierno eran los representantes en Recife de todos los ministerios provisionales del presidente: Industria, Trabajo, Educación, Transporte y Salud. Todos los funcionarios estaban dispuestos a que se registraran sus palabras, pero sus discursos acerca de pautas del clima, de vacunaciones, de documentos de identidad de los trabajadores y de distribución de alimentos eran aburridas estadísticas proporcionadas por el DIP, memorizadas por ellos, y ya conocidas por los periodistas. Sólo el doctor Duarte se expresó con franqueza. Periodistas y funcionarios se reunieron alrededor de él cuando habló desde su confortable asiento tapizado en el tren.

—Esta delegación es, ante todo, un esfuerzo caritativo —dijo el doctor Duarte mientras el tren pasaba junto a unos campos de caña de azúcar—. Pero no mermará en nada la generosidad y buena voluntad de nuestro gobierno decir que es también un esfuerzo científico. Poder medir a los hombres y mujeres de la caatinga es una oportunidad de valor incalculable. Debemos medir las diferencias, si existen, entre nuestros pueblos. ¡No para aislarlos! ¡El movimiento de afirmación de lo brasileño del que estamos tan orgullosos se refiere precisamente a la unión de los diversos grupos de nuestro país para constituir una sola nación! Dentro de todos los grupos hay ciudadanos bienintencionados. También hay criminales (comunistas, degenerados, ladrones, pervertidos sexuales) que tienen que ser definidos. Según su grado de criminalidad, deben ser contenidos, controlados o curados. Ésa es la única manera de purificar Brasil y curar sus males sociales.

Mientras su padre hablaba, Degas estaba sentado separado del grupo. Parecía indiferente al discurso del doctor y concentrado, en cambio, en arreglar las abolladuras de su sombrero de fieltro. A medida que el sol se pegaba más fuerte y la jornada se volvía más cálida, las mejillas de los hombres enrojecían. Se abanicaron las caras con los sombreros. Las bebidas de la mañana temprano se combinaban con el calor para dejarlos mareados y cansados. Los periodistas y los fotógrafos regresaron al vagón de la prensa. Cuando el tren dejó atrás los campos de caña de la Zona da Mata y entró en las tierras áridas azotadas por la sequía, los hombres del gobierno lentamente se fueron quedando dormidos.

En el lado del vagón reservado a las mujeres, cinco monjas del convento de Nuestra Señora de los Dolores iban cuidadosamente sentadas, con sus oscuros hábitos marrones. Una monja joven repasaba con los dedos su rosario. Otra más vieja miraba de cuando en cuando a Emília y le dirigía una discreta sonrisa. Nadie del grupo de las Damas Voluntarias se había unido a la delegación. Lindalva y la baronesa estaban en Europa. Las otras Damas Voluntarias pusieron excusas de peso, casi todas relacionadas con la enfermedad de un hijo o del marido. Se diría que una epidemia de gripe había atacado a la élite de Recife sin afectar a nadie más. Sólo las monjas habían respondido al llamamiento de Emília para aquella tarea. Curiosamente, una mujer de una familia vieja, la señora Coímbra, también acompañaba a la delegación. Se había presentado en la casa de los Coelho para informar a Emília de que ella iba a representar a la Sociedad Princesa Isabel.

La señora Coímbra estaba sentada delante de Emília. Era una mujer corpulenta, huesuda, de la que se decía que había pasado de los 60 años, aunque su pelo era del color del carbón. Llevaba un vestido azul oscuro de corte cuadrado, sin marcar el talle, con sólo una faja decorativa atada, floja, a las caderas. Esos vestidos de estilo joven y liberal habían estado de moda cuando Emília llegó a Recife, hacía cuatro años, pero ya nadie los usaba. En Recife, el talle ajustado era en ese momento *de rigueur,* gracias, en parte, al taller de moda de Emília y Lindalva.

Emília llevaba uno de sus propios diseños, un vestido floreado con cinturón rematado con un amplio cuello. Debido al calor, se había quitado la chaqueta de lino tipo bolero, pero sólo después de que los reporteros y los fotógrafos abandonaran el vagón. Su sombrero de paja tenía el ala más ancha que sus viejos sombreros *cloche* y estaba sujeto al pelo con un alfiler, inclinado elegantemente a un lado de su cabeza. Los alfileres daban tirones al pelo de Emília. La cinta del sombrero le hacía sudar la frente. Emília se lo quitó y lo dejó en el asiento a su lado. Hacía demasiado calor como para pensar en la elegancia. La señora Coímbra asintió con la cabeza, elogiando el sentido común de Emília.

En las pocas ocasiones en que la señora Coímbra habló, se mostró educada, aunque firme, usando el mismo tono con que la mayoría de las mujeres de familias viejas se dirigía a Emília. Cada vez que la señora Coímbra adoptaba ese tono, Emília sonreía y se concentraba en la fealdad del vestido de aquella mujer. Esos pensamientos eran vanos y mezquinos, y Emília lo sabía. También sabía que muchas mujeres de Recife —de viejas y nuevas familias por igual— la juzgaban por cosas que nada tenían que ver con su carácter: sus restos de acento provinciano, su incapacidad o falta de predisposición para tener hijos, por los asuntos de su marido y sus gustos innombrables. Desde la cena en el teatro Santa Isabel, Emília se daba cuenta de que las mujeres de Recife la consideraban inferior en todos los sentidos, menos en la elegancia. El hecho de darse cuenta de esto hizo que Emília se volviera audaz.

Se vestía como quería, usaba chaquetas estilo bolero, faldas de sirena inspiradas por Claudette Colbert y durante el verano en la playa de Boa Viagem una camisa de tafetán metida en unos pantalones a cuadros. Cuanto más segura se sentía Emília, más la elogiaban las mujeres de Recife. Mientras la joven rústica no cometiera ninguna infracción grave —una aventura romántica, andar en tranvía por la noche tarde, entablar amistad con criminales o negros—, la mayoría de las mujeres de Recife iban a admirar sus diseños de modas y se iban a mostrar dispuestas a comprarlos.

Emília se inspiraba en las revistas de moda editadas en Francia, Alemania, Italia y Estados Unidos. El doctor Duarte la ayudaba a pedir las revistas; llegaban en los mismos envíos que las publicaciones de frenología de su suegro. Cambió algunos estilos, reemplazando telas pesadas por otras más livianas, más aptas para el clima de Recife. Una vez terminado el dibujo con precisión y encontrada la tela adecuada para realizarlo, presentaba el diseño a Lindalva. Si a ambas les gustaba la prenda, llevaban el diseño a su taller.

El doctor Duarte había cedido a las dos jóvenes empresarias el uso de una de sus muchas propiedades. Emília insistió en pagar un alquiler. El taller tenía una ubicación importante, en la Rua Nova, la calle elegante conectada con el puente Boa Vista, cuya estructura era de acero. La gente cruzaba el puente para ir de compras. La Rua Nova era la zona conde estaban varias de las mejores tiendas. La Casa Massilon vendía uniformes escolares y vestimentas militares; Primavera era una tienda de artículos para el hogar cuyos dueños eran portugueses; la farmacia Vitoria vendía medicamentos y había consultorios médicos en el piso de arriba; Parlophon vendía radios Philco, discos Odeón, frigoríficos y otros lujos modernos. Instalado entre las mejores tiendas de Recife estaba el taller E & L Diseños. No había ningún cartel en el exterior. Anunciar públicamente los productos era una confesión de necesidad de ganancias, lo cual era una torpeza. Emília y Lindalva eran mujeres respetables y el taller era su pasatiempo, no un negocio empresa. Desde fuera, el taller parecía un domicilio familiar austero, con cortinas blancas y un llamador de bronce al lado de la puerta de la calle. Cuando las clientas llamaban, las atendía una criada y las hacía pasar adentro. A veces Emília o Lindalva estaban presentes, otras veces no. Cuando estaban en el taller, no actuaban como vendedoras, sino que se sentaban y conversaban como si fueran compradoras como las demás. Nadie manejaba dinero; los pagos eran enviados por correo o se realizaban después. No había regateos ni facturas por cobrar, porque ninguna mujer de Recife, de familia nueva o vieja, quería ser considerada una tacaña y menos aún una ladrona.

Emília y Lindalva ofrecían una cantidad limitada de prendas *prêt-à-porter*. No había largas pruebas ni vestidos a la medida. Como había un único modelo para todas las mujeres, Emília empleaba a una costurera para adaptar los conjuntos hechos con anterioridad, después de que habían sido comprados, subiendo un dobladillo para una mujer más baja o adaptando la cintura de un vestido para otra más delgada. Emília fabricaba sólo cinco artículos de cada modelo. Esto obligaba a las mujeres de Recife a comprar las prendas inmediatamente. Los diseños de Emília eran inevitablemente copiados, pero los modelos cambiaban con tal rapidez que, antes de que otra costurera aprendiera a imitarlos, éstos ya se habían pasado de moda; Emília y Lindalva ya tenían nuevas creaciones en su tienda.

Nada más abrir el taller habían contratado a siete costureras. Por aquel entonces, el presidente Gomes había fijado un salario mínimo, la obligación de tener baños para los empleados y una jornada laboral de ocho horas. Cada asalariado recibía una Tarjeta de Identificación del Trabajador que los empleadores tenían que firmar. Ese documento permitía el ingreso de los trabajadores en el sindicato nacional de Gomes. Todos los demás sindicatos fueron disueltos y las huelgas quedaron prohibidas. Gomes decretó que, para gozar de los derechos que él había otorgado, los trabajadores tenían que ser leales al gobierno provisional. Emília cumplía con las leyes de Gomes y hacía todavía más. La sala de costura del taller tenía ventanas, varios ventiladores y una radio para que las costureras la escucharan durante la pausa para comer. Y además no se quejó cuando las costureras colgaron una fotografía oficial de Gomes, con la leyenda «Padre de los Pobres» impresa sobre su rostro sonriente, en la pared del cuarto de costura.

El tren del Ferrocarril Gran Oeste también exhibía la fotografía de Gomes. Miraba a Emília desde encima de la puerta del vagón. En este retrato no era un padre sonriente, sino un presidente de rostro severo vestido con esmoquin y banda. Emília se frotó los ojos. Le picaban por el polvo. Una capa delgada y marrón de ese polvo formaba una película sobre las ventanillas del tren. Los vasos vacíos usados por los hombres habían sido recogidos y el vagón estaba en silencio, salvo por el ruido del tren. Un camarero asomó la cabeza en el vagón y contó los pasajeros; pronto servirían la comida. Emília tenía hambre, pero no esperaba con ansia su comida. Desde que la sequía había empeorado, se sentía culpable cada vez que comía.

El campo siempre había sufrido periodos secos, de modo que no se informaba sobre la sequía en los periódicos de Recife hasta que la carne subía de precio y se volvía escasa. Poco después, aparecieron en la ciudad los refugiados. Vagaban por los caminos de Recife caminando como si les doliera levantar los pies. Habían recorrido cientos de kilómetros con la esperanza de encontrar agua, comida y trabajo en la ciudad. Los refugiados tenían la ropa hecha jirones. Sus cuerpos estaban tan delgados y sus caras tan sucias que a veces era imposible distinguir a los hombres de las mujeres. Los bebés colgaban, débiles, en los brazos de sus madres. Las caras de los niños estaban tan demacradas y arrugadas como las de los mayores. Sus cabezas parecían enormes sobre sus huesudos cuerpos, y sus vientres estaban hinchados como globos de piel llenos de aire y nada más. El sufrimiento de los refugiados hizo que los periódicos los llamaran los «flagelados».

Cada vez que Emília iba al taller veía flagelados tan desorientados por el hambre que cruzaban las calles de la ciudad sin prestar atención a los tranvías ni a los coches. Emília miraba a los refugiados con prevención, temerosa, tal vez, de reconocer a un vecino o a un amigo de Taquaritinga. Una vez, una mujer se acercó a la ventanilla abierta del Chrysler. Llevaba un vestido sucio, la tela casi transparente de lo usada que estaba. La piel de su cara estaba curtida y estirada sobre los pómulos, como si hubiera sido horneada. Se aferró al antebrazo de Emília. La mano de la mujer estaba seca y apretaba con fuerza. Cuando Emília la miró a los ojos, vio que aquella mujer era joven, como ella. Degas rápidamente puso en marcha el coche y se alejó a gran velocidad, ignorando las luces de los semáforos. Después de dejar atrás a la mujer flagelada, Emília escondió la cara entre las manos. Degas, siempre incómodo ante el llanto, dijo que regresaría a la casa de los Coelho para que Emília pudiera lavarse el brazo. Ella negó con la cabeza. Ningún lavado podría borrar el contacto de aquella mujer. Emília todavía podía sentirlo. Sin Degas, sin su matrimonio apresurado, ella habría sido una mujer hambrienta, una flagelada igual que aquélla.

En la siguiente reunión de las Damas Voluntarias, Emília anunció que iba a comenzar una campaña para recoger ropa. Siguiendo el ejemplo de Emília, las Damas Voluntarias donaron telas, hilos y el tiempo de sus costureras. En los campamentos de tiendas de lona levantados para los flagelados en las afueras de Recife, las Damas Voluntarias aparecían con ropa, pañales y mantas. Para no ser menos, las viejas familias, miembros de la Sociedad Princesa Isabel, organizaban reuniones al aire libre y almuerzos en los que recaudaban dinero para que los médicos atendieran a los flagelados.

Cuando Emília distribuía comida y provisiones a los refugiados, no usaba guantes como las otras mujeres de las Damas Voluntarias. Aceptaba los apretones de manos y abrazos de los refugiados. Abrazaba a los bebés esqueléticos con sus manos desnudas. Sentía el impulso de besar a esos niños, de abrazarlos. Ella buscaba afecto en cualquier parte en que pudiera hallarlo. En la casa de los Coelho metía con esfuerzo los dedos a través de las barras de la jaula del corrupião para poder acariciar sus plumas. Todos los días daba hojas de lechuga adicionales a las tortugas jaboti con la esperanza de que le permitieran acariciar sus caras escamosas. En el taller, Emília cogía las manos de las costureras entre las suyas cuando les enseñaba a refinar un pespunte. Palmeaba las espaldas de sus empleadas y las felicitaba cada vez que ponían las cintas métricas recién compradas sobre las reglas rígidas en busca de posibles errores.

—No confiéis nunca en una cinta de medir que no hayáis usado antes —les decía Emília. Y cada vez que salía del taller y abrazaba a Lindalva para despedirse, Emília prolongaba ese abrazo.

Se suponía que los maridos debían satisfacer las necesidades de cariño de las mujeres, pero Degas no era un marido típico. Después de la revolución, Degas interrumpió sus visitas semanales al dormitorio de Emília. Al igual que otros combatientes revolucionarios, había sido felicitado y se le había otorgado una medalla, pero la confianza que esperaba que se depositara en él después de pelear nunca llegó. El doctor Duarte estaba ocupado con su trabajo como consejero del gobernador, y permitió a Degas administrar las propiedades de los Coelho. Degas cobraba los alquileres y resolvía los asuntos de mantenimiento, demostrando ser un administrador capaz. A pesar de esto, el doctor Duarte no permitía a su hijo comprar ni vender propiedades, y tampoco hacerse cargo de los préstamos de dinero, ni ocuparse de la empresa de importación y exportación. Degas lograba meterse en las reuniones de negocios y luego en las reuniones políticas. El doctor Duarte no podía rechazar a su único hijo abiertamente, de modo que toleraba su presencia. Emília no sabía si su esposo ansiaba la aprobación de su padre, sólo quería molestar al doctor Duarte o ambas cosas. De cualquier manera, él se negaba a ser ignorado. Degas compró su admisión en el Club Británico. Cuando el doctor Duarte y sus colegas empresarios paseaban por la plaza del Derby, Degas se apresuraba a alcanzarlos. En las cenas, se las arreglaba para participar en los círculos de conversación de los hombres. Expresaba sus opiniones, aunque nunca se las pedían y a pesar de que en realidad nadie le hacía caso.

Solamente el capitán Carlos Chevalier prestaba atención a Degas. Emília los veía charlar amigablemente en las reuniones del Partido Verde. El doctor Duarte decía que el piloto era un fanfarrón. El ofrecimiento de Chevalier de hacer los planos de la futura carretera había sido hecho solamente de cara a la prensa; lo cierto fue que el piloto nunca se puso en contacto con el gobernador Higino. Otros hombres de Recife también mantenían las distancias con Chevalier, lo cual facilitó que el piloto se acercara más a Degas.

Cuando Emília era una niña en Taquaritinga, dos jóvenes fueron sorprendidos en una granja abandonada. Qué estaban haciendo cuando los descubrieron era algo que Emília nunca supo, aunque había presionado a su tía para obtener detalles.

—¡El diablo está en los detalles! —había respondido la tía Sofía. A uno de los chicos lo mató después su padre. El otro huyó y desapareció en la caatinga. Recife era más civilizada que el campo, pero Emília todavía temía por Degas. Comprendía el deseo desesperado de ser querido, y no podía condenar a Degas por tener ese deseo. Hubo noches en que, sola en su enorme cama nupcial, Emília se había acariciado los brazos, las piernas, el vientre y más abajo, ansiando un contacto cariñoso, aunque fuera el que ella misma se proporcionaba. Después se había sentido avergonzada y confundida. Imaginó que, de alguna manera, así era como se sentía Degas.

Lo que había comenzado como un goteo se convirtió en una inundación. Durante la Navidad de 1932 los flagelados llegaron a montones a Recife, incrementando la población de la ciudad en un 52 por ciento. Los periódicos advertían que la llegada masiva de flagelados podía ahogar los proyectos del gobernador Higino. Había creado una Comisión de Planeamiento de Recife que hacía hincapié en el fomento de los edificios verticales y la pavimentación de las calles y caminos municipales. La comisión había aprobado una «ley antimocambo», que promulgaba que la construcción de viviendas precarias dentro de la ciudad estaba prohibida. Los flagelados hacían caso omiso de esta ley. En las afueras de Recife, junto a sus ríos y en sus lodazales, construían barrios de madera y hojalata. El gobernador apeló al presidente Gomes. En unas semanas, 48.765 flagelados fueron trasladados en barcos de pasajeros Lloyd al Amazonas, donde iban a recoger caucho.

—¡No vayan pensando en hacer fortuna —dijo Gomes—, sino en servir a su país!

El hambre volvía furiosos y rebeldes a los hombres, y Gomes lo comprendía. No quería otra rebelión como la ocurrida hacía poco en São Paulo, que había durado dos meses y había requerido setenta mil soldados gubernamentales. Para detener el flujo de flagelados hacia las capitales, ordenó la construcción de siete campamentos de refugiados en las zonas rurales. Los campamentos fueron instalados estratégicamente en las ciudades más populosas de las tierras áridas, donde generalmente había ríos y transporte ferroviario. En Recife se llenaron vagones de trenes con rollos de alambre de espino, comida y suministros médicos. El DIP lanzó una campaña en la que aseguraba que los campamentos eran sitios seguros donde los refugiados podían esperar a que pasara la sequía.

Emília recibió la carta del doctor Eronildes Epifano a finales de enero. La gente ya estaba haciendo sus trajes de carnaval. Un grupo de maridos de las Damas Voluntarias estaba tramando vestirse como flagelados, oscureciéndose las caras con betún marrón y cubriéndose con andrajos. Sus esposas querían imitar a la Costurera. Las mujeres de Recife competían para hacer el traje de cangaceira con más bordados, diamantes falsos y joyas de imitación. Emília resolvió no asistir a ninguna fiesta de carnaval.

Había recortado la fotografía de la Costurera. Apareció en el periódico después de que los primeros topógrafos fueran asesinados. Luzia estaba en el centro de un grupo de hombres, con los hombros derechos, con el cuello estirado. El Halcón aparecía encorvado y pequeño junto a ella. Su trenza gruesa reposaba sobre el hombro y caía casi hasta la cintura: no había cumplido su promesa de la infancia a san Expedito. Su cara estaba oscura. Llevaba gafas y detrás de ellas Emília no podía ver los ojos. El brillo de los cristales le daba a la mujer un aspecto de otro mundo. Su porte era majestuoso. Poderoso. Parecía la reina de una tribu olvidada.

Después del funeral del sexto topógrafo, los periodistas especularon con la posibilidad de que la Costurera, y no el Halcón, hubiera ordenado las decapitaciones. Era despiadada, decían los diarios. No tenía vergüenza. Emília había escuchado esta opinión muchas veces. Allá en Taquaritinga, cuando llevaba zapatos de tacón alto o se ponía colorete en la cara, o cuando Degas y ella salían a pasear sin acompañante durante su breve noviazgo, Emília escuchaba que la gente murmuraba sobre ella y decía: «¡Esa niña no tiene vergüenza!». La vergüenza era una cualidad en una mujer. Incluso en Recife era importante que las damas tuvieran vergüenza, aunque no la llamaran de esa manera: la llamaban compostura.

La carta del doctor era curiosa. Emília la leyó siete veces. El papel estaba doblado y manchado. En una parte, la tinta se había corrido. Emília intuía desesperación en las palabras del médico. También ternura. Recordaba a aquel hombre en el vestíbulo del teatro como alguien considerado, inteligente y ligeramente ebrio. La carta revelaba aspectos diferentes de su personalidad. Era una persona extraña. ¿Qué más hombres que ella conociera utilizaban como término de una comparación una puntilla de encaje? ¿Y por qué en su carta manifestaba no ser religioso y luego lo desmentía, terminando la carta con una imploración a san Expedito? Él había alabado su «gran corazón» y su «firme» voluntad. Emília se preguntaba quién le habría contado esas cosas. A pesar de las peculiaridades de la carta, Emília le creía. Algo que el médico había dicho en el vestíbulo del teatro se le había quedado grabado a Emília todos esos años: «La vida en la ciudad es buena, pero es una vida sin esfuerzo». Después de abrir su taller, Emília pensó que finalmente iba a estar contenta, pero esto no ocurrió. Seguía sintiendo que su vida estaba desnuda, que sus logros eran pequeños. Cuando recibió la carta del doctor, vio una oportunidad de ampliar el horizonte de su vida.

Se había convertido en una experta en poner ideas en la cabeza del doctor Duarte y hacerle creer que se le habían ocurrido a él. Una delegación que se hiciera cargo de un envío humanitario daría al teniente Higino y al presidente Gomes una publicidad positiva y generaría lealtad entre «las masas». Para el doctor Duarte, el campamento de Río Branco representaba una gran oportunidad para la medición craneal. En unas semanas, el gobierno organizó un tren del Ferrocarril Gran Oeste y llenó sus vagones de carga con comida, medicinas y paquetes de productos de higiene que contenían jabón, polvo dental y peines. Cada botiquín llevaba también una fotografía del presidente Gomes, el «Padre de los Pobres».

Antes de la partida, Emília y la señora Coímbra posaron para las fotografías. Las instantáneas serían impresas en los periódicos de todo el noreste, y también en sitios tan alejados como Río de Janeiro y São Paulo. Emília y la señora Coímbra eran llamadas «espíritus valientes», dispuestas a afrontar el peligro para llevar a cabo sus actos de caridad. Se habían registrado ataques en toda la caatinga. Después de decapitar al segundo equipo de topógrafos del gobierno, el Halcón había desaparecido de los periódicos. Había rumores de que su grupo se había roto a causa de la sequía. Algunos refugiados de los que acababan de llegar a Recife afirmaban que el famoso cangaceiro había sido apuñalado y muerto por uno de sus propios hombres. Este rumor apareció en los titulares, pero fue desmentido rápidamente. El grupo del Halcón atacó algunos trenes que llevaban provisiones para los campamentos de refugiados de Gomes. Los cangaceiros distribuyeron los alimentos robados entre los hambrientos y, después, algunos flagelados dijeron que habían visto al Halcón distribuyendo harina y carne. Otros dijeron que no lo habían visto, que había demasiados cangaceiros como para distinguir a un hombre de otro. La mayoría estaban seguros de haber visto a la Costurera, aquella mujer alta y solitaria con un brazo lisiado, atacando los trenes y dirigiendo a los hombres.

En la Navidad de 1932 el gobernador Higino había enviado soldados recién instruidos a proteger los campamentos de refugiados. Cualquier soldado que matara a un cangaceiro obtendría dos galones en su uniforme. En esa época, el Halcón se había desdoblado, por así decirlo. Había ahora dos grupos rivales de cangaceiros que se disputaban el liderazgo. Un grupo tenía a la Costurera; el otro grupo, más violento, tenía a un hombre que marcaba a hierro la cara a las mujeres como castigo por llevar pelo corto o vestidos indecentes. Emília vio a una de las víctimas retratada en el periódico. La niña tenía una cicatriz reciente en su mejilla. La marca hecha a fuego sobre su piel era la inicial «O». La niña declaró que el hombre que le había aplicado el hierro en la cara era bajo, con orejas muy grandes. Emília recordaba vagamente a ese cangaceiro. Era el que había ido a la casa de la tía Sofía y les había ordenado llevar su equipo de costura a la casa del coronel. Aquel hombre no era el Halcón, por lo menos no el que recordaba Emília.

Circulaban historias sobre la Costurera. Había rumores de que había estado embarazada; algunos refugiados en Recife dijeron que la habían visto con un enorme vientre. Cuando el doctor Duarte escuchó esto, añadió parte de su propio dinero para aumentar la recompensa. El vástago de dos infames criminales sería un valioso ejemplar. Si el rumor era verdadero, si la Costurera estaba de verdad embarazada, el doctor Duarte quería tanto el niño como a su madre. Vivos o muertos.

El rumor más escandaloso sobre la Costurera involucraba a su ejército de cangaceiros; la gente decía que su grupo incluía mujeres. La gente decía que habían secuestrado a niñas jóvenes —víctimas de la sequía— y las habían obligado a casarse con ellos.

Emília cogió su bolso y se lo puso en el regazo. En él había metido el retrato de comunión. Como le preocupaba que su compañera de asiento, la señora Coímbra, le pidiera ver la foto, Emília no la sacó de donde podía permanecer oculta. En cambio, abrió al máximo el cierre de su bolso y observó a las dos niñas en la fotografía. «Por si acaso», eso fue lo que pensó cuando incluyó en el equipaje el retrato de comunión. Por si el tren fuera detenido, por si la delegación fuera atacada. Emília sentía una fuerte y secreta emoción cada vez que miraba por la ventanilla del tren y creía distinguir algún movimiento entre la enredada maleza y los árboles de las tierras áridas. Se preguntaba si los cangaceiros podrían detener un tren en movimiento o si tendrían que esperar hasta que llegara a la estación de Río Branco, con la protección de la noche. El tren viajaba cargado de provisiones, y además el viaje de la delegación había sido ampliamente anunciado. Quizá el grupo del Halcón habría decidido esperar y atacar el campamento de refugiados, aunque había soldados que lo protegían. Emília sintió miedo y cierta excitación ante la posibilidad de un ataque. En secreto, deseaba que eso ocurriera. Aunque nunca lo iba a admitir, su razón principal para hacer ese viaje no era la caridad ni la aventura, sino la posibilidad de encontrarse con la Costurera.

Emília pasó con suavidad la yema de los dedos por las caras de las niñas en el retrato de comunión. Siguió los ángulos borrosos del brazo lisiado de Luzia.

A las tres de la madrugada, el tren entró sin incidentes en la estación de Río Branco. Una banda pequeña dio la bienvenida a la delegación tocando el himno nacional. El sargento del campamento de refugiados les daba la mano a los funcionarios del gobierno a medida que bajaban del tren. Los soldados hicieron funciones de mozos de equipaje, poniendo la serie cada vez más grande de bultos en carros tirados por burros extremadamente flacos. A la luz de las linternas de gas de la estación, Emília pudo ver las costillas de los animales debajo de su piel. Los fotógrafos de la delegación no sacaron fotos de la llegada; todos en el tren estaban cansados, con los cuerpos entumecidos, las ropas arrugadas, las caras brillantes. El doctor Duarte proclamó que era mejor dejar las fotos para el día siguiente, cuando hicieran su entrada oficial en el campamento. Los delegados dormirían en los hogares de los últimos ciudadanos decentes de Río Branco, aquellos comerciantes y propietarios que se habían quedado a pesar de la sequía. Las esposas de los hombres de Río Branco que quedaban dieron la bienvenida a Emília, a la señora Coímbra y a las monjas con abrazos y ramos de flores de tela. No quedaba una sola flor natural en Río Branco. Mientras la banda seguía tocando, las monjas unieron sus manos y rezaron una oración por haber llegado a salvo. El doctor Duarte saludó efusivamente a los funcionarios del campamento. Degas se mantuvo cerca, detrás de su padre. Junto a su marido, Emília vio al doctor. Tenía el pelo mal cortado, las mejillas quemadas por el sol. Llevaba gafas y tenía una nariz larga, como si fuera el pico de un ave. Avanzaba con aire resuelto entre la gente amontonada, se detenía y rápidamente les daba la mano a los hombres con los que se iba encontrando, para luego seguir su camino hacia Emília.

Cuando llegó junto a ella, el doctor observó detenidamente su cara. La gente que los rodeaba los empujó, acercándolos, haciendo que Emília y Eronildes chocaran uno con otro. El doctor se ruborizó.

—Señora de Coelho —dijo finalmente, apretando con fuerza su mano—, no tengo palabras.

3

El sol reveló lo que la noche había ocultado a la delegación de Recife. Alambre de púas tendido y clavado en postes de dos metros de alto rodeaba el campamento de refugiados de Río Branco. Más allá de la cerca de alambre estaba la caatinga. El bosque gris se extendía hasta el horizonte interrumpido sólo por una serie de montículos de termitas y la delgada línea de las vías del tren. Río Branco, con sus edificios encalados, su estación de tren y las hileras de carpas de lona del campamento de refugiados, parecía una pequeña impostura, una adición insignificante al territorio de la caatinga. El pueblo estaba inquietantemente silencioso. No había cantos de aves, ni balidos de cabras, ni gritos de vendedores ambulantes. Sólo se escuchaban los ruidos de la delegación, que caminaba hacia la entrada del campamento. Los reporteros hacían preguntas a gritos. Los funcionarios públicos intercambiaban observaciones. Las monjas murmuraban plegarias. Dentro del campamento, los refugiados se movían de un lado a otro. Salían de sus tiendas parpadeando ante la luz del sol. Largas líneas de hombres y mujeres se extendían desde sus áreas de letrinas separadas, con hoyos llenos de lejía en el extremo más alejado del campamento. Cuando el viento cambió, los ojos de Emília ardieron debido a la lejía que se usaba masivamente para la limpieza. Se puso un pañuelo sobre la nariz para evitar el nocivo olor.

Las cabezas de los flagelados estaban afeitadas. Algunos todavía tenían vestigios blancos del polvo para despiojar en el pelo naciente y el cuello. Las mujeres llevaban pañuelos en la cabeza para ocultar la falta de pelo. Adherida a la camisa, cada persona llevaba una etiqueta redonda de metal, con su identificación y un número impreso.

La delegación se detuvo debajo de una pancarta que decía: «¡Bienvenido! ¡Viva Gomes! ¡Padre de los Pobres!». Emília y los demás delegados posaron para las fotografías mientras los habitantes del campamento miraban.

Durante la noche, los soldados habían descargado las provisiones del tren y levantado unas carpas para distribuirlos. La carpa de Emília, donde ella y la señora Coímbra repartían ropa, estaba instalada junto a la que servía de consultorio del doctor Epifano. El doctor Duarte tenía una carpa de medición, donde iba a colocar su calibrador sobre los cráneos de los flagelados y a registrar los datos. Invitó al doctor Eronildes a presenciar sus mediciones y acaparó su atención. El doctor Duarte elogió ruidosamente el trabajo de Eronildes con los refugiados, su diligencia, su empuje. Consiguió que Degas se mostrara de acuerdo. El marido de Emília inclinó secamente la cabeza hacia Eronildes.

Debido al calor, las tiendas de distribución y la del servicio médico estaban abiertas por los cuatro costados. Sólo la tienda privada del doctor Eronildes, levantada junto a su carpa consultorio, tenía las portezuelas de lona cerradas. Detrás de su tienda privada había un espacio cercado por alambre de púas y allí estaba la sombra del único árbol, un juazeiro, del campamento. Dentro de ese espacio, una cabra con una ubre prominente mordisqueaba la corteza del árbol. Un soldado vigilaba el animal.

Antes de las nueve de la mañana, el sol empezó a recalentar el campamento. Incluso bajo la protección de una tienda, el calor era sofocante. El sudor manchaba las axilas del moderno vestido de Emília. Gotas de sudor cubrían su frente y corrían hacia los ojos. Emília se quitó el sombrero y se ató un pañuelo a la cabeza. La señora Coímbra y ella distribuían ropa mientras las monjas anotaban el número de identificación de cada flagelado, asegurándose de que nadie fuera favorecido dos veces. Los refugiados se mostraban incómodos y parcos; no había palabras como «por favor» o «gracias». Por lo bajo, la señora Coímbra dijo que eran unos desagradecidos. Emília la corrigió.

—Están hambrientos —susurró, doblando unos calzones de niño—. Los modales son lo de menos.

Los ojos de la señora Coímbra se abrieron por la sorpresa, como si no hubiera considerado esa posibilidad. Asintió y atendió al siguiente flagelado.

Para aliviar la vergüenza de la gente por recibir caridad, Emília se mostraba eficiente y respetuosa, como si aquellos desdichados fueran clientes que estuvieran comprando. Se esforzaba en no mirar directamente, pero había momentos en que no podía evitar que sus ojos se posaran en la boca llena de ampollas de algún refugiado. La mayoría de ellos tenía infecciones en los ojos, con los párpados cubiertos de pus. Lo más difícil de ignorar era la visión de los niños terriblemente desnutridos, con sus piernas en forma de arco y el vientre hinchado. Emília les hablaba con una voz suave, mientras les entregaba muñecas y otros juguetes. Los niños recién llegados al campamento solían ser los más flacos y sus ojos estaban vidriosos y carentes de brillo, de expresión. Estos niños recibían los juguetes de mala gana, sin el menor interés por lo que ocurría alrededor de ellos. Los pequeños que llevaban viviendo en el campamento más tiempo habían sido mejor alimentados y arrebataban los juguetes de las manos a Emília, apretándolos de inmediato contra sus pechos huesudos, como de aves.

Durante toda la mañana Emília tuvo la sensación de ser observada. Cuando buscaba a su alrededor, ni las monjas ni la señora Coímbra la estaban mirando. Pero cuando miró hacia la vecina carpa del consultorio médico vio que el doctor Eronildes la estaba observando. Cuando ella se sentó para tomarse un descanso, giró su taburete hacia la carpa del médico y observó el trabajo de éste.

Algunos pacientes se mostraban recelosos al principio. Rechazaban el tratamiento y escondían a sus hijos detrás de sus piernas. El doctor Eronildes les explicaba con tranquilidad lo que pensaba hacer y cómo pensaba tratarlos. Antes de tocar a un paciente, le pedía permiso. Con delicadeza inclinaba hacia atrás sus cabezas afeitadas y abría sus ojos infectados para echarles unas gotas medicinales antes de que el paciente pudiera moverse. Con cuidado les ponía cucharadas de aceite de hígado de bacalao en la boca, mientras explicaba que eso iba a curarles la ceguera nocturna, causada por el hambre. Había una enfermera —ella misma era una flagelada— que lo ayudaba, haciéndose cargo de las consultas cuando él se retiraba ocasionalmente a su carpa privada. Emília alcanzó a ver a una anciana en esa carpa. Tenía una pipa entre los labios y sostenía algo en sus brazos.

A mediodía llegó Degas para anunciar que era la hora de comer. Las monjas ya se habían ido. Abandonaron el campamento escoltadas por un soldado. Mientras otro soldado dispersaba la fila formada delante de la carpa de ropa, Emília y la señora Coímbra cerraron los laterales de lona. Degas se sentó. Se quedó mirando la carpa del médico.

—Dicen que ese doctor es un coiteiro, un cómplice de los malhechores —informó Degas.

—¿Quién lo dice? —quiso saber Emília.

Degas se encogió de hombros.

—Todos. ¿Por qué crees que mi padre es tan amable con él? Quiere sacarle información.

—Si hubiera dado refugio a los cangaceiros, estaría siendo investigado y acusado —dijo Emília, manteniendo un tono de voz bajo—. Pero está aquí. Es un hombre de Gomes.

—Se puede ser ambas cosas —intervino la señora Coímbra—. He estado en Salvador. Es de una buena familia de allí. Probablemente sea eso lo que lo ha protegido de los problemas hasta ahora. Y el hecho de que sea médico...

—Yo he oído otra cosa —interrumpió Degas.

La señora Coímbra se acercó a donde estaba sentado él.

—Esto es una misión de caridad, Degas —dijo Emília—. No una crónica de sociedad.

Degas la ignoró.

—Tiene un bebé en su carpa. Para él es la cabra. Un refugiado trató de robar leche y el doctor casi hizo que lo fusilaran.

Emília miró la carpa del servicio médico y, junto a ella, la tienda privada del doctor. Había escuchado muchos llantos de niño aquella mañana. Pero no había pensado que vinieran de la carpa donde vivía el doctor Eronildes.

—La leche de cabra es buena. Tiene muchos nutrientes —señaló la señora Coímbra, quitándose los guantes sucios para ponerse un nuevo par blanco—. ¿El niño es suyo?

Degas se encogió de hombros y sonrió.

—Me pregunto qué más estará escondiendo el respetable médico.

Emília miró a los ojos a su marido.

—Todos tenemos nuestros demonios.

Degas se puso de pie.

—¿Vamos? —dijo, ofreciéndole el brazo a la señora Coímbra. Ésta vaciló y luego se agarró. Tendió el otro brazo hacia Emília.

—Vayan ustedes —dijo ella, colocándose el pañuelo de la cabeza—. Tengo que arreglarme.

—Sí —respondió Degas—. Suéltate el pelo, si no los soldados te confundirán con una de las mujeres refugiadas.

Después de que Degas se fuera con la señora Coímbra, Emília descubrió que había un soldado junto a su tienda. Iba a escoltarla fuera del campamento. Emília cerró rápidamente la portezuela de la carpa. Desde dentro, la sombra del soldado sobre la lona se veía grande y deformada. El aire era cada vez más sofocante, pero Emília no quería abandonar la tienda. La comida iba a ser un acto de propaganda más. Los periodistas harían garabatos en sus libretas de anotaciones y los fotógrafos sacarían fotos de la delegación. La mesa principal iba a estar llena de hombres del gobierno quejándose de la mala comida. Y rodeándolo todo, más allá del porche, estaría la caatinga, con su inquietante vacuidad. ¿Cómo había podido Luzia sobrevivir en semejante lugar? ¿Cómo podía sobrevivir alguien allí?

Una segunda sombra apareció sobre la portezuela de la carpa. La cortina de lona se abrió.

—¿Señora de Coelho? —llamó el doctor Eronildes, buscando dentro con la mirada. La camisa de su formal atuendo estaba arrugada y tenía la cara brillante por el sudor. Se pasó un pañuelo por la frente—. ¿Necesita un acompañante? —preguntó.

—Ya tengo uno —respondió Emília, señalando la sombra del soldado—. Pero preferiría que me acompañara usted.

El doctor Eronildes se mostró sorprendido. Como un pretendiente nervioso, se pasó sus manos grandes sobre los pantalones como si quisiera plancharlos. Emília interpretó la incomodidad de él y sus miradas como señales de que el doctor se sentía atraído por ella. Emília se sintió súbitamente orgullosa de su habilidad para desconcertar a un hombre. Con un sencillo movimiento se puso el sombrero y se acercó a él.

Cruzaron lentamente el campamento. El sol de mediodía se reflejaba en las carpas de lona, obligando a Emília y Eronildes a entornar los ojos. Las moscas les hacían cosquillas en los brazos y el cuello.

—Llegaremos tarde para el brindis —señaló Emília—. Los delegados brindan siempre.

—Por eso precisamente me he quedado atrás —respondió Eronildes—. Estoy tratando de dejar la bebida.

Emília asintió con la cabeza. Recordaba el rostro enrojecido de aquel hombre cuando lo conoció, así como el temblor de sus manos cuando conversaron en el teatro Santa Isabel.

—Soy responsable de algo importante ahora —continuó el doctor Eronildes—. No puedo ponerlo en peligro. Tengo que mantener la cabeza clara.

El médico miró a Emília, estudiando su reacción. Ningún hombre —ni siquiera el profesor Celio— la había mirado con tanto interés, con tanta intensidad. Emília ladeó la cabeza.

—Comprendo —dijo la joven—. Aquí la gente depende de usted. Es una situación terrible, esta sequía.

Eronildes detuvo la marcha.

—¿Tiene miedo de estar aquí?

—No —respondió Emília—. ¿Debería tenerlo?

Eronildes negó con la cabeza.

—No atacarán. No vendrán a este campamento.

—¿Por qué? —quiso saber Emília, sin poder ocultar su decepción.

El doctor sonrió.

—Porque estoy yo aquí.

—Ellos... —Emília se interrumpió y bajó la voz—: ¿Los cangaceiros lo respetan a usted?

—En el pasado los ayudé. ¿Eso le molesta a usted?

—No. —Emília se sintió repentinamente mareada. Miró a su alrededor: había soldados cerca. Permanecer allí inmóviles iba a atraer su atención. Emília se dirigió hacia las puertas del campamento. El doctor Eronildes se mantuvo al lado de ella.

—No debe usted decir eso a nadie más —señaló ella—. Especialmente no a mi suegro. Él mide los cráneos de los tipos delictivos. Le crearía problemas.

—¿Usted cree en sus mediciones?

Nadie le había hecho esa pregunta antes. Algunos en Recife consideraban que el trabajo del doctor Duarte era una moda pasajera. Otros decían que era una ciencia que estaba naciendo, que adquiría credibilidad en Alemania, en Italia y en Estados Unidos. Todos daban por supuesto que, dado que Emília era la nuera del doctor Duarte, ella creía en su obra.

—Me midió una vez —dijo Emília—. De acuerdo con sus datos, soy un espécimen normal. Soy perfectamente común.

—¿Usted no cree en eso? —insistió el doctor Eronildes.

—Ninguna mujer quiere creer eso —respondió Emília con una sonrisa. Lo miró con coquetería desde debajo del ala de su sombrero. El doctor Eronildes no le devolvió la sonrisa.

—Creo que el doctor Duarte tiene razón; acerca de usted por lo menos —dijo—. Usted no es única.

Emília sintió como si la hubieran pellizcado. Empujó el ala de su sombrero hacia arriba, dispuesta a insultar al doctor, pero cuando lo miró a los ojos no pudo enfadarse. Él parecía apesadumbrado. Le temblaba la barbilla. No trataba de herirla, quería decir otra cosa. Emília lo había interpretado mal. Había algo que ella no comprendía.

—Conozco a una mujer —continuó él, con voz baja y temblorosa—. No se parece a usted, al principio. Pero después de observarla, uno se da cuenta de que tiene los mismos gestos, la misma manera de moverse, la misma nariz, idéntico corte de cara. Cuando la miro a usted creo que podrían ser hermanas.

Emília sintió que la boca se le quedaba seca. La joven asintió con la cabeza y siguieron caminando en silencio. Se consideraría extraño que ella y el doctor llegaran tarde al almuerzo.

Durante la comida, Emília no miró a Eronildes ni habló con él. A pesar de sus esfuerzos por ignorar al médico, ella fue sumamente consciente de los movimientos de él, de su voz, de lo que comió y de lo que no comió, de cómo respondió a las muchas preguntas médicas del doctor Duarte.

«¿Quién es este hombre?», pensó Emília. Había confesado ser un coiteiro, pero ¿a qué cangaceiros había ayudado, y por qué? ¿Y acaso era cierta la otra historia de Degas: ocultaba un niño en su tienda?

En la comida Emília no respondió a las preguntas de los periodistas. Apenas podía levantar las manos para espantar las moscas de su boca y su pelo. La señora Coímbra la miraba perpleja. Cuando la anciana hablaba, Emília apenas podía escucharla. La señora Coímbra le repitió las preguntas varias veces antes de llegar a la conclusión de que Emília era víctima de una insolación. Comunicó esto a Degas y al doctor Duarte, que se turnaron para analizar la tez pálida de Emília.

—¡Tiene que ver a nuestro médico! —sugirió el doctor Duarte, agarrando del hombro a Eronildes—. Él la curará.

4

El doctor bajó tres de las portezuelas de su carpa médica para dar privacidad a Emília. La decencia, sin embargo, exigía que una de ellas, la cuarta, permaneciera abierta. Un soldado se quedó de pie junto a esta abertura, de espaldas al área de la consulta médica. Se le había ordenado que mantuviera alejada la fila de flagelados enfermos hasta que doña Emília de Coelho hubiera sido reconocida. La enfermera de Eronildes también permaneció en la carpa. Puso un paño mojado en el cuello de Emília y le sirvió un vaso de agua amarilla con gusto amargo. En el almuerzo, Emília no había rechazado las preocupaciones sobre su salud de la señora Coímbra. Le dijo que se sentía mareada y que tenía un ligero dolor de cabeza, pero se aseguró de no exagerar sus dolencias... Si se declaraba demasiado enferma, Degas tendría que acompañarla a la carpa de Eronildes.

Se sentó en un taburete. La tela mojada en el cuello la alivió. La humedad chorreó por la parte de atrás de su vestido, haciendo que la tela se pegara a su piel. Cuando terminó de tomar el agua, el doctor Eronildes cogió el vaso.

—¿Puedo? —dijo él, señalándole la frente. Emília asintió con la cabeza.

Puso sus dedos largos y frescos en la frente de ella.

—Usted está sudando, y eso es una buena señal. No tiene la piel roja ni seca.

La enfermera le alcanzó un estetoscopio.

—Por favor —dijo él, señalando los botones de arriba del vestido de Emília. Emília desabrochó dos de ellos. El extremo redondo y metálico del estetoscopio estaba frío al tocarle el pecho. El doctor Eronildes escuchó.

—Su corazón está latiendo rápido —informó, retirando de sus orejas los auriculares del estetoscopio—. Creo que necesita descanso...

Llegó un grito desde la carpa contigua, la tienda privada del médico. Fue un grito agudo y apremiante. Eronildes se irguió. La enfermera abandonó aquella carpa y se dirigió a la otra. Cuando descorrió las portezuelas, Emília vio a una vieja criada que fumaba en pipa cantándole a un bulto que tenía en sus brazos.

—Me he hecho cargo de un niño —informó Eronildes.

—Eso es muy bondadoso —dijo Emília—. ¿Su madre murió?

—No. Pero supongo que para ella es como la muerte tener que entregar a su único hijo.

A Emília empezó a dolerle la cabeza realmente.

—¿Por qué haría eso la madre?

—Ella sabía que no podría sobrevivir con ella. Era demasiado peligroso.

—¿Y no es peligroso que se quede con usted en este campamento?

—No puede quedarse conmigo durante mucho tiempo —respondió Eronildes—. Prometí entregárselo a su tía.

La enfermera regresó. Hizo un gesto con la cabeza para indicar que el niño estaba bien. Emília observó el espacio entre las dos carpas, la línea torcida de las portezuelas de tela.

—¿Cómo la encontrará? —quiso saber ella.

Sin pedirle permiso, el doctor Eronildes presionó suavemente las yemas de sus dedos en el cuello de Emília, palpando las glándulas debajo de la mandíbula. Se inclinó, acercándose.

—Ya la he encontrado —susurró.

El niño dejó escapar otro grito. Emília se puso de pie. La tela húmeda se deslizó de su cuello y cayó al suelo.

—¿Le gustaría conocerlo? —prosiguió Eronildes.

—Sí.

El médico dio unos pasos hacia la portezuela de la carpa y la abrió. Emília vaciló.

—Ya tiene cinco meses —la informó Eronildes—. No estaba seguro de que fuera a sobrevivir, pero lo consiguió. Es terco. Decidido, como su madre.

Emília miró a la enfermera, al soldado de guardia, a las delgadas paredes de tela de la carpa. En silencio los maldijo a todos. Había tantas preguntas que quería hacer..., pero no podía.

—¿La conocía usted bien? —preguntó—. A la madre, quiero decir.

Eronildes dejó caer la portezuela. Bajó la mirada hacia sus botas polvorientas de ranchero.

—Hay gente a la que uno nunca llega a conocer. No de verdad. Pero la admiraba, y le tenía lástima.

Emília asintió con la cabeza. Rápidamente abrió la portezuela y se agachó para entrar.

Pasaron varios segundos antes de que sus ojos se adaptaran a la penumbra del lugar. A pocos pasos delante de ella, el niño no dejaba de moverse en los brazos de su niñera. Tenía la cara roja y estaba llorando. Emília se sintió como si estuviera de nuevo en el vagón del Ferrocarril Gran Oeste, avanzando pero sin saber por qué ni cómo. De pronto estuvo delante de la criada. Todo el cuerpo del bebé parecía enrojecido, la piel delgada como una película. Sobre sus párpados y sobre el vientre, Emília vio una red de venas, como hilos rojos y gruesos trazos azules. Tenía los puños apretados. Le temblaban los labios y luego los abrió para dejar escapar un grito tan agudo y fuerte que la sobresaltó. La criada lo puso en los brazos de Emília. Se sacó la pipa de la boca y habló por encima de los gritos del niño.

—Su nombre es Expedito —dijo—. Así es como su madre quiere que se llame.

5

La señora Coímbra lo llamó «hijo de la sequía». Las monjas lo llamaron «huérfano». Los periodistas de la delegación lo apodaron «el abandonado». Los fotógrafos usaron sus últimos rollos de película para registrar a Emília acunando al bebé en sus brazos en el andén de Río Branco. A un lado estaba la señora Coímbra; al otro, el doctor Duarte y Degas. Detrás de ellos, tenso como un caballo listo para salir corriendo de su establo, estaba el tren del Ferrocarril Gran Oeste que los llevaría de vuelta a Recife.

El viaje había sido un éxito. Dos días en el campamento de Río Branco le dieron al doctor Duarte cientos de mediciones craneales para comparar y analizar. El viaje ofreció una imagen positiva del presidente Gomes a las mentes de los habitantes del campamento, que habían colocado retratos del «Padre de los Pobres» en sus tiendas. Las monjas de Nuestra Señora de los Dolores habían cumplido su objetivo de ayudar a los pobres y la señora Coímbra había cumplido con su deber en nombre de la Sociedad Princesa Isabel. Los delegados del gobierno regresaron a Recife con un plan para reiniciar el proyecto de la carretera: poner a trabajar a los hombres del campamento de refugiados. Había miles de maridos, padres e hijos sanos y fuertes que llegaban en oleadas al campamento, donde recibían comida y techo gratis. Una vez que estos hombres se hubieran recuperado del hambre, ¿por qué no ponerlos a trabajar? Se podían incluir herramientas en los envíos semanales de carpas, comida y alambre de espino que hacía el gobierno. Ya había allí soldados para proteger los campamentos. Si los campesinos del lugar trabajaban en la carretera, existía la posibilidad de que los cangaceiros no atacaran... El Halcón y la Costurera no tendrían el valor de matar a su propia gente. Los trabajadores del campamento de refugiados podían construir la ruta Transnordeste desde dentro hacia fuera, desde el interior hasta llegar a la costa. Los hombres del gobierno estaban ansiosos por presentar su plan al gobernador Higino.

Todos los miembros de la delegación sabían que Emília había sido quien más insistió para que se hiciera aquel viaje. El doctor Duarte, las monjas, la señora Coímbra y los hombres del gobierno, todos tenían que agradecerle a ella el éxito. Debido a esto, aquella última mañana en Río Branco, cuando Emília abandonó los confines de alambre de púas del campamento de refugiados llevando al niño abandonado en sus brazos, nadie tuvo el valor de disuadirla. Antes ya había hablado con el doctor Duarte acerca del niño. Su suegro había fruncido el ceño y acariciado su bigote, un hábito con el que subrayaba sus profundas meditaciones. El doctor Eronildes había reconocido al niño y dio fe de su buena salud. Finalmente, el doctor Duarte puso la mano sobre el hombro de Emília.

—Te permitiré tenerlo —dijo, como si Expedito fuera un capricho costoso y poco práctico, como una estola de piel.

—Nos ocuparemos de los papeles de adopción en Recife —continuó el medidor de cráneos—. Será un ejemplo para otras personas, Emília. Los países modernos (Estados Unidos, Gran Bretaña, Francia, todos) han desarrollado el espíritu de la caridad. ¡«Fidelidad, igualdad y fraternidad», como dicen! ¡Cuida a tu hermano! Los brasileños debemos hacer lo mismo. Nosotros, los Coelho, seremos los primeros.

Antes de dejar la carpa de servicios médicos, el doctor Duarte invitó a Eronildes a Recife. Las elecciones nacionales se iban a celebrar en mayo, anunció el eminente frenólogo. Habría muchos puestos bien pagados para hombres brillantes y capaces como Eronildes. El doctor declinó la invitación. Se quedaría en el campamento de Río Branco hasta que pasara la sequía. El doctor Duarte sonrió y le deslizó su tarjeta de visita. Antes de despedirse, el suegro de Emília susurró algo al oído del doctor. Emília no pudo escuchar exactamente lo que dijo; sólo pudo distinguir claramente la palabra «problema». El doctor Eronildes enrojeció y estrechó la mano del doctor Duarte. Cuando se despidió de Emília, el médico se mostró reservado y formal.

—Usted ha cambiado el destino de este niño —le dijo—. Hágame saber cómo progresa.

Emília asintió con la cabeza. Tenía muchas preguntas que hacerle a Eronildes, muchos mensajes que enviar a Luzia, pero no podía hacer nada de eso. El doctor Duarte esperaba impaciente junto a la portezuela abierta de la carpa del médico.

—Fui criada por mi tía —dijo Emília—. Nadie puede reemplazar a una madre. Mi tía lo sabía. Lo hizo lo mejor que pudo.

El doctor Eronildes sonrió. Puso su larga mano sobre la cabeza de Expedito. El bebé bostezó y se movió en los brazos de Emília.

Sólo Degas expresó malestar por la apresurada adopción. Antes de que salieran de Río Branco, miró con preocupación al niño.

—A mi madre no le va a gustar —dijo.

La señora Coímbra, que había adoptado una actitud protectora respecto a Emília, le dirigió a Degas una severa mirada.

—Su madre tuvo un hijo —dijo la señora Coímbra—. Conoce la alegría que eso supone. La naturaleza ha negado esas alegrías a su esposa y ella ha encontrado otra manera de tenerlas. Su madre lo comprenderá.

La señora Coímbra, las monjas, el doctor Duarte y todos los demás componentes de la delegación estaban convencidos de que Emília había encontrado una solución natural para su infertilidad. Emília dejó que expresaran libremente lo que siempre habían pensado, es decir, que su obsesión por las modas, el taller y el sufragio femenino eran en realidad esfuerzos vanos destinados a cubrir una necesidad mayor e instintiva. Al adoptar un niño —incluso un niño refugiado— esa necesidad quedaría satisfecha finalmente. Como la señora Coímbra le susurró a Emília antes de subir al tren:

—El niño es sano y de piel clara. Nadie puede culparla a usted por quererlo.

Cuando el tren abandonó la estación de Río Branco, Expedito comenzó a lanzar gritos frenéticos, acusadores. Se revolvió en los brazos de Emília, se golpeó la tripa con sus diminutos puños. A sus pies, Emília tenía una pesada bota de cuero llena de leche de cabra. Metió a la fuerza la tetilla de la bota en la boca de Expedito. Éste se calmó y bebió, con la mirada fija en Emília. Sus ojos castaños estaban húmedos y brillantes por las lágrimas. Su mirada era tan severa que Emília creyó que el niño la estaba estudiando, preguntándose adónde habría ido su fiel niñera con pipa y por qué había sido abandonado una vez más. Expedito chupaba con tanta determinación la bota que Emília temió que se tomara toda la leche antes de terminar el viaje. Se la sacó de la boca. La frente del niño se arrugó y empezó a llorar otra vez. Desde el otro extremo del vagón, los hombres del gobierno la observaban. Se habían reído con los primeros gritos de Expedito; ahora parecían irritados por ellos. Siguiendo la recomendación de la señora Coímbra, Emília y el niño se trasladaron a un vagón de segunda clase vacío. Las monjas y la señora Coímbra fueron con ella.

No había ninguna niñera para alimentar y hacer eructar al niño, ninguna criada para llevárselo cuando ensuciaba sus pañales de tela. En el campamento no usaba pañales. No había forma de limpiarlos. El agua era demasiado preciosa como para malgastarla en hervir pañales de tela. Así que la niñera de Eronildes que fumaba en pipa había hecho lo que muchas madres de la caatinga: observaban atentamente al niño para ver si fruncía el ceño, se ponía tenso o se retorcía. Si algo de esto ocurría, la niñera llevaba de inmediato a Expedito a una pequeña bacina de arcilla y lo sostenía sobre ella, y hacía esto diez, quince, a veces veinte veces al día. No había ninguna bacina en el tren. Emília tenía un montón de tiras de algodón áspero. Al principio del viaje, las monjas y la señora Coímbra ayudaron a Emília a cambiar a Expedito. Se metieron en el pequeño baño del tren y le enseñaron cómo limpiar al bebé, cómo doblar, ponerle y sujetar un pañal limpio. Le entregaron los pañales sucios al camarero del tren, que de mala gana se deshizo de los rollos de tela malolientes. Emília supuso que los habría arrojado por la ventanilla.

Para el anochecer, las otras mujeres ya se habían trasladado a sus asientos en el vagón de la delegación. Tenían la libertad de alejarse del niño, de dormir, de hacer sus comidas con toda tranquilidad. Emília no podía hacer ninguna de esas cosas. Permaneció sentada, agotada. Su vestido olía a leche de cabra derramada. Su chaqueta bolero estaba manchada con la baba de Expedito. Su sombrero estaba aplastado. En ese vagón de tren vacío, Emília comprendía la soledad que acompañaba a la maternidad.

Expedito dormía en un moisés. Emília lo sacó de él. Sostuvo al niño en su regazo; tenía la cara relajada por el sueño. A veces movía sus manitas, como si quisiera apartar alguna pesadilla. Cada vez que se movía, Emília se ponía tensa. Le preocupaba que se despertara y llorase y ella no supiera cómo calmarlo. La aterrorizaba. Pero por debajo de sus miedos sentía un fuerte afecto. Crecía dentro de ella, haciendo que ignorara su vestido sucio, los calambres de su espalda, su soledad. Había una satisfactoria liberación en eso de olvidarse de sí misma y ocuparse, en cambio, de aquel niño.

Debajo de las mantas del moisés había un pequeño saco de lona que el doctor Eronildes le había dado.

—Es para el niño —le había dicho—. Su madre quería que lo tuviera él.

El saco contenía una navaja con una abeja torpemente tallada en el mango de madera. Emília había retirado el cuchillo de su escondite. Había jugueteado con su hoja poco afilada.

Una puerta se abrió en el extremo del vagón. Una ráfaga de aire atravesó los compartimentos del tren. Emília miró a Expedito. Frunció la boca y su pequeña barbilla se arrugó, pero no se despertó. Degas se acercó andando por el pasillo del vagón. Se sentó al lado de Emília.

—Tú y yo somos los únicos que no estamos durmiendo —dijo, frotándose los ojos—. ¿Por qué será?

Emília sacudió la cabeza, con cuidado para no molestar a Expedito.

—La mala conciencia te mantiene despierto. Eso es lo que mi tía Sofía solía decir.

Degas ladeó la cabeza.

—¿De qué eres culpable tú?

Emília miró por la ventanilla del tren. El cristal estaba sucio. No había luna, de modo que estaba demasiado oscuro como para observar la maleza. En cambio Emília estudió su propio reflejo. No había protegido a su hermana menor, no había protestado cuando los cangaceiros se la habían llevado. Después, no había tratado de rescatarla. Y por último intentó olvidar a su hermana, negar su relación con ella, sus vínculos.

—De escapar —dijo Emília finalmente—. De olvidar.

—Eso no te hace culpable. Más bien demuestra que eres lista —señaló Degas. Apuntó con un dedo a Expedito—. ¿Qué nombre le pondremos?

—Ya tiene un nombre.

Degas frunció sus gruesos labios.

—¿Tampoco tengo nada que decir en esto? Debí haberlo imaginado. ¿Mi padre y tú habéis elegido ya un nombre?

—No. Ya tenía uno.

—¿Cuál es?

—Expedito —susurró Emília. El niño se movió en sus brazos.

—Ése es un nombre de campesino, no hay ninguna duda —comentó Degas—. Seguramente lo elegiría su madre.

—No lo sé —respondió Emília, que estaba deseando que él se fuera—. Quizá fue el doctor.

Degas sacudió la cabeza.

—Es un ave extraña ese doctor. Entrega bebés en adopción. Se relaciona con los cangaceiros. Comprendo que ellos quieran relacionarse con él: un médico es un amigo útil cuando uno es un bandido. Pero no puedo ni imaginar cuál es el motivo de que ese doctor se arriesgue a mantener tal relación. Nadie lo condena por eso tampoco. Los coiteiros están siendo detenidos por todos lados, pero no nuestro doctor Eronildes. Su delito, contra todo pronóstico, lo convierte en interesante. Un valor. ¿Has visto cómo lo elogiaba mi padre? ¿Cómo lo ha invitado a Recife?

—¡Chiss! —exclamó Emília—. ¡No lo despiertes!

Degas miró a Expedito. Acarició ligeramente el pie del niño.

—Solías arrugar la nariz cuando oías hablar de niños. Hasta la Costurera tenía instinto maternal, pero tú no.

—Eso es una tontería —susurró Emília.

—No lo es. Estaba embarazada —argumentó Degas—. Eso es lo que los diarios decían.

—Estaba hambrienta, como los refugiados. Todos tienen el vientre hinchado. Es por los gusanos.

Degas la ignoró; movía el dedo en círculos por los pies descalzos de Expedito.

—Supongo que debe de ser difícil dar a luz en medio de la floresta seca. Se necesitará asistencia médica. Un doctor...

—Por eso no quiero tener niños míos —interrumpió Emília, decidida a desviar la conversación—. Los partos son horribles. La señora Coímbra dice que por eso se le arruinó la figura.

Degas sonrió.

—¿Qué te parece que le pasó?

—¿A su figura? —preguntó Emília—. Se le ensanchó la cintura.

—No —replicó Degas—. Al niño, al niño bandolero.

Emília lo miró.

—Tal vez lo quiso matar.

—¿Qué madre sería capaz de hacer eso?

—Una madre muy desesperada.

Degas chasqueó la lengua en señal de desacuerdo.

—Hemos visto la prueba de que eso no es verdad. Todas las mujeres que había en el campamento de refugiados estaban desesperadas. Estaban hambrientas, pero tenían a sus bebés escuálidos con ellas.

Degas estiró la mano hacia el regazo de Emília. Acarició la cabeza de Expedito, pasando un dedo por cada hebra sedosa del pelo del niño.

—Creo que la Costurera entregó a su niño. A un coiteiro, tal vez. A alguien en quien confiaba profundamente. —Degas cubrió con la mano la cabeza de Expedito—. Mi padre querrá medirlo cuando esté completamente formado.

Emília pensó en la niña sirena flotando en su frasco, atrapada en un sueño perpetuo. Rozó la mano de Degas.

—Déjale que lo haga —siseó.

—No puedo —dijo Degas. Miró a Emília, arrugando la cara como si le doliera—. Soy su padre ahora, aun cuando yo no lo haya elegido, aun cuando le preguntaste primero a mi padre, y no a mí. Nadie me tiene en cuenta, ni siquiera mi propia esposa. Pero no me infravalores, Emília. Sé lo que significa ocultar algo. Lo hago a cada momento que paso despierto.

Sus manos se posaban húmedas también sobre la piel de Expedito. Los dobleces de sus codos estaban húmedos por el sudor.

—Lo siento —dijo Emília—. Debí haberte preguntado primero a ti. Temía que dijeras que no.

—¿Y si así hubiera sido? —preguntó Degas—. ¿Lo habrías traído a pesar de todo?

—Sí.

Degas suspiró y se recostó. Volvió su cabeza hacia Emília.

—Dime la verdad —quiso saber—: ¿qué es lo que es tan especial en este niño?

—Nada —respondió Emília—. Si tú crees lo mismo que tu padre, no hay absolutamente nada especial. De hecho es lo opuesto. Por eso lo quiero.

Degas miró hacia el techo. Se pellizcó el puente de la nariz con aire cansado. Cuando bajó la vista hacia Expedito otra vez, sus ojos brillaron. Se puso de pie abruptamente.

—Hablaré con mi madre cuando lleguemos —dijo Degas—. Le diré que yo lo quería.

Emília vio cómo Degas se escurría por el angosto pasillo hacia adelante y desaparecía en el vagón contiguo. Cuando se perdió de vista, acercó a Expedito a su propio cuerpo. El niño se despertó. Lloró, pero Emília no intentó calmarlo. Apretó la cara contra la suya, inhalando los sollozos con olor a leche del bebé y dejando escapar los suyos. Ambos quedaron unidos en un llanto íntimo.

Capítulo
10

LUZIA

Caatinga, tierras áridas, Pernambuco
Septiembre de 1932-marzo de 1933

1

Su niño era obediente y a la vez terco. Obediente porque, durante la larga caminata hasta la casa del doctor Eronildes, le había pedido a su hijo no nacido que permaneciera dentro de su vientre y él la había escuchado. Había esperado. Terco porque el niño no quería salir ni siquiera después de haber llegado a la casa del doctor y de haberse instalado en el dormitorio de huéspedes de Eronildes. El vientre de Luzia estaba tan pesado que sentía que sus órganos se apretaban contra las paredes del estómago y empujaban hacia el pecho. Le dolía la espalda. Tenía que orinar constantemente y no podía dormir, no podía encontrar una posición cómoda acostada ni sentada ni de pie. La vieja criada de Eronildes probó de todo para persuadir al niño de que saliera. Le ató a Luzia una camisa sudada alrededor del cuello, le hizo comer guidillas picantes crudas, le sacudió un trapo con polvo debajo de la nariz para hacerla estornudar. Nada funcionó.

En cuanto Luzia llegó a la casa de Eronildes, cogió la mano suave del doctor y la garra artrítica de la criada y les obligó a pronunciar un juramento sobre la Biblia. Les había hecho jurar por la Virgen, la madre de todas las madres, que no la dejarían ver ni tocar al niño. Si lo hiciera, Luzia querría retenerlo.

El doctor Eronildes no estuvo presente en el parto; eso era tarea de mujeres. Al médico y a los cangaceiros se les prohibió la entrada al dormitorio de Luzia. Esperaron fuera, como un grupo de padres nerviosos. Solamente Bebé —la esposa de Ponta Fina— se quedó con Luzia y la criada.

—Saldrá cuando tenga que salir —dijo la mayor de las mujeres—. Cuanto más quieras acelerarlo, más tendrás que esperar. Es como hervir leche: cuando te das la vuelta se sale.

La anciana tenía razón. Una tarde, el cuerpo de Luzia se movió sin que ella pudiera guiarlo ni controlarlo. Se encabritó y se puso tenso. Sus tripas se contrajeron, como si un látigo se hubiera envuelto alrededor de ella. Una mano invisible tiraba y apretaba el látigo, para luego soltarlo. Bebé puso un trapo húmedo en la frente de Luzia. La anciana criada escupió su pipa y puso las manos en los muslos de la parturienta, abriéndoselos. Partió un diente de ajo y lo pasó por debajo de la nariz de Luzia, y luego repitió la oración de la comadrona:

—Señor, protégenos. Señor, protege esta casa piadosa. ¿Dónde hizo Dios su casa?

—¡Aquí! —respondió Luzia, agarrándose el vientre.

—¿Y dónde está el cáliz bendito?

—¡Aquí!

—¿Dónde está el atemorizado huésped?

—¡Aquí! ¡Aquí!

La criada hirvió una olla de agua con semillas de guindillas y de comino, y puso la fragante mezcla junto a la cama. Luego, cogió una cebolla blanca, la cortó por la mitad y la frotó sobre los muslos de Luzia, que la apartó a patadas, ya con náuseas por el olor a ajo y por la peste de su propio sudor. Con fuerza sorprendente, la anciana sujetó las piernas de Luzia.

—¡Nuestra Señora del Buen Parto —gritó—, ayúdanos!

Con cada ola de arcadas, cada contracción, el látigo se apretaba. Quemaba. Luzia fijó su mirada en el techo. Se sentía atrapada en un sueño, con su cuerpo tan concentrado en su tarea que su mente se alejaba, como si estuviera mirando desde lejos. Su cerebro era inútil. Cuando finalmente la dejó, esa gran oleada de liberación debería ser un alivio, pero Luzia sentía que junto con su niño había expulsado todo sentimiento que le pudiera quedar. Toda la bondad, todo el amor que alguna vez había sentido o fuera a sentir estaban en ese niño.

No podía mirarlo. El cuarto de huéspedes estaba oscuro, las cortinas estaban echadas para que el pequeño no se asustara ni se atontara al nacer. Con rapidez, la criada cortó el cordón, lo cerró con una abrazadera y se llevó al recién nacido.

Luzia recordó el juramento que había obligado a hacer a la anciana y a Eronildes.

—No quiero que mi hijo toque el mango de un puñal —les había dicho Luzia al llegar—. Quiero que se llame Expedito.

Le había mostrado a Eronildes su colección de fotos de Emília, recortadas de los periódicos. La joven madre dejó muy claro que quería que su hijo le fuera entregado a su hermana, que vivía en la costa, pero no quería saber cómo ni cuándo iba a hacerlo el doctor.

Eso había sido antes del parto. Antes de que Luzia escuchara su grito. Fue agudo, como los chillidos de los loros verdes que volaban sobre la maleza. Sus juramentos y promesas le parecieron absurdos entonces. De inmediato los retiró todos. Quería a su niño. Gritó y sus ojos buscaron en la habitación oscura, pero apenas pudo incorporarse. La vieja criada regresó con los brazos vacíos. Luzia trató de bajarse de la cama. La criada la detuvo, la empujó para ponerla de costado y se sentó sobre sus caderas.

—Mi santa Margarita —exclamó la criada, moviéndose ligeramente sobre la cadera de Luzia—, saca esas carnes podridas de su vientre.

Luzia escupió. Maldijo. Amenazó con toda clase de venganzas a la criada... Las tijeras que había usado para cortar el cordón, ¿dónde estaban? ¿Podía alcanzarlas? Unos segundos después, sintió que la placenta salía de ella como un chorro, tibia y húmeda. La almohada, debajo de su mejilla, estaba húmeda por el sudor. Luzia notó que le pesaban los párpados. Los cerró.

Cuando despertó, la habitación estaba iluminada. Las ventanas estaban abiertas. La criada la miraba en silencio.

—Tu hijo está vivo —le dijo al fin—. El doctor partió con él ayer por la noche. Dios cuidará de él ahora.

Generalmente, después de un parto la casa de la madre se llena de parientes que revolotean alrededor del bebé. El orgulloso padre sirve licor de caña de azúcar. Los familiares entierran el cordón umbilical del bebé en la puerta de la casa, para que nunca se aleje demasiado de su hogar. Pero Luzia no tenía hogar, y tampoco tenía ya a su hijo. Nada más nacer, Expedito ya era un ser errante. La jefa de los cangaceiros sentía la lengua seca e hinchada en su boca. Le latían los dedos, como si estuvieran demasiado llenos de sangre. Los oídos le zumbaban. Fuera, junto a la ventana del dormitorio, escuchaba a Sabiá, que cantaba una de sus baladas. Las palabras llegaban desordenadas y confusas, pero la voz del cangaceiro era triste. El tema de su canto era la muerte. Luzia se estremeció. Todas las canciones de Sabiá eran canciones de muerte —Antonio y ella se habían reído de eso en el pasado—, pero esta balada era diferente. La voz de Sabiá se hizo más suave y más cercana, hasta que fue un susurro en su oído. Cuando Luzia abrió sus ojos, no había nadie allí. Al intentar incorporarse en la cama, no pudo hacerlo. Su cuerpo pesaba demasiado para moverse. Luego escuchó conversaciones susurradas entre Ponta Fina, Baiano y la criada de Eronildes. «Fiebre», decían. «Sangre».

—¿De quién? —quiso saber Luzia—. ¿De mi niño?

Ponta Fina, Baiano y la criada actuaban como si no la escucharan. Luzia se tocó los labios. ¿Había llegado a pronunciar esas palabras en voz alta? Cuando cerró los ojos, vio a su hijo en los brazos de Emília.

La vieja criada cambió las sábanas sucias. Puso semillas de lavanda en el fuego para combatir los olores de la habitación. Metió a la fuerza cucharadas de caldo espesado con harina de mandioca en la boca de Luzia. Cuando la fiebre desapareció, la criada preparó un té amargo. Se lo dio a Luzia para secarle la leche. Los pechos de Luzia estaban hinchados y le dolían, como ampollas a punto de reventar. Estaban surcados por venas azules, con los pezones duros y gomosos. La anciana fajó fuertemente con lona el pecho de Luzia, envolviéndolo para que no goteara. Debajo de las vendas, Luzia sintió la leche saliéndose. Notó cómo se descargaba. A la vez que esto ocurría, sabía que su hijo tenía hambre. Él estaba en algún lugar con el doctor

Eronildes, llorando, pidiendo alimento, siendo amamantado con leche de cabra, como sustituta de la suya. Luzia lo sabía porque su cuerpo se lo decía. Era como si un hilo invisible la atara a su hijo. El hilo podía estar tirante o flojo, pero nunca podría ser cortado, nunca se llegaría a un extremo del carrete porque no había fin. Los uniría para siempre.

2

Las madres primerizas debían guardar reposo tres semanas como periodo de convalecencia. Se suponía que no debían bañarse ni abandonar la cama. Cuando eran niñas, Luzia y Emília habían acompañado a la tía Sofía en las visitas de felicitación a las nuevas madres. Las habitaciones de esas mujeres permanecían oscuras, con el aire viciado, como madrigueras de animales. Debajo de sus camas se colocaban tazones de aceite de lavanda, pero el perfume no era suficiente para tapar el fuerte olor. Las mujeres olían a leche ácida, a sudor, a sangre seca. Luzia sabía que olía tan mal como aquellas nuevas madres que había conocido en su infancia, porque cada vez que Ponta Fina entraba en su habitación arrugaba la nariz.

Ponta Fina se sentaba al lado de la cama de Luzia y le contaba lo que ocurría fuera de su lecho de convaleciente. La criada de Eronildes había abandonado el rancho. La anciana se había reunido con el doctor, porque un hombre no podía ocuparse de un bebé recién nacido. Luzia no sabía dónde estaba el doctor Eronildes ni cómo planeaba dejar a su hijo en brazos de su hermana. Los pasos que diera Eronildes debían mantenerse en secreto —eso era lo que habían acordado antes del parto— para impedir que Luzia pudiera ir a buscarlo. Ella podría querer recuperar a su niño, pero no sabría dónde buscarlo.

—La comida escasea —le contó Ponta Fina. Sus ojos estaban fijos en el crucifijo que estaba encima de la cama de Luzia—. Los frijoles que el doctor nos dejó casi se han terminado. El Chico Viejo baja casi sin agua. Hemos avanzado cinco metros desde lo que era la orilla y el agua sólo nos llegaba hasta los tobillos. Nos ha llegado la noticia de que hay trenes que vienen de la capital. Gomes está enviando provisiones. Está montando campamentos para los refugiados de la sequía. Algunos de los hombres (Jueves, Sabiá, Canjica) están hablando de irse. Quieren interceptar esos trenes, saquearlos. Conseguir algo de comida. Baiano y yo les hemos dicho que esperaran.

Luzia asintió con la cabeza. Había estado en cama cuatro días. Si se quedaba allí mucho más tiempo, los cangaceiros la verían como una mujer normal, no como a su capitana invencible o su vigorosa madre. Había establecido un acuerdo con los hombres, tal como en su día hiciera Antonio. Se había cortado el pelo y se consideraba su capitana. Procuró asustarlos hasta conseguir que creyeran en ella; había hecho que los hombres dependieran de su liderazgo, del mismo modo que habían dependido de la dirección de Antonio. Al hacer esto, ella se había comprometido a renunciar a su bienestar personal por el bien del grupo. Había prometido guiar a los hombres. Ellos, a su vez, le prometieron obediencia.

Ponta Fina la miraba atentamente, como un campesino podría observar a una vaca enferma: preocupado por el bienestar de la bestia porque realmente le preocupaba, pero también porque ese bienestar afectaba a su propia forma de vida.

—Espera fuera —ordenó Luzia.

Una vez que abandonó la habitación, la joven apartó las sábanas. Salió de la cama y con sumo cuidado se puso sus viejos pantalones. Cada movimiento amenazaba con volver a abrir la herida que esos días en cama habían empezado a cicatrizar. Sentía que le temblaban las piernas, el vientre estaba demasiado distendido, las caderas curiosamente flojas, como cuerdas que hubieran sido estiradas tanto que se habían dado de sí y nunca volverían a recuperar su firmeza original. Luzia se vendó los pechos. Se abotonó la chaqueta y se colgó la pistolera en el hombro. Se puso el sombrero de Antonio. Estos pocos movimientos la cansaron tanto que se sintió tentada de echarse otra vez en la cama. Ponta Fina le impidió hacerlo: oía cómo el cangaceiro se paseaba impaciente delante de la puerta del dormitorio.

—¡Ponta! —gritó Luzia. El joven entró y se mostró dispuesto a obedecerla.

—Reúne a los hombres —dijo ella—. Nos vamos.

—Pero... ¿tu convalecencia?

—He dado a luz un niño, no un buey. Cuatro días de descanso son suficientes.

En cuanto Ponta Fina salió de la casa principal del rancho, Luzia se dirigió a la cocina, enrolló su vestido de embarazada y lo echó al fuego.

Fuera, los hombres se reunieron en el porche de Eronildes. Luzia alzó el cristal de roca de Antonio y comenzó su oración. Cuando selló los cuerpos de ellos y el suyo mismo con el rezo del *corpo fechado*, Luzia observó a los cangaceiros arrodillados. Los hombres no le preguntaron por su niño. No le preguntaron por su salud. Comprendió cómo debía de haberse sentido Antonio: rodeado de gente, pero siempre lejos de ellos. Lejos incluso de ella, su propia esposa, que también lo había considerado como un guía casi sobrehumano, como la persona que toma las decisiones. En ese momento Luzia era la capitana.

Dirigió la mirada al monte bajo y gris. La sequía traería como consecuencia que las decisiones más rutinarias fueran importantes. Hacia dónde iban a ir los cangaceiros y hasta dónde; a qué hora debían despertarse; a qué hora dormirían, si es que podían dormir, porque la noche era el momento de mayor frescura, el mejor para caminar entre la maleza. Tomar el sendero equivocado o elegir mal el rumbo podía significar la deshidratación y la muerte. Las decisiones de Luzia eran las que iban a determinar la supervivencia de todos. Ponta Fina y Baiano podían aconsejarla, pero, más allá de todas las opiniones que ella escuchara, los hombres esperaban que su capitana llevara la carga de las decisiones. El precio del liderazgo era la soledad.

Luzia salió del porche. Los hombres la siguieron. Antes de internarse en el monte, la capitana se dio la vuelta y los miró a los ojos.

—No moriremos de hambre —anunció, imitando la confianza que siempre mostraba Antonio—. Si Dios nos quisiera ver muertos, lo habría conseguido hace mucho tiempo.

3

A lo largo de la vieja cañada de ganado había muchas tumbas poco profundas, cavadas para los refugiados que habían muerto de hambre. Algunos cuerpos no estaban enterrados y en el clima árido no se habían descompuesto, sino que se habían secado, de manera que permanecían tendidos con la boca abierta junto el sendero, la piel rígida como el cuero, el pelo brillante. Sólo las partes en otro tiempo blandas y húmedas —los ojos, la lengua, el vientre— habían desaparecido, devoradas por animales hambrientos.

A Luzia le dolía la cabeza. El polvo le cubría la cara como una máscara marrón. La tierra le tapaba la nariz y las orejas, hasta el punto de que todos sus sentidos parecían embotados. Después del anochecer, su visión disminuía y apenas podía ver. Los cangaceiros también se quejaban de esa ceguera nocturna. A las pocas semanas de abandonar el rancho de Eronildes, el grupo de cangaceiros sólo podía viajar de día.

El agua era el agente creador de los olores y los sonidos del monte. Sin ella, la región estaba en silencio, no olía a nada. Sólo se escuchaba el zumbido de las moscas. Parecía que eran millones de moscas las que cubrían los cadáveres de los animales y de las personas. Luzia oía su zumbido a kilómetros de distancia. Al principio, los cangaceiros y ella sentían el olor dulce y pestilente de las vacas, las cabras y las ranas muertas. Pero pronto, hasta ese olor se desvaneció. Las criaturas muertas no tenían tiempo de descomponerse; eran comidas con demasiada rapidez.

Luzia y sus hombres encontraban agua en los pliegues interiores de las bromelias y en el corazón de los cactus. Arrancaban los tallos jóvenes y puntiagudos de algunas plantas resistentes y chupaban sus extremos carnosos para engañar la sed. No tenían café, de modo que Luzia recordó las enseñanzas de Antonio y buscó ajenjo, cuyas hojas peludas cumplían la función de siete jarras de café. Cuando encontraba plantas macambira, cortaba sus ramas largas y puntiagudas hasta llegar a la médula y las ponía al fuego durante varias horas. Después de ser secada al sol, la bola amarillenta era machacada hasta que se convertía en una tosca harina. La mucana, esa enredadera leñosa que se enrosca en los árboles del monte, era también una fuente secreta de agua. Cuando Luzia cortaba la enredadera por el lugar adecuado, con un golpe certero arriba y otro abajo, aparecía el jugo. Los cangaceiros tenían que meterse rápidamente los extremos cortados en la boca, pues de otra manera el líquido se perdía.

El hambre aturdía las emociones. La conexión de Luzia con su hijo se volvió difusa, su fuerza se debilitó. Sus hombres y ella misma sólo pensaban en la comida, pero como no había llovido durante la temporada de siembra no había cultivos para cosechar, ninguna provisión que comprar o robar y pocos animales que cazar. Los pensamientos de los cangaceiros se concentraban en los trenes de provisiones de Gomes. Todas las noches los hombres imaginaban lo que había en los vagones del Ferrocarril Gran Oeste: bolsas de frijoles convertidas en feijoadas, guisos que borboteaban ilustrados con salchichas y manitas de cerdo, harina de maíz que se convertía en humeante sémola cubierta con leche templada, los trozos de carne que eran desmenuzados para ser servidos sobre raíces de mandioca untadas con mantequilla. Estos sueños hacían que los hombres estuvieran dispuestos a tolerar el calor, el hambre y la sed, y a seguir a Luzia hasta la estación más cercana del Ferrocarril Gran Oeste.

Cuanto más se alejaban del río San Francisco, los cangaceiros encontraban más casas abandonadas. A veces pueblos enteros estaban vacíos. Luzia y los cangaceiros registraban las casas y los cobertizos en busca de comida. Una tarde, dentro de una casa que ella creía que estaba vacía, Luzia encontró a una mujer.

El dobladillo de su vestido estaba deshilachado. Sus brazos eran tan delgados como ramas, los huesos de los codos eran bultos exagerados. Sus mejillas se veían ajadas, pero su nariz era amplia y noble. En un primer momento no vio a los cangaceiros detenidos en la entrada de la casa. La atención de la mujer se centraba en el suelo.

—¡Levántate! —gritaba—. ¡Levántate, maldición!

Una pared entorpecía la visión de Luzia; no podía ver el objeto de la cólera de la mujer. Luzia creyó que se trataría de un animal, su perro tal vez. La mujer respiró hondo, como si estuviera reuniendo fuerzas. Se arrodilló y agitó aquello que estaba en el suelo, delante de ella. Se levantó polvo. Luzia se acercó un poco más, estirando el cuello. Vio un pie diminuto calzado con una sandalia que asomaba desde detrás de la pared. Luzia entró a la casa. Los hombres la siguieron.

La criatura —Luzia no podía precisar si era un niño o una niña— tenía puestos solamente unos pantalones cortos, sucios. Su cabeza era demasiado grande para su cuerpo. Tenía la boca abierta y le sobresalían las costillas, lo que hacía que pareciera un ave desplumada. Tenía los ojos cerrados, como si estuviera durmiendo tranquilamente a pesar de los gritos de la mujer. Ésta no se mostró asustada ni sorprendida al ver a los cangaceiros. Sólo miró a los hombres y se tambaleó, como si estuviera a punto de caerse. Cuando Luzia destapó una cantimplora, la mirada de la mujer cambió de inmediato. Ya no era una mirada aturdida, sino concentrada.

«Serías capaz de matarme por esta agua marrón», pensó Luzia mientras sujetaba con fuerza su cantimplora.

—Échate a un lado —dijo.

La mujer pasó su lengua seca sobre los labios.

—Mi niña —gruñó, señalando a la criatura—. Mi niña.

Luzia se arrodilló. Puso su brazo lisiado debajo de la cabeza de la niña. Estaba floja y pesaba mucho, pero cabía perfectamente en el ángulo que formaba el brazo inmóvil de Luzia. Pareció que su brazo había sido diseñado precisamente para eso, que su función era ésa, la de acunar, no la de disparar, acuchillar o coser. Luzia sintió que algo se sobresaltaba dentro de ella. Ese hilo, esa inexplicable conexión, se había difuminado pero no había desaparecido. Miró a aquella criatura de cuerpo flácido. Sostuvo la cantimplora entre las rodillas y usó dos dedos para abrir la boca de la niña. Los labios de la pequeña estaban recubiertos de escamas, su lengua era de un tono gris. Luzia le puso la cantimplora en la boca. El agua que ésta contenía era marrón y arenosa. Unos días atrás, Ponta Fina había encontrado un viejo pozo, y después de cavar un metro en su fondo de barro había aparecido el viscoso líquido.

La niña no tragó. El agua llenó su pequeña boca y luego se desparramó, chorreando por la barbilla, el cuello y el pecho desnudo. Luzia le dio un masaje en la garganta. Levantó un poco más la cabeza de la criatura y le echó más agua.

—Bebe —susurró.

Baiano se agachó junto a ella. Se quitó el sombrero, luego puso dos dedos oscuros en el cuello de la niña. Negó con la cabeza. Luzia lo ignoró. Le dio más agua a la pequeña. Baiano le puso una mano en el hombro.

—No la malgastes, madre —dijo—. La madre está viva. Ella es quien necesita el agua ahora.

La mujer miró desesperadamente la cantimplora y a su niña, como si sólo tuviera energía suficiente para una de ellas y no supiera cuál elegir. Frunció la boca. Baiano se puso detrás de ella. Le sujetó los delgados brazos.

—Listo, madre —dijo.

Luzia se puso de pie. Si le daban la cantimplora, la mujer la vaciaría. La capitana tenía que darle el agua poco a poco. La mujer bebió con tragos largos, ruidosos. Cuando trató de mover los brazos para agarrar la cantimplora, Baiano la sujetó. Por debajo del gastado y casi transparente vestido de la mujer, Luzia vio unos pechos alargados y marchitos: eran los senos de una madre, estirados por haber dado de mamar.

—Le di toda la comida que tenía —explicó la mujer cuando terminó de beber. Se dirigía a Luzia, pero fue Baiano quien asintió con la cabeza en respuesta a sus palabras, como si él y la mujer estuvieran sosteniendo una conversación—. Las personas adultas podemos decirnos que no tenemos hambre. Escuchamos la voz dentro, pero no hablamos de eso —continuó—. Podemos silenciarla. Los niños no pueden. No pueden ser engañados.

Luzia asintió con la cabeza. Los ojos de la mujer estaban vidriosos, con la mirada perdida.

—Cuanto más se les da más quieren —continuó la mujer—. Le di el último trocito de rapadura. Le dije que tenía que retenerlo en su estómago y recodar que estaba allí, como un regalo. Un regalo que su madre le había dado. Tres minutos después ya estaba llorando, diciendo que tenía hambre. Dios, ayúdame: quise pegarla.

La mujer tosió y bajó la cabeza.

—Dale de comer —ordenó Luzia.

Baiano obedeció. Abrió su morral y sacó un trozo de carne deshidratada. La carne tenía un brillo verdoso, pero la mujer se la arrebató ansiosa. Masticó rápidamente, con los ojos cerrados. Luzia se sintió de pronto avergonzada de observarla; ante el pesar de esa mujer, se sintió aliviada. Ella no tendría que ver cómo Expedito adelgazaba ni soportar sus gritos pidiendo comida. Su niño se había librado de la sequía.

—¿Cómo te llamas? —preguntó Luzia.

—María —respondió la mujer—. María das Dores.

La comida hizo que la mujer se recobrara un poco. Sus ojos se abrieron mucho cuando reparó en los cangaceiros que estaban a su alrededor. Poco a poco, se separó de Baiano y de Luzia.

—No me marquen —dijo, agarrándose las manos—. Tengan piedad.

—¿Marcarte? —preguntó Luzia.

La mujer asintió con la cabeza.

—Sé que eso es lo que ustedes hacen. Conocí a una niña que llevaba una marca en la cara. La cicatriz le atravesaba la piel. Dijo que un cangaceiro, uno de orejas grandes, le había hecho eso.

La mujer recorrió el grupo con los ojos, buscando a aquel hombre.

—¿De orejas grandes? —preguntó Luzia—. ¿Cómo se llama?

—El Halcón. Dicen que tiene un brazo vendado. Va con un grupo pequeño, y ha estado marcando a las mujeres. Solamente a las mujeres. Especialmente a las que llevan el pelo corto. Les quema la cara, o el vientre, o los pechos. Como si fueran animales.

—¿Lo has visto? —preguntó Luzia.

La mujer negó con la cabeza.

—Sólo vi a la niña, la que él marcó. Tenía la mejilla tan hinchada que no podía ver con el ojo de ese lado.

—¿Pudiste ver cómo era la marca?

—Parecía una letra. Yo no sé leer, pero recuerdo el aspecto que tenían. —La mujer se arrodilló y estiró el brazo. En la tierra, ante ella, dibujó una letra con mano temblorosa: «O».

Un chorro ardiente de bilis llegó hasta la garganta de Luzia. Quemaba como el zumo de xique-xique. Orejita estaba vivo, y se hacía pasar por el Halcón.

—Nosotros no marcamos —aseguró Luzia—. Ese hombre no es un cangaceiro.

—Es un traidor —precisó Ponta Fina. Junto a él, Bebé movió afirmativamente la cabeza.

Los cangaceiros enterraron bien hondo el cuerpo de la niña para que los buitres no lo descubrieran. Ponta Fina hizo una cruz con dos palos y los ató con su pañuelo de subcapitán. Habían pasado junto a decenas de tumbas similares durante sus desplazamientos. En cada una de ellas, Luzia y los cangaceiros se habían detenido para hacerse la señal de la cruz. Luzia lo había hecho por hábito y también por superstición —no quería irritar a los muertos—, pero nunca se había permitido preguntarse quién ocupaba aquellas tumbas. Después de enterrar a la niña, Luzia se vio forzada a pensar en todos los muertos junto a los cuales habían pasado. ¿Quiénes eran esas personas enterradas? ¿Cuáles eran sus nombres, sus ocupaciones? Y si la sequía empeoraba, ¿habría también tumbas sin nombre para sus hombres, para ella? ¿Serían tan fácilmente olvidados?

Cuando se alejaron de la tumba, María das Dores se fue con ellos. Los hombres la llamaron «María Magra» debido a su delgado cuerpo, y se rieron de este apodo, porque todos estaban muy flacos. Hasta Inteligente había perdido su corpulencia.

—Coge esto —le dijo Luzia, y ofreció a María Magra su cantimplora.

—María compartirá la mía —terció Baiano.

Aquella noche, en el campamento, Luzia soltó a Baiano y a María Magra el mismo sermón que endosara a Ponta Fina y a Bebé. Después de las oraciones Luzia hizo que ambas parejas se arrodillaran delante de ella. Antonio le había enseñado que esa ceremonia era importante, hacía que las cosas inmateriales parecieran reales. De modo que la capitana se quitó su chal y envolvió con él las manos de las parejas, uniéndolas. Hizo que los hombres y las mujeres intercambiaran sus zapatos. Cuando volvieron a intercambiárselos, Luzia los declaró casados y María Magra se convirtió en la tercera mujer admitida en el grupo de cangaceiros. Luzia intuía que no sería la última.

4

Los vagones de carga del Ferrocarril Gran Oeste llevaban montones de bolsas de arpillera, todas marcadas con letras rojas que decían: «Estado de Pernambuco». Cuando los cangaceiros las rompieron para abrirlas, sólo harina de mandioca apareció entre sus manos. En otro vagón había bloques de rapadura y tiras de carne seca tan delgadas y duras como láminas de cuero curtido. Gomes había enviado comida que podía ser consumida de inmediato, sin agua ni fuego. Luzia y los cangaceiros comprendieron sus razones, pero el sentido común de Gomes hizo que sus sueños de comidas elaboradas parecieran absurdos, y lo odiaron por ello. Cuando Baiano e Inteligente encontraron montones de octavillas con la fotografía de Gomes y la leyenda «Padre de los Pobres», los hombres se turnaron para orinar sobre los retratos del presidente.

Era difícil detener los trenes, pero no imposible. El primer convoy del Ferrocarril Gran Oeste que los cangaceiros saquearon estaba ya parado para cambiar de maquinista y dejar a los pasajeros que se apeaban a mitad de camino entre Caruaru y Río Branco. La estación se llamaba Belo Jardim, y cuando el tren llegó muy pocas personas se bajaron allí; la sequía hacía que la gente abandonara las tierras áridas, no que fuera a ellas. Luzia y sus hombres ocuparon la estación. Sólo cinco soldados vigilaban el envío del gobierno, pero estaban bien armados. Éstos se bajaron del tren para fumar y para orinar. Pasearon por la estación, estiraron las piernas y se desabotonaron las braguetas de los pantalones. Luzia silbó. Sus cangaceiros abrieron fuego. Cuando estaban distraídos, los soldados eran blancos fáciles. Algunos ni siquiera tuvieron tiempo de darse la vuelta, y cayeron sobre la parte que ellos mismos acababan de mojar de la pared de la estación. Mientras Ponta Fina e Inteligente despojaban a los soldados muertos de sus armas, Luzia y los demás cangaceiros subían al tren.

La Costurera no se molestó en abrir la caja fuerte ni en robar en los vagones de pasajeros. Ni los billetes de mil reales ni las joyas de oro se podían comer o beber. El verdadero tesoro era la comida; cualquier alimento, por básico que fuera. Los cangaceiros sacaron las provisiones del tren. La noticia del robo llegó de inmediato al pueblo de Belo Jardim y pronto se reunió allí una multitud.

Los habitantes de Belo Jardim confirmaron que Orejita había sobrevivido. Le contaron a Luzia que había estado en su pueblo algunas semanas atrás, que estaba reclutando hombres y que afirmaba ser el Halcón. Los cangaceiros de Orejita eran más brutales de lo que Antonio o Luzia habrían permitido. Como castigo por llevar vestidos atrevidos o el pelo corto, Orejita marcaba a las mujeres jóvenes. Mataba a los hombres sin ninguna razón. Luzia sabía que eso iba a perjudicar a su propio grupo. La violencia indiscriminada volvería impopulares a los cangaceiros, justamente en el momento en que más necesitaban el apoyo popular. Las acciones de Orejita harían que la gente se arrojara a los brazos de Gomes, que había empezado a hacerse llamar «Padre de los Pobres».

«Entonces yo seré su madre», pensó Luzia.

—Coged sólo lo mínimo imprescindible —ordenó a Ponta Fina mientras descargaban el tren—. El resto se lo regalaremos a la gente.

Cuando recibieron la comida, los hombres y mujeres de Belo Jardim besaban las manos de los cangaceiros. Colmaron de alabanzas a la Costurera. Ofrecieron protección y refugio al grupo. Luzia levantó las manos para tranquilizar a la multitud.

—Recordad —gritó Luzia— que el Halcón y la Costurera os han ayudado. Cuando estéis con nosotros hallaréis protección. Ese otro grupo es falso: afirman ser cangaceiros, pero son bandoleros.

En las siguientes semanas hubo más trenes, más multitudes agradecidas. Luzia y sus hombres amontonaron grandes cactus secos, ramas y demás maleza en las vías del tren. Cuando veía en la distancia las oscuras nubes de humo que salían de un tren, Luzia prendía fuego a la barricada. Los maquinistas detenían la marcha y bajaban para examinar el obstáculo, y en ese momento era cuando los cangaceiros de Luzia entraban en acción.

Los trenes llevaban periódicos, además de comida. Los soldados y los trabajadores que se habían desplazado para ayudar en los campamentos de refugiados organizados por Gomes querían saber lo que ocurría en la costa. Gomes había aprobado la nueva ley electoral del país. Se establecía el voto secreto y un organismo federal llamado Justicia Electoral supervisaría las elecciones. La nueva ley daba también el derecho a votar a las mujeres que supieran leer y escribir. Había algunos editoriales y artículos de opinión sobre estos asuntos, pero en gran medida el sufragio femenino quedaba en segundo plano, desplazado por la sequía. A pesar de los campamentos de Gomes, los refugiados seguían hacinándose en la capital. Luzia leyó editoriales que proponían un desplazamiento masivo de los habitantes del interior. «La tierra es demasiado pobre —proclamaba un artículo— y la existencia cotidiana demasiado precaria como para permitir que ciudadanos brasileños vivan en semejante lugar».

Hubo propuestas de trasladar por la fuerza a los habitantes de las tierras áridas hacia el sur, a trabajar en las fábricas de São Paulo.

Gomes estaba de acuerdo con facilitar la emigración de trabajadores, pero no aprobaba que se abandonara aquella región. Antonio había acertado: Gomes iba invadir la caatinga para someterla a su dominio.

—Brasil —decía Gomes— es un gran cuerpo compuesto de muchas partes. Todas son esenciales. ¡Ninguna de esas partes puede ser abandonada! ¡No se puede permitir que se conviertan en refugio de criminales y anarquistas!

Luzia trató de concentrarse en los artículos sobre la carretera y los planes para Brasil del presidente Gomes, pero su atención se desviaba continuamente, sin remedio, a la sección de sociedad. El *Diario de Pernambuco* publicaba extensas notas sobe un viaje de caridad al campamento de refugiados de Río Branco organizado por la señora de Degas Coelho. La última fotografía del viaje mostraba a la delegación justo antes de su regreso triunfal a Recife. Habían posado en la plataforma del tren, en el mismo Río Branco. La señora de Degas Coelho —la musa de la misión de caridad— estaba en el centro, rodeada por hombres y por una mujer de edad avanzada. Emília tenía un bebé en sus brazos.

«Si todos pudiéramos salvar una pobre alma —escribía un periodista— brindando una oportunidad de educación y civilización a un niño que de otra manera estaría condenado a la ignorancia, solucionaríamos nuestros problemas sociales».

En pocas semanas, la sección de sociedad informaba de que la señora de Degas Coelho había inaugurado otra tendencia, que esta vez no tenía nada que ver con la moda. Otras adineradas mujeres de Recife querían rescatar también a otros bebés de la sequía. Había desagradables historias de mujeres refugiadas que vendían a sus pequeños, y también se contaba que algunos sirvientes, deseosos de complacer a sus amas, les robaban a otras refugiadas sus bebés.

Luzia no podía terminar de leer esos artículos. Pensaba en aquellas mujeres del Partido Azul a las que había robado hacía años, cuando Antonio todavía estaba vivo. Recordaba sus rostros anormalmente blancos, cubiertos de polvo. Recordaba sus voces chillonas. Habían estado a merced de Luzia en aquel entonces, en la cañada del ganado, y había sido cruel con ellas. Ahora su hijo estaba entre mujeres de esa clase, a su merced. Pero tendría a Emília, y Luzia se consoló pensando que su hermana, sangre de su sangre, no trataría a Expedito como a un «niño abandonado», sino como a un hijo. Incluso esta idea hizo que a Luzia le doliera el pecho y apretara con fuerza los puños... Ella deseaba fervientemente que su niño fuera querido, pero no que él amara a Emília con el mismo fervor, de la manera en que se ama a una madre.

Luzia recortó y guardó la fotografía de la delegación de caridad reproducida en el periódico. En las noches que seguían al robo de un tren, después de que sus manos y sus pies fueran besados por cientos de hombres y mujeres hambrientos en señal de agradecimiento por su generosidad, Luzia desdoblaba aquella foto y la contemplaba. La expresión de Emília era de triunfo, incluso presuntuosa. Una manta cubría la cara del niño, de modo que sólo se veían sus manos. Fijó la mirada en aquellos dedos pequeños y blancos. Se estiraban hacia arriba, hacia Emília. Ella era su salvadora. Y Luzia no era nada, ni siquiera un recuerdo.

5

Atacar un campamento de refugiados representaba un esfuerzo enorme. Estaban bien vigilados por soldados y rodeados por vallas de alambre de espino. Sin embargo, los alimentos del gobierno no iban solamente a los campamentos de refugiados de Gomes. Antes de que muriera su hija, María Magra había sido enviada a un campamento privado dirigido por una viuda.

—La viuda de Carvalho —contó María Magra a Luzia y a Baiano— vendió sus tierras para que se haga la carretera, y se irá a Recife. La gente dice que todavía hay agua en sus pozos. Y además ella tiene comida. Gomes le enviaba suministros. Decían que los estaba vendiendo para obtener dinero para su viaje. Si yo hubiera llegado a tiempo, le habría comprado alimentos. Le habría dado de comer a mi hija.

María Magra no conocía la ubicación exacta del campamento, pero Luzia y Baiano sí. Como esposa del finado coronel Carvalho, la viuda había heredado un rancho que ocupaba una gran extensión de terreno, y llegaba hasta la cañada para el ganado. Luzia, Antonio y los cangaceiros habían atravesado muchas veces sus tierras, pero nunca se habían acercado a su casa. La viuda tenía mala fama. Su marido le había dejado sólo tierras, pero nada de dinero, de modo que se había visto forzada a vivir de manera austera. La viuda de Carvalho era famosa como patrona por su mano dura y mal carácter. Se rumoreaba que le había disparado a su desaparecido marido en el pie durante una disputa, pero pocos creían que esa historia fuese verdadera. Cualquier hombre —y más un coronel— habría matado a su esposa si eso hubiera ocurrido, y en cambio la viuda de Carvalho todavía estaba con vida.

Su casa era una construcción enorme encalada, una mancha cegadora entre la maleza gris. Una fila de gente serpenteaba por el porche. Algunos tenían bolsas de arpillera; otros, abollados tazones de estaño. Los hombres llevaban los pantalones sujetos con una cuerda, tanto era el peso que habían perdido. Las mujeres llevaban bebés en brazos y niños flacos de la mano. Los hombres de la fila se miraban los pies, como si estuvieran avergonzados de mirar a la cara a quienes estaban a su alrededor. Las mujeres, sin embargo, estaban por encima de la vergüenza: miraban directamente hacia el porche de la casa. Allí, la viuda de Carvalho recibía monedas a cambio de harina de mandioca, carne seca y frijoles cocidos.

El estómago de Luzia padecía calambres. Escondidos entre la maleza, los cangaceiros se movían y murmuraban impacientes. Había sido el olor de los frijoles lo que había incitado el viaje a la casa de la viuda. Habían olido la comida a kilómetros de distancia, sin poder creérselo: ¡frijoles cocidos! Al principio, los hombres creyeron que su olfato los engañaba, que el hecho de soñar tanto con comida finalmente los había llevado a perder la razón. Pero no era ninguna alucinación. Allí, en el porche de la viuda, junto los sacos de arpillera con comida deshidratada, había un enorme recipiente de frijoles humeantes. «¡Qué imprudente —pensó Luzia— malgastar las últimas jarras de agua del pozo para cocinar!».

Desde su escondite en la maleza, Luzia observaba a la viuda de Carvalho. Llevaba un vestido negro de manga larga, cuya tela tenía un brillo sombrío, como el caparazón de un escarabajo. Lucía un cinturón de cuero marrón con un monedero atado a él. La viuda metía en él las monedas. Después de recibir el pago, los clientes eran conducidos al porche, donde tres mujeres encorvadas y sudorosas servían comida en los platos. Encima del porche había un cartel grande del presidente Celestino Gomes. Vestía uniforme militar. Estaba sacando pecho y mostraba una simpática sonrisa. Debajo de su imagen se leían las palabras: «Padre de los Pobres».

La casa de la viuda no tenía una valla de alambre de espinos como los campamentos de refugiados oficiales, pero sí había soldados. Cuatro hombres armados empujaban a la gente para mantenerla dentro de las filas. Luzia se dio cuenta de que los soldados no estaban allí como protección contra los ataques de los cangaceiros, sino para impedir desórdenes entre los clientes de la viuda.

—Hay dos filas —susurró Ponta Fina—: la de los que pueden pagar y la de quienes no pueden.

Luzia se enderezó las gafas. A aquellos que no le daban dinero o alguna joya a la viuda de Carvalho no se les entregaba comida y eran conducidos hacia otro lugar. Allí, un soldado gritaba con voz áspera:

—¡Para trabajar en la carretera! ¡Para trabajar en la carretera! —Estos refugiados eran llevados a una mesa cercana. Sentados detrás de ella había dos hombres de traje y sombrero blanco brillante.

—Funcionarios de Gomes —susurró Luzia. Junto a ella, Baiano asintió con la cabeza.

Un funcionario pedía a los refugiados que pusieran sus dedos pulgares en tampones con tinta para luego plantarlos sobre una larga hoja de papel. Después, el otro funcionario les echaba en la cabeza polvo para despiojar, les entregaba un bulto y los conducía de vuelta a la fila de la comida, donde de inmediato eran atendidos. Si los recién incorporados trabajadores camineros tenían esposa o hijos, ellos también recibían comida. Las mujeres sin dinero, ni marido, ni padres se quedaban sin comida. De cuando en cuando, la viuda de Carvalho se alejaba del porche y se acercaba a este grupo de mujeres desesperadas.

La cabeza de la viuda emergía, blanca y vulnerable, del vestido negro que recubría su cuerpo como una armadura. Seleccionaba a una joven del grupo indigente y la llevaba a una sección separada del porche. Había algunas otras ya hacinadas allí. Luzia no podía ver las caras con suficiente claridad como para calcular sus edades, pero había un rasgo que las distinguía de la multitud de refugiados: sus labios estaban pintados de rojo. En contraste con la monótona gama de tonos marrones y grises del monte seco, las bocas de esas mujeres se veían obscenamente brillantes, como heridas abiertas.

—¿Qué será lo que ocurre? —preguntó Luzia. Ponta Fina lanzó un gruñido.

A una orden de Luzia, Bebé y María Magra se quitaron sus mochilas y se acercaron del brazo al patio de la viuda. Las cangaceiras fingirían ser refugiadas y se sumarían a la fila donde se repartía comida, para así poder observar el funcionamiento del campamento improvisado. Bebé y María Magra debían asegurarse de que no hubiera ningún soldado escondido y de que los funcionarios que se ocupaban de reclutar trabajadores para la carretera no estuvieran armados. Mientras tanto, Luzia asignó una tarea a cada uno de sus cangaceiros. Cuando preparaba los ataques, Antonio había dado una tarea específica, un blanco concreto, a cada hombre. Luzia localizó a la viuda de Carvalho.

En el patio de la viuda, María Magra y Bebé se persignaron. Ésta era la señal de que era seguro atacar. Luzia silbó y Baiano condujo a un grupo pequeño de cangaceiros a la puerta principal de la hacienda.

—¡Malditos soldados! —gritaron—. ¡Viva el Halcón y la Costurera!

Baiano disparó sobre el cartel de Gomes. Los soldados respondieron tal como Luzia había previsto. Al ver a Baiano y su grupo, los soldados dejaron sus puestos y se lanzaron sobre la puerta principal. Estaban bien entrenados, pero actuaban con demasiada precipitación. Luzia y el resto de los cangaceiros rodearon rápidamente el patio de la viuda. La capitana estaba decidida a realizar una de las viejas maniobras de Antonio: la «retroguarda», el envolvimiento por la retaguardia. En cuanto los militares levantaron sus armas, Luzia y Ponta Fina llevaron al resto de los cangaceiros por los flancos del patio de la viuda, rodeando así a los soldados. Tras unos cuantos disparos, los cuatro hombres armados cayeron.

Los dos funcionarios encargados del reclutamiento de trabajadores para construir la carretera también actuaron como Luzia había pronosticado. Apenas sonaron los primeros disparos, los hombres se agacharon y se pusieron las manos sobre la cabeza, aplastando sus sombreros de paja. Los refugiados, sin embargo, no respondieron según las expectativas de Luzia. En los ataques anteriores, los hombres y las mujeres de la caatinga se habían apartado del camino de los cangaceiros. Se escondían en sus casas o se agachaban tranquilamente en la calle, a la espera de que terminara el combate. En cambio esta vez la gente que estaba en el patio de la viuda no dejó caer sus platos para salir corriendo. Incluso después de los primeros disparos, permanecieron en la fila. Algunos segundos después empezaron a empujarse entre ellos. Lo hacían como aletargados al principio, como si estuvieran probando sus fuerzas. Antes de que los cangaceiros pudieran detenerlos, la muchedumbre avanzó hacia el porche. La viuda de Carvalho comenzó a golpear a hombres y mujeres con un gran cucharón de madera. La gente la ignoró. Todos metían sus latas o las manos en el recipiente de frijoles. Se metían puñados en la boca. Un líquido marrón les corría por la cara. Otros rompían los sacos hasta que la harina blanca salía de ellos y se derramaba sobre el porche. Varias mujeres se arrastraban por el suelo y recogían harina en sus faldas. Las ayudantes de la viuda —las tres mujeres encorvadas que distribuían la comida— no se apartaron del caos, sino que empezaron también ellas a servirse las provisiones de la viuda.

—¡Yo estaba primero! ¡Yo estaba primero! —gritaba un anciano, abriéndose paso a arañazos por el porche. Un niño, atrapado entre la multitud, lloraba.

Luzia apuntó su Parabellum. No podía limitarse a disparar al aire... Las sonoras descargas de los rifles de los cangaceiros no habían detenido a la muchedumbre, de modo que ¿por qué habría de hacerlo el disparo de una pistola? Recordó las lecciones de tiro de Antonio, escuchó su voz en su oreja: «Si disparas, no puede ser un tiro inútil, cada bala es importante». Un hombre fuerte estaba junto al recipiente de frijoles, metiéndose los últimos restos en la boca. Luzia apuntó a un brazo, pero como la multitud se abría paso a empellones, le dio en el pecho. El hombre se inclinó hacia delante. La gente que se encontraba a su alrededor se quedó paralizada.

—¡Atrás! —gritó Luzia con voz firme y profunda, como había sido la de Antonio—. Tranquilos. Os daré comida sin quitaros dinero. Ni la dignidad.

La multitud la miró, luego se miraron entre ellos. Sus caras estaban manchadas con salsa de frijoles. Tenían grumos de harina entre los dedos. Luzia siguió apuntando con su Parabellum. Lentamente, la multitud se dispersó. Canjica e Inteligente retiraron del porche el cuerpo del refugiado muerto. Ponta Fina y Baiano ataron de pies y manos a los funcionarios encargados de la construcción de la carretera. Luzia ordenó a los demás cangaceiros que pusieran orden y organizaran toda la comida que quedaba para su distribución. Cuando la viuda de Carvalho trató de escapar agachada por la puerta principal, Luzia la agarró de un brazo.

La viuda frunció su amplia boca. Delgados pelos oscurecían su labio superior. La trenza de la mujer se había soltado durante la pelea. Con su brazo libre, la viuda se apartó los pelos grises de la cara.

—¿Dónde está el Halcón? —preguntó.

Luzia apretó su mano sobre el brazo de la anciana.

—¿Por qué?

—Quiero hablarle.

—Está ocupado. Usted está bajo mi autoridad.

La viuda se encogió.

—Entonces dispárame. Vamos, hazlo.

Luzia negó con la cabeza. Incluso con una pistola apuntándola, aquella mujer seguía dando órdenes.

—No soy una criada de su cocina —replicó—. Dispararé cuando yo quiera.

—Muy bien —respondió la viuda—, pero no hago tratos con mujeres.

Luzia se rió, y se sobresaltó por su propia risa. Estaba exhausta y hambrienta, y temía no poder detener la risa una vez que comenzara. Se pasó la manga de la chaqueta por la boca, como si pensara que con ello haría desaparecer su sonrisa.

—Descuide, usted no va a hacer ningún trato conmigo —replicó Luzia. Luego, incapaz de resistirse, preguntó—: ¿Cómo siendo mujer no confía en otras mujeres?

La viuda suspiró.

—Las mujeres son malas. Especialmente entre ellas. Lo sé porque yo soy así. Tú también lo sabes.

Detrás de la viuda de Carvalho, el grupo de adolescentes de labios rojos se amontonaba en el porche. Miraban, temerosas, a los cangaceiros. La muchacha recién apartada —la que la viuda había elegido entre la multitud antes del ataque— aún no tenía pintados los labios. Su boca estaba reseca y abierta. En los extremos de sus trenzas llevaba dos cintas descoloridas, prueba de que, aunque su pelo estaba duro y polvoriento, en algún momento se había arreglado. O su madre la había peinado. Los ojos de la niña eran castaños, oscuros, con largas pestañas. Se parecían a los ojos de Emília, y Luzia sabía que si las cosas hubieran sido diferentes, si su hermana y ella se hubieran quedado en Taquaritinga, podrían haber sido víctimas de esa misma sequía. Emília podría haber sido esa niña de trenzas que observaba a Luzia con una mirada asustada y enfadada, como un niño que acabara de ser golpeado.

—¿Y ellas? —quiso saber Luzia.

La viuda de Carvalho se encogió de hombros.

—Habrá un campamento de trabajadores para construir la carretera cerca de aquí. Iban a ser enviadas allí.

—¿Para qué?

—Para trabajar.

—¿Qué clase de trabajo harían? —insistió Luzia.

La viuda entornó los ojos.

—No irán a cavar zanjas, desde luego.

Luzia miró a la muchacha de las trenzas.

—¿Cómo te llamas?

—Doralinda —masculló—, pero me llaman Dada.

—¿Eres virgen todavía?

La niña se ruborizó. La viuda de Carvalho rió.

—Es tan pura como el agua clara. Ya no se puede encontrar nada tan fresco por aquí.

La viuda miró a los cangaceiros en el patio y en el porche. Se relamió los labios y acercó la boca a la oreja de Luzia.

—Todos tus hombres pueden pasar un rato con ellas —susurró la viuda—. No cobraré mucho. Pero tendrán que quedarse fuera. Mi casa no es ningún harén.

Luzia soltó el brazo la viuda y le arrebató el cinturón en el que llevaba el dinero; las monedas cayeron en el porche, tintineando sobre el suelo de piedra. Cuando la viuda se agachó para recogerlas, Luzia la sujetó por el brazo.

—¡Mi marido no me dejó nada! —chilló la mujer—. Necesito comprar un billete de tren a Recife.

—Usted vendió su tierra para que hicieran la carretera. ¿Es que Gomes no le pagó?

—Me dio un pagaré. Mi dinero está en un banco en Recife. Pero tengo que encontrar la manera de llegar allí. Gomes envió soldados y comida, pero no puedo ir andando a la ciudad.

—Y por eso las va a vender... —dijo Luzia, señalando con la cabeza al grupo de niñas.

—Hemos llegado a un acuerdo: yo les doy comida y ellas me dan lo que los hombres que hacen la carretera les paguen por ir a los campamentos.

—No son de su propiedad —dijo Luzia— sólo porque sea la esposa de un coronel.

—Lo sé. Ellas van porque quieren, yo no las estoy apuntando con un rifle.

La viuda chasqueó la lengua. Luzia apoyó su Parabellum en el cuello de la anciana, que hizo una mueca de dolor.

—Tampoco te pertenecen a ti —siseó la viuda de Carvalho. Su respiración era ácida y cálida—. No somos diferentes tú y yo. Tú les darás esta comida y querrás algo a cambio de tu generosidad. Yo quiero su dinero, tú quieres su lealtad. ¿Cuál de las dos les pide más?

—No nos parecemos —replicó Luzia, con la boca tan cerca de la cara de la vieja viuda que podría haberle dado un mordisco—. Usted es una traidora por vender la tierra para que hagan la carretera.

La viuda negó con la cabeza.

—¡Tengo todo el derecho de venderla! Es mi tierra. Puedo hacer lo que quiera con ella. —Giró la cabeza e intentó mirar a Luzia—. ¿Por qué odias tanto a Gomes? Él no es culpable de esta sequía. Está enviando provisiones. Gomes ha hecho más por vuestro futuro de lo que nunca hicieron los azules.

—¿Nuestro futuro? —repitió Luzia. Señaló a las muchachas de labios rojos—. Nuestro futuro está haciendo que ellas tengan que venderse por culpa de esa maldita carretera. Y esos hombres entregan sus vidas cuando aceptan trabajar en ella sin que les paguen nada. No es un trato justo. Gomes nos convertirá en esclavos. No nos está ayudando con estos alimentos: nos está comprando. Yo seré quien ayude a mi pueblo, no él.

Los ojos de la viuda centellearon. Habló en voz baja, como si estuviera compartiendo un secreto con Luzia.

—Tú quieres ser la heroína —dijo—, y Gomes te está robando la gloria de serlo, ¿no?

La viuda apenas sonrió. No tenía miedo y Luzia quería que lo sintiera. «El miedo es bueno —le había dicho Antonio una vez—: significa respeto». Una presión ardiente creció dentro de Luzia: la imaginó densa y oscura, como frijoles cocidos durante demasiado tiempo en su recipiente. Luzia sintió esa sustancia oscura que crecía dentro de ella, consumiendo sus lágrimas sofocadas para convertirlas en otra cosa, en algo peligroso, pero también útil.

El vestido de la viuda tenía un cuello doble, una parte alta y rígida, otra parte abierta por delante en dos amplias solapas de tela negra bordada. Luzia le agarró el cuello del vestido. Dobló la tela y observó la parte de atrás. Había puntadas largas, poco cuidadosas, que iban de un dibujo a otro; la costurera había sido demasiado descuidada como para cortar y anudar el hilo.

—Este bordado es un desastre —dijo Luzia.

La expresión de la viuda pasó de ser divertida a mostrar confusión. Luzia le soltó el cuello y miró a las muchachas de labios rojos. Algunas habían tratado de limpiarse el carmín y sus barbillas habían quedado manchadas de color rosa. Luzia miró hacia arriba; allí estaba el cartel del presidente Gomes —«Padre de los Pobres»—, su enorme cara, su expresión sonriente y magnánima. ¿Qué aspecto tendría ella, se preguntó Luzia, allí de pie, debajo de un rostro tan grande y apuesto? ¿Parecería una mujer hambrienta y lisiada? ¿Una terrible cangaceira? Miró a la multitud que rodeaba el porche. Algunos la miraban con miedo, otros con indecisión. La viuda tenía razón: Gomes no era del todo malo. Eso era lo que lo volvía peligroso. Si Gomes se convertía en un héroe popular, la Costurera y sus cangaceiros serían los malos. Él ya estaba tratando de presentar esa versión en los periódicos, diciendo que los cangaceiros eran criminales inútiles. El doctor Eronildes tenía razón. La gente de aquellas tierras áridas sólo tenía espacio en su corazón para un héroe. Si quería sobrevivir, Luzia tendría que luchar para ocupar ese lugar.

—¡Ved lo que va a lograr la carretera de Gomes! —gritó—. Va a convertir en putas a las mujeres honestas.

Los ojos de algunos de los cangaceiros se abrieron desmesuradamente, sorprendidos por aquellas palabras tan crudas. Algunos escupieron en el suelo y maldijeron a Gomes. Varios de los refugiados, indignados, sacudieron la cabeza. Luzia señalaba a la viuda de Carvalho.

—Ella se está aprovechando de nuestra miseria —denunció Luzia—. Y Gomes se lo permite: ¡hasta le envía provisiones para que las venda! Sus soldados estaban aquí y le permitieron vender a nuestras mujeres. ¡Hacían como si no vieran nada! La muchedumbre estalló en gritos, insultando a la viuda. Luzia agarró a la mujer y la presentó a la multitud enfurecida.

—No somos iguales —susurró en la oreja de la viuda—: usted se queda con el dinero de ellos y yo prefiero tener su buena voluntad.

Luzia metió la mano en la bolsa de cuero que contenía el dinero de la viuda y encontró un lápiz de labios. Lo abrió y pintó una mancha roja en la delgada boca de la viuda de Carvalho. La multitud se rió. Luzia levantó la mano, pidiendo silencio. Cuando obedecieron, su corazón latió más rápido.

Un cactus crecía en el centro del patio. La corona de la planta tenía algunos cilindros verdes, que eran como dedos de una mano. Su tronco era marrón y grueso como el de un árbol. De él salían espinas del tamaño de agujas de coser.

—¡Ahora va a saber ella lo que es ser violada! —gritó Luzia a la multitud—. ¡Sabrá lo que es tener que abrazar y besar a alguien que no se quiere!

Los cangaceiros y los refugiados la aclamaron. Luzia tuvo una extraña y a la vez agradable sensación en la cara, como si la multitud fuera un fuego y ella estuviera recibiendo su calor. Luzia arrastró a la viuda fuera del porche y se paró delante del cactus.

—Abrácelo —ordenó Luzia.

La viuda apretó los brazos contra su propio cuerpo.

—No lo haré.

Luzia miró a la muchacha de trenzas en el porche y pensó en Emília. ¿Qué diría su hermana de sus actos? La capitana pensó en su hijo. ¿Se sentiría orgulloso de tener una madre que infligía esos castigos tan crueles? Sintió que el calor se escapaba de su cuerpo. La presión de su mano sobre la viuda se aflojó, pero la multitud que la rodeaba insistió.

—¡Abrázalo! —gritó una mujer.

—¡Haz que lo abrace! —pedía un niño.

La multitud estaba impaciente. Luzia no podía quedar mal ante ella. Si de verdad quería derrotar a Gomes, tendría que satisfacer esa demanda de justicia: un delito público merecía un castigo público. Antonio le había enseñado eso. En los días que siguieron a su muerte, le había pedido que la siguiera. En ese momento, lo llamaba otra vez. Luzia dejó a un lado su Parabellum y sacó del cinturón el viejo puñal de Antonio. Apretó la punta entre los omóplatos encorvados de la viuda. La mujer dejó escapar un quejido seco, casi como un graznido lastimero.

—¡Abrácelo fuerte! —dijo Luzia.

La viuda fijó su mirada en el cactus y abrió lenta, agónicamente los brazos. Giró la cabeza a un lado y avanzó el cuerpo. Cuando abrazó el tronco lo hizo cautelosamente, sus brazos apenas tocaban las espinas. Luzia hizo un gesto con la cabeza a Baiano. Desde el otro lado del tronco, el cangaceiro agarró las manos de la viuda. Tiró con fuerza. La viuda de Carvalho lanzó un gemido y echó el cuello hacia atrás, como si se resistiera a los avances de un pretendiente agresivo. Baiano tiró de ella otra vez. Las espinas del cactus, un mandacaru, pincharon la cara de la viuda. La mujer se estremeció. Había gotas de sangre en su mejilla. Trató alejarse de las espinas, pero cada vez que se movía, su pecho se apretaba con más fuerza contra ellas. Todo el tiempo, la viuda tenía la vista fija en Luzia.

—Eres una lisiada ignorante —dijo la anciana.

Luzia recordó las bromas de los niños y los chismorreos de las mujeres de Taquaritinga. Recordó el nombre de Gramola. Recordó a sus hijos anteriores, que salían de ella sin vida. Recordó al que había vivido —Expedito—, sólo para ser alejado de ella. Pensó en el gran precio que ofrecían por su cabeza, en las muchas tumbas a lo largo de la vieja cañada para el ganado. Pensó en Gomes y su carretera. Dividiría aquellas tierras de monte bajo. Antonio tenía razón, a fin de cuentas. El presidente iba a construir la carretera a pesar de la sequía. Iba a convertir con ese objetivo a los refugiados en mano de obra y a las mujeres en putas. Luzia miró a las muchachas en el porche. Estaban flacas y tenían un aspecto lastimoso, pero sus miradas eran de furia, como la suya. Esas mujeres podían aprender a pelear. Podían aprender a disparar. Luzia las iba a entrenar y juntas atacarían las obras de construcción y darían una lección a Gomes y a los coroneles, y a cualquiera que dudara de ellas. Esa lección aclararía que los sumisos y los desgraciados de la tierra pueden volverse fuertes.

Luzia extendió su brazo sano y cogió la cabeza de la viuda por detrás. Ésta aún estaba caliente. Luzia lo empujó con suavidad. El cuello de la viuda se tensó. Las espinas del mandacaru se incrustaron en la cara de la mujer. Luzia apretó con más fuerza. Una espina perforó el párpado cerrado de la viuda. Un gemido, suave e infantil, escapó de su boca. Luzia apretó otra vez, y otra vez más, hasta que la desgraciada quedó en silencio, hasta que no opuso más resistencia. La multitud que la rodeaba la aclamó.

Capítulo
11

EMÍLIA

1

La señora de Haroldo Carvalho apareció en las portadas del *Diario de Pernambuco,* del *Recifian* e incluso del prestigioso *Folha de São Paulo.* En todas esas fotografías, la viuda de Carvalho tenía la cabeza torcida para mostrar el parche negro sobre su ojo izquierdo. La Costurera la había mutilado. El parche de cuero reflejaba el destello de la cámara, dándole un brillo plano. Para Emília, esto hacía que el parche de la viuda pareciera el monstruoso globo ocular de un insecto que estuviera protegiendo no un ojo, sino cientos de ellos.

Emília había escuchado a los hombres —al doctor Duarte en particular— bromear a propósito del incidente; una mujer vieja obligada a abrazar un cactus era algo divertido para la gente de la ciudad. Aunque la viuda era motivo de bromas, el ataque de la Costurera no lo era. Los cangaceiros habían ejecutado a cuatro soldados y a dos funcionarios encargados de la construcción de la carretera. Habían robado alimentos del gobierno. Habían profanado un gran cartel del presidente Gomes. Y según la viuda de Carvalho, la Costurera había cortado el cuello a un hombre y bebido su sangre, como haría una bruja. En otra entrevista a un periódico, la viuda dijo que la Costurera había matado a niños pequeños —sobre todo a bebés— con un cuchillo afilado. Y lo peor de todo, la líder cangaceira había elegido a algunas niñas de entre la multitud de flagelados y las había obligado a casarse con sus hombres. En todo Recife la gente comentaba que la aparición de estas bandoleras era la prueba de que las tierras del interior se estaban volviendo ingobernables y depravadas, un lugar donde hasta las mujeres se convertían en criminales.

Los periódicos pujaban por hacer entrevistas a la viuda de Carvalho. Había montones de flagelados que aseguraban haber visto a la Costurera de cerca, pero eran arrendatarios, campesinos sin tierras, personas tan pobres que ni siquiera podían comprarse unos zapatos. La viuda de Carvalho era una terrateniente, lo cual la hacía creíble. Poco después del ataque a su rancho, funcionarios gubernamentales fueron a aquel lugar, como estaba previsto, para recoger en sus filas de distribución de comida a los nuevos reclutas para la construcción de la carretera. Pero en lugar de trabajadores los funcionarios se encontraron con la masacre de sus reclutadores y de los soldados, y con la viuda atada a un cactus. Habían llevado a la anciana a Recife para que contara su historia.

Los funcionarios del gobierno le entregaron un cheque como pago por sus tierras, y el presidente Gomes envió a la viuda una nota manuscrita elogiando su espíritu patriótico y dándole las gracias por vender su rancho al Instituto Nacional de Caminos. Todos estos elogios aparecieron en los periódicos de Recife, con lo que la viuda se convirtió en una figura popular. Su historia obligó al gobernador Higino a asignar más fondos para el reclutamiento y entrenamiento de soldados. Los jóvenes varones flagelados que entraban a Recife en busca de comida y trabajo se encontraban con puestos de reclutamiento en las afueras de la ciudad, donde se les entregaba armas, uniforme y la promesa de un sueldo, y eran enviados de inmediato otra vez a las tierras áridas, para servir a Brasil y al presidente Gomes. Después de las numerosas entrevistas a la viuda de Carvalho y de los continuos ataques de los cangaceiros, la gente prestó más atención a las teorías del doctor Duarte. El suegro de Emília aparecía en los periódicos casi tan a menudo como la viuda misma, y sus explicaciones sobre la mente delictiva eran ampliamente aceptadas. Debido a este nuevo interés por su ciencia, el doctor Duarte trabajaba muchas horas en su Instituto de Criminología, midiendo cráneos y tratando de encontrar la manera de capturar a sus especímenes más codiciados: la Costurera y el Halcón. Los pernambucanos estaban indignados y a la vez fascinados por la famosa pareja de bandidos de su estado. Y los recifeños, que en circunstancias diferentes habrían considerado a la viuda de Carvalho demasiado rústica como para buscar su compañía, de pronto comenzaron a invitar a la anciana a almuerzos y a tomar café por la tarde, deseosos de escuchar su historia de primera mano.

Algunas de las Damas Voluntarias alquilaron el famoso restaurante Leite y dieron un almuerzo en homenaje a la viuda de Carvalho. La anciana se sentó a la cabecera de una larga mesa, en el centro del restaurante. Llevaba un vestido negro y de cuando en cuando se tocaba el parche, dirigiendo así la atención general a su ojo herido. Los camareros permanecían cerca de la mesa. Y las Damas Voluntarias estiraban la cabeza cada vez que la viuda hablaba, pero la conversación de ésta era limitada.

—Alcánceme la sal —dijo. Y después—: ¿No hay un poco de harina?

Ninguna de las peticiones de la viuda era seguida por un «por favor» ni un «gracias», y esto molestaba a Emília. Estaba sentada más o menos hacia el centro de la mesa, al lado de la baronesa y de Lindalva, y apenas probó su plato de bacalao con nata. Emília, al igual que las otras Damas Voluntarias, estaba concentrada en la viuda de Carvalho. La anciana se daba cuenta de ello y sonreía mientras comía. Tenía una boca pequeña y de labios finos. «Una boca mezquina», pensó Emília, y observó a la mujer cuando cortó la carne. La anciana clavaba en ella el tenedor con tanta fuerza que dio la impresión de que el filete estaba a punto de saltar fuera de su plato. La anciana no puso la servilleta en su regazo y sus codos aleteaban desenfrenadamente mientras comía. Emília se sentía como doña Dulce —burlándose en privado de los modales de otra persona— y le disgustaba la viuda de Carvalho por hacerla sentirse de esta manera. Pendientes de ella, todas las Damas Voluntarias felicitaban a la viuda y la invitaban a que hablara.

—Están perdiendo el tiempo —susurró la baronesa—. Conozco a las mujeres de su clase. Esperará a los postres para hablar. O tratará de que las invitemos otra vez a comer.

Lindalva sacudió la cabeza disgustada.

—Si gastan un centavo más en ella, dejaré de ser Dama Voluntaria.

Emília asintió con la cabeza. Las historias sangrientas de la viuda de Carvalho acerca de su encuentro con la Costurera habían desplazado a noticias más importantes. En abril de 1933, noventa mil flagelados estaban albergados en siete campamentos de refugiados dispersos por todo el noreste. En Recife, la moda de adoptar bebés de la sequía había disminuido tan pronto como los pequeños ganaron peso y perdieron su trágico atractivo. Los grandes propósitos que la sociedad de Recife se había hecho por el futuro de los niños fueron olvidados. Los bebés de la sequía quedaron relegados a los cuartos de los criados, donde al final serían incorporados a las tareas cotidianas de las grandes casas como chicos de los recados o criadas. Lindalva estaba particularmente frustrada porque las historias de la viuda de Carvalho habían dejando en la sombra las elecciones que se aproximaban, las primeras en las que las mujeres podrían votar.

Tras su exitosa revolución, Celestino Gomes había ocupado el cargo de presidente por la fuerza y había nombrado a miembros del Partido Verde para cargos de gobierno en todo el país. Tres años después, algunas personas afirmaban que su gobierno era una dictadura. Para demostrar que era un demócrata y un líder justo, Gomes convocó elecciones nacionales. Fueron programadas para mediados de mayo, pero sólo el 15 por ciento de las mujeres en condiciones de votar se había registrado. Lindalva quería que los periódicos divulgaran la cantidad de obstáculos que había para inscribirse en el padrón electoral. Las mujeres tenían que someterse a complejas pruebas de lectura y escritura. Además, había horarios irregulares para el registro. Aquellas que trabajaban no podían dejar sus trabajos durante mucho tiempo para registrarse, y las amas de casa tampoco podían abandonar los niños y las tareas domésticas. Lindalva y Emília presionaban para que las Damas Voluntarias se interesaran más por estos problemas, pero no obtuvieron suficientes apoyos. En lugar de patrocinar una campaña para promover un registro más equitativo, las Damas Auxiliares se dedicaban a cortejar a la viuda de Carvalho.

Emília nunca iba a admitir ante Lindalva que su interés por el sufragio era egoísta, pues así parecía menos interesada por la Costurera. Emília fingió estar poco entusiasmada por conocer a la viuda de Carvalho, pero la verdad fue que apenas había dormido la noche anterior a la comida. En el restaurante, Emília se exasperaba ante el silencio de aquella mujer. Al igual que la baronesa, Emília también conocía a ese tipo de mujeres. Allá en Taquaritinga, cuando trabajaba en la casa del coronel Pereira, la joven había visto a otros coroneles y sus esposas ir y venir como huéspedes. La viuda de Carvalho le recordaba al peor tipo de esposa de coronel. Siempre dispuesta a castigar a su marido y a sus criados; tacaña con la comida y con los elogios; y aparentemente piadosa, aunque proclive a chismorrear, a contar historias que convinieran a sus propósitos, aun cuando fueran mentiras.

Emília dejó los cubiertos. Se inclinó sobre la mesa para quedar cara a cara con la viuda.

—¿Qué aspecto tenía? —le preguntó.

La viuda de Carvalho respondió con la boca llena de arroz:

—¿Quién?

—La Costurera.

Los demás comensales se quedaron en silencio. Cerca de Emília, un camarero dejó de llenar vasos de agua. La viuda de Carvalho tomó otro bocado de comida.

—Era como un bandido —respondió mientras masticaba—: fea como un demonio.

Un ligero estallido de risas recorrió la mesa. Emília se puso tensa.

—Nadie comenta la fealdad de los hombres. —Su voz temblaba. Emília recordó las muchas lecciones de doña Dulce acerca de la compostura y de cómo no perderla. Tomó un sorbo de agua y sonrió—. He seguido sus entrevistas en los periódicos —continuó Emília—. ¡Usted brinda tantos detalles! Ojalá tuviera yo su don para la observación. Pudo ver muchas cosas a pesar de estar atada a un cactus con la cara pegada a él.

Lindalva se rió entre dientes. En la cabecera de la mesa, la viuda dejó de comer. Estudió a Emília con el ojo que le quedaba. La joven sonrió a manera de respuesta, pero las palmas de sus manos estaban húmedas. Luzia y ella no se parecían, pero tal vez después de observarla bien la viuda —al igual que el doctor Eronildes— había reconocido algún rasgo, algún parecido que Emília no podía ocultar. El corazón de la joven latió rápidamente. ¿Por qué estaba provocando a aquella viuda? ¿Por qué estaba corriendo ese riesgo? Después de un momento, la viuda de Carvalho se decidió a hablar:

—¿Usted ha visto alguna vez un cactus mandacaru, jovencita?

—Sí.

—Entonces sabe lo largas y afiladas que son sus espinas. No importa lo que vi o escuché. Lo que importa es que sobreviví. Y quien sobrevive tiene el derecho de contar la historia que quiera.

—A los periódicos les encantan las exageraciones —aseguró Emília—. Venden más gracias a ellas.

La viuda de Carvalho se echó hacia atrás en su silla.

—¿Apoya usted a los cangaceiros?

Emília entrelazó las manos en su regazo para impedir que temblaran.

—No —respondió—. Pero no siempre puedo sentirme superior a ellos. Nadie de nosotros puede afirmar que está en contra del uso de la violencia, porque matamos para hacer la revolución.

Se produjo un silencio alrededor de la mesa. Algunas Damas Voluntarias bajaron la mirada hacia sus platos. Otras miraron a Emília con sus bocas congeladas en sonrisas apretadas, pero con furia en los ojos, como madres demasiado educadas para reprender abiertamente en público a sus hijos, pero sin dejar de advertirles que el castigo vendrá después. Algunas mujeres parecían pensativas. Una de éstas fue la primera en romper el silencio.

—Los hombres fueron quienes mataron, no nosotras —dijo.

—Pero eran nuestros maridos e hijos —apuntó la baronesa—. Y nosotras los apoyamos.

Algunas mujeres se ruborizaron. Si se debía a que estaban asustadas por la conversación o a que ésta las excitaba, Emília no podía saberlo. A la cabecera de la mesa, la viuda de Carvalho sacó un pañuelo y se sonó la nariz, consiguiendo que la atención del grupo volviera a ella.

—La revolución era una causa noble —dijo, acariciándose el ojo que le quedaba y mirando a Emília—. Los cangaceiros matan

564

por diversión. Ésa es la diferencia. Es imperdonable lo que ella me hizo. No había ningún motivo, ni tampoco mostró remordimiento.

Alrededor de la mesa, varias Damas Voluntarias asintieron con la cabeza. La mujer sentada más cerca de la viuda de Carvalho le dio suaves palmadas en la mano. Otros elogiaron su valentía. Emília cogió sus guantes. Sentía una profunda aversión por la viuda, un desprecio igual que el que había sentido hacia las niñas que molestaban a Luzia cuando era pequeña llamándola «lisiada» y «Gramola». Su hermana solía atacar a esas niñas. Les daba patadas o las abofeteaba en la cara, y Emília permanecía detrás mirando, hipnotizada y asustada por la rabia de su hermana. Las niñas que la molestaban quedaban dañadas, pero se lo merecían. El escozor de una bofetada desaparecía. El moretón dejado por un puñetazo se desvanecía con el tiempo. Esta lógica de patio de escuela no parecía que se pudiera aplicar a los actos de la Costurera. El castigo a la viuda le había dejado una lesión permanente. Emília había visto de cerca algún cactus de aquéllos; había tocado sus afiladas espinas. «¿Qué clase de mujer —se preguntó Emília— podía pensar en un castigo semejante? Y lo que es peor: ¿qué clase de mujer lo llevaría a cabo?». Cualquiera que hubiera sido el mal cometido por la viuda de Carvalho, no merecía la crueldad de la respuesta de la Costurera. Ser consciente de esto hizo que Emília guardara silencio durante el resto de la comida. Obligada a tolerar las historias de la viuda, la joven bebió vaso tras vaso de agua de coco para no tener que hablar y así no ponerse en situaciones embarazosas. Se retiró de la mesa con un humor horrible.

Cuando Emília regresó a la casa de los Coelho, se fue directamente arriba. Había puesto la cuna de Expedito en su habitación, al lado de la cama. Cerca de la cuna había un catre para la nodriza que había contratado. Ésta era una mujer grande. El primer día sacó rápidamente su pecho de color caramelo y alimentó al niño en el vestíbulo de la casa, delante de una horrorizada doña Dulce. Emília se había reído con ganas. Después, para no perturbar la sensibilidad de su suegra, organizó un horario de alimentación que consideraba adecuado y encontró un paño bordado para que la nodriza se lo pusiera sobre el pecho.

Encontró a ésta en su habitación. Expedito mamaba del pecho de la mujer, pero sus ojos se cerraban ya lentamente y su cabeza caía vencida hacia atrás. Era el final de su alimentación y estaba atrapado entre sus dos placeres más grandes: el sueño y la comida. Emília lo miró. Se alegraba de tener un ama de cría, pero sentía agudas punzadas de celos cada vez que Expedito se quedaba dormido en sus brazos. Emília se quitó los guantes y el sombrero. Extendió las manos y la nodriza se levantó de la silla y le entregó al pequeño. Cuando la nodriza salió de la habitación, Emília apretó la cara contra la cabeza del niño. Su cráneo se notaba blando y maleable, como arcilla a medio hornear. El sobrepeso, la grasa que tanto le había costado acumular, empezaba a desaparecer de forma natural. A los siete meses su barbilla y sus pómulos estaban más definidos. Su cuello se había estirado. Los brazos crecían lentamente, se estiraban, y los rollos de carne alrededor de las muñecas, que parecían chorizos embutidos, estaban desapareciendo. Emília se preocupaba por sus orejas, que estaban empezando a sobresalir. Cada vez que peinaba los rizos castaños de Expedito, Emília ponía las manos ahuecadas sobre su cabeza, temerosa por cómo iba a crecer, por los cálculos y mediciones que el doctor Duarte podría hacer.

Emília metió a Expedito en su cuna. Sacó la pequeña llave de oro que llevaba en una cadena colgada alrededor del cuello y la usó para abrir el joyero. Junto al retrato de la comunión, metida debajo de su collar de perlas y un anillo, estaba la navaja de Luzia. Emília la observó. ¿Cómo le explicaría su existencia a Expedito?

Algún día preguntaría por su madre, su verdadera madre. Esos pensamientos conseguían que Emília se enfadara. Se trataba de un disgusto mezquino y confuso que recordaba haber experimentado desde la infancia. Luzia era la menor y por ello siempre comía corazones de pollo en el almuerzo, o se sentaba en el regazo de la tía Sofía. Para Luzia eran los caballos tallados en mazorcas, las frutas más maduras. Como hermana mayor e ignorada, Emília no sabía qué deseaba más, si la atención de los adultos o la de su hermana menor. Terminó maldiciendo ambas. Cuando pensaba en Expedito y las preguntas que acabaría por hacer, sentía la misma mezcla amarga de resentimiento y deseo que había sufrido cuando era niña.

Expedito había aprendido a emitir unos balbuceos que ella interpretaba como «ma-ma». Al final acabaría llamándola «madre» y ella tendría que corregirle. Sería «tía Emília». Ella le iba a recordar que se subiera los calcetines, que escribiera el alfabeto y que se bebiera el aceite de hígado de bacalao. Tía Emília formaría parte de su realidad cotidiana, mientras que su madre, su madre verdadera, sería una parte de su imaginación, tal como la madre de Emília lo había sido para ella. Emília comprendió finalmente la carga que había tenido que soportar su tía Sofía. Había tenido que competir con una madre imaginada, que era siempre más guapa, más amable y más lista. La fantasía era siempre mejor que la realidad. Un día, cuando él fuera lo suficientemente mayor como para guardar un secreto, Emília tendría que decirle exactamente quién era su madre. Incluso entonces, la realidad no iba a superar a la fantasía. Su madre era valiente, audaz y fuerte: ¡Una cangaceira! ¿Qué era Emília, comparada con eso? Nadie la consideraba valiente.

Se preocupaba por la seguridad de Expedito en la casa de los Coelho. Veía enemigos en cada habitación, tanto en la parte delantera de la casa como en las habitaciones de atrás. La lavandera era leal a doña Dulce, y a veces no hervía los pañales de Expedito, lo que le provocaba sarpullidos en el trasero y en los muslos. La cocinera, disgustada por tener más trabajo, en ocasiones abría cocos viejos y mezclaba su contenido opaco y ácido con el resto del agua de coco de Expedito. Cuando Emília puso estas cosas en conocimiento de doña Dulce, su suegra se mostró incrédula y castigó de mala gana a los criados. A Emília le preocupaba lo que podía ocurrir cuando Expedito empezara a caminar, a ensuciar y romper objetos en la casa inmaculada de doña Dulce. No estaba segura de hasta dónde podía llegar su suegra; doña Dulce hablaba a menudo de enviar a «ese niño», como llamaba a Expedito, a una escuela religiosa «en cuanto aprenda a hablar».

El día que llegó Expedito, doña Dulce expresó su aversión de inmediato.

—¡No acogeré a otro mendigo dentro de mi casa! —había dicho. El doctor Duarte se vio obligado a reunir a su familia en el salón y cerrar las puertas.

—Emília se ocupará de él —había dicho el doctor Duarte—. ¿Verdad?

La joven asintió enérgicamente con un movimiento de cabeza. Tuvo el impulso de abrir las vitrinas del salón y romper las estatuillas de porcelana de doña Dulce, su cristalería antigua, sus adoradas chucherías. Pero permaneció inmóvil, únicamente porque necesitaba el consentimiento de su suegra.

—Madre, sé que usted es una mujer caritativa —intervino Degas—. Podemos ayudar a este niño. Saldremos en los periódicos gracias a él. Han escrito historias muy buenas sobre mí y sobre Emília.

Doña Dulce miró, vencida, a su hijo. Sus labios pálidos se aflojaron en un mohín.

—Muy bien —aceptó, dirigiendo la mirada a Emília—, pero nunca será un Coelho.

—¡Por supuesto que no, Dulce! —dijo el doctor Duarte—. Figurará con otro nombre en los documentos.

Desde entonces, Expedito siempre fue considerado una mascota, una distracción temporal sin ningún derecho a heredar los bienes de los Coelho. Emília prefería que fuera así. Ella era responsable del cuidado del niño, de sus éxitos y de sus fracasos. En los documentos de adopción, ella aparecía como única tutora. Le dio su apellido, Dos Santos. El apellido de soltera de Emília no tenía raíces distinguidas ni estaba ligado a ninguna herencia de familia. Era usado por tantos habitantes del noreste que resultaba imposible rastrear su procedencia.

De todas maneras, a Emília le preocupaba que alguien descubriera los orígenes de Expedito. Evitaba el estudio del doctor Duarte y su Instituto de Criminología. A medida que su sobrino crecía, ella temía más el ojo medidor de su suegro. En Degas percibía peligros aún más grandes. Le gustaba observar a Expedito cuando gateaba en el suelo de su dormitorio. A veces Degas le daba la mano al niño y se maravillaba de la fuerza con que apretaba. En esos momentos había ternura en la voz de su marido, y su cara se suavizaba en una afectuosa expresión de admiración. Enseguida, como si no quisiera encariñarse demasiado con el niño, Degas se apartaba de Expedito y abandonaba la habitación.

Su marido se daba cuenta de que Emília adoraba a Expedito, y usó esto a su favor. Durante los primeros meses de estancia del bebé en Recife, hizo que su mujer lo acompañara a los almuerzos del Club Británico y que permaneciera junto a él durante los actos realizados por el gobierno. Ella no rechazaba a su marido. Procuraba obedecerle sin mostrar su ansiedad, pues eso revelaría que tenía miedo, lo cual sólo serviría para confirmar las sospechas de Degas acerca de Expedito. En cualquier momento él podía contar a su padre o a doña Dulce que el bebé de la sequía que cuidaba su mujer era realmente su sobrino, y que su hermana era una mujer alta con un brazo lisiado, muy parecida a la Costurera.

Muy a menudo, Degas insistía en que le dijera dónde iba a estar durante los días laborables de la semana. Con frecuencia Emília llevaba a Expedito y a su nodriza al taller. Continuaba organizando grandes donaciones de ropa para los flagelados. Los días en que ella trabajaba, él aparecía a la hora de la comida. Le decía que se quedara en el taller en lugar de regresar a la casa de los Coelho para comer. Luego desaparecía por la puerta lateral de la tienda. A la hora de la cena con el doctor Duarte y doña Dulce, Degas hacía decir a su mujer que habían comido juntos.

Ella lo siguió una vez después de que se escabullera de la tienda. Degas ladeó el sombrero para ocultar su rostro lo más posible. Cruzó los callejones que había detrás de la Rua Nova, atravesó el puente Mauricio de Nassau hacia el infame Barrio Recife. Emília no podía cruzar tras él; sólo hombres y mujeres «de la vida» frecuentaban las posadas y las casas de juego de aquella zona. Fueran cuales fuesen las actividades de su marido al otro lado de ese puente, esconderse en Barrio Recife era, como mínimo, un rasgo de inteligencia. Si algún chismoso lo sorprendía allí, no podría admitirlo por temor a acusarse a sí mismo.

En sus viejas revistas Emília había leído historias sobre mujeres celosas de sus maridos que se volvían vengativas, pero sabía que los celos eran a menudo manifestación de un amor que había perdido el rumbo. Degas y ella nunca habían estado unidos por el amor. Los unían los secretos. La joven creía que ninguno de los dos debería usar los secretos del otro como moneda ni como arma. Ella, más que nadie, sabía lo que significaba amar a la persona equivocada y que la hicieran sentirse avergonzada por ello. Si él le hubiera pedido ayuda, ella se la habría dado. Pero Degas nunca pedía. Él amenazaba. Sabía quién era su hermana y qué significaría revelar lo que él sabía. En un primer momento había amenazado sólo a Emília y ella le había tenido lástima, pues sabía que tales manejos provenían de la desesperación. En cambio ahora amenazaba a Expedito, y eso ella no lo podía tolerar. Cada vez que veía a Degas sentado a la mesa durante el desayuno sentía el impulso de darle patadas en las espinillas. Quería rayarle sus adorados discos de aprender inglés con las agujas de coser, escupir en el bote de fijador del pelo que tenía en el baño.

Comprendió que si continuaba viviendo con Degas sería consumida por la cólera hasta volverse tan amargada y mordaz como doña Dulce. Para librarse de este destino, imaginó un futuro fuera de la casa de los Coelho. Emília había sido siempre una mujer austera, ahorradora. La costura, con sus medidas, sus patrones, sus proporciones, la obligaba a calcular, a hacer números rápidamente. Había desarrollado una mentalidad económica. La habilidad matemática de Emília se trasladó a los libros de contabilidad; ella era quien llevaba las cuentas en el taller. Las ganancias aumentaron. Al principio, Lindalva y ella solamente ganaban lo suficiente como para pagar el alquiler y los sueldos de las costureras. En abril de 1933 los trajes elegantes y los vestidos floreados de Emília y Lindalva eran ya muy solicitados. La tinta que usaba en los libros de contabilidad cambió del rojo al verde. Las dos amigas se repartían las ganancias a partes iguales, pero, como estaba casada, Emília no podía abrir una cuenta bancaria sin el permiso de su marido. Salvaron este obstáculo desviando sus ingresos a través de Lindalva, que metía las ganancias de su socia en una cuenta separada. «Tus ahorros para escapar», los llamaba Lindalva. Emília nunca la corrigió. Y cuando Lindalva insistió en enseñarle a conducir, no se opuso.

Al igual que los Coelho, la baronesa también era dueña de un Chrysler Imperial con grandes faros y guardabarros curvos. Una vez por semana, Emília dejaba a Expedito en el porche con la baronesa y subía al coche. Ponía un pie en el grueso estribo y se sentaba en el asiento del conductor. Lindalva era también una conductora principiante, pero le daba instrucciones a Emília desde el asiento del acompañante y le decía cuándo tenía que pisar el embrague o el freno.

La primera vez solamente iban a recorrer el camino de entrada a la casa de la baronesa, pero aunque era un ejercicio tan fácil a Emília le sudaban las manos. El volante se le volvía resbaladizo. Cuando el motor se puso en marcha, el vehículo tembló. Emília movió la palanca de cambios hasta que cosiguió meter la primera marcha. Soltó el freno. Sus pies apenas llegaban a los pedales: tenía que estirar los dedos del pie para mantener apretado el embrague. Pisó el acelerador. El coche rugió. Sobresaltada, Emília levantó el pie del embrague. El Chrysler se movió, dando sacudidas que le parecieron incontrolables. El motor dio varios estampidos y luego se detuvo. Esto ocurrió seis veces antes de que aprendiera a coordinar el pie derecho con el izquierdo, a retirar uno mientras bajaba lentamente el otro. Cuando lo logró, el coche avanzó con suavidad.

—¡Bravo! —exclamó Lindalva.

Emília dejó escapar una risita tonta. Movió el volante para no salirse del camino de entrada. Mantuvo el pie en el acelerador y el automóvil avanzó aumentando su velocidad. El corazón de Emília latió desenfrenadamente. Iba demasiado rápido. En la siguiente curva, casi rozó uno de los jazmines perfectamente recortados de la baronesa antes de apretar el pedal del freno. El coche chirrió. Lindalva se deslizó hacia delante en su asiento hasta chocar contra el salpicadero. El Chrysler dio unas sacudidas y se detuvo otra vez. Lindalva se rió.

—Excelente trabajo, señora de Coelho —la felicitó. Lindalva volvió a acomodarse en el asiento de cuero y miró a Emília—. ¿Vas al taller mañana?

—Sí —respondió Emília, secándose las manos en su vestido—. Tenemos otra remesa de ropa para los refugiados.

—¿Vas a ir con Degas? —quiso saber Lindalva.

—Sí —confirmó ella—. ¿Por qué?

Lindalva se movió en su asiento.

—He oído ciertos comentarios, cosas.

—¿Qué clase de cosas?

—¡Oh, Emília, precisamente tú deberías saber cuánto se habla en esta ciudad! Y no para decir cosas buenas.

—¿Sobre Degas? —preguntó Emília.

—No —continuó Lindalva—. Sobre ti.

—¿Sobre mí?

—Se dice que tú lo estás encubriendo. Que lo proteges. —Lindalva arrugó sus cejas depiladas—. ¿Sabes adónde va por las tardes?

Asintió con la cabeza.

—A Barrio Recife. Lo seguí una vez, pero sólo hasta el puente.

Lindalva suspiró. Amagó con decir algo, pero luego se detuvo y agarró la mano de Emília.

—Cuando nos conocimos, te prometí hablar con franqueza.

—Entonces hazlo —le pidió.

—Se encuentra con ese piloto..., Chevalier. No es discreto al respecto. Bueno, por lo menos eso es lo que la gente está diciendo. La gente es hipócrita, Emília. Hablan de Degas, pero te condenan a ti por no ponerle freno. No es justo.

Emília asintió con la cabeza. Lindalva la abrazó y bajaron del coche. Después, mientras Emília iba en el tranvía de primera clase con Expedito en su regazo, las palabras de Lindalva revoloteaban en su mente. Degas corría grandes riesgos en sus andanzas cotidianas, pero ella se llevaba la peor parte del chismorreo. Sintió una chispa de furia. Estaba acostumbrada a ser el tema de las conversaciones —se había murmurado sobre ella tanto en Taquaritinga como en Recife—, pero hasta entonces como consecuencia de sus propios actos, no de los de otra persona. Y en ese momento parecía que Degas y la Costurera podrían comportarse como quisieran, mientras que Emília tendría que cargar con las consecuencias de sus actos.

Al día siguiente, cuando su marido le dijo que se quedara en el taller a la hora del almuerzo, ella se negó. Él no discutió; regresaron a la casa de los Coelho, donde comieron junto a doña Dulce y el doctor Duarte. En medio de la comida, Degas sacó el tema de la Costurera. Cuando doña Dulce lo reprendió por ello, pasó a hablar de Expedito.

—El niño está creciendo muy rápidamente —dijo, mirando a Emília a los ojos—. Mi padre podrá medirlo pronto.

Emília dejó caer su tenedor, que golpeó un plato. El ruido recordó a Emília el que hacían, cuando se cerraban, las ratoneras de la tía Sofía, que se negaba a usar veneno, pues le preocupaba que contaminara la comida, de modo que recurría a las trampas de metal y cuando cazaba alguna rata metía la jaula entera en el agua, ahogando al animal dentro.

—No te preocupes por eso —dijo finalmente Emília, con la mirada en su plato—. Creo que descubrirá que es un niño común.

—Estoy de acuerdo —intervino doña Dulce—. «Común» es la definición exacta.

No discutió con su suegra. Al día siguiente permitió que Degas la acompañara al taller y no se opuso cuando él se escabulló y la dejó que almorzara sola en su oficina. Entonces, Emília fijó la vista en sus libros de contabilidad y en los crecientes números de su cuenta bancaria. Expedito y ella ya no estarían allí cuando quisieran medirle el cráneo. Iban a cambiar aquella vida por otra. Se irían al sur, o incluso al extranjero. A cualquier lugar donde no hubiera Coelhos ni cangaceiros.

2

A finales de 1933 la Costurera atacó dos campamentos de las obras de la carretera Transnordeste. Según las informaciones del periódico, los cangaceiros mataron a los ingenieros y quemaron suministros y herramientas. Les habían dicho a los trabajadores —todos hombres reclutados en los campamentos de refugiados— que se fueran con sus familias o se unieran al grupo. Algunos hombres partieron con los cangaceiros; la mayoría regresó al campamento de refugiados más cercano. Los trabajadores que regresaron contaban historias sobre la Costurera. Tenía buena puntería y llevaba el pelo corto, como un hombre. Desde lejos, los trabajadores no podían distinguirla de los demás cangaceiros, hasta que gritaba sus órdenes. Su voz la delataba. Su altura y el brazo lisiado la distinguían de las otras mujeres en el grupo del Halcón. Los trabajadores confirmaron que, efectivamente, había algunas cangaceiras de pelo largo que peleaban al lado de los hombres. Según los trabajadores que escaparon, las mujeres armadas eran las más violentas de todos ellos.

Después del ataque, el presidente Gomes unió el Servicio Nacional de Correos y la Unión General de Telégrafos en un solo departamento del gobierno. Necesitaba que el estado de Pernambuco aumentara el tendido de líneas de telégrafos. Las informaciones que publicaba el *Diario de Pernambuco* decían que las nuevas oficinas de telégrafos facilitarían las comunicaciones a lo largo de la carretera. Los mensajes podían llegar a Recife en unos minutos. Se podían enviar tropas a lugares precisos, en lugar de depender de los informes verbales. Las nuevas estaciones de telégrafos se conectarían con centros de comunicación más grandes ya existentes, como los de Caruaru, Río Branco y Garanhuns. Cuando las nuevas líneas de telégrafos estuvieran instaladas, el gobierno de Gomes iba a enviar telegrafistas, a los que se estaba dando formación en ese momento. Después de la crisis, muchos jóvenes necesitaban trabajo. Para principios de mayo, montones de postes de madera, rollos de cable y cajas de conectores de telégrafo de porcelana y vidrio partieron de Recife hacia el interior. Los suministros viajaban por tren y luego eran cargados en carretas tiradas por bueyes para llegar a pueblos estratégicos en todo el interior.

La Costurera interceptó muchos de estos envíos. Quemaron estaciones de ferrocarril. Atacaron a las tropas gubernamentales. El Halcón envió otra nota a la capital:

> El interior necesita diques y pozos, no máquinas. Si veo otro de esos postes de telégrafos, haré que uno de sus soldados se lo trague entero.

Emília no estaba de acuerdo con la pelea de los cangaceiros contra Gomes y la gran carretera, pero creía que comprendía sus razones. Recordaba el día en que su antiguo patrón, el coronel Pereira, llevó su nuevo automóvil a Taquaritinga. Algunas personas —como ella misma— mostraron entusiasmo por él. Pero la mayoría, incluyendo a la tía Sofía y a Luzia, miró el vehículo con desconfianza. Más tarde, la tía de las muchachas declaró que el diablo se escondía debajo del capó del automóvil. Toda novedad era peligrosa. El cambio inspiraba miedo y a los habitantes de la caatinga no les gustaba tener miedo. En lugar de admitir su temor, se enfadaban. Esto, según Emília, era lo que le pasaba a la Costurera.

Los colaboradores de los cangaceiros, los coiteiros, fueron detenidos e interrogados. Durante la sequía, la mayoría de los coroneles y rancheros habían huido a ciudades como Campina Grande, Recife y Salvador. Todos los terratenientes fueron alentados a jurar su lealtad a Gomes y a su gobierno provisional. Para evitar el espectáculo de la detención, algunos coiteiros aparecieron en la casa de Coelho para hablar con el doctor Duarte. La mayoría de estos hombres usaban botas altas de ranchero y traje sencillo, con chaqueta de lino rústico. Uno por uno, el suegro de Emília los fue recibiendo en su estudio.

A ella no se le permitía participar en esas reuniones. Tampoco podía escuchar a escondidas desde el patio, porque el doctor Duarte cerraba meticulosamente todas las puertas de su despacho. Los interrogatorios de ciertos coiteiros fueron dados a conocer, pero los nombres de aquellos que se presentaron en la casa de los Coelho fueron mantenidos estrictamente alejados de los periódicos; todos sabían que el Halcón y la Costurera leían el *Diario*. Una vez que la sequía terminara, aquellos coroneles y rancheros que se habían reunido con el doctor Duarte iban a regresar al campo. Emília sabía que, como ex coiteiros, tratarían de hacer que los cangaceiros se acercaran a ellos. De esa manera intentarían atraparlos.

Desde la adopción de Expedito, Emília llevaba al niño a tantas reuniones sociales como podía. Ella vestía sus conjuntos más audaces, chaquetas ajustadas, algún vestido con un revelador escote, unos pantalones de marinero. Quería que su foto saliera en la sección de sociedad. En todas las fotografías tenía a Expedito en brazos o sentado en su regazo. No posaba para las fotografías sin él. Unas semanas antes de que alguno de sus envíos de caridad fuera a ser enviado, Emília mencionaba el tema en la sección de sociedad. Se aseguraba de que los periodistas incluyeran el nombre y el destino del tren en sus entusiastas artículos sobre los envíos. Cuando las noticias de estas remesas de ropa aparecían en la sección de sociedad, los trenes nunca eran atacados. Emília tuvo la sensación de que la Costurera la estaba escuchando.

Después de que los coiteiros empezaran a reunirse con el doctor Duarte, Emília se dejó ver en varias reuniones sociales. Se encontraba con los periodistas de la sección de sociedad y los cogía del brazo. Se mantenía muda en lo que atañía a los temas nacionales, pero daba sus opiniones sobre los internacionales, como el boicot a las empresas judías en Alemania.

—¡Odiaría vivir allí! —declaró, sabiendo que si hacía que su voz sonara alta y sus palabras audaces, seguramente las publicarían—. ¡Imaginen un lugar donde no se puede distinguir a los amigos de los enemigos! Donde a aquellos que alguna vez lo apoyaron a uno ya no se les permite seguir haciéndolo.

Esperaba que la Costurera prestara atención a sus advertencias. Emília se había transformado en una mujer de ciudad, pero seguía conservando un persistente orgullo de hija de la caatinga que le hacía odiar las trampas. Usar a los coiteiros para atrapar a los cangaceiros era una manera deshonesta de pelear. Por la noche, en su cama, Emília no podía dormir preguntándose si sus advertencias no causarían más daño que beneficios. ¿Esos coiteiros traidores no iban a salvar vidas inocentes? La Costurera estaba matando a trabajadores de la carretera e ingenieros. Pero la cangaceira también les había permitido a esos hombres elegir entre dejar de trabajar y pelear. Si decidían pelear, ¿no era esto su propia responsabilidad y no culpa de la Costurera? Emília dejó a un lado sus dudas y continuó saliendo en los periódicos.

Las palabras de Emília eran publicadas con regularidad, porque las opiniones políticas de las mujeres se habían convertido en un material de lectura muy solicitado. Todas las mañanas, el doctor Duarte apenas conseguía ahogar sus risitas al leer en el *Diario* la sección «¿Qué hay en la mente de las mujeres que votan?». Emília odiaba los comentarios que se hacían en ella. «¿Puede alguien imaginar los debates de las mujeres para escoger un candidato? —escribía un periodista—. ¿Quién es más apuesto? ¿Quién lleva el mejor bigote? ¡Cuando lleguen las elecciones, preferiría estar encerrado en el hospital psiquiátrico Tamarineira antes que quedarme encerrado en la sala de votación!».

Emília estaba entusiasmada por el hecho de votar hasta que leyó la lista de candidatos. Todos eran miembros del Partido Verde. Las elecciones estaban programadas para el 15 de mayo de 1933 y, aunque Gomes había prometido elecciones presidenciales, los brasileños solamente podrían elegir representantes en la Primera Asamblea Nacional. Estos representantes serían los encargados de elegir al próximo presidente. El presidente no saldría por votación directa. Dado que el Partido Verde iba a ganar las elecciones, los representantes elegidos seguramente iban a elegir a Celestino Gomes. No había ningún otro candidato a la presidencia.

Antes del día de las elecciones hubo desfiles y mítines del Partido Verde. Filas de escolares uniformadas —con prietas trenzas atadas con cintas verdes— desfilaron en ordenadas filas llevando pancartas con el lema «Votantes femeninas del mañana». Las tiendas de Recife anunciaron liquidaciones especiales, con rebajas para las votantes registradas. La administración recuperó edificios abandonados y los convirtió en colegios electorales, que disponían de áreas cerradas con cortinas para que los votantes emitieran su voto secreto.

El día de las elecciones, Emília llevaba una ajustada falda sirena y una blusa cuidadosamente planchada. En la cabeza llevaba el fez que Lindalva le había traído de Europa. El sombrero estaba hecho de tela marrón prensada; doña Dulce sacudió la cabeza cuando lo vio. El doctor Duarte había ordenado al resto de los Coelho que se pusieran «elegantes» el día de las elecciones, porque iba a haber fotógrafos en el principal centro de votación, cerca del teatro Santa Isabel. A pesar de los requisitos de la ley electoral, que exigía a las votantes saber leer y escribir, el presidente Gomes hizo hincapié en la idea del voto popular, de modo que los Coelho no podían llegar al centro de votación en su Chrysler Imperial. Quedaría poco «popular». Ellos, al igual que otras familias del Partido Verde, fueron animados a desplazarse a pie para ir a votar. El doctor Duarte ordenó a Degas que aparcara el coche frente al taller de Emília. Desde allí, los Coelho se dirigirían dando un paseo, codo con codo, al centro de votación.

Cuando bajaron del automóvil, Degas y su padre permanecieron cerca de la puerta del taller. Doña Dulce se cruzó de brazos y golpeó el suelo con el pie. Emília también estaba impaciente por votar y regresar a su casa; no le gustaba dejar solos a Expedito y a su nodriza con las criadas de los Coelho.

El taller estaba cerrado, pues a las costureras se les había dado el día libre. El doctor Duarte recorrió el perímetro del edificio. Degas siguió a su padre mientras señalaba con el dedo el taller hablando en voz baja. Emília no podía distinguir sus palabras. Se alejó del vehículo para escuchar mejor a su marido. Antes de que hubiera avanzado ni un metro, doña Dulce la cogió del brazo.

—Déjalos tranquilos —dijo su suegra—. Tú ya recibes demasiada atención de su padre.

Cuando Degas dijo algo que ella no pudo oír, el doctor Duarte se volvió hacia él. Sus ojos se abrieron, como si su hijo lo hubiera sorprendido. Le dio una palmada a su hijo en la espalda.

—¡Brillante! —proclamó.

Degas se ruborizó. El doctor Duarte cogió a su hijo por los hombros.

—Ya lo ves —dijo con voz fuerte y entusiasmada—. Has ejercitado la disciplina en estos años, Degas, y ha valido la pena. ¡Eso ha reforzado tu mente!

El doctor Duarte se dirigió hacia doña Dulce y Emília.

—¡Vamos! —dijo, empujando a Degas hacia delante—. Después estudiaremos los detalles. No podemos llegar tarde a la votación.

El doctor Duarte cogió de la mano a su esposa. Degas enlazó su brazo con el de Emília.

—¿Qué ha ocurrido? —quiso saber ella.

Degas no la miró a los ojos. Caminaba rápidamente, tratando de alcanzar a sus padres. La calle estaba llena de gente. Los vendedores ambulantes se dirigían a una multitud de votantes bien vestidos. Se vendían abanicos de papel y banderas verdes. Los puestos de bebidas despachaban zumo de caña de azúcar para proporcionar «energía electoral» a los votantes. A lo lejos, los tambores sonaban ferozmente y las trompetas seguían su ritmo acelerado tocando el himno nacional.

—Le he dado una idea —respondió finalmente Degas.

Emília tropezó con un adoquín. Uno de sus zapatos —de tacón alto con punteras abiertas, cual doña Dulce lo consideraba antihigiénico— se torció. Su tobillo se dobló de manera antinatural. Sintió un fuerte dolor. Se tambaleó y Degas la sostuvo. Le puso un brazo alrededor de la cintura y ella se apoyó en él, su pecho contra el de él. Un transeúnte silbó, como si los hubiera sorprendido en un abrazo ilícito. Degas se apartó de inmediato, lo que provocó que ella se apoyara con fuerza en su pie lesionado. Emília hizo una mueca de dolor. Delante de ellos, el doctor Duarte y doña Dulce desaparecieron en la multitud.

—Mi padre te lo vendará —dijo Degas mirándole el tobillo—. Después de votar.

—Sigue sin mí —replicó Emília—. Mi voto no es importante. Es sólo para mantener las apariencias.

—¡Ahora no quieres votar! —dijo Degas riéndose—. Ese niño te ha convertido en una mujer diferente.

—No tiene nada que ver con él.

—Tus prioridades han cambiado —continuó Degas, con el brazo todavía alrededor de la cintura de ella—. Lo comprendo.

Emília miró a su marido a los ojos. Las mejillas de él estaban rojas.

—¿Cuál ha sido tu idea, antes en el taller? —preguntó Emília.

Degas suspiró.

—Se la he contado primero a mi padre —explicó—. Sabía que lo comprenderías.

Emília respiró profundamente. El tobillo le latía.

—Están buscando un medio mejor para enviar ciertos suministros al interior —continuó Degas—. Para que no sean atacados y robados.

—¿Qué clases de suministros? —quiso saber Emília.

—Armas de fuego. Balas. Cosas que no deberían caer en manos de los cangaceiros.

—¿Y qué más?

—La Costurera no asalta tus envíos de caridad —respondió Degas—. Tú apareces en los periódicos, anuncias el destino y los artículos que van en ese tren llegan siempre sanos y salvos.

—Esos trenes llevan provisiones para ayudar a los necesitados —explicó Emília—. Los cangaceiros lo saben. Respetan la caridad.

—Precisamente. Eso es lo que le he dicho a mi padre.

—¿Por qué?

—Los usaremos en nuestro beneficio —informó Degas—. Esconderemos las armas en tus ropas de caridad. Llegarán a los campamentos y serán distribuidas a los soldados. Si los soldados consiguen armas nuevas, los cangaceiros no durarán mucho.

Emília le soltó el brazo. Se mantuvo erguida, sin apoyo. Un dolor punzante le subió desde la pierna. Se le había inflamado el tobillo, la piel estaba hinchada sobre un lado de su zapato.

—No vamos a realizar más envíos —dijo—. Lindalva y yo lo hemos decidido. Ya hemos enviado bastante.

—Si esta idea funciona, Emília, me llevaré todo el mérito. ¿Comprendes? La gente va a creer que tengo capacidad de organización. Olvidarán... todo lo demás.

—Quieres utilizarme. Como siempre.

—No. Quiero tu ayuda.

—¿Y si no lo hago?

Los grupos de votantes empujaron a Emília y Degas, impacientes porque parados en medio les dificultaban el paso. Degas la envolvió con su brazo por la cintura y la levantó bruscamente. Ella cojeó y se apartó de la fila apoyándose en su marido.

—¡Nada es fácil contigo! —susurró Degas, soltando a Emília. Cerró los ojos y se frotó la cara con las manos—. Tú... Todos me convierten en alguien que no quiero ser. Me gusta ese niño. Me dolería contarle a mi padre quién es. No quiero hacer eso.

—Entonces no lo hagas —replicó Emília.

—No soy un malvado, Emília —continuó él—. Ella sí lo es. Es una criminal. Ha matado a muchas personas. No olvides eso.

—No lo olvido nunca —confirmó su mujer—. No castigues a Expedito por eso.

—Él estará más seguro cuando la detengan a ella —aseguró Degas—. Cuando él crezca, si su cráneo es deforme, ¿quién lo protegerá? Cuanto más me respete mi padre, más posibilidades tiene ese niño. ¿Crees acaso que mi padre y mi madre enviarán a un niño de la sequía a una escuela decente? Bien sabes que no. Sabes que ellos esperan que sea jardinero o que realice algún tipo de tarea en la casa. Si este plan de los envíos funciona, mi padre me dará parte del negocio. Podremos permitirnos tener nuestra propia casa. Podré tener intimidad. Tú podrás darle a ese muchacho lo que necesite. Podemos dejarle un legado.

En la distancia, la banda dejó de tocar. Emília escuchó gritos de entusiasmo; la votación había comenzado. Experimentó los mismos sentimientos que había tenido unos cuantos años atrás, hacía ya varios carnavales, cuando Degas le puso el pañuelo mojado con éter sobre la nariz y la boca. Se sentía mareada, confundida, no muy segura acerca de las palabras que había escuchado. Lo único que sabía era que tenía que tomar una decisión: condenar a su hermana o condenar a Expedito.

—Su cráneo es normal —dijo ella—. No puedes demostrar nada.

—No —replicó Degas—. No puedo. Pero el doctor Eronildes sí puede. Ese doctor no ha sido detenido porque está trabajando en los campamentos. En cuanto termine la sequía, mi padre lo presionará para que hable. Ya sabes lo persuasivo que es mi padre. Si el doctor Eronildes es frágil, se vendrá abajo y tendremos que defender al niño nosotros solos. Cuanto más persigamos a la Costurera ahora, menos problemas tendremos después.

Degas volvió su mirada hacia la calle.

—Esto no habría ocurrido si hubieras dejado al niño. No tenías ninguna obligación con él. Recogiéndolo abriste la puerta a los problemas.

—¿Y tú? ¿A qué le estás abriendo la puerta? —replicó Emília—. Sé por qué cruzas ese puente todos los días.

Degas la miró con los ojos muy abiertos. Se apoyó sobre la vidriera de la tienda.

—Lo siento, Emília, pero ya no hay posibilidad de vuelta atrás. Mi padre está entusiasmado. Harás otro envío, lo quieras o no. Todos estamos obligados a hacer cosas que no nos gustan.

Caminaron lentamente hacia el colegio electoral. A Emília le dolía el tobillo, en el pie la sangre golpeaba debajo de la piel. Cada vez que se tambaleaba, Degas le ofrecía un apoyo, pero ella rechazaba su ayuda, apartándole las manos. El local de votación estaba lleno de funcionarios públicos, de periodistas y de la mayor parte de las votantes femeninas de Recife.

—¡Primero las damas! —El gobernador Higino era un caballero. La gente allí reunida se rió y lanzó gritos de alegría. Emília cojeó hacia las cabinas de votación cerradas con cortinas. En el centro de la habitación había una urna de acero donde se depositaban las papeletas. En las cabinas de votación había un montón de papeletas y un recipiente con lápices. Emília tocó la punta perfectamente afilada de uno de ellos. Cuando hacía diseños de vestidos le gustaba que sus lapiceros estuvieran así. De este modo se podían dibujar líneas bonitas, cuidadosas. Si cometía un error, siempre podía borrarlo. Las papeletas, pensó, no deberían rellenarse a lápiz; el gobierno debería facilitar sellos o plumas de tinta. Pero en una elección sin competencia no habría nada en las papeletas que valiera la pena borrar. Emília cerró la cortina de su cabina. No había seguido el ejemplo de Lindalva y se había registrado para votar a pesar de los limitados candidatos para esas elecciones. En ese momento lo lamentó. Deseó haberse quedado en la casa de la baronesa, como forma de protesta. Miró atentamente la papeleta y sus candidatos: todos hombres de Gomes. Emília marcó las casillas al azar, consciente de que su elección no importaba.

<h1 style="text-align:center">3</h1>

En julio de 1933 la recién elegida Primera Asamblea Nacional nombró a Celestino Gomes para que cumpliera otro mandato como presidente de la república. Durante muchas semanas después del nombramiento, los soldados destinados en el noreste se quejaron de la interminable sequía y de las incursiones del Halcón y la Costurera.

—Los cangaceiros tienen comida y mujeres —le dijo un soldado a un periodista del *Diario*—. ¡Esas muchachas, las cangaceiras, son tan jóvenes, son como pequeños corderos! Cuando encontramos sus campamentos abandonados, juro que pude olfatear a las muchachas que estuvieron allí. Nosotros, los soldados, lo único que tenemos son estómagos vacíos, ropa rota y sueldos atrasados. Somos como animales abandonados por la fortuna.

El doctor Duarte contestó los informes acerca del predominio de los cangaceiros insistiendo en que el gobierno no debía abandonar los territorios interiores; eso solamente dejaría el campo libre a los cangaceiros para ganarse los corazones de los habitantes. Los trabajos para construir la carretera, las estaciones de telégrafos, las nuevas escuelas y los esfuerzos caritativos privados —como los envíos de ropa de Emília— demostraban a la gente del interior que la capital no los había olvidado durante la sequía.

Emília y sus costureras continuaron haciendo ropa para las víctimas de la sequía. Una vez al mes, un equipo de personal de mudanzas cargaba los cajones con ropa y los llevaba a un almacén del gobierno. Emília insistió en acompañar a Degas y al doctor Duarte a ese depósito secreto. Allí observó cómo los trabajadores volvían a envolver sus envíos de caridad. Y además metían armas de fuego y municiones entre las mantas, los pantalones, las faldas y la ropa para bebés. Había nuevos rifles Winchester, una remesa alemana de pistolas Máuser y varias Browning, todo ello para reemplazar los antiguos y destartalados rifles de los soldados.

Dado que el cargamento llevaba el nombre de Emília, no fue atacado. Una semana antes de que el primer envío de armas saliera de Recife en un tren del Ferrocarril Gran Oeste, Emília apareció en la sección de sociedad de los periódicos anunciando el envío del convoy de ayuda a los refugiados. La joven había dejado de buscar la atención de los reporteros, pero en las reuniones sociales era Degas quien arrastraba a los periodistas hacia ella. Con un tono de voz lo menos entusiasta posible, Emília les habló sobre su trabajo de caridad. No sonreía en las fotografías y había dejado de llevar a Expedito a esas reuniones, con la esperanza de que su ausencia produjera alguna sospecha en la mente de la Costurera.

Expedito aprendió a caminar con pasos firmes, plantando sus pies diminutos en el suelo. Trataba de coger a las tortugas. Agarraba los bordes de sus caparazones y alzaba a los animales para tenerlos en sus brazos. Le gustaba deslizarse en la cocina y esconderse en la despensa. Al principio, las criadas de Coelho gritaban asustadas cuando lo encontraban allí, en la oscuridad, con sus grandes ojos brillantes. Poco a poco, se fueron acostumbrando a su presencia. Llegaron a quererlo. Cuando doña Dulce no estaba mirando, las criadas le daban a Expedito trozos de pastel o cucharadas de mermelada. Al principio lo llamaban «el niño de la señorita Emília», pero pronto el doctor Duarte le dio un apodo con el que se quedó.

—¿De dónde ha sacado tanta seriedad? —se reía el doctor Duarte—. Parece un coronel. ¡Siempre espero que se ponga una pipa en la boca y denuncie al gobierno!

Después de eso, todos lo llamaron «Coronel». Todos menos doña Dulce. Ella tenía sus propios nombres para Expedito. Lo llamaba «pequeño bárbaro» y «terror». Dejaba las marcas de sus dedos en las mesas barnizadas y en las vitrinas. Sin que nadie lo viera, sacaba el relleno de los almohadones que ella usaba y lo escondía en el patio.

Era tranquilo, pero no tímido. Cuando las visitas lo acariciaban o le pellizcaban las mejillas, él las miraba con gesto serio y se alejaba para ir junto a Emília. «¡Qué dulce!», solían decir las visitas, incómodas. «Es tímido». Pero no era timidez. Expedito nunca se escondía detrás de Emília. Nunca buscaba protección entre sus faldas. Se quedaba al lado de ella, agarrándole los dedos con fuerza con su mano pequeña.

El doctor Duarte admiraba el valor del pequeño, su firmeza silenciosa. Todas las semanas, llevaba al Coronel a la feria de pájaros de Madalena y se reía cuando Expedito metía los dedos entre los barrotes de las jaulas o les daba rodajas de plátano directamente en el pico a los loros. Emília estaba constantemente preocupada. Temía que las aves de la feria le picaran las manos al niño, o que las tortugas trataran de morderle los dedos.

Sus ojos eran de color castaño oscuro, con vetas verdes. Su mandíbula era recta y firme. Rara vez sonreía. Incluso cuando el doctor Duarte le daba un muñeco de trapo o un avión de juguete, Expedito permanecía serio. Sólo cuando Emília gritaba al tocar las tortugas que él ponía en su regazo, o cuando ella le hacía cosquillas antes de acostarse, Expedito sonreía. Esas sonrisas —tan dulces y tan poco frecuentes— eran como obsequios. Como secretos compartidos entre ellos.

El primer envío de armas no produjo ningún resultado. Pero después del segundo, los Coelho recibieron una llamada telefónica, muy tarde, por la noche. Emília oyó el sonido del teléfono a lo lejos, pero no se despertó hasta que escuchó al doctor Duarte en el pasillo golpeando la puerta del dormitorio de Degas.

—¡Despierta! —gritaba su suegro.

Expedito se agitó en su cuna. Emília se levantó rápidamente y abrió la puerta. Su suegro se paseaba por el pasillo, con el pelo blanco despeinado, la camisa por fuera del pantalón. Cuando Degas finalmente abrió la puerta, el doctor Duarte entró apresuradamente.

—Vístete —ordenó jadeando—. Llévame al Instituto de Criminología.

—¿Por qué? —preguntó Degas.

Su padre agitó los brazos.

—No confío en mi visión nocturna, y estoy demasiado nervioso como para prestar atención a las señales de tráfico.

—¿Por qué tanta urgencia? —insistió Degas.

—¡Por un espécimen, por supuesto! —respondió el doctor Duarte—. Hubo una escaramuza, un ataque a la carretera. Los soldados ganaron y me han traído uno.

—¿Un qué?

—¡Un espécimen! ¡Una cangaceira! —gritó el doctor Duarte.

Emília se aferró al pomo de la puerta. Sus rodillas se doblaron y se sintió como los muñecos de cuerda y madera de Expedito, cuyas piernas se soltaban al apretar un botón. Detrás de ella, escuchó al niño, que se movía en su cuna. En el pasillo oyó el ruido distante de una cafetera.

—Tu madre está haciendo café —informó el doctor Duarte—. Apresúrate y vamos.

Degas miró al otro lado del pasillo apenas iluminado. Vio a Emília.

—¿Un espécimen vivo? —preguntó, volviéndose hacia su padre.

El doctor Duarte negó con la cabeza.

—Les rogué a los capitanes que me consigan uno vivo, pero es inútil. ¿Crees que prestan atención a mis telegramas? Ellos están medio locos de hambre y envidia. Me han enviado una cabeza. Por lo menos han tenido el buen criterio de mantenerla en una lata de formol, de otra manera sería irreconocible.

—¿De quién es? —quiso saber Degas, mirando a Emília otra vez.

—¡No lo sé! Por eso tengo prisa.

Siguió la mirada de su hijo y volvió la cabeza hacia atrás, hacia Emília. Al verla, su suegro sonrió.

—Lamento haberte despertado —se disculpó—. Asuntos de negocios.

Ella apretó con tanta fuerza el pomo que se le agarrotó la mano. Sabía que tenía que devolverle una sonrisa, tenía que aceptar la disculpa de su suegro y asegurar que no la había molestado, pero Emília sintió que tenía la cara rígida, que era incapaz de abrir la boca. Sólo sus manos parecían funcionar; cerró de golpe la puerta del dormitorio.

Escuchó que el portón de entrada chirriaba al abrirse y el ruido del motor del Chrysler. Su estómago estaba hecho un nudo, contraído. Quería un vaso de agua o una infusión de manzanilla, pero no quería encontrarse cara a cara con doña Dulce en la cocina. Se quedó en su habitación, mirando a Expedito en su cuna. Durante unos minutos el niño le devolvió la mirada; luego se quedó dormido otra vez.

Unas horas más tarde Emília oyó que el coche regresaba. Abandonó su habitación y esperó en el pasillo oscuro. Degas subió las escaleras. Cuando vio a Emília con su camisón blanco, se sobresaltó.

—¡Oh! —exclamó—. Me has dado un susto.

La boca de Emília estaba seca. Si hablaba, haría sólo una pregunta, y estaba asustada por la posible contestación de Degas. Temerosa, también, de lo que sus manos podrían hacerle a él en respuesta. Degas negó con la cabeza.

—No era ella —dijo.

Emília cerró los ojos.

—¿Cómo lo sabes?

—Los soldados enviaron una nota. Y la cabeza era demasiado pequeña. Ninguna de sus características coincide con la fotografía.

—¿Quién era entonces?

—No lo sé. Una joven. Una de las esposas de los cangaceiros.

Emília se cubrió la cara con las manos. Estaba aliviada, pero también perturbada. Imaginó a la niña sirena, para siempre atrapada en un frasco de cristal. Las armas que habían matado a esa joven cangaceira eran las mismas que ella había permitido que pusieran en sus envíos de caridad. Degas le acarició el brazo tímidamente.

—Ellos mismos lo provocan, Emília. No es mi culpa. Ni tampoco la tuya.

Emília regresó a su habitación. Allí, levantó a Expedito de su cuna y lo llevó a su cama. Observó sus puños diminutos y apretados, sus pestañas largas, sus pies rollizos.

Habría más envíos de armas escondidas en los pliegues de la ropa de Emília, y después, más especímenes enviados a la costa. Emília iba a tener que asomarse a ese pasillo oscuro una y otra vez, esperando que Degas le dijera si el doctor Duarte había recibido su espécimen más deseado. Sintió dolor en el pecho. Su garganta estaba tensa. ¡Odiaba a esa Costurera! ¿Por qué aquella mujer no prestaba atención a sus advertencias? ¿Por qué no abandonaba la lucha y desaparecía en la caatinga? En cambio, la Costurera peleaba, saliendo siempre en los periódicos y haciendo que el secreto de Emília fuera más y más peligroso. Si no tenía cuidado o si Degas decidía abrir la boca, Expedito mismo podría convertirse en un espécimen. Pero si detenían a la Costurera, entonces la gente del gobierno podría terminar la carretera, las informaciones periodísticas disminuirían y los cangaceiros serían olvidados. Sería mejor para todos ellos que la Costurera muriese.

Emília se cubrió los ojos. Trató de respirar por la boca, para acallar los sonidos de su nariz taponada. A pesar de sus esfuerzos por no hacer ruido, Expedito se despertó. La miró con la expresión que los niños adoptan cuando ven a un adulto llorando..., una mezcla de confusión, preocupación y reproche. En ese momento, Emília recordó a Luzia mirándola desde el otro lado de la Singer a pedal, castigándola por pasarle notas al profesor Celio. Puso su mano en la cara de Expedito.

La Costurera era una criminal, pero en algún lugar dentro de esa mujer estaba Luzia. Y Luzia le había enviado a este niño, el obsequio más grande que Emília hubiera recibido jamás. Su hermana le había confiado a ella no sólo la vida de Expedito, sino también sus recuerdos. Emília le daría forma a la imagen de su verdadera madre. Y la manera en que ella la recordaba no era como un cangaceira, sino como Luzia: alta, de pelo largo, orgullosa. Bailando sola, con torpeza, en su dormitorio de la infancia. Dándoles de comer a las gallinas en el patio de la tía Sofía. Rezando frente a su altar de santos.

Emília no podía impedir que se siguieran escondiendo armas en sus envíos de caridad, pero podía continuar con sus sutiles advertencias. Enviaría mensajes todavía más claros, si tenía la oportunidad. Si no trataba de advertir a su hermana, entonces estaría ayudando al doctor Duarte a conseguir su espécimen. Y cuando llegara el momento de hablarle a Expedito acerca de la muerte de su madre, ¿cómo podría Emília mirarlo a los ojos? ¿Cómo le iba a explicar que ella había ayudado a condenar a Luzia?

Capítulo

12

LUZIA

Caatinga, tierras áridas, Pernambuco
Agosto de 1933-noviembre de 1934

1

Los cuellos eran como las ramas de los árboles de la caatinga: delgados, pero duros. Había tendones, músculos, vértebras y otras estructuras fuertes que hacían difícil el corte. También había diferencias entre individuos. Algunos cuellos eran más gruesos que otros. Luzia también evaluaba a los hombres por su cuello. Éste sería difícil de cortar; aquél, fácil. Estos pensamientos le llegaban de manera tan natural que al principio la asustaban, y tuvo que concentrarse en el hecho de que si los soldados de Gomes la detenían le cortarían la cabeza. Es más, sería peor: la deshonrarían primero. Y serían recompensados por sus esfuerzos. Gomes le había puesto un alto precio a la cabeza de la Costurera. El gobernador Higino también dio un incentivo a los soldados. Cualquier hombre que detuviera a un cangaceiro o cangaceira podía quedarse con todo lo que se encontrara en sus cuerpos. Luzia encontró una carta de agradecimiento publicada en el *Diario de Pernambuco*. Era de un soldado que había matado no hacía mucho a uno de sus hombres.

«Obtuve muchos collares y anillos de oro para mi esposa e hijas —escribía el soldado—. ¡Gracias a Dios y a Gomes, encontré dinero suficiente en el macuto del ladrón como para arreglar la casa de mi madre!».

Debido a esto, Luzia puso en vigor una nueva regla en el grupo: a cualquier soldado que fuera capturado, incluso si estaba muerto, se le cortaría la cabeza y se le retirarían sus pertenencias.

—Gomes no pueden darnos órdenes —decía Luzia a sus cangaceiros después de cada ataque—. Somos nuestros propios amos.

Por la noche, cuando no podía dormir, recordaba las bulandeiras, los molinos de algodón, que antes de la sequía trabajaban a un ritmo vertiginoso, cada uno de ellos movido por dos mulas fuertes. Los animales eran enganchados a la rueda del molino y se movían en grandes círculos, haciendo dar vueltas y más vueltas a la rueda. Al final del día, las mulas no podían detener su marcha circular. Estaban aturdidas por el constante girar de la rueda, por el movimiento del molino, y se resistían cuando los trabajadores trataban de soltarlas. Las mulas se habían convertido en sus propios amos. Atrapadas por su propia necesidad de seguir dando vueltas, trabajaban hasta caer muertas.

Luzia comprendía a esos animales. Los ataques a las obras de la carretera provocaban más artículos en los periódicos, lo cual, a su vez, subía el precio de las cabezas de los cangaceiros, y esto hacía que se enviaran más soldados a las tierras áridas, lo que indignaba a los cangaceiros, provocando nuevos ataques. La Costurera y sus cangaceiros estaban atrapados en un gran círculo que ellos mismos habían creado, e iban a seguir empujando hasta la muerte.

Cada cabeza de cangaceiro que los soldados de Gomes cortaban pertenecía supuestamente al Halcón o a la Costurera. Hasta que las cabezas llegaban a Recife metidas en latas de formol y los científicos declaraban que los especímenes pertenecían a otros cangaceiros desconocidos. O hasta que Luzia enviaba un telegrama a la capital después de un ataque fallido a la carretera o a un campamento de refugiados y daba pruebas de su existencia. Los telegramas estaban firmados por el «capitán Antonio Teixeira y esposa». Cada vez que los funcionarios trataban de confirmar quién había enviado los mensajes, no podían hacerlo. Las estaciones de telégrafos habían sido quemadas con los telegrafistas dentro.

En esas estaciones de telégrafos, en los puestos de construcción de la carretera y en los trenes que los cangaceiros saqueaban, Luzia encontraba periódicos. El más reciente titular del *Diario* decía:

¡Capturado!
¡Por fin ha sido detenido el Halcón!

Luzia encontró una fotografía en la segunda página, con una advertencia arriba que sugería que las damas no miraran. Había una caja de municiones de madera y alrededor de ella una pila de sombreros de media luna y morrales bordados. Sobre la caja, cuidadosamente alineadas, estaban las cabezas. El pelo alborotado y largo. Sus caras parecían más gordas, las mandíbulas flojas y sin cuellos que las sostuvieran. Las bocas quedaron abiertas y los ojos cerrados, como si estuvieran profundamente dormidos. Sólo los ojos de Orejita estaban parcialmente abiertos, como si hubiera parpadeado mientras le sacaban la fotografía. Los cráneos habían sido llevados a Recife, decía el diario, al Instituto de Criminología, donde serían medidos y estudiados. Orejita había fingido ser el Halcón y había pagado por su farsa. Luzia recortó la fotografía y la puso en su morral para usarla más adelante. Iba a tener que demostrarles a los científicos de cráneos y a Gomes que estaban equivocados. El Halcón no estaba muerto, y tampoco la Costurera.

En el puesto de construcción de la carretera instalado cerca de Río Branco, los trabajadores estaban divididos en tres equipos: uno para talar árboles y cactus, otro para arrastrar los troncos y el tercero para preparar y aviar la tierra. Los bueyes arrastraban los carros sobre la tierra aplanada, mientras sus pezuñas aplastaban las piedras, dejándola todavía más plana. Cada vez que veía la tierra así arrasada, Luzia sentía pesadez en su estómago. Tenía la sensación de que aquellos árboles derribados, aquellas piedras, aquellas puntiagudas hojas de agave arrancadas, se metían en ella, cargándola con la culpa de su destrucción. Comprendía el amor de Antonio por aquel monte bajo. Las aves, las arenas, las rocas, los cactus y los manantiales secretos no recurrían a la Costurera en busca de orientación o liderazgo. La caatinga no le pedía nada a Luzia. Y Gomes, con su carretera, quería apoderarse precisamente de aquello que era su único consuelo.

Cerca de las obras, había hileras de tiendas para los trabajadores. El recinto se parecía a los campamentos de refugiados de Gomes, salvo que no había niños ni mujeres. Para proteger el puesto de construcción de la carretera había una jauría de perros flacos encadenados a unos matorrales. Los animales olfateaban el aire. Luzia y su grupo estaban agachados en la dirección del viento, de modo que la brisa no iba a llevar su olor a los perros. La capitana observó el campamento con los viejos prismáticos de Antonio. Cerca de ella, Ponta Fina miraba con atención a través de un catalejo alemán que le había quitado a un ingeniero de la carretera unos meses antes. Detrás de ellos, los otros cangaceiros esperaban.

Nubes de polvo se levantaban donde estaban trabajando. Los obreros de la carretera estaban cubiertos con esa tierra, que hacía que su piel pareciese gris y opaca, como de piedra. Al anochecer, un capataz interrumpía el trabajo de la carretera con un silbato. Los bueyes eran liberados de sus ataduras y bebían agua de recipientes poco profundos. Los hombres regresaban lentamente a sus tiendas. En lugar de llevar palas o azadas, algunos trabajadores llevaban pistola. Los nuevos soldados de Gomes no eran despistados niños de ciudad poco acostumbrados al calor y la vegetación de las tierras áridas. Estos nuevos soldados eran antiguos habitantes de la región que sabían cómo pelear y cómo esconderse en la caatinga. En lugar de llevar los uniformes verdes, que eran tan fácilmente descubiertos entre la maleza seca, los soldados ex flagelados estaban vestidos como los trabajadores de la carretera.

Luzia y sus cangaceiros también usaban uniformes más discretos, pero no por elección propia. Durante la sequía, habían entregado sus máquinas de coser a cambio de comida. No tenían la energía suficiente para llevar semejantes bultos y no tenían tiempo para el bordado. Sus uniformes estaban sucios y desgastados. Las aplicaciones y los finos pespuntes se habían desteñido. Las joyas estaban abolladas y opacas. Los medallones de oro de los santos de los cangaceiros eran sagrados, y no podían ser canjeados ni vendidos. Los anillos, los relojes y otras joyas que habían robado a lo largo de los años eran considerados inútiles durante la sequía. La gente de la caatinga quería cosas útiles como cuchillos, sombreros, zapatos y máquinas de coser. Solamente los soldados de Gomes codiciaban las joyas de los cangaceiros.

Su aspecto humilde no importaba, les decía Luzia a sus hombres. El cangaço no tenía que ver con ropa fina y calzado brillante. A menudo escuchaba la voz de Antonio —suave y confiada— en su oído, y ella repetía todas las cosas que él le había dicho. El cangaço tenía que ver con la libertad. Tenía que ver con la dignidad. La carretera era como una cerca, como un corral gigantesco que la ciudad y Gomes iban a usar para esclavizarlos. Ellos eran cangaceiros, no ganado.

Éste era el tipo de cosas que Luzia le decía a su grupo antes de un ataque, aunque sabía que tales discursos no eran necesarios; sus hombres y mujeres atacarían sin motivación ni persuasión especial. Querían pelear, y ella también.

Cuando miraba a aquellos trabajadores de la gran carretera y a aquellos soldados mal disimulados, a Luzia le picaban los dedos. Sentía ruidos en sus oídos. Su pulso se aceleraba.

Antes de los primeros ataques, fortalecía su ánimo pensando en la muerte de Antonio y en la ausencia de su hijo. Pensaba en Gomes. Pensaba en la gente de ciudad, que se consideraba civilizada y correcta pero se regodeaba con las informaciones sangrientas del *Diario*. Los cangaceiros que cortaban las cabezas de los soldados eran llamados bestias, pero los soldados que cortaban las cabezas de los cangaceiros eran considerados patriotas y científicos. Entonces, antes de un asalto Luzia no tenía que buscar la furia en ninguna parte. Ya estaba allí. Su aversión por Gomes, por la carretera, por los soldados, por la ciudad, por la sequía y por todo lo que no estuviera relacionado con sus cangaceiros y su caatinga había crecido de manera tan rápida y furtiva como ciertos arbustos. La copa y el tronco de la planta eran aparentemente pequeños, pero sus raíces eran gruesas y profundas, y prosperaban más por debajo de la tierra que en la superficie. Antes de que pudiera controlarla, la aversión de Luzia había penetrado tan profundamente como las raíces de esos arbustos. Se convirtió en odio. Sentía su sabor en la boca, como la sal, que producía un hormigueo en los laterales de la lengua. Luzia dejó los binoculares.

—Ya es la hora —les susurró a Bebé y a María Magra.

Las dos mujeres eran sus mejores cangaceiras. Se habían puesto vestidos sencillos y se habían quitado las pistoleras. Ocultos debajo de sus ropas llevaban cuchillos peixeira, con las hojas metidas disimuladamente en las axilas. Bebé y María Magra se arrodillaron para recibir la bendición de Luzia. Puso los dedos sobre sus frentes e hizo la señal de la cruz.

—Yo os bendigo —dijo Luzia.

Después de esto, las mujeres se pusieron de pie y se fueron por la maleza. Dieron un rodeo contra el viento hacia el puesto de obras de la carretera. Los perros guardianes ladraron. Mientras el olor de Bebé y de María Magra distraía a los perros, el grupo de Luzia se acercó al campamento.

Al ver a las dos mujeres, los soldados de la carretera gritaron. Bebé y María Magra levantaron sus manos.

—¡Queremos trabajar! —gritó Bebé.

Dos soldados se acercaron lentamente hacia ellas, moviéndose pesadamente, como si tuvieran los pies quemados. Ésa era la razón por la que Luzia atacaba al anochecer. Los trabajadores y los soldados de la carretera estaban cansados después de un día de trabajo bajo el sol de las tierras áridas. La fatiga hacía que los reflejos de los hombres fueran lentos, sus sentidos menos agudos. Luzia, Ponta Fina, Baiano y el resto de los cangaceiros —treinta en total— se dirigieron agachados y en silencio hacia el campamento. Luzia podía oler el estiércol fresco de los bueyes. Podía escuchar a los soldados que interrogaban a sus cangaceiras.

—¿Qué clase de trabajo estáis buscando?

Bebé sonrió, mostrando sus pequeños dientes marrones.

—Cualquier trabajo que pueda hacer una mujer.

Los trabajadores espiaban desde sus tiendas. Unas pocas mujeres ya empleadas en el campamento de trabajo se acercaron a las visitantes, a observar a la competencia. El soldado comenzó a responderle a Bebé, pero se detuvo. Miró hacia la maleza.

—¿De dónde venís? —dijo, levantando su rifle—. No lleváis agua ni comida.

María Magra desabrochó el botón superior de su vestido. Antes de que el soldado pudiera apuntar su arma, ella se metió la mano por el escote y dio un paso adelante. Bebé hizo lo mismo. Los soldados no tuvieron tiempo de gritar ni de correr. Es más, daba la sensación de que las visitantes estaban abrazando a los hombres. Permanecieron así, sorprendidos e inmóviles, hasta que un soldado se agarró el vientre. Bebé dio un paso atrás. El mango de un cuchillo sobresalía en medio del cuerpo del desgraciado. Había hecho lo que Luzia y Baiano le habían enseñado. Había movido el cuchillo dentro del vientre en zigzag, con lo que la muerte era segura. Bebé y María Magra agarraron las armas de los soldados. Cerca de ellas, un trabajador de la carretera gritó y más soldados se dirigieron hacia las mujeres. Luzia apuntó con su rifle y disparó.

Algunas mujeres permanecían atrás durante los ataques, camuflándose como polillas del monte contra los árboles. Otras aprendieron a disparar y a apuñalar. Éstas peleaban al lado de Luzia y de sus maridos. Las mujeres atacaban sin adornos ni vanas demostraciones. Apuntaban a la cabeza. Les mordían las manos a los soldados para obligarlos a soltar sus pistolas. Las mujeres atacaban en silencio y de manera eficiente, con la misma distante frialdad que habían demostrado en sus vidas anteriores cuando retorcían el cuello a los pollos o cortaban las cabezas a las cabras, sabiendo de manera instintiva que esas tareas eran horribles, pero también necesarias para la supervivencia.

Luzia veía esta brutalidad y la comprendía. La sentía en ella misma. Los hombres podían jactarse y bromear durante los ataques porque ellos sólo se enfrentaban a la muerte. Los soldados querían sus cabezas y nada más. Con las cangaceiras las cosas eran diferentes. Si las atrapaban se enfrentaban a la vergüenza, a la violación y luego, si tenían suerte, vendría la muerte. Las mujeres peleaban con esto en la mente.

Los trabajadores se dispersaron. Sobresaltados por los fuertes ruidos de los disparos, los bueyes se alteraban, liberándose de las cuerdas que los ataban. Los animales no estaban acostumbrados a correr y se movían torpemente. Algunos caían y, al ser incapaces de levantar sus pesados cuerpos, aplastaban las tiendas y a los hombres que se habían refugiado dentro de ellas. Preocupada por sus propios hombres, Luzia apuntaba a las cabezas de los animales. Cuando estaba disparando, pensó en comer carne otra vez, en el rabo de buey y la carne asada. Su estómago protestó ruidosamente.

—¡Bruja! ¡Serpiente! —gritó una voz detrás de ella.

Luzia se dio la vuelta. Vio a un hombre entre las grandes nubes de polvo y humo. Estaba armado con una pala y listo para atacar. Pero no lo hizo, sino que la miró a los ojos.

Antonio le había enseñado que la reputación de un hombre era su mayor arma. Una buena arma de fuego o el puñal más afilado eran inútiles en manos de un hombre sin reputación. Era el miedo de los adversarios, su temor, lo que lo salvaba a uno. Hacía que le temblaran las manos, arruinándole la puntería. Hacía que les sudaran las palmas de las manos, con lo que perdían el control de los mangos de sus cuchillos. Los volvía curiosos, con el deseo de ver a la Costurera antes de atacarla. Esto le daba tiempo a Luzia para disparar primero.

2

Cuando un ataque fallaba —porque les habían preparado una emboscada o los militares los perseguían— los cangaceiros se sentían avergonzados y furiosos. Luzia no necesitaba motivarlos para que atacaran otro puesto de avanzada de la carretera en construcción o una estación de telégrafos; hombres y mujeres, instintivamente, querían venganza. Pero después de un ataque con éxito, una vez que la euforia de la lucha desaparecía, los cuerpos de los cangaceiros empezaban a decirles que estaban cansados, hambrientos, heridos.

Sin embargo, a pesar de su fatiga, tenían que buscar y llevarse todo lo que pudiera ser útil, moviendo los cuerpos de los soldados para coger las armas y la munición, para encontrar comida entre bolsas y barriles. No había ninguna emoción en esto, ningún sentido moral. Los cangaceiros eran como los buitres, que dependen de los muertos para su supervivencia.

Luzia recorrió el puesto de construcción de la carretera, andando sobre carpas y cuerpos. Sus ojos lloraban por el humo. Parpadeó y se colocó bien las gafas. Pequeños fuegos brillaban por todo el campamento; la sangre atraía a las moscas, a los buitres, a toda clase de plagas y predadores de las tierras áridas. Los fuegos los mantendrían alejados hasta que los cangaceiros terminaran su trabajo.

Los hombres y las mujeres se movían con rapidez, despojando a los cadáveres de sus sombreros y su ropa. Inteligente se probó las alpargatas de un soldado, poniéndoselas en sus grandes pies. Junto a él, el viejo Canjica abría en canal los bueyes muertos. La carne brilló a la luz del fuego. Debajo de los animales se formaba un charco oscuro. Canjica sudaba mientras descuartizaba, cortando grasientos pedazos para entregárselos a Sabia, quien los distribuía entre los cangaceiros heridos. Éstos iban a usar la grasa para extraer las balas alojadas debajo de la piel. Ponta Fina ya había llenado su botiquín con los suministros de yodo, mercromina, gasa y agujas del campamento. No había ninguna víctima mortal en el grupo de Luzia, sólo algunos heridos, pero éstos tenían agujeros de bala grandes y abiertos. Una cangaceira había perdido dos dedos. Los heridos iban a tener que descansar después de abandonar el campamento de trabajadores de la carretera. Luzia y Ponta Fina coserían las heridas y recurrirían a los viejos remedios de Antonio para impedir las infecciones. Buscarían cortezas para hacer cataplasmas. Si las heridas no se curaban de esta manera, tendrían que acudir al doctor Eronildes.

El pie de Luzia tropezó con algo. Bajó la vista y vio un brazo torcido en un ángulo anormal, con la mano en el extremo cerrada en un puño. Había un cuerpo al lado. Luzia se agachó. La mitad de la cara estaba cubierta de arena, que brillaba a la luz del fuego. La otra mitad estaba limpia. Sus ojos estaban muy abiertos, como si, incluso en la muerte, tuviera miedo de la Costurera. Los labios también estaban abiertos. No había pelos en su barbilla ni en sus mejillas; tenía 12 o 13 años como máximo. Luzia puso su mano en la barbilla, y le cerró la boca. Pensó en Expedito.

La capitana llevaba un sobre en el fondo de su morral. En él había una colección de fotografías recortadas del *Diario de Pernambuco:* Emília con un bulto en los brazos; Emília con un bebé gordo de ojos oscuros apoyado en su cadera; y más tarde, Emília al lado de un niño vestido con trajes diminutos, como un hombrecito. Se aferraba a la mano de Emília y fruncía el ceño mirando a la cámara. Luzia se permitía mirar las fotos sólo una vez cada vez que las sacaba, y nunca más. Borraba de su mente esas fotografías. Aunque a veces, cuando metía la mano en su morral para sacar un poco de comida o los viejos prismáticos de Antonio, sus dedos rozaban el sobre y Luzia sentía un calambre en el estómago, como si una mano fría le agarrara las tripas.

Últimamente no había salido ninguna foto de él en la sección de sociedad. Emília siempre aparecía sola y miraba con aire de suficiencia a la cámara. Anunciaba nuevos envíos de caridad hacia las tierras áridas. Luzia comprendía el mensaje de su hermana. Emília le había hecho un gran favor a Luzia y quería protección a cambio. Luzia respetaba los favores —su supervivencia se basaba en ellos— y cumplió los deseos de Emília. No asaltaba los envíos de ropa con la esperanza de que, en agradecimiento, Emília volviera a hacer fotografiar a Expedito. Luzia no había esperado semejante comportamiento mercenario por parte de su hermana y se sentía enfadada con la señora de Degas Coelho por su tacañería. Pero Luzia estaba también agradecida. Quizá, pensaba, era mejor no saber ni ver cómo había crecido su hijo.

Tampoco quería saber nada del niño muerto delante de ella. Dejó de preguntarse por su nombre, su edad, sus gustos y aversiones, y qué lo habría llevado a trabajar en la nueva carretera. No tenía vida antes de esa vida, la que había escogido como soldado. Su elección lo había destruido. Luzia cogió sus armas.

Había dos: una pistola Browning negra con empuñadura grande y un Winchester largo y brillante cargado con balas que Luzia nunca había visto antes. Sus puntas eran muy delgadas y afiladas, mientras que la parte de atrás era gruesa y aplastada.

—Ésas pueden reventar dentro de un hombre. Le destrozan las tripas —dijo Baiano. Estaba cerca de ella, con expresión de dolor y un brazo en cabestrillo. Ponta Fina permanecía junto a él.

—Nuevas armas —dijo Luzia—. Todas son armas nuevas. También las balas.

—¿De dónde las sacarán? —se preguntó Ponta Fina—. Eso es lo que tenemos que averiguar.

—De Recife —aventuró Baiano—. Tal vez se las den cuando los reclutan y abandonen la ciudad con ellas en las manos.

Luzia negó con la cabeza.

—Eso no sale en los periódicos. En las fotografías los reclutas aparecen totalmente limpios; sólo tienen uniformes y comida, eso es todo. Gomes no les puede dar armas al principio para que no se sientan tentados de huir y unirse a nosotros. Les dan las armas aquí, cuando ya están instalados en los campamentos.

Ponta Fina suspiró.

—No llegan en los trenes de provisiones. Eso lo sabemos.

Luzia asintió con la cabeza. Habían atacado algunos trenes de suministros y no habían encontrado armas en ninguno de ellos.

—Podría ser algún coronel —sugirió Baiano.

—¿Cómo? —quiso saber Ponta—. Habríamos notado algo. Nos habríamos enterado. Consiguen estas armas en la costa, no crecen en los árboles.

—Si fuera así, yo querría esas semillas —dijo Luzia, y sonrió.

Ponta Fina sacudió la cabeza.

—Esos trenes de caridad me dan que pensar.

—¿Cómo es eso? —intervino Luzia—. ¿Por qué? ¿Acaso quieres ropa nueva?

—Madre —dijo Ponta con voz apremiante—, lo hemos robado todo: material para el telégrafo, trenes de suministros, propiedades de coroneles. ¿Por qué no esos cargamentos de caridad? Sólo uno, sólo para ver lo que encontramos.

—No encontraremos nada.

—¿Estás segura?

—¿Dudas de mí?

Ponta y Baiano la miraron a los ojos. Durante la sequía, se habían visto obligados a dejarse crecer la barba, porque no había agua para afeitarse. Los hombres se rascaban la cara y el cuello, pues los nuevos pelos duros les picaban. Pronto, las espesas y enredadas barbas se mezclaron con polvo para esconder las caras de los hombres. Tenían un aspecto salvaje y descuidado. Antonio no lo habría aprobado, pero a Luzia le gustaban así: los hombres resultaban temibles.

—Simplemente no me gusta —repitió Ponta Fina, señalando las nuevas armas—. Perdón, madre, pero no me siento cómodo. Hay algo en esos trenes de caridad que no me cuadra.

—Esos envíos son para personas a las que queremos tener de nuestro lado... Es nuestra gente —dijo Luzia—. Si los asaltamos, nos verán como criminales. Eso es lo que quiere Gomes.

Ponta sacudió la cabeza.

—Asaltamos los trenes de comida. Nadie se quejó, al ver que repartíamos los alimentos que llevaban. Podemos hacer lo mismo con los de la ropa. No vamos a detener los trenes para robarlos, sólo para mirarlos.

—No —insistió Luzia. La pesadez en su estómago aumentó—. Tengo mis razones.

—¿Son buenas razones? —quiso saber Ponta.

Luzia cerró los ojos.

—No siempre comprendemos las cosas que Dios o los santos hacen, pero siempre confiamos en ellos.

—No somos Dios, madre —susurró Ponta Fina—. No podemos ver las cosas como Él las ve.

Era demasiado delicado como para desafiarla directamente; procuró que su locura pareciera colectiva. El «no somos» de Ponta realmente quería decir «no eres». «No eres Dios. Tú no puedes ver como Él ve». En cualquier caso, esas palabras la enfadaron. Había un propósito estratégico en su decisión de preservar los envíos de caridad, pero las razones de Luzia eran también egoístas. ¿Ponta sospechaba eso? ¿Acaso él creía que ella los estaba poniendo en peligro para satisfacer un deseo personal, preservando la seguridad de su hijo al beneficiar a Emília? Luzia se avergonzó ante esa idea.

—Si no te gustan mis decisiones, vete —dijo—. No te necesito.

Ponta Fina levantó la vista, sobresaltado. Se frotó los ojos enrojecidos.

—Yo voy a donde tú vayas —replicó.

A Luzia le ardió el pecho. Sintió la misma agitación incontenible que experimentaba antes de un ataque, pero lo cierto era que el ataque ya había pasado. Sus enemigos estaban muertos. No quedaba nadie contra quien pelear.

Luzia sacó el cristal de roca de su chaqueta. Iba envuelto en un papel en el que estaba escrita una oración que había encontrado en el morral de Antonio. Le había gustado la oración y la usaba después de cada ataque triunfal, antes de que empezaran las decapitaciones. Luzia llamó a los cangaceiros para que se reunieran y éstos se arrodillaron alrededor de ella. Las muchachas del grupo la observaban atentamente. Escuchaban a Luzia, la obedecían y se arrodillaban delante de ella durante las oraciones, pero, a diferencia de los hombres, las jóvenes la miraban fijamente. Observaban cada temblor de su mano, cada vacilación, cada paso inseguro. A Luzia le recordaban a ella misma cuando acababa de unirse a los cangaceiros y los espiaba constantemente en busca de alguna señal de debilidad. Luzia podía conducir a los hombres haciendo que la admiraran. Los cangaceiros estaban intimidados por su altura, su pelo corto y la amenaza del fantasma de Antonio. Las mujeres eran diferentes. A veces Luzia lamentaba haber permitido que se unieran al grupo. El asombro de las muchachas ante su aspecto se desvanecía después de los primeros días pasados con el grupo. Durante esa etapa crucial, la capitana tenía que convertirse en otra cosa. No podía ser vista simplemente como otra mujer. Si no podía impresionar a las muchachas del grupo, tenía que asustarlas. Poco a poco se convirtió en la Costurera, ni mujer ni hombre, sino algo diferente. Una especie de predador de las tierras áridas, despiadado e imposible de conocer.

Después de rezar, los cangaceiros se pusieron de pie y se dispersaron por el campamento atacado. Cada hombre y cada mujer encontró un soldado muerto. Sacaron los machetes de sus vainas. Luzia cogió el suyo. Miró al niño soldado tendido en el suelo delante de ella. No tenía pasado ni futuro. Había sido aliviado de la vida, mientras que Luzia seguía viviendo. Ella tenía un deber para con sus cangaceiros y Antonio, aun cuando se sentía vieja a los 24 años. Le dolían las articulaciones. Tenía la visión borrosa. Su pelo se había debilitado. Estaba tan gastada y se había vuelto tan cínica como las viejas cotillas de Taquaritinga, aquellas que le habían puesto el sobrenombre de Gramola. Había estado tan ansiosa por desprenderse de ese sobrenombre, por evitar ser la lisiada inútil que la gente creía que era, que había acabado convirtiéndose en la Costurera. Pero una vez, hacía mucho tiempo, antes de caerse de aquel árbol de mangos, había sido Luzia. ¿Quién era esa niña? ¿En qué se habría convertido si la gente no la hubiera enjaulado dentro del personaje de Gramola? ¿Y si no se hubiera encerrado ella misma dentro del corsé de la Costurera?

Las únicas recompensas de la Costurera eran la venganza y el olvido. Su machete cortó el aire al caer. El ruido de la hoja fue como un suspiro largo y satisfecho. Cuando golpeó, el impacto no fue ni elegante ni limpio. Pero cada vez que su machete cortaba era como si estuviera cortando aquel hilo invisible que la ataba a Expedito, su única debilidad y su última conexión con una vida normal.

3

El hilo, sin embargo, era robusto, no se cortaba fácilmente. Cada vez que Luzia buscaba algún periódico con la esperanza de encontrar la fotografía de su hijo, sentía una angustia irrefrenable. En la sección de sociedad de los periódicos encontraba solamente fotos de la señora de Degas Coelho, mientras que las otras secciones estaban llenas de artículos sobre Celestino Gomes y su nuevo gobierno. En el pasado noviembre de 1933, la Primera Asamblea Nacional, recién elegida, se reunió para redactar el borrador de una constitución. Hubo un intenso debate. Los estados del sur, como São Paulo —sede de extensas plantaciones de café y de la Compañía Cervecera Antártica, que producía más ganancias que la recaudación de impuestos de todos los estados del norte juntos—, luchaban por sus derechos particulares. Al norte y al noreste no les gustaba el predominio del sur y apoyaron al fuerte gobierno central de Gomes. Los grupos que Gomes había cortejado durante la revolución también tenían algo que decir. Los trabajadores querían derechos laborales, la Iglesia católica ejercía presión en favor de la promulgación de leyes morales, los militares querían poder.

El gobernador de Pernambuco —el teniente Higino Ribeiro— se ganó un nuevo título. Los «tenientes» formaban parte del gobierno provisional mientras que los «gobernadores» eran considerados parte de la vieja república. Los jefes de los estados necesitaban una nueva denominación. En diciembre, la Primera Asamblea Nacional convirtió a Higino en «interventor» oficial del estado de Pernambuco. El título de la Costurera también había cambiado; el *Diario de Pernambuco* informó de que un periódico norteamericano se había enterado de los continuos ataques de los cangaceiros contra la carretera. Los diarios en todo el noreste tradujeron el titular extranjero: «¡Una bandolera es el terror de Brasil!».

Luzia sintió una oleada de orgullo al ver que gente del otro extremo del continente hablaba de la Costurera. Su estatus había cambiado. Ya no era sólo el terror de la caatinga, sino el terror de todo un país. De todas maneras, su orgullo fue efímero; Luzia sabía que el verdadero terror era la sequía.

Sus cangaceiros, y ella misma, estaban débiles. Las encías les sangraban. El pelo de todos ellos perdía su pigmentación para volverse de un color anaranjado pálido, y se caía en enredados mechones. Los hombres y mujeres de Luzia empezaban a tener aspecto de animales aterrorizados: una mucosidad clara chorreaba de sus narices, sus rostros estaban demacrados y en sus ojos saltones, las partes blancas se habían vuelto amarillentas. Pronto ya no tendrían fuerzas para pelear. Los soldados y los trabajadores de la carretera también sufrían, y los periódicos consideraban aquellos montes una tierra yerma. Algunos editoriales decían que la construcción de la carretera debía ser detenida, pues era un esfuerzo inútil y costoso.

Luzia sentía una secreta gratitud hacia la sequía; era mejor morir de hambre que morir a manos de los soldados de Gomes. Pero antes de que el hambre acabara con ellos, tendría que disolver el grupo. Si la sequía continuaba y la construcción de la carretera se interrumpía, les diría a sus cangaceiros que lo mejor iba a ser separarse, partir en grupos de dos a buscar fortuna en el sur o en la costa. Antonio nunca habría disuelto el grupo, pero esa posibilidad le daba un silencioso consuelo a Luzia. El doctor Eronildes le había dicho que podía arreglar su brazo lisiado. Podía hacer que recuperase su funcionamiento. En aquel momento, Luzia no le había creído. Pero la sequía hizo que tuviera esperanza. Tal vez el hueso rígido pudiera ser replantado, como si fuera una semilla. Quizá podría dejar las ropas de cangaceira, lavarse la cara y el pelo y ponerse un vestido de mujer. Emília era buena para las transformaciones; podía enseñarle a Luzia cómo hacerlo. Podrían viajar juntas al sur. Luzia le enseñaría a Expedito todas las habilidades de Antonio: a desollar una cabra, a atravesar el cogote de un animal sin tener miedo. Le iba enseñar también a enhebrar una aguja, a diseñar ropa. Le iba a explicar cuándo medir, cuándo cortar y cuándo remendar. Si él escapaba de sus manos callosas o de su abrazo demasiado apretado, si llegara a preferir a su hermosa tía en lugar de a su madre desgarbada, Luzia estaba dispuesta a soportarlo.

Todos los días los cangaceiros rezaban pidiendo la lluvia y Luzia lo hacía con ellos. Pero en sus oraciones privadas —las que pronunciaba a solas, por la noche— pedía una señal. Si la sequía continuaba hasta febrero del nuevo año, abandonaría a la Costurera para siempre. Si llovía, eso quería decir que ella estaba destinada a continuar siendo una cangaceira, y que su lucha contra la carretera no había terminado.

La capitana observaba la maleza en busca de una respuesta. A poco de unirse a Antonio, sólo veía monotonía en la extensión gris de la caatinga. Estaba equivocada, el monte siempre estaba en transformación. La luz, el viento, las posiciones de las nubes cambiaban constantemente. Era como si la caatinga le estuviera hablando, y Luzia escuchaba. Durante la sequía, le decía dónde escondía el agua y la comida. Cuando aparecían más soldados, Luzia le preguntaba al monte qué rutas eran seguras y cuáles eran una trampa. La caatinga respondía con una repentina ráfaga de viento, o con un nido de avispas que bloqueaba algún sendero, advirtiéndola para que tuviera cuidado. En enero del nuevo año el aire cambió. Ya no era el aire seco y cortante que parecía crujir con el calor. En cambio, era pesado. Las nubes tapaban el sol, pero esto no era una novedad. Tantas nubes habían pasado sobre ellos durante la sequía que Luzia y los cangaceiros habían dejado de pensar en ellas como indicios de lluvia.

Esa noche, después de que el grupo hubiera instalado el campamento, una chica tiró del brazo lisiado de Luzia. Se llamaba Fátima y tenía unos ojos nerviosos e inquietos.

—Madre —dijo—, mira.

La niña señaló hacia un cactus mandacaru. Sobre su tallo más alto había una flor de gruesos pétalos.

—Podría estar anunciando rocío —dijo Luzia—. Una noche fría después de un día caluroso.

Esa noche Luzia no pudo dormir. Permaneció echada sobre su manta y estuvo atenta al posible ruido de las ranas saliendo de sus escondites bajo tierra. En cambio, sólo escuchó suaves suspiros y gemidos. Algunas parejas se habían alejado del campamento para hacer el amor.

Cada uno de los hombres estaba casado con una muchacha por él escogida. No era un juego, les había advertido Luzia. Casándose en la caatinga establecían uniones sagradas que serían bendecidas por un sacerdote cuando pudieran encontrar uno. Las parejas dormían separadas todos los viernes —el día sagrado— y la víspera de un ataque a la carretera, para no consumir sus fuerzas. Estaba prohibido el intercambio de maridos y de mujeres. Y no podía haber ningún bebé. Cualquier niño que naciera sería entregado a algún sacerdote o a alguna familia que fuera a abandonar la caatinga. Si las mujeres desobedecían, no habría excusa ni perdón. Sólo existía una solución para la desobediencia; Luzia se aseguró de que las jóvenes comprendieran esto.

—Tienes que elegir —le había dicho Luzia a cada una de ellas— entre ser una cangaceira o una mujer. No puedes ser ambas cosas. Y una vez que elijas, no puedes echarte atrás.

Si la joven no se estremecía ante estas palabras, Luzia la dejaba entrar en la banda.

Casi todas ellas eran víctimas de la sequía. Habían perdido a sus familias o habían sido vendidas a casas de mala fama a cambio de comida. Algunas habían pedido su ingreso en el grupo. Otras fueron persuadidas por los cangaceiros. No pasó mucho tiempo antes de que cada hombre tuviera su compañera.

Sabía que la presencia de las jóvenes podía desconcertar al grupo. Sabía que las mujeres eran causa de potenciales rebeliones y desastres, pero de todas formas las dejó incorporarse a la partida de bandidos. Su razón era egoísta: las muchachas mantendrían alto el valor de sus hombres. Ellas lograrían que éstos quisieran pelear para dar pruebas de su fortaleza a pesar del hambre y de sus dudas. Esas mujeres no se habían enamorado de un grupo de jovencitos descuidados de ojos nublados, sino de cangaceiros con rifles largos, sombreros de media luna y anillos de oro en sus dedos polvorientos. Se habían casado con bandidos, no con hombres normales, y ellas les recordarían esto a sus maridos todos los días. Luzia contaba con ello.

Las mujeres se dirigían a Luzia llamándola «madre», nunca «señora». El único nombre que la sacaba de quicio era Gramola, y ya nadie la llamaba así. Se obligaba a sí misma a recordar ese apodo cuando quería enfurecerse antes de un ataque. Gramola había sido considerada una simple lisiada, y por lo tanto inútil. Por eso, que pensaran de ella que era inofensiva suponía el peor insulto que le podían hacer, porque significaba que la podían ignorar fácilmente. Podía ser eliminada como si se tratara de una mosca. Las muchachas del grupo comprendían este sentimiento. Antes de la sequía, en sus antiguas vidas como esposas, hijas y hermanas, eran las intermediarias, los estoicos recipientes de la nueva vida y las receptoras de los castigos de sus maridos, de sus padres o de sus hermanos. Se les había dicho una y otra vez: «Sopórtalo, niña». Habían sido forzadas a inclinar la cabeza y a responder a todo hombre vivo: «Sí, señor». De modo que cuando cambiaron sus pañuelos de cabeza por sombreros de media luna y vestidos de lona albergaban una amargura que ningún hombre podía comprender. Pero Luzia sí podía, y ella era la que dictaba las reglas del grupo. No habría palizas. Las peleas en las parejas se resolverían con palabras, y si no podían solucionarse de esta manera intervenía Luzia, que decidía quién tenía razón y quién no. Cada mujer llamaba a su marido cangaceiro por su apodo y nunca le decía «señor». Ese tratamiento estaba reservado para Dios.

—¡Gracias, Señor! —se oyó gritar a una joven apenas cayó la primera gota.

Era tarde, pero casi todos los cangaceiros todavía estaban despiertos, expectantes por la predicción de Luzia. El viento había mejorado. El ambiente estaba fresco. La primera gota pareció una broma. Luzia miró hacia arriba y se preguntó si algún animal subido al árbol encima de ella habría orinado. Luego cayó otra gota, y después otra. Luzia percibió el olor a tierra mojada.

Baiano lloró. Ponta Fina, Bebé, Inteligente y María Magra bailaron, se abrazaron, gritaron. Los cangaceiros se quitaron las armas y rodaron por el barro como niños. Las caras de todos estaban mojadas por la lluvia o por las lágrimas; no importaba la diferencia. Luzia quiso llorar, pero no pudo. Era como si la sequía, con su polvo y su arena, se hubiera instalado dentro de ella, pesada y aplastante. Dios había respondido. La maleza iba a florecer y crecer. La gente sacaría sus santos desteñidos y mutilados de los desvanes para venerarlos otra vez. Y Luzia iba a seguir siendo lo mismo que ya era: la Costurera.

4

La comida todavía seguía siendo escasa después de algunas pocas semanas de lluvia; los cultivos y los animales eran lentos a la hora de crecer y reproducirse. La maleza, sin embargo, se puso verde y floreció rápidamente. Los pueblos de toda la caatinga siguieron el ejemplo de la maleza y prosperaron. La gente se movía de un lado a otro por las calles de tierra. Se repararon las casas. Algunos araron sus terrenos y sembraron semillas de maíz y melón. Los pueblos que habían sido abandonados recobraron toda su burbujeante actividad y Luzia se preguntaba dónde se habrían estado escondiendo sus habitantes. Aparecían de la nada, como cigarras que de repente salen de sus secretos escondites para hacerse cargo de todo.

Luzia condujo a sus cangaceiros a lo largo del Chico Viejo, hacia el pueblo junto al río donde, hacía muchos años, Antonio y ella se habían sacado su primera fotografía juntos. La iglesia del pueblo había recibido una nueva mano de cal y brillaba bajo el sol de la tarde. Cerca, un empresario había abierto un cine. Era un viejo almacén de algodón, con altos techos con estructura de madera. Los cables eléctricos iban desde el tejado del cine a un poste cercano, luego a otro y a otro.

Luzia esperaba que alguno de los comerciantes del pueblo tuviera municiones. Sus fajos de billetes de mil reales estaban disminuyendo, como también se reducían las viejas provisiones de munición que Antonio había enterrado en diversos lugares del monte. Después de los ataques a la carretera los cangaceiros se apoderaban de las armas de los soldados, pero las balas para las nuevas armas eran difíciles de encontrar. «Un arma de fuego sin balas es como una mujer sin marido: inútil». Eso era lo que Antonio había dicho una vez, mucho antes de que la carretera atravesara las tierras áridas y aparecieran soldados con armas modernas. Los militares de Gomes siempre tenían mejores armas que ellos. Debido a esto, atacar las obras de la carretera y los depósitos del ferrocarril se hacía difícil. En esos ataques, Luzia y sus cangaceiros muchas veces debían retirarse, en lugar de avanzar.

Después de la sequía, cada granja parecía una trampa. Luzia se volvió más cuidadosa. Sus cangaceiros y ella no entraban en las casas, ya pertenecieran a un coronel o a un simple vaqueiro. Observaban cada pueblo durante un día entero antes de entrar en él. Tenían sofisticados métodos de comunicación con sus coiteiros. Pedían comida y municiones por medio de una intrincada serie de notas escondidas en colmenas y debajo de montones de bosta seca. Luzia nombró subcapitanes y cuando era demasiado peligroso viajar en un grupo grande se dividían de diez en diez, haciendo que fuera más difícil para los soldados seguirlos.

Cualquier coronel o ranchero que hubiera pasado un tiempo en la costa era un traidor potencial. Después de las lluvias, la mayoría regresó al monte, pero no pidió la protección del Halcón. Luzia comprendió que confiaban más en Gomes que en el Halcón. Hasta los pequeños granjeros que habían sido sus coiteiros más leales ponían también fotografías de Gomes en los altares de sus santos. El doctor Eronildes tenía razón. La gente elegía a sus héroes por miedo, no por amor.

Luzia creía que las lluvias pondrían fin a los envíos de caridad de Emília, pero la señora de Degas Coelho la contradijo. En una entrevista en el *Diario de Pernambuco*, dejó claro que las lluvias recientes no habían eliminado las necesidades. «Continuaremos con nuestros envíos —decía la señora de Degas Coelho en el periódico—. Las necesidades todavía son enormes. Como también lo es el peligro».

Ponta Fina no insistió en atacar los trenes que llevaban ropa, pero cada vez que su grupo se veía obligado a retirarse durante un ataque contra la carretera miraba a Luzia con ojos acusadores. Ella había dado instrucciones a sus cangaceiros en el sentido de que debían considerar a cualquiera como un posible enemigo, salvo a la mujer que estaba detrás de los trenes de ayuda en forma de ropa. Como capitana del grupo, Luzia no tenía que dar explicaciones, sólo órdenes. Pero, aunque quisiera dar explicaciones, no podría. No quería pensar en lo que pudieran contener esos envíos de caridad ni de dónde provenían las modernas armas de los soldados. Ella podía dudar de la lealtad de un vaquero, e incluso de la de un coronel, pero no de la de Emília.

Luzia iba a la ciudad situada junto al río con la esperanza de hacer que sus armas robadas fueran útiles; quizá algunos soldados hubieran vendido sus nuevas armas y su munición —como solían hacer— para saldar deudas de juego.

Los comerciantes inspeccionaron los nuevos rifles Browning y Winchester. Silbaron y acariciaron los cañones de las armas. Trataron de meter otras balas en sus recámaras, pero ninguna entraba. Enfadada, Luzia pidió el último *Diario de Pernambuco*. El tendero negó con la cabeza. El último no había llegado.

—Si usted quiere noticias, vaya a ver los noticiarios —sugirió, nervioso, el tendero—. En el cine. Son mejores que los del periódico. La película es vieja..., por lo menos tiene diez años. Se llama *La hija del abogado*. Pero los noticiarios son nuevos. Vienen de Salvador cada tres meses.

En el exterior del viejo almacén de algodón se veía un desteñido cartel de la película *La hija del abogado*. Era de 1928, pero en aquellas tierras se consideraba nueva. Agregado a la parte inferior del anuncio había otro cartel verde brillante con este mensaje: «Película ofrecida por el DIP (Departamento de Información y Propaganda) y el presidente, Celestino Gomes».

Luzia compró treinta entradas.

El cine estaba en penumbra. Había faroles colgados en las paredes. El olor a queroseno hizo que Luzia recordara la cocina del doctor Eronildes, hacía mucho tiempo. Respiró hondo. Sobre una mesa elevada en la parte trasera del cine había un enorme proyector. Sus redondos rollos de metal y la lente que sobresalía hacían que pareciera un arma extraña. Bancos de madera se alineaban delante de una tela blanca grande, estirada sobre la pared del almacén. Luzia y sus cangaceiros llenaron la sala junto con otros espectadores, que susurraron y miraron hacia atrás con cautela. Luzia se había sentado en la parte trasera del teatro, de espaldas a la pared. No quería ninguna sorpresa en la oscuridad. Ponta Fina y Bebé se sentaron en un banco delante de ella. Baiano y María Magra ocuparon sus lugares al lado de Luzia. Oyó a uno de los espectadores que susurraba:

—¿Ese tipo es el Halcón?

—¿Es que es mulato?

Antes de que la gente pudiera ver bien a los cangaceiros, apareció un muchacho y fue apagando los faroles uno por uno. La oscuridad era tranquilizadora, pues permitía desaparecer a Luzia. Con ella era sólo una espectadora más en la sala, no la Costurera. Nunca había visto una película y se sentía extrañamente nerviosa. La oscuridad de la sala, los susurros de la gente, los ruidos húmedos de los besos robados deberían haber distraído a Luzia de sus recelos, pero no fue así. Las dudas de Ponta Fina sobre los envíos de caridad habían hecho aparecer las suyas propias, y estas sospechas la aguijoneaban, provocando que se moviera incómoda en su asiento. La última fotografía del periódico en la que salía Emília estaba arrugada en el bolsillo de la chaqueta de Luzia. Apretó la mano sobre ella.

Junto al proyector, un hombre movía interruptores y controlaba rollos. Cuando la máquina se encendió, hizo un ruido como el de su vieja Singer. Hubo un destello de luz y aparecieron palabras sobre la sábana blanca, «Ministerio de Propaganda de Brasil», y debajo de ellas una bandera con el lema «Orden y progreso». Era un noticiario cinematográfico del gobierno. Luzia no pudo precisar de cuándo era.

No había sonido, solamente el suave ruido del proyector. La pantalla de lona se llenó de sombras y luces. Apareció una escena: color gris océano, bloques de edificios de ángulos rectos y la joroba redonda de Pan de Azúcar. Aparecieron unas palabras en la parte inferior de la pantalla:

> Río de Janeiro. Después de la reforma constitucional, delegados, invitados y miembros de la familia se reúnen con el presidente Gomes para visitar la recientemente inaugurada estatua del Cristo Redentor.

La cámara hizo un barrido panorámico sobre un grupo de hombres y mujeres, minúsculos ante el gigantesco Cristo de piedra con los brazos abiertos y la cabeza inclinada. El ojo de la cámara se estrechó. Apareció Celestino Gomes riéndose. Llevaba uniforme militar y botas altas. Sus movimientos eran entrecortados, enérgicos y rápidos. Caminó entre la gente, dando la mano a hombres y mujeres. Entre el grupo de caras de desconocidos, Luzia reconoció una. Emília llevaba un vestido bien cortado. Tenía su largo pelo recogido hacia atrás. Sus labios estaban pintados de color oscuro y se abrían en una sonrisa. Tenía un niño apoyado sobre la cadera. El pequeño llevaba una gorra de marinero y cuando la gente se arremolinó alrededor de Gomes la gorra cayó de su cabeza. Abrió la boca en un grito mudo. Sus ojos —los ojos de Antonio— miraron acusadores a la cámara. Delante de él, Celestino Gomes se rió. Acarició la cabeza del niño y continuó andando. La cámara lo siguió. Emília y el niño desaparecieron.

Luzia se levantó.

Gomes apareció en la pantalla otra vez, a tamaño natural y sonriendo. Estaba hecho de luz y sombra, como un fantasma. Luzia avanzó por el pasillo central. Su sombra se interpuso en la proyección y el fantasma desapareció. Detrás de ella, un hombre protestó.

—¡Siéntese! —siseó alguien.

Luzia dio media vuelta. El proyector la cegó. Se protegió la cara con su brazo sano. En la sala oscura, la luz del proyector sólo la iluminaba a ella, dejando a la vista su diente ausente, su brazo lisiado, su rostro curtido por el sol.

—¡Apáguelo! —ordenó Luzia.

El operador asintió con la cabeza, pero el proyector siguió funcionando y las imágenes revoloteaban sobre el cuerpo de Luzia. El joven empleado encendió un farol. Se oyeron más silbidos y abucheos. A Luzia le dolían los ojos por la luz del proyector. Los cerró y vio la sonrisa de sorpresa de Emília. Vio la mano de Gomes tocando a su hijo.

—¡Apáguelo! —gritó Luzia, con la voz afinada por la rabia.

Atrás, Baiano se puso de pie. Su cara era sombría y severa.

—Haga lo que ella dice —ordenó.

El operador asintió con la cabeza, moviendo desesperadamente las palancas de la máquina.

—Si no le gusta, ¡váyase! —gritó una voz desde la parte oscura de la sala.

—¡Sucios cangaceiros! —dijo otra.

Protegidos por la oscuridad y por la prolongada presencia de la imagen de Gomes, los otros espectadores se envalentonaron. Luzia estaba sorprendida y perturbada por el enfado de aquella gente.

—¡Comunistas! —exclamó una mujer.

—¡Cerdos desagradecidos! —gritó Ponta Fina y se puso de pie. De inmediato los otros cangaceiros lo imitaron.

—¡Esclavos de los soldados! —les espetó Canjica.

—¡Viva Gomes! —gritó una voz joven.

A Luzia le ardía el estómago como si hubiera tragado brasas calientes. Miró hacia las sombras de los espectadores en la sala. Ella había salvado a personas como ésas durante la sequía. Había liberado a sus hijas de los campamentos de prostitución. Había impedido que la carretera destrozara sus tierras. ¿Éste era el agradecimiento que recibía? Como Emília, habían escogido a Gomes y no a ella. Los espectadores de la sala la insultaron, aun siendo conscientes de que ella iba a tener que responder. Desabrochó la funda y sacó la pistola Parabellum.

El proyector seguía funcionando. Luzia apuntó. Vio el ojo de la lente, redondo e insensible, como el de un pescado muerto. Disparó. En los oscuros asientos, una mujer gritó. Se oyó ruido de pies que se movían, de asientos que se arrastraban sobre el suelo de ladrillo. La gente se amontonó en los pasillos laterales y en el central. En la pantalla ya no había imágenes, sólo un rayo torcido de luz del proyector y la sombra alta de Luzia. Apuntó hacia el único farol encendido. Cayó. El queroseno y las llamas se extendieron por el suelo hasta llegar junto a un asiento. Había humo y se oyeron más disparos. Luzia ordenó a su grupo que saliera.

En el tumulto que siguió ella perdió su sombrero. Sus gafas de bronce, con las lentes rayadas y la montura torcida, también se cayeron. Luzia empujó y golpeó con su brazo lisiado. Sentía calor en la piel y no estaba segura de si era el fuego o su enfado lo que lo provocaba. Recordó la advertencia del doctor Eronildes acerca de sus enfados: «Algún día... no podrás contenerlos».

Una vez que su grupo estuvo fuera, Luzia cerró las puertas del almacén. Dentro se oían golpes y gritos. Ponta Fina y Canjica robaron latas de queroseno y las vaciaron sobre el edificio.

El teatro ardió como una gran hoguera. Sus llamas se alzaron quince metros en el aire. El calor hizo enrojecer las mejillas de Luzia. Hizo que sus ojos se humedeciesen. El calor era suficiente como para devorar aquel horrible proyector, para destruir aquella tela blanca donde había visto el fantasma de Gomes. Gruesas capas de ceniza llovían sobre los cangaceiros. Volaban cenizas con brasas de color anaranjado que salían flotando desde el teatro y caían en las casas con techos de paja, incendiándolas. Los rescoldos caían sobre la ropa de los cangaceiros, obligando a hombres y mujeres a revolcarse en el suelo. Una brasa cayó en la mano de Luzia —la mano de su brazo sano— y la quemó, como una bala que entrara en su piel.

Los cangaceiros corrieron hacia el monte, retirándose del pueblo en llamas. Luzia sintió el calor del incendio en su espalda. Los objetos distantes se veían borrosos sin sus gafas, pero de todos modos la capitana podía ver la luz del fuego que se desvanecía y reaparecía, como un recuerdo.

Capítulo

13

EMÍLIA

Recife, Pernambuco
Noviembre-diciembre de 1934

1

La muerte tenía un olor único. El olor le revolvía el estómago a Emília. No culpaba a los muertos. El natural olor de la descomposición no era lo que le repugnaba. Los olores producidos por los vivos para enfrentarse con la muerte eran lo que la molestaba. La gente quemaba gruesas varillas de incienso para honrar a los muertos y, al mismo tiempo, echaba grandes cantidades de desinfectante, lejía y alcohol por el suelo y sobre los muebles para borrar todo vestigio de las miserias del cuerpo. Sangre, orina, vómito y baba, todo se borraba, sus olores eran tapados por los aromas penetrantes y medicinales preferidos por los vivos.

El Día de Difuntos, en el cementerio más prestigioso de Recife, Emília se puso un pañuelo sobre la nariz para evitar el olor. Las tumbas de mármol y granito brillaban con burbujas de agua y jabón. Mujeres de las nuevas y las viejas familias cogían esponjas para lavar con ellas las lápidas con los nombres de sus antepasados. Algunas limpiaban las imágenes de las tumbas pasando suavemente un trapo por las alas y las caras de los ángeles. Unas niñas bien vestidas chismorreaban mientras encendían varillas de incienso y montaban grandes coronas de flores. Las criadas —el pelo envuelto con telas, los rostros concentrados— limpiaban los sepulcros con escobas. Sus propios muertos estaban lejos, enterrados en tumbas sin nombre a lo largo de la cañada del ganado o en cementerios en las afueras de la ciudad. Irían a honrar a sus difuntos más tarde, ese mismo día, después de que sus amas les permitieran regresar a sus casas. Hasta entonces, las criadas estaban obligadas a pasar la festividad honrando a desconocidos.

Una valla de hierro forjado recién pintada de negro señalaba los límites de la tumba familiar de los Coelho. En la estructura de piedra había espacios en blanco, cuadrados sin llenar destinados al doctor Duarte, a doña Dulce, a Degas y a su esposa. Emília se estremeció ante la sola idea de pasar la eternidad junto a los Coelho. Limpió con un trapo húmedo las placas con los nombres de los fallecidos. Cerca de ella, doña Dulce fregó hasta que el apellido Coelho brilló. Raimunda barría el lugar. Expedito, en el suelo junto a Emília, arrancaba con entusiasmo las malas hierbas de los bordes de la tumba. Doña Dulce lo miraba con desagrado. Los niños más pequeños se quedaban cerca de sus madres, pero si eran poco mayores se reunían con los hombres bajo la sombra del árbol más grande del cementerio. El doctor Duarte y Degas estaban allí charlando con otros maridos y sus hijos, esperando a que terminara la limpieza para poder presentar sus respetos.

Emília se secó la frente. La de Difuntos era, decididamente, la festividad que menos le agradaba. Recordaba que Luzia y ella encalaban las tumbas de sus padres en Taquaritinga. Las tumbas de su madre y de su padre probablemente se habrían vuelto grises por el polvo y el tiempo. Al igual que la de la tía Sofía. Todos los muertos de Emília habían sido abandonados, pero no olvidados; después, cuando regresara a la casa de los Coelho, encendería velas por ellos. A Emília le habría gustado regresar a Taquaritinga. No para presumir, como había soñado hacer alguna vez, sino para ocuparse de esas tumbas que habían quedado allí. Así podría mostrarle a Expedito su verdadera familia. Desgraciadamente, pasaría mucho tiempo antes de que pudiera llevarlo al interior otra vez. Aquellas tierras eran demasiado peligrosas.

A pesar de los envíos encubiertos de armas de Degas, el Halcón y la Costurera continuaban atacando con éxito los puntos de construcción de la carretera Transnordeste. Los cangaceiros comenzaron a robar las armas de los soldados, lo cual indicaba que se estaban quedando sin municiones propias. De todas maneras, los bandidos se las arreglaban para seguir teniendo un suministro continuo de balas y armas. El doctor Duarte sospechaba que los coroneles y los rancheros que habían regresado a sus granjas después de la sequía habían vuelto a comportarse como coiteiros. A la mayoría de los coroneles les desagradaba Gomes, porque había desmantelado sus maquinarias políticas en el campo, quitándoles todo poder. A ellos tampoco les gustaba la ruta Transnordeste que atravesaba sus tierras, dividiéndolas. Aunque habían jurado lealtad mientras estuvieron en Recife, era muy posible que los coroneles apoyaran en secreto al Halcón y la Costurera para debilitar a Gomes. Emília pensaba con frecuencia en el doctor Eronildes. El campamento de refugiados de Río Branco se había cerrado después de las lluvias y no había tenido noticias de él desde entonces. Suponía que había regresado a su rancho, pero ignoraba si continuaba ayudando a la Costurera.

A principios de ese año, la lluvia había llegado finalmente a las regiones más remotas del interior. Los informes enviados por telégrafo decían que cuando cayeron las primeras lluvias los residentes del campamento lloraron y entonaron plegarias de agradecimiento a san Pedro. Las lluvias fueron tan fuertes y el suelo estaba tan seco que se formaron grandes ríos de barro que arrancaron árboles y derribaron casas abandonadas. El barro se convirtió en un problema y los campamentos de refugiados tuvieron que ser cerrados sin demora. A aquellos residentes que desearan regresar a sus cultivos se les entregaba un paquete de semillas y se los enviaba a sus lugares de origen. A aquellos que querían dejar de trabajar en el noreste se les ofreció transporte hacia el sur, donde iban a trabajar en fábricas o en casas particulares como empleados domésticos. Los hombres que deseaban trabajar para el presidente Gomes como soldados o como mano de obra para la carretera fueron conducidos en grupos separados para darles comida y uniformes.

El presidente Gomes envió un telegrama desde Río presionando al interventor Higino para que encontrara una solución al problema de los cangaceiros. El interventor Higino, a su vez, presionó al doctor Duarte. El gobierno había gastado grandes sumas de dinero y recursos para construir el Instituto de Criminología sobre la base de la afirmación del doctor de que su ciencia podía encontrar soluciones prácticas contra el crimen. Había prometido comprender mejor la mente delictiva y de ese modo encontrar maneras de predecir su comportamiento y atrapar a los delincuentes antes de que se cometieran más crímenes. En aquel momento, el interventor Higino empezó a exigir al doctor Duarte que cumpliera sus promesas. El suegro de Emília se volvió más reservado. Mantenía su estudio cerrado con llave. En lugar de usar taxis, hacía que Degas lo llevara a todas sus citas. Todas las mañanas, el doctor Duarte y Degas iban en coche al puerto y regresaban a la casa de los Coelho oliendo a aire salado y con paquetes de pescado fresco para la comida. El Día de Difuntos, el doctor Duarte se escabulló del grupo de hombres que estaba debajo del árbol en el cementerio y partió rumbo a un destino desconocido. Doña Dulce movió con pesar la cabeza.

—No respeta a los muertos —dijo y fregó con más fuerza las inscripciones con los nombres de la tumba.

Cuando el doctor Duarte regresó, evitó la sombra del árbol y se dirigió directamente a la tumba de los Coelho. Allí le dio un obsequio a Expedito. Era un medallón que tenía el aspecto de dos zetas entrecruzadas una sobre otra. A Emília le pareció que era un insecto aplastado.

—Es alemán —le dijo el doctor Duarte a Expedito, inclinándose sobre él—. Un símbolo de su nuevo *Führer*. Viene desde el otro lado del océano. —Levantó la vista para mirar a Emília—. Es nuestra solución.

—¿Solución a qué? —quiso saber ella.

El doctor Duarte sonrió.

—Degas ha traído el coche. No podemos llegar tarde a la comida.

Junto a Emília, doña Dulce asintió con la cabeza. Iban a tener que regresar a la casa a cambiarse de ropa; no podían asistir al Banquete de la Memoria ofrecido por el interventor Higino oliendo a lejía y a sudor.

La comida del Día de Difuntos se realizaba en honor de los soldados caídos, los trabajadores de la gran carretera asesinados y las víctimas del notorio incendio del teatro provocado por la Costurera. Unos meses antes, los periódicos habían informado ampliamente acerca del desastre del teatro, donde un pueblo entero fue quemado y centenares de lugareños quedaron mutilados a causa de la terrible ira de la Costurera. El incendio había puesto a la opinión pública en contra de la Costurera y el Halcón. Se terminaron los anuncios ingeniosos que usaban las imágenes de los cangaceiros. Un anuncio de pastillas de vitaminas decía: «El Halcón corre todo el día y toda la noche. ¡Toma las pastillas de vida del doctor Ross para el vigor y la resistencia!». Otro anuncio de una tienda de telas mostraba la única fotografía de la Costurera —en la que se la veía junto a la primera pareja de topógrafos secuestrados— y decía: «La Costurera no sabe si será arrestada, pero sabe seguro que la Casa de Fazendas Bonitas es siempre la más barata». Después del desastre del teatro, estos anuncios fueron retirados. Para los habitantes de Recife los cangaceiros ya no eran graciosos. Incluso los habitantes de las tierras áridas que alguna vez habían respetado a los cangaceiros después de eso ya no los querían. El incendio del teatro había matado a parientes de mucha gente, y se formaron grupos de vigilancia para perseguir a los cangaceiros en busca de venganza. El presidente Gomes y el interventor Higino se unieron a esta generalizada manifestación de disgusto, diciendo que el incendio del teatro era una «matanza de inocentes» y dedicando un pequeño monumento de homenaje a las víctimas junto al río Capibaribe, en Recife.

Emília había pasado meses sintiéndose culpable, debido a las armas escondidas en sus envíos de caridad. Después del incendio del teatro se preguntaba si su sentimiento de culpa no estaría mal orientado. Quizá Degas tenía razón: la Costurera era una asesina, y los asesinos deben ser detenidos. Sus objetivos anteriores estaban relacionados con el gobierno de Gomes. Habían sido soldados, trabajadores del Instituto de Caminos, topógrafos. Pero los muertos en el incendio eran ciudadanos comunes. Emília se sentía profundamente decepcionada y no comprendía por qué. Sentirse decepcionada significaba que había albergado expectativas respecto a la Costurera, que ella creía de alguna manera que la lucha de los cangaceiros era justa y que ellos iban a actuar de forma honorable. La rebelión era algo diferente de la criminalidad común; ésta era una distinción que Emília había hecho en su propia mente. El incendio del teatro cambió las cosas. De pronto, Celestino Gomes aparecía como el hombre que iba a eliminar la violencia del campo. Cuando Emília recordó su breve encuentro con el presidente Gomes en Río, su decepción rápidamente se convirtió en miedo. Cualesquiera que hubieran sido sus intenciones —buenas o malas—, la Costurera se había lanzado a una guerra que nunca podría ganar.

Emília había visitado Río de Janeiro en julio, después de que la nueva constitución fuera promulgada. La Primera Asamblea Nacional recientemente elegida había proclamado a Celestino Gomes presidente por un mandato de cuatro años. En la nueva constitución redactada por la Asamblea, todas las minas y las más importantes vías de navegación se habían convertido en propiedad federal, al igual que todos los bancos y compañías de seguros. Gomes tenía el control de casi todo, pero quería más. La constitución permitía a Gomes poner en práctica sus políticas de derechos laborales para sus trabajadores: jornada laboral de ocho horas, vacaciones y un salario mínimo. Pero la constitución eliminaba su idea de unión federada. Gomes se sentía frustrado por el documento e invitó a los miembros más notorios del Partido Verde a Río para celebrar una reunión en la cumbre. El encuentro fue anunciado como una «reunión para la unidad», de modo que el doctor Duarte y otros funcionarios invitados trajeron a sus familias completas. El viaje fue corto. Emília no llegó a ver mucho de Río. Su visión más amplia fue desde arriba, desde la estatua del Cristo Redentor. Allí estuvo cara a cara con el presidente Gomes. Era un hombre pequeño, pero la atmósfera que se creaba a su alrededor parecía bullir de energía. Cuando la miró, Emília percibió un gran magnetismo y a la vez un gran peligro. Ella sintió la necesidad inexplicable de complacerlo. Después, al pensarlo serenamente, esto la molestó. Se había sentido así sólo una vez antes. Fue en presencia del Halcón.

Al final del viaje a Río, cuando Emília se enteró de que Gomes había reunido a todos sus invitados del Partido Verde y los había llevado a la Primera Asamblea Nacional para protestar contra la nueva constitución, no se sintió sorprendida. Gomes anunció que la constitución era simplemente una guía, no un mandato, y él iba a hacer caso omiso del documento o cambiarlo. Nadie se opuso a sus deseos.

El Banquete de la Memoria fue una reunión más pequeña, más íntima que la fiesta del Partido Verde celebrada después de la revolución. De las paredes del Club Internacional colgaban crespones negros. Flores blancas decoraban las mesas. Algunos invitados varones llevaban brazaletes negros como tributo a los seres queridos que habían perdido ese año. Las mujeres vestían ropa elegante pero modesta, de colores apagados. Emília recorrió la sala con la mirada y vio varios diseños suyos: faldas grises de sirena, chaquetas con hombreras, pañuelos atados sobre el escote. Había recibido una gran cantidad de pedidos para el Día de Difuntos y ella se había inspirado en las primeras actrices que había visto en las películas, en el Teatro Real: Jean Harlow, Claudette Colbert, Joan Crawford. Eran temperamentales, elegantes y fuertes. Sus cejas finamente depiladas estaban arqueadas en una constante señal de sorpresa, o tal vez de escepticismo. Emília copió sus trajes bien cortados, sus peinados con ondas húmedas. Otras mujeres de Recife la imitaron.

A diferencia de la fiesta de la revolución, hombres y mujeres no estaban separados en el Banquete de la Memoria. Las familias y los amigos se sentaron juntos. El doctor Duarte tenía su propia mesa, y las ubicaciones en los asientos eran similares a las que habitualmente tenían en la casa de los Coelho. Doña Dulce estaba sentada a la derecha del doctor Duarte; Degas, al lado de su madre; Emília estaba sentada al lado de su marido. Los invitados estaban sentados por orden de importancia, por lo que su rango estaba determinado por la distancia que separaba sus asientos del lugar que ocupaba el doctor Duarte. Aquellos considerados más importantes estaban colocados inmediatamente a la izquierda del doctor Duarte. Los menos importantes se encontraban más lejos. En el Banquete de la Memoria, el doctor Duarte puso una mano sobre el asiento que estaba a su lado.

—Estoy reservando este lugar para un invitado especial —explicó.

—¿Y yo no soy especial, Duarte? —preguntó la baronesa, posándole su garra artrítica en el hombro.

El rostro del doctor Duarte enrojeció. Doña Dulce se enderezó en su silla.

—Mi madre está bromeando. —Lindalva se rió—. Nos sentaremos al lado de Emília.

—Por supuesto —respondió el doctor Duarte, ya con una sonrisa—. Es mejor tener una mesa llena.

Para disgusto de doña Dulce, la baronesa y Lindalva se sentaron en los lugares más cercanos a Emília, completando casi la mesa, pues quedaban sólo tres sillas vacías. Una pertenecía a Degas, que se había escapado a la sala de fumadores del club. Cuando regresó, el piloto Carlos Chevalier venía con él. El pelo del piloto era tupido y salvaje debido a la humedad. En su mano derecha llevaba un bastón con mango de plata. El doctor Duarte levantó sus cejas blancas.

—¿Le pasa algo en la pierna? —preguntó, señalando el bastón de Chevalier.

—Nada —respondió el piloto, encogiéndose de hombros—. Es la moda.

El doctor Duarte gruñó. Degas condujo a Chevalier alrededor de la mesa, al sitio de honor junto a su padre.

—No —dijo el doctor Duarte—. Siéntese allí.

Señaló hacia el extremo más lejano de la mesa, hacia la silla vacía que estaba al lado de Lindalva. Degas frunció los labios. Chevalier sonrió y caminó alrededor del grupo. Cuando pasó cerca de ella, Emília percibió olor a humo de cigarrillo y a colonia fuerte. Se preguntó si el doctor Duarte habría escuchado los mismos rumores sobre Degas y Chevalier que conocía Lindalva o si simplemente a su suegro no le gustaba el piloto.

—¿Usted es capitán del ejército, señor Chevalier? —preguntó la baronesa, con unos ojos que centelleaban maliciosamente.

—No —respondió él—. Es más bien un título honorario. Como el suyo.

La baronesa lo miró a los ojos.

—Mi título me lo gané, joven. El barón tenía una gran alma, pero no era un marido fácil.

—En tal caso, yo también me gané mi título —respondió Chevalier—. Yo piloto mi propio avión.

—Un pasatiempo interesante —intervino doña Dulce. Su voz tenía el mismo tono precavido que usaba para alertar al doctor Duarte sobre la presencia de algún vendedor o de un vago en el portón de entrada. Intercambió una sonrisa con la baronesa. Emília se sorprendió al ver a las dos mujeres repentinamente unidas.

Chevalier sonrió. Era una mueca amplia, como si estuviera imitando a los hombres de los anuncios de pasta de dientes.

—Volar es más que un pasatiempo —dijo—. Es mi pasión. —Degas jugueteaba con su servilleta. Lindalva se inclinó hacia delante en su silla.

—¿Es usted de los Chevalier editores, los que tienen periódicos en el sur?

—Sí.

—¿Cómo está sobrellevando su familia las nuevas restricciones? ¿Aceptan la censura del Ministerio de Propaganda?

Chevalier se rió nervioso.

—No estoy metido en el negocio del periódico...

—Yo no lo llamaría censura, querida —interrumpió el doctor Duarte—. Lo llamaría control responsable. La revolución no está aún consolidada. Tenemos que mantener cierto orden. Todavía están los comunistas del sur liderados por Prestes. Y también están esos rebeldes de São Paulo financiados por la vieja guardia. No podemos dejar que esos elementos corrompan al pueblo. Más adelante podremos aflojar la mano, pero por ahora debemos mantener tirantes las riendas del caballo.

—Mi padre era criador de caballos —intervino la baronesa, mientras ponía un poco de mantequilla a un trozo de pan—. Espléndidos animales. Inteligentes. Lo primero que mi padre me enseñó cuando aprendí a montar fue que las riendas son una ilusión..., sirven más para nuestra comodidad que para la de ellos. A un caballo se lo controla con las piernas, y con amable autoridad. Es una relación entre iguales. O debe serlo.

El doctor Duarte no estaba escuchando. Miraba hacia el otro lado de la sala, fascinado.

—¡Mi invitado ha llegado! —dijo.

Emília se volvió en dirección a su mirada. El doctor Eronildes Epifano apareció en el comedor. Su pelo seguía siendo más largo de lo habitual en un hombre de ciudad. Le llegaba hasta las orejas y estaba peinado de manera azarosa, pero se había reducido en cantidad. Su traje estaba mal planchado, con arrugas irregulares en la chaqueta y la raya de los pantalones torcida. Alrededor de la manga derecha llevaba un brazalete negro. Cuando llegó a su mesa, Emília vio círculos oscuros y amoratados debajo de sus ojos. Vasos capilares rotos, como trocitos de hilo rojo atrapados debajo de la piel, estaban esparcidos por la nariz y las mejillas.

—Perdón —dijo el doctor Eronildes mirando a Emília. Rápidamente volvió su mirada al doctor Duarte—. Llego tarde.

Después de darle la mano al doctor Duarte, Eronildes dio la vuelta alrededor de la mesa para presentarse a doña Dulce. A medida que el invitado se acercaba, la suegra de Emília arrugaba más la nariz. Emília atribuyó la reacción de su suegra al esnobismo, pero cuando el doctor Eronildes continuó alrededor de la mesa y le cogió su propia mano, se dio cuenta de que estaba equivocada. Por debajo del perfume delicado de su crema de afeitar, Emília sintió el olor de algo dulce y fétido. Era como si sus tripas estuvieran fermentando debajo de la piel. El olor le recordó las calles de Recife la mañana siguiente al carnaval, cuando las alcantarillas están llenas de licor de caña derramado, cáscaras de fruta, vómitos y otras cosas desagradables arrojadas por los juerguistas. Emília se sentía confundida por la presencia de Eronildes y repelida por su olor. De inmediato recordó las lecciones de doña Dulce: por encima de todo, la etiqueta tenía que ver con la consideración. Una dama nunca mostraba desagrado. La joven tendió una mano tensa al doctor Eronildes y sonrió.

Para comer había pescado asado a la parrilla y mejillones sururu. La leche de coco burbujeaba y hacía espuma en grandes soperas de plata. Los mejillones flotaban en el caldo. Los camareros pusieron cuencos de porcelana con arroz, harina de mandioca tostada y platos individuales de limas junto a cada comensal. El doctor Duarte echó un montón de guindillas picantes en su comida.

—Señor Chevalier, ¿usted come guindillas? —le preguntó el doctor Duarte.

—Mi estómago es delicado —respondió el piloto.

—¡Tonterías! —resopló el doctor Duarte. Hizo señas reclamando el plato de Chevalier. Su invitado se lo pasó obedientemente al doctor Duarte, que amontonó las pequeñas guindillas rojas en él.

—¡Usted debe aprender a desarrollar su resistencia! —aconsejó el doctor Duarte—. El cuerpo es controlado por la mente. ¿No es así, Degas?

—Sí, señor —masculló Degas. Miró a Chevalier, que mordió un bocado de su comida y rápidamente cogió su copa de agua. Chevalier bebió varios tragos largos y luego se secó los ojos con una servilleta. Lindalva dejó escapar una risita. Delante de ellos, el doctor Eronildes sonrió. Degas se puso rojo.

—¿Qué lo trae a Recife, doctor? —preguntó Degas con voz fuerte—. ¿Negocios?

—No exactamente —respondió el doctor Eronildes. Se tocó el brazalete negro—. Mi madre falleció en Salvador hace unas semanas. He viajado allí para el funeral. Ahora tengo que resolver algunos asuntos relacionados con sus propiedades aquí en Recife.

—Lamentamos su pérdida —dijo Emília.

El doctor Eronildes asintió con la cabeza.

—Vamos a buscar un buen local después de la comida —informó el doctor Duarte—. Para el consultorio de Eronildes.

Un grumo seco de harina de mandioca se quedó en la garganta de Emília. Tosió.

—¿Se va a mudar aquí? —preguntó con voz ronca.

—Lo estoy pensando —respondió Eronildes—. Salvador tiene demasiados recuerdos para mí.

—¿Y su rancho? —quiso saber Emília.

El doctor Eronildes la miró a los ojos, con los suyos inyectados en sangre.

—No se ha recuperado de la sequía. Planté todo de nuevo; fue una gran inversión. Pero el algodón no produce lo mismo que antes. Mi ganado es joven. Los animales todavía están demasiado flacos como para venderlos. Fue deseo de mi madre (o un requisito, realmente), en su testamento, que yo regresara a la costa. Estaba preocupada por mí. Quería que me asentara, que abriera un consultorio, que me casara.

—Una mujer sensata —interrumpió doña Dulce.

El doctor Duarte asintió con la cabeza.

—Los agricultores pierden dinero. Los doctores lo ganan.

—Eso depende del agricultor —dijo la baronesa.

—Así que usted tiene que tomar una decisión ahora —intervino Degas—. Usted ya no puede ser dos hombres a la vez.

Eronildes sostuvo la mirada de Degas.

—Conservaré el rancho —dijo finalmente el doctor—. No será una propiedad activa, pero podré visitarla. Además, no tendré que mudarme de inmediato. Las disposiciones póstumas de mi madre respecto a sus propiedades necesitarán meses para que los abogados terminen de implementarlas.

—¿Entonces va a regresar a su rancho? —quiso saber el doctor Duarte—. ¿Pasará allí mucho tiempo?

Eronildes asintió con la cabeza.

—Regreso esta noche.

—Usted no se irá sin conocer a Expedito —dictaminó el doctor Duarte—. Ya es un muchacho grande. ¡Gordo, resistente, lleno de energía! —Puso una guindilla entre sus dedos y se la mostró a Chevalier—. Tiene menos de tres años y el niño ya puede comer una de éstas sin pestañear.

Chevalier se revolvió en su asiento.

—Supongo que no ha sabido ni una palabra de los padres del niño —le comentó Degas a Eronildes.

—Yo soy su madre ahora —interrumpió Emília.

—Iremos a casa después de comer —continuó el doctor Duarte, ignorándolos—. Así Eronildes podrá ver al niño.

—Señor —dijo Degas—, el señor Chevalier y yo querríamos hablar con usted después del banquete; en su estudio.

—Podemos hablar aquí —replicó el doctor Duarte.

—Se trata de asuntos importantes —explicó Chevalier bajando la voz—. Asuntos del gobierno.

—Debe ir a la oficina del interventor para eso —señaló el doctor Duarte—. Yo no soy funcionario del gobierno. Soy poco más que un científico.

Chevalier miró a Degas.

—Padre—intervino Degas, forzando una risa—, no sea modesto. Sabemos que usted es más importante de lo que deja ver.

—La modestia es una gran virtud —sentenció su padre—. Casi tan grande como el decoro.

—Tiene que ver con los cangaceiros —insistió Chevalier—. ¿Usted ha leído el último número del *Diario de Pernambuco*?

El doctor Duarte se puso tenso.

—Sí. Por supuesto.

Emília miró al doctor Eronildes, al otro lado de la mesa. Éste observaba atentamente al piloto.

—Así que usted leyó mi propuesta en las páginas de opinión —dijo Chevalier.

—¿La de sobrevolar en avión las tierras áridas? —intervino Lindalva.

—¡Exactamente! —El piloto sonrió.

—Hay apoyo popular para eso —dijo Degas—. He escuchado a mucha gente hablando del tema. ¡Será como en las películas de guerra!

—Algo horrible, esas películas —señaló la baronesa.

—Será mucho más fácil eliminar a los cangaceiros desde un avión —continuó Chevalier—. Una vez que termine, la policía puede ir a buscar los cuerpos y traerlos a su laboratorio para que sean estudiados.

—¿Y cómo piensa exterminarlos? —preguntó el doctor Duarte.

Emília jugueteó con su copa de agua. Chocó con su plato y el líquido se derramó, oscureciendo el mantel.

—¡Duarte! —exclamó enfadada doña Dulce—. No debemos hablar de esas cosas el Día de Difuntos. Respeta a los muertos.

La baronesa agitó su mano artrítica.

—Los muertos no nos van a escuchar —dijo—. Tienen preocupaciones mayores.

—¿Ha volado usted alguna vez sobre esas tierras? —quiso saber el doctor Duarte, dirigiéndose a Chevalier.

—No —respondió el piloto—. Pero he volado sobre el océano y en la niebla. Sé cómo volar, señor.

—No me preocupa su vuelo —continuó el doctor Duarte—. Me preocupa su aterrizaje.

—Oh, puedo aterrizar también —respondió Chevalier con una sonrisa.

—¿Dónde? —insistió el padre de Degas, cuyas mejillas estaban enrojecidas—. Si no me equivoco, un vuelo desde Río de Janeiro requiere que se detenga varias veces para reabastecerse de combustible. Quizá usted no se haya dado cuenta, pero nuestro estado de Pernambuco tiene más de ochocientos kilómetros de largo. Si usted vuela hacia las tierras áridas, en algún momento tendrá que aterrizar. No hay pistas de aterrizaje. Así que, ¿cómo se propone tomar tierra? —El doctor Duarte tamborileó con sus dedos sobre la mesa.

—El gobierno puede construir pistas de aterrizaje fácilmente —señaló Chevalier—. ¿Acaso no están construyendo una carretera?

—Intentamos construirla. Ha resultado más difícil de lo que habíamos imaginado.

—En Río sería un trabajo sencillo —dijo Chevalier.

—No estamos en Río —respondió el doctor Duarte—. Si usted echa de menos Río, tal vez deba regresar.

Un aplauso repentino llegó desde la parte delantera del comedor. El interventor Higino se puso de pie. Pronunció un breve discurso acerca de los sacrificios de los soldados y los trabajadores de la carretera desaparecidos, y dijo que todos los brasileños debían honrar a sus espíritus valientes. Cuando recordó a las víctimas del incendio del teatro, Emília miró al doctor Eronildes. Él mantuvo la mirada hacia delante, ignorándola. Al final de su discurso se produjo otro aplauso. El interventor Higino levantó las manos pidiendo silencio.

—Me gustaría brindar nuestra atención al criminólogo más respetado de nuestra ciudad, el doctor Duarte Coelho.

El suegro de Emília sacó del bolsillo unas cuantas fichas con anotaciones. Se puso de pie y sonrió; luego fijó su atención en las fichas.

—El criminal —comenzó el doctor Duarte con una voz profunda y teatral—, según el doctor Caesar Lombroso, es un ser atávico, una reliquia de una raza desaparecida. Se trata de una raza que mata y corrompe a nuestros conciudadanos, nuestros seres queridos. Por esta razón, debemos hacer todo lo que podamos para exterminar esa raza. El interventor Higino me ha pedido que use esta sagrada conmemoración para anunciar un plan que hará, eso esperamos, que nuestros soldados, nuestros trabajadores e ingenieros y nuestros ciudadanos inocentes continúen con vida, de modo que para la próxima celebración del Día de Difuntos tengamos menos víctimas que lamentar.

Se oyeron unos pocos aplausos.

—Estamos trabajando con Alemania —anunció el doctor Duarte—. Este proyecto ha sido mantenido lejos de los diarios porque el

Halcón los lee. El DIP hizo que los editores prometieran no imprimir nada sobre este asunto. Pero supongo que ahora no hay peligro en dar a conocer nuestro plan. Nadie tiene aquí la lengua floja, espero.

Los invitados se rieron. El doctor Duarte continuó:

—Hemos comprado varias Bergmann. Ametralladoras, como las llaman los alemanes. Hacen quinientos disparos por minuto. Con ellas, diez hombres se convierten en diez mil. Los cangaceiros no tendrán tiempo para pensar, ni para disparar. Habrán desaparecido antes de que lleguen siquiera a tocar sus pistoleras.

El doctor Duarte le hizo un guiño a Emília.

—Enviaremos las Bergmann en secreto —dijo—. No permitiremos que los cangaceiros se apoderen de esas armas. Atraeremos a los bandidos a un lugar determinado y luego los sorprenderemos con nuestra nueva arma. Damas y caballeros, no tengo dudas de que eliminaremos este azote de criminalidad en nuestros campos. Al final, no será la Bergmann la que hará esto, sino nuestra propia decisión. Como decía nuestro gran escritor Euclides da Cunha, el hombre moral no destruye la raza criminal por la sola fuerza de las armas: ¡la aplasta con la civilización!

La sala estalló en aplausos. Emília sintió que una mezcla ácida de leche de coco y mejillones le subía por la garganta, quemándola. Se tapó la boca con su servilleta para reprimir la arcada.

Después de que el doctor Duarte se sentara, los platos sucios fueron retirados. Se sirvió el postre.

—¿Cuándo llegarán? —preguntó Emília—. Me refiero a esas Bergmann.

El doctor Duarte vaciló; luego susurró a los demás comensales:

—Mientras hablamos, ya las están embarcando, como quien dice.

—Podrán usarse en tres meses —precisó Degas. Puso una mano sobre el antebrazo de Emília. Sin saber si aquello quería ser un consuelo o una advertencia, Emília apartó el brazo. Sintió una presión en la cabeza y detrás de sus ojos, como si su cerebro se hubiera hinchado. No podía más.

—Confío en que todos seremos discretos en esto —les dijo el doctor Duarte a sus invitados.

—Sí —respondió el doctor Eronildes. Miró a Emília—. Cuando me convertí en médico, hice un juramento. Lo que vea o escuche durante un tratamiento, e incluso fuera del tratamiento, que esté referido a la vida de los hombres no saldrá de mí.

—¿Y a la de las mujeres? —preguntó Emília—. ¿Y a sus vidas?

—Sí —intervino Lindalva—, nuestro sexo siempre es ignorado.

—Yo hice el mismo juramento —intervino el doctor Duarte, mirando a Eronildes. Su voz tembló—: Los médicos son hombres leales, especialmente entre sí. Eso es parte del juramento también, si recuerdo correctamente: «Considero a aquellos que ejercen la medicina como iguales y como hermanos, y si tienen necesidad de dinero, les daré una parte del mío». —El doctor Duarte se secó los ojos con la servilleta. Miró a su hijo—. Es un gran grupo éste al que uno pertenece. Un hombre vale lo que vale la compañía que tiene.

—Estoy de acuerdo —aceptó Degas mientras su pie se movía nerviosamente debajo de la mesa—. Y estoy seguro de que el doctor Eronildes también está de acuerdo.

Los demás comensales presentes en esa mesa comieron sus postres en silencio. Emília tragó su porción de pastel casi sin saborearla. Quería terminar pronto con la comida, pero al mismo tiempo no deseaba abandonar el comedor. Tan pronto como el banquete terminara, volverían a la casa de los Coelho y tendría que presentar a Expedito al doctor Eronildes. Emília estaba preocupada por la repentina aparición del médico en Recife, sus problemas financieros y la sorprendente afinidad entre su suegro y él. Lo que más la preocupaba eran las Bergmann, las ametralladoras. Las palabras del doctor Duarte se escurrían entre sus pensamientos de manera implacable e irritante, como moscas atrapadas en su cabeza. «Diez hombres se convierten en diez mil. Habrán desaparecido antes de que lleguen siquiera a tocar sus pistoleras».

Después del postre, Chevalier se excusó y se retiró del comedor. Degas también se levantó y anunció que iba a llevar al piloto de regreso a su hotel. El doctor Duarte levantó la mano, ordenándole a su hijo que esperara.

—Ya es mayorcito, Degas. Estoy seguro de que podrá llegar sin tu compañía. Nos llevarás a nosotros de regreso a casa. Y también al doctor Eronildes.

El doctor Duarte sonrió a su invitado. Cuando Degas empezó a protestar, el buen humor de su padre desapareció. La voz del frenólogo se hizo dura y habló en tono bajo, con rabia contenida.

—Degas —dijo—, tú tendrás tiempo para dedicarlo a los depravados y a los cerdos de los medios de comunicación, pero yo ciertamente no lo tengo. No quiero verlo cerca de mí otra vez.

El doctor Duarte se puso de pie y ayudó al doctor Eronildes a levantarse de la mesa. Degas se quedó con la mirada fija en la silla vacía de su padre y luego se apresuró tras él.

2

En la casa de los Coelho, Emília despertó a Expedito de su siesta y llevó al patio al niño, que tenía ojos somnolientos. La fuente central dejaba oír los ruidos del agua, que corría y saltaba. Las tortugas se habían agrupado en el único sitio sombreado del jardín. Expedito recogió las hojas de lechuga marchitas esparcidas por el suelo de ladrillo y se las dio a comer a las tortugas. Emília se arrodilló junto a él. Pronto las puertas del estudio de su suegro se abrieron y, dentro, el corrupião estalló en un canto sobresaltado. El padre de Degas y el doctor Eronildes se dirigieron hacia ellos.

—¡Aaaah! —exclamó el doctor Duarte, extendiendo sus manos regordetas—. ¡Ahí está el Coronel! Así es como lo llamamos por aquí.

Acarició la cabeza de Expedito. El niño dejó de alimentar a las tortugas y volvió sus ojos oscuros hacia el desconocido. Las manos del doctor Eronildes temblaron. Con una mano se sujetó la otra.

—¿Son tortugas jabotis? —preguntó Eronildes.

Expedito asintió con la cabeza.

—Viven tanto como los seres humanos, ¿lo sabías? —explicó Eronildes—. A veces más. Probablemente nos sobrevivirán a todos nosotros.

Expedito miró las tortugas, como si reflexionara acerca de las palabras del desconocido.

—Salvo a Expedito —corrigió Emília—. Si Dios quiere, vivirá para ver otra generación de tortugas.

—Sí —aceptó Eronildes—. Por supuesto que así será. Gracias a usted.

—Y a usted —agregó Emília—. Los dos somos responsables de su vida.

El doctor Eronildes asintió con la cabeza. Su cara estaba brillante y pálida. Jugueteaba con su chaqueta y movía la pierna nervioso. El doctor Duarte puso una mano en la espalda de su invitado, como para tranquilizarlo.

—El Partido Verde es anticuado: no sirve bebidas en sus reuniones —dijo el doctor Duarte—. Pero me gusta beber un poco de licor de caña de vez en cuando, para matar los parásitos. Tengo una buena cachaza en mi estudio, o White Horse si usted lo prefiere.

Eronildes se humedeció los labios.

—White Horse —dijo—. Con hielo.

El doctor Duarte asintió con la cabeza.

—Le diré a la criada que pique un poco. No tardará mucho. Emília y el Coronel le harán compañía.

Emília observó a su suegro mientras se alejaba. Nunca había visto al doctor Duarte moverse con tanta rapidez ni portarse con tanta deferencia con un invitado. Muy rara vez compartía su pequeña provisión de whisky importado. Junto a Emília, el doctor Eronildes olfateó el aire. Ella también sintió el olor..., un olor a quemado, como de arroz dejado durante demasiado tiempo en el fuego.

—¿Existe aquí la costumbre de encender hogueras el Día de Difuntos? —preguntó Eronildes.

—No —respondió Emília.

Dentro de la casa se oyó al doctor Duarte pedir a gritos el hielo. Eronildes se acercó a ella.

—Debemos advertirla —le dijo.

El olor a quemado se sentía más y ella creyó que Eronildes se refería a eso.

—Doña Dulce no está cocinando nada —respondió Emília.

—No —susurró el—. Hablaba de las Bergmann.

Emília sintió la boca muy seca, la lengua como papel de lija.

—Sí —acabó contestando—. Usted va a regresar a su granja. Avísela usted.

—No me va a creer.

—¿Por qué no?

—Desconfía de cualquiera que venga a Recife, y con toda la razón. Necesitaré su apoyo.

—Lo tiene. Dígale que yo también me he enterado de lo de las Bergmann.

—¿Por qué no se lo dice usted?

—¡No puedo hablar de un arma de fuego en los artículos de la sección de sociedad! —replicó Emília, molesta por la ignorancia de él.

El doctor Eronildes negó con la cabeza.

—No —replicó—. Dígaselo personalmente.

El olor a quemado se hacía cada vez más fuerte, menos natural y más químico. Cerca de los pies de Emília, Expedito los miraba, a ella y al doctor, atentamente, como si comprendiera la conversación.

—¿Cómo? —quiso saber Emília.

Eronildes se acercó más. Su aliento era caliente y ácido, con un toque de licor rancio.

—Puedo organizar un encuentro en mi rancho. Su marido ha dicho que las Bergmann tardarían tres meses en llegar. Tal vez más si hay tormentas en el mar. Además, el barco puede tener cualquier problema, quién sabe. Tal vez tenga que pasar una inspección cuando llegue a puerto.

Emília negó con la cabeza.

—El doctor Duarte conseguirá que descargue rápidamente. Tiene una empresa de exportaciones. Conoce a todos los agentes de aduanas.

—Muy bien —continuó Eronildes—, es decir, que tenemos noventa días como máximo. Si usted toma un tren hacia el sur, a Maceió, necesitará un día. Luego tendría que ir a Propria, cerca del San Francisco, y eso le llevaría al menos dos días, porque no hay ninguna línea de tren que los conecte. No estoy seguro de cuánto tiempo puede llevar un viaje en una embarcación fluvial; eso depende del nivel del agua. Pero aun cuando el viaje requiera dos semanas, si usted parte con suficiente tiempo estará en mi rancho antes de que las Bergmann lleguen a Recife.

—Usted ya lo ha calculado todo.

El doctor Eronildes se humedeció los labios.

—Sí. Lo he estado pensando en el banquete.

Emília se sintió avergonzada por sus pensamientos dormidos por el pánico, tan poco razonables, durante la comida. Quería ser tan lúcida como Eronildes, pero incluso en ese momento, en la relativa seguridad del patio, se sentía aturdida y abrumada.

—No sé —dijo—. Los Coelho no me dejarán viajar sola.

—Invente una excusa.

—¿Cómo sabrá ella que yo voy? —preguntó, temerosa de pronunciar el nombre de su hermana en voz alta.

—Yo se lo diré —aseguró Eronildes.

—Pero usted ha dicho que no le cree.

Eronildes se puso rojo.

—Ella lee los diarios. Usted puede decir algo de su viaje para darle una prueba. Y debería llevar al niño.

Emília observó las puertas del patio, súbitamente preocupada por que el doctor Duarte pudiera regresar. Quería terminar pronto su conversación. Luzia querría que le devolviera a Expedito... ¿Qué madre no iba a querer que le devolvieran a su hijo?

—No —dijo Emília—. Es demasiado peligroso.

Gotas de sudor cubrían el labio superior del doctor Eronildes y su pecho se hinchó como si hubiera respirado hondo, pero en lugar de aspirar se tapó la boca con la mano.

—¿Se siente bien? —preguntó ella, alarmada porque pensaba que estaba a punto de vomitar.

Eronildes asintió con la cabeza.

—Es peligroso —dijo—. Usted tiene razón. Somos humanos. Tenemos que aceptar la muerte como nuestro destino. Algunos son tan ingenuos que creen poder librarse de ella llevando una vida serena. Otros son tan ingenuos que tientan a la muerte; piensan que no los tocará por muy peligrosamente que actúen. En realidad nadie es inmune. Nadie puede salvarse. Perdóneme por pedírselo.

Eronildes había hablado en un tono marcado por la decepción, como si estuviera dirigiéndose a un niño egoísta. Emília quería alejarse, dejar al médico preocupándose en ese patio caluroso; pero si apresuraba su salida de allí, iba a estar actuando precisamente de la manera en que él la había hecho sentirse, como una mujer asustada e infantil.

—Quería decir que es demasiado peligroso para Expedito, no para mí —explicó Emília.

—No, no —replicó Eronildes, agitando la mano—. Una reunión es demasiado peligrosa para todos nosotros. Es mejor no acercarse. A veces queremos actuar con rectitud, pero al final tenemos una naturaleza más débil de lo suponíamos. Ojalá éste no fuera el caso.

—Basta —lo detuvo Emília, molesta por la renuencia repentina del médico—. Lo haré, y usted también lo hará. No tenemos otra opción...

La voz de Emília se quebró. No pudo terminar lo que estaba diciendo. Sus pensamientos eran veloces e inconexos. Sintió que perdía el equilibrio. Extendió la mano hacia atrás, buscando el borde de mosaicos de la fuente, y se sentó. Algunas gotas le salpicaron el cuello y la espalda. En el aire, el olor a quemado se intensificó, recordando a Emília los días posteriores a la revolución. El doctor Eronildes se retorcía las manos y la miraba a los ojos.

—Haré lo que usted decida —ofreció él—. Lamento haberla disgustado.

Emília no respondió. No estaba disgustada, estaba entusiasmada. Emília no había sido lo suficientemente fuerte como para salvar a su hermana menor cuando los cangaceiros se la habían llevado. No había sido lo suficientemente fuerte como para enfrentarse a Degas cuando éste insistió en usar sus envíos de caridad para ocultar las armas. Pero en ese momento podía ser fuerte. Tenía la oportunidad de salvar a Luzia.

—Organice un encuentro y yo iré —susurró Emília—. Le avisaré con tiempo.

Antes de que Eronildes pudiera manifestar su acuerdo, el doctor Duarte regresó al patio con las manos vacías. Lo acompañaba Degas.

—Acabo de recibir una llamada telefónica —anunció, casi sin aliento—. Los comunistas, facciones contrarias a Gomes, están quemando el puerto. Tendremos que posponer nuestra reunión.

—Por supuesto —aceptó el doctor Eronildes, y siguió a Degas y a Duarte a la casa.

Emília se quedó sentada. Arrancó un helecho de una grieta de los azulejos de la fuente. Cerca de ella, Expedito acariciaba los caparazones de las tortugas. Les hablaba en susurros, con su cara cerca de las de ellas, como si las estuviera informando sobre el incendio del puerto. «Tal vez se produzca otra revolución», pensó Emília. Quizá el puerto quedara destruido y las Bergmann nunca llegaran a su destino. Si eso ocurría finalmente, no habría ninguna amenaza para los cangaceiros, pero entonces Emília se vería privada de su oportunidad de salvar a su hermana. ¿Qué era lo que más deseaba?

Fijó la mirada en el lugar donde el doctor Eronildes había estado hacía apenas unos minutos. Ella creía que su presencia en el Banquete del Día de Difuntos era una excusa para verla y organizar un encuentro con Luzia, pero él se había ido del patio para seguir al doctor Duarte demasiado repentinamente como para preguntárselo. Ni siquiera se había despedido. Emília percibió cierta vergüenza en su partida. Su afición a la bebida había empeorado; cualquier hombre se sentiría avergonzado por esa dependencia del alcohol, se dijo Emília. Pero había percibido desesperación en su voz, en la manera apremiante en que le había susurrado. Había dicho que el testamento de su madre establecía condiciones y que su rancho no era rentable. Su traje se veía desgastado y las botas de ranchero estaban mal lustradas, el cuero se había agrietado en los pliegues. Los problemas financieros pueden llevar a cualquier caballero a la desesperación, pero Eronildes era un profesional. Era médico, y podía volver a desempeñar este oficio en tiempos de necesidad. Emília cerró los ojos. La medicina era el único lazo que el doctor Duarte y Eronildes compartían, nada más los unía. El doctor Eronildes había actuado honorablemente en el pasado, se dijo a sí misma. Y continuaría haciéndolo.

Expedito gritó. Emília abrió los ojos. Una tortuga lo había mordido; se agarró la mano herida. Tenía la cara roja, los ojos al borde de las lágrimas. El pequeño miró enfadado a Emília, como si hubiera sido culpa de ella, como si ella hubiera debido impedirlo.

3

El ataque al puerto fue rápidamente sofocado. Fue un estallido pequeño comparado con la rebelión de 1932 en São Paulo, pero había ocurrido en Recife, y se suponía que el noreste era un baluarte de Gomes. El presidente envió tropas. A las dos semanas, Gomes había redactado el borrador de la Ley de Seguridad Nacional. Al mismo tiempo cerró los tribunales y creó el Tribunal Supremo de la Seguridad para que se encargara de procesar a los sospechosos de amenazar la integridad nacional de Brasil. Se suspendió el hábeas corpus. Todos los que se oponían a Gomes o perturbaban el orden nacional —desde los intelectuales hasta los ladronzuelos— fueron encarcelados. Las prisiones se llenaron y algunos barcos de guerra fueron convertidos en cárceles flotantes en el puerto de Río de Janeiro. En Recife, la Policía Militar recorría los barrios, especialmente el centro y el Barrio Recife, donde había liberales y estudiantes.

Un antropólogo local amigo de Lindalva publicó un libro que el *Diario de Pernambuco* consideró «pernicioso, destructor, anarquista y comunista». El libro decía que los brasileños no sólo eran producto de los portugueses, sino también de las influencias africanas y nativas. No se trataba de una cultura monolítica, decía el antropólogo. El doctor Duarte dijo que el libro era pornográfico. El gobierno de Gomes prohibió su venta y cerró todos los centros culturales africanos y sus locales religiosos. El amigo de Lindalva se exilió en Europa.

Gomes puso en vigor su Ley de Seguridad Nacional con tal rapidez que la gente no tuvo tiempo de reaccionar ni de protestar. El doctor Duarte, como tantos otros, creía que el comunismo era una amenaza mayor que la nueva ley de Gomes. En el salón de los Coelho, Emília se sentaba entre Degas y el doctor Duarte a escuchar por radio los noticiarios nocturnos. Un líder italiano a quien llamaban *il Duce* se preparaba para invadir Etiopía. En España se hablaba de una posible guerra civil. En el puerto de São Paulo, doscientos judíos alemanes habían desembarcado, huyendo de su nuevo *Führer*. La agitación se expandía por todo el mundo y Brasil no era diferente. Muchos brasileños creían que Gomes era como un padre severo que trataba de protegerlos de la inestabilidad. Otros decidieron abandonar el país antes de que la situación empeorara. Varios científicos, escritores y profesores de Recife aceptaron discretamente trabajos en el exterior. Lindalva y la baronesa cerraron su casa en la plaza del Derby y se dispusieron a hacer un largo viaje para visitar a un primo en la ciudad de Nueva York. Prepararon baúles llenos de ropa y libros. Lindalva cerró su cuenta bancaria y, durante la última comida de Emília en el porche de la baronesa, puso un sobre grande en sus manos. En el interior había gruesos fajos de billetes.

—Tus ahorros para escapar —dijo Lindalva—
Ven con nosotras.

La baronesa asintió con la cabeza.

—No creo que una mujer casada deba escapar de
sabilidades, pero cuando un marido no tiene en cuenta (
familiar la esposa debe considerar su propia conveniencia,
me enseñó eso. La situación aquí se pondrá cada vez peor. (
ambicioso. Va a querer más y más, y luego no va a saber qu
con todo eso.

—Diles a los Coelho que nosotras seremos tus protec
—sugirió Lindalva, sonriendo—. Velaremos por tu honor.

—No puedo irme —respondió Emília.

—El taller se puede cerrar —alegó Lindalva—. Las costurera
encontrarán trabajo.

—No es por el taller —replicó Emília, sin poder mirar a su
amiga a los ojos. Sintió que su garganta se cerraba.

Lindalva y la baronesa juraron que regresarían a Brasil, pero
Emília sabía que estaba perdiendo a sus únicas aliadas. Quería ir con
ellas, empezar una nueva vida en una ciudad extranjera, pero no podía. Había prometido hacer otro viaje. En lugar de dejar Brasil, Emília había jurado internarse más en el país. Debido a la Ley de Seguridad Nacional, cualquier amenaza contra el Estado —incluida la
actividad de los bandidos de las tierras áridas— era considerada grave. El doctor Duarte y el interventor Higino esperaban ansiosos la
llegada de las Bergmann. Enviaron más tropas al interior. Emília sufría todos los días al leer el periódico y no dejaba de preguntarse qué
cangaceiros habían sido capturados y cuáles decapitados. No podía
soportar la tensión. Lo único que le brindaba consuelo era la propuesta del doctor Eronildes. Emília iba a viajar al interior para advertir
del peligro a su hermana. Sólo cuando lo hiciera se sentiría libre.

Después de su visita, el doctor Eronildes había enviado tarjetas de agradecimiento a cada miembro de la familia Coelho, expre-
sando gratitud por su compañía durante el Día de Difuntos.

Señora doña Emília:
Fue un placer verlos a usted y al niño otra vez. Me alegro de que
ambos gocen de buena salud. Usted mencionó que deseaba hablar

con un colega mío respecto de las oportunidades educativas para Expedito. ¿Todavía querría usted tener esa reunión? Estaré en Recife dentro de dos semanas. Por favor, deme su respuesta cuanto antes para poder hacer los preparativos necesarios. Resulta difícil encontrarse con mi colega, de modo que el tiempo es esencial.

Mientras tanto, he rezado a santa Lucía, como usted me recomendó. Espero que responda a nuestras oraciones. Como cualquier santo, ella necesita la prueba de nuestras buenas intenciones.

Atentamente,

Doctor Eronildes Epifano

Con poco más de dos meses de plazo antes de que llegaran las Bergmann, Emília tenía que poner en marcha sus planes. Cuando el doctor Eronildes visitara Recife, especificaría una fecha para la reunión. Entonces Emília abriría su joyero para darle a Eronildes la vieja navaja de su hermana, la que tenía una abeja tallada en el mango, para que se la entregara a la Costurera. Esa navaja serviría como prueba de que la cita era auténtica, de que ella iba a estar allí.

Emília les dijo a los Coelho que necesitaba nuevas telas para estar preparada para los próximos bailes de Año Nuevo y de carnaval. Dijo que quería usar diferentes clases de materiales y que una tienda de Maceió tenía una gran variedad. Los envíos de caridad habían hecho que el doctor Duarte se convirtiera en un admirador del «pasatiempo de costura de Emília». No ponía ninguna objeción a ese viaje. Doña Dulce estaba siempre contenta de ver a Emília fuera de la casa, pero no le gustaba la idea de que una esposa joven viajara sola.

—No estaré sola —explicó Emília—. Llevaré a Expedito. Y a Raimunda, por supuesto, para que lo cuide mientras voy de compras.

Doña Dulce quedó conforme. La suegra de Emília agradecía pasar unos días sin Expedito y esperaba poder sonsacar a Raimunda algún chisme sobre el viaje cuando regresaran. Solamente Degas se opuso al viaje. Si Emília se iba, él no tendría a nadie que le sirviera de excusa para sus correrías a la hora de comer. No podía cruzar al Barrio Recife para encontrarse con Chevalier. Por eso Degas comenzó a hacer preguntas sobre la tienda de telas. ¿Dónde estaba ubicada? ¿Por qué él no se había enterado de su existencia? ¿Cómo era que en aquel lugar remoto podían ofrecer algo mejor que las numerosas tiendas de telas de Recife? Emília tenía sus respuestas pensadas, pero ninguna de ellas satisfizo a Degas. Finalmente, descubrió una respuesta que sí lo iba a tranquilizar.

—Cuando vuelva —dijo— tendremos tantas telas que deberé ir al taller todos los días de la semana. Podrás pasar a visitarme cuantas veces quieras. Necesitaré que me lleves el desayuno, la comida y la cena.

El doctor Duarte le dio un cheque a Emília para el billete de ida y vuelta en tren a Maceió. Emília decidió que no haría uso del billete de regreso. El viaje en barco por el río hasta el rancho de Eronildes duraría mucho más que el tiempo que tenía autorizado para su viaje de compras. Emília cosió sus ahorros para la fuga en los forros de tres chaquetas de bolero. Una vez en Maceió, dejaría una nota a la criada, Raimunda, diciendo que abandonaba a Degas. Habría un escándalo, nunca podría regresar a Recife. Degas podría enfadarse y revelar la verdad al doctor Duarte sobre Luzia y Expedito. Emília no se arriesgaría a volver.

No la entristecía abandonar Recife. Degas y ella no tenía futuro juntos, y no le gustaba la manera en que los Coelho hablaban del porvenir del niño. Pensaban encaminarlo hacia un oficio como la carpintería o la herrería. Si se quedara en Recife, Expedito se pasaría la vida arreglando las propiedades alquiladas de los Coelho o cargando cajas en sus almacenes. Un «niño de la sequía» no podía ir a la universidad. Emília había transformado su vida una vez, podía hacerlo otra. Pero en esta ocasión no esperaba experiencias románticas, ni la riqueza, ni tenía ninguna de las expectativas juveniles que alguna vez albergó en sus sueños. Ahora sólo esperaba consuelo. Tenía ahorrado suficiente dinero como para viajar por el sur después de dejar el rancho del doctor Eronildes. Si Degas revelaba su secreto, Emília y Expedito podían cruzar la frontera del sur hacia Argentina y allí compraría dos pasajes de segunda clase en un barco de vapor con destino a Nueva York, donde Lindalva y la baronesa se habían establecido. Incluso en un país extranjero, una buena costurera podía encontrar siempre trabajo.

Emília empezó a preparar el equipaje semanas antes de su partida. Seleccionó su vestuario cuidadosamente. Si llevaba demasiada ropa, los Coelho podían sospechar algo. Emília tenía que empaquetar vestidos y sombreros a la moda, pero su ropa no podía ser demasiado elegante, pues resultaría extraña en el viaje en barco por el río. Después de salir de Maceió, no habría maleteros ni mayordomos que la atendieran, de modo que su maleta no podía pesar más de lo que ella pudiera cargar. Además, también tenía que pensar en la ropa de Expedito, y escoger la adecuada. Emília pasó tardes enteras en su habitación, doblando y desdoblando prendas de vestir.

Un día, poco antes de la prevista llegada a Recife del doctor Eronildes, Emília escuchó que la puerta de entrada se cerraba ruidosamente. Abajo, el doctor Duarte le gritó algo a un criado. No pudo entender sus palabras. Una criada corrió al segundo piso y llamó a la puerta de Emília.

—El doctor Duarte quiere verla —dijo la muchacha, y bajó la voz—: Algo lo ha puesto nervioso... Está enfadado por algo...

—¿Dónde está Expedito? —interrumpió Emília, cogiendo del codo a la criada.

Sobresaltada, la joven dio un paso hacia atrás. Respondió que el niño estaba en el patio, jugando con Raimunda. Emília la dejó ir. La empleada se frotó el brazo y se escabulló escaleras abajo. Ella se apoyó sobre el marco de la puerta. Si el doctor Duarte había descubierto el propósito de su viaje, todo estaba perdido. Miró la ropa amontonada sobre la cama. Expedito estaba en el patio; si no quedaba más remedio, podía correr y coger al niño. Podía salir corriendo de la casa de los Coelho antes de que pudieran detenerla. Emília respiró hondo y se dirigió al piso de abajo.

La cara del doctor Duarte estaba enrojecida. Tenía los labios apretados. Hizo pasar a Emília al estudio con un gesto brusco y cerró la puerta cuando ella entró. Allí esperaba Degas. El marido de Emília estaba sentado delante del escritorio del doctor Duarte, con el sombrero en las manos. Sus ojos iban y venían entre su padre y su esposa. Degas parecía tan confundido como Emília, haciendo cábalas similares sobre qué podría haber causado la cólera de su padre y cómo podía librarse de ella. En un rincón había un ventilador giratorio con un bloque de hielo ya medio derretido delante de él. Emília sintió una corriente de aire frío en el rostro.

—Siéntate —ordenó el doctor Duarte.

Emília obedeció. El ventilador siguió su giro y ya no le daba el aire. La atmósfera de la habitación de pronto pareció pesada y cálida.

—No voy a andar con rodeos —comenzó el doctor Duarte—. Degas tiene el hábito de visitarte a la hora de la comida, Emília. En tu taller, ¿verdad?

La voz de su suegro no tenía nada del tono afectuoso que generalmente usaba para hablar con ella. Era severo. El corazón de Emília latió con fuerza. Degas la miraba.

—Sí —respondió ella—. Me visita.

—¿Y qué es lo que coméis? ¿Aire? —soltó el doctor Duarte—. Nadie os ve en los restaurantes.

—Nos traen comida —explicó Degas.

—¿Dónde están los recibos? —quiso saber su padre—. Muéstramelos.

Degas bajó la vista.

—No los tengo.

—¡Pues bien! —gritó el doctor Duarte, golpeando su escritorio y sobresaltando a Emília—. ¡Coméis comida imaginaria en restaurantes imaginarios servidos por camareros imaginarios!

Miró directamente a su hijo. Se diría que bufaba. El aire entraba y salía con fuerza por su nariz.

—Hay cientos de policías militares patrullando por las calles ahora —continuó el doctor Duarte—. ¿Creías que nadie te iba a ver? ¿Creías que la ciudad está ciega?

Se detuvo. Las comisuras de sus labios estaban llenas de saliva. La secó con el dorso de la mano y miró a Emília.

—Estoy seguro, Emília, de que tú sólo estabas siendo leal a tu marido. Estoy seguro de que no has tenido nada que ver con sus escapadas. Una información desafortunada me ha llegado, Degas. Parece que tu amigo, el señor Chevalier, ha sido detenido en..., en... —El doctor Duarte se retorció sus gruesos dedos—. Hay cosas que no puedo decir delante de una dama. Lo único que puedo contarte es que hay un joven que estaba haciendo calle involucrado. Un pervertido. Y el señor Chevalier no ha dudado en dar tu nombre, Degas, calificándote como un querido amigo.

—¿Mi nombre? —dijo Degas poniéndose rojo—. ¡Así que soy culpable por asociación!

—¡No debe haber ninguna asociación con esos tipos! —espetó el doctor Duarte. Cerró los ojos y respiró hondo—. Le he pagado a la policía —continuó—. El joven de mala vida no abandonará la comisaría. Gracias a la Ley de Seguridad Nacional estará limpiando sus baños el resto de sus días. También he entregado la fianza para el señor Chevalier. Partirá para Río mañana. En barco.

El doctor Duarte cayó en su silla del escritorio con un ruido sordo, como si sus rodillas se hubieran aflojado.

—Hijo —dijo débilmente—, no hay nada que con disciplina y esfuerzo auténtico no se cure. No es irreversible. Es una debilidad mental. Te la curaremos. Hay una clínica en las afueras de São Paulo, el sanatorio Pinel. Se especializan en este tipo de cosas. El hijo de Fonseca fue allí no hace mucho tiempo. Volvió curado.

Degas empalideció. Emília recordaba a Rubem Fonseca. Tiempo atrás campeón de fútbol, bajo y robusto, del equipo de la facultad de Ingeniería, había regresado de su baja por enfermedad sin ningún interés por el deporte. En los bailes del Club Internacional, Rubem Fonseca se sentaba a una mesa alejada y fumaba cigarrillo tras cigarrillo, saludando a sus compañeros de mesa con la mirada baja y un débil apretón de manos.

—He hablado con el director —informó el doctor Duarte—. Tienen sitio para ti, Degas. Yo te acompañaré. Partiremos esta semana y diremos que se trata de un viaje de negocios. Te quedarás todo el tiempo que sea necesario; el doctor Loureiro ha dicho que la mayoría de los casos requieren dos meses. Le diré a tu madre que estás de viaje. Emília, irás de todas maneras a tu viaje a comprar telas. Las cosas deben continuar de la manera más normal posible... Doña Dulce no debe sospechar nada. Esto podría trastornar a tu madre, Degas. No acudas a ella en busca de ayuda. ¿Comprendes?

Degas asintió con un movimiento de la cabeza. Había arrugado el sombrero entre sus manos.

—Emília —dijo el doctor Duarte—, sé que es una información desagradable, pero debes escucharla. La gente hará preguntas y debes dar respuestas creíbles. Tú eres la guía moral de tu marido. Cuando regrese, te llevará a las cenas, al teatro, al cine. No te moverás de su lado. De esa manera no habrá ninguna recaída.

Emília asintió con la cabeza. El doctor Duarte los despidió con un movimiento de la mano, tras decir que tenía que comprar los pasajes e informar al sanatorio Pinel de su llegada. Emília y Degas salieron del estudio y subieron por las escaleras los dos juntos, como si su penitencia ya hubiera comenzado.

En mitad de la escalera, Degas tropezó. Emília lo agarró del brazo, temiendo que se desmayara y cayera rodando. Degas cerró los ojos. Lentamente, Emília lo ayudó a sentarse en las escaleras. Los peldaños recubiertos con mosaicos le resultaron fríos en la parte trasera de los muslos. Degas apoyó la frente contra el pasamanos de la escalera, empañando el bronce.

Emília sintió una mezcla confusa de emociones. Agradecía que la cólera de su suegro no estuviera dirigida contra ella; él no sospechaba que el viaje de Emília era una mentira. También se sentía justificada porque había tenido razón acerca de Chevalier —ciertamente era un canalla— y Degas había sido finalmente reprendido por su engaño. Pero luego recordó los ojos muertos del hijo de Fonseca y vio a Degas delante de ella, con su rostro sin color y las manos temblorosas. Emília no quería que él fuera castigado.

—Lo siento —dijo.

Degas le dirigió una sonrisa torcida.

—¿No crees que me vayan a curar?

—No lo sé.

—Pero esperas que así sea —espetó Degas—. Todos quieren que yo sea un hombre diferente.

Emília negó con la cabeza.

—No te conozco, Degas. ¿Cómo voy a querer que seas alguien diferente si apenas te comprendo ahora?

Degas se cubrió los ojos con las manos.

—Realmente no quería tanto a Chevalier —dijo—. Me resultaba útil, eso es todo. Nunca me he sentido indecente. Nunca he tenido que quedarme en las esquinas como un tonto, esperando a algún muchacho que estuviera haciendo la calle. Pero no quería a Chevalier, no realmente. No como a Felipe...

La voz de Degas se entrecortó. Se chupó los labios, como si quisiera tragarse sus palabras.

—¡No quiero ser curado! —dijo con los dientes apretados—. No quiero estar sordo a estos sentimientos. He tenido momentos de verdadera felicidad, Emília. ¿Me comprendes?

Degas cogió las manos de ella entre las suyas, como si mendigara. Emília miró abajo, hacia las sombras más allá del barandal curvo, y se preguntó si alguien estaría escuchando. Nunca había sentido el amor físico de la manera en que Degas lo expresaba. Lo que había sentido hacía muchos años por el profesor Celio había sido un entusiasmo juvenil, nada más. Los únicos contactos físicos que había tenido habían sido con Luzia y con Expedito, y representaban un tipo diferente de amor. Emília retiró las manos.

—No —dijo Degas en voz muy baja—. No lo comprenderías. Yo te robé eso. Ojalá pudiera irme de este lugar. Ojalá estuviera enterrado con Felipe.

—No digas eso —reaccionó Emília.

—¿Sabes lo que hacen en esos sanatorios? Usan electricidad. Inyectan hormonas. Me matarán de una manera diferente. Volveré, pero estaré muerto.

Emília le cogió la mano.

—No vayas. No tienes que hacerlo.

—¿Qué puedo hacer? ¿Escapar? —Degas la miró a los ojos—. Escapar no es tan fácil como crees, Emília.

—Lo sé —aceptó ella, súbitamente molesta por la voz suave de Degas.

—¿Lo sabes? —preguntó Degas—. Prométeme que volverás después de ir a Maceió.

—¿Por qué?

—Promételo.

—No.

Degas se movió en el escalón. Sus rodillas chocaron contra las de ella.

—No existe esa tienda de telas, ¿verdad?

Emília se agarró al borde de la escalera. Trató de levantarse, pero Degas le puso el brazo sobre las piernas.

—¡Basta! —protestó Emília—. ¡Deja de comportarte como un egoísta! Si quisiera dejarte, me habría ido a Nueva York con Lindalva. Esto no tiene nada que ver contigo, Degas. Es algo más importante.

El brazo de Degas se desplomó sobre su regazo.

—¿Hasta qué punto es importante?

La joven contestó de forma indirecta.

—Tengo que evitar un gran desastre. ¿Qué habría pasado si hubieras podido evitar tu problema? —susurró Emília—. ¿No habrías preferido que alguien te hubiera advertido de antemano? Ahora todo sería distinto.

—Tal vez —respondió Degas—. Pero quizá yo quería que me descubrieran. Tal vez quería que todo terminara. —Degas se acercó más a Emília—. Las Bergmann están llegando —susurró—. No puedes detenerlas. Y ella tampoco.

—Puedo advertirla. Por lo menos sabrá que van a llegar.

Degas hizo un gesto de asentimiento.

—¿Cómo te encontrarás con ella?

—Eso no es asunto tuyo —respondió Emília, desconfiada—. Ella vendrá a mí.

—Es ese doctor —dijo Degas—. Te ha convencido de que vayas allí.

—Nadie me ha convencido.

—Suspende el viaje, Emília. Hazlo a través de los periódicos para que ella pueda leerlo. De esa manera él no podrá oponerse.

—No —insistió Emília, apartándose de Degas—. ¿Por qué?

—Te está utilizando. —Degas se pasó la mano por el pelo con brusquedad, como si tratara de quitarse un mal recuerdo de la cabeza—. ¿Recuerdas que en tu viejo pueblo Felipe tenía jaulas en su porche? Una vez me explicó de qué manera cazaba esas aves. Solía poner comida en las jaulas para atraerlos hacia dentro, pero pronto descubrieron ese truco. Entonces metía otro pájaro dentro. Le ataba las patas al travesaño de la jaula. Cualquier ave desde fuera, al ver otro pájaro allí, creía que era un lugar seguro. Y se metía dentro. No era la comida lo que los atraía, Emília. Era el otro pájaro.

Emília se alejó de Degas lo más que pudo. Apoyó la espalda contra la pared de la escalera, y su cabeza casi golpeó el pasamanos atornillado encima de ella. Degas hablaba de aves y jaulas porque pensaba que ella era demasiado simple, demasiado ingenua como para merecer una explicación verdadera. Pensaba que era fácil de engañar.

—El doctor Eronildes es un buen hombre —dijo Emília—. No nos pondría en peligro a mí ni a Expedito. Yo necesito su ayuda, no al contrario. Yo soy la que lo está utilizando a él.

—Mejor para el doctor Eronildes entonces —concedió Degas—. Tienes razón, no os pondrá en peligro ni a ti ni al niño: no te quiere a ti, la quiere a ella. Fijará una fecha falsa, y luego te enviará un telegrama a última hora. Dará alguna excusa para cancelar tu viaje. Suspenderá la reunión contigo, pero no con ella. Tu hermana pensará que va a encontrarse contigo y en cambio se encontrará con los soldados.

—¿Qué quieres decir? —se sobresaltó Emília—. ¿De qué te has enterado?

—De nada... —espetó Degas—. Es un borracho, Emília, y está desesperado. Es la razón por la que de pronto se muestra tan amistoso con mi padre.

—Vino a visitarnos a mí y a Expedito; usó al doctor Duarte como excusa. Y ha heredado bastante dinero. No tiene razones para estar desesperado.

Degas negó con la cabeza.

—El gobierno es dueño de los bancos, Emília. ¿Cómo conseguirá tu doctor que le paguen su herencia, a menos que coopere, a menos que les dé algo a cambio? ¡Todos saben que es un coiteiro! Igual que todo el mundo conoce mi... situación... y todos fingen no saber nada a causa de mi padre, pero esperan, algún día, usar eso a su favor. Es lo mismo, Emília. Si Eronildes se traslada a la costa, necesitará amigos. Ya no tiene familia. Su nombre no significa nada aquí. Si no coopera, su nombre será ensuciado. Nadie puede vivir en este lugar sin un buen nombre. Tú lo sabes tanto como yo.

Emília se puso de pie. Sentía las piernas pesadas y entumecidas. Se agarró del pasamanos para sostenerse.

—¿Por qué me dices esto? —preguntó—. ¿Por qué de repente quieres ayudarme?

Degas se encogió de hombros.

—Ya no me importa el trabajo de mi padre. A decir verdad, espero que nunca consiga sus valiosas cabezas. Espero que fracase.

Emília se agarró al pasamanos con más fuerza. Golpeó el muslo de Degas con la punta de su zapato, consiguiendo que levantara la vista para mirarla.

—Tú lo que esperas es que yo fracase —le dijo—. Quieres que yo me quede aquí y me sienta culpable, para así sufrir igual que tú. No salvaste a Felipe ni le advertiste de nada, y eso es culpa tuya. Pero yo voy a salvar...

La voz de Emília se cortó. Miró escaleras abajo; siempre había criadas ocultas en los pasillos de la casa de los Coelho y escuchando detrás de las puertas.

—A ti nunca te gustó el doctor porque a todos los demás les gustaba —continuó—. La gente no se fijaba en su vicio y sí se fijaba en el tuyo, por eso quieres denigrarlo. El doctor Eronildes ha sido siempre honrado conmigo, Degas. Tú no.

—¿Entonces no me crees? —preguntó Degas.

—No.

Degas se levantó.

—Tienes razón —dijo él—. Él se ganó tu confianza. Yo no. ¿Por qué ibas a escucharme? Era solamente una conjetura, de todas maneras.

Se inclinó dubitativamente, como si quisiera besarle la mejilla. Emília se apartó.

—Lo siento —dijo Degas, y continuó subiendo.

4

Aquella noche llovió. Enjambres de mosquitos gigantescos invadieron la casa de los Coelho. Doña Dulce los combatió encendiendo velas de hierba limón, lo que hacía que los pasillos y las habitaciones de la casa tuvieran un aspecto brumoso debido al humo. Cuando se metió en la cama, Emília sintió que las sábanas estaban húmedas y frías. Ese tipo de clima era raro para principios de diciembre; Emília colgó una hamaca en su habitación y se metió en ella, balanceándose suavemente. Observó a Expedito, que dormía. Éste apartó a patadas las sábanas de su camita y siguió durmiendo destapado debajo del mosquitero. Emília estaba intranquila, su cabeza estaba llena de dudas. ¿Tenía Degas razón respecto a Eronildes? ¿Sería ella el reclamo para capturar a la Costurera? Emília decidió hablar con Degas de nuevo, esta vez con calma, a la mañana siguiente.

Emília se despertó con el ruido del motor del Chrysler y el chirrido del portón de entrada. Se incorporó. El cielo estaba oscuro y la casa de los Coelho permanecía en silencio; los criados no habían empezado sus tareas. Fuera, la lluvia continuaba. A pesar de la tormenta, algunas aves anunciaron tímidamente la llegada del día.

Degas no estuvo presente a la hora del desayuno. Había dejado una nota diciendo que se había ido a su oficina en el centro de la ciudad para recoger algunas cosas que necesitaba para su próximo viaje. El doctor Duarte tenía los ojos hinchados y estaba malhumorado cuando leyó la nota. La lluvia distrajo a doña Dulce. El agua caía con fuerza salpicando incluso el interior de la casa, por lo que las criadas cerraron todas las puertas del patio. El aire de las habitaciones se volvió denso y húmedo.

A la hora de la comida, Degas no apareció. El doctor Duarte llamó a su oficina; uno de los empleados le dijo que su hijo no había estado allí.

—¡Escapa a sus responsabilidades! —exclamó el doctor Duarte al sentarse a la mesa. Cogió la campanilla de bronce de doña Dulce y ordenó a las criadas que sirvieran la comida.

—Algo ha ocurrido —dijo doña Dulce, sacudiendo la cabeza—. Nunca falta a comer sin avisarme.

Su marido resopló.

—Ya he llamado a la policía. Buscarán nuestro automóvil. Les he dicho que crucen el puente que lleva a Barrio Recife. Probablemente esté ahí.

Doña Dulce se puso colorada. Comieron en silencio.

Esa tarde, cuando Expedito se puso nervioso, Emília lo llevó al jardín trasero. Buscaron refugio en el patio cubierto, donde se secaba la ropa lavada. Varias cuerdas se extendían por el techo del patio. Éstas se curvaban bajo el peso de las sábanas empapadas, las camisas de Degas, las prendas interiores amarillentas de doña Dulce, las enaguas bordadas de Emília.

Expedito se escondió. Emília contó hasta diez. Caminó entre las paredes de sábanas. Las iba separando mientras buscaba al niño. Con la humedad y la lluvia, nada se había secado. Una fría funda de almohada la golpeó en el hombro. Emília se sobresaltó. Se escuchó el ruido de un automóvil en el camino de la entrada y luego el toque de una bocina.

«Degas», pensó. Expedito se rió. Ella se agachó sobre su escondite y apartó una sábana. El niño chilló. Sintió la tibieza del niño en sus brazos, que olía a polvos de talco de bebé. Emília lo abrazó con más fuerza.

Se oyeron pasos rápidos fuera.

—¡Señorita Emília! —gritó la criada Raimunda. Su voz era tensa. Se abrió paso apartando sábanas y el resto de la ropa—. ¡Señorita Emília! —gritó otra vez.

Expedito puso su manita sobre la boca de Emília. Ella sonrió y permaneció en silencio, pero Raimunda los encontró pronto. Parecía frustrada y confundida.

—Debe ir a la sala ahora mismo —dijo Raimunda—. Han encontrado al señor Degas.

Dentro, Emília y los Coelho se encontraron con un capitán con el uniforme verde de la policía. Hablaba con frases concisas.

Habían encontrado a Degas con el Chrysler de los Coelho. Los testigos decían que el Chrysler Imperial iba a gran velocidad. La lluvia era en extremo densa. Fue precisamente después de la hora del desayuno. Parecía que el coche iba a meterse entre un tranvía y un vendedor de escobas, pero viró de manera brusca justo antes del puente Capunga. Cayó al río Capibaribe. La corriente era fuerte. El automóvil flotó al principio. Degas permaneció dentro. Algunos dijeron que se había golpeado la cabeza y que sus ojos estaban cerrados. Otros dijeron que estaban abiertos. Un conductor de tranvía arrojó una cuerda, pero no llegó hasta el automóvil. El Chrysler se sacudió bruscamente e inmediatamente se hundió. Nadie se lanzó a salvarlo; el río llevaba demasiada corriente.

Doña Dulce se desplomó en brazos de su marido. Éste sostuvo a su esposa. Los brazos le temblaron con el esfuerzo. El policía permanecía, incómodo, en la sala, a la espera de que alguien lo excusara para poder retirarse. Miró con una expresión de súplica a Emília, pero ella se había quedado sin habla.

5

En el velatorio, el ataúd estaba cerrado y cubierto de flores. ¡Tantas flores! Emília se sintió mareada por el olor. El doctor Duarte había encargado un retrato al óleo de Degas para colocarlo sobre el ataúd. En él, su hijo parecía más delgado, su mandíbula más definida, sus ojos brillantes y seguros. Emília observó al extraño de ese retrato. La policía consideró que la muerte de Degas había sido «un accidente», pero los rumores persistieron. Algunos dijeron que la maniobra del automóvil fue demasiado brusca como para ser accidental, incluso para un conductor imprudente como Degas. A Emília no se le permitió ver su cuerpo, pero su suegro dijo que estaba hinchado e irreconocible. El ataúd de Degas tuvo que ser cerrado para el velatorio y después fue enterrado en el mausoleo de los Coelho.

Emília se convirtió en la viuda de Coelho; así la llamaban los periódicos y también los que acudían al duelo a besar su mano antes de entrar en el salón de baile con espejos donde, hacía muchos años, Emília había aprendido a andar, a hablar y a actuar con las lecciones de doña Dulce. Sin Degas, la posición de Emília en la casa de los Coelho era precaria. Iba a vivir como la viuda de Coelho por el resto de sus días, dependiendo de la generosidad del doctor Duarte y sometida al ojo atento de doña Dulce.

Los espejos de la sala fueron cubiertos para el velatorio, envueltos en tela negra, al igual que los demás espejos de la casa de los Coelho. Después de la visita del oficial de policía, doña Dulce se recogió el pelo en un rodete dolorosamente ajustado. Hizo poner tanto almidón en sus vestidos de luto que Emília podía escuchar el movimiento de sus faldas por toda la casa. Vio una marca roja en el cuello de doña Dulce donde la tela rígida le había raspado la piel. La suegra de Emília dejó de revisar cada habitación en busca de polvo y moho en la casa de los Coelho. Dejó de exigir un esfuerzo adicional a las criadas. Durante los días que siguieron a la muerte de Degas, doña Dulce miraba con ojos vidriosos y sin precisión, como si estuviera visitando en secreto el mueble donde se guardaban los licores. Emília recordó a su padre allá en Taquaritinga, quien, después de la muerte de su madre, había tenido la misma mirada de doña Dulce, provocada no por la embriaguez, sino por el pesar irreparable.

Durante el duelo, Expedito estaba sentado junto a Emília y ocasionalmente la espiaba por debajo de la mantilla. Ella no le apartaba la mano. Quería que Expedito la viera, que supiera que ella seguía estando ahí, debajo del encaje negro. Cuando él la espiaba, la cara de ella quedaba al descubierto, y Emília escuchó a doña Dulce que le susurraba a uno de los invitados:

—¿La ve? Insensible como una piedra. ¡Ni siquiera una lágrima!

Emília no podía llorar. Cada vez que pensaba en Degas, se lo imaginaba tranquilo en el asiento delantero del Chrysler mientras el agua turbia entraba veloz por las ventanillas. Degas finalmente se había librado de la casa de los Coelho y de todas sus obligaciones. Había regresado junto a Felipe. Pero antes de partir había proyectado una sombra de duda en la mente de Emília y, en los días posteriores a su muerte, esa sombra creció y se convirtió en nubarrón. Emília recordó su última conversación, en las escaleras. No estaba segura de si la advertencia de Degas era un intento de redención u otra mentira en su propio beneficio.

La fila de visitantes del velatorio avanzaba con lentitud.

«Lamento mucho su pérdida», decían los hombres. Algunas mujeres le susurraban a Emília: «Es una lástima que no haya ningún hijo para mantener el apellido. Los niños son un gran consuelo». Otras decían: «Es una bendición que no haya hijos que tengan que sufrir por esto». Emília asentía con la cabeza serenamente después de cada comentario, sin dejar entrever sus propias emociones. Como el ataúd estaba cerrado no había ningún cuerpo para observar amontonándose a su alrededor, de modo que los invitados contemplaban a Emília y a los Coelho. También aprovechaban la oportunidad para examinar la rara vez visitada casa de la familia. Los dolientes llenaban el salón, la sala de estar, el salón de baile y el comedor, con la mesa llena de galletas y unas grandes cafeteras de plata. Se servía sólo café en un esfuerzo por mantener despiertos a los presentes durante toda la noche.

El café puso nerviosa a Emília. Había bebido demasiadas tazas y en ese momento, cuando el cielo se volvió oscuro y las luces del salón de baile se encendieron, Emília no podía mantenerse quieta. Se movía en su silla, se alisaba el vestido negro, se arreglaba la mantilla. El humo del incienso parecía cubrirle la lengua, la garganta. La habitación le parecía demasiado pequeña. Expedito estaba ya arriba, a salvo en su cama, con Raimunda ocupándose de él. Los niños no tenían que permanecer despiertos toda la noche en los velatorios, pero las esposas sí. Emília suspiró.

—Discúlpenme —les dijo a doña Dulce, al doctor Duarte y a los demás dolientes que se agrupaban alrededor de sus asientos. Emília se puso de pie y abandonó la habitación rápidamente. Necesitaba aire. El patio estaba lleno de visitantes, todos vestidos de negro. Unos fumaban, otros conversaban, admiraban la fuente y jugueteaban con las tortugas. Evitó el patio y se dirigió hacia la puerta principal. Se quitó la mantilla e hizo un pequeño ovillo con el pequeño trozo de encaje negro en su mano. Saldría de la casa..., daría un paseo por la Rua Real da Torre hasta que desapareciera el efecto del café. «Una dama no anda sin rumbo fijo». Las normas de doña Dulce resonaban en su cabeza. «Una dama siempre tiene un objetivo, algo que hacer».

«Yo tengo algo que hacer», se dijo Emília.

Sus maletas todavía estaban preparadas, a pesar de que el doctor Duarte había cancelado el cheque que había extendido para pagar los billetes de tren de Emília a Maceió. Durante un año entero después de la muerte de su marido, a una viuda se le exigía llorarlo en casa. En nombre del decoro, Emília no podía salir de su casa, no podía aparecer en el periódico, no podía trabajar en su taller y, por supuesto, no podía viajar. Pero la joven viuda había dejado de preocuparse por el decoro. Tan pronto como los dolientes se dispersaran, tan pronto como doña Dulce regresara a su cocina y dejara de observar minuciosamente las expresiones de pesar de Emília, se escaparía de la casa de los Coelho para ir al campo. No necesitaba el dinero del doctor Duarte. Ella tenía su fondo de reserva. Aunque tuviera que sobornar al jardinero y al portero, aunque tuviese que partir en medio de la noche, Emília se iría. No iba a faltar a su reunión en el rancho del doctor Eronildes.

Como si el destino estuviera confirmando sus intenciones, Emília vio al médico mismo en el vestíbulo de los Coelho, inclinado sobre el libro de visitas. Eronildes escribió su nombre lentamente. Cuando llegó a la sección de condolencias, reflexionó durante un minuto; luego garabateó un mensaje. Su cara estaba sudorosa; su nariz y su frente brillaron a la luz de lámpara. Sonrió a la criada de los Coelho que lo atendía, pero cuando vio a Emília la sonrisa desapareció.

—Gracias por venir —le dijo, a la vez que hacía un gesto a la criada para que se retirara.

—Ya estaba en Recife —explicó Eronildes—. Le dije en mi nota que tenía pensado venir. No esperaba encontrarla aquí.

—¿Y dónde esperaba encontrarme? —quiso saber Emília.

—Me refería a que no esperaba encontrarla en el vestíbulo.

—Necesitaba aire.

Eronildes asintió con la cabeza.

—Lamento su pérdida. Un accidente terrible —dijo—. Ahora está usted de luto riguroso. No podrá abandonar la casa en un año.

—Es cierto. —Lo miró y luego bajó la voz—: Pero no voy a respetar esa costumbre.

—¿No? —preguntó Eronildes, aparentemente más aliviado que sorprendido.

—Las Bergmann están en camino —susurró Emília—. ¿Cuándo será la reunión?

—No lo sé.

Emília apretó la mantilla arrebujada entre sus manos.

—¿Por qué?

—Quiere la prueba. He venido a recogerla. Y a darle el pésame, por supuesto.

—¿La prueba?

—Ella no se comprometerá a una fecha sin una prueba. Quiere algo suyo.

Emília asintió con la cabeza.

—Cuanto más personal, mejor —explicó el doctor Eronildes.

—Discúlpeme —lo interrumpió Emília.

Abandonó el vestíbulo y subió de dos en dos los escalones de la escalera principal. En la habitación de Emília, Raimunda dormitaba junto a la cama de Expedito. El niño dormía con la cara apoyada sobre una almohada. Emília entró andando de puntillas. Una tabla del suelo crujió. Raimunda se incorporó.

—Un velatorio no es el mejor momento para andar de puntillas —susurró—. Puede matar a alguien del susto. —Recordando sus obligaciones, Raimunda alisó su mandil y empezó a ponerse de pie—. ¿Qué necesita usted? —preguntó.

—No se mueva—susurró Emília—. Venía a buscar mi rosario, eso es todo.

Raimunda se acomodó en su asiento y observó. En la oscuridad, Emília no podía evaluar la expresión de la criada. Se arrodilló junto a su cama y, con la esperanza de que sus movimientos no fueran vistos por Raimunda, le dio la espalda. Sacó el joyero de su escondite debajo de la cama, se quitó la cadena del cuello y metió la llave en la cerradura. Rápidamente, Emília metió la mano y sacó la navaja. Tanteó su hoja fría, su mango de madera con la abeja tallada. Raimunda se movió en su silla. Emília apretó el cuchillo contra su cuerpo, cerró con llave el joyero otra vez y abandonó la habitación.

Eronildes no estaba en el pasillo de abajo. Emília registró el vestíbulo pero no lo encontró; probablemente una criada lo había acompañado al salón de baile envuelto en cortinas negras. Emília volvió a ponerse la mantilla —arrugada de tanto estar apretada en su mano— sobre el pelo y escondió la navaja en su pañuelo. Ya encontraría una manera de ponerla en manos de Eronildes, de meterla en el bolsillo de su chaqueta.

El aire del salón de baile estaba viciado por el humo de las velas. Los presentes tosían. Emília permaneció detrás de ellos. Antes de que pudiera abrirse camino hacia su asiento cerca del retrato de Degas, vio a Eronildes. Él no la vio a ella. A la cabeza de la fila de dolientes, el doctor se inclinó ante doña Dulce, que asintió con la cabeza cortésmente. Junto a ella, el doctor Duarte se levantó de su silla. En lugar de saludar a Eronildes con un apretón de manos, el suegro de Emília abrazó enérgicamente al médico. Éste no se puso tenso en respuesta al abrazo. No palmeó cortésmente la espalda del doctor Duarte ni intentó apartarse. Eronildes parecía pequeño entre los gruesos brazos del doctor Duarte, pero no aparentaba estar incómodo, sino volcado en el abrazo. Sin poder o sin querer separarse del fuerte abrazo, Eronildes lo aceptó resignadamente.

Oculta en la parte de atrás del salón, Emília tembló. Sus entrañas parecieron enfriarse y condensarse. Se había sentido de esa manera sólo dos veces en toda su vida: una durante su primer carnaval en el Club Internacional, y la otra fue la primera vez que había tenido en brazos a Expedito. Emília aferró la navaja. Retrocedió en el salón de baile y corrió escaleras arriba.

Raimunda permanecía despierta, como si hubiera estado esperando el regreso de Emília.

—No lo quiero después de todo —susurró Emília—. Mi rosario, digo.

Raimunda no respondió. Emília abrió rápidamente el joyero y volvió a guardar la navaja, todavía envuelta en un pañuelo. Cerró la caja y la empujó debajo de la cama con la punta del pie. Los zapatos de Emília eran negros, como el resto de su atuendo. El charol de su calzado brillaba. Iba a la moda incluso en el duelo, pensó Emília con amargura. Le temblaban las manos. Sintió el impulso de quitarse aquellos zapatos y arrojarlos por la ventana. En cambio miró a Expedito, que dormía en el otro extremo de la habitación oscura, y a Raimunda junto a él.

—Ese doctor está aquí —susurró Emília—: Eronildes.

Raimunda asintió con la cabeza.

—El bebedor.

—¿Eso es lo que piensas de él?

Raimunda chasqueó la lengua.

—No es mi función pensar nada de nadie.

—¿Pero si lo fuera?

—No lo es. Y nunca lo será. En mi posición no se dan opiniones. Y en la suya no es adecuado que se interese por lo que yo pienso.

Emília suspiró. Se sentó sobre la cama y se cubrió la cara con las manos.

—Puedo decirle lo que sé sobre las opiniones de los otros —dijo Raimunda, con voz inusitadamente baja—. Sé que al señor Degas, Dios dé descanso a su alma, no le gustaba ese doctor. Doña Dulce dice que el señor Degas estaba confundido respecto a algunas cosas, pero que tenía buen ojo para conocer a las personas. Ahora bien, usted fue una de las personas a las que él eligió... La escogió para que fuera su esposa. Entonces usted coincide con doña Dulce, ¿no?

Emília miró al otro lado de la habitación. Su vieja bolsa de costura estaba en un rincón y en ella había agujas, hilo, ideas para modelos y la cinta de medir. La había traído de Taquaritinga..., una tira hecha a mano con cada centímetro y metro marcados cuidadosamente.

Emília se levantó de la cama, revisó la bolsa de costura y encontró la cinta para medir. Abandonó la habitación sin decir nada a Raimunda. Emília necesitaba una pluma de tinta y sabía dónde encontrarla.

Nadie había tocado la habitación de Degas desde su muerte. Su cama todavía estaba sin hacer, los libros esparcidos por el suelo, los discos de aprender inglés amontonados sin orden cerca de la gramola. Emília encontró una pluma en el escritorio de Degas. Allí extendió la cinta de medir. Dibujó unos centímetros adicionales entre las líneas que ya tenía la cinta. Mezcló los números, haciendo que el 6 fuera 8 y convirtiendo el 11 en 17.

«¡Mide correctamente!». Los ecos de la voz de la tía Sofía resonaron en la cabeza de Emília. «¡No confíes en una cinta extraña! Confía en tus propios ojos».

Emília enrolló la cinta de medir hasta convertirla en una pelota apretada y la escondió en sus manos. Abajo, en cuanto ocupó su lugar al lado de los Coelho, el doctor Eronildes se acercó para saludarla.

—Lamento mucho su pérdida —dijo.

—Gracias —respondió Emília.

Tenía las palmas de las manos sudorosas y confió en que las nuevas marcas de tinta se hubieran secado, que no se hubieran desteñido entre sus dedos. Eronildes le cogió la mano y se inclinó para besarla. Emília puso la cinta en la palma de la mano de él.

—La prueba —susurró.

Eronildes se puso tenso. Sus labios estaban cerca de los dedos de ella.

—Confirmaré una fecha —susurró como respuesta, y luego apoyó su boca sobre la mano de la mujer.

Una semana después, Emília recibió un sobre con guarda negra dirigido a la señora de Degas Coelho. No había dirección de remitente y la tarjeta que había dentro no llevaba condolencias. Sólo había una fecha: «19 de enero».

Sería después de Navidad y Año Nuevo. Ninguna de las dos festividades se iba a celebrar en la casa de los Coelho.

«Fijará una fecha falsa —había dicho Degas—. Suspenderá la reunión contigo, pero no con ella».

Eso ya no importaba. Emília sólo podía confiar en que la cinta de medir comunicara todo lo que ella no podía. Si Luzia miraba con suficiente atención, tal vez viera los números equivocados y recordara la vieja advertencia de la tía Sofía. Luzia comprendería entonces lo que Emília estaba tratando de decirle: aquella reunión era un truco, una trampa, como Degas había anunciado.

Después del velatorio, Emília pensó muchas veces en Degas. ¡Qué asustado debió de estar sin ninguna vela encendida para iluminar el camino a su alma! Pero seguramente la senda hacia el cielo no era tan oscura y opaca como las aguas del Capibaribe. Seguramente Degas podría encontrar el camino. Este pensamiento, el de que incluso Degas podía superar los aspectos más oscuros de su naturaleza para descubrir los buenos, le hizo creer a Emília que también ella podía conseguirlo. Tan pronto como fuera seguro, se escaparía. Iba a avisar a su hermana sin la ayuda del doctor Eronildes. Iba a encontrar a Luzia y contarle lo de las ametralladoras Bergmann. Hasta entonces, Emília esperaba que la cinta transmitiera su advertencia.

Por la noche, en sus sueños, Emília era una niña otra vez. Luzia y ella trepaban a aquel viejo árbol de mangos. Era muy alto —tan alto como la torre de aterrizaje del *Graf Zeppelin*— y sus frutos eran pesados y amarillos, con forma de lágrimas. Luzia estaba sentada en una rama debajo de Emília. Recostada. Perdía el equilibrio. Emília estiraba la mano hacia ella. Buscaba a tientas la mano de Luzia, pero no podía salvar a su hermana sin caerse ella misma.

Capítulo

14

LUZIA

Caatinga, tierras áridas, Pernambuco
Valle del río San Francisco, Bahía
Diciembre de 1934-enero de 1935

1

El cuerpo del soldado parecía un punto de cruz. Sus brazos y sus piernas estaban estirados, las manos y los pies firmemente atados a troncos de árboles. Inteligente puso sus enormes manos morenas a los lados de la cabeza del desdichado, sosteniéndolo con firmeza. El hombre se retorció y forcejeó durante largo rato, tratando de escapar. Luzia lo dejó. Al poco tiempo estaba agotado y tranquilo, tan dócil como un ternero segundos antes de ser marcado, aceptando su destino. Baiano metió algodón en las narices del hombre para que mantuviera la boca abierta. Ponta Fina quedó a horcajadas sobre el soldado. En su mano derecha Ponta tenía unas pinzas de punta delgada robadas de la alforja de un vaqueiro. Las pinzas eran una herramienta útil, buenas para sacar balas, espinas, dientes.

Luzia se sentó en cuclillas junto al soldado. Los ojos de él la siguieron. Tenía las manos rojas e hinchadas por las ataduras. Luzia recorrió los dedos de él con los suyos, moviéndolos lentamente por las palmas, tocando las líneas hondas que las atravesaban.

—Habla —dijo.

—Ya se lo he dicho, no sé nada —respondió el soldado con voz áspera—. Me he escapado de mi escuadrón. Se lo juro.

—No me gustan los juramentos —replicó Luzia. Cerca, Bebé y María Magra se rieron tontamente.

—¡Se lo aseguro! —espetó el soldado.

Luzia asintió con la cabeza. El propietario de un bar, que les es leal, le había enviado un mensaje diciendo que un militar había desertado. El soldado había entregado su arma a cambio de bebida. Cuando el grupo de Luzia llegó para interrogarlo, descubrieron que el soldado también había entregado su chaqueta y sus botas. El hombre estaba desarreglado y su comportamiento era incoherente. Hasta que Luzia lo arrastró hacia la maleza, su plan era beber hasta caer muerto. Los cangaceiros sólo lo alimentaron con agua, harina de mandioca y carne, a la espera de que se le aclarara la cabeza y se le soltara la lengua. Después del incendio del teatro, una oleada de tropas había llegado a la caatinga. Tanto los soldados como los lugareños intentaban capturar a los cangaceiros. Toda la gente de aquellas tierras áridas condenaba al Halcón y a la Costurera. Luego, repentinamente, los militares se retiraron. Abandonaron sus recién construidos puestos y con ello cesó la persecución al grupo de la Costurera. Luzia intuyó que pasaba algo raro.

El desertor, si no le presionaban, no iba a decirle nada importante, sólo que Gomes había ordenado que su regimiento regresara a la costa. Pero había algo más en esa historia. Luzia lo presentía. El soldado no la miraba cuando habló. Se movió, suspiró y lloró. Los cangaceiros lo golpearon, le dieron puñetazos y patadas. Ponta Fina puso el puñal en la garganta del hombre, pero el soldado seguía sin decir nada más. Cuando los cangaceiros le dieron carne de vaca deshidratada, el soldado dio grandes mordiscos. Tenía todos los dientes, todos ellos blancos y firmes. A diferencia de muchos de los cangaceiros de Luzia, que tenían que morder la comida con cuidado o masticar con las encías la carne de res seca hasta que estuviera blanda, el soldado comió rápida y ferozmente. Un día pidió corteza de juá para frotarse los dientes. En ese momento, Luzia descubrió su debilidad. Ella, al igual que Antonio, se había vuelto experta en descubrir las cosas que las personas más valoraban. Ordenó que tendieran al soldado en el suelo.

—Tú eres un desertor —le dijo Luzia, acariciándole los dedos—. Tus palabras no valen mucho. Has abandonado el ejército. ¿Para qué guardar tus secretos ahora? Cuéntamelos y dejaré que te vayas. Te llevaré de regreso al bar. Te compraré una botella de branquinha.

El soldado se lamió los labios.

—Yo no era capitán. No conozco ningún plan.

—¿Por qué traer tropas aquí, a tanta distancia, y luego hacerlas regresar?

—No lo sé.

Debajo de su mano, el dedo del soldado tembló. Luzia se puso de pie. Le hizo un gesto con la cabeza a Ponta Fina.

—¡Sujétalo fuerte! —dijo Ponta.

Inteligente apretó con más fuerza la cabeza del soldado. Ponta cogió una correa de cuero y la puso en la boca del hombre, tirando de ella para que su mandíbula quedara bien abierta. Baiano se arrodilló junto al soldado y sujetó la correa con ambas manos, como si fueran riendas.

—Comienza atrás —ordenó Luzia.

Ponta asintió con la cabeza y se inclinó hacia delante. Las puntas de metal de la pinza golpearon contra la muela del hombre. La saliva oscureció la correa.

—Si te mueves conseguirás que se rompa y te dolerá más —advirtió Ponta. Debajo de él, el soldado se puso tenso. Ponta Fina lanzó un gruñido y tiró. Se oyó el ruido de algo que se rompía. El hombre gritó.

Su grito fue a la vez de terror y de furia y Luzia deseó poder hacer callar al soldado o taparse las orejas con las manos. Escuchaba esa clase de grito todas las noches, mientras dormía. Desde el incendio del teatro, Luzia había soñado con aquel cine oscuro. En sus sueños, el proyector se movía, pero no arrojaba luz sobre la pantalla de lona. En cambio, la máquina dejaba oír un tintineo metálico. La sala se volvía calurosa; no con un calor de aire viciado sino con un calor que quemaba, como un mediodía durante la estación seca. La piel de Luzia se quemaba. Oscuras siluetas bloqueaban su vía de escape. Escuchaba el crujir de la barra colocada en el otro lado de la puerta principal, con lo que quedaba cerrada desde el exterior. En sus sueños, Luzia todavía estaba dentro y alrededor de ella estaban los cangaceiros —sus hombres y sus mujeres— con los sombreros torcidos, los ojos grandes y sorprendidos. «Madre», gritaban. «Madre». En sus voces Luzia percibía tristeza y también acusaciones, como si los hubiera traicionado. Cada vez que soñaba con el incendio del teatro, su estómago se descomponía. No era como las náuseas que había experimentado cuando estaba embarazada. En este caso, le dejaba un sabor seco y metálico en la boca, haciéndola recordar los días desesperados en que, como un animal, había comido tierra para no morir de hambre.

El *Diario de Pernambuco* dijo que fue un crimen contra gente inocente. Habían entrevistado a los supervivientes. Dijeron que era una mujer sin corazón. Pero en realidad fue todo lo contrario. Luzia había sentido demasiado en aquel teatro. Iluminada por la luz del proyector se sintió avergonzada y confundida. Esto hizo que se enfadara. Cuando escuchó los insultos de los espectadores, Luzia se sintió como la esposa caníbal, una mujer incapaz de controlar sus horripilantes antojos. Aquellos espectadores del teatro eran inocentes, pero apoyaban a Gomes, lo que los convertía en culpables. ¿Qué significaba, se preguntaba Luzia, eso de que ella pudiera redefinir la inocencia y la culpabilidad tan fácilmente? Si la culpa era flexible, si iba y venía según su capricho, entonces la Costurera era tan arbitraria como un coronel. Pero los espectadores del teatro habían insultado a la Costurera y sus cangaceiros, y eso requería un castigo. Si Luzia no hubiera reaccionado, si hubiera abandonado el teatro con la cabeza baja, todo el pueblo habría creído que la Costurera era débil y que el Halcón —de quien todos creían que estaba vivo— no había acudido a defenderla.

Apenas dejó caer la gruesa barra de madera sobre las puertas del teatro, dejando a todos encerrados, Luzia supo que su venganza era demasiado severa, pero no podía dar marcha atrás. Eso causaría la impresión de que era indecisa, débil. Antonio le había enseñado que la indecisión llevaba a un mal final. Pero lo que no le había enseñado era que las malas decisiones producían remordimientos, y los remordimientos no tenían cura. Antonio le había enseñado a usar la corteza del genipapo para aliviar los músculos doloridos. Le había enseñado a hervir corteza de jacurutu para curar las úlceras y a machacar las flores amarillas del marmeleiro para convertirlas en un fuerte expectorante. La cura para el nerviosismo se conseguía comiendo el interior de la fruta de la pasión, con semillas y todo. Pero entre todos estos remedios, no había planta o animal que aliviara el remordimiento. No existía infusión que lavara la culpa.

Ponta Fina cayó hacia atrás sobre las piernas del soldado. Dejó las pinzas y puso entre sus manos la muela. Baiano e Inteligente estiraron el cuello para observar la corona amarillenta del diente y las raíces en forma de horquilla. Debajo de Ponta, el soldado se retorcía y se arqueaba. Por un lado de su boca chorreaba la sangre, manchando la correa de cuero. Tosió, ahogándose.

—Levántale la cabeza —ordenó Luzia—. Que escupa.

Inteligente obedeció. Baiano retiró la correa de la boca del soldado. El hombre tosió y un líquido rosado y viscoso le chorreó por la barbilla.

—Dime —insistió Luzia—: ¿Adónde fue tu regimiento?

—Cerca del San Francisco —informó con voz nasal y gangosa. El algodón en su nariz estaba mojado y con manchas de color rojizo.

—¿Por qué?

—No lo sé.

Luzia cerró los ojos.

—Sácale otro —dijo—. De delante.

Ponta asintió con la cabeza. Baiano se dispuso a colocarle de nuevo la correa.

El hombre tosió otra vez, como si estuviera a punto de vomitar. En cambio, dejó escapar un agudo ruido.

—¿Qué? —preguntó Luzia.

—¡Un arma! —gritó—. Escuché que mi capitán hablaba de eso. Estábamos a punto de irnos a un rancho cerca del Chico Viejo y como algunos de los nuestros estaban nerviosos, nos dijo que no nos preocupáramos, porque había una nueva arma. Iba a hacer todo el trabajo por nosotros.

Luzia se arrodilló para escucharlo mejor.

—¿Qué clase de arma?

—Un arma rápida. Eso fue todo lo que dijo. Dijo que era «la mejor Costurera».

—¿Por qué? —quiso saber Luzia.

—Porque iba a disparar mejor que usted. Eso fue lo que mi capitán dijo. Solamente algunos de nosotros podrían disparar con ella. Habría pocas armas. No necesitaríamos muchas. Hace quinientos disparos sin recargar.

—Eso es mentira —dijo Baiano.

El soldado negó con la cabeza, todavía entre las manos de Inteligente.

—Lo juro... Se lo aseguro. Eso fue lo que nos dijo.

—Quinientos disparos —susurró Ponta.

Luzia se tocó algo dentro del bolsillo del pantalón. La cinta de medir estaba enrollada en una confusa bola. Después de recibirla, había extendido la cinta tantas veces que había dejado de tomarse el trabajo de enrollarla cuidadosamente. Luzia pasó un dedo por su extremo deshilachado.

—¿Cuándo llegará —preguntó Luzia— esa Costurera mejor que yo?

—Ya... Ya está aquí —respondió el soldado—. Quiero decir allí..., cerca del Chico Viejo. Mi capitán dijo que las armas estarían listas cuando llegáramos al río.

Luzia asintió con la cabeza.

—¿Y ahora qué, madre? —quiso saber Ponta. Luzia miró al soldado atado. Si le permitía vivir como recompensa a su honestidad, podría convertirse en un borracho inútil que alardeara contando su encuentro con los cangaceiros. O podría sentirse culpable por haber traicionado a su escuadrón. Podría tratar de encontrarlos, mandarles un mensaje contando lo que le había dicho a la Costurera. Si ocurría esto, sería culpa de Luzia. Los cangaceiros dirían que había sido demasiado blanda y que había puesto en peligro a su grupo. Dirían que no era más que una mujer como cualquier otra por sentir esa compasión inútil.

—Hazlo rápido —dijo mirando al soldado.

Ponta Fina asintió con la cabeza.

Se apartó del grupo para internarse en la maleza, frotando la cinta de medir entre sus dedos. El doctor Eronildes no la había desenrollado antes de entregársela. Podía darse cuenta de ello por lo ajustada que estaba la cinta... La tía Sofía les había enseñado a ella y a Emília a enrollar sus cintas de esa manera. Su tía también les había enseñado que nunca confiaran en cintas que no fueran las suyas. La gente no era cuidadosa, hacían sus cintas sin prestar atención y escribían los números incorrectamente. Algunas costureras lo hacían a propósito para obtener más ganancias. Vendían cintas métricas mal hechas para que sus compradoras hicieran cortes inexactos, desperdiciando tela, y finalmente tuvieran que llamar a la costurera para corregir sus errores. La tía Sofía misma les había enseñado esta lección a Luzia y Emília. Cuando estaban aprendiendo a coser, les había dado una cinta mala. Habían confiado en su tía y, sin revisar los números de la cinta, Luzia y Emília cortaron la tela usando las medidas alteradas. Las ropas que salieron fueron desproporcionadas y horribles.

—¡Confiad en vuestros propios ojos! —las había regañado la tía Sofía—. No os fieis de una cinta ajena ni de su portador.

2

Antes de que Luzia capturara al soldado, el doctor Eronildes le había entregado la cinta métrica de Emília como prueba de que acudiría a la reunión. Luzia la había recibido en campo abierto, no en el rancho del médico. Después del incendio del teatro ella no entraba en la casa de nadie, ni siquiera en la del médico. Eronildes llegó solo y a pie, pues temía que las espinas de la maleza dejaran ciego a su único caballo. El doctor estaba pálido, el pelo empapado por el sudor. Las puntas de sus viejas botas estaban salpicadas con trozos de una sustancia amarilla.

—¿Ha estado vomitando? —preguntó Luzia al encontrarse con él. Estaba sola, pues había ordenado a los demás cangaceiros que la esperaran unos metros atrás.

Eronildes se limpió la boca.

—No estoy acostumbrado a hacer semejantes esfuerzos. Con este calor.

Luzia le ofreció agua. Eronildes la rechazó. Le dio la cinta.

—La prueba de Emília —dijo.

Las palmas de las manos de Luzia sudaban. Desenrolló una pequeña parte de la cinta. Era una cinta vieja y fuerte, del mismo tipo que la que les había dado la tía Sofía para hacer sus cintas de medir. Los primeros números estaban espaciados de manera uniforme, escritos con cuidado. La letra de la cinta era la de Emília. Antes de que pudiera desenrollarla por completo, Eronildes dijo:

—Tendré que enviar una carta urgente a Recife para confirmar la fecha. Ella insiste en reunirse el 12 de enero.

—¿Tan pronto? —preguntó Luzia.

—Cuanto antes mejor.

—Su marido acaba de morir —objetó Luzia—. Todavía estará de luto riguroso.

Las cejas de Eronildes se alzaron y no pudo reprimir una expresión de sorpresa.

—He leído la esquela —explicó Luzia—. Encontré un *Diario* reciente.

—No va a respetar el año de luto —respondió Eronildes.

—¿Cómo lo conseguirá? No la dejarán viajar.

—Las dos tenéis una cualidad en común: sois ingeniosas —dijo Eronildes—. Por lo que sé, nadie ignora que doña Emília no tenía una buena relación con su marido, ni con su familia. Ella sufre en esa casa. Escapar de allí la hará sentirse feliz, sin duda.

—¿Sufre? —preguntó Luzia, observando la cinta en sus manos. Recordó todas las fotos de los periódicos que había coleccionado. Emília con ropa fina, propietaria de su propia empresa y relacionada con la alta sociedad de Recife. Lo que sabía de la vida de su hermana lo había adivinado a través de las fotografías, y siempre había dado por supuesta la felicidad de Emília. Pero la capitana sabía mejor que nadie que las imágenes podían mentir, que las fotos solamente capturan un momento y nunca revelan la verdad completa. Sintió una punzada de compasión por su hermana. ¿Qué le había ocurrido a Emília en Recife? También sintió la necesidad de menospreciar los posibles problemas de su hermana. Emília tenía a Expedito, tenía un taller de costura y un hogar. ¿Qué sabía ella realmente de lo que era el sufrimiento? Como si esperara descubrir la respuesta, Luzia le dio la espalda al doctor y desenrolló completamente la cinta.

—Entonces, ¿el 12 de enero? —dijo Eronildes—. Tengo que regresar. Me espera una larga caminata.

Las medidas de la cinta eran incorrectas. Emília había escrito números equivocados encima de las marcas correctamente marcadas en la cinta. Había cambiado los números y los había corregido mal, sin duda a propósito. Los nuevos números puestos por Emília en la cinta estaban escritos de manera apresurada, la tinta se había corrido, las líneas era imprecisas, como si hubiera tenido miedo o prisa cuando modificaba las medidas. Luzia sintió que se le aceleraba el pulso. «¡Confía en tus propios ojos! No confíes en la cinta y no confíes en el portador».

—¿Cómo está él? —preguntó.

—¿Quién?

—Mi hijo.

—Muy bien. Está sano.

—¿A salvo?

—Sí, a salvo.

Eronildes se movió inquieto. Luzia vio un brazalete negro alrededor de la manga de su chaqueta.

—¿Quién ha muerto? —le preguntó.

—Mi madre.

—Lo siento. La muerte es difícil de encajar.

Eronildes resopló.

—¿Lo es?

—Sí. Incluso para mí.

—Me resulta difícil creerte, Luzia.

—Lo del teatro fue un error.

Eronildes sacudió la cabeza.

—La gente pagó caro tu error.

—Yo también —replicó Luzia—. He perdido a muchos amigos por ello.

Eronildes se tocó el estómago. Volvió la cabeza y escupió.

—¿Va a vomitar otra vez? —preguntó Luzia.

—No.

Luzia observó las marcas irregulares de la cinta, sus números incorrectos.

—Hace un tiempo usted habló de volver a dislocarme el brazo para operarlo. De curarme. ¿Todavía lo haría?

—¿Por qué lo preguntas?

—¿Lo haría?

—No serviría de nada. Te reconocerían igual.

—Usted solía animarme a dejar esta vida.

—Eso fue hace mucho tiempo. Ahora ya es demasiado tarde.

La mano de Luzia se apretó alrededor de la cinta.

—Vivo por la ley de las armas, de modo que moriré por las armas, ¿es correcto?

Eronildes se secó la frente.

—Tú tomaste una decisión, Luzia. Debes vivir afrontando las consecuencias de lo que has elegido. Todos debemos hacerlo.

Ella asintió con la cabeza.

—¿El 12 de enero, entonces?

Eronildes pareció aliviado.

—Sí.

—No entraré en su casa.

—No tendrás que hacerlo —contestó Eronildes y lentamente inició el regreso a su rancho.

En los días posteriores a este encuentro, Luzia estudió la cinta de medir. Recordó a Antonio cuando insertaba su cuchara de plata en un sospechoso plato de comida y observaba que la cuchara se manchaba y se ponía negra. No podían confiar en esa comida ni en la persona que la había servido. La cinta de Emília, al igual que la cuchara de Antonio, revelaba a los traidores.

Por la noche, mientras los otros cangaceiros dormían, el corazón de Luzia latía veloz. Tenía las manos inusualmente frías. ¿Cuántos otros coiteiros estaban dispuestos a entregarla, a engañarla? Luzia se sentía otra vez como en el patio de la escuela del padre Otto, rodeada por niños que en otro tiempo habían sido sus amigos pero que de pronto comenzaban a empujar su brazo lisiado y a llamarla «Gramola». El padre Otto había presenciado aquello. Cuando era niña, Luzia había visto al sacerdote enfrentarse a la multitud de pequeños traidores y había creído que iba a ser el único que la salvaría. «Niños —gritó el padre Otto—, dejad tranquila a Gramola». Al pensar ahora en el doctor Eronildes, Luzia sentía la misma decepción y la misma cólera que había sentido por el insulto del sacerdote. Y en ese momento, en su campamento en las tierras áridas al igual que en el patio de la escuela, sólo confiaba en Emília.

Luzia jugueteó con la cinta de medir entre los dedos. Su hermana se preocupaba tanto por ella como para advertirla.

3

Enterraron al soldado entero. Luzia le dejó la cabeza en su sitio por respeto a su honestidad, pero también porque no quería que su muerte fuera atribuida a su grupo. No quería que nadie sospechara que la Costurera había capturado a un soldado y que éste le había dado información. Luzia quemó los pantalones verdes del soldado, su sombrero de cuero y el morral de lona. Esperó hasta que todas esas cosas se desintegraron completamente, para que ni los agricultores ni los vaqueiros pudieran rebuscar en las cenizas y encontrar algún resto. Luzia se puso en cuclillas delante de la gran fogata, que despedía mucho calor. Abrió su morral y sacó el montón de fotografías del periódico que estaba en el fondo. La capitana sintió una punzada en el pecho, cerca de su corazón, como si una espina se hubiera clavado allí. Había tomado una decisión dolorosa. Rápidamente, antes de caer en la tentación de mirar las fotos, la capitana las arrojó al fuego. Las imágenes de Emília y Expedito se ennegrecieron y se retorcieron rápidamente. Si la mataban, los soldados se apoderarían de sus morrales. Luzia no podía permitir que encontraran esas imágenes y relacionaran a la Costurera con la viuda de Coelho.

La joven bandolera sólo conservó la cinta de medir, la prueba de la lealtad de Emília. Pensó en la advertencia de su hermana. Recordó las botas cubiertas de vómito y arena del doctor Eronildes. Y recordó fragmentos de la confesión del soldado muerto: quinientos disparos, «la mejor Costurera», un rancho cerca del Chico Viejo. Por separado, estos recuerdos parecían inconexos y anecdóticos, pero cuando se consideraban todos juntos se relacionaban para formar una unidad reconocible. Se solucionaba el rompecabezas.

—La reunión es una trampa —dijo Luzia a sus hombres—. Eronildes quiere que vaya a verle a un lugar donde habrá militares esperando, junto al Chico Viejo. Nos estarán esperando.

Ponta Fina y Baiano se habían reunido con ella al lado del fuego. Fijaron sus ojos sobre Luzia.

—La nueva arma la tiene él —explicó—. Eronildes tiene a «la mejor Costurera».

Baiano sacudió la cabeza. Ponta Fina escupió.

—¡Maldito sea! —exclamó Ponta—. Es peor que los demás.

—El 12 de enero —continuó Luzia—. Si nos damos prisa, podemos llegar a tiempo.

—¿Cómo? —espetó Baiano.

Luzia recordó su primera lección de tiro con Antonio, allá en el rancho del coronel Clovis, lo pesado que era el revólver y cómo su simple peso le había hecho daño en la muñeca. Recordó la discusión que había tenido después con Antonio.

—Los sorprenderemos —dijo—. Quiero que ellos vean que lo sé. Que lo he sabido todo el tiempo.

—Si no aparecemos también lo verán —replicó Ponta Fina—. El doctor quedará como un tonto.

Luzia sacudió la cabeza.

—No voy a salir corriendo.

—Eso no es salir corriendo —respondió Ponta—. Podemos volver después, cuando el doctor no nos espere. ¿Para qué meterse en una trampa?

Luzia no separaba su mirada del fuego. Las fotografías habían desaparecido, transformadas en un montón oscuro debajo de las llamas.

—Quiero la nueva arma —dijo.

Los hombres permanecían en silencio. Baiano unió las manos como si estuviera rezando.

—Quinientos disparos... —murmuró—. Si ese soldado no mentía, es mejor que todos nuestros Winchester juntos. Pero es un riesgo ir a ese lugar.

—Si no vamos, el riesgo será mayor —razonó Luzia—. Usarán alguna vez esa arma contra nosotros y no sabremos cuándo ni dónde. Ahora lo sabemos. Ahora tenemos una ventaja.

—Entonces, ¿llegaremos antes? —preguntó Ponta.

Luzia negó con la cabeza.

—Apareceremos cuando se supone que debemos aparecer y entraremos divididos en dos grupos. Uno rodeará por detrás a los soldados. Los demás irán al lugar de la reunión. Yo iré con ese grupo. Gomes me quiere a mí; mientras yo esté ahí, pensarán que no lo sabemos. Yo seré el cebo.

Baiano y Ponta Fina fijaron la mirada en las llamas. Luzia examinó sus rostros. Vio en ellos preocupación y a la vez emoción y se preguntó si su propio rostro revelaría las mismas emociones. Luzia metió la cinta de medir en el bolsillo de su pantalón. No se podía evitar ese enfrentamiento. El embarazo no le había quitado coraje. La sequía no la había matado. Las numerosas brigadas de soldados enviadas por Gomes no la habían atrapado. La cabeza de la Costurera seguía firmemente adherida a su cuello. Luzia no podía permitir que esa nueva arma, «la mejor Costurera», cambiara eso.

4

El 12 de enero, el grupo de Luzia llegó al rancho de Eronildes. Con ella iban quince hombres y mujeres, incluyendo a Ponta Fina, Bebé, Inteligente, Sabiá y Canjica. El resto de los cangaceiros —los mejores tiradores y atacantes— iban con Baiano por las colinas, para rodear el valle del río. Encontrarían a los soldados de Gomes y los sorprenderían cuando Luzia les diera la señal, un agudo silbido que se parecía al que lanzaba el Halcón.

Acamparon en una hondonada seca, no lejos de la casa del doctor. El sol se puso lentamente detrás de una colina, dejando la maleza envuelta en sombras. Luzia miró hacia las lomas cercanas. Allí se escondían los soldados, observándola a ella y a los cangaceiros. Baiano, a su vez, observaba a los soldados. No iban a atacar hasta las primeras luces; Luzia estaba segura de esto. Los soldados no podían arriesgarse a que los cangaceiros escaparan bajo el amparo de la noche. Y sobre todo iban a querer ver con toda claridad los efectos de su nueva arma. Los soldados querrían ser testigos de la muerte de la Costurera. Apenas saliera el sol, los soldados podrían ver perfectamente. Hasta entonces, Luzia interpretaría con esmero su papel.

Tres de los peones del rancho de Eronildes sirvieron cestas llenas de harina de mandioca, frijoles, calabazas, un codillo entero de vaca y varias botellas de vino. En una de las cestas había una nota de Eronildes:

El encuentro será por la mañana. Yo los acompañaré.

Luzia se metió la nota en el bolsillo, junto a la cinta de medir. Miró en dirección a la casa de Eronildes. El doctor había subestimado los instintos de una madre. El hijo de Luzia no estaba en esa casa. Tampoco Emília estaba allí. Si hubieran estado, Luzia habría sentido su presencia, tal como sentía la presencia del río San Francisco a unos cientos de metros al sur: podía oler el río y escuchar el murmullo de sus aguas. La casa de Eronildes estaba más cerca que el Viejo Chico, sin embargo Luzia no olía el humo de la cocina ni escuchaba los ruidos de las ollas ni movimiento familiar alguno. La casa estaba vacía.

Ponta Fina insistió en probar la comida que Eronildes había enviado. Olfateó la carne y la calabaza. Metió la cuchara de plata de Antonio en la comida y el vino. Cuando vio que no se ennegrecía, el grupo miró hacia las colinas y prorrumpió en vítores. Luzia les ordenó que prepararan un asador y encendieran un gran fuego debajo de él. La grasa de la carne goteó sobre las llamas, haciéndolas silbar y crepitar.

—¡El vino! —gritó Luzia. Luego, en un susurro, dijo—: Que nadie beba. Tenemos que mantenernos sobrios.

Los cangaceiros obedecieron, y fingieron tomar largos tragos de las botellas, pero cerrando los labios antes de que el vino pudiera entrar en sus bocas. Encima de ellos estaba la luna nueva. Cuando la última brasa del fuego se apagó, la hondonada se oscureció en un instante, como si le hubieran echado una mortaja encima. Los cangaceiros fingieron dormir. Las parejas susurraban nerviosamente. Los pocos hombres que dormían solos daban vueltas entre sus mantas. Luzia se quedó levantada. A lo lejos, en las colinas más allá de la hondonada, vio círculos de luz anaranjada. Brillaban y se movían como insectos.

Luzia recordó el incendio del teatro. Junto a las oscuras cenizas producidas por el fuego, también había brasas. Los pequeños puntos de luz habían ascendido rápidamente, escapando del calor opresivo del fuego como almas que huyen de los confines de sus cuerpos terrenales. Luzia recordó el peso inmenso de la barra de la puerta del teatro y cómo le temblaron los brazos cuando la dejó caer en su sitio. Después de eso las bisagras chirriaron y gimieron, pero no cedieron. El fuego del interior se volvía más violento, los gritos más fuertes. Allí, en aquella hondonada oscura, Luzia creyó que las brasas del fuego del teatro nunca se habían extinguido. La habían seguido por los campos, entre la maleza, listas para consumirla.

La capitana sintió frío el cuello, como si la hubiera agarrado una mano helada. Retrocedió. La arena se movió debajo de sus pies. La tierra le parecía tan sensible que respondía a sus más mínimos movimientos. Eran movimientos pequeños, pero importantes, como ajustar la mira antes de apuntar. Como usar tijeras con tela costosa y decidir cortar por fuera de las marcas dibujadas. El instinto le decía a la arena en qué dirección moverse, tal como le decía al tirador adónde apuntar y a la costurera dónde cortar. El instinto le decía a Luzia hacia dónde se iba a mover un hombre antes de dispararle. Le decía cómo percibir los cambios en el aire antes de una gran tormenta. Le decía cómo olfatear la presencia de agua en el interior de la maleza. En ese momento, el instinto le dijo a Luzia lo que la esperaba en esas colinas oscuras. Le dijo que huyera.

Luzia se dio la vuelta. Formas oscuras cubrían el suelo. Algunos cangaceiros todavía fingían dormir, pero la mayoría de los hombres y las mujeres la miraban. Sus ojos brillaban. Tenían las miradas fijas sobre Luzia, como ella miraba a los santos en el armario de su niñez. Ponta Fina y Bebé estaban acurrucados juntos sobre su manta, con las caras vueltas hacia ella. La capitana pensó en arrodillarse al lado de Ponta y susurrarle algo, pero ¿qué podría decirle? No podía explicar con precisión la frialdad repentina que sentía en el cuello y en el estómago, ni por qué sus manos habían empezado a temblar. Parecían síntomas de miedo o arrepentimiento, sentimientos que Luzia nunca admitiría.

—¡Hijos de puta! —susurró uno de los cangaceiros—. Después de matar a esos cerdos, les voy a robar sus cigarrillos.

Se oyó una risa contenida.

¿Cigarrillos? Luzia volvió a mirar hacia las colinas. Los círculos anaranjados de luz eran minúsculos. Algunos desaparecían mientras otros permanecían encendidos, brillando entre los arbustos oscuros de la maleza. No se elevaban ni incendiaban los árboles alrededor de ellos, como harían las brasas. Luzia se sintió a la vez aliviada y enfadada. ¡Aquellos soldados eran tan estúpidos que fumaban! Estaban tan seguros en su escondite que creían que los cangaceiros no se darían cuenta. A Luzia le ardió el pecho. Quería asustar a esos soldados, demostrarles que estaban equivocados. Con una mano sobre su pistolera, se acercó al borde de la hondonada.

Un fuerte repiqueteo surgió en la colina. Fue calculado y seco, como el tictac de un reloj frenético. Hubo gritos distantes y los puntos anaranjados de luz desaparecieron. Luzia sintió que una fuerza invisible la empujaba hacia atrás. Notó un dolor punzante en su brazo sano, como si se hubiera incendiado desde dentro.

—¡Madre! —gritó Ponta Fina. El ruido de ráfagas se hizo más fuerte. La arrastró al suelo.

La manga de la chaqueta de Luzia estaba mojada y pesaba. Cuando trató de mover el brazo sano, sintió una sacudida que le produjo náuseas. La capitana levantó como pudo el brazo lisiado, se llevó los dedos a la boca y silbó fuerte. Aunque no pudiera oír su señal, el grupo de Baiano seguramente habría escuchado los disparos y atacaría. Junto a ella, Ponta Fina apuntó con el rifle y disparó a la oscuridad de las colinas. Con su brazo lisiado, Luzia buscó la Parabellum. El ruido de las ametralladoras continuaba. En los árboles, la pólvora de los disparos producía un brillo pálido. Luzia disparó al azar hacia los puntos de luz. Ella se dio cuenta de que los soldados conocían muy bien su posición por la altura de sus disparos. Las balas llegaban tan bajas, tan cerca, que podía sentir su calor en la espalda. Luzia quería meterse bajo tierra.

Alrededor de ella los cangaceiros maldecían y chillaban. Algunos se arrastraban para buscar refugio. Otros se pusieron de pie y dispararon a las colinas. Luzia oía los ruidos sordos de sus cuerpos al chocar con la tierra. Giró para ponerse boca arriba y buscó una manera de huir, pero las paredes de la seca hondonada en la que habían acampado encerraban a los cangaceiros por todos lados, como una tumba. La lluvia de balas hacía tintinear las ollas y sartenes de metal de Canjica. Las ramas de los árboles se rompían y sus astillas salían volando. La arena también volaba hacia todas partes, irritando los ojos de Luzia. Parpadeó para eliminar las molestias y vio a Inteligente echado en tierra, con su enorme cuerpo enredado en la manta sobre la que había fingido dormir. Sabiá se había desplomado contra un árbol, con la pistola todavía agarrada en sus manos. Otros cuerpos, ya muertos, temblaban bajo las interminables oleadas de proyectiles. Bebé, la esposa de Ponta Fina, avanzaba lentamente, aplastada contra el suelo, arrastrándose hacia él. El tiroteo se hacía más fuerte. Bebé rodó por tierra, como si fuera arrastrada por una gran ráfaga de viento.

Al ver esto, Ponta Fina se puso de pie. Luzia trató de agarrarlo para que volviera a agacharse, pero su brazo sano colgaba, blando e inútil, a su lado. Ponta apuntó y disparó, luego se detuvo. Por un instante, su rostro de amplias mejillas, casi infantil, parecía fascinado por el distante «ra-ta-ta-ta». Luego, su cuerpo dio tumbos y se balanceó, como si se estuviera moviendo en una espantosa danza.

Luzia apuntó a las colinas y apretó el gatillo de su arma. La Parabellum emitió un débil chasquido. Su cargador estaba vacío y Luzia no podía recargarlo sólo con el brazo lisiado. Escuchó gritos en las colinas y luego pasos que se acercaban a la hondonada. Luzia se aplastó contra la tierra. Aquellos soldados la iban a deshonrar. La iban a medir. Su brazo tembló. Su corazón latía tan rápidamente como el interminable repicar del arma desconocida. Era rápido, muy rápido. Se sintió mareada. Si no respiraba hondo, su miedo se iba a convertir en pánico.

Palpó en busca de la cinta de medir en su bolsillo. Estaba enredada y sucia, pero sus números no se habían desteñido. Luzia cerró los ojos. Hacía ya mucho tiempo, Emília le había hecho otra advertencia: «No trepes a ese viejo árbol de mangos, no te apoyes demasiado sobre el extremo de sus ramas». Todos habían creído que la caída había sido un accidente, que Luzia se había asustado por la aparición de aquel vecino enfadado. Ella nunca lo había desmentido. Pero Luzia sabía —siempre lo había sabido— que ella había elegido. Había soltado la rama que estaba por encima de ella no por locura, sino por curiosidad. Había querido ver si podía mantener el equilibrio, si podía resistir. Había querido ponerse a prueba. Acercarse al límite la asustaba, pero también la fascinaba: en el momento en que estuviera allí, en el borde, ya no habría que hacer ninguna elección, no más ramas para agarrarse. Sólo quedaba la caída.

Luzia se puso de pie. La cinta de medir cayó de su mano. Sacó el puñal de Antonio del cinturón. El cuchillo era pesado, su mango estaba frío. Luzia avanzó, trepando hacia el borde de la hondonada, levantando mucho las piernas para que sus pies no se hundieran en la arena. Junto a su oreja sintió una tibia ráfaga de aire. Producía un sonido suave y agudo, como un susurro. Hizo un esfuerzo para escucharlo. Una gran fuerza la golpeó en el hombro, otra le dio en el muslo. Escuchó otro susurro, luego otro. Cada bala era una voz. La de la tía Sofía, que corregía su costura; la de la curandera, que le vendaba el brazo y le decía que iba a recuperarse; la de Emília, compartiendo un secreto en la cama; el murmullo del agua cubriendo la cabeza de Luzia cuando había tratado de escapar de los cangaceiros; la voz de Antonio en el momento de sus primeras lecciones de tiro, su aliento cálido en la oreja. Escuchó a la anciana criada de Eronildes, que le decía que empujara. Escuchó los primeros sollozos entrecortados de su hijo. Escuchó a los coroneles y sus susurradas negociaciones. Escuchó a soldados, informantes y mujeres del Partido Azul. Escuchó voces que no reconoció, voces que nunca había conocido. Voces que ella había hecho callar.

El brazo torcido de Luzia flameó hacia atrás. Con cada susurro se oía un ruido sordo, como un latido adicional, y luego un dolor punzante. Su cuerpo entero parecía estar quemándose desde dentro. Trató de avanzar, pero cada sonido apagado la echaba hacia atrás, cada vez más atrás, hasta que sintió que estaba cayendo desde una gran altura.

Luzia recordó esa sensación que ya había tenido en su infancia. Cuando era niña se había sentido pesada, con su cuerpo que la arrastraba hacia el suelo debajo del árbol de mangos. En ese momento se sintió liviana. Sintió que su brazo lisiado se soltaba. Todas las cargas que llevaba —pistola, cartuchera, cuchillos, cadenas de oro, prismáticos— cayeron. El cielo era oscuro y sin límites. Se sentía pequeña, muy pequeña ante él, y con miedo. Pero recordó aquellas aves que había liberado hacía tanto tiempo y cómo, cuando les abría la puerta, dudaban en el borde de sus jaulas. Luego volaban.

Epílogo. Emília

Barco de pasajeros Siqueira Campos
Océano Atlántico
23 de junio de 1935

E n una de sus muchas cartas, Lindalva decía que el inglés no
tenía ni masculino ni femenino. Los pronombres eran iguales
para hombres y para mujeres. Los objetos también eran neutrales. «Esa
es la belleza del inglés —escribía Lindalva—: su igualitarismo». Después
de leer esta carta, Emília prestó atención a cómo se decían esas cosas
en su propia lengua. Puertas, camas, cocinas y casas eran todas femeninas. Automóviles, teléfonos, periódicos y barcos eran masculinos.
El océano —o el mar— era también masculino, pero cuanto más lo
observaba desde la cubierta del barco más segura estaba Emília de que
había sido etiquetado con el género equivocado. Después de dos semanas a bordo del vapor *Siqueira Campos,* Emília había visto con
cuánta rapidez cambiaba el mar. Algunos días era azul profundo y tan
tranquilo que el casco de la nave parecía deslizarse sobre una infinita
superficie de cristal; otros días el océano era gris y agitado, con olas
que golpeaban contra la embarcación, sacudiéndola de un lado a otro.
Cuando esto ocurría, Emília y Expedito permanecían en su pequeño
camarote de muebles atornillados al suelo, y vomitaban en pequeños
cubos con carteles que decían: «Recipientes para vómitos».

—Mamá —susurró Expedito, con su cuerpo pesado y caliente en los brazos de Emília—, el océano hoy es malo.

Emília asintió y le secó la frente. Los cubos eran recogidos por alegres asistentes jóvenes que los vaciaban en el mar.

—¡Alimento para los peces! —le gustaba gritar a un pasajero cada vez que aquellos baldes eran vaciados.

Algunos pasajeros no tenían tiempo de llegar a sus camarotes y vomitaban por la borda de la nave, a la vista de todos. Muchos de estos viajeros, con rostros pálidos y trajes y vestidos manchados con sus propios vómitos, maldecían el mar. Emília, aunque se mareaba como ellos, no. Cuando se apoyaba sobre el pasamanos de la embarcación y observaba el agua, se sentía a la vez asustada y fascinada. Un pasajero dijo que la luna controlaba las mareas, que ella era la responsable del ir y venir de las olas. Emília decidió no creer tal cosa. Prefería pensar que el mal humor del océano era causado por algún sufrimiento secreto de sus profundidades, por una pérdida que los seres humanos jamás podrían comprender.

Durante los cinco meses previos a su abandono de Recife, hubo ocasiones en que Emília había querido que todos los que estaban a su alrededor sufrieran, que se sintieran tan mal como ella. Había gritado y roto todo cuanto estaba a su alcance, asustando a Expedito. Las criadas la maldecían. Doña Dulce le dijo que era insoportable. El médico de los Coelho diagnosticó que era nerviosismo y lo consideró una secuela atrasada del pesar por la muerte de Degas. Le recetó medicamentos para dormir. Cuando el doctor Duarte recibió al fin el espécimen criminal que siempre había querido, Emília se retiró a su cuarto y allí permaneció semanas, sin poder abandonar la cama. Dormir se convirtió en su único consuelo. Cuando pensaba en esos meses, que no le habían parecido meses en absoluto, sino como un opresivo e interminable día pasado en su habitación con las cortinas corridas, sin poder saber si era de día o de noche, Emília recordaba haberse esforzado por escuchar las conversaciones en voz baja de los médicos a la puerta de su dormitorio. Recordaba a Expedito, que se metía a hurtadillas en su lecho y dormía al lado de ella, apretando el cuerpo cálido contra el suyo. Recordaba sus propios ojos, hinchados y casi cerrados, las pestañas duras y pegajosas. Había dejado de secarse las lágrimas con un pañuelo, y también había dejado de cepillarse el pelo y de cambiarse el camisón. Le gustaba su propio olor —rancio, sudoroso, ligeramente parecido al de la levadura— y no quería quitárselo con agua. Secretamente, había esperado que su piel sucia se endureciera y se agrietara como arcilla seca. Que esa piel, junto con sus huesos, se convirtiera en un polvo fino que pudiera dispersarse fuera de la habitación soplado por la brisa de los ventiladores eléctricos del doctor Duarte.

Pero Emília no se pulverizó, ni mucho menos. Un día, al fin salió de la cama, se vistió y compró dos pasajes para el *Siqueira Campos*. A los pocos días Expedito y ella estaban de camino a Nueva York.

El barco estaba lleno. Emília y Expedito tenían un camarote de segunda clase y estaban confinados a una sola cubierta. Este alojamiento no era tan malo como los de tercera clase, que estaban en la bodega del barco, ni tan lujosos como los de primera clase, que tenían a su disposición el uso de toda la cubierta superior, que era espléndida. Emília no había querido gastar más dinero en billetes de primera clase: debía conservar sus ahorros intactos. No quería depender totalmente de Lindalva y la baronesa.

En sus cartas, su amiga le decía que Nueva York era una isla. Que circulaban más automóviles por las calles que en cualquier ciudad de Brasil. Que sus edificios eran tan altos que hacían que São Paulo pareciera un pueblo. Emília se imaginaba la ciudad, pero sabía que ésta no sería de ninguna manera como las imágenes que creaba en su cabeza. Había aprendido a no tener expectativas explícitas de lugares o de personas, pues al final siempre eran diferentes de lo que uno imaginaba. Había aprendido algunas frases en inglés por las cartas de Lindalva y con los discos de Degas. Ese idioma le parecía entrecortado y de sonido duro. Cada vez que intentaba hablarlo, Emília tenía que forzar su lengua para que se moviera en direcciones diferentes, y aun así había sonidos que no podía reproducir: los sonidos «ch», «th» y «r» eran particularmente difíciles. A pesar de sus dificultades, Emília le estaba agradecida a esa lengua extraña. La había salvado, o más bien los discos de Degas la habían salvado.

Unas semanas antes, Emília llegó a pensar que nunca abandonaría la cama. Los ventiladores eléctricos —colocados en cada rincón de su habitación, para airearla— hacían tanto ruido que ahogaban los sonidos de la casa de los Coelho y de la ciudad. Todo sonaba lejano y confuso. Una noche, sin embargo, Emília escuchó una voz clara. «Una gran costurera debe ser valiente», le dijo.

Tal era la regla de oro de la tía Sofía; pero aquella voz de mujer no pertenecía a la tía de Emília. Era una voz joven, fuerte y enérgica. La joven viuda se levantó de la cama. Era la medianoche, pero buscó la voz, mirando en su ropero, debajo de la cama y por el pasillo oscuro. Finalmente, entró en la antigua habitación de Degas. Todo estaba intacto. La gramola estaba en el rincón, con su brazo en ángulo doblado hacia arriba. Emília se acercó a la caja de madera. La golpeó con fuerza. La golpeó precisamente donde el nombre «Gramola» estaba pintado con letras de oro. Las lágrimas le nublaron la vista. ¿Cómo podía llorar por una persona a la que no comprendía, por una persona que había hecho cosas terribles? Le dolían los nudillos. Detrás de todos los apodos extraños —Gramola, la Costurera, la criminal, el espécimen— siempre habría un nombre familiar: Luzia. Emília golpeó la caja otra vez, con más fuerza que antes. La aguja cayó. La máquina empezó a hacer sonar el disco que estaba en su plato giratorio.

—*How are you?* —dijo una voz de mujer. Emília se sobresaltó.

—*I am fine* —respondió otra mujer. Luego ordenó en portugués—: «Repita».

Hubo un silencio.

—«Repita» —ordenó otra vez.

—*I am fine* —dijo Emília.

—«Repita».

—*I am fine* —gritó—. *I am fine.*

Emília estuvo escuchando el disco toda la noche, poniéndolo una y otra vez. Antes del amanecer, entró en el servicio rosado de los Coelho y se dio un baño. Después se peinó y se puso un vestido. Sobre éste llevaba una chaqueta bolero, que pesaba más de lo habitual por el dinero cosido en el forro. Emília abrió la maleta que había llenado hacía meses para su viaje a las tierras áridas, un viaje para el que ella había esperado demasiado tiempo. Debido a sus vacilaciones, el viaje ya no era necesario y la advertencia de Emília respecto a las ametralladoras Bergmann se había vuelto inútil. Emília reorganizó la ropa dentro de la maleta y agregó el joyero y el retrato de comunión. Silenciosamente, Expedito y ella salieron por el portón de los Coelho, rumbo a la ciudad.

En el puerto de Recife, compró dos pasajes en un barco que se dirigía a Nueva York. Para que no le entraran las dudas, Emília escogió el primer barco, que zarpaba aquella misma mañana. En la oficina de telégrafos, cerca del muelle de embarque, le envió a Lindalva el nombre del barco y la fecha de llegada. Mientras se alejaban del puerto, Emília sujetaba con fuerza la mano de Expedito, temerosa de que se escurriera entre los barrotes de la barandilla de la cubierta. La gente que se quedaba en el puerto saludaba con la mano y hacía señas con pañuelos a sus seres queridos. Los pasajeros de la embarcación devolvían con sus manos aquellos adioses. Expedito miró a Emília con mirada suplicante. Ella asintió con la cabeza. El niño sonrió y comenzó a mover su brazo de un lado a otro, despidiéndose de gente desconocida. Emília mantuvo los suyos a los costados. Estaba feliz de partir, feliz de llevar a Expedito a un lugar donde nadie lo iba a llamar «bebé de la sequía» o cosas peores. En Nueva York no tendrían ningún pasado, ningún pariente, ninguna conexión con las tierras áridas. Nadie iba a hablar de la Costurera y su cangaceiros, ni del diámetro de sus cabezas.

Aun cuando Emília hubiera hecho su viaje al campo inmediatamente después del funeral de Degas, habría llegado demasiado tarde. Tanto el doctor Duarte como el doctor Eronildes habían mentido. Las ametralladoras Bergmann habían llegado antes de lo que aseguraron. Tal como Degas la había advertido, Eronildes suspendió la cita con Emília argumentando que la reunión era demasiado peligrosa. En aquel momento no se había sentido preocupada. Ya había enviado la cinta de medir a través de Eronildes y confiaba en que Luzia sabría comprender su mensaje. Había confiado en que la Costurera no se presentara a ninguna cita que el atormentado doctor organizara con ella.

Los soldados concedieron entrevistas al *Diario de Pernambuco* después de la emboscada. El doctor Eronildes Epifano, decían, había telegrafiado a la capital para informar al gobierno de su próximo encuentro con la Costurera. Una brigada se instaló secretamente en las tierras del médico. Las Bergmann estaban esperando allí, enviadas en barcaza por el curso del Chico Viejo. Los soldados tuvieron poco tiempo para practicar con las nuevas armas, pero no importaba, porque su increíble potencia de fuego garantizaba el éxito. Los soldados apodaron a las Bergmann «la mejor Costurera», porque cuando disparaba no había una fuerte explosión. En cambio producía un tableteo ininterrumpido, como el de una máquina de coser Singer, y las balas hacían docenas de agujeros perfectos en cualquier cosa —paredes, árboles, hombres—, como si los fuera haciendo una aguja que pinchara una y otra vez.

Los soldados se escondieron en las colinas, por encima del terreno usado para acampar por los cangaceiros, y pensaban atacar al amanecer, cuando hubiera suficiente luz como para ver con claridad. Hasta entonces observarían a los cangaceiros mientras comían, cantaban y dormían. Había solamente quince hombres y mujeres en el grupo de bandidos, lo que causó una gran desilusión entre los soldados. Por suerte, la Costurera estaba entre ellos. Todos los soldados del gobierno —algunos de ellos muy jóvenes, de no más de 14 años— pudieron verla. En los artículos del *Diario*, los soldados describían a la infame cangaceira como una mujer alta y con un brazo torcido, con el pelo despeinado y la espalda encorvada. Algunos se reían y decían que estaba tan flaca como un burro hambriento. Otros aseguraban que tenía ojos verdes y severos, como las extinguidas panteras del monte. A los soldados se les exigió mantenerse despiertos. Tenían prohibido hablar y moverse. A espaldas del capitán, algunos soldados encendieron cigarrillos y fumaron mientras observaban el campamento de los cangaceiros. A la luz de las moribundas brasas del fuego de los cangaceiros, la vieron. La Costurera estaba en el borde del campamento y miraba atentamente las colinas. Antes de que pudieran apagar los cigarrillos, la Costurera estaba avanzando hacia ellos.

—Fue de lo más extraño —declaró un soldado a los periódicos—. Fue como si lo supiera, como si lo buscara.

Cuando la Costurera dio otro paso adelante, uno de los soldados más jóvenes apretó sin querer el gatillo de su nueva Bergmann.

—No me di cuenta de que era tan sensible —dijo en su entrevista—. Pero fue un milagro que ocurriera.

Un «milagro», un «golpe de suerte», una «señal de que Gomes se iba a imponer», así fue como soldados y funcionarios públicos describieron aquel no buscado ataque prematuro. Si hubieran esperado, los soldados podrían haber sido atacados por sorpresa por otro grupo de cangaceiros que se había escondido en las colinas, a su espalda. La Costurera, pues, estaba al tanto de la emboscada y había tratado de hacer caer en una trampa a los militares antes de que ellos decidieran atacarla. Circulaban innumerables versiones que especulaban acerca de cómo podía haberse enterado. Muchos culpaban al doctor Eronildes, y aseguraban que él había estado del lado de ella todo el tiempo. Sin embargo, ya nadie lo sabría con certeza. Los soldados, después de exterminar a ambos grupos de cangaceiros, habían ido al rancho de Eronildes y lo encontraron en su estudio. Tenía la espalda encorvada, los ojos muy abiertos, el cuerpo rígido tirado en el suelo. Sobre su escritorio había una ampolla vacía de estricnina.

Por la noche, en su camarote a bordo del *Siqueira Campos*, Emília abrió el joyero. Expedito la observaba. Le mostró la navaja y luego el retrato de comunión.

—Mira a esa niña —le dijo, señalando la imagen borrosa de Luzia—. Ésa es tu madre.

Expedito puso su dedo sobre el cristal, dejando una marca sobre la figura infantil de Emília.

—¿Quién es ésta? —quiso saber.

—Ésa es tu otra madre —respondió—. Tienes la suerte de tener dos.

—¿Dónde está? —preguntó el niño, poniendo su dedo sobre Luzia.

El suelo se meció debajo de ellos. El estómago de Emília se hizo un nudo, la saliva amenazó con desbordarse, como las olas del exterior. Estiró la mano hacia el recipiente para los vómitos. Expedito le acarició la espalda, imitando lo que ella hacía cuando era él quien vomitaba. La joven viuda se secó la boca. El olor del contenido del cubo hizo que se sintiera peor.

—Quédate en la cama —le dijo a Expedito—. Pórtate como un buen niño.

Emília cogió el cubo y abrió la puerta del camarote. Fuera había una fuerte brisa. Tembló. Colgó el recipiente cerca de la puerta, para que los auxiliares se lo llevaran. Emília respiró hondo. El mareo no la molestaba; lo consideraba como un alivio. Era como si estuvieran librando a su cuerpo de la culpa que se había alojado en él, como una enfermedad invisible para todos menos para ella misma. Miró por la ventanilla circular del camarote y vio a Expedito sentado obedientemente en la cama, con los ojos fijos en la puerta. Se quedaría así toda la noche si fuera necesario, esperándola.

Después de la emboscada de las Bergmann, las cabezas de los cangaceiros fueron sumergidas en latas llenas de formol y llevadas a Recife. En el camino, los soldados eran detenidos por multitudes que los aclamaban. Sacaban las cabezas de sus baños en líquido conservante y las ponían en las escalinatas de la iglesia, para hacer las correspondientes fotografías. Colocaban piedras debajo de sus barbillas para sostenerlas. Estas fotografías fueron importantes después, cuando los soldados llegaron a Recife. En efecto, de tanto sacar las cabezas de sus latas para luego volverlas a meter, habían quedado demasiado expuestas al aire y empezaban a hincharse y perder su forma. Los soldados no habían etiquetado las latas. No sabían quién era quién, no podían distinguir a las mujeres de los hombres. Al llegar a Recife, no estaban todas las cabezas, en concreto faltaba la que pertenecía al Halcón. El doctor Duarte estaba furioso. Un equipo de investigación se abrió paso tenazmente en medio de las lluvias que inundaron el campo y regresó al sitio de la emboscada para buscar los cuerpos. Las lluvias habían llenado la hondonada seca donde los cangaceiros se habían escondido. Los huesos fueron sin duda arrastrados al río San Francisco, donde desaparecieron.

Había rumores de que el Halcón todavía estaba vivo. La gente decía que había escapado de la emboscada y había logrado abandonar el noreste. Algunos decían que había comprado un rancho en Minas. Otros aseguraban que había cambiado su aspecto para convertirse en capitán del ejército, o en actor, o en simple padre de familia. La desaparición era más interesante que su muerte. A pesar de la negligencia de los soldados, los cráneos de los cangaceiros no quedaron estropeados por el aire y el tiempo. Los huesos conservan su forma. Las muy esperadas por el doctor Duarte mediciones de los cráneos de los cangaceiros aparecieron en la portada del *Diario de Pernambuco*, y arrojaron las primeras dudas acerca de su ciencia. Para identificar a la Costurera, el doctor Duarte buscó un espécimen con pelo corto y ojos verdes. Cuando encontró uno que respondía a estas características, lo etiquetó y lo midió. El cráneo de la Costurera resultó ser braquicéfalo. Era común, como el de Emília. Como el de cualquier otra mujer.

Emília se acercó a la barandilla del barco. La luna estaba resplandeciente y el océano brillaba y se retorcía, como la piel de una serpiente. Respiró hondo otra vez. Al exhalar, se le escapó un sollozo y se llevó la mano a la boca. Otros pasajeros que estaban en la cubierta la miraron. Emília se inclinó sobre el pasamanos ligeramente, como si estuviera a punto de vomitar. Quizás era así, tenía dificultad para distinguir entre la pena y el mareo. A veces sólo se sentía enfadada. Luzia sabía que la cita era una trampa, pero había acudido de todos modos. ¿Era valentía u orgullo lo que la había conducido a aquella hondonada? Emília recordó lo que le había dicho Degas en su última conversación: «Tal vez yo quería que me descubrieran —había dicho—. Quizá quería que todo terminara». ¿Había sido valentía u orgullo lo que había hecho que Degas se lanzara con el coche al Capibaribe? Tal vez no era ninguna de esas cosas, pensó Emília mientras la cubierta se balanceaba debajo de ella. Tal vez fue una escapatoria, una liberación de la jaula en la que él mismo se había metido, en la que todos los que lo rodeaban lo habían metido. Emília también se estaba escapando de una jaula construida por ella misma. Se mudaba a una isla. Haría otra transformación en su vida. Miró por encima de la borda y observó las olas negras que subían y bajaban. Percibió cierta tranquilidad en ese ritmo regular.

En pocos días, Lindalva la estaría esperando en una dársena, en Nueva York. Su amiga iba a estar tan exultante y tan llena de energía como siempre, pero advertiría un cambio en Emília, una gravedad que Lindalva y la baronesa atribuirían a la muerte de Degas y a su posterior marcha de Brasil. Emília y Lindalva iban a abrir otra tienda juntas. Este nuevo taller estaría ubicado entre una tienda de comestibles y una zapatería, de modo que todas las mañanas, cuando Emília despertara, iba a sentir el olor del cuero mezclado con el agudo y acre aroma del queso y la carne. Expedito y ella vivirían sobre el taller, en una habitación pequeña, con un lavabo manchado por el óxido y el servicio en una esquina. Cada vez que Emília visitara el apartamento de la baronesa y Lindalva, tendrían ejemplares de los periódicos brasileños, cuyos artículos Lindalva leería en voz alta. Gomes seguiría coqueteando con Alemania sin comprometerse nunca como aliado suyo. Después, submarinos alemanes dispararían a un barco de pasajeros y lo hundirían cerca de los puertos de Recife y Salvador. De repente se iban a recibir informes acerca de estadounidenses ruidosos y rubios que construían una base aérea en Natal, y miembros de la cuarta flota de Estados Unidos llenarían los bares y las playas de Recife. Brasil entraría en guerra. Nadie iba a tener el tiempo ni la energía suficientes para recordar las muertes de los cangaceiros, y éstos se irían desvaneciendo en el olvido.

«Los políticos cambian, como las modas», diría muchas veces la baronesa hasta que muriera, después de la guerra. Tenía razón. Al final, hasta Gomes iba a pasar de moda. En 1952, cuando Expedito estuviera a punto de ingresar en la facultad de Medicina de Columbia, al viejo Celestino se le iba a pedir que presentara su renuncia. En lugar de hacerlo, se suicidaría de forma espectacular, de un disparo, en su despacho en el palacio presidencial. «Dejo la vida para entrar en la historia», garabatearía en la libreta de notas, que dejó junto a él. Después de la muerte de Gomes, Lindalva regresaría a Brasil. En sus cartas, contaría que las emisoras de radio ponían canciones populares que hablaban del Halcón y la Costurera. Comenzarían a aparecer figuritas de cerámica de la pareja, vestidas con sombreros de media luna y uniformes floreados, en los mercados para turistas. Los estudiosos iban a empezar a escribir artículos sobre la Costurera y el fenómeno cangaceiro. Emília ya se habría vuelto a casar para entonces. Chico Martins habría emigrado de Minas Gerais y habría ido a la tienda de ropa femenina de Emília a buscar un obsequio para la novia que había dejado en su país. Llevaría el pelo corto peinado hacia atrás, dejando al descubierto una frente ancha. Los ojos de Chico serían castaños y brillantes, como dos piedras en el fondo de un lago de agua clara. «Ojos amables», pensaría Emília la primera vez que se fijara en ellos. Sería un hombre tímido y serio, nada parecido a los héroes de sus viejas *Fon Fon*. Eso sería lo que le iba a gustar de él. A la siguiente vez que regresara a la tienda, Chico Martins le diría que ya no quería el vestido, que quería invitarla a cenar. Emília iba a aceptar. Las hijas que tendría con Chico serían dos hermosas y dulces niñas. Aun siendo ya mujeres jóvenes, Sofía y Francisca iban a conservar la alegría audaz y cándida de su niñez.

Parecía que nada iba a poder apagar su vivacidad. Emília y Expedito serían los serios, los pesados. Las niñas iban a preferir contarle a Chico sus sueños y sus amoríos románticos. Emília iba a estar celosa, pero comprendería. No podría negar que su amor por Expedito era pleno y oscuro, como la primera dalia que florece en un tallo.

No podía ver todas estas cosas que iban a ocurrir desde la cubierta del *Siqueira Campos,* pero cuando Emília se inclinó sobre la barandilla de la nave las intuyó. Debajo de la superficie oscura y brillante del agua había profundidades insondables y, así como intuía la existencia de ese espacio inconmensurable, también percibía la amplitud de su nueva vida. Se apartó rápidamente del pasamanos.

Su pequeño camarote era confortable y cálido. Expedito se escondió debajo de las mantas y Emília fingió buscarlo. Cuando el chiquillo dejó escapar una risita, ella quitó la manta y puso al niño en su regazo. Estuvieron así sentados durante un largo rato, escuchando el viento que soplaba fuera.

—Yo tenía una hermana con un brazo torcido —susurró Emília, sin saber si Expedito estaba dormido o despierto—. La gente la llamaba Gramola.

Cerró los ojos y recordó la pregunta anterior de Expedito sobre la niña borrosa de la fotografía: «¿Dónde está?». Algún día, Emília tendría que responder a esa pregunta. Las olas golpeaban y lamían el costado de la embarcación. Se imaginó aquella hondonada seca llenándose con la lluvia, y los huesos de su hermana flotando en el San Francisco. En el río golpearían contra las rocas y chocarían contra los cascos de las embarcaciones antes de partirse en pedazos. Para cuando llegaran a la costa, los huesos se habrían desintegrado en pequeños trocitos blancos. Los niños que estuvieran jugando en la playa de Boa Viagem iban a recoger esas partículas para ponerlas en sus castillos de arena. Otros pedacitos serían esparcidos por la brisa. Algunos se iban a pegar a los cuerpos aceitados de la gente que tomaba sol. Otros quedarían adheridos a los zapatos, para ser llevados en coche hasta las casas más elegantes de Recife. Algunos flotarían en el aire para meterse en los picos de las aves. Y otros serían arrastrados por el océano para quedar en sus profundidades azules durante cientos de años, para en algún momento terminar en cualquier otra orilla.

Nota de la autora

Esta novela es una obra de ficción inspirada en hechos históricos.

Al escribirla me tomé libertades creativas, como cambiar los nombres de las personas y los lugares, condensar acontecimientos, simplificar la política reduciendo a pocos los innumerables partidos políticos reales. Todos los personajes de este libro —incluyendo las figuras políticas— son ficticios. Los cangaceiros han existido desde hace siglos en el noreste de Brasil. El Halcón, la Costurera y su grupo fueron inspirados por algunas bandas de cangaceiros que de verdad existieron en la historia. Los detalles de la vida cotidiana de los personajes, sin embargo, son tan auténticos como pude imaginarlos. He intentado representar con precisión las modas y la etiqueta de la década de los años treinta, la flora y la fauna de la caatinga, así como los rituales de los cangaceiros, las curas naturales, las armas y la ropa. La mayoría de los hechos históricos más importantes y los detalles que los rodean son también verdaderos: la revolución de 1930, la sequía de 1932 y los campos de refugiados que se construyeron debido a ella, el sufragio femenino en Brasil, el movimiento de la frenología y la costumbre muy común de decapitar a los cangaceiros para estudiar sus cabezas.

La historia, las historias de familia y las entrevistas personales suministraron tierra fértil para mi imaginación. Lo que de ella brotó y creció es, espero, una historia que es verdadera en su espíritu.

Índice

AGRADECIMIENTOS

Quiero mostrar mi gratitud a las siguientes personas, organizaciones y lugares.

En Estados Unidos:

Al Programa Fulbright, a la Michener-Copernicus Society of America, a la Sacatar Foundation y al Jentel Artist Residency Program, por su apoyo generoso. A Claire Wachtel y Dorian Karchmar, por su paciencia y guía. A Mika y Deanna, por leer incontables versiones de este libro y brindar sabias sugerencias. A James, por escuchar siempre. A Danny, Melanie y María Eliza por su estímulo. A mis profesores en Iowa, particularmente Elizabeth McCracken y Sam Chang. A las modistas de Dame Couture en Chicago, Illinois, por responder a mis preguntas sobre costura. A Andréa Câmara, por ser mi segundo par de ojos. A Tatiana, por ser mi hermana. A Dedé, por animarme a ensuciar el material, y a *Mamãe,* por enseñarme a limpiarlo.

En Brasil:

A Moises y Mônica Andrade, a doña Ester, a Mucio Souto y familia, a Jeanine, Jaqueline, Marcelo, Lucila, tía Taciana, Rolim e Ivanilda, todos los cuales fueron mis familias adoptivas en Recife. A la Fundaçao Joaquim Nabuco, especialmente a Rosi, del archivo fotográfico, que me ayudó en mi investigación. A Rosa y Alan, mis guías en el parque Serra da Capivara en Piauí. A Jairo, un brillante historiador que me ayudó en mi viaje a Sergipe y Alagoas. A la comunidad de Itaparica, Bahia. Al pueblo de Taquaritinga do Norte y en él, a mi querida Várzea da Onça, pues ambos inspiraron grandes partes de este libro. A la doctora Rosa Lapena, que me curó la pierna. A todos aquellos que entrevisté durante la etapa de investigación de este libro, con un agradecimiento particular al doctor Gilberto, que me dio mi primer libro sobre cangaceiros; a Bezzera, taxista y narrador de cuentos; a doña Teresa, que respondió a mis interminables preguntas y me enseñó a plantar; a María, que me cocinó todas mis comidas favoritas y me mantuvo saludable; a Américo, que me llevó a recorrer la caatinga; a Fernando Boiadeiro, un verdadero *cabra macho*, y su esposa, Tuta; a doña Aurora, comadrona; al señor Manuel Barboza Camelo y su esposa. Gracias también a mi abuelo Edgar de Pontes, un caballero que se arriesgó y detuvo su automóvil junto a un naranjo para hablar a la niña bonita que estaba sentada debajo de él, y de esa manera, puso algunas historias —incluyendo la mía— en marcha. A mi abuela Emília y a sus hermanas, mis tías abuelas Luzia y María Augusta, cuya perseverancia e imaginación fueron fuente de inspiración para mí. A los cangaceiros que vivieron y murieron de la única manera que sabían, y a sus desgraciadas víctimas. A todos mis antepasados, conocidos y desconocidos. Y a todos los santos que me cuidaron durante mis viajes y me hicieron compañía en mi soledad.

El papel utilizado para la impresión de este libro
ha sido fabricado a partir de madera
procedente de bosques y plantaciones
gestionados con los más altos estándares ambientales,
garantizando una explotación de los recursos
sostenible con el medio ambiente
y beneficiosa para las personas.
Por este motivo, Greenpeace acredita que
este libro cumple los requisitos ambientales y sociales
necesarios para ser considerado
un libro «amigo de los bosques».
El proyecto «Libros amigos de los bosques» promueve
la conservación y el uso sostenible de los bosques,
en especial de los Bosques Primarios,
los últimos bosques vírgenes del planeta.

Papel certificado por el Forest Stewardship Council®